KB044080

다크타워 4 [상]

STEPHEN KING

다크타워 4

스티븐 킹 장편소설 | 장성주 옮김

마법사와 수정 구슬 [상]

황금가지

차
례

❖ **일러두기** ❖

1. 이 책은 2003년에 개정 출판된 『The Dark Tower IV: Wizard and the Glass』를 저본으로 삼아 우리글로 옮겼습니다.

2. 본문 중 작가가 의도한 줄 바뀜 또는 어긋난 맞춤법에 어긋난 표기법이 있습니다.

3. 원서에서 강조된 문구는 이탤릭, 고딕 등으로 표기되었습니다.

4. 이 책에 쓰인 본문 종이 E-light는 국내 기술로 개발된 최신 종이로서, 종래 쓰이던 모조지나 서적지보다 더욱 가볍고 안전하며 눈의 피로를 덜게끔 한 단계 품질을 높인 고급지입니다.

*

이 책을 줄리 유글리와 마샤 디필리포에게 바칩니다.

이 두 사람은 제 앞으로 온 우편물에 답장을 보내주는데,

지난 2년 동안 제가 받은 팬레터와 편지는 거의 모두

한 인물의 안부를 묻는 것들이었습니다.

그 인물은 다름 아닌 길르앗의 롤랜드, 바로 총잡이입니다.

따라서 줄리와 마사의 업무는 기본적으로 저를 들볶아

워드프로세서 앞으로 돌려보내는 것이었습니다.

줄리, 당신 이름을 먼저 쓴 까닭은

당신의 잔소리가 훨씬 더 효과적이라서 그런 거요.

여는 글
열아홉이라는 나이(그리고 몇 가지 더)

Ⅰ

호빗이 거대한 존재였던 그해에, 나는 열아홉 살이었다.(이 '열아홉'이라는 숫자는 앞으로 펼쳐질 이야기에서 적잖은 의미를 지닌다.)

맥스 야스거의 농장에서 우드스톡 음악 축제가 열리는 동안 그곳의 진흙탕을 힘겹게 누빈 메리와 피핀이 분명히 대여섯 명쯤은 있었을 테고, 프로도는 그 두 배쯤, 간달프의 탈을 쓴 히피는 수도 없이 많았을 것이다. J. R. R. 톨킨이 쓴 『반지의 제왕』이 열광적인 인기를 끌었던 그 시절, 비록 우드스톡 축제에 가지는 못했지만(그래서 유감이지만) 나도 일단은 반쪽이나마 히피였다고 자부한다. 어쨌든 톨킨의 책을 읽고 홀딱 반하기는 나도 마찬가지였으니 말이다. 내 동년배 작가들이 쓴 장편 판타지 소설이 대개 그러하듯이(여러 작품들 가운데 두 편을 꼽으면 스티븐 도널드슨이 쓴 『토머스 코브넌트 연대기』와 테리 브룩스가 쓴 『샨나라의 검』을 들 수 있다.), 이 『다크 타워』

9

시리즈 또한 톨킨의 작품에서 잉태되었다.

나는 1966년부터 1967년에 걸쳐 『반지의 제왕』을 읽었으면서도 글쓰기를 나중으로 미루어 두었다. 물론 톨킨의 상상력에 압도당하기도 했고 박력 있는 이야기에 감동하기도 했지만(그것도 진심으로 감동했지만), 내가 쓰고 싶었던 것은 온전히 나만의 이야기였다. 만일 그때 시작했더라면 내가 쓴 글은 톨킨의 이야기였을 것이다. 그랬더라면 일명 '교활한 딕'으로 불리는 닉슨 전 대통령 말마따나 '옳지 않은 일'이었을 것이다. 20세기가 필요로 했던 온갖 엘프와 마법사는 고마우신 톨킨 선생님께서 모두 만들어 주셨으므로.

1967년 당시에는 내가 어떤 이야기를 쓰게 될지 전혀 감을 잡을 수 없었지만 그건 아무래도 상관없었다. 그 감이라는 녀석이 길에서 스쳐 지나가기라도 하면 대번에 알아볼 자신이 있었기 때문이다. 그때 나는 열아홉 살이었고, 건방졌다. 영감이 깃들어서 걸작(이 되리라고 확신한 작품)을 쓸 수 있을 때까지 느긋하게 기다려도 괜찮을 거라고 여길 만큼, 몹시 건방졌다. 내 생각에 열아홉 살은 사람이 건방져도 괜찮은 나이이다. 그때는 아직 시간이 비밀스럽고 불쾌한 뺄셈을 시작하기 전이니까 말이다. 유명한 컨트리 가수가 노래하길 '시간은 당신의 머리숱과 점프 슛 실력을 빼앗아간다'는데 사실 녀석이 빼앗아가는 것은 훨씬 많다. 물론 1966년과 1967년에는 그런 줄을 몰랐지만, 만에 하나 알았다고 해도 대수롭잖게 여겼으리라. 마흔 살이 된 내 모습은 어렴풋이나마 상상이 갔다. 하지만 쉰 살은? 안 될 말씀. 그럼 예순 살은? 턱도 없는 소리! 예순 살은 아예 생각할 수도 없었다. 열아홉일 적에는 원래 그런 법이다. 열아홉 살에 사람들은 이렇게 외친다.

"조심해라, 세상아! 이 몸께선 티엔티를 피우고 다이너마이트를 마신단 말씀! 다치기 싫으면 썩 비켜라, 여기 스티비가 나가신다!"

열아홉은 제멋대로인 나이, 그래서 극히 한정된 것들에만 관심을 쏟는 나이이다. 그 시절 나는 자신의 능력이 대단하다고 생각했고, 그래서 거기에만 관심을 쏟았다. 큰 꿈을 품었고, 그래서 거기에만 관심을 쏟았다. 내게는 똥통 같은 아파트를 여기저기 옮겨 다닐 때마다 들고 다니던 타자기가 있었고, 주머니에는 항상 담뱃갑이 들어 있었으며, 얼굴에는 미소가 사라지지 않았다. 비굴한 중년은 아직 먼 훗날 얘기였고 굴욕적인 노년은 아예 안중에도 없었던 탓이다. 지금은 트럭 광고의 배경음악으로 쓰이는 밥 시거의 노래 주인공처럼 그 시절 나는 영원토록 힘이 넘치고 영원토록 낙관적일 줄 알았다. 비록 주머니는 텅 비었어도 머릿속은 하고 싶은 말로 가득했고 가슴속은 쓰고 싶은 이야기로 가득했기 때문이다. 지금은 진부한 소리일 뿐이지만, 그땐 참 근사한 생각 같았다. 심지어 굉장히 멋있기까지 했다. 나는 독자들의 고정관념을 부수고 쳐들어가서 그들의 무장을 해제하고, 그들을 홀리고, 완전히 바꾸어놓기를, 다른 무엇도 아닌 오직 이야기만으로 그럴 수 있기를, 간절히 바랐다. 그리고 그럴 수 있을 것 같았다. 그것이 내가 태어난 목적이라고 생각했다.

얼마나 건방진 소리인가? 많이? 아니면 조금? 어느 쪽이건 사과는 하지 않으련다. 그때 난 열아홉 살이었으니까. 턱수염에 희끗희끗한 터럭 따위는 찾아볼 수도 없던 시절이었으니까. 그때 내가 가진 거라곤 청바지 세 벌과 구두 한 켤레와 온 세상이 내 밥이라는 자신감뿐이었고, 그 후 20년 동안 그 자신감이 뒤집힌 적은 한 번도 없었다. 그러다 서른아홉 살이 되었을 무렵에 고난이 시작됐다. 술,

마약, 내 걸음걸이(를 비롯하여 여러 가지)를 바꿔놓은 교통사고 등등. 이러저러한 사정은 전에 자세히 쓴 적이 있으니 이 책에서 다시 쓸 필요는 없을 듯싶다. 그런데 실은 여러분도 마찬가지 아닌가? 세상이란 놈은 결국에는 심술궂기 짝이 없는 꼬맹이 교통정리대원을 보내어 당신이 발전하는 속도를 늦추고, 누가 대장인지를 보여주게 마련이다. 이 글을 읽는 여러분도 틀림없이 자신만의 순찰대원을 만난 적이 있을 것이다.(없다면 앞으로 만나게 된다.) 나는 내 담당을 이미 만났고, 언젠가 다시 만날 게 분명하다. 녀석은 내 주소도 가지고 있으니까. 녀석은 심술쟁이이자, 악질 경찰이며, 치기와 실수와 오만과 야심과 시끄러운 음악 등등 열아홉 살이 상징하는 모든 것의 철천지원수다.

그럼에도 나는 열아홉 살을 꽤 좋은 나이로 여긴다. 어쩌면 가장 좋은 나이인 듯도 싶다. 그 시절에는 밤새도록 로큰롤을 즐기다가도 음악이 멈추고 맥주가 다 떨어지면 생각할 시간을 가질 수 있기 때문이다. 그리하여 큰 꿈을 품을 수 있기 때문이다. 그래봤자 언젠가는 심술궂은 꼬맹이 교통정리대원이 찾아와서 콧대를 납작하게 꺾어놓을 테지만, 그럼에도 만일 처음부터 초라한 꿈을 품고 시작한다면, 맙소사, 나중에 그 꼬맹이한테 당하고 나서 당신한테 남는 건 고작 바지 앞단추밖에 없으리라. 그러면 녀석은 "또 한 놈 추가요!"라고 외치고 나서 살생부를 손에 쥐고 성큼성큼 떠나갈 것이다. 그러니 조금쯤은(또는 상당히) 건방져도 괜찮지만, 물론 여러분 어머님께서는 분명히 다르게 말씀하실 것이다. 우리 어머니도 그러셨으니까. 어머니가 말씀하시길 "스티븐, 교만한 자는 나락으로 향하는 법이란다." 하셨는데…… 어쨌거나, 내가 열아홉의 두 배쯤 나이를 먹었을 무렵에 깨달은 바로는, 누구나 결국에는 나락으로 떨어지는 법이다. 아니면 도랑에 처박히거나.(1999년 6월 19일, 스티븐 킹은 집 근처에 산책하러 나갔다가 소형 밴에 들이받혀 4미터가 넘는 거리를 날아간 다음, 길가의 구덩이에 처박혔다. 이 사고로 그는 수술을 다섯 번이나 받고 기나긴 재활 훈련을 거쳐야 했다. —옮긴이) 술집에 기어들어간 열아홉 살짜리는 신분증 검사를 당하고 썩 꺼지라는 소리를 들은 다음 처량한 걸음걸이로(그리고 더 처량한 몰골로) 거리로 내몰릴 테지만, 자리에 죽치고 앉아서 그림을 그리거나, 시를 쓰거나, 이야기를 쓰는 열아홉 살짜리한테 신분증을 보여달라고 하는 사람은 하느님께 맹세코 아무도 없다. 그러니 만약 이 글을 읽는 여러분이 아직 어리다면, 어른들이나 더 잘난 인간들이 지껄이는 딴소리 따위에 귀 기울일 필요 없다. 물론 여러분은 파리에 가본 적이 없으리라. 에스파냐의 팜플로나에 가서 소 떼와 달리기 시합을 해본 적도 없으리라. 웬걸, 3년 전까지만 해도 겨드랑이에 털도 안 난 애송이였지. 그런데…… 그게 무슨 상관이란 말인가? 바지를 지으려면 처음부터 크게 지어야지, 안 그러면 다 자란 후에 다리나 꿸 수 있겠나? 그러니 누가 뭐라고 하든 멋대로 살아야 한다는 것이 내 생각이다. 죽치고 앉아서 하얗게 태워 버려라, 이 말씀.

Ⅱ

내 생각에 소설가는 두 가지 유형으로 태어나는데, 1970년 무렵에 이른바 햇병아리 소설가였던 나도 그중 하나에 속한다. 글을 쓸

때 좀 더 문학적인, 또는 좀 더 '진지한' 면에 몰두하는 사람들은 쓸 수 있는 모든 주제를 다음의 관점에서 검토한다. '이런 이야기를 쓰는 게 나한테 무슨 의미가 있을까?' 반면에 대중 소설을 쓸 운명을 (또는 이렇게 불러도 괜찮다면 '카'를) 타고난 사람들은 전혀 다른 관점에서 의문을 제기한다. '이런 이야기를 쓰는 게 사람들한테 무슨 의미가 있을까?'라고 말이다. '진지한' 소설가들은 자기 안의 해답과 실마리를 찾는 반면에 '대중' 소설가들은 대중을 찾는다. 두 가지 유형 모두 제멋대로이기는 마찬가지다. 나는 그런 사람들을 꽤 많이 알고 있고 앞으로도 눈을 크게 뜨고 찾아볼 생각이다.

어쨌든, 돌이켜 보면 열아홉 그 시절에도 나는 절대반지를 없애려는 프로도의 고생담을 두 번째 유형에 속하는 이야기로 받아들였던 것 같다. 배경만 놓고 보면 어딘가 북유럽 신화 분위기가 나기는 해도 『반지의 제왕』은 본질적으로 영국인 순례자들의 모험담이다. 원정이라는 발상은 마음에 들었지만, 사실은 반할 만큼 좋아했지만, 톨킨이 빚어낸 억세고 촌스러운 등장인물들이나(그들을 싫어한다는 말은 아니다. 실제로 좋아했으니까.) 수풀이 우거진 스칸디나비아풍 배경은 그리 흥미롭지 않았다. 만일 그쪽으로 고개를 돌렸더라면 나는 완전히 실패하고 말았을 것이다.

그래서 기다렸다. 그러다가 1970년에 스물두 살이 되었고 턱에 처음으로 희끗희끗한 터럭이 돋아났지만(폴 몰 담배를 하루에 두 갑 반씩 피운 탓도 있지 않을까 싶다.), 그래도 스물두 살에는 여유 있게 기다릴 수 있는 법이다. 비록 심술궂은 교통정리대 꼬맹이가 벌써부터 이웃집을 돌면서 이것저것 캐묻고 다니기는 해도 스물두 살에는 시간이 여전히 내 편이기 때문이다.

그러던 중에 관객이 거의 없는 영화관(굳이 밝히자면 메인 주 뱅고어의 비주 극장)에서 영화를 한 편 보았으니, 바로 세르조 레오네 감독의 작품이었다. 제목이 「석양의 무법자」였던 그 영화를 채 절반도 보기 전에 나는 깨달았다. 내가 쓰고 싶은 소설은 톨킨풍의 원정과 마법을 담은 이야기이되, 배경은 레오네풍의 터무니없을 만큼 장대한 서부여야만 했다. 그 열혈 서부극을 텔레비전 화면으로밖에 못본 사람은 내가 무슨 말을 하는지 이해하기 힘들 텐데…… 심히 죄송하지만, 그건 진실이다. 제대로 된 파나비전 영사기로 상영하는 「석양의 무법자」는 「벤허」와 맞먹을 만큼 장엄한 작품이다. 클린트 이스트우드의 얼굴 길이는 5미터가 넘고, 양쪽 뺨에 숭숭 돋은 수염 가닥은 대략 어린 세쿼이아 가지만 하다. 골짜기처럼 깊숙이 팬리 밴클리프의 입가 주름을 보면 그 밑바닥에 '희박지대(4부『마법사와 수정 구슬』을 참조)'가 있지는 않을까 하는 생각마저 든다. 뒤에 펼쳐진 사막은 적어도 해왕성의 궤도까지 뻗어나간 듯 보인다. 총신은 맨해튼의 홀랜드 터널만큼이나 굵직하고 말이다.

내가 이 영화에서 배경보다 더욱 간절히 원했던 것은 바로 웅장함을 넘어 두려울 정도로 거대한 규모가 선사하는 분위기였다. 영화 속 풍경이 극도로 낯설게 보인 데에는 레오네 감독의 형편없는 미국지리 상식도 한몫했지만 말이다.(등장인물 중 한 명은 시카고가 애리조나 주 피닉스 근처에 있다고 할 정도다.) 게다가 오직 젊은이만이 지닐 수 있는 열정에 휩싸였던 나는 그냥 '긴 책'이 아니라 '역사상 가장 긴 대중 소설'을 쓰고 싶었다. 그렇게 하는 데 성공하진 못했지만, 시도는 나쁘지 않았던 것 같다. 사실상 하나로 이어지는 이야기를 담은 『다크 타워』 시리즈는 총 7부작으로서, 앞의 4부만 해도 페이퍼백 판형으로 2,000쪽이 넘는 분량이다. 뒤의 3부는 원고로 2,500쪽이 넘는 분량이고 말이다. 이야기의 길이와 재미 사이에 무슨 상관관계가 있다는 말은 아니다. 다만 나는 장대한 이야기를 쓰고 싶었고, 어떤 면에서는 성공을 거두었다는 뜻이다. 왜 그럴 마음이 들었냐고 물으면 딱히 할 말이 없다. 다만 그것도 미국식 성장의 한 단계인지도 모른다고 생각할 뿐이다. 가장 높은 건물을 짓고, 가장 깊은 구덩이를 파고, 가장 긴 이야기를 쓰는 것 말이다. 또한 언제나 머리를 긁적이게 하는 질문, 즉 '어디에서 영감을 얻었나요?'라는 질문에 대해서는…… 내가 보기에는 그것도 역시 미국식 삶의 한 부분인데, 결국에는 누구나 똑같이 대답하게 마련이다.

"그때는 그게 좋은 생각 같았거든요."

Ⅲ

폐가 안 된다면 열아홉 살에 관해 얘기하고 싶은 것이 하나 더 있다. 내가 보기에 이때는 적잖은 사람들이 (육체적으로는 아니더라도 심리적으로나 감정적으로) 궁지에 몰리는 나이인 듯싶다. 시간은 한 해 한 해 흘러가고, 어느 날 문득 거울을 보면 실로 곤혹스러운 표정을 하고 서 있는 자신을 발견하게 된다. '왜 내 얼굴에 주름이 자글자글하지?' 알 도리가 있나. '저 똥배는 도대체 누구 거야? 젠장, 난 겨우 열아홉 살이란 말이야!' 익히 들은 얘기일 테지만, 그래봤자 당신이 느끼는 당혹감은 조금도 줄지 않는다.

턱에 허연 수염이 돋아도, 점프슛 실력이 간데없이 사라져도, 당신은 시간이 아직도 당신 편이라고 생각한다.(멍청하기는.) 논리를 담당하는 부분은 이미 아는 사실인데도 마음이 믿으려 하지 않는 탓이다. 그나마 운이 좋은 사람이라면, 너무 일찍 성공하고 너무 즐겁게 산 혐의로 소환장을 발부하러 온 교통정리대 꼬맹이 놈한테 각성제도 함께 건네받을 것이다. 20세기가 끝날 무렵에 나도 그 비슷한 것을 받은 적이 있다. 녀석은 플리머스 밴의 탈을 쓰고 찾아와서 나를 들이받아 우리 동네 길가의 구덩이에 처박아놓았다.

사고를 당하고 3년쯤 지났을 때, 내가 『뷰익 8호 이야기(*From a Buick 8)*』를 발표하고 저자 사인회를 하러 미시간 주 디어본에 있는 보더스 서점에 갔을 때 일이다. 줄을 서서 기다리던 남자가 자기 차례가 되자 내게 살아남아서 정말로, 정말로 기쁘다며 이런 얘기를 들려주었다.(이런 말을 꽤 자주 듣는 편이긴 해도 가끔 "도대체 어떻게 안 죽고 살아났어요?"라는 말을 들으면 그저 정신이 아득해질 뿐이다.)

"차에 치이셨다는 뉴스를 들었을 때 친한 친구랑 같이 있었는데 말이죠, 어휴, 저흰 그저 고개만 저으면서 이랬어요. '이제 다크 타워는 물 건너갔구나. 갔어, 완전히 갔어. 에이, 젠장. 이제 완결 나긴 다 틀렸다.'"

나도 똑같은 생각을 한 적이 있다. 이미 수백만 독자들의 집단 상상 속에 암흑의 탑을 쌓아올린 이상, 그 탑의 이야기를 읽고파하는 사람들이 있는 한 내게는 탑을 안전하게 지킬 책임이 있다는 죄책감이었다. 어쩌면 겨우 5년 후에 전혀 안 읽히는 신세가 될지도 모르지만, 적어도 내가 아는 바에 비춰보면 500년 후까지 읽힐지도 모를 일이다. 판타지 소설은 좋은 이야기 못지않게 나쁜 이야기도 오래도록 서가를 차지하는 경향이 있기 때문이다.(지금도 세상 어딘가에는 『수사 이야기(*The Monk*)』나 『흡혈귀 바니(*Varney the Vampire*)』를 읽는 사람들이 분명히 있을 것이다.) 암흑의 탑을 지키기 위하여 총잡이 롤랜드는 탑의 들보를 무너뜨리려는 자들을 제거하려고 분투했다. 총잡이의 이야기를 완결 짓는 일이 내 몫임을, 나는 사고를 당하고 나서야 깨달았다.

『다크 타워』 시리즈를 4부까지 집필하고 발간하는 동안 긴 공백이 생길 때마다 팬레터가 수백 통씩 쇄도했는데 대개는 '그러다 된통 후회할 날이 올 거요.' 같은 내용이었다. 내가 아직 열아홉 살이라는 착각에 빠져 방황하던 1998년에는 이런 편지를 받은 적도 있다.

"올해 여든두 살 먹은 할멈이우. 개인적인 사정으로 폐 끼칠 생각은 없었는데 이걸 어쩌면 좋누! 내가 요즘 많이 아파."

할머니가 말씀하시길 당신은 살날이 1년밖에 안 남았건만("땅 파고 들어갈 때까지 14개월쯤 남았대. 온몸에 암이 퍼지는 바람에 그만.") 내가 롤랜드의 이야기를 끝낼 기미가 보이질 않으니, 부디(제발 좀) 결말을 미리 알려줄 수 없겠냐고 하셨다. 편지에는 (다시 집필을 시작할 만큼은 아니었지만 그래도) 내 심금을 울린 구절이 있었으니, 바로 할머니의 약속이었다.

"아무한테도 얘기 안 할게!"

그러고 나서 1년쯤 후에, 그러니까 내가 병원 신세를 지게 만든 사고가 있고 나서 비서인 마샤 디필리포가 편지 한 통을 건네주었다. 텍사스 주 아니면 플로리다 주의 교도소에서 사형 날짜를 기다리는 사내가 위와 똑같은 사연을 적어 보낸 편지였다. '도대체 결말이 어떻게 되는 거요?(비밀을 무덤까지 갖고 갈 작정이라는 대목에서는 간담이 서늘해졌다.)'

할 수만 있다면 두 사람 모두에게 각자가 원하는 답을, 그러니까 롤랜드의 나머지 모험담을 요약한 줄거리를 보내주었으련만, 오호 통재라, 나도 어쩔 수가 없었다. 과연 총잡이와 친구들 앞에 어떤 일이 펼쳐질지 알 수가 없었던 탓이다. 알려면, 써야만 했다. 예전에 잡아놓았던 줄거리는 어쩌다 보니 잊어버리고 말았다.(어차피 동전한 닢 가치도 없는 이야기였음이 분명하지만.) 남은 거라곤 메모지 몇 장뿐.(이 글을 쓰면서 책상 위에 놓인 쪽지를 보니 다음과 같이 적혀 있다. "추싯, 치싯, 차싯, 어쩌고저쩌고…… 바구니.") 그러다가 마침내, 2001년 7월이 되어서야, 나는 다시 쓰기 시작했다. 더는 열아홉 살이 아님을, 육신이 떠맡아야 할 모든 고통으로부터 나 자신 또한 열외가 될 수 없음을, 그제야 깨달은 덕분이다. 나도 예순이 되고 언젠가는 일흔이 되리라는 사실을 깨달은 덕분이다. 나는 심술궂은 교통정리대 꼬맹이가 마지막으로 찾아오기 전에 이야기를 마무리 짓고 싶었다. 『캔터베리 이야기』나 『에드윈 드루드의 비밀』과 나란히 기억되고 싶지는 않았으므로.

그리하여 애독자 여러분, 좋든 나쁘든 결과는 여러분 눈앞에 있는 바와 같습니다. 1부를 처음 읽는 분이든 5부를 펼칠 준비를 하는 분이든 상관없이 말이지요. 마음에 들든 안 들든 간에, 롤랜드의 이야기는 이제 완결되었습니다. 부디 즐겁게 읽으시길 바랍니다.

저로 말할 것 같으면, 제 인생 최고의 시간이었으니까요.

2003년 1월 25일
스티븐 킹

19

배려

전편 줄거리

『마법사와 수정 구슬』은 『다크 타워』라는 긴 이야기의 4부에 해당한다. 『다크 타워』 자체는 로버트 브라우닝이 쓴 이야기 시『롤랜드 공자 암흑의 탑에 이르다(*Childe Roland to the Dark Tower Came*)』에서 영감을 얻어 씌어졌다.

1부『총잡이』는 길르앗의 롤랜드가 검은 옷의 남자 월터를 뒤쫓다가 마침내 붙잡는 이야기였다. 월터는 롤랜드의 아버지와 친구인 척했으나 실은 대마법사 마튼의 부하였다. 초인적 힘을 지닌 월터를 붙잡는 일은 롤랜드의 궁극적인 목적이 아니라 단지 더 큰 목적을 이루기 위한 수단일 뿐이었다. 롤랜드의 목적은 암흑의 탑에 도착하는 것이다. 그곳에 이르면 중간 세계의 급속한 붕괴를 막을 수 있으리라고, 어쩌면 이전의 상태로 되돌리는 일도 가능하리라고 기대하기 때문이다.

롤랜드는 일종의 기사 같은 존재로서 자기 일족의 유일한 생존자이다. 그리고 암흑의 탑은 우리가 롤랜드를 처음 만났을 때 이미 그를 사로잡고 있던 강박 관념이자, 그가 살아가는 유일한 이유이기도 하다. 롤랜드가 아직 소년이었을 무렵에 마튼은 롤랜드의 어머니를 유혹했고, 또한 롤랜드가 일찌감치 성인식을 치르도록 음모를 꾸몄다. 마튼은 롤랜드가 성인식을 통과하지 못하고 '서쪽으로 추방'당하리라고, 그리하여 영원토록 자기 아버지의 총을 물려받지 못하리라고 예상했던 것이다. 그러나 롤랜드는 마튼의 계획을 완전히 뒤엎고 성인식을 무사히 통과했는데…… 이는 사실상 무기를 영리하게 고른 덕분이었다.

우리가 익히 보았듯이 총잡이의 세계는 끔찍하고 근본적인 방식으로 우리 세계와 이어져 있다. 두 세계의 연결 고리는 1977년의 뉴욕에서 온 소년 제이크와 롤랜드가 사막의 외딴 정거장에서 만날 때 처음으로 드러난다. 롤랜드의 세계와 우리 세계 사이에는 문이 여러 개 있다. 그중 하나는 죽음인데, 제이크는 맨 처음 중간 세계로 올 때 이 문을 통과했다. 미국 뉴욕 시의 43번가에서 어떤 이에게 떠밀려 차에 치었던 것이다. 범인은 잭 모트라는 남자였으나, 모트의 머릿속에 숨어서 그로 하여금 사건을 일으키도록 조종한 원흉은 다름 아닌 롤랜드의 숙적 월터였다.

롤랜드와 함께 월터를 붙잡기 전, 제이크는 또 한 번 죽음을 맞게 되는데…… 이번에는 자신의 상징적인 아들과 암흑의 탑을 놓고 고뇌하다가 탑을 선택한 롤랜드 때문이었다. 제이크가 심연으로 추락하기 전에 남긴 마지막 말은 다음과 같다.

"됐어요, 가세요. 여기 말고 다른 세계도 있으니까요."

롤랜드와 월터는 서쪽 바닷가에서 마지막 대결을 벌인다. 하룻밤 내내 기나긴 대화를 나누는 동안 검은 옷의 남자는 기이한 타로 카드를 꺼내어 롤랜드의 미래를 점쳐준다. 그중 유독 롤랜드의 관심을 끈 카드 세 장은 '사로잡힌 남자'와 '그늘 속의 여인', 그리고 '사신("하지만 자네 몫은 아니야, 총잡이.")'이었다.

2부 『세 개의 문』은 롤랜드가 서쪽 바닷가에서 눈을 뜨면서 시작된다. 그가 정신을 차려보니 숙적 월터는 이미 백골이 되어 뼈 무덤의 한 구석을 차지하고 있었다. 기진맥진한 총잡이는 가재를 닮은 육식 괴물 떼에게 습격당하고, 탈출하기 전에 그만 오른손 손가락 두 개가 잘리는 중상을 입고 만다. 게다가 괴물에게 물린 상처로 독이 들어온 탓에 바닷가를 따라 북쪽으로 향하는 동안 점점 몸이 쇠약해지다가…… 결국에는 죽음의 문턱에 이른다.

힘들게 걸음을 옮기는 동안, 롤랜드는 해변에 아무렇게나 서 있는 문 세 개와 마주친다. 그 세 문의 건너편은 모두 우리가 사는 세계의 뉴욕이지만, 시대는 제각각이다. 1987년과 연결된 문을 통해 롤랜드는 헤로인에 사로잡힌 남자 에디 딘을 불러낸다. 1964년의 뉴욕에서는 지하철 사고로 다리를 잃은 여성 오데타 수재나 홈스를 불러오는데…… 그 사고는 우연히 일어난 일이 아니었다. 수재나는 어엿한 사회적 지위와 명예를 지닌 젊은 흑인 여성이었으나 내면에는 사악한 또 하나의 인격이 도사리고 있는, 그야말로 그늘 속의 여인이었다. 수재나의 감춰진 인격, 즉 난폭하고 교활한 데타 워커는 롤랜드에게 붙잡혀 중간 세계로 끌려온 이후 그와 에디 둘 모두를 죽이겠다고 마음먹는다.

그 두 시대 사이에 또 하나의 문, 바로 1977년으로 이어지는 문이 있다. 롤랜드는 이 문을 통해 잭 모트의 지옥 같은 머릿속으로 들어간다. 모트는 오데타/데타를 한 번도 아니고 두 번이나 습격한 장본인이다. '사신(死神)이로군.' 검은 옷의 남자 월터는 일찍이 롤랜드에게 이렇게 말했다. '하지만 자네 몫은 아니야, 총잡이.' 그런데 모트는 월터가 말한 세 번째 동료도 아니었다. 그는 제이크 체임버스를 죽이려다 롤랜드 때문에 그만 실패하고 곧바로 지하철에 깔려 목숨을 잃는다. 1959년에 오데타의 다리를 앗아간 바로 그 열차였다. 이리하여 롤랜드는 미치광이 모트를 중간 세계로 불러내는 데에 실패했으나…… 이내 생각을 고쳐먹는다. 상황이 아무리 어렵다 한들 도대체 누가 그런 끔찍한 인간을 동료로 삼고 싶겠는가?

그러나 예언을 거스른 자는 대가를 치러야 하는 법이며, 이는 누구도 예외가 될 수 없다. *그게 바로 카다, 이 굼벵이 같은 놈아.* 롤랜드의 옛 스승 코트라면 이렇게 말할 것이다. *쉬지 않고 돌아가는 거대한 바퀴. 그 바퀴가 돌아갈 때 앞을 가로막지 마라. 얼쩡거리다가는 바퀴에 깔려 네놈의 어리석은 골통도 쓸모없는 몸뚱이도 모조리 납작한 자루가 돼 버린다.*

롤랜드는 어쩌면 에디와 오데타만으로 동료 세 명을 완성했을지도 모른다고 생각한다. 오데타가 두 인격을 지녔기 때문이다. 그러나 오네타와 데타가 (에디 딘의 사랑과 용기에 크게 힘입어) 수재나로 합쳐지자 총잡이는 자신이 틀렸음을 깨닫는다. 그가 깨달은 것은 또 있다. 자신이 제이크라는 소년, 즉 다른 세계가 있다는 말을 남기고 숨을 거둔 그 아이 생각에 사로잡혀 괴로워한다는 사실이다. 사실 총잡이의 정신 가운데 절반은 그 소년이 처음부터 없었다고 믿는다. 잭 모트가 제이크를 차도에 떠밀어 죽이지 못하게 막음으로써 총잡이는 일시적인 모순을 만들어내고, 이 때문에 의식이 둘로 나뉘는 고통을 겪는다. 고통에 빠지기는 우리 세계의 제이크 체임버스 또한 마찬가지이다.

바로 이 모순으로부터 3부인 『황무지』가 시작된다. '미르(이 땅을 떠난 옛사람들이 붙여준 이름)' 또는 '샤딕(위대한 선인들이 붙여준 이름)'으로 불리는 거대한 곰을 물리치고 나서 롤랜드와 에디, 수재나는 그 곰(알고 보니 곰이 아니라 사이보그였다.)의 흔적을 되짚어 가다가 빔의 길을 발견한다. 중간 세계에는 세상의 끝을 표시하는 관문이 열두 개 있고 그 관문을 둘씩 연결하는 빔의 길이 여섯 개 있다. 롤랜드는 그 빔이 교차하는 곳, 즉 총잡이의 세계 한가운데서, 어쩌면 모든 세계의 한가운데인 그곳에서, 자신과 동료들이 마침내 암흑의 탑을 발견하리라고 믿는다.

한편 에디와 수재나는 더 이상 롤랜드의 세계에 붙잡힌 포로 신세가 아니다. 총잡이 수업을 받는 동안 사랑을 키운 두 사람은 이제 총잡이와 함께 빔의 길을 따라가는 여정에 적극 동참한다.

곰의 관문으로부터 그리 멀지 않은 예언의 원. 이곳에서 일행은 찢어졌던 시간을 기워 맞추고, 모순에 종지부를 찍고, 마침내 진정한 세 번째 동료를 불러낸다. 위험천만한 통과 의식을 무사히 마친 끝에 제이크가 다시 한 번 중간 세계로 돌아온 것이다. 이는 제이크와 에디, 수재나, 롤랜드가 모두 자기 아버지의 얼굴을 기억하고 명예를 지키고자 혼신의 힘을 다한 덕분이었다. 네 사람이었던 일행은 오래지 않아 다섯으로 불어난다. 제이크가 길에서 만난 개너구리를 길들인 것이다. 오소리와 너구리와 개를 합쳐 만든 것처럼 생긴 개너구리는 짧게나마 말을 할 줄 안다. 제이크는 이 새 친구에게 오이라는 이름을 붙여준다.

일행은 순례자의 길을 따라 폐허가 된 도시 러드에 도착한다. 러드는 오랫동안 서로 반목한 두 패거리인 '어린둥이'와 '백발이'의 생존자들이 추하게 퇴화한 몰골로 오랜 싸움을 이어가는 전쟁터였다. 도시에 들어서기 전, 일행은 강넘이 마을이라는 이름이 붙은 조그만 촌락에 도착한다. 얼마 안 되는 주민들은 모두 백발이 성성한 노인이었다. 그들은 롤랜드가 옛 시대, 즉 세계가 변질하기 전의 시대에서 살아남은 생존자임을 알아보고 일행을 공손히 맞이한다. 노인들은 일행에게 지금도 모노레일 열차가 다닐지도 모른다는 이야기를 들려준다. 그 열차는 러드에서 출발하여 빔의 길을 따라 황무지를 지나 암흑의 탑까지 운행한다.

제이크는 열차 이야기를 듣고 겁을 먹지만, 그다지 놀라지는 않는다. 뉴욕에서 중간 세계로 불려오기 전, 캘빈 타워라는 의미심장한 이름을 지닌 남자가 운영하는 서점에서 책 두 권을 구입했기 때문이다. 한 권은 해답 부분이 찢겨 나간 수수께끼 책이다. 나머지 한 권은 『칙칙폭폭 찰리』라는 제목이 붙은 아동용 그림책이다. 모르는 사람이 보기에는 유쾌한 이야기 같겠지만…… 제이크의 눈에 비친 찰리는 어딘가 전혀 유쾌하지 않은 구석이 있다. 그리고 조금은 소름 끼치는 구석도. 롤랜드는 왠지 다른 부분에 신경이 쓰인다. 그의 세계에서 사용하는 귀족어로 찰리의 '차르'는 죽음을 의미하기 때문이다.

강넘이 마을의 우두머리인 탈리사 아주머니는 롤랜드에게 은으로 된 십자가 목걸이를 선물한다. 이윽고 마을을 떠난 일행은 러드에 들어서기 전 우리 세계에서 건너간 비행기의 잔해를 발견한다. 1930년대의 독일군 전투기였다. 조종석을 꽉 채운 거대한 남자의 시체는 이미 미라 상태였다. 그 남자는 이 일대에서 신화적 존재나

다름없는 무법자 데이비드 퀵이 거의 확실해 보인다.

강둑을 연결하는 부서진 다리를 건너는 동안 제이크와 오이는 사고로 하마터면 목숨을 잃을 뻔한다. 롤랜드와 에디, 수재나가 이 사고에 정신이 팔린 틈을 타 미리 매복해 있던 적이 공격을 개시한다. 그의 이름은 개셔, 살날이 얼마 안 남은(그러나 매우 위험한) 무법자였다. 개셔는 제이크를 납치하여 도시 지하에 사는 백발이 패거리의 마지막 두목인 똑딱맨에게 데려간다. 똑딱맨의 본명은 앤드루 퀵, 바로 다른 세계에서 온 비행기를 타고 착륙하려다 그만 목숨을 잃은 데이비드 퀵의 증손자이다.

롤랜드가 (오이에게 도움을 받아) 제이크를 찾는 동안 에디와 수재나는 러드의 요람을 찾아내고, 이곳에서 마침내 모노레일 열차 블레인이 눈을 뜬다. 블레인은 러드 지하에 있는 거대한 컴퓨터의 명령에 따라 운행하는 마지막 지상 교통수단으로서, 이제 마지막 한 가지 관심사에만 몰두하는 중이었다. 그 관심사란 다름 아닌 수수께끼 시합이다. 블레인은 롤랜드 일행에게 자신이 내는 수수께끼를 풀면 모노레일의 마지막 정거장까지 데려다주겠노라고 약속한다. 만약 풀지 못하면 일행이 도착할 곳은 길 끝에 마련된 공터…… 다시 말해 죽음이다. 후자의 경우에 일행은 수많은 동반자들을 얻게 된다. 블레인이 열차에 가득 실린 신경가스를 살포하여 러드에 남은 생존자들을 모조리 죽일 작정이기 때문이다. 어린둥이, 백발이, 그리고 총잡이 일행까지 모조리.

한편 롤랜드는 제이크를 구출하고 똑딱맨을 처치하지만…… 똑딱맨 앤드루 퀵은 죽지 않았다. 한쪽 눈을 잃고 얼굴이 끔찍하게 망가지기는 했지만, 그는 리처드 패닌이라는 남자 덕분에 목숨을 구한다. 그러나 패닌의 정체는 '늙지 않는 이방인'이었다. 월터가 롤랜드에게 경고한 바로 그 악마였던 것이다.

　롤랜드와 제이크는 러드의 요람에서 ('독한 년' 데타의 도움을 조금 받은 덕분에) 에디 및 수재나와 재회하고, 블레인이 낸 수수께끼를 푸는 데 성공한다. 블레인의 온전한, 그러나 너무나도 연약한 잠재의식(에디는 이 목소리를 '작은 블레인'이라고 부른다.)은 소름 끼치는 경고를 들려주지만 일행은 선택의 여지 없이 모노레일 열차에 오르고, 그제야 블레인이 그들을 태운 채 자살할 작정임을 깨닫는다. 모노레일을 조종하는 실제 의식은 점점 더 멀어지는 러드의 지하 컴퓨터 속에 도사리고 있다. 이제는 도살장이 되어버린 그 도시 지하에서 작동하는 컴퓨터는 시속 1200킬로미터로 달리는 분홍색 총알열차가 선로 어디쯤에서 탈선하건 말건 눈도 깜짝하지 않을 것이다.

　살아날 방법은 단 하나. 수수께끼에 대한 블레인의 집착을 이용하는 것이다. 길르앗의 롤랜드는 절체절명의 거래를 제안한다. 『황무지』는 그가 거래를 제안하는 장면에서 막을 내렸다. 이제 그 거래가 시작되는 장면에서 『마법사와 수정구슬』의 막이 올라간다.

로미오: 아가씨, 이 많은 과일 나무 꼭대기를 은빛으로 물들인
저 신성한 달을 두고 맹세컨대

줄리엣: 아, 달 같은 것에 맹세하지 마세요, 변덕스러운 달
둥근 궤도를 따라 돌면서 한 달 내내 모습이 바뀌는데
당신의 사랑도 저 달처럼 바뀌면 안 되잖아요.

로미오: 그럼 무엇에 맹세할까요?

줄리엣: 아무것에도 맹세하지 마세요.
정 해야겠거든, 품위 있는 당신 자신에게 하세요
내가 숭배하는 신은 당신이니까
당신을 두고 맹세하면 믿을게요.

— 윌리엄 셰익스피어, 『로미오와 줄리엣』에서

넷째 날, 오즈가 부른다는 소식을 듣고 도로시는 뛸 듯이 기뻤어요. 왕좌가 있는 방에
들어서는 도로시를 오즈는 친절하게 맞아주었답니다.
"자리에 앉아요, 아가씨. 아가씨가 이 나라를 떠날 방법을 찾은 것 같아요."
"그럼 캔자스로 돌아갈 수 있는 거예요?" 도로시는 눈을 반짝이며 물었어요.
"글쎄, 캔자스로 갈 수 있을지는 잘 모르겠네요. 어느 쪽인지 통 감을 잡을 수가 없어서
원……."

— 라이먼 프랭크 바움, 『오즈의 마법사』에서

싸움을 앞두고 술 한 모금을 청하는 사람처럼
나는 오래 전의 행복한 기억을 한 모금 청하고 싶었다
내 힘을 십분 발휘할 수 있기를 기원하며.
먼저 생각하고 그다음에 싸우는 것 그것이 바로 병법.
추억 한 모금이면 온몸에 다시 힘이 넘치나니!

— 로버트 브라우닝, 「롤랜드 공자 암흑의 탑에 이르다」에서

서장

블레인

"나한테 수수께끼를 내보게."

"개수작 부리지 마라."

롤랜드가 말했다. 큰소리로 말하지는 않았다.

"자네 뭐라고 했나?"

큰 블레인의 목소리에는 믿기 힘들어하는 기색이 뚜렷했다. 또한 존재하리라고 의심조차 못하는 자기 쌍둥이 동생의 목소리와 몹시도 비슷하게 들렸다. 롤랜드는 차분하게 대꾸했다.

"개수작 부리지 말라고 했다, 블레인. 못 알아듣겠거든 더 똑똑히 가르쳐주마. 거절한다. 네 부탁에 대한 내 답은 '거절'이다."

블레인은 한참 동안 전혀 반응하지 않았다. 그러다가 마침내 답했을 때, 그 대답은 목소리가 되어 나오지 않았다. 대신 벽과 바닥과 천장이 다시금 투명해지기 시작했다. 단 10초 만에 왕실 전용 객차가 다시 한 번 존재하기를 멈추었다. 이제 기차는 앞서 지평선에 보이던 산맥 위를 날아가고 있었다. 강철 같은 잿빛 봉우리들이 자살

공격을 감행하듯 달려들었다가 지나갔고, 뒤이어 깎아지른 골짜기가 나타났다. 그 아래에는 거대한 딱정벌레들이 육지에서 길을 잃은 바다거북처럼 기어다녔다. 터무니없이 커다란 뱀 비슷한 짐승이 동굴 입구에 똬리를 틀고 있다가 쏜살같이 몸을 뻗는 광경이 롤랜드의 눈에 띄었다. 짐승은 딱정벌레 한 마리를 붙들고 냉큼 굴로 돌아갔다. 평생 그러한 짐승이나 풍경을 본 적이 없었던 롤랜드는 소름이 돋다 못해 살갗이 살을 박차는 기분이 들었다. 그야말로 명줄을 위협하는 풍경이었으나, 문제는 그것이 아니었다. 그 풍경은 이계(異界)였다. 블레인이 그들을 다른 세상으로 끌고 왔는지도 모를 일이었다.

"그냥 여기서 탈선해 버리는 게 나으려나."

블레인의 목소리는 사색에 잠긴 듯했으나 롤랜드는 그 아래서 맥동하는 깊은 분노를 들었다.

"어쩌면 그래야 할지도 모르겠구나."

총잡이는 알 바 아니라는 투로 말했다.

에디는 정신이 나간 표정이었다. 입 모양으로 '지금 뭐 하는 거야?'라고 묻는 에디를 롤랜드는 무시했다. 그는 블레인을 상대하기에도 벅찼으며, 또한 자신이 무슨 짓을 하는지 완벽하게 파악하고 있었다.

"자네는 무례한 데다 건방지기까지 하군. 자네한테는 흥미로운 특성일지 몰라도 나한테는 아니야."

"그래, 그럼 훨씬 더 무례한 꼴을 보여주마."

길르앗의 롤랜드가 깍지 긴 두 손을 풀고 천천히 자리에서 일어섰다. 허공처럼 보이는 바닥에 두 발을 떡 벌리고 선 롤랜드는 오른

손으로 허리를, 왼손으로 리볼버의 백단향 손잡이를 쥐었다. 지금은 기억 속에서 사라진 마을 수백 곳의 먼지 낀 거리에서, 바위로 둘러싸인 골짜기 수십 곳의 살육장에서, 시큼한 맥주 냄새와 역한 튀김 냄새로 찌든 셀 수도 없이 많은 술집에서, 그는 바로 그 자세로 서곤 했다. 지금 이 상황 역시 또 다른 텅 빈 거리에서 벌어지는 또 다른 결투에 지나지 않았다. 그것이 전부였고, 그것이면 충분했다. 그것은 *케프*이자 *카*였으며 또한 *카텟*이었다. 롤랜드에게는 어김없이 결투가 찾아온다는 사실이야말로 삶의 핵심이자 그 자신의 *카*를 붙잡고 돌리는 축이었다. 이번에는 총알 대신 말을 쏘는 결투일지언정 다를 바는 조금도 없었다. 여느 때와 똑같이 죽음을 다투는 싸움이었다. 주위에 맴도는 살의의 역한 냄새는 늪에 빠져 불어터진 송장의 악취만큼이나 선명하고 또렷했다. 이내 늘 그러했듯이 투지가 롤랜드의 몸속에 깃들었고…… 이제 그곳에 서 있는 롤랜드는 더 이상 혼자가 아니었다.

"아예 이렇게 불러주마, 이 뚱딴지에 골 빈 데다 멍청하고 건방진 기계 놈아. 또 이건 어떠냐, 이 지각이라고는 속 빈 나무에서 윙윙대는 삭풍 소리만도 못한 어리석고 천박한 피조물아."

"그만둬."

롤랜드는 블레인의 말을 깨끗이 무시하고 여전히 차분한 어조로 말을 이어갔다.

"나야 힘닿는 데까지 무례해지고 싶지만, 한계가 있으니 애석할 뿐이다. 그건 네가 기계에 불과하기 때문이다. 그래, 에디 말에 따르면…… '도구'라고 해야겠구나."

"나는 그까짓 것보다 훨씬 더 대단한……"

"예를 들면, 나는 너를 좆이나 빠는 비역쟁이로 불러주고 싶지만 그럴 수가 없다. 왜냐하면 네게는 입도 좆도 없기 때문이다. 또 온 천지에서 가장 저급한 거리의 시궁창을 기어다니는 더러운 거지보다 더 더러운 놈으로 불러주고 싶지만 그럴 수가 없다. 왜냐하면 그런 놈조차도 너보다는 낫기 때문이다. 네게는 짚고 기어다닐 무릎이 없거니와, 설령 있다고 해도 꿇지는 않을 게다. 네가 자비라는 인간적 결함을 이해 못하는 탓이다. 심지어 너를 어미랑 흘레붙을 놈으로 부를 수도 없다. 왜냐하면 네게는 어미가 없으므로."

롤랜드는 말을 멈추고 숨을 골랐다. 그러나 그의 동료 셋은 숨이 턱 막혔다. 사방에서 그들을 둘러싸고 숨통을 막은 것은 바로 블레인의 벼락같은 침묵이었다.

"허나 이렇게 불러줄 수는 있다. 하나뿐인 동료가 스스로 목숨을 끊도록 내버려둔 이 배신자 놈아. 어리석은 이를 고문하고 죄 없는 이를 살육하며 환희를 느낀 이 겁쟁이 놈아. 싸움에서 지고 질질 짜는 이 기계 괴물……"

"그만두지 않으면 지금 여기서 모조리 죽여버리겠다, 이건 명령이다!"

롤랜드의 눈에 이글거리는 푸른 불길이 어쩌나 강렬했던지, 에디는 그만 몸을 웅크리고 뒤로 물러나고 말았다. 어렴풋이, 수재나와 제이크가 헉 하는 소리가 들렸다.

"죽일 테면 죽여라, 그러나 너는 내게 아무것도 명령하지 못한다!" 총잡이가 포효했다. "너는 너를 만든 이들의 얼굴을 잊었다! 이제 우리를 죽이든가 아니면 입을 다물고 귀를 열어라! 이 길르앗의 롤랜드가, 스티븐의 아들이자, 총잡이이며, 옛 땅의 왕인 내가 말하고 있다! 내가 그 머나먼 길과 그 기나긴 세월을 지나 여기에 온 까닭은 네놈의 어린애 같은 수다를 듣기 위함이 아니다! 알아들었느냐? 이제 내 말에 귀를 열어라!"

경악으로 물든 침묵이 흘렀다. 아무도 숨을 쉬지 못했다. 롤랜드는 고개를 꼿꼿이 들고 손을 총에 얹은 채로 단호히 앞을 응시하고 있었다.

수재나 딘은 한 손으로 입을 가리다가 입가에 떠오른 미소를 알아차렸다. 그것은 새로 장만한 특이한 장신구가, 어쩌면 모자 같은 것이 제자리에 똑바로 있음을 확인한 여성이 지을 법한 희미한 미소였다. 수재나는 자신의 인생이 여기서 막을 내릴까 두려웠지만 그 순간 그녀의 마음을 지배한 감정은 공포가 아니라 긍지였다. 흘깃 왼쪽을 쳐다보니 에디가 경악한 표정으로 헤 웃으며 롤랜드를 올려다보는 중이었다. 제이크의 표정은 훨씬 단순했다. 그것은 순수하고 천진난만한 동경의 표정이었다.

"더 퍼부어요!" 제이크가 소곤거렸다. "끝장내버리세요! 바로 그거예요!"

"똑바로 듣는 게 좋을 거야, 블레인." 에디가 맞장구를 쳤다. "이 양반은 정말로 눈도 깜짝 안 한다고. 사람들이 괜히 '길르앗의 미친개'로 부른 게 아냐."

기나긴 시간이 흐른 후에 블레인이 물었다.

"스티븐의 아들 롤랜드여, 자네 정말로 그렇게 불렸나?"

"그랬을지도."

황량한 언덕 상공의 희박한 대기 위에 차분하게 선 채로, 롤랜드가 대꾸했다.

"수수께끼를 안 내겠다면 자네가 내게 무슨 쓸모가 있단 말인가?"

블레인이 물었다. 이제 그 목소리는 평소에 자는 시간보다 한참 늦게까지 깨어 있어도 좋다고 허락받은 아이처럼 부루퉁했다.

"수수께끼를 안 내겠다는 말이 아니다."

"아니라고?"

블레인이 당황한 목소리로 물었다.

"무슨 말인지 모르겠군. 하지만 성문 분석 결과는 논리적 화법으로 나왔어. 부디 설명해 주기 바라네."

"넌 수수께끼를 지금 *당장* 원한다고 했다. 내가 거절하는 바가 바로 그것이다. 너의 그악스러운 기세는 사리에 맞지 않는다."

"무슨 말인지 모르겠는데."

"네가 무례를 저질렀다는 말이다. 이제 알아듣겠나?"

골똘히 생각하는 듯, 블레인은 오랫동안 침묵을 지켰다. 그러다가 마침내 입을 열었다.

"내가 한 말이 무례하게 들렸다면 사과하겠네."

"네 사과를 받아들인다, 블레인. 허나 그보다 더 큰 문제가 있다."

"설명해 보게."

이제 블레인의 목소리는 조금 자신을 잃은 듯했으나 롤랜드는 그리 놀라지 않았다. 블레인이 인간들로부터 무시와 방치와 미신적인 굴종이 아니라 다른 반응을 받아보기는 실로 오랜만이었기 때문이었다. 놈이 혹시 인간의 순수한 용기와 맞닥뜨린 적이 있다 하더라도 이미 오래전 일이었다.

"객차를 원래대로 복구하면 설명해 주마."

롤랜드는 이제 더 이상의 언쟁은(그리고 당장 죽을 걱정은) 아예 생각할 필요도 없다는 듯이 의자에 앉았다.

블레인은 롤랜드가 요구한 대로 했다. 객차 벽에 다시 색이 차오르고 아래의 악몽 같은 풍경이 가려졌다. 노선도에서 움직이던 불빛은 이제 캔들턴이라고 적힌 점 근처에서 깜박이는 중이었다.

"길르앗의 롤랜드여, 내가 어떻게 어리석었다는 건가?"

블레인의 목소리는 부드러우면서도 불길했다. 수재나는 문득 고양이를 떠올렸다. 쥐구멍 앞에 웅크리고 앉아 꼬리를 살랑거리며 초록색 눈을 반짝이는 고양이를.

"우리는 네가 원하는 것을 지니고 있다. 허나 우리가 그걸 넘겨준 대가로 네가 줄 것이라고는 오로지 죽음뿐이다. 그건 실로 어리석은 짓이다."

블레인은 한참 동안 조용히 생각하다가 마침내 말했다.

"자네 말은 사실이네, 길르앗의 롤랜드여. 그러나 그대들의 수수께끼가 어느 정도 수준인지는 아직 입증되지 않았네. 나는 형편없는 수수께끼의 대가로 그대들을 살려주진 않을 걸세."

롤랜드가 천천히 고개를 끄덕였다.

"나도 이해한다, 블레인. 자, 이제 내 말을 잘 듣고 이해하려고 노력해 봐라. 내 친구들에게는 이미 얼마간 들려준 바 있는 이야기다. 내가 어렸을 적 길르앗에서는 한 해에 일곱 차례 축제가 열렸다. 동기(冬期), 광지(廣地), 파종, 하지, 만지(滿地), 추수, 세밑이었지. 수수께끼는 매 축제일마다 중요한 행사였는데, 그중에서도 광지일 축제와 만지일 축제가 가장 중요했다. 왜냐하면 그날 나온 수수께끼를 갖고 그해 농사의 풍흉을 점쳤기 때문이다."

"사실적 근거가 전혀 없는 미신이로군. 그 얘기를 들으니 불쾌하고 당혹스러운걸."

"물론 미신이다. 허나 수수께끼가 한 해 농사를 얼마나 잘 예측했는지 알면 넌 아마 놀랄 게다. 예를 들어, 이 수수께끼를 한번 풀어봐라, 블레인. 할머니와 곡창의 차이가 무언지 아느냐?"

"그건 아주 낡은 데다 재미도 없는 수수께끼 아닌가."

말은 이렇게 하면서도 어쨌든 풀 수수께끼가 생겨서 흐뭇한 목소리였다.

"할머니는 혈육(born kin, 본 킨)이지만 곡창은 곡물을 저장하는 곳(corn-bin, 콘 빈)이지. 그건 두 단어의 발음이 비슷한 점을 이용한 수수께끼야. 뉴욕 왕국의 수준에 맞추어 비슷한 예를 들면, 이런 것이 있네. 고양이와 복문의 차이가 무언지 아는가?"

제이크가 말문을 열었다.

"우리 영어 선생님이 바로 올해 가르쳐주신 거야. 고양이는 발(paws, 포즈) 끝에 발톱(claws, 클로즈)이 있고 복문은 절(clauses, 클로즈) 끝에 구두점(pause, 포즈)이 있어."

"맞았다. 아주 낡고 어리석은 수수께끼지."

"이번만은 나도 동감이야, 블레인 씨." 에디가 말했다.

"스티븐의 아들 롤랜드여, 길르앗 축제일의 수수께끼에 관해 더 들려주게나."

"광지와 만짓날 정오가 되면 열여섯에서 서른 명 사이의 수수께끼꾼들이 '선조들의 홀'에 모였다. 수수께끼 시합을 위하여 그 홀을 개방했기 때문이다. 장사치나 농사꾼, 말몰이꾼 같은 평민들이 선조들의 홀에 들어오도록 허락받은 때는 연중 그 이틀뿐이었기에 군중이 말 그대로 운집하곤 했다."

총잡이의 눈빛은 꿈을 꾸듯 아련했다. 제이크가 어렴풋이 기억하는 또 하나의 삶에서 본 적이 있는 눈빛이었다. 그때 롤랜드는 일종의 의례에 해당하는 춤을 구경하려고 친구 커스버트와 제이미와 함께 바로 그 홀의 발코니에 숨어들었노라고 얘기했다. 당시 제이크와 롤랜드는 산을 오르는 중이었고, 월터의 흔적에 가까이 다가가 있었다.

'마튼은 우리 어머니와 아버지 바로 옆에 앉아 있었단다.' 그때 롤랜드는 이렇게 얘기했다. '나는 그 높은 곳에서 모두 알아볼 수 있었어. 한 번은 어머니가 마튼과 춤을 추셨지. 천천히, 빙글빙글 돌면서. 사람들 모두 둘이 춤출 수 있게 자리를 비켜주더구나. 춤이 끝나고 나서는 박수를 쳐주었고. 하지만 총잡이들은 박수를 치지 않았단다……'

흥미가 가득한 눈으로 롤랜드를 올려다보던 제이크는 다시금 궁금해졌다. 이 기묘한 사내가, 꿈꾸는 사람 같은 눈빛을 한 이 사내가 어디서 왔는지…… 그리고 왜 왔는지.

"홀 중앙에 커다란 통이 놓였다. 수수께끼꾼들은 저마다 종이쪽지에 수수께끼를 적어 그 통 속에 한 움큼씩 던져넣었지. 노인들한테서 듣거나 심지어 책에서 보고 베껴둔 오래된 수수께끼도 많았지만, 이때를 위하여 궁리해낸 새 수수께끼 또한 많았다. 일단 수수께끼를 큰소리로 읽어 공개하고 나면 심판 셋이 돌아가며 검토했는데, 세 심판 가운데 한 명은 반드시 총잡이가 맡도록 되어 있었다. 그리고 심판들이 공정하다고 인정한 수수께끼만이 시합에 출제되었지."

"암, 자고로 수수께끼는 공정해야 하는 법이지."

"그렇게 사람들은 수수께끼 시합을 벌였다."

총잡이가 말했다. 그 시절을 떠올리는 사이에 총잡이의 입가에 희미한 미소가 어렸다. 그 시절, 총잡이는 지금 그의 맞은편에 앉아 무릎에 개너구리를 올려놓은 멍투성이 소년과 비슷한 또래였다.

"사람들은 몇 시간이고 시합을 계속했다. 선조들의 홀 중앙에 기다란 줄이 늘어섰지. 줄의 차례는 제비뽑기로 정했는데 앞보다는 뒤에 설수록 좋았던 탓에 너도 나도 높은 수를 뽑으려고 안달했다. 시합에서 이기려면 적어도 한 문제는 맞혀야 했지만 말이다."

"물론이지."

"남, 여 한 사람씩 통으로 다가가 수수께끼를 뽑은 다음 주최자에게 건넸다. 길르앗에서 으뜸가는 수수께끼꾼 중에는 여성도 있었지. 주최자가 수수께끼를 묻고 나서 3분짜리 모래시계의 모래가 다 흐르도록 대답을 못하면 참가자는 줄 바깥으로 나가야 했다."

"그러면 줄의 다음 사람한테도 똑같은 수수께끼를 물었나?"

"그렇다."

"그렇다면 그 사람은 생각할 시간이 더 많았겠군."

"그렇다."

"알았네. 듣고 보니 꽤 달아오르는군."

롤랜드가 눈살을 찌푸렸다.

"달아올라?"

"재미있을 것 같다는 뜻이에요."

수재나가 조용히 일러주자 롤랜드는 어깨를 으쓱했다.

"구경꾼한테는 재미있겠지. 허나 참가자들은 진지하게 받아들였다. 시합이 끝나고 상을 수여하고 나면 자주 말싸움이나 주먹다짐을 벌일 정도였으니."

"상으로는 뭘 줬나?"

"나라 안에서 제일 큰 거위를 줬다. 그리고 해마다 그 거위를 집으로 챙겨간 사람은 내 스승 코트였다."

"틀림없이 위대한 수수께끼꾼이었겠군. 그 사람도 여기 있었더라면 좋았을 것을."

블레인의 목소리에서 존경의 빛이 묻어났다. '내 말이 그 말이다.' 롤랜드는 속으로 생각했다.

"이제 내가 제안을 하마."

"흥미를 갖고 경청하겠네, 길르앗의 롤랜드여."

"지금부터 몇 시간 동안을 우리만의 축제일로 삼도록 하자. 대신, 너는 수수께끼를 내지 마라. 너는 새 수수께끼를 듣고 싶지, 이미 아는 수많은 수수께끼를 내고 싶지는 않을 게다."

"옳은 말일세."

"네가 낸다고 해도 어차피 우리는 거의 못 풀 게다. 네가 아는 수수께끼들은 틀림없이 내 스승 코트마저도 무릎 꿇었을 만큼 어려울 테니."

사실 롤랜드는 전혀 그렇게 확신하지 않았다. 그러나 주먹을 내밀 시간은 이미 지나가고 이제는 악수를 청할 시간이었다.

"그렇고말고."

블레인이 맞장구를 쳤다.

"내 제안은 이것이다. 거위 대신 우리 목숨을 상으로 걸자. 블레인, 네가 달리는 동안 우리는 수수께끼를 낼 거다. 네가 만약 토피카에 도착할 때까지 수수께끼를 모조리 풀면, 네 원래 계획대로 우리를 죽여라. 그것이 네가 취할 상이다. 허나 우리가 너를 쓰러뜨리면, 즉 제이크의 책이나 우리 머릿속에 네가 답하지 못할 수수께끼가 하나라도 있으면, 너는 우리를 토피카까지 데려다준 다음 원정을 계속하도록 우리를 무사히 놓아주어야 한다. 이것이 우리가 취할 상이다."

침묵.

"알아들었느냐?"

"그래."

"동의하느냐?"

외줄 블레인이 다시 침묵을 지켰다. 에디는 수재나를 팔로 감싼 채 딱 굳은 자세로 앉아 왕실 객차 천장을 올려다보고 있었다. 수재나는 왼손으로 아랫배를 쓸어내리며 그 속에서 자라고 있을지도 모르는 비밀을 생각했다. 제이크는 백발이의 칼에 찔려 피딱지가 엉긴 곳을 건드리지 않도록 조심하며 오이의 털을 어루만졌다. 블레인이 롤랜드의 제안을 골똘히 생각하는 동안, 일행은 기다렸다. 이제 진짜 블레인은 그들 뒤 저 멀리에, 제 손으로 모든 주민을 학살한 도시의 지하에서 허울뿐인 삶을 사는 중이었다.

"좋아."

마침내 블레인이 입을 열었다.

"동의하네. 만약 자네들이 낸 수수께끼를 모두 풀면, 나는 자네들을 내 삶의 길 끝에 있는 공터로 함께 데려갈 걸세. 만일 자네들 중 한 명이라도 내가 못 푸는 수수께끼를 내면, 나는 자네들을 토피카까지 데려다줄 걸세. 거기서 내린 다음 암흑의 탑을 찾아 원정을 계속하게. 스티븐의 아들 롤랜드여, 이만하면 자네의 제안에 들어 있는 조건을 제대로 이해한 셈인가?"

"그렇다."

"좋았어, 길르앗의 롤랜드여."

"좋았어, 뉴욕의 에디여."

"좋았어, 뉴욕의 수재나여."

"좋았어, 뉴욕의 제이크여."

"좋았어, 중간 세계의 오이여."

자기 이름을 들은 오이가 잠깐 고개를 들었다.

"그대들은 '카텟'일세. 여럿이 하나 된 자들이지. 나 또한 그러하다네. 누구의 '카텟'이 더 강한지 지금부터 밝혀보세나."

잠깐 동안의 침묵을 깨뜨린 것은 쉼 없이 돌아가는 슬로트랜스 엔진의 거센 진동뿐이었다. 엔진이 그들을 싣고 황무지를 지나 향하는 곳은 토피카, 중간 세계가 끝나고 최종계가 시작되는 곳이었다.

"자, 그럼!"

블레인의 우렁찬 포효성이 울려퍼졌다.

"그물을 던져보시게, 방랑자들이여! 그대들의 수수께끼로 내게 도전해 보게. 이제 시합은 시작되었네."

제1부

수수께끼

제1장
악마의 달 아래에서 1

1

캔들턴 마을은 방사능에 찌든 폐허였으나 완전히 죽은 땅은 아니었다. 수백 년이 지났는데도 여전히 음산한 생물들이 이리저리 돌아다녔던 것이다. 거북이만 한 딱정벌레들이 꾸물거리며 기어다니고, 새끼 용처럼 생긴 흉측한 새들이 하늘을 날아다녔다. 로봇 몇 대는 스테인리스강으로 만든 좀비처럼 비틀거리면서 다 쓰러져가는 건물을 들락거렸다. 로봇의 관절에서는 삐걱거리는 소리가 들렸고, 방사능에 물든 눈에서는 불빛이 깜박거렸다.

"어이, 통행증!"

이렇게 외친 주인공은 지난 234년 동안 캔들턴 트래블러스 호텔의 로비 한구석에 처박혀 있던 로봇이었다. 녹슨 마름모꼴 머리에는 육각 별이 돋을새김으로 박혀 있었다. 로봇은 오랜 세월에 걸쳐 눈앞을 가로막은 강철 벽에 우묵한 홈을 내는 데 성공했지만, 성과는 그것이 전부였다.

"어이, 통행증! 마을 남쪽과 동쪽에 방사능 수치 상승 위험! 어이, 통행증! 마을 남쪽과 동쪽에 방사능 수치 상승 위험!"

눈이 멀고 몸이 퉁퉁 부은 쥐 한 마리가 썩은 태반처럼 생긴 자루에 든 내장을 뒤에 질질 끌면서 기어오더니, 경비 로봇의 발을 넘어가려고 낑낑댔다. 로봇은 그런 줄도 모른 채 쇠로 된 머리로 쇠로 된 벽을 연방 찧어댔다.

"어이, 통행증! 방사능 수치 상승 위험, 빌어먹을!"

로봇 뒤에 있는 호텔 바에서는 대격변이 닥치기 전 마지막 한 잔을 위해 이곳을 찾은 남녀들의 해골이 마치 웃으며 죽음을 맞은 사람들처럼 빙긋 웃고 있었다. 어쩌면 그들 중 몇몇은 실제로 그랬는지도 모른다.

이들의 머리 위로 '외줄 블레인'이 마치 총신을 박차고 나가는 총알처럼 밤하늘을 가르며 지나가자 호텔 유리창은 박살이 났고, 쌓였던 먼지는 사방으로 흩날렸으며, 해골 몇 개는 고대 유적에서 발견된 꽃병처럼 산산이 부서졌다. 호텔 바깥에서는 짤막한 태풍이 몰고 온 방사능 먼지가 거리를 휩쓸었다. '엘리건트 비프 앤드 포크 레스토랑' 앞쪽의 말을 묶어두는 가로대는 사나운 바람에 뽑혀 연기처럼 날아갔다. 마을 광장에 있던 캔들턴 분수대는 둘로 쪼개져 물 대신 먼지와 뱀, 돌연변이 전갈, 그리고 눈이 먼 채 꾸물거리는 거북이만 한 딱정벌레 따위를 쏟아냈다.

하늘을 쏜살같이 날아가던 열차가 흔적도 없이 사라지자 캔들턴 마을은 지난 250년 동안 삶 대신 이곳을 뒤덮었던 부패의 활력을 되찾았는데…… 다음 순간, 열차의 뒤를 따라온 소닉 붐이 마을을 덮쳤다. 7년 만에 처음으로 천둥 같은 소리가 마을 상공을 뒤흔들었다. 진동이 어찌나 강했던지 분수대 건너편의 상점이 무너질 정도였다. 경비 로봇은 마지막 경고를 '방사능 수치 상……'까지 중얼거리고는, 마치 나쁜 짓을 저질러 벌을 받는 아이처럼 구석을 마주한 채 영원한 침묵에 빠졌다.

캔들턴을 벗어나 2, 3휠쯤 가다 보면 빔의 길과 만나는 곳이 있었다. 이곳에 도착하면 방사능 수치와 흙 속의 DEP3 농도가 급격히 낮아졌다. 모노레일의 철로가 곡선을 그리며 서서히 낮아지다가 지면 위 3미터 높이까지 내려간 이곳의 소나무 숲에서, 거의 정상으로 보이는 암사슴 한 마리가 귀엽게 종종대며 걸어나오더니, 75퍼센트쯤 자연 정화된 물을 마시러 개울로 향했다.

아니, 사슴은 정상이 아니었다. 아랫배 한복판에 달린 짤따란 다섯째 다리는 안에 뼈가 없는지, 사슴이 걸음을 옮길 때마다 유방처럼 대롱거렸다. 코 왼쪽에는 앞을 못 보는 뿌연 눈이 한 개 더 붙어 있었다. 그럼에도 생식 능력은 갖추고 있었고, 12대째 돌연변이치고는 디엔에이 구조 또한 비교적 양호했다. 올해로 여섯 살이 된 이 암사슴은 지금껏 새끼를 세 마리나 낳았다. 그중 두 마리는 살아남았을 뿐 아니라 어엿한 정상이었다. 강넘이 마을의 탈리사 아주머니라면 그 사슴들을 가리켜 '실처럼 가느다란 내 새끼들'이라고 불렀을 것이다. 세 번째로 낳은 새끼는 가죽 없이 태어나 끔찍한 소리를 내며 울다가 아비에게 곧장 죽임을 당했다.

세상은, 적어도 이 지역만큼은, 스스로 치유되기 시작한 것이다.

개울에 주둥이를 담그고 물을 마시던 암사슴이 눈을 번쩍 뜨고 고개를 쳐들었다. 입가에서 물이 뚝뚝 떨어졌다. 저 멀리서, 나지막이 윙윙거리는 소리가 들려왔다. 이윽고 희미한 빛줄기가 소리에 가세했다. 사슴의 신경 체계 속에 경고음이 울려퍼졌다. 사슴은 몸놀림이 날렵했고 빛줄기도 처음에는 황량한 들판 너머 몇 휠이나 떨어져 있었지만, 벗어날 기회 따위는 애초에 없었다. 멀리서 반짝이던 빛은 사슴이 다리에 힘을 주기도 전에 이미 늑대 눈만큼 커져서 개울과 들판을 환히 비추었다. 빛과 함께 미친 듯이 윙윙거리는 소리가 찾아왔다. 블레인의 슬로트랜스 엔진이 최고 속도로 돌아가며 내는 소리였다. 철로를 떠받친 콘크리트 다리 위로 분홍색 얼룩이 번지는가 싶더니, 먼지와 돌과 갈가리 찢긴 작은 동물들이 광풍에 휘말린 채 그 뒤를 따랐다. 암사슴은 블레인이 지나가면서 퍼뜨린 충격파를 맞고 즉사했다. 덩치가 커서 후폭풍에 휘말려 날아가지는 않았지만, 그래도 입과 발에서 물을 뚝뚝 흘리며 50미터쯤 끌려갔다. 가죽은(뼈가 없어서 흐물대던 다섯째 다리도) 죄다 찢겨서 마치 내팽개친 옷처럼 홀라당 벗겨졌다.

잠시 침묵이 흘렀다. 갓 태어난 짐승의 가죽처럼, 또는 겨울 끝에 호수의 수면을 덮은 얼음처럼 얇디얇은 침묵이었다. 뒤이어 결혼식 피로연에 지각하여 헐레벌떡 뛰어가는 수다쟁이처럼 소닉 붐이 들이닥쳐 침묵을 찢어발겼다. 어쩌면 까마귀일지도 모를 돌연변이 새 한 마리가 하늘에서 터져 죽었다. 새는 돌멩이처럼 일직선으로 추락하여 개울에 첨벙 빠졌다.

멀리, 붉은 눈 한 개가 점점 작아졌다. 블레인의 미등이었다.

하늘에 펼쳐진 은막 같은 구름 뒤에서 보름달이 나타나 들판과 개울에 빛을 흩뿌렸다. 전당포에 진열된 보석처럼 상스러운 색깔의 빛이었다. 달 표면에는 얼굴이 새겨져 있었으나, 연인들이 올려다볼 만한 얼굴은 아니었다. 캔들턴 트래블러스 호텔에 있던 해골처럼 퀭한 얼굴이었다. 그 얼굴은 아직 살아서 버둥거리는 땅의 생물들을 미치광이처럼 히죽거리는 표정으로 굽어보고 있었다. 세계가 변질하기 전, 길르앗 사람들은 세밑의 보름달을 '악마의 달'이라고 불렀으며, 그 달을 똑바로 쳐다보면 불행이 찾아온다고 믿었다.

그러나 이제 그런 미신은 아무 의미도 없다. 지금은 어디에나 악마들이 우글거리니까.

2

수재나는 열차 노선도를 올려다보았다. 일행의 현재 위치를 표시하는 초록색 점이 이제 캔들턴과 릴레아의 중간쯤에 있었다. 릴레아는 블레인의 다음번 정거장이었다. '그런데 이 미친 열차를 누가 세우지?' 수재나는 생각했다.

노선도를 바라보던 수재나가 에디에게로 눈을 돌렸다. 에디의 눈길은 여전히 왕실 전용 객차 천장에 고정되어 있었다. 그가 뚫어지게 올려다보는 것은 기껏해야 통풍구 크기만 한 사각형이었다(다만 수재나는 이렇게 생각했다. 말하는 기차 같은 미래형 쓰레기를 상대하는 지금 같은 상황에서는 아무래도 통풍구가 아니라 해치, 또는 그보다 더 멋진 용어로 불러야 할 것 같다고.). 사각형 안에 그려진 빨간색 스텐실 그림은 열린 문을 통해 올라가는 남자의 형상이었다. 수재나는 시속 1200킬로미터로 달리는 동안 그림의 지시에 따라 해치를 열고 바깥으로 나간다면 어떻게 될지 상상했다. 줄기에서 뚝 잘린 꽃봉오리처럼 목에서 잘려 나간 머리가 잠깐이나마 선명하게 떠올랐다. 기다란 왕실 전용 객차 옆으로 나풀나풀 날아가는 자신의 머리가 눈에 선했다. 머리는 객차에 한 번 부딪히는가 싶더니 어둠 속으로 영영 사라졌다. 눈을 반짝이며, 머리카락을 휘날리며.

수재나는 온 힘을 다해 그 불길한 상상을 머릿속에서 지웠다. 천장의 해치는 어차피 잠겨 있을 것이 뻔했다. 외줄 블레인은 일행을 놓아줄 생각이 털끝만큼도 없었다. 어쩌면 승리를 거두고 당당히 내릴 수도 있었지만, 수재나가 보기에는 설령 수수께끼 시합에서 블레인을 이긴다 해도 무사하리라는 보장은 없었다.

'에디, 이렇게 말해서 미안한데, 내가 보기에 그건 멍청한 헛둥이나 할 만한 생각이에요.' 수재나는 속으로 중얼거렸다. 머릿속에 들리는 목소리는 데타 워커의 것이 아니었다. '당신이 기계에 대해서 뭘 안다고. 머리 굴려서 살아날 확률보단 훨씬 얻어터질 확률이 더 높아요.'

제이크는 자신의 너덜너덜한 수수께끼 책을 총잡이에게 내밀었다. 몸짓이 마치 그 책을 더는 갖고 있기 싫다는 듯했다. 수재나의 눈에는 아이의 마음속이 훤히 비쳤다. 그들 일행의 목숨은 십중팔구 저 손때 묻은 책 속에 담겨 있었다. 수재나 역시 그 책을 몸에 지니고 싶지 않았다.

"롤랜드 아저씨!" 제이크가 소곤거렸다. "이 책 읽으실래요?"

"책! 일래요!"

개너구리 오이가 그 말을 따라하며 굳은 표정으로 롤랜드를 올려다보았다. 그러고는 제이크의 손에 들린 책을 입으로 물어 휙 뺏은 다음, 몸에 비해 유난히 긴 목을 롤랜드 쪽으로 쭉 뻗었다. 오이가 내민 책의 표지에는 『알쏭달쏭 수수께끼! 다 함께 도전하는 난공불락 퍼즐!』이라는 제목이 적혀 있었다.

롤랜드는 책을 힐끗 쳐다보고는 멍한 표정으로 생각에 잠겨 있다가, 이내 고개를 저었다.

"아니, 아직 이르다."

대답을 마친 롤랜드는 열차 노선도로 눈을 돌렸다. 블레인에게는 얼굴이 없으니 눈길을 둘 데라고는 그 노선도뿐이었다. 깜빡거리는 초록색 점이 어느새 릴레아에 더 가까워져 있었다. 수재나는 얼핏 바깥 경치가 궁금해졌지만 이내 딱히 알고 싶지는 않다고 마음을 고쳐먹었다. 러드를 떠날 때 본 광경만으로도 충분했다.

"블레인!"

롤랜드가 외쳤다.

"그래."

"잠시 자리를 비워주지 않겠나? 우리끼리 할 얘기가 있다."

'그 말을 들어줄 거라고 기대했다면 당신은 미친 거예요.' 수재나는 이렇게 생각했지만, 블레인은 의욕에 불타 냉큼 대답했다.

"알았네, 총잡이. 왕실 전용 객차에 설치된 감지 장치를 모두 끄도록 하지. 회의를 마치고 수수께끼를 시작할 준비가 되면 다시 돌아오겠네."

"예, 맥아더 사령관 나리." 에디가 중얼거렸다.

"방금 뭐라고 했나, 뉴욕의 에디?"

"아니, 별 거 아냐. 그냥 혼잣말이었어."

"나를 부르고 싶거든 노선도를 건드리기만 하면 돼. 지도가 빨간 색으로 표시되는 한 내 감지 장치는 꺼져 있는 상태일세. 그럼 안녕, 친구들. 또 만나세, 동무들. 잊지 말고 편지 하고."

잠시 침묵. 이윽고 블레인이 말을 이었다.

"올리브기름은 되지만 피마자기름은 안 돼."

객차 앞쪽에 붙은 사각형 노선도가 갑자기 새빨간 색으로 바뀌었다. 그 빛이 어찌나 강했던지 수재나는 실눈으로 보아야 했다.

"올리브기름은 되지만 피마자기름은 안 된다? 아저씨, 그게 무슨 소리예요?"

"그건 중요한 게 아니다. 우리한텐 시간이 없어. 블레인이 우리와 함께하든 안 하든 열차는 종착역을 향해 질주할 테니까."

"이봐, 그 자식이 진짜 사라졌다고 생각하는 거야? 응? 그렇게 교활한 자식이? 정신 차려, 롤랜드. 그 자식은 우릴 엿듣고 있어, 틀림없어!"

"아니, 그럴 리가 없다."

롤랜드가 대답했다. 수재나도 그의 생각에 공감했다. 그가 옳았다. 적어도 지금은.

"기쁨에 찬 놈의 목소리를 들으면 알 수 있다. 그토록 오랜만에 다시금 수수께끼 시합을 할 수 있게 됐으니. 게다가……."

"게다가 자신감이 넘치죠. 우리 같은 상대는 새 발의 피라고 생각하니까."

수재나의 말에 놀랐는지, 제이크가 총잡이를 올려다보았다.

"정말이에요? 아저씨, 우린 이길 가망이 없는 거예요?"

"글쎄다. 앞날을 점쳐 달라는 얘기라면, 지금 내 소매 속엔 카드가 한 장도 없구나. 수수께끼는 결과가 확실한 시합이다. 허나 한편으로는…… 한때는, 나도 참가한 적이 있는 시합이기도 하지. 적어도 어느 정도는, 우리 모두 그 시합에 참가한 적이 있다. 그리고 우리에겐 저것도 있다."

롤랜드는 오이가 제이크에게 돌려준 책을 턱짓으로 가리켰다.

"지금 이곳에선 여러 힘들이 작용하고 있다. 아주 강력한 힘들이. 그중에는 우리가 탑에서 멀어지길 원치 않는 힘도 있다."

수재나는 롤랜드의 말에 귀를 기울이면서도 머릿속으로는 블레인을 생각했다. 그들 일행을 남겨두고 사라진 블레인…… 술래로 뽑히자 순순히 눈을 가리고 친구들이 다 숨을 때까지 기다리는 어린아이 같은 블레인을. 그러고 보면 자신들의 처지가 바로 그러했다. 그들은 블레인의 놀이 친구들이었다. 그 생각은 비상 탈출용 해치로 고개를 내밀었다가 머리가 날아가는 상상보다 훨씬 더 끔찍했다.

"그럼 이제 어떡할 거야? 무슨 생각이 있을 거 아냐, 그러니까 그 자식한테 나가 있으라고 한 걸 테고."

"에디, 놈은 지능이 매우 높다. 거기다 오랜 세월 홀로 지내며 자유로이 움직이지도 못하다 보니 그만 저도 모르게 인간에 가깝다는 착각에 빠지고 말았다. 그게 사실이든 아니든, 나는 거기에 희망을 걸었다. 우리는 먼저 지도를 만들어야 한다. 가능한 한 놈의 약한 부분이 어디인지, 강한 부분은 또 어디인지, 놈이 확신하는 부분과 불안해하는 부분이 어디인지 가려내는 거다. 수수께끼는 출제자의 지성에 좌우되는 것이 결코 아니다. 푸는 자가 보지 못하는 맹점 또한 중요하다."

"그 자식한테 맹점 같은 게 있을까?"

"없다면…… 우리는 이 열차에서 죽는다."

롤랜드의 목소리는 차분했다. 에디의 입가에 미소가 번졌다.

"하여튼 사람 위로하는 솜씨 하나는 최고라니까. 하긴, 그것도 댁의 매력이지."

"우선 네 가지 수수께끼를 던지는 걸로 시작하자. 쉬운 것, 그리 쉽지 않은 것, 꽤 어려운 것, 아주 어려운 것. 놈은 필시 네 개 모두 맞힐 것이다. 우리는 놈이 *어떻게* 대답하는지에 주목해야 한다."

에디가 고개를 끄덕였다. 수재나는 자그마한, 거의 내키지 않을 정도로 미약한 희망을 느꼈다. 어쨌거나 롤랜드의 제안은 올바른 접근법처럼 들렸다.

"그런 다음 놈을 다시 내보내고 우리끼리 회의를 하자. 아마도 그때쯤에는 어떻게 공략해야 할지 결정할 수 있을 게다. 처음 네 문제는 무엇을 내든 상관없다. 그러나⋯⋯."

롤랜드는 굳은 표정으로 수수께끼 책을 보며 고개를 끄덕였다.

"제이크가 서점에서 겪었던 일로 미루어보면, 우리가 진정 필요로 하는 답은 내 기억 속의 축제일 수수께끼 시합이 아니라 저 책 속에 있을 것이다. 분명히 저 안에 있을 것이다."

"뭐 하나만 물어볼게요."

수재나의 말에 롤랜드가 고개를 들고 그녀를 바라보았다. 위험하게 빛나는 엷은 파란색 눈 위로 눈썹이 쫑긋 올라가 있었다.

"우리가 찾는 건 질문이에요, 답이 아니라. 지금 우리 목숨을 좌우하는 건 블레인이 내놓는 대답이라고요."

총잡이가 고개를 끄덕였다. 고민하는 표정이었다. 아니, 아예 풀이 죽은 표정이었다. 수재나가 결코 보고 싶지 않았던 표정이었다. 그러나 제이크가 다시금 책을 내밀었을 때, 총잡이는 그 책을 받았다. 그는 잠시 책을 들고 있다가(해졌는데도 여전히 빨갛게 번들거리는 책의 표지가 햇볕에 탄 큼지막한 손에 들려 있는 광경은 왠지 기묘해 보였는데…… 손가락 두 개가 달아난 오른손이라 더욱 그러했다.), 이윽고 에디에게 건넸다.

"당신은 쉬운 것이오." 롤랜드가 수재나를 돌아보며 말했다.

"알았어요. 하지만 여성한테 말할 땐 좀 정중한 어휘를 골라주면 좋겠네요."

수재나가 싱긋 웃으며 대답했다. 롤랜드는 뒤이어 제이크에게로 눈을 돌렸다.

"두 번째는 네 차례다. 처음보다 조금 어려운 것. 내가 세 번째를 맡으마. 에디, 네가 마지막이다. 그 책에서 어려워 보이는 문제를……"

"어려운 문제는 뒤쪽에 있어요." 제이크가 설명을 도왔다.

"……허나 명심해라, 평소처럼 어리석은 수수께끼는 안 된다. 이건 생사가 걸린 문제다. 시시덕거릴 시간은 이미 끝났다."

에디는 롤랜드를 똑바로 바라보았다. 늙고 꾀죄죄한 키다리 홀쭉이, 탑을 찾겠다는 명목으로 어떤 지저분한 짓을 했을지 모를 사내. 자신이 내뱉은 말이 얼마나 가슴 아픈 말인지 롤랜드가 과연 알기는 할까 싶었다. 어린애처럼 시시덕거리며 농담하지 말라는 말, 모두의 목숨이 위태롭다는 경고를 그토록 태연하게 하다니.

에디는 뭔가 말하려고 입을 열었다. 에디 딘의 특기인 우스운 동시에 톡 쏘는 농담, 던졌다 하면 헨리 형을 돌아 버리게 했던 재치 있는 말을 들려주고 싶었다. 그러나 에디는 입을 다물었다. 어쩌면 이 꾀죄죄한 키다리 홀쭉이가 옳은지도 몰랐다. 어쩌면 톡 쏘는 한 마디와 죽은 아기 시리즈는 접어둘 때인지도 몰랐다. 어쩌면, 드디어 어른이 될 시간인지도 몰랐다.

3

일행은 그 후로도 3분 동안 속닥거리며 의논하는 한편으로 에디와 수재나의 몫을 찾아 『알쏭달쏭 수수께끼!』를 틈틈이 펼쳐보았다(제이크는 블레인에게 낼 첫 번째 문제를 이미 정했다.). 그런 다음 롤랜드가 객차 맨 앞으로 가서 사납게 깜박거리는 사각형 판에 손을 얹었다. 노선도가 순식간에 다시 나타났다. 다시 나타난 객차 벽 때문에 일행이 열차의 움직임을 전혀 감지하지 못한 사이에 초록색 점은 릴레아에 더욱 가까워진 상태였다.

"그래, 스티븐의 아들 롤랜드여!"

블레인이 외쳤다. 에디가 듣기에는 그저 즐거운 목소리가 아니었다. 신이 나서 어쩔 줄 모르는 목소리였다.

"자네들 *카텟*은 시작할 준비가 됐나?"

"그래. 뉴욕의 수재나가 1회전을 맡을 거다."

뒤이어 롤랜드는 수재나 쪽으로 고개를 돌리고 나직하게 중얼거렸다(수재나 생각에는 소용없는 짓이었다, 블레인이 엿들으려고 마음만 먹는다면.).

"당신은 다리가 불편하니 우리처럼 앞으로 나서지 않아도 좋소. 허나 말할 때에는 늘 또박또박 발음하시오, 또 말을 걸 때마다 녀석의 이름을 불러야 하오. 만약 놈이 당신의 수수께끼에 옳은 답을 내놓으면 이렇게 말하시오. '감사하나이다, 블레인. 정답입니다.' 그러면 제이크가 통로로 나와 다음 차례를 맡을 것이오. 알겠소?"

"혹시라도 블레인의 답이 틀리거나 아예 답을 못하면요?"

롤랜드의 입가에 쓰디쓴 미소가 번졌다.

"그런 건 아직 걱정할 필요 없소."

롤랜드가 다시 목소리를 높였다.

"블레인?"

"그래, 총잡이여."

롤랜드는 숨을 깊이 들이쉬었다.

"이제 시작하자."

"아주 좋아!"

롤랜드가 수재나를 보며 고개를 끄덕였다. 에디는 수재나의 한쪽 손을 잡아주었다. 다른 쪽 손은 제이크가 토닥여주었다. 오이는 테두리가 금빛인 눈을 들어 수재나를 빤히 올려다보았다.

수재나는 불안한 웃음을 머금고 일행을 돌아본 다음, 노선도로 눈을 돌렸다.

"안녕, 블레인."

"안녕하신가, 뉴욕의 수재나여."

가슴은 방망이질했고, 겨드랑이는 축축하게 젖었다. 그리고 수재나가 오래전 초등학교 1학년 때 깨달은 어떤 것이 여기에 있었다. 첫발을 내딛기란 힘들다는 사실이었다. 반 친구들 앞에 서는 것도, 노래를 처음 시작하는 것도, 농담을 먼저 꺼내는 것도, 여름방학에 한 일을 주제로 작문을 쓰는 것도…… 그리고 물론, 수수께끼를 내는 것도. 수재나는 제이크의 정신 나간 작문 숙제에 나온 수수께끼 두 개 중 한 개를 내기로 결심했다. 강넘이 마을의 늙은 주민들과 헤어진 후에 여행을 계속하는 동안 제이크는 일행에게 자기 작문 숙제를 거의 한 자도 빠짐없이 들려주었다. 「내가 생각하는 진실」이라는 제목의 그 작문에는 수수께끼가 두 개 들어 있었는데, 그중 한 개는 에디가 이미 블레인에게 써먹은 후였다.

"수재나? 어이, 탱글탱글 젖소 아가씨. 여보세요?"

또 다시 짓궂은 말이 들려왔지만 이번에는 가볍고 악의 없는 농담이었다. 명랑한 목소리였다. 갖고 싶은 것을 얻으면 블레인도 귀여워질 수 있다는 뜻이었다. 수재나가 한때 알았던 악동들처럼.

"그래, 블레인. 이제 문제를 낼게. 네 바퀴로 가는데 날개가 달린 것은?"

기이한 '찰칵' 소리가 들렸다. 블레인이 꼭 사람처럼 혀를 찬 것 같았다. 뒤이어 잠깐 동안 침묵이 흘렀다. 블레인이 대답했을 때, 그 목소리에는 즐거워하는 기색이 거의 남아 있지 않았다.

"그거야 물론 파리가 꼬인 마을 쓰레기 수레지. 애들이나 하는 수수께끼야. 앞으로 더 훌륭한 수수께끼를 내놓지 못한다면 나는 잠깐이나마 자네들을 살려둔 걸 몹시 후회할걸세."

노선도가 다시 깜박였다. 이번에는 붉은색이 아니라 엷은 분홍색이었다. "안 돼요, 성질 돋우지 마세요." 작은 블레인의 목소리가 애원했다. 그 목소리를 들을 때마다 수재나는 늘상 굽실거리기만 하는 조그만 내머리 사내가 떠올랐다. 큰 블레인의 목소리는 사방에서 들려왔지만(수재나는 그 목소리가 세실 B. 드밀 감독의 영화에 나오는 하느님의 목소리 같다고 생각했다.), 작은 블레인의 목소리는 오로지 한 군데에서만 새어나왔다. 일행의 머리 바로 위에 있는 스피커였다. "여러분, 제발요, 화나게 하면 안 돼요. 열차 속도가 벌써 적색 구간에 들어섰어요, 최고 속도예요. 철로도 겨우 버티는 중이고요. 철로는 지난번에 이 근처를 지날 때에도 심각하게 손상된 상태였어요."

자신이 살던 세계의 노면 전차와 지하철에 익숙한 수재나는 그때

껏 아무것도 느끼지 못했다. 러드의 요람을 출발하여 지금까지 열차
는 조금도 흔들리지 않고 매끄럽게 달리는 것만 같았다. 그럼에도,
수재나는 작은 블레인의 말을 의심치 않았다. 만에 하나 덜컹거리는
느낌을 받기라도 했다가는 그들 삶의 마지막 느낌이 될 터였다.

롤랜드가 수재나의 옆구리를 팔꿈치로 살짝 건드려 생각에 빠진
그녀를 현실로 불러냈다.

"감사하나이다."

수재나는 이렇게 말하고서 언뜻 생각났다는 듯이 오른손으로 재
빨리 목을 세 번 두드렸다. 롤랜드가 강넘이 마을에서 탈리사 아주
머니와 처음 대화할 때 했던 몸짓이었다.

"그대의 정중함에 감사하오."

블레인의 목소리에 다시 즐거운 기색이 비쳤다. 수재나는 비록
자기 차례에선 실패했지만 블레인이 기뻐한다면 그것으로 다행이
라고 생각했다.

"허나 나는 여성이 아니오. 내게도 성이 있다면 나는 남성이오."

수재나는 당황한 눈빛으로 롤랜드를 올려다보았다.

"남자에게 인사할 때는 왼손이오. 왼손으로 가슴뼈를."

롤랜드가 시범을 보였다.

"아."

롤랜드는 제이크를 돌아보았다. 소년은 자리에서 일어서서 오이
를 의자에 앉힌 다음(하지만 괜한 짓이었다. 제이크가 통로로 나와 노선
도를 바라보자 오이는 금세 의자에서 뛰어내려 아이의 뒤를 따랐다.), 블
레인에게로 주의를 돌렸다.

"안녕, 블레인. 난 제이크야. 저기, 엘머의 아들."

"수수께끼를 말하라."

"내달릴 수는 있어도 걷지는 못하고, 드나드는 입이 있어도 말은 못하고, 바닥이 있어도 몸을 뉘지 못하고, 머리가 있어도 울지 못하는 것은?"

"괜찮군! 수재나가 보고 좀 배웠으면 좋겠어, 엘머의 아들 제이크여. 조금이나마 지능이 있는 자라면 누구나 맞힐 수 있는 문제지. 하지만 그래도 나쁘지 않았어. 답은 강이야."

"감사하나이다, 블레인. 정답이에요."

제이크는 왼손의 손가락을 모아 가슴뼈를 세 번 두드린 다음 자리에 앉았다. 수재나가 제이크의 어깨를 안고 꽉 잡아주었다. 제이크는 고마워하는 눈빛으로 그녀를 올려다보았다.

이제 롤랜드가 자리에서 일어섰다.

"하일, 블레인."

"하일, 총잡이."

블레인의 목소리가 다시 밝아졌다. 아마도 롤랜드의 인사말······ 수재나가 한 번도 들어본 적 없는 그 말 때문인 듯싶었다. '하일이라고?' 수재나는 문득 궁금해졌다. 하일이라는 말을 들으니 자연스레 히틀러라는 이름이 떠올랐고, 뒤이어 러드 외곽에서 보았던 추락한 비행기가 떠올랐다. 포케불프 전투기, 제이크는 그렇게 말했다. 전투기에 대해서는 아는 바가 없었지만 수재나는 그 안에 있던 무법자의 시체를 똑똑히 기억했다. 죽은 지 너무 오래돼서 썩은 냄새조차 못 피우는 시체.

"수수께끼를 내보게, 롤랜드. 멋진 놈으로 부탁하네."

"멋진 수수께끼는 멋쟁이한테나 부탁해라, 블레인. 어쨌든, 문제는 이거다. 아침에는 네 다리로, 낮에는 두 다리로, 저녁에는 세 다리로 걷는 것은 무엇이냐?"

"그것 참 멋지군. 간단하지만 그래도 멋져. 답은 인간일세. 아기일 적에는 두 손과 무릎으로 기어다니고, 어른이 되면 두 발로 걸어다니고, 노인이 되면 지팡이를 짚고 다니니까."

블레인의 목소리에는 잘난 척하는 빛이 뚜렷했다. 수재나는 문득 흥미로운 사실을 깨달았다. 그녀는 이 잔인무도하고 자신만만한 기계가 싫었다. 기계든 아니든, '그것'이든 '그'이든 간에, 블레인은 혐오스러웠다. 설령 블레인 때문에 이 어리석은 수수께끼 시합에 목숨을 걸 일이 없었다 해도 그 생각에는 변함이 없을 듯싶었다.

그러나 롤랜드의 표정은 조금도 변하지 않았다.

"감사하나이다, 블레인. 정답이다."

롤랜드는 예를 표하지 않고 자리에 앉아 에디를 돌아보았다. 에디가 자리에서 일어나 통로로 나섰다.

"어이, 블레인 형씨. 잘 있었어?"

에디의 첫마디에 롤랜드는 질겁한 표정으로 고개를 저었다. 그러고는 손가락 두 개가 달아난 오른손으로 눈을 가렸다.

블레인은 말이 없었다.

"블레인? 내 말 들려?"

"그래, 허나 경박한 언사는 사양하고 싶다, 뉴욕의 에디여. 수수께끼를 말하라. 어쩌면 자네의 우스꽝스러운 태도와 달리 어려운 수수께끼일지도 모르겠군. 부디 그러길 바라네."

에디가 돌아보니 롤랜드가 이쪽을 향해 손을 내젓고 있었다. '시작해라, 네 아버지의 명예를 위해. 어서!' 이렇게 말하듯 손을 내저은 롤랜드는 다시 노선도로 눈을 돌렸다. 초록색 점이 릴레아라고 적힌 곳을 막 통과한 참이었다. 수재나는 문득 깨달았다. 자신이 거의 사실로 확신하는 것을 에디는 여전히 의심하고 있었다. 쉬운 문제와 어려운 문제를 섞어 블레인의 수수께끼 실력을 파악하려 했던 그들의 의도가 이미 들통 났다는 사실이었다. 블레인은 알고 있었다…… 알면서도 기꺼이 받아들였던 것이다.

수재나는 가슴이 철렁 내려앉았다. 쉽고 빠르게 이곳을 벗어날 희망은 이미 사라진 후였다.

4

"흠, 댁이 보기에 얼마나 어려울진 모르겠는데 내 생각엔 꽤 힘든 문제야."

말은 이렇게 했지만 에디 역시 답을 모르기는 마찬가지였다. 『알쏭달쏭 수수께끼!』의 해답 부분은 찢겨나가고 없었기 때문이었다. 그러나 에디 생각에 그런 것은 중요치 않았다. 애초부터 그들 일행이 정답을 제시해야 한다는 규정 따위는 없었으므로.

"내가 듣고 대답해보지."

"말하자마자 깨져 버리는 것. 그게 뭐지?"

"답은 침묵일세. 자네는 잘 모르는 것이지, 뉴욕의 에디여."

블레인은 조금도 주저하지 않고 냉큼 답했다. 에디는 가슴이 철렁했다. 동료들과 군이 상의할 필요는 없었다. 분명한 정답이었다. 게다가 진정한 충격은 대답이 그토록 빨리 돌아왔다는 점이었다. 결코 입 밖에 낸 적은 없었지만 에디는 희망을, 아니, 아예 비밀스러운 확신을 품고 있었다. 단 한 개의 수수께끼로 블레인을 산산이 쳐부수겠다는 희망이었다. 왕의 말과 병사를 모두 동원해도 원래대로 돌리지 못할 만큼 산산이. 에디는 전에도 똑같은 희망을 품은 적이 있었다. 어느 사기꾼네 집 골방에서 주사위를 들 때마다, 블랙잭 판에서 카드 한 장을 더 달라고 외칠 때마다 그러했다. 결코 틀리지 않았다는 자신감. 왜냐하면 자신은 최고이므로.

"맞아."

에디의 입에서 한숨이 새어나왔다.

"침묵, 난 잘 모르는 거지. 감사하나이다, 블레인. 정답이야."

"자네가 유익한 교훈을 얻었길 바라네."

블레인의 말을 듣고 에디는 생각했다. '빌어먹을 거짓말쟁이 기계 새끼.' 블레인의 목소리에 다시 흡족한 기색이 돌았기 때문이었다. 에디는 기계가 그처럼 다채로운 감정을 지닐 수 있다는 데에 얼핏 흥미가 생겼다. 위대한 선인들이 미리 입력해둔 기능일까? 아니면 어느 시점이 되자 블레인이 스스로 감정의 무지개를 창조한 것일까? 작은 블레인 역시 수십 수백 년이라는 시간을 무료하지 않게 보내려고 블레인이 만들어낸 존재일까?

"자네들끼리 논의하도록 내가 다시 가 줬으면 좋겠나?"

"그래."

롤랜드가 대답하자 노선도가 새빨간 빛을 내며 깜박이기 시작했다. 에디는 롤랜드 쪽으로 돌아섰다. 롤랜드는 재빨리 낯빛을 바꿨지만, 에디의 눈을 피하지는 못했다. 에디는 소름 끼치는 것을 목격했다. 롤랜드의 얼굴에 떠오른 완전한 절망의 빛이었다. 일찍이 그의 얼굴에서 한 번도 본 적이 없는 표정이었다. 가재 괴물에게 물려 사경을 헤맬 때에도, 에디가 그 자신의 리볼버로 그를 겨누었을 때에도, 심지어 흉측하게 생긴 개셔가 제이크를 납치하여 러드로 사라졌을 때조차도, 총잡이는 그런 표정을 짓지 않았다.

"이제 어떡하죠, 아저씨? 우리 네 명이서 다시 도전해요?"

"그건 별 소용이 없을 게다. 블레인이 아는 수수께끼는 수천 개, 어쩌면 수백만 개는 될 테니. 그보다 더 고약한 건 놈이 수수께끼의 구조를 꿰고 있다는 거다…… 인간의 정신이 수수께끼를 만들고 풀기 위해 어떻게 움직이는지, 놈은 다 알고 있다."

롤랜드는 에디와 수재나 쪽으로 몸을 틀었다. 두 사람은 다시금 서로의 어깨를 끌어안고 있었다.

"내 생각이 옳은 것 같소? 동의하오?"

"그래요."

수재나가 대답했다. 에디는 마지못해 고개만 끄덕였다. 동의하고 싶은 마음은 없었지만…… 그렇다고 부정할 수도 없었다.

"그래서요? 이제 어떡해요, 아저씨? 뭐든 여기서 나갈 방법이 있을 거 아네요…… 안 그래요?"

애가 묻잖아. 거짓말이라도 좀 해봐, 이 망할 인간아. 에디는 롤랜드를 향해 있는 힘껏 사념을 보냈다.

어쩌면 그 사념을 듣기라도 했는지, 롤랜드는 자신이 할 수 있는 최선을 다했다. 그는 손가락이 달아난 오른손으로 제이크의 머리를 쓸어 넘기며 이렇게 말했다.

"답은 늘 존재한다, 제이크. 진짜 문제는 제대로 된 수수께끼를 찾을 시간이 우리한테 있느냐 하는 거다. 놈의 말에 따르면 노선을 완주하는 데 아홉 시간이 조금 안 걸린다고……"

"8시간 45분이랬어요, 아저씨."

"……넉넉하진 않구나. 벌써 한 시간 넘게 달렸으니……."

"저 노선도가 제대로 작동하는 거라면 토피카까지 절반쯤 온 셈이에요." 수재나의 목소리는 다급했다. "어쩌면 저 기계 녀석이 우리한테 운행 시간을 속인 건지도 몰라요. 이길 확률을 높이려고."

"그랬을지도." 롤랜드도 동의했다.

"이제 어떡해요?" 제이크가 되물었다.

롤랜드는 숨을 깊이 들이쉬고 잠시 머금었다가, 길게 내쉬었다.

"이번엔 나 혼자 수수께끼를 내보마. 놈에게 내 어릴 적 축제일에 들었던 가장 어려운 수수께끼를 던질 거다. 그다음은 제이크, 네 차례다. 만약 우리가 이 속도로…… 블레인을 이기지 못한 채 지금하고 똑같은 속도로 토피카에 접근한다면, 네 책의 가장 뒤쪽에 있는 수수께끼를 내봐라. 가장 어려운 것들을."

롤랜드는 멍한 표정으로 뺨을 문지르며 얼음 조각을 바라보았다. 그 자신과 똑같이 생겼던 얼음 조각상이 어느새 녹아서 이제 모양을 알아보기 힘든 덩어리가 되어 있었다.

"나는 지금도 책 속에 답이 있을 거라고 생각한다. 아니라면 네가 이 세계로 불려오기 전에 왜 그 책을 얻었겠느냐?"

"그럼 우리요? 에디하고 나는 뭘 하죠?"

"생각하시오, 수재나. 궁리하는 거요. 당신 아버지의 명예를 위해."

"'나는 손으로 쏘지 않으리.'"

에디가 중얼거렸다. 그는 아득히 멀리 있는 느낌이 들었다. 스스로 생각하기에도 이상했다. 나무토막 안에서 새총의 형상을, 뒤이어 열쇠의 형상을 보았을 때와 똑같은 느낌이었다. 새총과 열쇠가 기다리고 있는 느낌, 그가 나무를 깎아 해방시켜 주기만을…… 그러나 동시에 그때와 전혀 다른 느낌이기도 했다.

롤랜드는 놀란 눈빛으로 에디를 바라보았다.

"그래, 에디. 네 말이 옳다. 총잡이는 자신의 정신으로 쏜다. 너 무슨 생각을 한 거냐?"

"아니, 아무것도."

에디는 뭔가 더 말하려고 했지만 불현듯 이상한 상상이…… 아니, 이상한 기억이 그를 방해했다. 러드로 향하는 길에 야영을 하던 어느 날 밤, 제이크 옆에 쭈그리고 앉은 롤랜드의 모습이었다. 두 사람 모두 불이 안 붙은 장작더미 앞에 있었다. 롤랜드가 또 다시 끝없는 설교를 늘어놓는 중이었다. 그날은 제이크가 불을 피울 차례였다. 제이크는 부싯돌과 부시를 들고 불을 피우려고 끙끙댔다. 어둠 속에서 불꽃이 피었다가 꺼지기를 반복했다. 이윽고 롤랜드가 말하길 자신이 어리석었다고 했다. 그저 자신이…… 그러니까…… 어리석었다고.

"아니, 그런 말은 안 했어. 적어도 제이크한테 하진 않았어."

"에디?"

수재나였다. 걱정하는 목소리였다. 거의 겁에 질린 목소리였다.

뭐라고 했는지 직접 물어보지 그러냐, 동생아? 헨리 형의 목소리였다. 위대한 현자이시자 못 말리는 약쟁이 헨리 딘. 형의 목소리를 듣기는 정말로 오랜만이었다. *물어봐, 바로 네 옆에 앉아 있잖아. 얼른. 뭐라고 했는지 물어보래도. 기저귀에 똥 싸놓고 뒹구는 아기처*

럼 끙끙대지 말고 물어봐, 어서.

하지만 그건 좋은 생각이 아니었다. 롤랜드의 세계에서는 그런 방식이 먹히지 않기 때문이었다. 롤랜드의 세계에서는 모든 것이 수수께끼였다. 이 세계에서는 총을 쏠 때에도 손이 아니라 정신으로, 빌어 처먹을 정신으로 쏴야 했다. 불쏘시개에 불꽃을 옮겨 붙이지 못할 때에는 뭐라고 해야 했던가? 물론 부싯돌을 더 가까이 대라고 해야 한다. 롤랜드도 똑같이 말했다. *부싯돌을 더 가까이 대고 단단히 쥐어라.*

다만 지금 상황에는 그중 어떤 것도 들어맞지 않았다. 아니, 가깝기는 했다. 그러나 딱 맞지 않고 가까워서 좋은 것은 수류탄뿐이라고 헨리 형은 습관처럼 말했다. 위대한 현자이시자 못 말리는 약쟁이가 되기 전의 입버릇이었다. 에디의 기억은 조금씩 빗나갔다. 롤랜드가 그를 당황케 했기 때문에…… 부끄러움을 주고…… 그의 노력을 조롱했기 때문에.

아마도 일부러 그러지는 않았을 것이다. 하지만, 그래도…… 어딘가 비슷했다. 헨리 형과 함께하는 동안 언제나 느꼈던 것과 비슷한 기분이었다. 틀림없었다. 아니라면 그토록 오랫동안 잊고 지낸 헨리 형이 갑자기 떠오를 이유가 뭐란 말인가?

이제 일행 모두 에디를 바라보는 중이었다. 오이마저도.

"해봐."

에디가 롤랜드에게 말했다. 목소리가 왠지 쏘아붙이는 듯했다.

"당신, 우리한테 생각하라고 했지? 그건 진작부터 하고 있었어."

에디는 정말로 생각하고 있었다. 어찌나 열심히 생각했던지

(나는 내 정신으로 쏘리라)

망할 놈의 뇌에 아주 불이 붙을 지경이었지만, 늙고 꾀죄죄한 키다리 홀쭉이에게 그것까지 다 털어놓고 싶지는 않았다.

"어서 가서 블레인한테 수수께끼를 내. 할 수 있는 데까지."

"알았다, 에디."

롤랜드는 자리에서 일어서서 객차 앞쪽으로 걸어간 다음, 핏빛 사각형 판에 한 번 더 손을 얹었다. 노선도가 순식간에 다시 나타났다. 초록색 점은 릴레아를 한참 지난 곳에서 깜박였지만 에디 생각에 열차는 틀림없이 속도를 한껏 늦춘 상태였다. 미리 입력된 프로그램의 결과이든, 아니면 블레인이 시합을 너무나 즐긴 나머지 서두르기 싫었든 간에.

"자네들 카텟이 축제일 수수께끼 시합을 계속할 준비가 되었다는 뜻인가, 스티븐의 아들 롤랜드여?"

"그렇다, 블레인."

롤랜드가 대답했다. 에디의 귀에는 가라앉은 목소리로 들렸다.

"당분간은 나 혼자 수수께끼를 낼 거다. 네가 반대하지 않으면."

"그대는 그대들 카텟의 아버지이니 당연히 그럴 권리가 있네. 축제일 시합에서 들은 수수께끼인가?"

"그렇다."

"좋았어."

징그러운 만족감이 밴 목소리였다.

"난 그런 수수께끼를 더 듣고 싶었네."

"알았다."

롤랜드는 숨을 깊이 들이쉰 다음 수수께끼를 시작했다.

"먹을 것을 주면 나는 산다. 마실 것을 주면 나는 죽는다. 내 이름은 무엇인가?"

"불."

망설임 따위는 조금도 없었다. 밉살스럽게 뽐내는 기색만이 가득한 그 목소리는 이렇게 말하는 듯했다. *그건 자네 할머니가 아직 소녀였을 적에 이미 낡아빠진 수수께끼였다네, 하지만 더 해보게! 이렇게 즐겁기는 몇 백 년 만에 처음이야, 그러니 더 해봐!*

"나는 태양 앞으로 지나다닌다, 블레인. 하지만 내 그림자는 어디에도 없다. 내 이름은 무엇인가?"

"바람."

대답은 즉시 튀어나왔다.

"정답이다. 다음 수수께끼. 이것은 깃털처럼 가볍지만 누구도 오랫동안 정지시킬 수 없다."

"답은 호흡이다."

이번에도 즉답이었다.

아니, 망설였어. 에디는 불현듯 생각했다. 제이크와 수재나는 비통한 표정으로 롤랜드만을 바라보는 중이었다. 주먹을 꼭 쥔 채로, 제발 블레인에게 제대로 된 수수께끼를 내달라고, 이 지옥에서 벗어날 회심의 카드를 부디 내밀어달라고 애원하는 듯했다. 에디는 두 사람을 차마 볼 수가 없었다. 특히 수재나를. 그래서 혼자 정신을 집중했다. 눈을 내리깔고 손을 보니 자신도 주먹을 쥐고 있었다. 그는 억지로 손을 펴 무릎에 올려놓았다. 쥐었던 주먹을 펴는 것뿐인데도 깜짝 놀랄 만큼 힘들었다. 객차 통로에서는 어린 날의 그리운 추억을 끊임없이 자랑하는 롤랜드의 목소리가 들려왔다.

"이걸 한번 풀어봐라, 블레인. 무너져도 나는 계속 움직인다. 닿

으면 나는 성공한다. 잃어버리면 곧장 반지를 들고 찾아 나서야 한
다. 내 이름은 무엇인가?"

수재나의 숨소리가 잠시 멈췄다. 에디는 고개를 숙이고 있었지만
알 수 있었다. 그녀 역시 자신과 같은 생각을 하고 있었다. '이번 건
좋았어, 아주 좋았어. 어쩌면……'

"답은 사람의 마음이다."

블레인이 말했다. 역시 망설이는 기색은 전혀 보이지 않았다.

"이 수수께끼는 인간의 시적 환상에 큰 빚을 졌다고 할 수 있네. 예를
들면 존 에이버리, 시로니아 헌츠, 온돌라, 윌리엄 블레이크, 제임스 테이
트, 베로니카 메이스 같은 시인들의 작품이 있지. 인간들이 사랑에 얼마나
목을 매는지 생각해 보면 참 놀라워. 그런 행태는 늘 변하지 않고 계속된다
네. 심지어 지금처럼 타락한 시대에도 말일세. 계속하게, 길르앗의 롤랜드
여."

수재나의 숨소리가 다시 들려왔다. 에디의 두 손 역시 다시 주먹
으로 돌아가려 했지만, 주인인 에디가 허락하지 않았다. *부싯돌을
더 가까이 대.* 에디는 롤랜드의 목소리로 생각했다. *부싯돌을 더 가
까이 대란 말이야, 당신 아버지의 명예를 위해!*

그러는 동안 외줄 블레인은 계속해서 달렸다. 악마의 달 아래, 동
남쪽을 향하여.

제2장
사냥개 폭포

1

제이크는 『알쏭달쏭 수수께끼!』의 맨 마지막 열 문제를 블레인이 쉽게 풀지, 아니면 애를 먹을지 알 수 없었다. 하지만 제이크가 보기에는 꽤나 어려운 문제들 같았다. 물론 자신이 도시 한 곳의 지하를 가득 채운 컴퓨터에게 도움을 받는 존재가 아니라는 점은 이미 아는 바였다. 할 수 있는 일이라고는 도전하는 것뿐이었다. 에디가 이따금씩 하는 말에 따르면, 하늘은 겁쟁이를 미워하는 법이니까. 마지막 열 문제도 실패하면 헌책방에서 에런 디프노가 들려준 ('먹는 자에게서 먹는 것이 나오고' 어쩌고 하는) 삼손 이야기를 써먹을 작정이었다. 만에 하나 그것도 실패하면, 그때는 아마도…… 젠장, 어떻게 해야 좋을지 알 수가 없었다. 어떤 기분일지조차도. '확실한 건,' 제이크는 속으로 중얼거렸다. '내가 완전히 녹초가 됐다는 거야.'

왜 아니겠는가? 지난 여덟 시간 동안 제이크는 온갖 격정의 늪을

헤쳐 나왔다. 처음에는 공포였다. 무너져 가는 현수교에 오이와 함께 매달렸을 때에는 이제 센드 강의 둑으로 떨어져 죽는구나 싶었다가, 곧이어 개셔에게 붙잡혀 정신이 나갈 것만 같은 러드의 지하 미로를 헤맸는가 하면, 똑딱맨의 소름 끼치는 초록빛 눈을 억지로 들여다보며 자신이 살던 시대와 나치와 이극 회로에 관한 알쏭달쏭한 질문에 대답하라는 추궁을 당해야 했다. 똑딱맨의 심문은 마치 지옥에서 치르는 기말고사 같았다.

그다음은 롤랜드(그리고 오이, 오이가 없었더라면 제이크는 이미 통구이 신세였다.)에게 구출됐다는 환희, 뒤이어 러드 지하의 장대한 광경이 선사한 경이감, 수재나가 블레인의 입구 암호를 맞혔을 때 느낀 놀라움, 그리고 마지막으로 블레인이 러드 지하에 저장된 신경가스를 살포하기 전에 열차에 타느라 벌였던 숨 막히는 질주의 긴장감까지.

그 모든 격정을 견디고 살아남은 지금, 제이크의 머릿속에는 황홀한 확신이 단단히 자리 잡고 있었다. 롤랜드가 당연히 블레인을 쓰러뜨리고 말리라는 확신, 그리고 블레인은 약속대로 마지막 정거장(어딘지는 모르지만 이쪽 세계에서는 토피카라는 이름으로 불리는 곳)에서 일행을 무사히 내려주리라는 확신이었다. 그러면 일행은 암흑의 탑을 찾아 거기서 할 일을 할 것이다. 다시 말해 바로잡을 곳은 바로잡고, 고칠 곳은 고칠 것이다. 그다음은? 물론 오래오래 행복하게 살 것이다. 동화 속 주인공들처럼.

다만……

그들 일행은 서로의 생각을 공유했다. 롤랜드의 말에 따르면 케프를 공유하는 것 역시 카텟의 의미 가운데 하나였다. 그런데 롤랜드가 통로로 나서서 블레인에게 어린 시절 들었던 수수께끼를 던지기 시작한 다음부터, 제이크의 의식에는 불길한 느낌이 흘러들었다. 총잡이에게서만 흘러드는 것이 아니었다. 수재나 역시 똑같이 불길한 검푸른 파장을 보내는 중이었다. 오직 에디만이 예외였는데 이는 그가 자신만의 생각에 빠져 의식이 다른 곳에 가 있었기 때문이었다. 그나마 다행이었지만 좋은 징조라는 보장은 없었다. 그리고…….

……그리고 제이크는 또 다시 두려움에 빠져들기 시작했다. 아니, 이번에는 더 지독했다. 제이크는 절박했다. 끈질긴 적에게 몰려 막다른 구석으로 점점, 점점 더 깊이 물러서는 짐승처럼. 손은 오이의 털을 쉬지 않고 쓰다듬는 중이었다. 그 손을 내려다보고 제이크는 놀라운 사실을 깨달았다. 오이가 다리에서 추락하지 않으려고 깨물었던 자리가 이제 아프지 않았다. 개너구리의 이빨이 뚫어놓은 구멍이 훤히 보이는데도, 손바닥과 손목에는 여전히 피가 굳어 있는데도, 손은 전혀 아프지 않았다. 제이크는 조심스레 손을 펼쳐보았다. 살짝 통증이 느껴졌지만 희미했다. 거의 사라지고 없었다.

"블레인, 비가 오면 기지개를 활짝 펴지만 해를 보면 어깨를 움츠리는 것은 무엇이냐?"

"우산이지."

블레인은 먼젓번처럼 흡족한 목소리로 대답했다. 이제 제이크도 그 목소리가 슬슬 지겨워지기 시작했다.

"고맙다, 블레인. 이번에도 정답이다. 그럼 다음은…….

"저기, 아저씨."

총잡이가 제이크에게로 고개를 돌렸다. 집중하느라 굳었던 표정이 한결 누그러졌다. 미소는 보이지 않았지만 그래도 웃는 표정 쪽에 가까웠다. 덕분에 제이크도 마음이 가벼워졌다.

"무슨 일이냐, 제이크?"

"제 손 때문에요. 아파서 죽을 것 같았는데요, 이제 안 아파요!"

"당연하지." 블레인이 존 웨인의 느릿느릿한 목소리로 말했다. "나는 한낱 사냥개가 앞발을 다쳐 고생하는 꼴도 차마 보질 못한단다. 너처럼 착한 꼬마 여행자라면 말할 것도 없지. 내가 고쳐준 거다."

"어떻게?" 제이크가 물었다.

"네가 앉아 있는 의자의 팔걸이를 봐라."

그 말대로 내려다보니 그물처럼 교차한 희미한 선들이 보였다. 제이크가 일고여덟 살 때 듣던 트랜지스터라디오의 스피커와 비슷했다.

"왕실 전용 객차가 제공하는 또 하나의 혜택이지."

블레인의 목소리는 여전히 뻐기는 기색이 가득했다. 제이크는 그 목소리를 듣고 문득 블레인이 파이퍼스쿨에 딱 어울리겠다고 생각했다. 세계 최초의 슬로트랜스 엔진과 이극 컴퓨터를 갖춘 재수 없는 녀석이었으므로.

"핸드 스캔 스펙트럼 확장기는 진단 도구이면서 가벼운 응급 처치도 할 수 있다. 내가 너한테 해 준 것처럼 말이야. 그것은 또한 영양 공급 장치이자 뇌파 유형 기록 장치이며 스트레스 분석기인 동시에 엔도르핀 분비를 자연적으로 자극하는 감정 개선 장치이기도 하다. 핸드 스캔을 이용하면 매우 감쪽같은 환상과 환각도 만들어낼 수 있지. 어떠냐, 뉴욕의 제이크여, 네가 살던 세계에서 널리 추앙받는 성의 여신과 첫 경험을 해보는 것은? 아마도 메릴린 먼로겠지? 아니면 라켈 웰치? 이디스 벙커?"

제이크는 웃음을 터뜨렸다. 블레인을 비웃다니 위험한 짓일 수도 있었지만 이번만큼은 참을 수가 없었다.

"이디스 벙커라는 사람은 없어. 그건 그냥 텔레비전 시트콤에 나오는 등장인물이야. 배우 이름은, 어, 진 스테이플턴이야. 그 사람은 쇼 아줌마랑 닮았어. 우리 집 가정부 아줌마. 좋은 아줌만데…… 그렇게 예쁘진 않아."

블레인은 오랫동안 말이 없었다. 컴퓨터가 만든 목소리가 다시 돌아왔을 때에는 농담하듯 가볍던 분위기 대신 냉랭한 기운이 감돌았다.

"그것 참 미안하게 됐군, 뉴욕의 제이크여. 성적 체험을 선사하겠다던 제안은 취소하지."

'그래, 이렇게 골탕 먹이면 되겠구나.' 제이크는 웃음이 번진 입가를 손으로 가리며 속으로 중얼거렸다. 그러고는 소리 내어 (적당히 겸손하게 들리기를 바라며) 말했다.

"괜찮아, 블레인. 어차피 그런 거 하기엔 난 아직 어린 것 같아."

수재나와 롤랜드는 서로를 마주보았다. 수재나는 이디스 벙커가 누구인지 알 길이 없었다. 「올 인 더 패밀리」라는 시트콤이 방영되기 전의 시대에서 왔기 때문이었다. 그럼에도 상황의 본질은 파악할 수 있었다. 제이크는 소리 없이 움직이는 수재나의 입술을 보고 총잡이에게 그 입술이 그린 말을 전해주었다. 비눗방울로 만든 메시지를 전할 때처럼 조심스럽게.

'실수했네.'

그랬다. 블레인이 실수를 저질렀다. 게다가 그 실수를 저지르게 한 장본인은 열한 살짜리 제이크 체임버스였다. 한 번의 실수는 두 번도 가능하다는 뜻이었다. 어쩌면, 드디어 희망이 보이는 것도 같았다. 제이크는 그 희망을 아주 조금만 품기로 마음먹었다. 강넘이 마을에서 달콤하지만 금세 취하는 그라프를 맛보았을 때 그랬던 것처럼.

2

롤랜드는 수재나를 보며 티 나지 않게 고개를 끄덕인 다음, 다시 수수께끼를 시작하려고 객차 앞쪽을 향해 돌아섰다. 그가 말을 꺼내기에 앞서 제이크는 몸이 앞으로 쏠리는 느낌을 받았다. 생각해 보니 우스웠다. 열차가 전속력으로 달릴 때에는 아무것도 모르다가 속도를 늦추자마자 곧바로 알아차리다니.

"여기 자네들에게 꼭 보여주고 싶은 것이 있네."

블레인의 목소리에 다시금 활기가 넘쳤다. 그러나 제이크는 그 목소리를 믿지 않았다. 제이크의 아버지 역시 이따금씩(보통은 부하 직원이 말도 안 되는 실수를 저질렀을 때) 그런 목소리로 화상 회의를 시작했지만, 회의가 끝날 즈음에는 자리에서 일어나 위경련에 시달리는 사람처럼 책상 위로 몸을 숙이고 고래고래 소리를 질렀기 때문이었다. 그럴 때면 엘머 체임버스 씨의 뺨은 순무처럼 빨개졌고 눈 아래의 반원은 아예 가지처럼 자주색으로 변했다.

"어차피 난 여기서 정차해야 하네. 지금부턴 배터리의 전력으로 운행해야 하거든. 그 말은 곧 예비 충전이 필요하다는 뜻이지."

모노레일 열차는 흔들림을 거의 못 느낄 만큼 살며시 정지했다.

일행을 둘러싼 객차 벽의 색깔이 다시금 옅어지다가 완전히 투명해졌다. 수재나는 두려움과 놀라움에 젖어 숨이 가빠졌다. 왼쪽으로 걸어간 롤랜드는 머리를 찧지 않게 손을 내밀어 투명한 벽의 위치를 확인한 다음, 몸을 숙여 무릎을 짚고 가늘게 뜬 눈으로 아래를 내려다보았다. 오이가 또다시 짖기 시작했다. 왕실 전용 객차의 시각 모드가 보여주는 숨 막히는 광경에 동요하지 않은 사람은 에디뿐이었다. 그는 생각에 잠겨 멍해진 표정으로 주위를 쓱 훑어보고는 다시 눈을 깔고 자기 손만 내려다보았다. 제이크는 그런 에디를 잠시 흥미로운 듯이 바라보다가 바깥 풍경으로 눈을 돌렸다.

일행은 뿌연 달빛으로 물든 광대한 골짜기 한복판에 둥둥 떠 있었다. 아래를 내려다본 제이크의 눈에 사납게 물보라 치는 드넓은 강이 들어왔다. 센드 강은 아니었다. 롤랜드의 세계에 흐르는 강이 지역에 따라 방향을 바꿀 수 있다면 또 모를까, 그 강이 센드 강일 수는 없었다(다만 제이크는 중간 세계에 대해 아는 바가 적었기에 그 가능성을 아예 무시하지는 못했다.). 게다가 이 강은 물살이 잔잔하지 않았다. 산에서부터 굽이쳐 흘러나온 격류는 꼭 무슨 일로 기분이 상해서 싸움 상대를 찾아다니는 사람처럼 사나워 보였다.

제이크는 가파르게 경사진 강둑에 빽빽이 자란 나무들을 가만히 바라보았다. 꽤 근사한 나무라는 생각에 안도감이 들었다. 콜로라도 주나 와이오밍 주의 산지에서 볼 법한 침엽수들이었다. 이윽고 골짜기의 깊숙한 바닥으로 눈을 돌렸다. 사납게 흐르는 강은 그곳에서 갈라져 폭포가 되어 쏟아져 내렸다. 폭포가 어찌나 길고 넓었던지, 제이크는 저도 모르게 부모님과 함께 보러 갔던 나이아가라 폭포가 떠올랐지만(아이가 기억하는 세 차례의 가족 여행 가운데 한 번이었다.

나머지 두 번은 아버지가 일하는 방송국에 급한 일이 생겨 도중에 돌아와야 했다.), 지금 아래에 보이는 폭포에 비하면 나이아가라 폭포는 삼류 놀이공원의 인공 폭포 수준이었다. 폭포를 감싸듯이 이어진 반원형 공기층이 증기처럼 거세게 피어오르는 물안개에 가려 더욱 뿌옇게 보였다. 그 속에 달빛이 만든 무지개 여섯 개가, 왠지 꿈에서 본 보석 목걸이처럼 야한 빛을 뿌리며 서로 얽혀 있었다. 제이크의 눈에는 그 무지개들이 올림픽 깃발의 오륜과 비슷하게 보였다.

강이 실제로 쏟아져 내리기 시작하는 지점으로부터 약 50미터 아래에, 거대한 바위 두 개가 불쑥 튀어나와 있었다. 조각가가(아니면 조각가들이) 어떻게 저런 곳까지 내려갔는지 제이크로서는 도무지 짐작할 수조차 없었지만, 그 바위들은 자연 침식으로 만들어진 형상이라고는 결코 믿을 수 없었다. 그것들은 으르렁거리는 거대한 개의 머리처럼 보였다.

사냥개 폭포. 제이크는 퍼뜩 생각했다. 이제 앞에 남은 정거장은 대서빌 한 개뿐, 그다음은 토피카였다. 종착역. 모두 내릴 시간.

"잠시만 기다려주게. 음향 효과를 최대한으로 즐기려면 볼륨을 조절해야 하거든."

잠깐 동안 부엉이 울음 같은 소리가 나직하게 퍼졌다. 기계가 헛기침을 할 때 날 법한 소리였다. 뒤이어 거대한 함성이 일행을 엄습했다. 물소리였다. 제이크 생각에는 분당 수십억 리터가 쏟아지는 듯했다. 아까 본 거대한 강이 골짜기 끄트머리에서 추락을 시작하여 폭포 아래의 우묵한 암반까지 약 500미터를 쏟아져 내리는 소리였다. 개 머리 조각상의 부루퉁한 얼굴을 지나 스멀스멀 피어오르는 물안개 몇 갈래가 꼭 지옥의 굴뚝에서 올라오는 증기 같았다. 소리는 점점 더 커졌다. 그 물소리에 머릿속이 온통 뒤흔들린 제이크는 손으로 귀를 틀어막았다. 주위를 둘러보니 롤랜드도, 에디도, 수재나도 똑같은 행동을 하고 있었다. 오이가 짖고 있었지만 소리는 들리지 않았다. 곁에 있던 수재나도 입술을 움직였다. 제이크는 이번에도 그 입술의 움직임을 읽을 수 있었다. *그만해, 블레인! 그만!* 수재나는 목청껏 외치는 기색이 뚜렷했지만 오이와 마찬가지로 목소리는 전혀 들리지 않았다.

그런데도 블레인은 계속해서 폭포의 물소리를 높였다. 제이크는 눈알이 덜덜 떨렸다. 과부하가 걸린 스피커처럼 귀가 터져버릴 것만 같았다.

그러다가 뚝 그쳤다. 일행은 달빛으로 뿌옇게 물든 폭포 상공에 그대로 떠 있었다. 달 무지개들은 끊임없이 쏟아지는 물의 장막 위에서 꿈결처럼 천천히 돌아가는 중이었고, 물에 젖어 번들거리는 부루퉁한 얼굴의 개 머리 석상들 역시 비죽 튀어나온 모습 그대로였다. 그러나 세상을 끝장낼 듯이 으르렁대던 물소리는 더 이상 들리지 않았다.

잠깐 동안 제이크는 두려워하던 일이 정말로 일어났다고, 귀가 먹어버렸다고 생각했다. 그러나 이내 오이가 짖는 소리가 들렸고 수재나의 외침도 들을 수 있었다. 처음에는 귀에 크래커 부스러기가 찬 것처럼 아련하고 둔탁하게 들렸지만, 이윽고 소리가 점점 또렷해졌다.

에디는 수재나의 어깨를 감싸고 객차 앞쪽 노선도를 노려보았다.

"참 잘했어, 블레인."

"난 그저 폭포수 소리를 최대 음량으로 들려주면 자네들이 좋아할 줄 알고 그런 걸세." 윙윙거리는 블레인의 목소리는 웃음기를 띠었는데도 왠지 기분이 상한 듯했다. "이디스 벙커와 관련하여 내가 저지른 유감스러운 실수 또한 잊을 수 있을 테고 말이지."

'나 때문이야.' 제이크는 생각했다. '어쩌면 블레인은 그냥 기계인지도 몰라. 자살까지 생각할 줄 아는 기계. 그러면서도 비웃음은 못 견디는 기계.'

제이크는 수재나 곁에 앉아서 팔로 어깨를 감싸주었다. 사냥개 폭포의 물소리가 여전히 들려왔지만 이제는 그마저도 희미했다.

"무슨 짓이냐, 블레인. 배터리는 어떻게 충전할 거냐?"

"이제 곧 알게 될 걸세, 총잡이여. 기다리는 동안 내게 수수께끼를 내보게."

"좋다, 블레인. 내 스승 코트가 직접 만들어서 여러 차례 승리한 수수께끼를 내주마."

"몹시 기대되는군."

롤랜드는 정신을 집중하려는 듯 잠시 입을 다물고 객차 천장이 있던 머리 위를 올려다보았다. 이제 그곳에는 검은 밤하늘을 가로지르는 우윳빛 은하수가 보였다(제이크는 아폰과 리디아, 즉 예전 그 자리에 그대로 머물며 서로 쏘아보듯 빛나는 노인성과 노모성을 알아보고 왠지 마음이 놓였다.). 이윽고 롤랜드가 눈을 돌려 블레인의 얼굴 노릇을 하는 사각형 판을 마주보았다.

"'우리는 아주 작은 형제들. 저마다 다른 모습을 지녔네. 첫째는 늘 푸른 아름드리나무 앞에. 둘째는 실을 토하는 누에의 꼬리에. 셋째는 기다란 밭이랑 한가운데에. 넷째는 집오리의 집 뒤에. 막내인 다섯째는 둥우리 속에서 나갈 날을 기다린다네.' 여기서 말하는 우리란 누구냐?"

"아(A), 에(E), 이(I), 오(O), 우(U). 귀족어의 모음들이지."

대답은 이번에도 즉시 튀어나왔다. 망설이는 기색은 전혀 없었다. 다만 목소리 자체는 웃음기가 조금 엷어진 대신 조롱하는 느낌이 배어 있었다. 뜨거운 난로 위에서 발발거리는 벌레를 구경하는 잔인한 꼬맹이의 목소리 같았다.

"허나 길르앗의 롤랜드여, 그 수수께끼는 자네 스승의 작품이 아닐세. 내가 알기로 그 수수께끼를 만든 사람은 런던의 작가 조너선 스위프트야. 런던은 자네 친구들이 살던 세계에 있는 도시라네."

"고맙다."

롤랜드가 중얼거렸다. 목소리가 꼭 한숨소리 같았다.

"정답이다, 블레인. 네가 말한 수수께끼의 유래 역시 사실이다. 나 또한 내 스승 코트가 다른 세계를 알았으리라고 오래전부터 짐작했다. 어쩌면 길르앗 성 바깥에 사는 마니들과 교류했을지도."

"마니 같은 광신도들 따위는 내 알 바 아니네, 길르앗의 롤랜드여. 그놈들은 늘 바보 집단이었거든. 자, 다음 수수께끼를 내보게."

"알았다. 그럼······"

"잠깐, 잠깐만. 빔의 힘이 모이고 있어. 폭포의 사냥개들을 똑바로 보지 말게, 나의 재미난 새 친구들이여! 그리고 눈을 가리도록!"

제이크는 폭포에 튀어나온 거대한 석상으로부터 고개를 돌렸지만 때맞춰 손으로 눈을 가리지는 못했다. 시야 가장자리에 보이는 뭉툭한 머리 모양 바위에 갑자기 눈부시게 빛나는 파란색 눈 한 쌍이 나타났다. 그 눈에서 비죽비죽한 광선이 뿜어 나와 모노레일을 향해 쏟아졌다. 그 순간 제이크는 질끈 감은 눈을 손바닥으로 꽉 누른 채 양탄자가 깔린 객차 바닥에 나동그라졌다. 희미하게 윙윙대는 한쪽 귓가에서 오이가 짖고 있었다. 그 소리 너머로 전류가 모노레일을 휘감고 지지직거리는 소리가 들렸다.

제이크가 다시 눈을 떴을 때, 사냥개 폭포는 보이지 않았다. 블레인이 객차 벽을 원래대로 되돌렸기 때문이었다. 그러나 소리는 여전히 들을 수 있었다. 전류가 폭포처럼 쏟아지는 소리였다. 알 수 없는 방법으로 빔에서 끌어들인 힘이 석상의 머리를 통해 방사되는 중이었다. 블레인 역시 알 수 없는 방법으로 그 힘을 받아 스스로를 충전하고 있었다. '충전이 끝나면 배터리로 달리겠지.' 제이크는 생각했다. '그럼 러드에는 영영 못 돌아갈 거야. 영원히.'

"블레인, 빔의 힘을 어떻게 저곳에 저장한 거냐? 번견 석상의 눈에서 힘이 뿜어져 나오다니, 무슨 방법을 쓴 거냐?"

블레인은 대답이 없었다.

"어이, 블레인. 저 개 대가리들은 누가 만든 거야? 위대한 선인들? 아니지, 아닐 거야. 그들보다 더 오래전에 살던 사람들이겠지. 아니…… *사람이기는 한 거야?*"

이번에는 에디가 물었지만 블레인은 여전히 말이 없었다. 어쩌면 다행인지도 몰랐다. 제이크는 사냥개 폭포와 그 안에서 벌어지는 일에 관해 딱히 알고 싶지 않았다. 롤랜드가 사는 세계의 어두운 면을 이미 경험한 바 있기 때문이었다. 이제껏 본 것만으로도 그곳에서 벌어지는 일들이 바람직하거나 안전할 리 없다고 확신하기에는 충분했다.

"*물어보지 마세요.*" 작은 블레인의 목소리가 일행의 머리 위에서 흘러나왔다. "*그래야 더 안전해요.*"

"바보 같은 질문은 하면 안 돼. 저 녀석은 바보 같은 게임은 안 하거든."

에디가 말했다. 또다시 꿈속을 헤매는지, 멍한 표정이었다. 수재나가 이름을 불렀지만 에디에게는 그 소리마저도 안 들리는 모양이었다.

3

롤랜드는 제이크 맞은편에 앉아 오른손으로 뺨에 돋은 수염을 천천히 문질렀다. 그가 지쳤을 때, 또는 뭔가 미심쩍을 때 자신도 모르게 보이는 몸짓이었다.

"수수께끼가 슬슬 떨어져 가는구나."

제이크는 놀라서 휘둥그레진 눈으로 롤랜드를 돌아보았다. 롤랜드가 블레인에게 낸 수수께끼는 쉰 개 정도였다. 아무 준비도 없이 바로바로 떠올린 것치고는 꽤 많았다. 하지만 롤랜드의 고향에서 수수께끼가 그토록 중요한 것이었다면, 그렇다고 한다면…….

제이크의 낯빛에서 이런 생각을 눈치챘는지, 롤랜드는 쓴웃음을 지으며 입가를 문질렀다. 그러고는 아이가 실제로 말하기라도 한 것처럼 고개를 끄덕였다.

"그래, 나도 이해가 안 간다. 만약 어제나 그제 수수께끼를 내보라고 했다면, 내 머릿속 깊숙한 곳의 쓰레기통에 처박힌 것들을 적어도 1,000개는 꺼내어 들려줄 수 있었을 게다. 어쩌면 2,000개도 가뿐했겠지. 허나…….."

롤랜드는 한쪽 어깨를 으쓱하고 고개를 저은 다음, 다시 손으로 뺨을 문질렀다.

"잊어버리는 것하고는 다르다. 아예 처음부터 없었던 것 같다. 아마도 이 세계에 일어나고 있는 일이 나한테도 일어나는 것 같다."

"변질되는 거군요. 이 세상의 다른 모든 것들처럼."

수재나가 말했다. 그녀의 눈에 비친 동정의 빛을 보고 롤랜드는 금세 고개를 돌리고 말았다. 마치 그녀의 안쓰러워하는 눈빛에 데기라도 한 것처럼.

"아무래도 그런 것 같소."

롤랜드는 제이크에게 눈을 돌렸다. 입을 굳게 다물고, 눈을 번득이면서.

"제이크, 내가 부탁하면 네 책에 있는 수수께끼를 낼 수 있게 준비해 주겠느냐?"

"예."

"좋다. 마음 단단히 먹어라. 끝나려면 아직 멀었다."

바깥에서 지지직거리던 전류 소리가 멈췄다.

"배터리 충전이 다 끝났네. 이제 모든 게 완벽해."

"대단하네." 수재나의 목소리는 냉랭했다.

"아나네!" 오이가 수재나의 가시 돋친 말투를 똑같이 따라했다.

"이제 몇 가지 전환 절차를 거쳐야 하네. 소요 시간은 약 40분이고 대부분 자동으로 처리되지. 배터리 전환 과정을 처리하고 이에 수반되는 몇 가지 사항을 점검하는 동안 우리는 시합을 계속하세. 나는 이 시합이 아주 즐겁다네."

"보스턴행 기차를 타고 가다가 전기 엔진에서 디젤 엔진으로 바꾸는 거랑 비슷하군."

에디가 말했다. 여전히 정신이 딴 데 가 있는 듯한 목소리였다.

"하트퍼드나 뉴헤이븐 같은 데서 말이야. 정신이 똑바로 박힌 인간이라면 절대 안 살 곳이지."

"에디, 지금 무슨 짓을……."

수재나가 말리려 했지만 롤랜드는 그녀의 어깨를 툭 치고 고개를 저었다.

"뭐라고 하든 상관없네, 뉴욕의 에디여."

블레인의 목소리는 개의치 않고 즐기겠다는 듯이 관대했다.

"아무렴. 이 뉴욕의 에디님께서 뭐라고 하든 상관없겠지."

"저 친구는 훌륭한 수수께끼를 몰라. 하지만 자넨 아주 많이 알고 있네, 길르앗의 롤랜드여. 내게 다음 수수께끼를 내보게."

뒤이어 롤랜드가 수수께끼를 막 시작했을 때, 제이크의 머릿속에 기말 작문 숙제가 떠올랐다. *블레인은 골칫덩이.* 제이크는 작문에 그렇게 적었다. *블레인은 골칫덩이, 그것은 진실.* 그랬다. 그 글은 진실이었다.

완벽한 진실.

그로부터 한 시간 가까이 지났을 무렵, 외줄 블레인이 다시 움직이기 시작했다.

4

깜박이는 초록색 점이 대셔빌에 가까워지다가 그곳을 지나 종착역을 향해 마지막 급회전을 하는 동안, 수재나는 겁에 질려 멍해진 표정으로 노선도를 물끄러미 바라보았다. 초록색 점이 움직이는 속도로 보아 블레인은 배터리 운행으로 전환하고 나서부터 속도를 늦춘 듯했고, 객차 안의 불빛도 조금 어두워졌다. 그러나 수재나가 생각하기에 달라진 것은 없었다. 블레인이 시속 1,000킬로미터로 달리든 1,500킬로미터로 달리든 간에 종착역인 토피카에 닿으면 일행은 어차피 튜브 속의 치약처럼 곤죽이 될 신세였다.

속도가 느려지기는 롤랜드도 마찬가지였다. 그는 수수께끼를 찾아 머릿속의 쓰레기통을 점점 더 깊이 파고들어야 했다. 그러나 결코 포기하지 않았고, 결국에는 찾아냈다. 롤랜드는 늘 그랬다. 처음 사격을 배울 때부터 수재나는 길르앗의 롤랜드에게 달갑지 않은 애정을 느꼈다. 그것은 존경과 두려움과 연민이 한데 섞인 것만 같은 감정이었다. 그를 진심으로 좋아하게 되리라고는 결코 생각할 수 없었지만(자신 안에 있는 데타 워커는 영원토록 그를 증오할 듯싶었다. 그에게 붙들려 고함을 지르며 태양 아래 끌려나왔으니.), 그럼에도 수재나의 가슴속에 자라난 애정은 강렬했다. 어쨌거나 그는 에디 딘의 목숨과 영혼을, 그녀의 연인을 구해준 사람이기 때문이었다. 그를 애틋하게 여길 이유는 그것만으로도 충분했다. 그러나 수재나가 생각하는 이유는 따로 있었다. 바로 무슨 일이 있어도 결코 포기하지 않는 그의 투지 때문이었다. 그의 사전에 *후퇴*라는 말은 없는 듯했다. 낙담한 기색이 완연할 때조차도 그는 결코 물러서지 않았다. 바로 지금처럼.

"블레인, 수레가 없는 길과 나무가 없는 숲과 집이 없는 도시를 찾을 수 있는 곳은 어디냐?"

"답은 지도일세."

"정답이다. 다음. 나는 다리가 수백 개나 달렸지만 설 수 없고, 기다란 목이 있지만 머리는 없다. 나는 하녀의 목숨을 갉아먹고 산다. 나는 누구냐?"

"답은 빗자루일세, 총잡이여. 끝 문장은 이렇게 바뀌기도 하지. '나는 하녀를 편하게 해 준다.' 허나 나는 그대의 표현이 더 마음에 드는군."

롤랜드는 블레인의 너스레를 무시했다.

"보이지도 않고, 느껴지지도 않고, 들리지도 않으며, 냄새도 없다. 별 뒤에 숨고 언덕 아래에 눕는다. 생기를 앗아가고 웃음기를 지워버린다. 이것은 무엇이냐, 블레인?"

"답은 어둠일세."

"고맙다. 정답이다."

손가락 두 개를 잃은 오른손이 오른쪽 뺨을 쓸어올렸다. 여느 때처럼 초조한 몸짓이었다. 못이 박여 거칠거칠한 손가락이 수염을 스치며 내는 희미한 소리를 듣고 수재나는 몸서리를 쳤다. 제이크는 객차 바닥에 책상다리를 하고 앉아 몹시 긴장한 표정으로 롤랜드를 올려다보는 중이었다.

"달릴 줄은 알지만 걸을 줄은 모른다. 울기는 하지만 말은 못한다. 똑같은 곳을 하루에 두 번씩 들른다. 밥을 안 주면 제멋대로 쉰다. 이것은 무엇이냐, 블레인?"

"시계."

"어휴." 제이크는 나지막이 중얼거리고 입술을 깨물었다.

수재나는 에디를 힐끗 돌아보았다. 그녀의 마음속에 조바심이 파문처럼 퍼져나갔다. 에디의 표정은 현실에 대한 흥미를 모조리 잃은 듯했다. 그가 사용하는 1980년대의 기묘한 속어를 빌리자면 '뿅 간 상태'였다. 수재나는 그의 옆구리를 쿡 찔러 정신을 차리게 해 주려다가, 앞서 롤랜드가 고개를 저었던 일이 떠올라 마음을 바꾸었다. 에디의 맥 빠진 표정은 생각에 몰두한 사람 같지 않았지만, 그래도 혹시 모를 일이었다.

정말로 생각하는 중이라면 좀 서둘러 줘요. 수재나는 초조해졌다. 아직은 노선도의 초록색 점이 토피카보다 대셔빌에 더 가까웠지만, 15분쯤 지나면 두 역 사이의 중간 지점에 도착할 듯싶었다.

어쨌거나 시합은 계속 이어졌다. 롤랜드가 문제를 내면 블레인은 곧장 대답을 되돌려주었다. 그물 바로 위로 날아와 사각지대에 떨어지는 테니스공처럼.

성을 짓고, 산을 무너뜨리고, 멀쩡한 눈을 멀게 하고 침침한 눈은 잘 보이게 도와주는 것은? 모래.

고맙다.

겨울에는 살고, 여름에는 죽으며, 뿌리부터 아래쪽을 향해 자라는 것은? 고드름.

정답이다, 블레인.

사람들은 이것 위로 걷기도 하고 이것 아래로 걷기도 한다. 전쟁이 터지면 불태워 없앤다. 이것은 무엇인가? 다리.

고맙다.

끝나지 않을 것만 같은 수수께끼들의 행진을 지켜보던 수재나는 마침내 흥미를 잃고 시큰둥해졌다. 그러다가 문득 궁금해졌다. 어린 시절의 롤랜드도 이런 기분이었을까? 광짓날과 만짓날에 수수께끼 시합이 벌어졌을 때, 상품인 거위를 노리고 친구들과 함께(친구들만 함께했을 리는 없었다, 절대로) 참가했다가 결국에는 이렇게 시큰둥해졌을까? 아마도 그랬을 듯싶었다. 시합의 승자는 마지막까지 흥미를 잃지 않은 사람, 지끈거리는 머리를 어떻게든 다스린 사람이었으리라.

매번 얄미울 정도로 빠르게 정답을 내놓는 블레인의 실력은 가히 살인적이었다. 수재나가 보기에는 어렵기 짝이 없는 문제들이었지만 블레인은 척척 답을 내놓았다. 척척.

"블레인, 눈이 있으나 보지 못하는 것은 무엇이냐?"

"그 수수께끼는 답이 네 개나 있네. 바둑판, 태풍, 감자, 그리고 사랑에 빠진 연인일세."

"고맙다, 블레인. 정답……"

"잠깐. 내 말을 듣게, 길르앗의 롤랜드여. 그대들 카텟 모두."

롤랜드는 즉시 입을 다물었다. 생각에 잠겼는지 눈은 가느다랗게 뜨고 고개는 살짝 쳐든 모습이었다.

"이제 곧 내 엔진의 회전음이 더욱 빨라질 걸세. 토피카까지는 정확히 한 시간을 더 가야 한다네. 현 시점에서는……"

"우리가 벌써 일곱 시간이나 달려왔다고? 말도 안 돼, 그게 사실이라면 난 이따가 내려서 짚고 다닐 지팡이나 깎아야겠는걸."

이렇게 말하는 제이크를 수재나는 걱정스러운 눈빛으로 돌아보았다. 블레인이 아까 같은 테러 행위나 짓궂은 장난을 또 벌일까 불안했기 때문이었다. 그러나 블레인은 킬킬대며 웃기만 했다. 다시 말을 시작했을 때, 블레인의 목소리는 험프리 보가트의 굵직한 목소리로 바뀌어 있었다.

"이곳의 시간은 흐르는 속도가 다르다네, 귀여운 친구여. 그 정도는 이미 눈치챘어야지. 허나 걱정 말게. 시간이 흘러도 근본적인 것들은 변하지 않으니까 말일세. 내가 자네에게 거짓말을 할 것 같은가?"

"응." 제이크가 중얼거렸다.

그 말에 웃음보가 터졌는지 블레인이 또다시 껄껄 웃기 시작했다. 미친 듯이 울려퍼지는 금속성 웃음소리를 듣고 수재나는 싸구려 놀이공원과 도로변 공터에서 본 유령의 집이 떠올랐다. 객차 안의 전등이 웃음소리에 맞춰 깜박거리기 시작하자 그녀는 눈을 감고 손으로 귀를 틀어막았다.

"그만해, 블레인! 그만!"

"저런, 죄송합니다, 아가씨." 이번에는 제임스 스튜어트의 쩔쩔 매는 목소리가 울려퍼졌다. "제 웃음소리 때문에 귀가 먹었다니 거 참 면목이 없군요."

"먹고 싶으면 이거나 먹어." 제이크는 이렇게 말하며 노선도를 향해 가운뎃손가락을 세워 보였다.

수재나는 에디의 낄낄대는 소리가 들리기를 기대했다. 에디 딘은 쌍욕을 퍼부을 기회가 생기면 자다가도 벌떡 일어나 달려오는 사람이기 때문이었다. 그러나 에디는 오로지 자기 무릎만 내려다보고 있었다. 이마에는 주름이 졌고, 눈은 멍했으며, 입은 살짝 벌어져 있었다. 망중한을 즐기는 동네 바보와 너무나 비슷한 표정이었다. 수재나는 에디의 옆구리를 쿡 찔러 그 멍청한 표정을 지워버리고 싶었지만, 다시 한 번 가까스로 참아냈다. 그 충동을 오래 참기는 힘들 듯싶었다. 블레인의 질주가 끝나는 곳에서 죽어야 할 운명이라면 수재나는 에디의 품 안에서 죽고 싶었다. 에디의 눈을 마주보며, 에디의 마음을 느끼며.

그러나 당장은, 에디를 그냥 두는 편이 나을 듯싶었다.

"여기서부터는 내가 자살 특공대식 돌진이라고 이름 붙인 운행 방식을 택할 걸세." 블레인의 목소리가 다시 평소와 같아졌다. "그렇게 하면 배터리가 금세 닳아버리겠지만, 이제 와서 전기를 아낀들 어디다 쓰겠나. 안 그런가? 종착역의 강철 말뚝에 부딪힐 무렵이면 내 속도는 시속 1,500킬로미터에 가까울 걸세. 이쪽 세계의 단위로 말하면 약 550휠이지. 또 만나세 동무들, 잊지 말고 편지하고. 그렇게 되는 거지. 이렇게 미리 알려주는 것도 다 페어플레이 정신에 입각한 행동이라네, 내 흥미로운 새 친구들이여. 혹시라도 대단원을 위해 아껴둔 최고의 수수께끼가 있다면 바로 지금이 써먹을 시간이라는 말일세."

블레인의 목소리는 탐욕이 뚝뚝 떨어지는 듯했다. 일행을 죽이기 전에 최고의 수수께끼를 풀고 싶다는 욕망이 적나라하게 드러났다. 수재나는 그 목소리를 듣고 순식간에 늙어버린 것처럼 피곤해졌다.

"내가 아는 최고의 수수께끼를 다 들려주기에는 시간이 부족할지도 모르겠구나." 롤랜드는 흔들림 없이 생각에 잠긴 목소리로 말했다. "그리되면 아쉽지 않겠느냐?"

침묵이 흘렀다. 아주 잠깐이었지만, 그래도 블레인은 롤랜드가 낸 그 어떤 수수께끼보다 더 오래 망설이는 듯했다. 뒤이어 킬킬대는 소리가 들렸다. 수재나는 그 요란한 웃음소리에 일찌감치 진저리가 났지만, 이번에는 거기에 깃든 냉소적인 피로감 때문에 더욱 더 소름이 끼쳤다. 어쩌면 아주 멀쩡한 웃음소리로 들렸기 때문인지도 몰랐다.

"잘했네, 총잡이여. 아주 용기 있는 시도였어. 허나 그대는 셰에라자드가 아니고, 우리에게는 대화를 나눌 1000일하고도 하룻밤이라는 시간이 없다네."

"무슨 소리냐. 나는 셰에라자드 같은 건 모른다."

"괜찮아. 수재나가 가르쳐줄 걸세, 그대가 정 알고 싶다면 말이지만. 그 정도는 아마 에디도 알걸. 어쨌거나 중요한 건 바로 이걸세, 롤랜드. 나는 수수께끼가 더 있다는 약속에 현혹되지 않아. 우리가 원하는 건 상품으로 걸린 거위니까. 토피카에 도착하면 그대들과 나, 어느 한쪽은 상을 받게 되 겠지. 무슨 말인지 알겠나?"

다시 한 번, 손가락 개수가 모자란 오른손이 롤랜드의 뺨을 훑고 올라갔다. 수재나의 귀에도 다시 한 번 수염 쓸리는 소리가 희미하 게 들려왔다.

"승부는 진지해야 하는 법. 중간에 울면서 달아날 수는 없지."

"바로 맞혔네. 누구도 중간에 울면서 달아날 수는 없네."

"좋다, 블레인. 진지하게 승부하자. 울면서 달아나지 말고. 자, 다 음 문제를 내주마."

"늘 그랬듯이 기쁜 마음으로 기대하겠네."

롤랜드는 제이크를 내려다보았다.

"준비해라, 제이크. 나는 수수께끼가 거의 바닥났다."

제이크가 고개를 끄덕였다.

일행의 발아래에서는 슬로트랜스 엔진이 쉬지 않고 속도를 높였 다. 수재나는 엔진의 격렬한 진동음을 귀로 듣는 대신 턱관절과 관 자놀이와 손목의 맥박 뛰는 곳에서 느꼈다.

'틀렸어. 제이크의 책 속에 결정타가 있다면 또 모를까.' 수재나 는 멍하니 생각했다. '롤랜드는 블레인을 못 이겨. 자기도 알 거야. 아마 한 시간 전에 이미 알았을걸.'

"블레인, 나는 1분 안에는 한 번 나타나고 한 순간 안에는 두 번 나타나지만, 10만 년 안에는 한 번도 나타나지 않는다. 내 이름은 뭐냐?"

시합은 그렇게 계속되었다. 수재나는 수수께끼를 내는 롤랜드와 그에게 대답하는 블레인을 보며 깨달았다. 블레인이 대답할 때까지 걸리는 시간은 점점 더 짧아져만 갔다. 앉아서 천리를 내다보는, 모든 것을 다 아는 신 같았다. 수재나는 식은땀이 밴 손을 무릎 위로 꽉 쥔 채 토피카를 향해 가까워지는 초록색 점을 바라보았다. 토피카는 모든 열차가 운행을 멈추는 곳, 그들 카텟의 여정이 끝나는 공터가 마련된 곳이었다. 수재나의 머릿속에 폭포의 사냥개 석상이 떠올랐다. 별빛 총총한 밤하늘 아래, 사납게 쏟아져 내리는 하얀 물살 위로 비죽 튀어나온 석상. 수재나는 그 석상의 눈을 떠올렸다.

전류가 이글거리는 시퍼런 눈을.

제3장

축제일의 상품

1

에디 딘(그 자신은 까맣게 몰랐지만 롤랜드는 이따금 그를 *카마이*, 즉
'카의 바보'로 여겼다.)은 모든 것을 들었으나 동시에 아무것도 듣지
못했다. 또한 모든 것을 보았으나 동시에 아무것도 보지 못했다. 수
수께끼 시합이 본격적으로 시작된 다음부터 에디의 눈길을 잡아끈
것은 사냥개 석상의 눈에서 뿜어져 나온 파란 광선뿐이었다. 손을
들어 그 번갯불 같은 빛으로부터 눈을 가리고 있는 동안, 에디의 머
릿속에는 샤딕이 지키던 빔의 관문이 떠올랐다. 그리고 그 관문에
귀를 댔을 때 들었던 희미하고 몽환적인 기계 소리도.

사냥개 석상의 눈에서 뿜어져 나온 파란 광선을 보며, 그리고 블
레인이 그 광선을 빨아들여 중간 세계를 건너는 마지막 질주에 필
요한 전력을 충전하는 소리를 들으며, 에디는 가만히 생각했다. '사
자(死者)의 홀과 폐허의 방에 적막만이 있었던 건 아니야. 옛사람들

이 남긴 물건들 중에 어떤 건 지금도 작동하고 있어. 진짜 무서운 건 바로 그거야, 안 그래? 맞아. 진짜 무서운 건 바로 그거야.'

그 생각을 하고 나서 잠깐 동안 에디는 몸뿐 아니라 정신도 일행과 함께 있었지만, 이윽고 다시금 혼자만의 생각에 빠져들었다. *우리 에디, 약 기운에 뿅 갔구나.* 헨리 형이라면 이렇게 말했으리라. *이럴 땐 건드리지 말고 그냥 둬야지, 암.*

제이크가 부싯돌로 불을 피우려고 낑낑대는 장면이 자꾸만 머릿속에 떠올랐다. 향긋한 꽃에 내려앉는 꿀벌처럼, 에디는 그 장면에 잠시 집중하려 했다. 그러다 다시 생각을 고쳐먹었다. 그가 원한 것은 기억 자체가 아니기 때문이었다. 그 기억은 단지 그가 지나가고 싶었던 통로일 뿐이었다. 서쪽 바닷가에 서 있던 세 개의 문처럼, 또는 예언의 원에서 제이크를 이쪽 세계로 불러내기에 앞서 그가 땅에 그렸던 문처럼. 다만 이 문은 그의 머릿속에 있었다. 그가 원한 것은 그 문 뒤에 있었다. 지금 그가 하는 일은…… 일종의…… 자물쇠 따기였다.

'뿅 가기.' 헨리 형이라면 그렇게 표현했을 것이다.

헨리 형은 살아생전에 동생의 기를 꺾느라 인생의 대부분을 낭비했다. 에디가 마침내 깨달은 바에 따르면 동생을 두려워했기 때문이었고, 또 질투했기 때문이었다. 그러나 에디는 헨리 형에게 칭찬을 듣고 깜짝 놀랐던 날이 있었음을 기억했다. 실은 칭찬 정도가 아니었다. 그날 헨리 형은 아찔할 정도로 비행기를 태워주었다.

헨리 패거리가 달리 상점 뒷골목에 쭈그리고 앉아 잡담을 나눌 때의 일이었다. 막대사탕을 빠는 친구가 있는가 하면 과자를 야금거리는 친구도 있었고, 지미 폴리노가 엄마 옷장 서랍에서 슬쩍한 켄트 담배를 빠는 친구도 있었다. 지미는 발목이 안쪽으로 휜 탓에 친구들 사이에서는 소아마비 환자라는 뜻의 지미 '폴리오'로 불렸다. 헨리는 말할 것도 없이 담배를 빠는 아이들 중 한 명이었다.

헨리가 속한(동생인 에디 역시 자연히 들어가게 된) 패거리에는 자기들끼리만 통하는 말이 몇 가지 있었다. 롤랜드식으로 말하자면, 애송이 카텟의 은어였다. 헨리 패거리는 누구를 흠씬 두들겨 팬다고 말하지 않았다. 대신 똥창을 *터뜨려준다*고 했다. 여자애랑 잔다고 하는 대신 *질질 짤 때까지 박아준다*고 했다. 약에 취해 몽롱한 상태는 *폭탄 맞고 뽕 갔다*라고 했다. 다른 패거리와 패싸움을 벌이는 경우에는 *다구리 뜬다*라는 표현을 애용했다.

그날 뒷골목에서는 다구리를 뜰 때 가장 든든한 우리 편이 누구인가를 놓고 토론이 벌어졌다. 지미 폴리오(지미는 친구들 사이에서 '폐암 막대사탕'으로 통하는 담배를 챙겨온 덕분에 가장 먼저 발언권을 얻었다.)는 스키퍼 브래니건을 으뜸으로 꼽았다. 스키퍼는 도무지 겁이란 걸 모르기 때문이었다. 지미가 말하길 스키퍼는 어느 금요일 밤 학교 댄스파티에서 자신을 열 받게 한 선생을 흠씬 두들겨 팬 적도 있었다. 패거리의 화법에 따르면 보호자인 신생의 똥창을 터뜨려준 것이다. 스키퍼 브래니건은 그런 녀석이었다.

친구들은 저마다 사탕을 빨고 과자를 야금거리고 담배를 뻐끔거리며 고개를 끄덕였다. 그들 모두 스키퍼 브래니건이 겁쟁이라는 것과 지미가 뻥쟁이라는 것을 알았지만 아무도 입 밖에 내지 않았다. 아니, 그럴 수는 없었다. 지미 폴리오의 거창한 거짓말을 믿는 척해야 했다. 안 그랬다가는 자기 차례가 되었을 때 아무도 자기가 한 거짓말을 믿는 척하지 않을 테니까.

토미 프레더릭스는 존 퍼렐리를 골랐다. 조지 프랫은 그 일대에서 '미친 헝가리놈'으로 알려진 차바 드라브닉을 골랐다. 프랭크 더 거넬리는 지금은 소년원에 들어가 있는 래리 매케인을 고르며 이렇게 말했다. '래리가 짱이라니까.'

이제 헨리 딘이 대답할 차례였다. 헨리는 질문의 무게에 걸맞게 한참 뜸을 들이다가 동생의 어깨에 팔을 둘렀다. 에디의 눈이 동그래졌다. *에디.* 헨리가 말했다. *난 내 동생이랑 같이 갈 거야. 얘가 최고거든.*

패거리 모두 깜짝 놀란 표정으로 헨리를 쳐다보았다. 그중 가장 놀란 사람은 다름 아닌 에디였다. 에디는 입이 벌어지다 못해 아예 턱이 허리띠까지 늘어졌다. 지미 폴리오가 말했다. *야, 헨리. 장난 까지 마, 새끼야. 진지하게 물어보잖아. 지금 눈앞에서 다구리가 막 벌어진다, 그럼 누가 제일 든든한 네 편이냐고.*

진심이야. 헨리가 대답했다.

왜 에딘데? 조지 프랫이 물었다. 에디의 머릿속에 맴돌던 바로 그 의문이었다. *이 새낀 유치원생이랑 붙어도 못 이기잖아. 좆 터지게 맞기나 하지. 근데 왜 하필 이 새끼야?*

헨리는 다시 생각에 빠졌다. 그러나 에디는 확신할 수 있었다. 이유를 모르기 때문이 아니었다. 이미 아는 이유를 어떻게 포장할지 궁리해야 했기 때문이었다. 이윽고 헨리가 입을 열었다. *왜냐면 말이지, 에디 이 새끼는 뽕 간 상태에 빠지면 악마도 복장 터져 죽게 만드는 놈이거든.*

머릿속에 제이크의 모습이 다시 떠올랐다. 하나의 기억이 다른 기억을 뒤덮은 것이었다. 부시로 부싯돌을 치는 제이크, 불쏘시개에 튀는 불꽃들, 불쏘시개에 닿지 못하고 스르륵 꺼져 버린 불씨들.

악마도 복장 터져 죽게 만드는 놈이거든.

부싯돌을 더 가까이 대라. 롤랜드의 목소리였다. 뒤이어 세 번째 기억이 떠올랐다. 서쪽 바닷가 끝자락에서 마주친 문, 그 문 앞에서 고열에 시달리던 롤랜드. 롤랜드는 죽음의 문턱에서 사시나무처럼 떨면서, 기침을 하면서, 폭격수처럼 예리한 파란색 눈으로 에디를 노려보며 말했다. *더 가까이 와라, 에디. 네 아비를 욕되게 하지 말고 이리 가까이 오란 말이다!*

'나를 붙잡으려고 그런 거야.' 에디는 생각했다. 희미하게, 마치 어딘지 모를 다른 세계와 이어진 문을 통해 흘러나오는 것처럼, 마지막 대결을 선포하는 블레인의 목소리가 들려왔다. 블레인은 혹시라도 최고의 수수께끼를 아껴두고 있다면 바로 지금이 써먹을 때라고 했다. 이제 그들에게 남은 시간은 한 시간이라고 했다.

한 시간! 달랑 한 시간이야!

의식은 오로지 그 생각에만 집중하려 했지만, 에디는 억지로 그 생각을 떨쳐냈다. 그의 내면에서 무슨 일이 벌어지는 중이었다(그는 적어도 그러기를 바랐다.). 어떤 절박한 연상 게임 같은 것이 벌어지는 중이었고, 그는 자신의 의식이 마감 시간이나 인과 관계 따위에 좌절하여 그 게임에 지도록 내버려둘 수 없었다. 그랬다가는 자신에게 주어진 기회가 송두리째 날아갈 판이었다. 어찌 보면 나무토막에 깃든 형상을, 자신의 힘으로 조각하여 꺼낼 수 있는 어떤 것을 바라볼 때와 비슷했다. 활, 새총, 그리고 상상도 못했던 신비한 문을 여는 열쇠 같은 것들을. 그러나 처음에는 오랫동안 바라볼 수 없었다. 너무 뚫어지게 바라보면 사라지고 말았다. 그것은 모델을 등진 채로 조각을 하는 일과 거의 비슷했다.

블레인의 엔진이 출력을 높이는지, 발아래에서 진동이 느껴졌다. 에디는 정신의 눈으로 부싯돌에서 튀는 불꽃을 보았고, 정신의 귀로 제이크에게 부싯돌을 가까이 대라고 말하는 롤랜드의 목소리를 들었다. *그리고 부시는 치는 게 아니다, 제이크. 긁는 거다.*

내가 왜 여기 와 있는 거지? 나 스스로 원한 게 아니라면 왜 내 의식이 자꾸 여기로 돌아오는 걸까?

왜냐면 내가 마음의 상처에서 벗어나 찾아갈 수 있는 가장 가까운 곳이기 때문이지. 사실 그렇게 큰 상처는 아니지만, 그래도 난 그 상처 때문에 자꾸 헨리 형이 떠올라. 내 기를 꺾어놓기만 하던 헨리 형이.

헨리가 말했잖아. 넌 악마도 복장 터져 죽게 할 수 있다고.

그래. 그래서 난 헨리 형을 사랑했어. 그땐 진짜 멋졌거든.

그리고 이제 에디의 눈에는 제이크의 손을 잡고 움직이는 롤랜드가 보였다. 제이크는 한 손에 부시를, 다른 손에는 부싯돌을 들고 불쏘시개에 더 가까이 다가섰다. 제이크는 잔뜩 긴장하고 있었다. 에디는 그 기색을 눈치챘다. 물론 롤랜드도 알아차렸다. 그래서 아이의 긴장을 풀어주려고, 불을 피워야 한다는 중압감을 덜어주려고 롤랜드는……

그 애한테 수수께끼를 냈어.

에디 딘은 기억의 열쇠 구멍에 긴 숨을 토했다. 잠겨 있던 자물쇠가 이번에는 철컥 돌아갔다.

2

초록색 점은 점점 토피카에 가까워졌고, 제이크는 처음으로 열차의 진동을 느꼈다. 이제 그들 발밑의 선로가 블레인의 완충 장치로도 제어할 수 없을 만큼 녹슬어버린 듯했다. 진동과 함께 마침내 열차의 속도감 또한 느낄 수 있었다. 왕실 전용 객차의 벽과 천장은 불투명한 상태 그대로였지만, 제이크는 문득 깨달았다. 굳이 눈으로 확인하지 않아도 쏜살같이 흘러가는 바깥 풍경을 상상할 수 있었다. 블레인은 이제 마지막 소닉 붐을 일으켜 황무지를 뒤엎으면서 중간 세계가 끝나는 곳을 향해 최고 속도로 질주하는 중이었다. 모노레일 끄트머리에서 기다리는 강철 말뚝도 머릿속에 생생하게 그려졌다. 노란색과 검정색 선이 대각선 방향으로 번갈아 그려진 말뚝이었다. 이유는 알 수 없었지만 제이크는 그 말뚝의 무늬를 이미 알고 있었다.

"25분 남았군." 블레인이 흡족한 목소리로 말했다. "또 문제를 내보겠나, 총잡이여?"

"아니다, 블레인." 롤랜드의 목소리에는 피곤한 기색이 역력했다. "난 수수께끼가 다 떨어졌다. 네가 이겼다. 제이크?"

제이크는 자리에서 일어나 노선도를 마주보았다. 아이의 심장은 느리지만 거세게 두근거렸다. 박동 하나하나가 주먹으로 북을 두드리는 소리 같았다. 오이는 아이의 다리 사이에 웅크리고 앉아 걱정스러운 눈빛으로 올려다보았다.

"안녕, 블레인." 제이크는 바싹 마른 입술을 적셨다.

"안녕하신가, 뉴욕의 제이크여."

친절한 목소리였다. 이따금씩 아이들을 덤불숲으로 끌어들여 몹쓸 짓을 하는 늙다리 변태가 낼 법한 목소리였다.

"그대의 책에 있는 수수께끼로 도전해보지 않겠나? 이제 우리 둘 다 시간이 얼마 없다네."

"응, 책에 나온 수수께끼를 낼게. 블레인, 내가 문제를 내면 넌 네가 진실이라고 생각하는 답을 들려줘."

"정중한 표현 고맙네, 뉴욕의 제이크여. 그대 말대로 하겠네."

제이크는 미리 손가락으로 표시해 두었던 책장을 펼쳤다. 수수께끼는 10개. 마지막을 위해 남겨둔 삼손 수수께끼까지 포함하면 총 11개였다. 만약 블레인이 11개를 모조리 맞히면(제이크는 이미 그렇게 되리라고 믿었다.), 제이크는 롤랜드 옆에 앉아 오이를 무릎에 올려놓고 최후를 기다릴 작정이었다. 어쨌거나 여기 말고 다른 세상도 있으니까.

"잘 들어, 블레인. 캄캄한 굴속에 쇠로 된 맹수가 잠들어 있어. 그 맹수는 뒤로 젖혀야 공격을 할 수 있어. 이게 뭐게?"

"총알." 망설임은 없었다.

"살아 있을 땐 입도 뻥긋 못해. 하지만 죽은 후에는 자기들끼리 재잘거리기도 하고 투덜거리기도 해. 얘들은 누굴까?"

"낙엽."

블레인은 이번에도 망설이지 않았다. 제이크는 문득 궁금해졌다. 자신은 애초부터 이 시합에서 질 거라고 진심으로 믿었다. 그런데 왜 이토록 쓰디쓴 절망과 울분이 가슴에 차오르는 걸까?

왜냐면 블레인은 골칫덩이니까. 진짜 골칫덩이. 난 한 번이라도 좋으니까 그 녀석 얼굴을 있는 힘껏 갈겨주고 싶어. 그럴 수만 있다

면 그 녀석을 정지시키는 일은 내 소원 목록에서 두 번째로 미룰 수
도 있어.

제이크는 책장을 넘겼다. 이제 조금만 있으면 『알쏭달쏭 수수께
끼!』의 사라진 해답 부분이 펼쳐질 판국이었다. 종이가 찢겨나간 자
리를 손가락으로 만져보니 우둘투둘한 혹 같았다. '맨해튼 마음의
양식 레스토랑'에서 만났던 에런 디프노가 떠올랐다. 언제든 다시
들러서 체스라도 한 판 두자던, 말이 난 김에 하는 얘긴데 이 뚱보
친구가 커피 만드는 솜씨 하나는 끝내준다던 에런 디프노. 고향 생
각이 성난 파도처럼 밀려와 온몸을 뒤덮고 부서지는 기분이었다. 뉴
욕을 한 번만 더 보게 해 준다면 영혼도 팔 수 있을 것만 같았다. 아
니, 차가 잔뜩 밀리는 42번가의 공기라도 허파 가득 들이마시게만
해 준다면 영혼 따위 냉큼 팔 수 있으련만.

제이크는 그 생각을 떨쳐버리고 다음 수수께끼로 넘어갔다.

"나는 달이 떨어뜨리고 간 보석이야. 태양은 나를 찾아내서 금세
주워가. 나는 누굴까?"

"이슬."

한결같은 파죽지세였다. 망설임은 전혀 없었다.

초록색 점은 토피카에 점점 가까워지면서 노선도의 마지막 구간
을 갉아먹는 중이었다. 제이크는 한 개 또 한 개 수수께끼를 던졌고,
블레인은 한 개 또 한 개 정답을 내놓았다. 마지막 장에 이르렀을
때, 제이크는 지은이 또는 편집자 또는 누구든 간에 책을 만든 사람
이 네모 상자 안에 적어놓은 다음과 같은 메시지를 발견했다. *수수
께끼는 상상력과 논리의 특별한 결합이랍니다. 부디 즐겁게 읽으셨
기를!*

'아니.' 제이크는 생각했다. '난 하나도 안 즐거웠어. 책을 이따위로 만들고 말이야, 확 질식사나 해버려라.' 그러면서도 그 메시지 위의 수수께끼를 보고 가느다란 희망의 끈을 쥐었다. 가장 좋은 것은 마지막에 나온다는 말이 적어도 이 경우만큼은 사실인 듯싶었다.

노선도의 초록색 점은 이제 토피카에서 손가락 한 개 길이도 안 되는 곳까지 와 있었다.

"제이크, 빨리." 수재나가 중얼거렸다.

"저기, 블레인?"

"그래, 뉴욕의 제이크여."

"나는 날개가 없지만 날 수 있어. 눈이 없지만 볼 수 있고, 팔이 없지만 기어오를 수도 있어. 어떤 맹수보다도 무섭고, 어떤 적보다도 강해. 나는 야비하고, 잔인하고, 거대해. 결국에는 내가 온 세상을 지배해. 나는 누구지?"

고개를 든 총잡이의 파란 눈이 반짝였다. 수재나는 기대감에 찬 표정으로 제이크를 보다가 노선도 쪽으로 고개를 돌렸다. 그러나 블레인의 대답은 이번에도 신속했다.

"답은 인간의 상상일세."

제이크는 이의를 제기하려다 이내 생각을 고쳐먹었다. '시간 낭비할 필요 없어.' 지금까지 쭉 그러했듯이, 옳은 답은 굳이 따져볼 것도 없이 자명했다.

"고마워, 블레인. 정답이야."

"그럼 이제 축제일의 상품인 거위는 반쯤 내 손에 들어왔다고 봐도 되겠군. 종점까지는 19분하고도 50초가 남았네. 어떤가, 뉴욕의 제이크여. 더 해보겠나? 시각 감지 장치에는 그대가 책의 맨 마지막 장에 이르렀다고 나오는데, 나로서는 기대에 영 못 미친다는 말을 하지 않을 수 없군그래."

"대단한 비평가 나셨네."

수재나가 나지막이 중얼거리며 한쪽 눈가에 고인 눈물을 훔쳤다. 총잡이는 그녀를 차마 똑바로 보지 못하고 그저 무릎에 놓인 손만 잡아주었다. 그녀도 총잡이의 손을 굳게 맞잡았다.

"그래, 블레인. 아직 한 개 남았어."

"훌륭하군."

"먹는 자에게서 먹는 것이 나오고, 강한 자에게서 단 것이 나왔다."

"그 수수께끼는 '킹 제임스 성서의 구약 편'으로 알려진 성스러운 경전에 실려 있는 것이라네."

즐거워하는 블레인의 목소리를 들으며 제이크는 마지막 희망의 끈이 잘리는 기분을 느꼈다. 울음이 터질 것만 같았다. 무서워서가 아니라 절망스러워서였다.

"장사 삼손이 낸 수수께끼이지. 먹는 자는 사자이고, 단 것은 꿀일세. 벌 떼가 사자의 해골 속에 집을 짓고 만든 꿀. 자, 다음은 뭔가? 시간은 아직 18분이 넘게 남았다네, 제이크여."

제이크는 고개를 젓고 『알쏭달쏭 수수께끼!』를 바닥에 떨어뜨렸다. 떨어지는 책을 냉큼 물어서 고개를 길게 빼고 다시 내미는 오이에게, 제이크는 말없이 빙긋이 웃어주었다.

"수수께끼가 다 떨어졌어. 난 그만할래."

"저런, 어린 여행자여. 거 참 유감이구먼."

블레인이 말했다. 이런 상황에서 저 느릿느릿한 존 웨인의 목소리를 들어야 하다니, 제이크는 정말이지 견딜 수가 없었다.

"보아하니 상품인 거위는 이제 내 차지로군. 누구 다른 사람이 나와서 도전하지 않는다면 말이야. 자넨 어떤가, 중간 세계의 오이여? 우리 개너구리 친구도 혹시 수수께끼를 좀 아나?"

"오이!"

개너구리가 냉큼 대꾸했다. 입에 문 책 때문에 웅얼거리는 목소리였다. 제이크는 여전히 미소 띤 표정으로 그 책을 받아 롤랜드 옆에 앉았고, 롤랜드는 아이의 어깨를 팔로 감싸주었다.

"어떤가, 뉴욕의 수재나여?"

수재나는 아래만 보며 고개를 저었다. 그러고는 맞잡았던 롤랜드의 손을 뒤집어 검지와 중지가 달아난 자리를 천천히 어루만졌다.

"스티븐의 아들 롤랜드여, 자네는 어떤가? 길르앗의 축제일에 들었던 수수께끼 중에 더 기억나는 게 있나?"

롤랜드 역시 고개를 가로저었는데…… 그때, 제이크의 눈에 서서히 고개를 드는 에디 딘의 모습이 들어왔다. 에디의 얼굴에는 기묘한 미소가, 눈에는 기묘한 광채가 서려 있었다. 제이크는 희망이 자신을 결국 저버리지 않았음을 깨달았다. 제이크의 마음속에 새 희망이 피어났다. 새빨갛고, 뜨겁고, 생기 넘치는 희망. 마치…… 뭐랄까, 마치 장미처럼. 한여름에 피어난 장미.

"어이, 블레인."

에디가 나지막이 블레인을 불렀다. 제이크의 귀에는 묘하게도 숨이 막힌 사람의 목소리처럼 들렸다.

"그래, 뉴욕의 에디여." 깔보는 빛이 역력한 목소리였다.

"내가 아는 수수께끼가 몇 개 있어. 토피카에 도착할 때까지 남은 시간을 죽이기엔 딱 좋을 것 같은데."

'아니야.' 제이크는 퍼뜩 깨달았다. 에디의 목소리가 묘한 까닭은 숨이 막혀서가 아니었다. 그것은 웃음을 참는 사람의 목소리였다.

"그럼 어디 말해보게, 뉴욕의 에디여."

3

자리에 가만히 앉아서, 제이크의 마지막 수수께끼가 헛되이 끝나는 것을 들으면서, 에디는 롤랜드가 얘기해 준 축제일의 거위를 곰곰이 생각했다. 그의 정신은 이윽고 헨리 형 생각으로 되돌아갔다. 이는 한 생각에서 다른 생각으로 날아가는 연상 사고법의 마술이었다. 또는, 선문답 식으로 말하자면, 이 새에서 저 새로 갈아탄 셈이었다. 즉, 거위에서 칠면조로. 언젠가 에디와 헨리는 헤로인을 끊는 일에 관해 토론한 적이 있었다. 헨리는 냉동 칠면조 단계에 가기 전에 한 단계가 더 있다고 했다. 이른바 식은 칠면조 단계였다. 에디가 '그럼 불순물이 섞인 위험한 작대기를 화끈하게 한 방 꽂은 약쟁이는 뭐라고 하냐'고 묻자 헨리는 박자를 놓치지 않고 냉큼 대답했다. *그야 물론 구운 칠면조지.* 그 말을 듣고 형제가 나란히 얼마나 웃었던지…… 그런데 이제, 그날로부터 길고도 기묘한 세월이 흐른 지금, 그 농담이 딘 형제 가운데 동생에게서 거의 확실히 실현될 판국이었다. 동생의 새 친구들은 굳이 말할 것도 없었다. 그들 모두 구운 칠면조가 될 운명으로 보였다.

네가 뿅 간 상태에서 무슨 수를 내지 않는다면 말이지.

'그렇지.'

그럼 확 저질러버려, 에디. 헨리 형의 목소리, 오래전부터 머릿속에 들러붙어 사는 목소리였다. 그러나 약 기운에 취했을 때가 아니라 정신이 말똥말똥할 때의 목소리였다. 헨리 형은 적이 아니라 친구를 대하듯 말했다. 형제간의 오랜 싸움을 마침내 끝내고 해묵은 감정도 털어버린 듯싶었다. *해치워버려. 악마 새끼를 복장 터져 죽게 만드는 거다. 아마 좀 다치긴 하겠지. 하지만 넌 그보다 더 크게 다친 적도 많았잖아. 따지고 보면 나 때문에 제일 많이 다쳤지, 젠장. 그래도 넌 견뎌냈어. 끄떡없이 견뎠어. 게다가 넌 어디를 노려야 할지도 이미 알잖아.*

물론. 모닥불을 둘러싸고 이야기를 나누던 밤, 제이크는 결국 불을 피우는 데 성공했다. 롤랜드가 수수께끼로 긴장을 풀어준 덕분에 제이크는 불쏘시개에 불똥을 옮겨붙였고, 일행은 불가에 둘러앉아 대화를 주고받았다. 대화와 수수께끼를.

에디가 아는 것은 또 있었다. 빔의 길을 따라 동남쪽으로 달려오는 동안 블레인은 일행이 낸 수수께끼 수백 개를 척척 맞혔고, 다른 일행들은 녀석이 한 번도 주저하지 않고 즉시 답을 내놓았다고 믿었다. 에디 역시 마찬가지였는데…… 그런데 지금, 기억을 되돌려 시합을 다시 곱씹어보는 동안, 에디는 한 가지 흥미로운 사실을 깨달았다. 블레인은 주저한 적이 있었다.

딱 한 번.

성질을 부렸어. 롤랜드가 그랬던 것처럼.

총잡이는 에디 때문에 이따금 짜증을 느꼈지만, 그가 진심으로 에디에게 화를 퍼부은 적은 딱 한 번뿐이었다. 물푸레나무를 깎아 열쇠를 만든 후에 벌어진 일이었는데 그때 에디는 하도 놀라서 숨이 멋는 줄만 알았다. 롤랜드는 그 깊은 분노를 감추려고 그저 짜증을 부리는 척했지만, 에디는 그 아래 무엇이 감춰졌는지를 눈치챘다. 헨리 딘과 오랜 세월 함께 산 덕분에 부정적인 감정이라면 뭐든 귀신같이 알아챌 수 있었던 것이다. 기분이 언짢기는 에디 자신도 마찬가지였다. 정확히 말하면 롤랜드의 분노 때문이 아니었다. 그가 분노를 감추려고 퍼부은 경멸 때문이었다. 경멸은 언제나 에디의 주특기였다.

죽은 아기가 왜 길을 건넜을까? 그때 에디는 이렇게 물었다. *왜냐면 닭 등에 스테이플러로 찍혀 있었기 때문이지. 훗, 훗, 훗!*

나중에 에디가 격이 떨어지기는 해도 재미없는 수수께끼는 아니라고 항변했을 때, 롤랜드는 기묘하게도 블레인과 비슷하게 반응했다. *품격은 내 알 바 아니다. 의미도 없고 풀 수도 없는 것이기에 바보 같은 거다. 훌륭한 수수께끼는 그 둘 다 해당되지 않는 법이다.*

그러나 제이크의 마지막 수수께끼가 끝났을 때, 에디는 문득 깨달음을 얻었다. 그것은 환상적인, 속이 다 시원한 발상이었다. 바로 *훌륭한*이라는 수식어는 누구나 손에 넣을 수 있다는 생각이었다. 지금까지 늘 그랬고, 앞으로도 늘 그럴 터였다. 그 말을 한 사람이 늙수그레하지만 사격 실력은 귀신같은 총잡이라고 해도 마찬가지였다. 롤랜드는 수수께끼 시합에서 좋은 성적을 거둔 적이 없노라고 자기 입으로 시인했다. 그의 스승은 그가 너무 깊이 생각한다고 했고, 그의 아버지는 그에게 상상력이 부족하다고 했다. 이유가 뭐든 간에 길르앗의 롤랜드는 축제일 수수께끼 시합에서 한 번도 우승하지 못했다. 다른 동료들이 모두 죽은 후에도 살아남았으니 어떤 의미에서는 분명히 우승했다고 할 만했지만, 그럼에도 축제일 상품인 거위를 들고 집에 돌아간 적은 한 번도 없었다. *나는 동급생 누구보다도 총을 더 빨리 뽑았고 사격도 정확했지만, 융통성 있게 생각하기는 한 번도 잘해본 적이 없소.*

에디는 롤랜드에게 말하려 했던 기억을 떠올렸다. '농담은 사람들이 종종 무시하는 재능을 키워주려고 만든 수수께끼'라고. 그때 롤랜드는 그의 말을 무시했다. 에디는 그런 롤랜드를 보며 생각했다. 이건 마치 무지개에 대해 설명하는 정상인을 색맹이 무시하는 격이라고.

그 경험을 토대로 에디는 이렇게 짐작했다. 롤랜드와 마찬가지로 블레인 역시 융통성 있는 생각은 못할 거라고.

어느새 수수께끼가 더 없느냐고 묻는 블레인의 목소리가 들려왔다. 블레인은 심지어 오이에게도 물어봤다. 에디는 블레인의 목소리에서 조롱하는 기색을 느꼈다. 그것도 아주 뚜렷하게. 에디는 분명히 들었다고 확신했다. 왜냐하면, 이제 돌아오는 중이었으므로. 에디는 오로지 그만이 아는 뿅 간 상태에서 돌아왔다. 악마를 복장 터져 죽게 할 수 있는지 확인하기 위해서였다. 이번에는 총으로 도와줄 사람도 없었지만, 그래도 상관없었다. 왜냐하면……

왜냐하면 나는 정신으로 쏘기 때문이지. 내 정신으로. 하느님 제발, 이 미친 계산기를 제 정신으로 쏠 수 있게 도와주세요. 융통성 있는 생각으로 쏠 수 있게.

"어이, 블레인." 에디는 컴퓨터가 자신을 알아보자 이렇게 말했다. "내가 아는 수수께끼가 몇 개 있어."

그 말을 하는 동안 에디는 문득 깨달았다. 자신이 웃음을 참느라 기를 쓰고 있음을.

4

"그럼 어디 말해보게, 뉴욕의 에디여."

일행들에게 무슨 일이 벌어질지 모르니 조심하라고 경고하기에는 시간이 부족했다. 그들의 표정을 보니 군이 경고할 필요도 없었다. 에디는 친구들을 머릿속에서 지워버리고 오직 블레인에게만 집중했다.

"네 바퀴로 가는데 날개가 달린 것은?"

"파리가 꼬인 마을 쓰레기 수레지. 아까 이미 말했을 텐데."

목소리에서 불만이 뚝뚝 떨어지는 듯했다. 아니, 혐오감이었을까? 아마도.

"멍청한 건가, 아니면 너무 덤벙대서 기억을 못하는 건가? 그건 그대가 내게 맨 처음 냈던 수수께끼일세."

'맞아. 그런데 우리 모두 한 가지를 놓치고 지나갔어. 왜냐면 우린 롤랜드의 기억이나 제이크의 책에 의지해서 널 꺾는 데만 정신이 팔려 있었거든. 그 한 가지가 뭐냐면 말이지…… 시합은 그때 이미 끝난 거나 다름없다는 사실이야.'

"별로였나 보네. 안 그래, 블레인?"

"그래, 내가 보기엔 몹시 어리석은 수수께끼일세. 아마 그래서 자네가 다시 물어봤겠지. 유유상종이라는 표현처럼 말일세. 안 그런가, 뉴욕의 에디여?"

에디의 입가에 웃음이 번졌다. 그는 노선도를 향해 손가락을 흔들었다.

"몽둥이와 돌로 내 뼈를 부러뜨릴 수는 있어도 주둥이로 나를 다치게 할 순 없어. 이 말을 우리 동네에서는 이렇게 표현하지. '날 개 취급하려거든 해봐, 그래봤자 너희 엄마가 제일 좋아하는 소시지는 내 소시지니까.'"

"에디 아저씨, 빨리요! 뭔가 할 거면 빨리 하세요!" 제이크가 나지막이 소곤거렸다.

"넌 바보 같은 질문은 싫어한다고 했어. 바보 같은 게임도 싫어하고. 그건 우리도 다 알아. 우린 『칙칙폭폭 찰리』를 읽었으니까. 우린 도대체 얼마나 멍청한 걸까? 젠장, 답은 바로 그 책에 있었어, 『알쏭달쏭 수수께끼!』가 아니라. 그런데 우리가 못 본 거야."

에디는 제이크의 기말 작문 숙제를 열심히 떠올린 다음, 다른 수수께끼를 찾아 블레인에게 던졌다.

"블레인, 문이 문이 아닐 때는 언제지?"

그러자 다시 한 번, 수재나가 블레인에게 네 바퀴로 가는데 날개가 달린 것이 뭐냐고 물어본 이후 처음으로, 찰칵거리는 기묘한 소리가 들려왔다. 입천장에 대고 혀를 차는 소리 같았다. 뒤이어 찾아온 침묵은 수재나가 첫 번째 수수께끼를 냈을 때보다 더 짧았다. 그러나 분명히, 있었다. 에디는 그 침묵을 들었다.

"그야 물론 무닐 때지."

블레인이 대답했다. 기분이 상했는지 목소리가 부루퉁했다.

"종착역까지 13분 5초 남았네, 뉴욕의 에디여. 계속 그렇게 바보 같은 수수께끼만 중얼거리다 죽을 작정인가?"

에디는 등을 펴고 똑바로 앉아 노선도를 바라보았다. 등줄기에 흐르는 땀방울이 느껴졌지만 얼굴에는 미소가 더욱 넓게 번졌다.

"우는소리 하지 마, 이 양반아. 네가 원하는 상은 우릴 갈아서 들판에 비료로 뿌리는 거잖아, 그럼 논리적으로 질이 낮은 수수께끼 몇 개 정도는 꾹 참고 풀어야지."

"내게 그런 천박한 말은 삼가주게."

"싫다면? 날 죽일 거야? 웃기지 말고 시합이나 해. 너도 하겠다고 했잖아, 그러니까 동참하란 말이야."

노선도에서 희미한 분홍색 불빛이 잠시 깜박였다. "그러면 블레인이 화낸단 말이에요." 작은 블레인이 신음하듯 중얼거렸다. "아, 블레인이 잔뜩 화낼 거예요."

"들어가 있어, 꼬맹아."

에디가 말했다. 딱딱한 목소리는 아니었다. 이윽고 분홍색 불빛이 사라지고 이제 거의 토피카에 닿으려 하는 초록색 점이 다시 나타나자 에디가 말을 이었다.

"이걸 한번 맞혀봐, 블레인. 너희 학교 1등이랑 너희 학교 꼴등이 같이 센드 강의 다리 위에 서 있었어. 1등은 강에 떨어졌는데 꼴등은 안 떨어졌지. 왜 그랬을까?"

"그건 우리 시합에 걸맞은 수수께끼가 아닐세. 나는 대답하지 않겠네."

마지막 음절에서 블레인의 목소리가 살짝 낮아졌다. 목소리가 떨릴까봐 불안해하는 사춘기 소년 같았다.

롤랜드의 눈은 이제 번득이는 정도가 아니라 아예 활활 불타고 있었다.

"무슨 소리냐, 블레인? 그래, 알겠다. 울면서 달아날 작정이구나."

"무슨 소리! 그게 아니야, 당연히 아니지! 허나……"

"그럼 대답해라, 할 수 있다면. 수수께끼의 답을 대라."

"그건 수수께끼가 아니야!" 블레인은 거의 푸념하듯 외쳤다. "그건 농담이야, 멍청한 꼬맹이들이 운동장에서 주고받으며 낄낄대는!"

"당장 대답해라, 안 그러면 나는 이 시합이 우리 *카텟*의 승리로 끝났다고 선포할 거다."

롤랜드의 냉랭한 말투에는 권위와 자신감이 묻어났다. 에디가 강넘이 마을에서 처음 들었던 바로 그 말투였다.

"너는 대답해야 한다. 네가 불평을 제기한 까닭은 그저 수수께끼가 어리석기 때문이지, 우리 모두가 합의한 규칙에 어긋나기 때문이 아니다."

또다시 찰칵거리는 소리가 들렸다. 다만 이번에는 소리가 훨씬 더 컸다. 어찌나 컸던지 에디마저 움찔할 정도였다. 오이는 아예 귀를 납작 접어서 머리에 붙였다. 뒤이어 전에 없이 긴 침묵이 찾아왔다. 최소한 3초는 될 법했다. 그 침묵을 블레인의 부루퉁한 목소리가 깨뜨렸다.

"꼴등이 떨어지지 않은 이유는 덜떨어진 놈이기 때문이야. 이것 역시 말장난일 뿐이지. 그런 하찮은 말장난이 수수께끼라니, 대답한 것만으로도 모욕당한 기분이 드는군."

에디가 갑자기 오른손을 쳐들더니 엄지와 검지를 비볐다.

"그게 무슨 의미인가, 어리석은 인간이여?"

"어, 이건 세상에서 제일 작은 바이올린이야. 지금 연주하는 곡의 제목은 「그래 너 참 불쌍타」." 에디의 말에 제이크는 도저히 참지 못하고 발작 같은 웃음을 터뜨렸다. "뭐, 그냥 뉴욕 스타일 농담이니까 너무 신경 쓸 것 없어. 시합으로 돌아가자고. 자, 다음 문제. 경위가 허리띠를 차는 이유가 뭐지?"

객차 안의 조명이 깜박거리기 시작했다. 객차 벽에도 이상한 일이 벌어지는 중이었다. 벽이 순식간에 투명해졌다가 다시 원래대로 돌아오는 현상이 불규칙적으로 반복됐다. 그 현상을 시야 가장자리로 슬쩍 보기만 했는데도 에디는 가슴이 철렁했다.

"블레인? 대답해."

"그래, 대답해라." 롤랜드도 에디와 함께 재촉했다. "대답하지 않으면 나는 시합 종료를 선포하고 네게 약속을 지키라고 요구할 것이다."

에디는 뭐가 팔꿈치를 건드리는 느낌을 받았다. 아래를 보니 수재나의 조그맣고 날씬한 손이었다. 에디는 그 손을 쥐고 수재나를 보며 빙긋 웃었다. 웃으면서 부디 그 미소가 생각보다 더 자신 있어 보이기를 바랐다. 일행은 시합에서 이길 터였다. 이길 거라고, 에디는 거의 확신했다. 그러나 막상 그들이 이겼을 때 블레인이 무슨 짓을 벌일지는 짐작도 가지 않았다.

"바…… 바지가 내려가지 말라고?"

블레인은 자신 없이 중얼거렸다. 그러고는 딱딱한 목소리로 무슨 성명서라도 낭독하듯이 대답을 반복했다.

"그래, 바지가 내려가지 말라고 차는 걸세. 이 수수께끼는 지극히 당연한 사실을 과장하여 아닌 것처럼 보이게 하는……"

"맞아. 잘했어, 블레인. 근데 시간 끌 생각은 안 하는 게 좋을 거야. 나한텐 그런 수작 안 통해. 자, 그럼 다음……"

"정식으로 요구한다, 그런 바보 같은 질문은 당장……"

"그럼 열차를 세워. 그렇게 못 견디겠으면 지금 여기서 멈춰. 그럼 나도 그만할게."

"싫다."

"좋아, 그럼 다음 문제. 아일랜드에는 뱀이 안 살아. 성 패트릭이 모조리 몰아냈거든. 자, 성 패트릭이 아일랜드 섬에서 뱀을 몰아낸 이유는?"

또다시 찰칵 소리가 들렸다. 이번에는 소리가 어쩌나 컸던지 뭉뚝한 못으로 고막을 긁어대는 듯했다. 5초 동안 침묵이 흘렀다. 이제 노선도의 초록색 점이 토피카와 거의 겹쳐졌고, 불빛이 깜박거릴 때마다 글자들이 네온 광고처럼 환해졌다. 뒤이어 대답이 들려왔다.

"실은 자기가 떠나고 싶었지만 비행기 표 값이 없어서."

정답이었다. 에디의 경우에는 달리 상점 뒷골목에서, 아니면 패거리의 다른 아지트에서 들은 답이었지만, 블레인은 그 유치한 답을 찾아 억지로 회로 속을 누빈 기색이 뚜렷했다. 객차 조명이 전에 없이 심하게 깜박거렸고, 벽 속에서 무언가 나지막이 윙윙거리는 소리가 에디의 귀에 들려왔다. 오디오 앰프가 터지기 직전에 나는 소리와 비슷했다.

노선도에서 분홍색 빛이 반짝였다. "그만하세요!" 작은 블레인이 울부짖었다. 목소리가 하도 떨려서 옛날 만화영화의 등장인물 같았다. "그만하세요, 그건 블레인을 죽이는 짓이에요!"

그래? 그럼 블레인이 우리한테 하는 짓은 뭐 같냐, 꼬맹아? 에디는 속으로 중얼거렸다.

에디는 모닥불에 둘러앉아 대화를 나누던 밤에 제이크가 들려주었던 수수께끼를 던져볼까 하다가(색깔은 초록색, 무게는 수백 톤, 큰 바다 밑바닥에 사는 것은? 큰 고래 모비 스노트!), 이내 생각을 고쳐먹었다. 그것보다는 논리의 영역 안에 좀 더 머물고 싶었고…… 에디에게는 그럴 능력이 있었다. 어차피 초등학교 3학년짜리가 모으는 그림 카드의 고래처럼 초현실적인 것을 생각해낼 필요는 없었다. 그렇게까지 하지 않아도 에디는 블레인에게 제대로 엿을 먹일 수 있었다. 제대로…… 그리고 치명적으로. 제아무리 환상적인 회로를 갖추었다 한들 블레인은 고작 하나의 기계, 컴퓨터에 지나지 않았다. 에디에게 이끌려 논리의 버뮤다 삼각지대로 이만큼 들어온 것만으로도 블레인의 정신은 이미 흔들리는 중이었다.

"다음 문제. 사랑하는 사람과 함께 있다가 도저히 보낼 수 없을 땐 어떻게 해야 하지?"

"그…… 그럴 때는…… 천벌 받을 인간 같으니, 그때는……."

일행의 발밑에서 희미하게 우르릉거리는 소리가 나는가 싶더니, 객차가 느닷없이 좌우로 거세게 출렁거렸다. 수재나가 비명을 질렀다. 제이크는 그녀의 무릎으로 쓰러졌다. 총잡이가 두 사람을 함께 끌어안았다.

"그럴 때는 가위나 바위를 내면 된다, 이 천벌 받을 인간아! 이제 9분 하고도 50초 남았다!"

"포기해, 블레인. 나 때문에 완전히 돌아버리기 전에 멈춰. 이대로 가면 넌 미쳐버릴 거야. 그건 너도 알고 나도 알아."

"싫다!"

"내가 아는 유치한 수수께끼는 한도 끝도 없어. 이래봬도 농담 따먹기 하다가 한 평생 날린 몸이거든. 한번 들으면 잊어버리지도 않아, 꼭 끈끈이에 붙은 파리처럼 기억에 찰싹 달라붙어 있지. 유치한 농담은 나한텐 밥이나 마찬가지라, 이거야. 어때, 포기할래?"

"싫다! 이제 9분 하고도 30초 남았다!"

"그래, 알았어. 네가 자초한 거다. 자, 그럼 오늘의 하이라이트. 죽은 아기가 왜 길을 건넜을까?"

열차가 또다시 거대한 용트림을 시작했다. 에디는 그토록 심하게 요동치는 열차가 어떻게 선로에 붙어 있을 수 있는지 궁금했지만 어쨌거나 탈선은 일어나지 않았다. 일행 발밑의 아우성 소리가 점점 커졌다. 객차의 벽과 바닥과 천장은 투명과 불투명 사이를 미친 듯이 오갔다. 한순간 객차 안이라고 생각하면 다음 순간에는 흐린 낮의 풍경 속을 달리는 중이었다. 세상 끝을 똑바로 가로지르는 지평선까지 평평하고 단조로운 잿빛 풍경이 길게 이어졌다.

스피커에서 울려퍼지는 기계음은 이제 어쩔 줄 모르는 어린애의 목소리 같았다.

"알아, 잠깐만 기다려, 난 답을 알아! 정보 검색 중, 전체 논리 회로 가동 중……"

"알면 대답해라." 롤랜드가 말했다.

"시간이 필요하단 말이야! 너희는 나한테 시간을 줘야 해!" 이제 그 가시 돋친 목소리에서는 상처 입은 승리감 같은 것이 느껴졌다. "대답할 때의 시간제한 같은 것은 처음부터 정하지 않았다, 길르앗의 롤랜드! 이미 죽었어야 마땅한 과거에서 기어나온 지긋지긋한 총잡이 놈아!"

"그래, 시간제한은 정하지 않았다. 네 말이 옳다. 허나 답하지 않은 수수께끼를 남긴 채 우리를 죽일 수는 없다, 블레인. 이제 토피카가 코앞이다. 대답해라!"

객차가 또다시 투명한 상태로 돌아갔다. 에디는 녹이 슨 거대한 곡물 창고처럼 보이는 물체가 뒤쪽으로 휙 사라지는 장면을 목격했다. 형체를 간신히 알아볼 만큼 순식간에 일어난 일이었다. 열차가 얼마나 터무니없는 속도로 달리는지 그제야 완전히 파악할 수 있었다. 아마도 여객기의 운항 속도보다 500킬로미터는 빠를 듯싶었다.

"그냥 내버려둬요!" 작은 블레인이 애원했다. "그러다간 블레인이 죽어요, 진짜예요! 죽는다고요!"

"그 자식이 원하는 게 그거 아냐?" 수재나가 물었다. 데타 워커의 목소리였다. "죽는 거 말이야. 그 자식이 제 입으로 그랬잖아. 그러든가 말든가 우린 상관없어. 넌 그렇게 나쁜 녀석은 아니야, 작은 블레인. 하지만 이 정도로 엉망이 된 세계라고 해도 네 형이 없는 편이 훨씬 나을 거야. 우린 그저 그 자식이랑 같이 죽기 싫어서 내내 발버둥 쳤을 뿐이야."

"마지막 기회다." 롤랜드가 경고했다. "대답해라, 블레인. 아니면 상을 포기하든가."

"나…… 나는…… 너희를…… 16 로그 33…… 전체 코사인 값…… 안티…… 안티…… 그 오랜 세월 동안…… 빔…… 대홍수…… 피타고라스…… 데카르트 논리학…… 내가…… 감히 나는…… 복숭아…… 복숭아를 먹고 싶…… 올먼 브라더스 밴드…… 퍼트리샤…… 악어…… 악어가죽 핸드백…… 악어는 길어, 길면 기차…… 금방…… 금방 갑니다, 나리…… 아아, 머리가…… 블레인…… 이 블레인이 과감하게…… 블레인이 대답한다…… 나는……"

아기처럼 울부짖던 블레인은 뒤이어 외국어로 뭔가 말하다가 노래를 부르기 시작했다. 에디가 듣기에는 프랑스어 같았다. 무슨 말인지는 하나도 알아들을 수 없었지만 드럼 소리가 시작되자 무슨 노래인지 금세 알 수 있었다. 지지 톱의 「벨크로 청바지」였다.

노선도를 덮은 유리가 산산이 부서졌다. 뒤이어 노선도 자체가 폭발했고, 그 뒤에서 반짝이던 전구와 미로처럼 복잡한 회로 기판이 드러났다. 드럼 소리에 맞춰 전구들이 깜박거렸다. 그러다 갑자기 파란 불길이 솟구쳐 노선도가 있던 자리의 구멍 주위가 검게 그을렸다. 벽 깊숙한 곳, 뭉뚝한 총알처럼 생긴 블레인의 기관차 맨 앞쪽에서 맷돌을 돌리듯 드르륵거리는 소리가 들려왔다.

"죽은 아기가 길을 건넌 이유는 닭 등에 스테이플러로 찍혀 있었기 때문이야, 이 멍청아!"

에디가 외쳤다. 그러고는 일어서서 노선도가 있던 자리의 연기 나는 구멍을 향해 걸어갔다. 수재나가 셔츠 뒷자락을 붙잡았지만 에디는 거의 아무 느낌도 받지 못했다. 실은 자신이 있는 곳이 어디인지도 거의 알지 못했다. 불 같은 투지가 그의 몸에 쏟아져 몸 구석구석을 열기로 채우고 시야를 아지랑이로 물들였다. 성스러운 불길 속에서 그의 신경은 끓는 기름처럼 부글거렸고, 심장은 불타는 것만 같았다. 블레인은 이미 가늠쇠 앞에 놓인 신세였고, 목소리 뒤의 기계 또한 이미 치명상을 입었지만, 그는 방아쇠를 당기는 손가락에서 힘을 뺄 수가 없었다. *나는 내 정신으로 쏘리니.*

"트럭 짐칸에 가득 실린 볼링공하고 트럭 짐칸에 가득 실린 죽은 딱따구리의 차이는?" 에디는 목청껏 외치고 스스로 답했다. "트럭에 가득 실린 볼링공은 쇠스랑으로 찍어서 내릴 수가 없다는 거지!"

노선도가 있던 자리의 구멍에서 분노와 고뇌가 뒤섞인 끔찍한 절규가 터져나왔다. 뒤이어 객차 앞쪽 어딘가에 도사린 전기 용이 거센 숨을 내뿜기라도 한 듯, 구멍에서 파란 화염이 솟구쳤다. 제이크가 조심하라고 외쳤지만 에디에게는 경고가 필요치 않았다. 그의 신경은 이미 면도날처럼 날카로웠다. 그가 몸을 숙이자 파란 전류가 오른쪽 어깨 위로 쏜살같이 지나갔다. 목덜미 오른쪽의 털들이 꼿꼿이 일어섰다. 그는 허리에 찬 권총을 뽑아들었다. 닳아서 반들거리는 백단향 손잡이가 달린 묵직한 45구경 리볼버, 폐허가 된 중간 세계에서 롤랜드가 가져온 두 정 가운데 하나였다. 에디는 객차 앞쪽을 향해 계속 걸어갔다. 물론, 그러는 동안에도 입은 다물지 않았다. 롤랜드가 말했듯이 에디는 죽을 때에도 입을 쉬지 않을 위인이었다. 롤랜드의 오랜 친구 커스버트가 그러했듯이. 에디 스스로도 여러 가지 끔찍한 죽음 가운데 그나마 떠들다 죽는 것이 나을 듯싶었다.

"어떠냐, 블레인! 이 미친 사디스트 새끼야! 어디 이것도 한번 풀어봐라, 세계에서 권투 선수가 가장 많은 나라는? 답은 칠레! 이해가 가냐? 갈 리가 없지, 너 같은 놈을 보고 좆도 모르는 게 불알 보고 탱자 탱자 한다고 하는 거야! 그럼 이건 어때? 어떤 여자가 자기 애 이름을 '엑스라지'라고 지었어, 왜 그랬게? 모자에 쪽지를 넣고 제비뽑기를 했기 때문이지!"

에디는 깜박거리는 네모 구멍 앞에 도착했다. 그곳에서 롤랜드의 총을 치켜든 순간, 객차 안이 천둥소리로 가득 찼다. 그는 구멍 안에 여섯 발을 모조리 퍼부었다. 왼손 손바닥은 롤랜드와 마찬가지로 쉬지 않고 격철을 뒤로 젖혔다. 머릿속으로는 이 길뿐이라고, 이것만이 올바른 길이라고 생각했다. 이것이야말로 카…… 그 빌어먹을 카였다. 이것이야말로 총잡이가 모든 일을 마무리 짓는 방식이었다. 그는 이제 롤랜드의 일족이었다. 죽으면 십중팔구 지옥의 가장 깊숙한 구덩이로 영혼이 떨어질 운명이었지만, 아시아 대륙에서 나는 헤로인을 모조리 준다고 해도 그 운명을 바꾸고 싶지는 않았다.

"너 미워!"

블레인이 아이 같은 목소리로 울부짖었다. 이제 가시 돋친 느낌은 사라지고 없었다. 울음기가 가득한, 가냘픈 목소리였다.

"영원히 미워할 거야!"

"넌 죽는다는 생각 때문에 화가 난 게 아니야, 안 그래?"

에디가 물었다. 노선도가 있던 구멍의 불빛이 점점 어두워졌다. 파란 불꽃은 더 거세게 깜박였지만 에디는 불을 피해 고개를 돌릴 필요가 없었다. 불길은 조그맣고 미약했다. 머지않아 블레인도 러드의 어린둥이들과 백발이들처럼 숨을 거둘 터였다.

"넌 진다는 생각 때문에 화가 난 거야."

"영원히…… 미워어어…….”

마지막 말은 일그러져 콧소리가 되었다. 콧소리는 다시 툭툭 두드리는 소리로 바뀌었다. 그러다가 모두 사라졌다.

에디는 주위를 둘러보았다. 롤랜드가 보였다. 아기를 안듯이 수재나의 엉덩이를 안고 있었다. 수재나는 허벅지로 롤랜드의 허리를 꽉 붙들고 있었다. 반대편에는 제이크가 발치에 오이를 거느리고 서 있었다.

노선도가 있던 자리의 구멍에서 뭐가 타는 듯 기묘한 냄새가 흘러나왔다. 뭔지 모르지만 불쾌한 냄새였다. 에디가 맡아보니 10월에 낙엽을 태울 때 나는 냄새 같았다. 그 냄새만 빼면 벽에 난 구멍은 해골의 눈구멍처럼 컴컴하고 고요했다. 구멍 안의 전등은 모조리 꺼진 후였다.

네 거위가 다 익었나 보다, 블레인. 에디는 소리 없이 중얼거렸다. *칠면조도 다 구워졌고. 지옥에서 추수감사절 파티나 해라, 씨발놈아.*

5

열차 아래에서 들려오던 비명소리가 멈췄다. 객차 앞쪽에서는 드르륵거리는 소리가 마지막으로 한 번 들리고는 뚝 끊어졌다. 롤랜드는 다리와 엉덩이가 슬며시 앞으로 기울어지는 느낌을 받고 빈손을 앞으로 내밀어 균형을 잡았다. 그는 방금 일어난 일을 머리보다 몸으로 먼저 알아차렸다. 블레인의 엔진이 정지했던 것이다. 일행은 이제 선로를 따라 앞쪽으로 미끄러지는 중이었다. 그러나……

"뒤로, 모두 저 뒤로 물러나라. 우리는 미끄러지는 중이다. 만약 블레인이 종착역에 이미 너무 가까워졌다면 충격 때문에 산산조각 날 수도 있다."

롤랜드는 블레인이 환영의 뜻으로 준비했지만 이미 다 녹아버린 얼음 조각상을 지나 일행을 데리고 객차 뒤쪽으로 향했다.

"그리고 다들, 저 물건에서 멀리 떨어져라."

롤랜드가 피아노와 하프시코드를 섞은 것처럼 생긴 악기를 가리켰다. 악기는 바닥을 살짝 올려 만든 대 위에 놓여 있었다.

"흔들려서 떨어질지도 모른다. 맙소사, 지금 어디에 있는지 확인할 수 있으면 좋으련만! 모두 엎드려라, 팔로 머리를 감싸고!"

일행은 그 말대로 따랐다. 롤랜드 역시 똑같이 했다. 그는 푹신한 군청색 양탄자에 턱을 대고 두 눈을 질끈 감은 채 방금 일어난 일을 곱씹었다.

"미안하다, 에디. 카의 바퀴가 돌고 돌아 이렇게 다시 찾아올 줄이야! 나는 오래전 내 친구 커스버트에게도 똑같이 사과해야 했다…… 그것도 똑같은 이유 때문에. 내 안에 장님이 살았구나. 교만 때문에 눈이 먼 장님이."

"사과할 필요 없어." 에디의 목소리는 그리 편치 않았다.

"아니, 있다. 나는 너의 농담을 경멸했다, 그런데 그 농담이 우리 목숨을 구했구나. 미안하다, 나는 내 아버지의 얼굴을 잊었다."

"사과할 필요 없대도. 그리고 당신은 누구의 얼굴도 안 잊었어. 타고난 본성은 원래 어쩔 수 없는 거야, 롤랜드."

총잡이는 그 말을 곰곰이 되씹었다. 그러다가 문득, 멋진 동시에 끔찍한 깨달음을 얻었다. 스스로는 한 번도 떠올리지 못한 생각이었다. 평생 동안 단 한 번도. 롤랜드는 카의 포로였다. 이는 그 자신도 어릴 적부터 아는 바였다. 그러나 그의 본성은…… 바로 그 본성 때문에 그는…….

"고맙다, 에디. 내 생각에는……"

롤랜드가 자기 생각을 말하기 직전, 외줄 블레인이 비통한 마지막 운행을 마치고 종착점에 부딪혔다. 일행 네 명 모두 객차의 중앙 통로로 붕 날아갔다. 오이는 제이크의 품에 안겨 거칠게 짖었다. 롤랜드는 충격 때문에 일그러진 객차 앞 벽에 어깨부터 부딪혔다. 완충재로 덮인 벽이었는데도(객차 벽 역시 양탄자로 덮여 있었고 부딪힐 때의 느낌으로 보아 그 밑에도 탄력 있는 소재가 깔린 듯했다.), 충돌의 후유증은 온몸이 마비될 만큼 강렬했다. 머리 위의 샹들리에가 앞쪽으로 휙 쏠리는가 싶더니 천장에서 떨어져 일행의 몸을 유리 목걸이로 뒤덮었다. 제이크는 옆으로 몸을 굴려 떨어지는 샹들리에를 간발의 차로 피했다. 하프시코드인지 피아노인지 모를 악기는 대를 박차고 날아올라 소파에 부딪혀 뒤집히면서 *띠리링* 하는 불협화음을 끝으로 영면에 들었다. 열차가 오른쪽으로 출렁 기울어졌을 때, 총잡이는 잔뜩 긴장한 채로 다음 순간을 기다렸다. 열차가 완전히 넘어가면 몸을 던져 제이크와 수재나를 감쌀 작정이었다. 그러나 열차는 다시 제자리를 찾았고,, 객차 바닥 또한 여전히 흔들리기는 했지만 수평을 되찾았다.

여행은 그렇게 끝났다.

총잡이는 몸을 일으켰다. 어깨는 아직도 마비된 상태였으나 그 아래의 팔이 몸을 받쳐주었다. 좋은 징조였다. 그의 왼편에서는 제이크가 똑바로 앉아 어리둥절한 표정으로 무릎에 쌓인 유리알을 털어내는 중이었다. 오른편을 보니 수재나가 에디의 왼쪽 눈 아래에 난 상처를 어루만지고 있었다.

"이제 됐다. 누구 다친 사람……"

그때, 일행의 머리 위쪽에서 폭발음이 들렸다. 롤랜드는 그 공허한 펑! 소리를 듣고 커스버트와 알레인이 갖고 놀던 폭죽이 떠올랐다. 친구들은 장난삼아 폭죽에 불을 붙여 하수구에 처넣거나 변소에 던지곤 했다. 한번은 커스버트가 새총으로 폭죽을 맞히기도 했다. 그때는 애들끼리 하는 장난이 아니었다. 그때 친구들은…….

생각에 잠겼던 롤랜드는 수재나의 짧은 비명소리에 정신을 차렸다. 두려움이 아니라 놀라움 때문에 지르는 비명 같았다. 어느새 뿌연 햇살이 얼굴을 비추고 있었다. 기분 좋은 햇살이었다. 뚜껑이 날아간 비상구를 통해 스며든 공기의 냄새는 훨씬 더 기분 좋았다. 비와 젖은 흙의 달콤한 냄새였다.

덜그럭거리는 소리에 이어 비상구에 난 홈에서 사다리가 떨어졌다. 철사를 꼬아서 만든 줄사다리가 장착된 모양이었다.

"아까는 샹들리에를 집어던지더니 이젠 나가는 문을 보여주네."

에디는 비틀거리며 일어선 다음 수재나를 일으켜 세웠다. "그래, 이제 그만 꺼져주십쇼, 이 말이지. 알았어. 다들 후딱 가는 게 좋을 것 같은데."

"난 찬성이에요."

수재나는 이렇게 말하며 에디의 얼굴에 난 상처로 또다시 손을 뻗었다. 에디는 그 손을 쥐고 입을 맞춘 다음, 너무 만지면 잘생긴 얼굴이 닳으니까 그만 만지라고 너스레를 떨었다.

"제이크, 너 괜찮으냐?" 총잡이가 제이크를 보며 물었다.

"예, 괜찮아요. 넌 어때, 오이?"

"오이!"

"얘도 괜찮은가 봐요."

제이크는 다친 손을 높이 들고 애처로운 눈으로 올려다보았다.

"통증이 다시 돌아왔구나. 그렇지?"

"예. 뭔진 모르지만 블레인이 해 주던 일이 이제 다 끝났나 봐요. 그래도 괜찮아요. 아직 살아 있는 것만으로도 기뻐요."

"그래, 목숨은 소중하다. *아스틴*도 그렇고. 아직 몇 개 남았다."

"아스피린 말씀이죠?"

롤랜드는 고개를 끄덕였다. 마술 같은 힘을 지닌 알약, 그러나 그가 결코 똑바로 발음할 수 없는 제이크네 세계의 이름 가운데 하나였다.

"의사 열 명 중에 아홉 명은 아나신을 추천할걸요."

수재나가 말했다. 그러고는 무슨 말인지 몰라 의아한 눈빛으로 바라보는 제이크를 발견했다.

"네가 살던 시대에는 아나신을 안 쓰나 보구나? 괜찮아, 상관없어. 우린 살아 있잖니. 여기 이렇게 멀쩡하게. 중요한 건 그거야."

수재나는 제이크를 끌어안고 미간과 코에 뽀뽀를 한 다음 입술에 키스를 퍼부어주었다. 제이크는 깔깔 웃으며 볼을 붉혔다.

"중요한 건 그거야. 지금 이 세상에서 중요한 건 그것뿐이야."

6

"응급처치는 나중에 해도 돼." 에디는 제이크를 안고 사다리로 향했다. "그 손으로 올라갈 수 있겠어?"

"예. 그치만 오이는 못 데려가겠어요. 롤랜드 아저씨, 오이 좀 부탁해도 될까요?"

"그래. 먼저 올라가려무나."

롤랜드는 오이를 집어들고 앞서 제이크와 개셔를 찾아 러드 지하의 하수구를 내려갈 때처럼 셔츠 앞섶에 집어넣었다.

제이크가 사다리를 올라갔다. 롤랜드가 바로 그 뒤를 따른 덕분에 오이는 기다란 목을 뻗어 제이크의 뒤꿈치를 코로 킁킁거릴 수 있었다.

"수재나, 내가 뒤에서 밀어줄까요?"

"도와주는 척하면서 엉덩이 만지려고 그러죠? 됐네요, 응큼한 백인 아저씨!"

수재나는 에디에게 윙크를 남긴 다음, 튼튼한 두 팔로 난간을 잡고 짧은 다리로 균형을 잡으며 사다리를 오르기 시작했다. 빠른 속도였지만 에디의 마수를 피할 만큼 빠르지는 않았다. 에디는 손을 위로 뻗어 수재나의 탐스러운 엉덩이를 살짝 꼬집었다.

"어머나, 내 순결한 엉덩이를!"

수재나는 이렇게 말하고 깔깔 웃으며 눈을 또르르 굴렸다. 그러고는 사라졌다. 에디는 홀로 남아 사다리 아래 서서, 십중팔구 그들 카텟의 관이 되리라고 여겼던 호화로운 객차를 가만히 둘러보았다.

해냈구나, 동생아. 헨리 형의 목소리가 들렸다. *그 자식이 복장 터져 죽게 만들었어. 난 네가 해낼 줄 알았다, 이 멋진 놈아. 내가 달리 상점 뒷골목에서 그 바보들한테 뭐라고 했는지 기억나냐? 지미 폴리오랑 그 패거리들한테 말이야. 그때 그놈들이 얼마나 비웃었는지 기억나? 하지만 넌 해냈어. 그 기계 새끼의 똥창을 멋지게 터뜨려준 거야.*

그래, 해냈어. 어떻게든. 에디는 속으로 중얼거렸다. 그러면서 자신도 모르게 롤랜드가 준 총의 손잡이를 매만졌다. *하도 멋지게 해내서 이제 또 걸어가게 생겼네.*

에디는 사다리 난간을 두 칸 올라간 다음, 다시 아래를 내려다보았다. 왕실 전용 객차는 이미 숨을 거둔 듯했다. 실은 오래전에 숨이 끊어진 상태였다. 지금은 이미 변질한 세계에 속한 또 하나의 유물에 지나지 않았다.

"아디오스, 블레인. 잘 있어라."

에디는 그 말을 남기고 친구들의 뒤를 따라 지붕에 난 비상구로 빠져나갔다.

제4장
토피카

1

제이크는 살짝 기울어진 외줄 블레인호의 지붕에 서서 빔의 길이 이어진 동남쪽 방향을 바라보았다. 이마의 머리칼이 바람 탓에 물결처럼 뒤로 흩날렸다(이제 덥수룩하게 자라서 영 파이퍼스쿨 학생답지 않았다.). 두 눈은 놀라움으로 휘둥그레졌다.

제이크는 자신이 무엇을 보게 될지 확실히 알지 못했다. 어쩌면 러드와 비슷하지만 좀 더 시골에 가까운 풍경일 듯싶었다. 그러나 가까운 공원의 나무들 위로 어른거리는 것은 그가 전혀 예상치 못한 물건이었다. 그것은 파란색 방패 문양이 그려진 초록색 도로 표지판이었다(우중충한 회색 가을 하늘이 배경이다 보니 초록색이 마치 아우성을 치듯 선명했다.).

곁에 다가온 롤랜드가 오이를 셔츠 안에서 살짝 꺼내어 지붕에 내려놓았다. 개너구리는 블레인의 분홍색 지붕 표면을 킁킁거리다가 객차 앞쪽으로 고개를 돌렸다. 총알처럼 매끈하던 기관차가 구불구불하게 찌그러진 쇳덩이에 부딪혀 엉망으로 망가져 있었다. 기관차 맨 앞에서 시작된 시커먼 사선 두 줄이 지붕을 찢으며 나란히 밀고 들어와 롤랜드와 제이크가 서 있는 곳으로부터 10미터 앞쪽에 멈춰 있었다. 사선이 멈춘 곳에 각각 넓적하고 평평한 쇠말뚝이 보였다. 말뚝 표면은 노란색과 검정색 사선으로 칠해져 있었다. 꼭 객차 바로 앞쪽의 지붕에서 솟아오른 말뚝 같았다. 제이크의 눈에는 럭비 골대와 살짝 비슷해 보였다.

"블레인이 말한 말뚝이 저건가 봐요." 수재나가 중얼거렸다.

총잡이가 고개를 끄덕였다.

"정말이지 운이 좋았어요, 안 그래요? 만약 기차 속도가 훨씬 빨랐다면……."

"*카지.*"

뒤에 서 있던 에디가 말했다. 웃음기가 밴 목소리였다. 롤랜드도 고개를 끄덕였다.

"네 말이 맞다. *카다.*"

제이크는 쇠말뚝에서 눈을 돌려 다시 표지판 쪽을 바라보았다. 그 물건이 사라졌으리라고, 아니면 방패 문양 그림이 (중간 세계 유료 도로 또는 주의, 악마 출몰 지역으로) 바뀌었으리라고 반쯤 확신했지만, 표지판은 그 자리에 그 모양 그대로 서 있었다.

"에디 아저씨, 수재나 아줌마. 저거 보이세요?"

두 사람은 제이크의 손가락이 가리키는 곳으로 눈을 돌렸다. 그러고는 잠시 아무 말도 하지 않았다. 제이크가 자신이 헛것을 보지 않았나 두려워하기에 충분할 만큼 긴 시간이었다. 그러다 에디가 조그맣게 중얼거렸다.

"뭐야, 젠장. 우리 집에 돌아온 거야? 진짜 돌아온 거라면 사람이 왜 한 명도 안 보이지? 게다가 블레인 같은 괴물이 토피카에서…… 아, 물론 우리 세계의 토피카지, 캔자스 주 토피카. 아무튼 그런 데서 정차를 했다면, 왜「식스티 미니츠」같은 데 한 번도 안 나온 거야?"

"「식스티 미니츠」가 뭐예요?"

수재나가 물었다. 그녀는 손으로 눈 위를 가리고 동남쪽의 표지판을 바라보는 중이었다.

"아, 텔레비전 프로그램이에요. 당신도 한 5년이나 10년만 더 기다렸으면 볼 수 있었을 텐데. 백인 할아버지들이 넥타이 매고 나오는 시사 고발 프로그램인데, 뭐 그건 중요한 게 아니고. 어쨌든 저 표지판은……."

"맞아요, 캔자스예요. 우리 세계의 캔자스 같아요, 아마도." 수재나는 나무 위로 간신히 보이는 또 다른 표지판을 발견했다. 그러고는 제이크와 에디, 롤랜드가 다 함께 발견할 때까지 그 표지판을 가리켰다.

"롤랜드, 당신네 세계에도 캔자스가 있어요?"

"없소." 롤랜드는 표지판을 응시하며 대답했다. "우리는 내가 알던 세계의 경계로부터 멀리 벗어났소. 사실 나는 그대들 셋을 만나기 전에 이미 익숙한 세계에서 거의 벗어난 상태였소. 이곳은……."

롤랜드는 말을 멈추고 한쪽으로 고개를 홱 돌렸다. 너무 멀어서 잘 안 들리는 소리에 귀를 기울이는 듯했다. 그리고 그의 얼굴에 떠오른 표정은…… 제이크는 그 표정이 그리 반갑지 않았다.

"안녕, 친구들!" 에디가 명랑한 목소리로 외쳤다. "오늘은 중간 세계의 엉뚱생뚱한 지리를 공부할 거예요. 있잖아요, 중간 세계에서는요, 뉴욕에서 출발해서 동남쪽으로 캔자스까지 여행한 다음, 빔의 길을 따라 쭉 가다 보면 암흑의 탑이 나와요. 모든 것의 중심에 있는 탑이죠. 거기까지 가려면 먼저 거대한 가재들이랑 싸워야 해요! 그다음엔 미친 기차를 타고 여행할 차례예요! 그리고 그다음엔 스낵바에 들러서 팝킨을 먹을 텐데 이 팝킨이란 게 뭐냐면 ……."

"무슨 소리 안 들리나?" 롤랜드가 에디의 말허리를 잘랐다. "아무도 못 들었나?"

제이크는 가만히 귀를 기울였다. 근처 공원을 쓸고 지나가는 바람 소리가 들렸다. 나뭇잎들은 막 가을빛을 띠기 시작한 상태였다. 일행 뒤에서 돌아다니는 오이가 발톱으로 객차 지붕을 두드리는 소리도 들렸다. 그러다 오이가 멈추자 그 소리도 사라졌고…….

누군지 모를 손이 팔을 붙잡자 제이크는 놀라서 펄쩍 뛰었다. 팔을 잡은 사람은 수재나였다. 그녀는 고개를 뒤로 젖힌 채 눈을 크게 뜨고 있었다. 에디 역시 소리에 정신을 집중했다. 오이도 마찬가지로 두 귀를 쫑긋 세우고 울음소리를 억눌렀다.

제이크는 팔에 소름이 돋는 기분이 들었다. 동시에 입은 굳게 다물어졌다. 소리가, 비록 몹시 희미하기는 했지만, 소리가 들려왔다. 레몬을 깨물 때 입안에 퍼지는 느낌을 귀로 느끼는 듯한 소리였다. 제이크는 전에도 그런 소리를 들은 적이 있었다. 아이가 아직 다섯 살, 아니면 여섯 살이었을 때 센트럴 파크에 음악가를 자칭하는 미친 남자가 있었는데…… 사실 센트럴 파크에는 자신이 음악가라고 생각하는 미친 남자가 굉장히 많았는데, 제이크가 본 사람들 중에 공업용 공구인 톱으로 음악을 연주하는 사람은 그 남자뿐이었다. 그 남자는 모자를 뒤집어 땅바닥에 놓고 그 옆에 이렇게 적힌 팻말을 세워두었다. 세계 최고의 톱 연주가! 꼭 하와이 민속음악 같지 않습니까! 예술가들의 복지 증진을 위해 부디 기부를!

제이크는 톱 연주자를 처음 봤을 때 가정부인 쇼 아주머니와 함께 있었던 것도, 그리고 쇼 아주머니가 그 남자 앞을 서둘러 지나쳤던 것도 기억했다. 앉아 있던 남자의 모습은 오케스트라 속의 첼리스트와 똑같았다. 다만 다리 사이에 군데군데 녹이 슨 톱이 서 있을 뿐이었다. 제이크는 우스꽝스러워 보일 정도로 겁에 질렸던 쇼 아주머니의 표정도, 그리고 굳게 다문 그녀의 입술이 떨렸던 것도 기억했다. 마치…… 그랬다, 마치 레몬을 한 입 깨문 것처럼.

지금 들리는 소리는 그 남자가 공원에서 톱날을 흔들어서 내던

(꼭 하와이 민속음악 같지 않습니까)

소리와 완전히 똑같지는 않았지만, 그래도 비슷했다. 덜덜 떨리는 금속성 허밍 소리, 머릿속을 가득 채워 금방이라도 눈물이 흘러나올 것 같은 기분을 선사하는 소리였다. 저 앞쪽에서 들려오는 걸까? 제이크는 확신이 서지 않았다. 사방에서 들려오는 동시에 어디

에서도 들려오지 않는 것 같았다. 게다가 너무나 미약해서 모든 것이 다 상상이라고 믿고 싶은 충동까지 느껴졌다. 다른 사람들의 귀에는 안 들린다면, 그렇다면 혹시…….

"조심해!" 에디가 외쳤다. "도와줘요, 두 사람 다! 롤랜드가 기절한 것 같아요!"

제이크는 총잡이 쪽으로 몸을 돌렸다. 누렇게 바랜 셔츠 위로 보이는 총잡이의 얼굴은 백지처럼 새하얬다. 부릅뜬 두 눈은 텅 빈 것만 같았다. 한쪽 입가는 투명한 낚싯바늘에 걸리기라도 한 양 씰룩거렸다.

"조너스, 레이놀즈, 디페이프." 총잡이가 중얼거렸다. "위대한 관 사냥꾼들. 그리고 그 여자. 쿠스의 마녀. 그들이다. 바로 그들이……."

닳아빠진 먼지투성이 장화를 신고 열차 지붕 위에 서 있던 롤랜드의 몸이 비틀거렸다. 그의 얼굴에는 제이크가 이제껏 본 것 가운데 가장 비참한 표정이 떠올라 있었다.

"아, 수전." 총잡이가 중얼거렸다. "아아, 내 사랑."

2

일행은 롤랜드를 붙잡고 다 함께 보호하듯 에워쌌다. 총잡이는 죄책감과 자괴감 때문에 가슴이 뜨거워졌다. 그가 도대체 무슨 덕을 쌓았기에 이토록 따뜻한 보호자들을 얻을 자격이 있단 말인가? 그가 한 일이라고는 고작 자기 정원에 자란 잡초를 뽑아내듯이 제이크와 수재나와 에디를 그들이 알던 평범한 삶으로부터 뽑아내어 이 중간 세계로 데려온 것뿐이지 않은가?

롤랜드는 괜찮다고 말하려 했다. 일행에게 물러나도 된다고, 자신은 괜찮다고 말하려 했으나 입이 떨어지지 않았다. 덜덜 떨리는 그 끔찍한 소리가 그를 오래전 햄브리 서쪽의 깊은 골짜기로 데려다놓았기 때문이었다. 디페이프와 레이놀즈와 늙은 절름발이 조너스에게로. 그러나 기억의 대부분을 물들인 주인공은 총잡이가 증오했던 언덕 위의 노파, 오로지 어린 소년만이 감지할 수 있는 깊고 시커먼 감정 때문에 그가 증오했던 바로 그 여인이었다. 아, 그러나 그들을 증오하는 것 말고 총잡이가 무엇을 할 수 있었던가? 그들은 그의 마음을 산산이 부숴놓았다. 그리고 지금, 그 기나긴 세월이 흐른 지금, 총잡이가 생각하기에 인간의 존재에서 가장 끔찍한 점은 부서진 마음이 다시 붙는다는 사실이었다.

처음 든 생각은, 그의 한마디 한마디가 거짓이라는 것/ 저 백발의 절름발이, 사악한 눈으로……

누구의 말일까? 누구의 시일까?

롤랜드는 알 수 없었다. 그러나 거짓말쟁이 여자들에 대해서는 그 역시 아는 바가 있었다. 폴짝폴짝 뛰어다니면서, 느물느물 웃으면서, 늙어서 싯누레진 눈에 물기를 담고 온갖 사정을 곁눈질하는 여자들. 문득 떠오른 시를 누가 썼는지는 중요하지 않았다. 시에 담긴 말은 진실이었고, 그것만이 중요했다. 엘드레드 조너스와 언덕의 노파는 대마법사 마튼커닝 그의 부하 월터에게도 못 미치는 인물들이었지만, 사악함으로 따지자면 그들 역시 모자랄 것이 없었다.

그리고 그다음은…… 마을 서쪽의 골짜기…… 그 소리…… 그 소리와 함께, 부상당한 남자들과 말들의 비명으로 물든 아비규환……
평소에는 입심 좋기로 유명하던 커스버트마저도 그때는 평생 처음
이자 마지막으로 할 말을 잃고 말았다.

그러나 이제는 모두 오래전의 일들, 다른 *시대*에 속한 기억들이
었다. 지금 그리고 이곳에서는 그 떨리는 소리가 이미 사라졌거나,
잠시 귀에 들리지 않을 만큼 작았다. 그러나 다시 들려올 것이다. 롤
랜드는 그리 될 것을 이미 알고 있었다. 그 자신이 나락으로 향하는
길을 걷는 것을 이미 알았듯이.

롤랜드는 일행을 올려다보며 가까스로 웃음을 지었다. 입가의 떨
림은 멈췄고, 그것만 해도 다행이었다.

"나는 괜찮다. 허나 내 말을 잘 들어라. 이곳은 중간 세계의 끝자
락에 매우 가까울뿐더러, 최종계가 시작되는 곳과도 매우 가깝다.
우리 원정의 커다란 첫 단계는 마무리되었다. 우리는 잘 해냈다. 우
리는 우리 아버지의 얼굴을 기억했다. 함께 서서 버텨냈고, 서로에
게 진실했다. 그러나 이제 우리는 희박지대에 들어섰다. 경계를 늦
추면 절대 안 된다."

"희박지대요?" 제이크는 불안한 표정으로 주위를 둘러보았다.

"존재의 구조가 거의 송두리째 풀려버리는 곳이다. 희박지대는
암흑의 탑에서 나오는 힘이 약해지면서 그 수가 더욱 늘었다. 우리
가 러드를 떠날 때 열차 아래 보이던 풍경을 기억하느냐?"

일행은 무겁게 고개를 끄덕였다. 시커먼 풀로 뒤덮인 땅, 푸르스
름한 도깨비불이 어른거리던 고대의 굴뚝, 가죽 돛처럼 널찍한 날개
가 달린 괴물새 떼가 떠올랐다. 롤랜드는 일행에게 둘러싸여 있는
이 상황을 문득 참을 수가 없었다. 그를 내려다보는 일행의 표정은

마치 술집에서 싸움을 벌이다 얻어맞고 나자빠진 깡패 동료를 내려다보는 듯했다.

롤랜드는 친구들에게 손을 내밀었다. 그의 새 친구들에게. 에디가 손을 잡고 그를 일으켜 주었다. 총잡이는 휘청거리지 않고 똑바로 서기 위해 엄청난 의지력을 발휘해야 했다.

"수전이 누구죠?"

수재나가 물었다. 이마 한복판에 세로로 팬 주름이 그녀의 언짢은 기분을 대변했다. 아마도 우연치고는 너무나 비슷한 이름 때문인 듯싶었다.

롤랜드는 수재나에게 눈을 돌렸다. 그러고는 에디를, 그다음은 한쪽 무릎을 꿇고 앉아 오이의 귀 뒤쪽을 쓰다듬는 제이크를 돌아보았다.

"얘기하리다. 허나 당장은 시간도 장소도 어울리지 않소."

"당신은 항상 그러잖아요, 나중에 얘기한다고. 설마 이번에도 어물쩍 넘어가려는 건 아니겠죠?"

롤랜드는 고개를 가로저었다.

"내 얘기를 듣게 될 거요. 적어도 그 부분에 관해서는. 허나 이 첫덩이 주검 위에서는 아니오."

"아저씨 말이 맞아요. 여기 있으니까 꼭 공룡 시체 위에 올라가서 노는 것 같아요. 블레인이 다시 살아나서, 어, 우리 머리를 엉망으로 만들어버릴 거란 생각이 자꾸 들어요."

"그 소리는 이제 안 들리는데. 와와 페달을 밟아서 내는 것 같은 소리 말이야, 덜덜 떨리는."

"에디 아저씨, 저 있잖아요, 그 소리를 들으니까 전에 센트럴 파크에서 본 어떤 아저씨가 생각났어요."

"톱을 든 남자 말이지?"

수재나가 묻자 제이크는 놀라서 동그래진 눈으로 그녀를 올려다 보았다. 그녀가 고개를 끄덕였다.

"내가 봤을 땐 그 사람도 젊은이였는데. 이곳에선 지리만 이상해 지는 게 아닌가봐. 시간의 흐름도 좀 이상해."

에디는 수재나의 어깨를 한 팔로 감싸고 꼭 안아 주었다.

"그러게 말이에요. 아멘."

수재나는 고개를 돌려 롤랜드를 보았다. 비난하는 표정은 아니었 다. 오히려 그녀의 눈에 숨김없이 드러난 관대함을 보고 총잡이는 경의를 금할 수 없었다.

"당신이 약속을 지킬 거라고 믿을게요, 롤랜드. 나는 나랑 똑같은 이름을 가진 그 여자에 대해 알아야겠어요."

"알게 될 거요. 허나 일단은, 이 괴물의 등짝에서 내려갑시다."

3

실천하기란 말처럼 쉽지 않다. 블레인은 야외에 지어놓은 러드 의 요람 같은 곳에 비스듬히 누워 있었고(갈기갈기 찢긴 분홍색 쇳덩 이가 기다란 쓰레기 더미처럼 늘어서서 블레인의 마지막 운행 기록을 보 여주었다.), 객차 지붕에서 시멘트 바닥까지는 7미터쯤 되지 싶었다. 비상구에서 때맞춰 내려온 줄사다리처럼 튼튼한 사다리가 있었다 고 한들 충돌 당시에 찌부러졌을 것 같았다.

롤랜드는 걸낭을 내려놓고 안을 뒤적거리다가 사슴가죽으로 만든 멜빵을 꺼냈다. 땅이 험해서 휠체어를 밀기 힘들 때 수재나를 업으려고 만든 멜빵이었다. 그나마 휠체어 걱정은 할 필요가 없구나 하고 총잡이는 생각했다. 블레인에 타려고 정신없이 뛰어다니다가 그만 잃어버렸기 때문이었다.

"그건 뭐 하러 꺼내요?"

수재나의 목소리에는 살기가 등등했다. 그녀는 멜빵을 보면 늘 목소리에 살기가 감돌았다. *그래도 미시시피에 우글거리는 흰둥이들보다 꼴 보기 싫은 건 아니야. 하지만 말이지.* 수재나는 언젠가 데타 워커의 목소리로 에디에게 말했다. *가끔은 저 멜빵도 그놈들만큼이나 꼴 보기 싫어.*

"진정하시오, 수재나 딘. 좀 봐달란 말이오."

총잡이는 이렇게 말하며 빙긋이 웃었다. 그는 멜빵을 구성하는 끈 묶음을 하나하나 풀고, 엉덩이를 받치는 가죽 판도 떼어낸 다음, 풀었던 끈을 다시 꼬아서 줄로 만들었다. 그러고는 마지막으로 남은 밧줄 한 묶음을 꺼내어 오래된 방식의 매듭으로 그 줄과 연결했다. 그렇게 손을 놀리는 와중에도 귀로는 희박지대의 떨리는 소리를 들었다. 그의 귀에 들리는 소리는 앞서 러드에 들어서기 전 일행과 함께 들었던 북소리처럼 우렁찼고…… 그보다 앞서 에디와 함께 들었던, 밤마다 파도에서 기어나와 질문을 던지던 가재 괴물들의 목소리 (*"대드, 어, 챔? 디드, 어, 치? 덤, 어, 첨?"*)처럼 추상같았다.

카는 돌고 도는 바퀴로구나. 총잡이는 생각했다. 또는, 에디가 입버릇처럼 말하듯이, 뿌린 대로 거두는 법인지도.

밧줄이 완성되자 롤랜드는 끈을 꼬아서 만든 부분으로 동그란 올가미를 묶었다. 제이크는 조금도 두려워하지 않고 냉큼 그 올가미에 발을 넣은 다음, 한 손으로 밧줄을 잡고 다른 손으로는 오이를 들어 팔에 안았다. 오이는 불안한 듯 두리번거리다가 낑낑대더니 목을 길게 늘여 제이크의 뺨을 핥았다.

"너도 안 무섭지, 그치?"

"으이이!"

오이는 제이크의 말에 동의했으면서도 롤랜드와 에디가 객차 옆으로 내려주는 동안 굳게 입을 다물었다. 밧줄은 길이가 짧아서 시멘트 바닥까지 닿지 못했지만, 제이크는 남은 1미터를 폴짝 뛰어 가뿐히 착지했다. 아이의 손에서 풀려난 개너구리는 종종거리며 걸어가다가 코를 킁킁대더니, 승강장 벽에 대고 다리를 쳐들었다. 러드의 요람만큼 웅장하지는 않았지만 이곳에는 롤랜드가 좋아하는 고풍스러운 분위기가 있었다. 하얀 벽, 쑥 튀어나온 처마, 높고 가느다란 유리창, 그리고 슬레이트처럼 보이는 지붕까지. 서부의 분위기였다. 죽 늘어선 문들 위로 기다랗게 붙은 간판에 금빛으로 적힌 글씨가 보였다.

애치슨, 토피카, 산타페

마을 이름 같았다. 그중 마지막 이름은 총잡이에게도 익숙했다. 메지스 자치령에도 산타페라는 곳이 있었으므로. 그러나 그 이름을 보고 맨 먼저 떠오른 것은 역시 수전이었다. 머리를 풀어 허리까지 늘어뜨린 모습으로 창가에 서 있던 사랑스러운 수전. 재스민과 장미와 인동덩굴과 잘 마른 짚더미의 냄새 같던 그녀의 향기. 그 달콤한 체취와 털끝만큼이라도 비슷한 향을 냈던 것은 오로지 산에서 만났던 신탁의 정령뿐이었다. 침대에 누워 진지한 얼굴로 그를 올려다보던 수전. 그때 수전은 엷은 웃음을 띠며 그의 목덜미를 두 손으로 감쌌고, 그러자 그녀의 가슴이 함께 따라 올라왔다. 마치 그의 손길을 갈구하듯이.

롤랜드, 나를 정말로 사랑한다면, 나를 가져…… 새와 곰과 산토끼와 물고기……

"……다음은?"

총잡이는 에디 쪽으로 고개를 돌렸다. 그는 수전 델가도의 기억으로부터 빠져나오기 위해 온 정신을 집중해야 했다. 그랬다, 토피카에도 희박지대가 있었다. 그것도 갖가지 형태로.

"내가 잠시 딴 생각에 빠졌구나. 미안하다, 에디."

"수재나 차례냐고, 다음은. 내가 물어본 건 그거야."

롤랜드는 고개를 저었다.

"다음은 너고, 수재나는 그다음이다. 내가 맨 마지막이다."

"괜찮겠어? 손도 그런데."

"괜찮을 거다."

에디는 고개를 끄덕이고 올가미에 발을 넣었다. 처음 중간 세계에 도착했을 무렵의 에디라면 롤랜드 혼자서도 내려줄 수 있었다. 손가락 두 개를 잃었건 말건 총잡이의 힘이라면 너끈히 해낼 수 있었다. 그러나 에디는 지난 몇 달 동안 헤로인을 끊은 덕분에 근육만 해도 10킬로그램이 넘게 붙은 상태였다. 롤랜드는 수재나의 도움을 기꺼이 받아들여 함께 에디를 내려주었다.

"이제 당신 차례요."

롤랜드가 수재나를 보며 빙긋이 웃었다. 근래 들어 그는 웃는 표정을 짓기가 훨씬 수월했다.

"그래요." 수재나는 대답과 달리 가만히 서서 입술만 깨물었다.

"왜 그러는 거요?"

수재나는 손을 배에 올려놓고 가만히 문질렀다. 꼭 배가 아프거나 속이 안 좋은 사람처럼 보였다. 총잡이는 대답이 돌아오리라 기대했지만, 그녀는 고개를 가로젓고 중얼거렸다.

"아무것도 아니에요."

"그런 것 같지 않소만. 배는 왜 문지르고 있소? 다쳤소? 열차가 정지할 때 부딪힌 거요?"

수재나는 배꼽 아래가 갑자기 뜨거워지기라도 한 듯 옷에서 급히 손을 뗐다.

"아뇨. 괜찮아요."

"정말이오?"

수재나는 그 질문의 뜻을 곰곰이 되새기는 듯했다. 그러다가 마침내 입을 열었다.

"나중에 얘기해요. 아니면 당신이 그렇게 좋아하는 '협의'를 하든가. 하지만 지금은…… 아까 당신이 한 말이 옳았어요, 롤랜드. 지금은 시간도 장소도 어울리지 않아요."

"우리 네 사람 모두 말이오? 아니면 당신과 나, 에디만?"

"당신이랑 나, 둘이서만요." 수재나는 뭉뚝한 다리 끝을 올가미에 넣으며 말을 이었다. "일단은 암탉 한 마리 대 수탉 한 마리, 이렇게 둘이서만 시작해요. 자, 준비됐으면 이제 내려줘요."

롤랜드는 수재나의 말대로 했다. 그러면서도 찡그린 표정으로 그녀를 내려다보며 맨 처음 떠올랐던 생각, 그러니까 배를 문지르는 그녀의 불안한 손짓을 보자마자 떠올랐던 그 생각이 틀렸기를 진심으로 바랐다. 그녀가 예언의 원에 들어간 적이 있기 때문이었다. 그리고 그곳에 도사린 악마는 제이크가 이쪽 세계로 건너오려고 분투하는 동안 그녀와 접촉했다. 악마와 접촉한 것 때문에 상황이 바뀌는 경우는 가끔…… 아니, 자주 있었다.

롤랜드의 경험에 따르면 결코 좋은 쪽으로 바뀌지는 않았다.

롤랜드는 에디가 수재나의 허리를 붙잡아 플랫폼에 내려주는 모습을 확인하고 밧줄을 위로 당겼다. 그러고는 총알처럼 생긴 기관차를 뚫고 들어온 말뚝 가운데 하나를 향해 걸어갔다. 걸음을 옮기는 동안 손으로는 밧줄 끄트머리를 묶어 악수하는 손 모양의 매듭으로 만들었다. 그는 이 매듭을 말뚝에 걸치고 팽팽하게 당긴 다음(밧줄이 왼쪽으로 빠지지 않게 조심하면서), 상반신을 숙인 자세로 블레인의 분홍색 옆구리에 장화 자국을 남기며 혼자 힘으로 플랫폼까지 내려왔다.

"밧줄이랑 멜빵을 버리다니, 너무 아까운데." 일행에 합류한 롤랜드를 보며 에디가 말했다.

"멜빵 따위 난 하나도 안 아까워요, 에디. 저걸 걸치고 업혀 가느니 차라리 손을 짚고 기어가겠어요. 길바닥의 껌으로 팔꿈치까지 뒤덮이는 한이 있어도."

"우린 아무것도 버리고 가지 않는다."

총잡이는 밧줄 끝의 발걸이용 올가미에 손을 넣고 왼쪽으로 세게 당겼다. 밧줄은 말뚝에서 스르륵 풀려 떨어졌고, 총잡이는 그 밧줄이 미처 땅에 닿기도 전에 모조리 당겨서 감아버렸다.

"와, 멋지다!"

"오아! 이다아!" 오이가 제이크의 감탄에 동의했다.

"코트, 겠지?"

"코트, 맞다." 롤랜드는 씩 웃으며 에디에게 맞장구를 쳤다.

"역시 지옥에서 온 교관님이라니까. 딱 당신 취향이야, 롤랜드. 내 취향은 아니고, 딱 당신 취향."

4

일행이 기차역으로 통하는 문을 향해 걷는 동안 낮게 떨리는 그 소리가 다시 들리기 시작했다. 롤랜드는 동료 셋이 동시에 코를 찡그리며 입을 굳게 다문 모습을 보고 흐뭇해졌다. 그 모습을 보니 자신들은 비단 *카텟*일 뿐 아니라 피를 나눈 가족 같았다. 수재나가 공원 쪽을 가리켰다. 나무 위로 보이는 표지판들이 아지랑이처럼 살짝 일렁거렸다.

"롤랜드 아저씨, 저것도 희박지대 때문에 그런 거예요?"

롤랜드는 고개를 끄덕였다.

"저길 피해서 돌아갈 수 있을까요?"

"그래. 희박지대는 유사(流砂)가 가득한 수렁이나 샐리그와 비슷한 방식으로 위험하단다. 그게 뭔지 아느냐?"

"유사는 알아요. 그리고 샐리그가 큰 이빨을 가진 기다란 초록색 짐승이라면, 제가 살던 세계에도 똑같은 게 있어요."

"바로 그거다."

수재나는 고개를 돌려 마지막으로 블레인을 바라보았다.

"'어리석은 질문은 하지 마세요, 어리석은 게임도 하면 안 돼요.'

책에 적힌 그대로였어요." 이윽고 그녀는 블레인에게서 롤랜드에게로 눈을 돌렸다. "베릴 에번스는 어떤 사람일까요? 『칙칙폭폭 찰리』를 쓴 작가 말이에요. 그 사람도 이번 일과 관련이 있을까요? 혹시 만날 수는 없나요? 고맙다는 말이라도 하고 싶어서 그래요. 물론 에디 덕분이긴 했지만, 그래도…….."

"어쩌면 관련이 있을지도. 허나 내 생각에는 아닌 듯하오. 내가 사는 세계는 해변 가까이에서 난파된 배와 같소. 그 해변은 배의 잔해가 고스란히 떠내려와서 널브러져 있을 만큼 넓고도 넓소. 우리가 발견하는 것들은 대개 비현실적이지만, 개중에는 쓸 만한 것도 있소. *카*가 허락한다면 말이오. 허나 그래봤자 모두 잔해일 뿐이오. 의미 없는 잔해." 총잡이는 주위를 쓱 둘러보았다. "바로 이곳처럼. 내 생각은 그렇소."

"정확히 말하면 난파됐다고 하긴 좀 그런 것 같은데. 역에 칠해진 페인트를 봐. 처마 아래 홈통이 새서 녹이 좀 번지긴 했지만, 벗겨진 곳은 한 군데도 없잖아."

에디는 문 앞에 서서 손으로 유리창을 쓸어내렸다. 유리창에 투명한 줄 네 개가 생겼다.

"먼지가 잔뜩 끼기는 했어도 깨지진 않았어. 이 건물은 한참 동안 사람 손이 안 닿은 것뿐이야. 아마도…… 여름이 시작될 무렵부터?"

에디가 롤랜드를 돌아보았지만 그는 알 게 뭐냐는 듯이 어깨를 으쓱하고 고개를 끄덕였다. 롤랜드는 일행의 말을 한쪽 귀로 듣는 중이었고, 정신 또한 반쯤은 딴 데 가 있는 상태였다. 그는 청각과 의식의 절반을 두 가지에 집중했다. 희박지대의 떨리는 소리에, 그리고 자신을 집어삼키려는 기억과 싸우는 일에.

"하지만 롤랜드, 러드는 난파돼서 폐허가 된 지 몇 백 년이나 지 났잖아요. 그런데 이곳은…… 여기가 토피카인지 아닌지는 모르겠 지만, 내 눈에는 「환상특급」에 나오는 으스스한 마을하고 똑같아 보 여요. 당신들은 무슨 말인지 모르겠죠. 하지만……."

"아뇨, 알아요."

에디와 제이크는 한 목소리로 외치고 나서 서로 마주보며 껄껄 웃었다. 에디가 내민 손을 제이크가 기운차게 마주쳤다.

"제가 살 때도 재방송을 했어요."

"그래, 내가 살던 시대에도 아주 줄기차게 했지. 돈을 대고 광고 에 나오는 사람들은 주로 털 깎은 테리어처럼 생긴 파산 전문 변호 사였어. 그리고 수재나, 당신 말이 맞아요. 여긴 러드하고는 달라요. 당연하죠, 아예 속한 *세계*가 다르니까. 우리가 언제 건너왔는지는 모르지만, 어쨌든……."

에디가 다시 한 번 파란색 70번 고속도로 표지판을 가리켰다. 그 표지판이야말로 그의 주장을 한 점 의혹 없이 입증하는 증거라는 듯이.

"만약 여기가 토피카라면, 사람들은 다 어디 간 거죠?"

수재나의 물음에 에디는 두 손을 펴고 어깨를 으쓱했다. '낸들 아 나요?'

제이크는 건물 한가운데 문의 유리에 이마를 대고 두 손으로 눈 가를 막은 다음, 안쪽을 뚫어지게 들여다보았다. 그렇게 몇 초 동안 들여다보다가 무엇을 보았는지 펄쩍 뒤로 물러섰다.

"어휴, 마을이 이렇게 조용한 것도 당연하네요."

롤랜드는 제이크의 등 뒤로 다가서서 아이 머리 위로 몸을 숙이고 유리 건너편을 들여다보았다. 두 손은 둥글게 말아 눈가에 대고 유리의 반사 현상을 막았다. 사실 그는 제이크가 본 것을 확인하기에 앞서 이미 두 가지 결론에 도달했다. 첫째, 이곳이 기차역인 것은 거의 확실했지만, 블레인을 위해 마련된 역은 아니었다. 다시 말해 요람이 아니었다. 둘째, 이 역은 실제로 에디와 제이크, 수재나의 세계에 속한 곳이었으나…… 필시 그들이 살던 세계 같지는 않았다.

희박지대. 경계를 늦추면 절대 안 된다.

기다란 벤치로 가득한 공간에 시체 두 구가 서로 기대어 앉아 있었다. 축 늘어진 주름투성이 얼굴과 시커먼 손만 보면 열띤 파티를 즐기다가 집으로 가는 마지막 기차를 놓치고 역에서 그대로 잠든 사람들 같기도 했다. 그들 뒤편의 벽에는 출발이라는 글씨 아래로 도시와 마을과 자치령의 이름들이 길게 이어졌다. 그중 한 곳은 덴버였다. 위치타도 있었다. 다음은 오마하였다. 롤랜드가 한때 알던 사람 중에도 오마하라는 이름의 애꾸눈 도박사가 있었다. 그 남자는 워치 미 카드 게임을 하다가 목에 칼을 맞고 죽었다. 고개를 뒤로 젖힌 몰골로 인생길 끄트머리의 공터에 발을 들여놓으면서, 그는 마지막 숨과 함께 피를 분수처럼 토해 천장까지 붉게 물들였다. 그러나 이곳의 천장에 매달린 것은 네 면에 글자판이 붙은 아름다운 시계였다(롤랜드의 어리석고 느려터진 정신은 자꾸만 이곳을 간이역이라고, 그를 툴로 인도했던 그 길처럼 인적이 반쯤 끊긴 어느 도로에 서 있는 간이역이라고 생각했다.). 시계 바늘은 4시 14분에 멈춰 있었고, 롤랜드가 생각하기에 다시는 움직이지 않을 듯싶었다. 서글픈 생각이었으나…… 이 세계 자체가 서글픈 곳이었다. 시체는 더 보이지 않았지만 롤랜드의 경험에 비춰볼 때 눈앞에 시체가 두 구 있으면 어딘가 안 보이는 곳에는 네 구가 더 있는 법이었다. 또는 마흔 구가.

"들어가야 되나?"

"뭐 하러?" 롤랜드는 에디의 질문에 질문으로 답했다. "우리하고
는 아무 상관도 없는 곳이다. 빔의 길에서 떨어져 있으니."

"댁은 여행 가이드 하면 참 잘할 거야." 에디는 비꼬듯이 말했다.
"자, 여러분, 이동하겠습니다. 제발 부탁이니까 아무 데나 막 들어가
시고 그러시면……"

"저기요, 혹시 25센트짜리 동전 갖고 계세요?"

제이크가 에디의 말허리를 자르며 물었다. 롤랜드는 그 질문의
의미를 이해할 수 없었다. 아이는 에디와 수재나를 보고 있었다. 아
이 곁에 네모난 금속 상자가 보였다. 상자에 파란색으로 적힌 글씨
는 이러했다.

비교를 거부하는 캔자스 주 1등 신문《토피카 캐피털 저널》

여러분의 고향 신문! 매일매일 놓칠 수 없는 뉴스!

에디는 흐뭇한 표정으로 고개를 가로저었다.

"저런, 오는 길에 잔돈을 다 잃어버렸지 뭐야. 아마 나무에 올라
가다가 흘렸을 거야. 네가 합류하기 직전에 웬 로봇 곰의 간식거리
가 될 뻔했는데, 달아나느라 아주 죽을 고생을 했거든. 어쨌든 미
안."

"잠깐…… 잠깐만……."

수재나는 손가방을 열고 안을 뒤적거렸다. 딴 생각에 사로잡혀
있던 롤랜드마저도 그 모습을 본 이상 함박웃음을 참을 수 없었다.

왠지 모르게 너무나 *여성스러운* 모습이었다. 그녀는 먼저 찌그러진 화장지 상자를 뒤집어 혹시 안에 뭐가 들었는지 흔들어보았고, 다음으로 콤팩트를 꺼내어 가만히 보다가 다시 집어넣더니, 다음으로 빗을 꺼냈다가 다시 넣고서는……

거기에 정신이 팔린 나머지 수재나는 롤랜드가 옆으로 슥 지나가는 것도, 또 그가 자기가 만들어준 총집에서 총을 뽑는 것도 알아차리지 못했다. 총소리가 한 번 울렸다. 수재나는 조그맣게 비명을 지르며 손가방을 떨어뜨리고 왼쪽 가슴 아래 차고 있던 빈 총집을 덥석 쥐었다.

"세상에, 간 떨어질 뻔했잖아요!"

"총을 더 소중히 여기는 게 좋을 거요, 수재나. 다음번에 누가 당신의 총을 훔쳐가면 총구멍은 저 물건이 아니라 당신 미간에 뚫릴 거요. 저…… 제이크, 저 물건이 뭐냐? 소식을 읽어주는 장치냐? 아니면 종이를 보관하는 곳이냐?"

"어, 둘 다예요."

제이크 역시 놀란 표정이었다. 오이는 플랫폼 중간쯤까지 물러나서 미심쩍은 표정으로 롤랜드를 노려보는 중이었다. 제이크는 신문 판매함 한복판에 뚫린 총구멍을 손가락으로 찔러보았다. 구멍에서 가느다란 연기가 피어올랐다.

"괜찮다. 열어봐라."

제이크는 판매함의 손잡이를 당겨보았다. 손잡이가 잠시 버티는가 싶더니 이내 상자 안쪽 깊숙한 곳에서 쇳조각이 철컥거렸고, 뒤이어 문이 열렸다. 상자 자체는 텅 비어 있었다. 상자 뒷면의 안내문이 보였다. 다 팔리고 없으면 전시용 신문을 가져가세요. 제이크는 전시용 신문을 고정용 철사에서 꺼냈고, 일행은 아이를 둘러싸고 모여들었다.

"세상에, 도대체 무슨……?" 수재나의 속삭임에는 두려움과 원망이 함께 배어 있었다. "이게 다 무슨 소리예요? 도대체 무슨 일이 일어난 거죠?"

신문의 제호 아래, 1면 위쪽 절반을 거의 차지한 검정 글씨의 내용은 이러했다.

슈퍼 독감 '캡틴 트립스' 무차별 확산

정부 최고위층 국외 망명설 유력

수백만이 중태에 빠져 사경 헤매

토피카 각지의 병원은 아비규환

"제이크, 소리 내서 읽어다오. 크게. 너희 세계의 글씨라서 나는 다 알아보지 못한다. 허나 내가 잘 아는 이야기 같다."

제이크는 에디를 돌아보았다. 에디가 다급히 고개를 끄덕였다.

제이크가 신문을 펼치자 동판 사진이 드러났다(롤랜드는 뉴욕에 갔을 때 이런 그림을 본 적이 있었다. 그곳 사람들이 '사진'이라고 부르는 그림이었다.). 일행을 경악에 빠뜨린 그 사진 속의 호숫가 도시는 스카이라인이 온통 화염으로 물들어 있었다. 사진 아래에 붙은 설명은 이러했다. 클리블랜드 대화재 속수무책으로 확산.

"읽어봐, 어서!"

에디가 재촉했다. 수재나는 말이 없었다. 그녀는 아이의 어깨 너머로 이미 기사를 읽는 중이었다. 신문 1면에는 오직 그 기사뿐이었다. 제이크는 갑자기 말라붙은 듯 뻑뻑해진 목을 가다듬은 다음, 기사를 읽기 시작했다.

5

"기사를 쓴 사람은 존 코코란 외 취재팀, 그리고 에이피(AP) 통신 인용이라고 되어 있어요. 롤랜드 아저씨, 이 말은 그러니까, 여러 사람이 힘을 모아 썼다는 뜻이에요. 아, 알았어요. 이제 시작할게요."

　미국 역사상, 아니 아마도 인류 역사상 최악의 위기가 하룻밤 사이에 더욱 악화되었다. 중서부에서는 튜버넥, 캘리포니아에서는 캡틴 트립스로 알려진 슈퍼 독감이 일파만파로 퍼지고 있기 때문이다.
　총 사망자 수는 대략 추정할 수밖에 없지만 의료 전문가들의 의견에 따르면 현재 집계만으로도 상상을 초월할 만큼 심각하다. 토피카 소재 세인트 프랜시스 의료 센터의 모리스 핵퍼드 박사에 따르면 미 대륙에서만 2000만 내지 3000만 명이 사망했다고 한다. 캘리포니아 주 로스앤젤레스부터 매사추세츠 주 보스턴까지 각지의 화장장, 공장 용광로, 쓰레기 매립지 등에서 시신을 소각하는 중이다.
　이곳 토피카 주민들 중 아직 체력이 남아 있는 유족은 시신을 수습하여 지정된 장소로 운반하라는 요청을 받았다. 해당 장소는 오클랜드 빌리어드 파크 북쪽의 폐기물 처리장, 하트랜드 파크 경마장 근처의 저지대, 동남부에 위치한 포브스 필드 공항 동쪽의 61번가 쓰레기 매립지 등 세 곳이다. 매립지 이용자는 베리턴 로드를 통해 접근해야 한다. 캘리포니아 방면은 버려진 차들로 봉쇄되었으며 소식통에 따르면 적어도 한 대의 공군 수송기가 도로에 추락했다.

제이크는 겁에 질린 눈을 들어 친구들을 바라보았다. 그러다가 등 뒤의 고요한 기차역을 한 번 돌아본 다음, 다시 신문으로 눈을 돌렸다.

스토먼베일 지역 의료 센터의 에이프릴 몬토야 박사는 사망자 집계가 경악스럽기는 하지만 실제로는 끔찍한 사태의 극히 일부분에 불과하다고 지적하며 이렇게 말한다. "이번 신종 독감으로 1명이 사망할 때마다 최소 6명, 최대 12명이 동시에 발병하여 자택에서 요양 중인 것으로 나타났습니다. 현재까지의 경과만 놓고 판단하자면, 회복률은 0입니다." 박사는 잠시 기침을 하고 나서 기자에게 말했다. "이건 우리끼리 하는 얘긴데요, 저라면 이번 주말에 절대 바깥에 안 나갈 거예요."

기타 지역 소식:

포브스 필드 및 필립 빌리어드 공항의 민간 항공편 전체 취소.

암트랙 철도 노선, 토피카를 비롯한 캔자스 주 전역에서 운행 중지. 게이지 대로의 암트랙 정거장은 추후 공지가 있을 때까지 폐쇄 예정.

토피카 지역 내 모든 학교 추후 공지 때까지 폐쇄 예정. 이상의 조치에는 다음 학군도 포함됨. 437, 345, 450(쇼니 하이츠), 372, 501(메트로 토피카). 토피카 루터 신학교 및 토피카 공과 대학, 로렌스 소재 캔자스 주립대학교 역시 폐쇄 예정.

토피카 주민들은 당분간 전력 통제 및 정전에 대비해야 한다. 캔자스 전력 측은 성명을 발표하여 워미고 소재 코 강 원자력 발전소의 '점진적 가동 중지'를 예고했다. 본지 기자가 발전소 홍보실에 전화를 걸었으나 아무도 받지 않았고, 다만 원전과 관련된 비상사태는 전혀 일어나지 않았으며 가동 중지는 안전상의 조치일 뿐이라는 자동 응답기의 음성이 흘러나왔다. 그럼에도 자동 응답기 메시지는 원전의 통신 회선이 '현재의 위기를 수습하는 대로' 정상으로 돌아올 것이라며 안내를 마무리했다. 그러나 그 말이 주는 위안은 안내문의 마지막 인사말 때문에 대부분 빛이 바랬다. 메시지는 '안녕히 계십시오.'나 '전화해 주셔서 감사합니다.'가 아니라 다음의 한마디로 끝을 맺었다. '우리가 이 시련을 견뎌낼 수 있도록 하느님께서 힘을 주실 것입니다.'

　제이크는 잠시 말을 멈추고 기사를 따라 다음 면으로 넘어갔다. 그곳에는 사진 몇 장이 더 실려 있었다. 캔자스 자연사 박물관 앞 계단 위에 널브러진 불탄 트럭, 샌프란시스코의 금문교 위에 꼬리에 꼬리를 물고 서 있는 자동차들, 그리고 뉴욕의 타임스 스퀘어에 산처럼 쌓인 시체 더미. 수재나는 가로등에 매달린 시체 한 구를 보고 악몽 같은 기억을 떠올렸다. 총잡이와 헤어지고 나서 에디와 함께 러드의 요람을 찾아 정신없이 뛰어다닐 때의 기억이었다. 어린둥이들, 러스터와 윈스턴과 지브스와 모드의 기억. *이번에 신의 북소리가 시작됐을 때 모자에서 나온 건 스팽커의 돌이었어요.* 모드는 그렇게 말했다. *그래서 우리 손에 춤추게 된 거고요.* 물론 모드가 말한 '춤'이란 가로등에 친구를 목매다는 춤이었다. 이 사진 속의 뉴욕,

그리운 그녀의 고향 사람들처럼. 세상이 흉흉해지면 사람들은 으레 밧줄을 꺼내들고 희생양을 찾아 눈을 희번덕거리는 법이었다.

메아리. 이제 모든 것이 메아리였다. 메아리들은 한 세계에서 다른 세계로 퍼졌다가 다시 돌아왔고, 보통의 메아리와 달리 희미해지는 대신 점점 커지고 더욱 끔찍해졌다. *러드에 울려퍼지던 신의 북소리처럼.* 수재나는 그 생각에 몸서리를 쳤다.

제이크는 기사를 계속 읽었다.

한편 방역 조치가 효과를 거둘 수도 있었을 확산 초기에 슈퍼 독감의 존재를 부인했던 국가 지도부에 대해 전국적으로 비난이 들끓고 있다. 정부 최고위층은 참모부를 위해 마련된 핵전쟁 대비용 지하 대피소로 이미 피신한 것으로 밝혀졌다. 부시 부통령을 비롯한 레이건 행정부의 핵심 각료들은 지난 이틀 동안 어디에서도 목격되지 않았다. 레이건 대통령은 지난 일요일 오전 샌시미언 소재 그린 밸리 감리 교회에서 열린 기도회에 참석한 이후 모습을 드러낸 적이 없다.

"그 인간들은 벙커에 틀어박힌 겁니다. 2차 대전이 끝나갈 때 히틀러와 나치 쥐새끼들이 그랬던 것처럼요." 스티브 슬론 하원의원이 인터뷰에서 한 말이다. 공화당 소속으로 캔자스 주 초선인 슬론 의원은 실명 게재 여부를 묻자 웃으며 이렇게 답했다. "안 될 게 뭡니까? 독감이라면 저도 이미 단단히 걸렸는데요. 아마 다음 주쯤에는 화장장에 들렀다가 바람에 날리는 먼지가 돼 있을 겁니다."

클리블랜드와 인디애나폴리스, 테러호트에서는 방화가 거의 확실한 화재로 인해 도시가 불길에 휩싸였다.

신시내티의 리버프론트 종합 경기장 근처에서 집중 발생한 대형 폭발 사고는 당초 우려와 달리 핵폭발이 아니라 관리 소홀로 인한 천연가스 누출 때문으로……

제이크의 손에서 신문이 스르륵 떨어졌다. 신문은 거센 바람을 타고 플랫폼 저 멀리까지 날아가면서 접힌 종잇장을 흩날렸다. 오이가 기다란 목을 쭉 늘여 날아가는 신문지 한 장을 낚아챘다. 그러고는 종종걸음으로 제이크에게 돌아와 잘 훈련된 개처럼 입에 물었던 신문을 건넸다.

"괜찮아, 오이. 난 안 볼래."

거절하는 제이크의 목소리는 꼭 심술을 부리는 아기 같았다.

"적어도 사람들이 다 어디에 있는지는 알겠네요."

수재나가 허리를 굽혀 오이 곁에 떨어진 신문지를 주우며 말했다. 신문의 맨 바깥쪽 두 장이었다. 종이에는 그녀가 살면서 본 것 중에 가장 작은 활자로 빽빽하게 부고가 적혀 있었다. 사진도, 사망한 원인도, 장례식 안내문도 없었다. 그저 모모 씨 가족의 사랑하는 이 사람이, 아무개 씨 가족의 사랑하는 그 사람이, 또 누구누구 씨 가족의 사랑하는 어떤 사람이 죽었다는 식이었다. 수많은 조그만 이름들이, 크기가 제각각인 활자로 찍혀 있었다. 그 불규칙한 글씨 크기야말로 이 모든 죽음이 진실이라는 증거였다.

하지만 이렇게 열심히 망자에게 예를 갖췄어. 종말이 눈앞에 닥쳤는데도. 수재나는 문득 목이 메었다. *이렇게나 열심히.*

수재나는 신문지를 하나로 접고 뒷면을 보았다. 《토피카 캐피털 저널》의 맨 마지막 면이었다. 거기에는 예수 그리스도의 사진이 실

려 있었다. 슬픈 눈으로 두 팔을 쭉 편 그리스도의 이마에는 가시
면류관에 팬 상처가 보였다. 사진 아래에는 큼지막한 활자로 단 세
어절만 휑하니 인쇄되어 있었다.

우리를 위해 기도해 주세요

수재나는 에디를 올려다보았다. 눈빛이 마치 따져묻는 듯했다.
그러다가 에디에게 신문을 건네며 갈색 손가락으로 신문 맨 위에
적힌 날짜를 톡톡 두드렸다. 1986년 6월 24일이었다. 에디가 총잡
이의 세계로 불려나오기 1년 전이었다.

에디는 신문을 받아들고서 한참 동안 손가락으로 날짜를 문질렀
다. 그렇게 하면 신문에 찍힌 날짜가 바뀌기라도 할 것처럼. 그러다
결국 일행을 보며 고개를 저었다.

"몰라. 난 이 마을도, 이 신문도, 저 안에 있는 시체도 어떻게 된
건지 도저히 모르겠어. 하지만 한 가지는 확실해. 내가 떠날 당시엔
뉴욕이 아주 멀쩡했다는 거야. 안 그래, 롤랜드?"

총잡이는 살짝 심술궂은 표정으로 대답했다.

"아니, 내가 보기에 네가 살던 도시에는 멀쩡한 것이 하나도 없었
다만, 그래도 그곳 주민들은 이처럼 끔찍한 역병을 견디고 살아남은
이들 같지는 않았다."

"레지오넬라병이라는 게 있긴 했어. 물론 에이즈도……."

"그거 성병이죠, 맞죠? 호모나 마약 중독자가 주로 옮기는."

"맞아요, 수재나. 근데 내가 살던 시대에는 게이를 대놓고 호모라
고 부르진 않았어요."

에디는 빙긋 웃으려다가 괜히 어색해 보일까봐 그만두었다.

"허나 이건 실제로 있었던 일이다. 1986년째 되던 해, 파종의 달인 6월에 일어났다. 그리고 이제 우리가 그 역병의 여파 속에 들어온 거다. 만약 이미 지나간 시간의 길이를 에디가 제대로 파악했다면, 이 '슈퍼 독감'이라는 역병은 지난 6월의 파종 시기에 일어났다. 우리는 지금 1986년 수확기의 캔자스 주 토피카에 있다. *시대*는 확실히 그렇다. 허나 *장소*는…… 다만 에디가 살던 세계가 아니라는 것밖에 모른다. 어쩌면 수재나 그대가 살던 세계일 수도, 제이크 네가 살던 세계일 수도 있다. 너는 이 일이 벌어지기 전에 그 세계를 떠났으니." 총잡이는 신문에 적힌 날짜를 손가락으로 두드리다가 제이크에게 눈을 돌렸다. "전에 네가 나한테 했던 말이 있다. 너는 어떤지 모르지만, 나는 똑똑히 기억한다. 내가 평생 들은 가장 중요한 말이다. 너는 이렇게 말했다. '됐어요, 가세요. 여기 말고 다른 세계도 있으니까요.'"

"또 수수께끼긴가." 에디가 찡그린 얼굴로 뇌까렸다.

"제이크 체임버스가 한 번 죽었다가 이제 우리 앞에 멀쩡히 살아있는 것이 사실이 아니라는 말이냐? 아니면 제이크가 골짜기 아래로 떨어져 죽었다는 내 얘기를 의심하는 거냐? 네가 종종 내 정직성을 의심하는 줄은 나도 익히 안다, 에디. 물론 네게도 나름의 이유가 있을 테지만 말이다."

에디는 총잡이의 말을 가만히 곱씹다가 이내 고개를 저었다.

"당신은 목적에 부합한다 싶으면 거짓말을 하기도 해. 하지만 제이크 얘기를 했을 땐 얼마나 괴로워했던지, 사실이라고밖엔 생각할 수가 없었어."

롤랜드는 에디의 말에 상처받은 자신을 발견하고 흠칫 놀랐다. *당신은 목적에 부합한다 싶으면 거짓말을 하기도 해.* 그러나 이내 다시 말을 이었다. 어쨌거나 에디의 말이 사실이기 때문이었다.

"앞서 우리는 시간의 연못으로 되돌아갔다. 거기서 제이크가 빠져죽기 전에 건져낸 거다."

"*당신이* 건져냈지. 우리가 아니라."

"허나 너도 거들었다. 그저 내 숨이 붙어 있게 했을 뿐일지라도, 거들었다는 사실은 바뀌지 않는다. 아무튼 지금 중요한 건 그게 아니니 일단 접어두자. 중요한 건, 세계가 여러 개 존재할 수 있고 그 세계들로 이어지는 문이 무수히 많다는 거다. 여기 또한 그 세계들 중 한 곳이다. 저 소리가 들려오는 희박지대는 그 문들 가운데 하나인데…… 다만 우리가 바닷가에서 본 문보다 훨씬 더 클 뿐이다."

"얼마나 큰데? 대형 창고의 문짝만큼? 아니면 그 창고만큼?"

롤랜드는 고개를 젓고 두 손바닥을 치켜들었다. *낸들 아나?*

"롤랜드, 그 희박지대라는 거요. 우린 그 근처에 있는 게 아니에요, 맞죠? 우린 그걸 통과했어요. 그래서 여기 와 있는 거예요, 이 변형된 토피카에."

"그럴지도 모르오, 수재나. 혹시 그대들 가운데 누구 이상한 기분을 느낀 사람 없소? 현기증이나 일시적인 멀미 같은 거라도?"

일행 모두 고개를 가로저었다. 제이크를 유심히 올려다보던 오이도 따라서 고개를 저었다.

"역시 없군." 롤랜드는 바로 그 대답을 기대했다는 듯이 중얼거렸다. "허나 우리는 수수께끼에 필사적으로 집중하고 있었으니……."

"살해당하지 않으려고 필사적이었지." 에디가 구시렁거렸다.

"그래. 그러니 어쩌면 우리도 모르는 사이에 통과했을 수도 있다. 어찌됐든 간에, 희박지대는 저절로 생겨나지 않는 법이다. 그것은 존재의 거죽에 생긴 염증이다. 세상의 사정이 악화될 때 쉽게 발생한다. 모든 세계의 사정이."

"암흑의 탑의 사정이 나빠졌기 때문이다, 이거겠지."

롤랜드는 에디의 말에 고개를 끄덕였다.

"그리고 비록 지금 이곳이…… 이 *시대*가, 이 *장소*가 현재 너희 세계의 *카*가 아니라 할지라도, 어쩌면 장차 그렇게 될지도 모른다. 이 역병이, 또는 그보다 더 지독한 것들이 다른 세계까지 퍼져나갈 수도 있기 때문이다. 희박지대가 수와 크기를 쉬지 않고 키워나가는 것처럼. 내가 탑을 찾아 헤매는 동안 직접 경험한 희박지대만 대여섯 군데나 된다. 얘기만 들은 곳은 무려 스무 군데가 넘는다. 그중 첫 번째는…… 첫 번째는, 내가 아주 어릴 적에 경험했다. 햄브리라는 곳 근처에서."

롤랜드는 또다시 손으로 뺨을 쓸어올렸다. 그러면서 억센 수염이 땀에 젖어 축축해진 것을 느끼고도 놀라지 않았다. *나를 가져, 롤랜드. 나를 정말로 사랑한다면, 나를 가져.*

"롤랜드 아저씨, 어떻게 된 건지는 잘 모르겠지만요, 우린 아저씨네 세계에서 튕겨나왔어요. 빔의 길에서도 벗어났고요. 보세요, 저기요."

제이크가 하늘을 가리켰다. 천천히 흘러가는 구름들이 보였지만, 구름이 향하는 방향은 이제 블레인의 박살난 주둥이가 가리키는 쪽이 아니었다. 여전히 동남쪽이기는 했지만 일행이 이때껏 따라오면서 익숙해진 빔의 표지들은 하나도 보이지 않았다.

"그게 뭐 대수야? 아니, 내 말은······ 빔은 사라졌을지 몰라도 탑은 모든 세계에 그대로 있을 거 아냐. 안 그래, 롤랜드?"

"그렇다. 허나 모든 세계에서 접근할 수 있는 것은 아니다."

에디는 오래전 약쟁이로서 환상적이고 충실한 삶을 시작하기에 앞서 짧은 기간 동안 별 소득 없는 자전거 택배 일을 한 적이 있었다. 이제 에디의 머릿속에 그 시절 배달을 하다가 들르곤 하던 사무용 건물의 승강기가 떠올랐다. 대개는 은행이나 투자 자문사로 가득한 건물들이었다. 그런 건물에는 승강기의 숫자판 아래 달린 카드 입력기에 특별한 카드를 통과시켜야만 멈출 수 있는 층이 몇 개씩 있었다. 승강기가 그런 층에 정지할 때면 층수를 보여주는 표시창에는 숫자 대신 엑스(X) 자가 나타났다.

"내 생각에는 빔을 다시 찾아야 할 것 같다."

"흠, 거 말 되네. 그럼 가자고, 어서."

에디는 몇 걸음 걷다가 멈춰서서 롤랜드를 돌아보았다. 한쪽 눈썹이 쫑긋 올라가 있었다.

"근데 어디로 가지?"

"우리가 가던 길로."

롤랜드는 그야 뻔한 것 아니냐는 듯이 답했다. 그러고는 낡고 먼지 낀 장화를 신은 발로 성큼성큼 걸어서 에디 곁을 지나 길 건너편의 공원으로 향했다.

제5장

턴파이킹

1

롤랜드는 분홍색 철판쪼가리들을 발로 차며 플랫폼 끝까지 걸어갔다. 그러다가 계단 앞에서 걸음을 멈추고 침울한 표정으로 일행을 돌아보았다.

"시체가 더 있다. 각오해라."

"시체들이…… 어…… 뛰지는 않겠죠? 설마?"

롤랜드는 제이크의 질문에 눈살을 찡그리다가 이내 뜻을 파악하고 표정이 밝아졌다.

"아니. 못 뛸 거다. 말라 비틀어졌으니."

"괜찮아요, 그럼."

이렇게 말하면서도 제이크는 수재나에게 손을 내밀었다. 에디에게 잠시 업혀가던 수재나는 빙긋 웃으며 제이크가 내민 손을 맞잡았다.

기차역 옆의 통근자용 주차장으로 이어지는 계단 아래, 시체 여섯 구가 무너진 옥수수 더미처럼 널브러져 있었다. 둘은 여성, 셋은 남성이었다. 마지막 여섯째는 유모차에 탄 아기였다. 아장아장 걸어 다닐 나이로 보이는 아기 주검은 햇빛과 비와 고온에 노출된 채 여름 한 철을 보낸 덕분에(지나가던 길고양이나 너구리, 딱따구리의 공헌은 말할 것도 없고) 흡사 잉카 피라미드에서 발견된 아기 미라처럼 고대의 지혜와 신비가 서린 풍모를 자랑했다. 제이크는 빛바랜 파란색 유아복을 보고 사내 아기인가 생각했지만, 확신이 서지는 않았다. 눈도 입술도 사라진 채 거무튀튀한 잿빛으로 변해버린 얼굴 피부를 보고 성별을 논하기란 농담이나 마찬가지였다. 죽은 아기가 왜 길을 건넜을까? 답은 슈퍼 독감에 스테이플러로 찍혀 있었으니까.

그렇다고는 해도, 주위의 어른들과 비교하면 그 아기는 역병이 휩쓸고 간 텅 빈 토피카를 훨씬 편하게 여행했을 듯싶었다. 어른들은 기껏해야 머리카락이 붙은 해골에 지나지 않았던 것이다. 그중 한 남자는 한때 손가락이었으나 이제는 가죽으로 덮인 가느다란 뼈들로 여행 가방의 손잡이를 쥐고 있었다. 제이크의 부모님이 사용하던 샘소나이트 가방과 비슷했다. 그 남자는 유모차 속의 아기(그리고 나머지 일행 모두)와 마찬가지로 눈이 없었다. 휑하니 뚫린 시커먼 구멍 두 개만이 제이크를 바라보았다. 눈구멍 아래로 툭 불거진 누런 치열은 기세등등하게 웃는 표정 같았다. *뭘 하다가 이제 온 거냐, 꼬마야?* 죽어서까지 여행 가방을 놓지 않은 그 남자가 이렇게 묻는 듯했다. *네가 오기만 기다렸단다. 그 길고도 더웠던 여름 내내!*

어디로 가고 싶었던 거예요? 제이크는 궁금했다. *도대체 어디까지 가면 안전할 거라고 생각한 거죠? 디모인? 수시티? 파고? 아니*

면 달나라?

롤랜드가 앞장을 서고 다른 이들은 그 뒤를 따라 계단을 내려왔다. 제이크는 수재나의 손을 놓지 않았고, 오이는 아이의 발치에 바짝 붙었다. 개너구리의 기다란 몸통이 계단을 한 번에 두 단씩 내려가는 모습은 꼭 트레일러 두 개를 연결한 채 과속 방지턱을 넘는 트럭 같았다.

"천천히 가, 롤랜드. 난 장애인 자리를 뒤져봐야겠어. 운이 좋으면 뭐 좀 건질지도 몰라."

"장애인 자리? 그게 뭐예요, 에디?"

수재나의 말에 제이크가 낸들 아냐는 듯 어깨를 으쓱했다. 모르기는 롤랜드도 마찬가지였다.

수재나는 에디에게로 관심을 돌렸다.

"그냥 물어보는 거예요, 좋은 뜻이 아닌데 돌려 말하는 것 같아서. 니그로를 '흑인'이라고 부르는 거나 호모를 '게이'라고 부르는 것처럼요. 나야 뭐, 1964년이라는 암흑시대에 살다가 온 무식하고 가난한 니그로라 그런 건……"

"찾았다."

에디가 가리킨 것은 역에서 가장 가까운 주차 구역에 줄줄이 세워진 표지판이었다. 실제로는 말뚝 한 개에 표지판이 두 개씩 붙어있었는데 각각 위쪽 것은 파란색과 흰색으로, 아래쪽 것은 빨간색과 흰색으로 칠해져 있었다. 그쪽으로 좀 더 다가선 후에야 제이크는 위쪽 표지판의 그림을 알아볼 수 있었다. 휠체어였다. 아래쪽 표지판은 경고문이었다. 장애인 전용 주차구역 무단 이용 시 벌금 200달러. 토피카 경찰서 엄중 단속

"세상에, 저것 좀 봐요!" 수재나의 목소리는 의기양양했다. "진작 저렇게 좀 하지! 어휴, 내가 살던 시대엔 대형 슈퍼 정도 되는 건물이 아니면 휠체어로 문턱 넘기도 힘들었어요. 문턱이 다 뭐야, 계단이나 올라가면 다행이었지. 그런데 전용 주차구역? 꿈같은 소리죠!"

주차장에는 빈자리가 거의 없었거니와 세상의 종말이 눈앞에 닥친 상황이었는데도, 에디가 '장애인 자리'라고 부른 곳에 세워진 차들 가운데 번호판에 조그만 휠체어 그림이 없는 차는 단 두 대뿐이었다.

제이크는 장애인 자리를 배려하는 습관은 사람들이 끝끝내 버리지 못하는 수수께끼 같은 버릇 가운데 하나가 아닐까 하고 생각했다. 편지 봉투에 우편번호를 쓰는 것이나 머리에 가르마를 타는 것, 또는 아침을 먹기 전에 이를 닦는 것처럼.

"저기 있다! 여러분, 모두 카드 챙기세요. 그래봤자 빙고는 벌써 나온 것 같지만."

에디는 수재나를 업은 채로 커다란 링컨 세단을 향해 달려갔다. 한 달 전의 에디였다면 잠깐 동안이라고 해도 불가능했을 몸놀림이었다. 자동차 지붕에는 복잡하게 생긴 경주용 자전거가 끈으로 고정되어 있었고, 반쯤 열린 트렁크에서 비죽 나와 있는 것은 다름 아닌 휠체어였다. 휠체어는 한 개뿐만이 아니었다. 제이크가 '장애인 자리'를 슥 훑어보니 최소한 네 개가 더 있었다. 지붕 위의 선반에 끈으로 묶인 것, 밴이나 스테이션왜건의 뒷자리를 차지한 것, 개중에는 픽업트럭 짐칸에 실린 (몹시 낡고 징그럽게 커다란) 것도 있었다.

에디는 수재나를 내려놓은 다음 몸을 숙이고 트렁크 속 휠체어의 고정 장치를 점검했다. 탄력 있는 끈이 복잡하게 얽힌 데다 막대형 자물쇠도 붙어 있었다. 에디는 제이크가 아버지의 책상 서랍에서 훔쳐온 루거 권총을 뽑았다. 그러더니 '호 안에 수류탄!'을 흥겹게 외치며 일행에게 귀 막을 틈도 주지 않고 방아쇠를 당겨 자물쇠를 날려버렸다. 총성은 침묵 속으로 잦아드는가 싶더니 이내 메아리가 되어 돌아왔다. 그 총소리 때문에 잠에서 깨기라도 한 듯, 희박지대의 떨리는 소리도 메아리를 타고 다시 돌아왔다. *꼭 하와이 민속음악 같죠, 안 그래요?* 제이크는 혼자 생각하다가 불쾌감에 얼굴을 찌푸렸다. 30분 전만 해도 소리가 물리적 자극이 될 수 있다고는 상상조차 할 수 없었다. 예를 들면, 음…… 고기 썩는 냄새처럼. 그러나 이제는 그럴 수도 있다는 믿음이 생겼다. 제이크는 고개를 들어 고속도로 표지판을 바라보았다. 이곳에서는 꼭대기밖에 보이지 않지만 표지판이 일렁거리는 것을 알아보기에는 충분했다. '소리가 자기장 같은 걸 발생시키기 때문이야. 믹서나 진공청소기를 쓸 때 텔레비전이나 라디오가 지지직거리는 것처럼. 아니면 킹거리 선생님이 교실에 가져왔던 정전기 발생 장치처럼. 선생님이 희망자는 앞으로 나오라고 했을 때 나가서 그 장치 옆에 섰더니 팔의 털들이 쑥 일어섰어.'

에디는 자물쇠를 비틀어 빼낸 후에 롤랜드의 칼로 고정용 끈을 잘랐다. 그러고는 휠체어를 트렁크에서 꺼내어 이리저리 살펴보고 펼친 다음, 앉는 자리 뒤쪽의 지지대를 연결했다.

"짜잔!"

수재나는 한 손으로 몸을 받친 채 신기한 듯 휠체어를 구경했다. 그런 그녀의 모습을 보며 제이크는 자신이 좋아하는 앤드루 와이어스의 그림 「크리스티나의 세계」에 나오는 여성과 살짝 비슷하다고 생각했다.

"세상에, 정말 작고 가벼워 보여요!"

"현대 기술의 정수라고 할 수 있죠. 우리가 베트남에서 전쟁을 한 것도 다 이걸 지키기 위해서였어요. 자, 타요."

에디는 수재나를 도와주려고 허리를 굽혔다. 수재나는 그 손을 거절하지는 않았지만, 에디에게 안겨 휠체어에 앉는 동안 표정이 굳어졌다. 제이크가 보기에는 휠체어가 자기 몸무게를 못 견디고 부서질까 걱정하는 눈치였다. 그러던 그녀의 표정이 새 탈것의 팔걸이를 이리저리 만져보는 사이에 점점 환해졌다.

제이크는 잠시 근처를 돌아다녔다. 늘어선 차들을 따라 걸으며 먼지 낀 보닛에 손가락으로 기다란 길을 남기기도 했다. 오이는 그 뒤를 타박타박 따라오다가 한번은 타이어에 다리를 걸치고 오줌을 갈기기도 했다. 그 모습이 마치 평생 해오던 습관처럼 자연스러웠다.

"집 생각이 나서 그러니?" 제이크의 등 뒤에서 수재나가 물었다. "다시는 100퍼센트 미국산 자동차를 못 볼 거라고 생각한 거지, 그렇지?"

제이크는 그 말을 가만히 곱씹다가 그렇지 않다고 결론지었다. 롤랜드의 세계에 영원히 머물 거라는 생각은 한 번도 해본 적이 없었다. 자동차를 다시는 못 볼 거라는 생각도 마찬가지였다. 그런 일로 걱정할 거라는 생각은 해본 적이 없거니와, 실은 그렇게 될 리가 없다고 생각했다. 어쨌거나 아직은 아니었다. 아이가 살던 뉴욕에는 특별한 공터가 있었다. 2번 대로와 46번가 교차로. 한때 그곳에는 식료품점이 있었다. '톰과 제리의 끝내주는 식료품점, 파티 출장 요리 전문!'이라고 적힌 가게였다. 그러나 지금은 단지 돌덩이와 잡초, 깨진 유리, 그리고……

……그리고 장미. 콘도가 들어설 예정인 그 공터에 살아 있는 것은 오로지 들장미 한 송이뿐이었다. 그러나 제이크가 보기에는 아무래도 이 세상의 꽃 같지가 않았다. 어쩌면 롤랜드가 얘기한 다른 어떤 세계에도 속하지 않을 것 같았다. 암흑의 탑에 다가가다 보면 장미를 만난다고 했다. 에디 말로는 수억 송이라고 했다. 들판을 핏빛으로 물들인 장미를 그는 꿈에서 보았다고 했다. 그럼에도 제이크는 자신이 본 장미는 다르다고 생각했다. 그리고…… 그리고 그 장미의 운명이 결정될 때까지는, 자신 역시 익숙한 세계와 완전히 갈라선 것은 아니라고 생각했다. 그곳은 자동차가 있고 텔레비전이 있고, 경찰관이 다가와 신분증을 요구하고 부모님 이름을 묻는 세계였다.

부모님 얘기가 나왔으니 말인데, 난 엄마 아빠랑 아직 못 다한 얘기가 있어. 제이크는 생각했다. 그렇게 생각하자 희망과 놀라움이 함께 솟아나 심장 박동이 빨라졌다.

제이크와 오이는 자동차가 늘어선 곳 중간쯤에서 걸음을 멈췄다. 제이크는 이런저런 생각에 빠진 채로 널따란 찻길(아마도 게이지 대로) 너머를 응시했다. 이제 롤랜드와 에디도 둘이 있는 곳으로 다가왔다.

"우리 철의 여인을 한 두어 달만 밀다 보면 나도 근육질로 바뀔 거야. 아주 그냥 숨이 턱까지 턱턱 차거든."

에디는 씩 웃고는 숨을 한껏 들이쉬고 휠체어를 미는 시범을 보였다. 제이크는 '장애인 자리'에 전동 휠체어가 있을 거라고 말해 주려다가 에디가 이미 눈치챈 것을 그제야 깨달았다. 모터의 배터리가 이미 방전됐을 터였다.

수재나는 에디의 너스레를 무시했다. 그녀의 관심은 제이크에게 쏠려 있었다.

"내가 아까 물어봤잖아. 차를 보니까 집 생각이 나는 거 아냐?"

"아뇨. 그래도 내가 아는 차인지 궁금하긴 했어요. 혹시…… 혹시 지금 이 1986년이 제가 살던 1977년의 세계가 아니라 다른 세계하고 이어졌다면, 그렇다면 뭔가 다른 점이 눈에 띌 거예요. 근데 통 모르겠어요. 세상이 너무 빨리 바뀌니까요. 겨우 9년밖에 안 지났는데……." 제이크는 도무지 모르겠다는 듯이 어깨를 으쓱하고 에디 쪽으로 고개를 돌렸다. "그치만 아저씨는 알지도 몰라요. 아저씬 1986년에 살았잖아요."

"그랬지. 근데 세상에는 별 관심이 없었어. 거의 항상 뿅 간 상태였거든. 그래도…… 그래도 내 생각엔……." 에디는 매끈하게 포장된 주차장 바닥 위로 다시 휠체어를 밀면서 뒤로 멀어지는 차들을 가리켰다. "포드 익스플로러…… 쉐보레 카프리스…… 그리고 저건 구형 폰티악. 폰티악은 딱 보면 알아, 라디에이터그릴 한가운데가 갈라져서……."

"폰티악 보너빌이에요."

제이크는 이렇게 말하고는 수재나의 눈에 떠오른 감탄의 빛을 보고 가슴이 살짝 뭉클했다. 그녀의 눈에 이 차들은 대부분 우주선만큼이나 미래형으로 보일 터였다. 그러자 문득 롤랜드는 어떨까 하는 생각이 떠올라 그를 돌아보았다.

총잡이는 차에 전혀 관심을 보이지 않았다. 그는 길 건너편을 가만히 바라보는 중이었다. 길 건너편의 공원을, 그 너머의 고속도로 쪽을 응시했으나…… 제이크는 그가 실제로 보는 중이라고는 생각하지 않았다. 제이크가 생각하기에 그는 순전히 자신의 머릿속을 들여다보는 중이었다. 그 생각이 옳다면 그의 얼굴에 떠오른 표정으로 보아 그곳에서 좋은 것을 찾지는 못한 듯싶었다.

"저기 저건 크라이슬러 K 시리즈 소형이네. 저건 스바루 왜건이고…… 오, 메르세데스 SEL 450. 최고의 차지. 저건 머스탱…… 크라이슬러 임페리얼도 있네. 상태는 좋지만 거의 하느님이 천지 창조할 때 만들어진……"

"말조심해요, 에디."

수재나가 쏘아붙였다. 제이크의 귀에는 정말로 화난 목소리처럼 들렸다.

"그건 나도 아는 차예요. 내가 보기에는 새 차 같기만 한데."

"미안해요, 수재나. 진짜로. 음, 이건 머큐리 쿠거…… 저기도 쉐보레…… 쉐보레 또 한 대 추가…… 토피카 사람들은 제너럴모터스를 사랑하는군, 미친 거 아냐…… 혼다 시빅…… 폭스바겐 래빗…… 닷지…… 포드…… 어……."

에디는 걸음을 멈추고 줄 끄트머리 쪽에 서 있는 차를 바라보았다. 바탕색은 하얗고 옆면에는 빨간 띠가 칠해진 소형차였다.

"타쿠로?"

에디의 목소리는 거의 혼잣말처럼 나지막했다. 그는 트렁크를 확인하러 차 뒤쪽으로 돌아갔다.

"정확한 모델명은 타쿠로 스피릿. 혹시 이런 자동차 회사나 모델명 들어본 적 있니, 뉴욕의 제이크여?"

제이크는 고개를 가로저었다.

"나도야. 이런 차는 생전 처음 봐."

에디는 게이지 대로 쪽을 향해 휠체어를 밀기 시작했다(롤랜드는 일행이 걸을 때 함께 걷고 일행이 설 때 함께 섰지만 정신은 여전히 자신만의 세계에 가 있었다.). 그러다가 주차장의 자동 출입구(정지 후 주차표를 받으세요)에 거의 도착해서 우뚝 걸음을 멈췄다.

"에디, 이런 식으로 가다간 공원 지나서 톨게이트 통과하기도 전에 늙어 죽겠어요."

수재나가 불평했지만 에디는 이번에는 사과하지 않았다. 아예 그 말을 들은 것 같지도 않았다. 그는 낡아서 녹이 슨 해치백 차의 범퍼 스티커를 멍하니 보고 있었다. 스티커는 '장애인 자리'의 조그마한 휠체어 표지판처럼 파란색과 흰색이었다. 제이크는 스티커를 자세히 보려고 쭈그려 앉았다. 아이는 오이가 무릎에 냉큼 올려놓은 머리를 멍하니 쓰다듬으면서 다른 손은 앞으로 내밀어 스티커를 만져보았다. 그 스티커가 진짜인지 확인하려는 듯했다. 스티커에는 캔자스시티 마너크스라고 적혀 있었다. 마너크스(Monarchs)의 오(O)자는 야구공이었는데 기다란 꼬리를 단 모습이 마치 장외 홈런 같았다.

"제이크, 난 야구에 대해서는 뉴욕 양키스 말고는 아무것도 몰라. 그래서 내가 착각한 걸 수도 있는데 말이지, 이 동네 팀은 캔자스시티 로열스 아니었니? 조지 브렛이 뛰는 팀 말이야."

에디의 말에 제이크가 고개를 끄덕였다. 로열스도, 조지 브렛도 제이크가 아는 이름들이었다. 브렛은 제이크가 살던 시대에는 어린 신인이었지만 에디의 시대에는 꽤 나이 든 노장일 터였다.

"캔자스시티 애슬레틱스겠죠."

수재나가 어리둥절한 목소리로 말했다. 롤랜드는 이들의 대화를 귓등으로도 듣지 않았다. 그는 여전히 자신만의 오존층을 비행하는 중이었다.

"1986년에는 아니었어요, 아가씨. 그땐 오클랜드 애슬레틱스였어요." 에디는 범퍼 스티커에서 제이크에게로 눈을 돌렸다. "마이너 리그 팀이지, 아마? 트리플 에이 레벨?"

"트리플 에이의 로열스는 그대로 있어요. 연고지는 오마하고요."

다른 일행은 어떨지 몰라도 제이크는 마음이 한결 가벼워졌다. 어쩌면 바보 같은 생각일 수도 있었지만, 그래도 안심이 되었다. 제이크는 이 끔찍한 역병이 자기 세계의 미래에는 나타나지 않으리라고 믿었다. 왜냐하면 아이가 살던 세계에는 캔자스시티 마너크스 같은 팀은 없었으므로. 어쩌면 서둘러 결론짓기에는 부족한 정보일 수도 있었지만 그래도 진짜 같았다. 게다가 엄마와 아빠가 캡틴 트립스라는 전염병에 걸려 쓰레기 매립지 같은 곳에서 재가 되지는 않을 거라고 생각하니 기분이 정말이지 홀가분해졌다.

그러나 확신은 서지 않았다. 지금 이곳이 자신이 살던 1977년 세계의 1986년판이 아니라고 해도, 불안하기는 마찬가지였다. 이 비참한 전염병이 타쿠로 스피릿이라는 이름의 차가 돌아다니고 조지 브렛이 캔자스시티 마너크스에서 뛰는 세계에서 발생했다고 하더라도, 롤랜드의 말에 따르면 재앙은 퍼지는 법이라고 했다. 슈퍼 독감 같은 재앙은 배터리의 산성 용액이 옷감을 부식시키듯이 존재의 구조를 갉아먹게 마련이었다.

총잡이는 또 시간의 연못이라는 말도 했다. 제이크는 그 말을 처음 들었을 때 낭만적이고 매력적이라고 생각했다. 그러나 만약 그 연못이 독을 품은 늪이라면? 또 롤랜드가 말한 희박지대라는 곳, 한 때는 드물었다던 그 버뮤다 삼각지대 같은 곳이 점점 퍼져서 이제 예외가 아니라 질서 자체가 되었다면? 게다가…… 맙소사, 끔찍한 생각이 또 한 가지 떠올랐다. 만약 암흑의 탑의 구조가 점점 약해짐에 따라 모든 현실이 무너지기 시작한다면? 만약 붕괴가 시작된다면, 그래서 한 층이 무너지고 또 한 층이 무너진다면…… 그렇다면 결국에는…….

에디가 어깨를 쥐었을 때, 제이크는 비명을 참으려다 그만 혀를 깨물고 말았다.

"왜 그렇게 멍해. 부두교 마술에라도 걸린 거니?"

"아저씨가 부두교 마술을 알아요?"

건방지게 들릴 수도 있었지만 제이크는 그런 것을 따질 정신이 없었다. 겁을 먹어서였을까, 아니면 속을 들켜서? 알 수 없었다. 어느 쪽이든 어차피 상관없었다.

"부두교 마술이라면 이 에디님이 또 전문가지. 무슨 고민이 있는지는 모르겠지만, 그게 뭐든 간에 떨쳐버리고 싶거든 지금이 제일 좋은 기회야."

제이크는 그 충고가 꽤 그럴듯하다고 생각했다. 일행은 다함께 차도를 건넜다. 건너편에는 게이지 공원이, 그리고 제이크의 일생에서 가장 큰 충격이 기다리고 있었다.

2

쇠를 두드려 만든 고풍스러운 흘림체 글씨로 게이지 공원이라고
적힌 아치 아래를 통과한 후, 일행은 어느새 벽돌 길을 따라 걷고
있었다. 길 양쪽으로 정통 영국 양식과 에콰도르의 밀림이 반쯤 섞
인 정원이 펼쳐졌다. 관리하는 손길도 없이 푹푹 찌는 중서부의 여
름을 난 탓에 정원은 이미 식물들의 폭동이 한바탕 휩쓸고 간 상태
였고, 이제 가을을 맞아 갖가지 식물의 씨가 흩날리는 중이었다. 아
치 바로 안쪽의 표지판에 따르면 이곳은 라이니시 장미 정원이었고,
실제로도 장미가 있었다. 실은 사방이 장미 천지였다. 인공으로 재
배한 꽃은 대부분 지고 없었지만 들장미들은 아직도 활짝 꽃을 피
우고 제이크로 하여금 46번가와 2번 대로 교차점의 공터에서 본 그
장미를 떠올리게 했다. 그 장미가 어찌나 그리웠던지, 아이는 가슴
이 저미는 듯했다.

공원 입구 근처의 한쪽 구석에 예스러운 회전목마가 서 있었다.
기둥마다 늠름한 말들이 깡충 뛰어오르는 자세로 여전히 붙어 있었
다. 그 회전목마의 침묵을 느끼며, 다시는 반짝이지 않을 불빛과 영
원히 멎어버린 감미로운 오르간 소리를 상상하며, 제이크는 소름이
돋았다. 말들 중 한 마리는 목에 맨 가죽 고삐에 어린이용 야구 글
러브를 달고 있었다. 제이크는 그 글러브를 차마 보지 못하고 눈을
돌렸다.

회전목마를 지나자 잎들이 더욱 무성해져 길까지 뒤덮을 정도였
다. 일행은 동화 속 숲에서 길을 잃은 아이들처럼 벽돌 길 한쪽에
한 줄로 붙어서 가야 했다. 다듬어줄 손길도 없이 웃자란 장미 덩굴

의 가시들이 제이크의 옷을 붙잡았다. 아이는 어쩌다 보니(아마도 롤랜드가 혼자만의 생각에 빠져 있었기 때문이리라.) 줄의 맨 앞에서 걷고 있었고, 그래서 그만 어른들보다도 먼저 칙칙폭폭 찰리를 발견하고 말았다.

벽돌 길을 가로지르는 좁다란 철길에, 그야말로 장난감 열차용 선로보다 살짝 큰 그 철길에 다가가는 동안, 제이크의 머릿속에 맨 먼저 떠오른 것은 총잡이가 했던 말이었다. '카는 바퀴 같은 것, 늘 돌고 돌아서 같은 곳으로 되돌아온다.' *우린 장미랑 기차에 홀린 거야.* 제이크는 생각했다. *하지만 어째서? 모르겠어. 그건 어쩌면 또 하나의 수수께끼……*

그러다가 왼쪽으로 고개를 돌렸을 때, 제이크의 입에서는 '으아아악엄마어떡해'가 한 단어가 되어 튀어나왔다. 다리에 힘이 갑자기 빠져나간 나머지 아이는 그만 스르륵 주저앉고 말았다. 울먹이는 목소리는 자신의 귀에도 아득하게 들렸다. 정신은 잃지 않았지만 아이의 눈에 보이는 세상은 썰물이 빠져나가듯 색깔을 잃기 시작했고, 급기야 공원 서쪽에 무성하게 자란 이파리들이 그 위의 가을 하늘처럼 회색으로 변하고 말았다.

"제이크! 제이크, 너 왜 그래!" 에디의 목소리였다.

제이크는 그 목소리에서 진심으로 걱정하는 느낌을 받았지만, 목소리 자체는 연결 상태가 안 좋은 장거리 전화처럼 아득하기만 했다. 예컨대 베이루트에서 걸려온 전화처럼. 아니면 명왕성이거나. 어깨를 받쳐주는 롤랜드의 손길도 느낄 수 있었지만 그 역시 멀리 있는 느낌만은 에디의 목소리와 마찬가지였다.

"제이크! 왜 그래, 응? 뭐 때문에……."

수재나는 다급하게 묻다가 제이크가 앞서 본 것을 보았고, 더는 말을 잇지 못했다. 에디 역시 그것을 보자마자 입을 다물었다. 롤랜드는 손을 축 늘어뜨렸다. 일행은 다 함께 우두커니 서서…… 아니, 제이크만은 우두커니 주저앉은 채로, 그것을 바라보았다. 아이는 언젠가 다리에 힘이 돌아와 다시 설 수 있으리라고 믿었지만 당장은 다리가 꼭 물컹물컹한 마카로니 같기만 했다.

약 15미터 앞에, 그 기차가 서 있었다. 기차 옆의 장난감 역은 길 건너편의 진짜 역과 똑같았다. 역의 처마에 달린 간판에는 토피카라고 적혀 있었다. 기차는 칙칙폭폭 찰리였다. 기관차 앞의 장애물 제거용 배장기를 비롯하여 모든 것이 똑같았다. '402 빅보이'형 증기 기관차. 제이크가 아는 것은 또 있었다. 만약 일어설 힘이 생긴다면, 그래서 기관차까지 걸어가 한때 기관사(물론 그의 이름은 밥 어쩌고저쩌고)가 앉았던 자리를 들여다보면, 쥐 일가족이 둥우리를 틀고 있으리라는 것이었다. 가족으로 치면 쥐 일가족 말고 또 한 집이 있을 텐데 바로 굴뚝에 둥우리를 튼 제비 가족일 터였다.

그리고 눈물도. 찰리가 흘리는 새카만 기름 눈물. 제이크는 조그마한 역 앞에 정차한 조그마한 기차를 보며 생각했다. 온몸에 소름이 돋았고, 고환은 딱딱하게 쪼그라들었으며, 뱃속은 배배 꼬이는 듯했다. *밤이면 새카만 기름 눈물을 흘리겠지, 그 눈물 때문에 멋진 스트래덤 전조등에 녹이 슬 테고. 하지만 찰리, 전성기에 넌 아이들을 잔뜩 태우고 다녔을 거야. 안 그래? 네가 게이지 공원을 빙빙 돌면 아이들은 깔깔 웃었을 거야. 그중에는 사실 안 웃는 아이도 몇 명 있었겠지. 네 정체를 아는 애들은 비명을 질렀을 거야. 내가 지금 비명을 지르고 싶은 것처럼. 비명 지를 힘만 있다면.*

그러나 시간이 흐르자 몸에 조금씩 힘이 돌아왔고, 에디와 롤랜드가 팔을 한쪽씩 붙잡아주었을 때에는 발을 딛고 일어설 수도 있었다. 제이크는 한 번 휘청거린 후에 똑바로 버티고 섰다.

"진심으로 하는 말인데, 네가 쓰러진 것도 무리는 아냐."

에디의 목소리는 엄숙했다. 표정 또한 마찬가지였다.

"실은 나도 자빠질 것 같은 기분이 살짝 들어. 저거 네 책에 있던 거잖아. 근데 진짜로 나타났어."

"베릴 에번스 씨가 어디서 칙칙폭폭 찰리의 아이디어를 얻었는지 이제 알겠네요. 에디, 에번스 씨는 여기서 살았거나 아니면 그 책이 처음 나왔던 1942년 이전에 토피카를 방문해서……"

"……라이니시 장미 정원하고 게이지 공원을 돌아다니는 어린이용 기차를 본 거예요."

제이크가 수재나 대신 말을 끝맺었다. 제이크는 이제 두려움을 극복했다. 그리고 단지 외동아이일 뿐 아니라 태어나서 지금까지 대부분의 시간을 외로이 보낸 아이로서, 제이크는 친구들에게 벅찬 사랑과 고마움을 느꼈다. 그들은 아이가 본 것을 보았고, 아이가 지닌 공포의 근원을 이해했다. 물론 그들이 카텟이기 때문에 가능한 일이었다.

"어리석은 질문에는 대답하지 않고, 어리석은 게임도 하지 않는다." 롤랜드는 생각에 잠겨 조용히 읊조렸다. "제이크, 계속 갈 수 있겠느냐?"

"예."

"진짜야?"

에디는 제이크가 고개를 끄덕이는 것을 확인한 다음 수재나의 휠체어를 밀고 철로를 건넜다. 롤랜드가 그 뒤를 따랐다. 제이크는 잠시 머뭇거리며 오래전 꾸었던 꿈을 떠올렸다. 꿈속에서 아이는 오이와 함께 건널목에 서 있었다. 오이가 갑자기 철로로 뛰어들더니 멀리서 다가오는 전조등을 보고 거칠게 짖기 시작했다.

제이크는 기억에서 벗어나 오이를 안아 들었다. 그러고는 장난감 역에 정차한 채 조용히 녹슬어 가는 기차를, 그 기차의 시체 눈구멍 같은 시커먼 전조등을 바라보았다.

"난 안 무서워." 제이크는 나지막이 중얼거렸다. "너 같은 거 하나도 안 무서워."

전조등이 다시 살아나 아이를 보며 깜박였다. 단 한 번, 짧지만 눈부시게, 단호하게 깜박였다. *난 안단다. 그게 사실이 아니란 걸 난 다 알아, 꼬마 친구.*

그러고는 다시 꺼졌다.

다른 사람들은 아무도 보지 못했다. 제이크는 다시 한 번 기차를 흘낏 쳐다보았다. 전조등이 다시 켜질 거라고, 어쩌면 그 저주받은 물건이 실제로 움직여 자신을 치려고 덤벼들 거라고 생각했다. 그러나 아무 일도 일어나지 않았다.

거세게 방망이질하는 가슴을 안고 제이크는 서둘러 친구들의 뒤를 따라갔다.

3

토피카 동물원(간판에 따르면 *세계적 명소 토피카 동물원*)은 텅 빈 우리와 죽은 동물들로 가득했다. 풀려난 동물들 가운데 몇 종은 사라지고 없었지만 대개는 주검이 되어 근처에 누워 있었다. '고릴라 보호구역'이라고 적힌 곳에 여전히 누워 있는 커다란 유인원 둘은 손을 맞잡고 죽음을 맞은 모양새였다. 에디는 그 모습을 보고 왠지 울고 싶어졌다. 마지막으로 남은 헤로인 기운이 몸에서 빠져나간 후로 그는 늘 툭 건드리기만 해도 눈물보가 터질 것만 같은 상태였다. 옛 친구들이 보면 비웃을 일이었다.

고릴라 보호구역을 지나자 길에 쓰러져 죽은 얼룩 이리가 보였다. 오이가 조심스레 그 주검에 다가가서 냄새를 맡더니 목을 길게 뽑고 울기 시작했다.

"제이크, 쟤 좀 말려봐. 응?"

에디가 잠긴 목소리로 말했다. 문득 시체 썩는 냄새가 풍기는 듯했다. 역한 냄새는 여름의 무더위와 함께 거의 사라지고 희미한 악취만이 감돌았지만, 남은 냄새만으로도 토할 것만 같았다. 그렇다고는 해도 마지막으로 식사를 한 때가 언제였는지는 기억나지 않았다.

"오이! 이리 와!"

오이는 마지막으로 길게 한 번 울고 나서 제이크에게 돌아왔다. 발치에 멈춰선 개너구리는 결혼반지 같은 기묘한 테두리가 둘러진 눈으로 아이를 올려다보았다. 아이는 개너구리를 안아 들고 길에 누워 있는 늑대를 빙 돌아 지나간 다음, 다시 벽돌 길에 내려주었다.

길은 가파른 계단으로 일행을 안내했고(돌로 된 계단 사이로 벌써 잡초들이 고개를 내밀고 있었다.), 롤랜드는 계단 맨 위에 서서 동물원과 정원을 돌아보았다. 이곳에서는 장난감처럼 조그마한 기차의 선로가 한눈에 들어왔다. 칙칙폭폭 찰리에 탄 아이들은 그 선로를 따라 게이지 공원 전체를 한 바퀴 돌 수 있었다. 선로 너머에서는 삭풍이 불기도 전에 떨어진 나뭇잎들이 게이지 대로를 굴러다녔다.

"퍼스 경은 그렇게 쓰러졌고……." 롤랜드가 중얼거렸다.

"그 충격으로 온 들판이 뒤흔들렸노라." 제이크가 그를 대신해 대사를 마무리 지었다.

롤랜드는 놀란 표정으로 제이크를 내려다보았다. 마치 깊은 잠에서 막 깬 사람 같았다. 그는 씩 웃으며 아이의 어깨를 팔로 감쌌다.

"나도 연극에서 퍼스 경 역을 맡은 적이 있다."

"정말요?"

"그래. 이제 곧 그 얘기도 들려주마."

4

계단 아래는 이국적인 새들의 주검으로 가득한 새 사육장이었다. 사육장 다음은 토피카에서 최고로 맛있는 버펄로 버거라는 간판이 붙은 간이식당이었다(식당 위치를 생각하면 아무래도 과장 광고 같았다.). 간이식당을 지나자 다시 쇠로 만든 아치가 나왔는데 이번에는 게이지 공원을 다시 찾아주세요!라고 적혀 있었다. 그 너머는 위쪽으로 굽이진 길이었고, 길은 다시 통행이 제한된 고속도로 진입로와 이어졌다. 진입로 위에는 일행이 길 건너에서 맨 처음 보았던 초록색 표지판이 우뚝 서 있었다.

"또 턴파이킹이군. 젠장."

에디가 너무 작아서 들릴락 말락 하는 목소리로 중얼거렸다. 그러고는 한숨을 내쉬었다.

"에디 아저씨, 턴파이킹이 뭐예요?"

제이크는 에디가 대답하리라고 기대하지 않았다. 새 휠체어의 등판 손잡이를 쥐고 우두커니 서 있는 에디를 보려고 수재나가 고개를 돌렸을 때, 그는 그녀의 눈을 피했다. 그러다가 다시 고개를 돌려 수재나를, 뒤이어 제이크를 바라보았다.

"별로 아름다운 얘기는 아니야. 하긴, 여기 계신 게리 쿠퍼 닮은 저승사자님한테 끌려오기 전까진 내 인생이 다 그 모양이었지."

"싫으면 대답 안 하셔도……."

"실은 별 거 아냐. 그냥 친구들끼리…… 보통은 나랑 헨리 형, 백수 오하라, 왜냐면 걔는 자기 차가 있었으니까, 그리고 샌드라 코빗하고, 헨리 형 친구 중에 지미 폴리오라는 녀석까지. 이렇게 모여서 쪽지에 자기 이름을 적어 가지고 제비뽑기를 했어. 이름이 뽑힌 사람은 이제 그…… 헨리 형 표현에 따르면, 여행 가이드가 되는 거야. 가이드는 끝까지 맨 정신으로 남아야 돼. 적어도 다른 일행들보다는 말이야. 그리고 나머지는 모두 약에 취해서 뿅 가는 거지. 그 상태에서 오하라의 크라이슬러를 타고 95번 고속도로를 따라 코네티컷까지 달리는 거야. 뉴욕 북부로 가고 싶으면 타코닉 파크웨이를 따라 밟는 거고…… 뭐, 우리끼린 '뿅가죽네 파크웨이'라고 불렀지만. 크리던스 클리어워터 리바이벌이나 마빈 게이, 아니면 *엘비스 프레슬리 히트곡 전집* 같은 테이프를 들으면서.

밤에는 더 멋졌어. 최고는 보름달이 뜬 밤이었고. 어쩔 땐 개처럼 창문으로 머릴 내민 채 몇 시간씩 달리기도 했어. 달이랑 별똥별을 바라보면서. 우린 그걸 턴파이킹이라고 불렀어."

에디가 씩 웃었다. 무척이나 힘겹게 지은 웃음 같았다.

"제가 그렇게 잘나가던 사람입니다, 여러분."

"재밌었겠네요. 어, 마약 부분은 빼고요. 그치만 친구들이랑 밤에 드라이브도 하고, 달구경도 하고, 음악도 듣고…… 최곤데요."

"맞아, 진짜 그랬어. 약에 취하다 못해 뽕 가 죽을 지경이 되면 길가의 덤불이 아니라 자기 신발에도 오줌을 갈기고 막 그랬지만, 그래도 최고였어." 에디는 잠시 말을 멈췄다. "그게 바로 끔찍한 부분이지. 무슨 말인지 알지?"

"턴파이킹이라." 총잡이가 중얼거렸다. "우리도 한번 해보자."

일행은 게이지 공원을 떠나 고속도로 진입로로 향했다.

5

진입로의 굽이진 오르막길에 서 있는 표지판 두 개에 누가 스프레이 페인트로 그려놓은 낙서가 보였다. 세인트루이스까지 400킬로미터라고 적힌 표지판에는 검은 색으로

WATCH FOR THE WALKIN DUDE
걸어다니는 멋쟁이를 조심하라

라고 적혀 있었다. 한편 다음 휴게소까지 15킬로미터 표지판에는 굵은 빨간색 글씨로

ALL HAIL THE CRIMSON KING!

크림슨 킹 만세!

라고 적혀 있었다. 글자의 붉은색은 기나긴 여름 한 철을 다 보낸 후에도 포효하듯 선명했다. 표지판은 각각 다음과 같은 그림으로 장식되어 있었다.

"롤랜드, 저게 무슨 소린지 혹시 알아요?"

롤랜드는 수재나의 질문에 고개를 가로저었지만 표정은 근심스러워 보였다. 자기 생각 속에 가라앉은 듯한 눈빛 또한 그대로였다.

일행은 다시 걷기 시작했다.

6

진입로가 고속도로에 접어드는 곳. 두 남자와 한 소년, 그리고 개 너구리 한 마리가 수재나의 새 휠체어를 둘러싸고 모였다. 그들은 모두 동쪽을 바라보았다.

에디는 토피카를 벗어난 후의 도로 사정에 대해 짐작 가는 바가 없었다. 그런데 고속도로에 올라와서 보니 동서 두 방향 모두 승용차와 트럭으로 발 디딜 틈이 없었다. 거의 모든 차의 지붕에 묶인 가재도구들은 여름 폭우에 노출되어 녹이 슬어 있었다.

그러나 말없이 서서 동쪽을 바라보는 일행에게 도로 사정은 전혀 걱정거리가 되지 않았다. 도로 양쪽으로 약 2킬로미터 거리까지 도시가 펼쳐져 있었다. 교회의 뾰족탑과 줄지어 늘어선 패스트푸드 식당(아비스, 웬디스, 맥도날드, 피자헛, 그리고 에디가 생전 처음 보는 보잉 보잉 버거), 자동차 판매장, 하트랜드 레인이라는 이름의 볼링장 지붕 등이 보였다. 저 앞쪽에 진입로가 한 곳 더 있었는데 입구 표지판에 '토피카 주립 병원'과 '서남부 6번가'라고 적혀 있었다. 진입로 입구 너머에는 붉은 벽돌로 지은 커다란 건물이 웅크리고 있었다. 건물 벽을 타고 기어오른 담쟁이덩굴 사이의 조그마한 창문들이 절박하게 번득이는 눈 같았다. 에디는 아티카 교도소와 저토록 비슷하게 생긴 건물이라면 당연히 병원일 거라고 짐작했다. 아마도 복지 시설이라는 이름의 지옥, 다시 말해 가난한 환자들이 허름한 플라스틱 의자에 앉아 몇 시간씩 진료를 기다리다가 마침내 만난 의사에게서 개똥 취급을 받는 곳일 터였다.

도심의 번화가는 이 병원 뒤에서 갑작스럽게 끝났고, 거기서부터는 희박지대였다.

에디의 눈에 비친 희박지대는 마치 드넓은 늪지대에 펼쳐진 고요한 수면 같았다. 그 수면은 땅 위로 불룩 솟은 70번 고속도로 양편을 뒤덮고 은빛으로 반짝였다. 수면을 배경으로 표지판과 가드레일과 발이 묶인 차들이 신기루처럼 일렁거렸다. 고약한 냄새처럼 퍼지는 허밍 소리 또한 거기서부터 시작됐다.

수재나는 입을 떡 벌린 채 두 손으로 귀를 막았다.

"못 견디겠어요. 신경질 내는 게 아니라 정말이에요, 벌써 토할 것 같아요. 종일 아무것도 안 먹었는데도."

에디도 마찬가지였다. 그러나 토할 것 같은 기분을 느끼면서도 희박지대로부터 눈을 돌릴 수가 없었다. 그것은 마치 형태를 얻어 나타난 비현실 같았는데…… 어떤 형태일까? 얼굴? 아니었다. 그들 앞에서 허밍 소리를 내며 일렁이는 은빛 허공에는 얼굴이 없었다. 아니, 실은 얼굴과 정확히 반대되는 명제였다. 그럼에도 그것은 몸 뚱이를…… 어떤 태도를…… 존재감을 지녔다.

그랬다. 마지막 말이 정답이었다. 거기에는 존재감이 있었다. 그들 일행이 제이크를 이쪽 세계로 불러내고자 했을 때 예언의 원에 나타났던 악마가 그러했듯이.

한편 롤랜드는 자기 걸낭 속을 뒤지는 중이었다. 원하는 것을 찾아 바닥까지 샅샅이 훑은 그가 마침내 걸낭에서 꺼낸 것은 총알 한 움큼이었다. 그는 휠체어 팔걸이를 붙잡은 수재나의 오른손을 펼치고 손바닥에 총알 두 개를 올려놓았다. 그런 다음 다시 총알 두 개를 집어 탄두 쪽부터 자기 귀에 넣었다. 수재나는 처음에는 깜짝 놀란 표정이었다가 이내 흥미로운 표정으로 바뀌더니, 다시 미심쩍은 표정을 지었다. 그러다 결국에는 롤랜드를 따라했다. 그러자 즉시 안도감으로 표정이 환해졌다.

에디는 매고 있던 가방을 풀고 반쯤 남은 44구경 총알 상자를 꺼냈다. 제이크의 루거 권총에 들어가는 총알이었다. 총잡이는 고개를 저으며 에디에게 손을 내밀었다. 그 손에는 총알 네 발이 남아 있었다. 두 발은 에디 몫, 두 발은 제이크 몫이었다.

"이건 왜 안 되는데?"

에디는 엘머 체임버스 씨의 책상 서랍에서 나온 총알 상자에서 44구경 총알 두 발을 꺼냈다.

"그건 네 세계에서 온 총알이라 저 소리를 막지 못한다. 그걸 내가 어찌 아는지는 묻지 마라. 그냥 안다. 시험해 보고 싶거든 해봐라. 허나 소용없을 게다."

에디는 롤랜드가 내민 총알을 손가락으로 가리켰다.

"이것도 우리 세계에서 온 거잖아. 7번 대로하고 46번가 교차점에 있던 총포상에서. 클레멘트 총포상이었지, 아마?"

"거기서 가져온 것이 아니다. 내 총알이다, 에디. 종종 화약을 재충전하기는 했어도 원래는 길르앗에서 가져온 거다."

"혹시 젖은 총알?" 에디가 미심쩍은 듯이 물었다. "그때 바닷가에서 물에 젖었던 거 아냐? 완전히 젖어서 못 쓰게 됐던 것들 말이야."

롤랜드는 고개를 끄덕였다.

"그거 다신 못 쓴다며! 아무리 잘 말려도 소용 없댔잖아! 화약이 완전히…… 그때 당신이 뭐랬지? 그래, 김이 빠졌다고."

롤랜드가 다시 고개를 끄덕였다.

"근데 뭐 하러 챙겨놨어? 쓰지도 못할 총알을 왜 여기까지 짊어지고 온 거야?"

"에디, 사냥감을 죽인 후에 어떻게 하라고 배웠느냐? 정신을 집중하기 위해 뭐라고 말하라고 했는지, 기억하느냐?"

"'아버지, 내 손과 마음을 이끌어주사 이 짐승의 털끝 하나도 버리지 않게 하소서.'"

롤랜드가 세 번째로 고개를 끄덕였다. 제이크는 총알 두 개를 집어 귀를 막았다. 에디도 남은 두 발을 집었지만 그래도 일단 상자에서 꺼낸 총알을 시험해 보기로 했다. 그 총알도 희박지대의 소음을 줄여주기는 했다. 그러나 그 소리는 여전히 이마 한복판에 남아 윙윙거렸고, 그 때문에 감기몸살에 시달릴 때처럼 눈물이 핑 돌았다. 콧대는 금방이라도 터져버릴 듯 욱신거렸다. 에디는 44구경 총알을 귀에서 꺼내고 롤랜드의 낡은 리볼버에서 나온 큼지막한 총알을 집어넣었다. '총알을 귓구멍에 쑤셔박다니. 우리 엄마가 봤으면 기절했겠네.' 그러자 정말로 희박지대의 소음이 사라졌다. 아예 사라지지는 않았지만 적어도 희미한 허밍 소리로 줄어들었다. 롤랜드를 돌아보며 말을 건네려 했을 때 그는 자신의 목소리가 귀마개를 끼고 말할 때처럼 웅얼거리는 소리로 들릴 거라고 생각했지만, 막상 입을 열고 보니 꽤 또렷하게 들렸다.

"혹시 세상에 당신이 모르는 것도 있어?"

"있다. 실은 아주 많다."

"오이는? 쟤는 귀 안 막아도 돼?"

"오이는 괜찮을 게다. 가자. 어두워지기 전에 조금이라도 더 가야 한다."

7

오이는 희박지대의 허밍 소리에 아랑곳하지 않는 듯했지만, 그날 오후 내내 제이크 체임버스의 발치에 바짝 붙은 채 70번 고속도로의 동쪽 방향 차로를 가득 메운 자동차들을 미심쩍은 눈으로 힐끔거렸다. 그러나 수재나가 보기에 그 차들도 고속도로를 완전히 막지는 못했다. 시가지로부터 멀어질수록 도로는 점차 한산해졌고, 길이 꽉 막힌 곳이라 해도 멈춰 선 차들 중 몇 대는 갓길로 치워진 후였다. 시가지에서는 콘크리트로, 도시 바깥에서는 풀밭으로 만들어놓은 중앙 분리대에도 차 몇 대가 올려져 있었다.

'누가 견인트럭으로 치워놓은 거야.' 수재나는 그 생각 덕분에 마음이 홀가분해졌다. 전염병이 한창 맹위를 떨치는 동안에는 고속도로 한복판의 길을 치워야겠다는 생각 따위는 아무도 못했을 것이다. 만약 누가 그런 일을 했다면, 그런 일을 할 사람이 이 근처에 있었다면, 이는 곧 전염병 때문에 모두 죽지는 않았다는 뜻이었다. 신문 마지막 면에 빽빽이 적힌 부고란은 이야기의 끝이 아니었던 것이다.

몇몇 차 안에는 시체가 앉아 있었다. 역 앞 계단에서 본 시체들과 마찬가지로 이들 역시 뛰어다니는 대신 바짝 말라붙은 상태였고, 대개는 안전벨트를 매고 있었다. 차들은 대부분 텅 비어 있었다. 운전자도 승객도 교통난을 피해 걸어서 전염병 구역을 벗어나려 한 듯 싶었다. 그러나 수재나는 그들이 단지 그 이유 때문에 걷지는 않았으리라는 생각이 들었다.

치명적인 전염병이 퍼지기 시작한 상황에서는 손목을 수갑으로 운전대에 묶어서라도 차 안에 머물러야 했다. 그러나 어차피 죽음이 눈앞에 닥친 상황이라면, 수재나는 맑은 공기 속에서 죽고 싶었다. 언덕처럼 조금 높은 곳이 가장 좋겠지만 상황이 여의치 않으면 밀밭이라도 괜찮았다. 차 안의 뒷거울에 매달려 대롱거리는 방향제 냄새를 맡으며 마지막 기침을 토하는 것만 아니라면 뭐든 상관없었다.

앞서 수재나는 달아나다가 죽은 사람들의 시체를 잔뜩 보게 되리라고 짐작했지만, 현실은 달랐다. 희박지대 때문이었다. 일행은 그곳을 향해 쉬지 않고 다가갔고, 수재나는 그 속에 들어선 순간을 정확히 느낄 수 있었다. 욱신거리는 떨림이 온몸을 훑고 지나갔다. 뭉뚝한 다리가 저절로 움찔하는 바람에 휠체어가 잠시 멈춰 섰다. 뒤를 돌아보니 롤랜드와 에디와 제이크 모두 찡그린 얼굴로 배를 움켜쥐고 있었다. 느닷없이 찾아온 복통이 세 사람을 한꺼번에 덮친 것만 같았다. 이내 에디와 롤랜드가 허리를 똑바로 폈다. 제이크는 몸을 숙여 걱정스러운 얼굴로 올려다보는 오이를 다독여주었다.

"다들 괜찮아요?"

수재나는 반쯤 부루퉁하고 반쯤 명랑한 데타 워커의 목소리로 물었다. 일부러 꾸며낸 것은 결코 아니었다. 그녀는 자신도 모르게 이따금씩 데타의 목소리로 말했다.

"예. 근데 기분이 이상해요. 목에 꼭 풍선이 걸린 것 같아요."

제이크는 불안한 표정으로 희박지대를 바라보았다. 온 세상이 새벽의 늪지대로 바뀌어버린 듯, 은빛으로 빛나는 공허함이 이제 일행의 주위를 둘러싸고 있었다. 은빛 대기의 표면에서 비죽 튀어나온 것처럼 보이는 근처의 나무들은 또렷한 상(像)을 맺지 못한 채 흐릿하게 흔들렸다. 그보다 조금 멀리 떨어진 곳에 서 있는 사료 저장탑은 물 위에 떠 있는 듯 일렁거렸다. 저장탑 옆면에 분홍 글씨로 적힌 개디시 사료는 보통 때였다면 빨간색으로 보였을 것 같았다.

"난 머릿속에 풍선이 둥둥 떠다니는 것 같은 기분인데. 젠장, 저 흔들리는 것 좀 봐."

"에디, 그 소리 아직도 들려요?"

"예. 근데 희미하게 들려서 괜찮아요. 당신은요?"

"끄떡없어요. 가요."

정말이지 뚜껑이 열린 비행기를 타고 구름 속을 통과하는 기분이라고, 수재나는 결론지었다. 일행은 안개도 아니고 물도 아닌 일 렁거리는 빛 속을 앞으로 몇 킬로미터는 더 가야 했다. 가끔은 어떤 형상들(창고나 트랙터, '스터키'라는 이름의 패스트푸드 체인 광고판 같은 것)이 나타났다가 모조리 사라지고 도로만이 남았다. 환한데도 왠지 뚜렷이 알아볼 수 없는 희박지대의 표면 위로 오로지 길만이 끊어 지지 않고 계속 이어졌다.

그러다가 느닷없이 시야가 맑아지는 청정구역이 나타나곤 했다. 그때마다 허밍 소리는 희미한 기척으로 잦아들었다. 적어도 그 구역 이 끝날 때까지는 귀에서 총알을 뽑아도 괴롭지 않았다. 그럴 때면 다시 장대한 풍경이 펼쳐졌는데……

아니, 장대한 풍경이라는 말은 지나친 과장이었다. 캔자스에는 장대한 풍경이라고 할 만한 것이 없었다. 하지만 드넓은 초원은 곳 곳에 있었고, 샘이나 소들이 물을 마시는 연못 근처에는 가을빛이 완연한 나무도 보였다. 그랜드 캐니언도, 파도가 부서지는 포틀랜드 헤드라이트 등대도 없었지만 적어도 이 구역에서는 저 멀리 신이 만든 지평선이 보였고, 무덤에 갇힌 듯 답답한 기분도 조금이나마 떨쳐버릴 수 있었다. 그러다가 다시 찝찝한 기분이 되돌아왔다. 제 이크는 희박지대 안에 있으면 푹푹 찌는 날 고속도로 저 앞에서 밝 게 어른거리는 신기루에 손이 닿는 기분이라고 말했다. 수재나는 그 말이 가장 정확한 표현이 아닐까 하는 생각이 들었다.

그것의 정체가 뭐든 또 뭐라고 설명하든 간에, 희박지대 안에 있 으면 폐소 공포증에 걸릴 것처럼 답답했다. 천국도 지옥도 아닌 연 옥 같은 그곳에서는 세상 모든 풍경이 사라지고 오로지 고속도로의 양방향 차로와 얼음 바다에 난파되어 버려진 배들처럼 도로에 버려진 차들밖에 보이지 않았다.

'우리가 여기서 벗어날 수 있게 부디 도와주세요.' 수재나는 신께 기도했다. 자신이 더 이상 진심으로 믿지 않는 신이었다. 여전히 무언가 믿기는 했지만, 롤랜드의 세계에 있는 서쪽 바닷가에서 깨어난 다음부터 보이지 않는 세계에 대한 그녀의 관념은 크게 변했다. '다시 빔을 찾을 수 있게 도와주세요. 이 침묵과 죽음의 세계에서 벗어날 수 있게.'

일행은 빅스프링스까지 3킬로미터라고 적힌 표지판 근처에서 이제껏 만난 것 가운데 가장 넓은 청정구역에 접어들었다. 그들 등 뒤에서는 서쪽으로 기울어가는 해가 구름을 뚫고 가느다란 빛을 비추었다. 핏빛 광선이 희박지대 꼭대기를 스치며 퍼져나갔고, 버려진 차들의 유리창과 미등은 활활 타오르듯 반짝였다. 그들 양편으로는 텅 빈 들판이 저 멀리 뻗어나갔다. *만지(滿地)는 이제 다 지났구나.* 수재나는 곰곰이 생각했다. *추수도 끝났고. 이제 남은 건 롤랜드가 말한 세밑, 한 해의 끝이야.* 그 생각에 자신도 모르게 몸서리가 쳐졌다.

"오늘 밤은 여기서 야영을 하자."

빅스프링스 진입로 표지판을 지나 얼마 안 가서 롤랜드가 말했다. 앞쪽 멀리 또다시 고속도로를 집어삼킨 희박지대가 보였지만 몇 킬로미터 떨어진 곳이었다. 수재나는 문득 캔자스에서는 아득히 멀리까지 한눈에 보인다는 것을 깨달았다.

"희박지대에 너무 근접하지 않고도 땔나무를 찾을 수 있을 게다. 소리도 그리 크지 않을 테고. 어쩌면 귀에 총알을 끼우지 않고 잘 수 있을지도 모른다."

에디와 제이크는 가드레일을 넘어 경사면을 내려간 다음, 롤랜드의 충고대로 서로 바짝 붙어 마른 수로를 돌아다니며 땔감을 찾았다. 두 사람이 돌아왔을 때에는 해가 다시 구름 속으로 숨어서 어두침침한 황혼이 지루한 세상을 뒤덮고 있었다.

총잡이는 먼저 잔가지를 벗겨 불쏘시개를 만들고 늘 하던 방식대로 그 주위에 땔감을 늘어놓았다. 고속도로 갓길에 나무 굴뚝이 만들어졌다. 그가 불 피울 준비를 하는 동안 중앙 분리대로 걸어간 에디는 그곳에 서서 주머니에 손을 꽂은 채 동쪽을 바라보았다. 조금 있다 제이크와 오이도 그 곁에 합류했다.

롤랜드가 부싯돌과 부시를 꺼내어 즉석 굴뚝에 대고 불을 일으켰다. 이윽고 작은 모닥불이 타올랐다.

"롤랜드! 수재나! 이리 와요! 저것 좀 봐요!"

수재나는 에디가 있는 쪽으로 향하려고 휠체어 바퀴를 쥐었다. 어느새 모닥불을 다 피운 롤랜드가 휠체어 등판의 손잡이를 쥐고 밀기 시작했다.

"보라니, 뭐를요?"

에디가 손을 뻗어 가리켰다. 수재나는 처음에는 에디가 무엇을 가리키는지 알아보지 못했다. 희박지대가 다시 시작되는 약 5킬로미터 앞까지 고속도로가 환히 보였는데도 그러했다. 그러다가…… 무언가, 보이기 시작했다. 어떤 형상, 시야의 맨 바깥쪽에 무언가 있었다. 사그라지는 햇빛이 아니라면, 그렇다면 저것은…….

"에디 아저씨, 저거 건물이에요? 꼭 고속도로 바로 위에 지어진 것 같아요!"

"롤랜드, 당신이 보기엔 어때? 시력은 당신이 제일 좋잖아."

에디가 물었지만 총잡이는 한동안 말이 없었다. 그저 총이 꽂힌 허리띠에 손을 걸치고 먼 곳의 중앙 분리대를 바라볼 뿐이었다. 그러던 그가 마침내 입을 열었다.

"더 가까이 가야 잘 보이겠구나."

"이런, 젠장! 속 터져 죽겠네! 안다는 거야, 모른다는 거야?"

"더 가까이 가면 잘 보일 게다."

총잡이는 같은 말을 되풀이했다. 물론 질문에 대한 답이 아니었다. 그는 저벅거리는 장화 소리만 남긴 채 모닥불을 점검하러 서둘러 도로를 가로질러 갔다. 수재나는 에디와 제이크를 돌아보며 영문을 모르겠다는 듯이 어깨를 으쓱했다. 두 사람도 덩달아 어깨를 으쓱했고…… 뒤이어 제이크가 까르륵 웃음을 터뜨렸다. 수재나가 아는 제이크는 보통 열한 살짜리가 아니라 열여덟 살짜리처럼 행동했지만, 그 웃음소리는 이제 곧 열 살이 될 아홉 살짜리처럼 해맑았다. 수재나는 아이의 행동이 조금도 마음에 걸리지 않았다.

수재나는 땅바닥의 오이에게로 눈을 돌렸다. 개너구리는 세 사람을 뚫어지게 올려다보며 자기도 어깨를 으쓱하려고 몸부림치는 중이었다.

8

일행은 에디가 '총잡이표 부리토'라고 부르는 나뭇잎에 싼 사슴고기 육포로 요기를 했다. 어둠이 짙어갈수록 모닥불에 쌓이는 나무도 늘어갔다. 남쪽 멀리서 새 우는 소리가 들렸다. 에디가 평생 들어본 것 중에 가장 외로운 새소리였다. 일행 가운데 길게 얘기하는 사람은 아무도 없었다. 에디는 하루 중 이 무렵이 되면 다들 말수가 준다고 생각했다. 대지가 낮과 밤을 맞바꾸는 이 시간을 모두 특별하게 여기는 듯했다. 이 무렵에는 일행들 모두 롤랜드가 말하는 강력한 동료애, 즉 *카텟*으로부터 풀려나는 기분이 들었다.

제이크는 자기 몫의 마지막 부리토에서 사슴고기 조각을 잘라 오이에게 먹이는 중이었다. 수재나는 가죽 담요 아래 다리를 접고 누워 꿈꾸는 사람 같은 눈빛으로 모닥불을 바라보았다. 롤랜드는 팔꿈치에 기대어 누운 채 하늘을 올려다보았다. 구름이 서서히 걷힌 하늘을 이제 별들이 수놓고 있었다. 에디도 하늘로 눈을 돌렸다. 노인성과 노모성은 사라지고 그 자리에 북극성과 북두칠성이 보였다. 어쩌면 이곳은 에디의 세계가 아닐 수도 있었다. 타쿠로라는 이름의 자동차, 캔자스시티 마너크스, 보잉보잉 버거라는 패스트푸드 프랜차이즈 등은 모두 에디가 살던 세계가 아니라는 증거였다. 그럼에도, 그는 이곳이 너무나 가깝고 편안하게 느껴졌다. '혹시 또 모르지.' 에디는 생각했다. '바로 옆에 있는 세계인지도.'

멀리서 또다시 새가 울었을 때, 에디가 몸을 일으켜 롤랜드를 돌아보며 물었다.

"우리한테 할 얘기가 있다며. 당신이 어릴 적에 겪었던 흥미진진한 이야기라고 했던 것 같은데. 그 아가씨 이름이…… 수전이랬나?"

총잡이는 잠깐 동안 가만히 하늘만 바라보았다. 에디는 문득 깨달았다. 이제 롤랜드가 별자리를 보고 넋이 나갈 차례였던 것이다. 이윽고 총잡이가 친구들 쪽으로 고개를 돌렸다. 묘하게도 미안해하는 표정, 왠지 모르게 불편해하는 표정이었다.

"내가 생각할 시간을 하루만 더 달라고 하면…… 그러면, 내가 속인다고 생각할 거냐? 내게 진정 필요한 시간은 단 하룻밤인지도 모른다. 꿈에서 그 기억을 다시 볼 수 있도록 말이다. 그건 아주 오래된, 어쩌면 이미 죽어버린 기억인지도 모른다. 허나······." 총잡이는 마음이 심란해서 어쩔 줄 모르는 사람처럼 두 손을 들었다. "어떤 것들은, 죽은 후에도 편히 잠들지 못하는 법이다. 땅속에 묻힌 뼈가 울부짖기 때문이다."

"유령 말이군요. 유령은 있어요, 어쩔 땐 돌아오기도 해요."

제이크가 말했다. 에디는 아이의 눈에서 두려움의 그림자를 보았다. 아이가 더치힐의 저택에서 느꼈을 두려움, 벽에서 튀어나온 문지기가 손을 뻗었을 때 느꼈을 두려움이었다.

"그래, 유령은 있다. 때로는 돌아오기도 하지."

"그 생각에 너무 매달리지 않는 게 좋을지도 몰라요, 롤랜드. 가끔은 그냥 남겨두고 떠나는 게 최선일 때도 있잖아요. 너무 힘들어서 어떻게도 할 수 없을 때는요."

롤랜드는 수재나의 말을 곰곰이 되씹었다. 그러다가 눈을 들어 그녀를 바라보았다.

"내일 밤, 모닥불 앞에 다시 앉을 때 수전 이야기를 하겠소. 내 아버지의 이름을 걸고 맹세하오."

"우리가 꼭 들어야 돼?"

에디가 불쑥 물었다. 그는 자기 입에서 튀어나온 질문을 듣고 스스로도 당황했다. 총잡이의 과거를 알고 싶어서 가장 애태우던 사람이 바로 그 자신이기 때문이었다.

"그러니까 내 말은······ 말하기가 그렇게 괴롭다면 말이야, 그····· 정 그렇게 괴로우면······ 그냥······."

"네가 꼭 들어야 하는지 어떤지는 나도 모른다. 허나 나는 반드시 얘기해야겠다. 우리의 미래는 탑에 있다. 그리고 온전한 정신으로 거기까지 가려면 나는 온 힘을 다해 내 과거를 파묻어야 한다. 모든 것을 들려주기란 불가능하다. 내 세계에서는 과거 또한 여러 가지 방식으로 스스로를 다시 배열하며 변하고 있기 때문이다. 그러나 내가 들려줄 이야기는…… 그것만 들으면, 모두 이해할 수 있다."

"서부극 같은 건가요?"

제이크가 불쑥 묻자 롤랜드는 알 수 없다는 표정으로 아이를 물끄러미 바라보았다.

"무슨 말인지 모르겠구나. 하긴, 길르앗은 서쪽 땅의 자치령이었다. 그리고 메지스도. 허나……."

"서부극 맞아. 이 양반 이야기는 기본적으로 다 서부극이야."

에디는 이렇게 말하고 드러누워 담요를 덮었다. 희미하게, 동쪽과 서쪽 양쪽에서, 희박지대의 허밍 소리가 들려왔다. 에디는 롤랜드가 준 총알을 찾아 주머니를 뒤적거리다가 총알에 손이 닿자 만족한 표정으로 고개를 끄덕였다. 당장은 총알로 귀를 막지 않고도 잠들 수 있을 듯싶었지만, 날이 밝으면 다시 필요할 터였다. 그들의 턴파이킹은 아직 끝나지 않았으므로.

수재나는 에디에게 몸을 숙이고 그의 코에 입을 맞추었다.

"이제 잘 건가요?"

"옙." 에디는 두 손을 깍지 껴 머리를 받쳤다. "오늘은 아주 특별한 날이었어요. 세상에서 제일 빠른 기차를 타고 달리다가, 세상에서 제일 똑똑한 컴퓨터를 박살내고, 세상 사람들이 죄다 슈퍼 독감에 걸려 죽은 걸 발견했잖아요. 그것도 저녁도 먹기 전에 죄다 해치우다니. 아주 피곤해서 뻗어버리겠어요."

에디는 빙긋 웃으며 눈을 감았다. 웃음은 그가 잠들고 난 후에도
사라지지 않았다.

9

꿈속에서, 일행은 다 함께 뉴욕 시의 2번 대로와 46번가 모퉁이
에 서서 야트막한 판자벽과 그 너머의 잡초투성이 공터를 바라보고
있었다. 그들의 옷차림은 사슴 가죽과 낡은 셔츠를 되는 대로 걸치
고 고리와 가죽 끈으로 대강 여민 중간 세계 스타일 그대로였다. 그
런데도 2번 대로를 서둘러 걷는 보행자들은 그들의 모습에 전혀 아
랑곳하지 않았다. 제이크가 안고 있는 개너구리도, 일행이 몸에 친
친 두른 총도 전혀 알아보지 못하는 듯했다.

'왜냐면 우린 유령이거든.' 에디는 속으로 중얼거렸다. *'우린 유
령이야. 편히 잠들지 못하는 유령.'*

판자벽에는 광고지가 붙어 있었다. 한 장은 섹스 피스톨스의 공
연 포스터(포스터에 따르면 재결합 순회공연이었는데 에디가 보기에는
웃기는 소리였다. 세상에 절대로 재결합하지 않을 밴드가 딱 하나 있다면
바로 섹스 피스톨스이기 때문이었다.), 한 장은 에디가 한 번도 들어보
지 못한 애덤 샌들러라는 코미디언의 공연 광고, 또 한 장은 10대
마녀들이 나오는 「크래프트」라는 영화의 포스터였다. 그 위에 여름
장미처럼 탁한 분홍색으로 적힌 문구는 이러했다.

보라, **곰**의 거대한 몸통을!

온 **세상**이 그 두 눈에 담겨 있네.

시간이 점점 희박해지고 과거가 수수께끼가 될 때

탑은 그 한가운데서 당신을 기다리고 있네.

"*보세요, 저기요.*" 제이크가 손가락으로 공터를 가리켰다. "*장미 말이에요. 봐요, 공터 한복판에서 우릴 기다리고 있어요.*"

"*그러게. 정말 예쁘게 생겼네.*"

수재나는 이렇게 말하며 장미 옆에 서서 2번 대로 쪽을 바라보는 표지판을 가리켰다. 그녀의 눈빛과 목소리가 함께 흔들렸다.

"*그런데 저건 뭐지?*"

표지판에 따르면 밀스 건설과 솜브라 부동산이 힘을 합쳐 터틀베이 콘도미니엄이라는 건물을 바로 이 자리에 세울 예정이었다. 그런데 언제? 거기에 관해서는 준공 임박이라고만 적혀 있었다.

"*별 거 아니에요. 저 표지판은 전부터 쭉 여기 있었어요. 엄청 오래전부터요, 아마⋯⋯*"

제이크가 말을 끝맺기도 전에 요란한 엔진 소리가 허공을 갈랐다. 판자벽 너머, 공터가 46번가와 만나는 곳에서, 짙은 갈색 배기가스가 비보를 전하는 봉화 연기처럼 피어올랐다. 그쪽 판자벽이 느닷없이 부서지는가 싶더니 거대한 빨간색 불도저가 튀어나왔다. 불도저 앞쪽의 거대한 삽날마저도 빨간색이었지만, 흙을 퍼내는 부분에는 아찔할 만큼 밝은 노란색으로 크림슨 킹 만세라는 문구가 가로로 길게 적혀 있었다. 조종석에 앉아 계기판 너머로 일행을 노려보는 남자의 썩은 얼굴은 센드 강의 다리에서 제이크를 납치했던 노인,

바로 그들의 오랜 친구 개셔였다. 뒤로 젖혀 쓴 안전모 앞쪽에 검은 글씨로 적힌 라마크 주조공업이라는 이름이 눈에 띄었다. 회사 이름 위에는 쏘아보는 듯한 외눈이 그려져 있었다.

개셔가 불도저의 삽날을 아래로 내렸다. 불도저는 공터를 대각선으로 가로지르며 벽돌을 박살내고, 맥주병과 소다수 병을 갈아 반짝이는 유리 가루로 만들고, 돌에 부딪혀 불꽃을 튀겼다. 불도저가 나아가는 길의 한복판에, 장미가 가녀린 목을 숙인 채 서 있었다.

"이래도 멍청한 수수께끼를 주절거릴 수 있는지 한번 보자!" 반갑지 않은 유령이 고래고래 외쳤다. "어디 마음껏 떠들어봐라, 이 귀여운 얼간이들아, 응? 너희의 오랜 친구 개셔님께서도 수수께끼를 좋아하신단다! 뭘 물어보든 이 몸께서 다 맞혀주마! 아주 납작하게 깔아뭉개줄 테다! 뿌리부터 가지까지! 암, 뿌리부터 가지까지!"

수재나는 장미를 내리찍는 불도저의 핏빛 삽날을 보고 비명을 질렀고, 에디는 판자벽을 움켜잡았다. 그는 벽을 뛰어넘어 장미 위에 몸을 던질 작정이었다. 몸으로 장미를 지키려고……

……했으나 이미 늦은 후였다. 그 또한 알고 있었다.

에디는 불도저 조종석에 앉아 낄낄대는 유령을 노려볼 생각으로 고개를 들었지만, 개셔는 사라지고 없었다. 이제 조종석에 앉아 있는 사람은 칙칙폭폭 찰리의 기관사 밥이었다.

"멈춰! 젠장, 멈추란 말이야!"

"안 돼, 에디. 세상은 이미 변질했어, 그래서 난 멈출 수가 없어. 나도 함께 변해야 하니까."

뒤이어 불도저의 그림자가 장미를 덮쳤고, 삽날이 표지판의 말뚝을 부수는 순간(에디는 보았다. 준공 임박이 준공 시작으로 바뀌어 있었다.), 에디는 깨달았다. 조종석에 앉은 남자는 기관사 밥이 아니었다.

그 남자는 롤랜드였다.

10

고속도로 갓길에 누워 있던 에디가 벌떡 일어나 앉았다. 거친 숨이 차가운 공기 속에 하얗게 퍼져나갔고, 흥건히 흐른 땀은 뜨거운 피부와 함께 벌써 식어가는 중이었다. 그는 자신이 비명을 질렀으리라고, 틀림없이 질렀을 거라고 확신했다. 그러나 곁에 누운 수재나는 그와 함께 덮은 담요 위로 머리만 내놓은 채 잠들어 있었고, 그들 왼편에서는 제이크가 담요 밖으로 한 손을 내밀어 오이를 끌어안은 채 조그맣게 코를 골고 있었다. 개너구리 또한 자는 중이었다.

롤랜드는 달랐다. 그는 이미 꺼진 모닥불 건너편에 조용히 앉아서, 별빛에 의지하여 총을 청소하면서, 에디를 건너다보고 있었다.

"나쁜 꿈을 꿨구나." 질문이 아니었다.

"맞아."

"네 형이 찾아왔더냐?"

에디는 고개를 가로저었다.

"그럼 탑이냐? 장미 들판과 탑을 본 거냐?"

롤랜드의 표정은 시종 덤덤했지만 에디는 그의 목소리에 희미하게 밴 조급함을 느낄 수 있었다. 탑에 대해 이야기할 때면 그의 목소리는 늘 그랬다. 에디는 언젠가 그를 탑 중독자라고 불렀고, 그때 그는 부인하지 않았다.

"이번엔 아니었어."

"뭐냐, 그럼."

에디의 몸이 부르르 떨렸다.

"추운데."

"그래. 그나마 너희 신들의 가호 덕에 비는 안 온다. 가을비는 가능하면 피해야 하는 해악이니. 그런데 무슨 꿈을 꾼 거냐?"

에디는 여전히 망설였다.

"당신은 우릴 배신하지 않을 거지. 그렇지, 롤랜드?"

"그건 아무도 확신할 수 없는 문제다, 에디. 게다가 난 배신자였던 적이 한두 번이 아니다. 부끄러운 일이지. 허나…… 내 삶에서 그 시절은 이미 끝났다. 우리는 하나다. 카텟이다. 만일 내가 너희 가운데 누구를, 심지어 제이크의 털북숭이 친구라 하더라도 배신한다면, 곧 나 자신을 배신하는 거다. 그건 왜 묻는 거냐?"

"그리고 탑도. 당신은 탑도 절대 배신하지 않을 거야."

"탑을 포기한다는 뜻이냐? 아니다, 에디. 그런 일은 절대 없을 거다. 이제 네 꿈 얘기를 해봐라."

에디는 무엇 하나 빠뜨리지 않고 고스란히 얘기했다. 꿈 이야기가 끝났을 때, 롤랜드는 찌푸린 얼굴로 총을 내려다보고 있었다. 그 총들은 마치 에디가 이야기하는 동안 저절로 조립된 듯했다.

"그게 도대체 무슨 의미지? 마지막에 내가 불도저를 운전하는 당신을 봤잖아. 내가 아직도 당신을 못 믿는 걸까? 그래서 무의식적으로……"

"뭐냐, 그건. 정신을 분석하는 학문이냐? 네가 전에 수재나랑 나누던 신비한 말들을 나도 들었다."

"어, 그런 거 같네."

"그런 건 다 헛소리다." 롤랜드가 경멸하듯 내뱉었다. "사람의 정신을 아이들 흙장난처럼 조물거리는 짓이다. 꿈은 모든 것을 의미하는가, 아니면 아무것도 의미하지 않는다. 그리고 모든 것을 담은 꿈은 거의 예외 없이 전언의 구실을 한다. 그 전언은…… 탑의 다른 층으로부터 우리에게 온다." 그는 에디의 눈을 날카롭게 응시했다. "또한 전언을 보내는 이가 늘 아군인 것은 아니다."

"누가 내 머릴 갖고 논단 말이야? 그런 뜻이야?"

"그럴 수도 있다. 허나 그렇다 해도 너는 나를 지켜봐야 한다. 나는 감시당하는 것쯤은 참을 수 있다. 너도 이미 알 테지만."

"난 당신을 믿어."

에디의 말은 어색한 말투 때문에 오히려 더 진실하게 들렸다. 롤랜드는 그 말에 움찔하는 눈치였다. 아니, 거의 감동한 듯했다. 에디는 자신이 어쩌다 이 남자를 감정 없는 로봇으로 여겼는지 알 수가 없었다. 상상력은 조금 부족할지 몰라도 롤랜드는 감정을 지닌 어엿한 인간이었다.

"네 꿈에서 영 마음에 걸리는 게 하나 있다, 에디."

"불도저 말이야?"

"그래, 그 기계. 그건 장미에 대한 위협이다."

"장미는 제이크도 봤잖아. 그땐 무사했다던데."

롤랜드가 고개를 끄덕였다.

"아이가 살던 시대에는, 아이가 장미를 본 그날 그때에는 활짝 피었을 게다. 허나 그렇다고 해서 언제까지나 무사할 거라는 뜻은 아니다. 팻말에 적혀 있던 공사가 시작되면…… 만약 그 불도저가 들이닥친다면……."

"여기 말고 다른 세계도 있다고 했어. 그 말 기억해?"

"어떤 것들은 오로지 한 세계에만 존재하는지도 모른다. 오로지
한 장소에, 한 시대에만." 롤랜드는 자리에 드러누워 별들을 올려
다보았다. "우리는 그 장미를 지켜야 한다. 어떤 대가를 치르더라도
지켜야 한다."

"그것도 또 하나의 문이라고 생각하는 거지, 그렇지? 암흑의 탑
으로 가는 문 말이야."

에디를 보는 총잡이의 눈은 별빛으로 물들어 있었다.

"어쩌면 그 자체가 탑인지도 모른다. 그런데 파괴된다면……."

총잡이는 눈을 감았다. 그러고는 입을 다물었다.

에디는 늦게까지 잠을 이루지 못했다.

11

이튿날 아침은 맑고 환하고 서늘했다. 에디가 전날 저녁에 보았
던 그 형상은 강렬한 아침 햇살 속에 더욱 선명하게 보였지만……
정체는 여전히 알 수 없었다. 그것 또한 수수께끼였고, 에디는 수수
께끼라면 이제 신물이 날 지경이었다.

에디는 손으로 햇빛을 가린 채 눈을 가늘게 뜨고 그 형상을 바라
보았다. 한쪽에는 수재나가, 다른 쪽에는 제이크가 서 있었다. 롤랜
드는 불가에서 그가 거너라고 부르는 것들, 즉 일행이 지닌 온갖 살
림 도구들을 챙기는 중이었다. 그는 길 앞 저 멀리 서 있는 형상에

별 관심이 없는 듯했다. 그것의 정체를 아는 것 같지도 않았다.

얼마나 멀리 떨어져 있는 걸까? 50킬로미터? 100킬로미터? 답은 그들이 이 드넓은 평지에서 얼마나 멀리까지 볼 수 있느냐에 달린 듯했다. 그리고 에디는 그 답을 알지 못했다. 그가 확신하는 것 하나는 제이크가 적어도 두 가지 사실을 제대로 꿰뚫어보았다는 점이었다. 우선 그 형상은 일종의 건물이었고, 다음으로 고속도로의 차로 네 개를 모조리 차지하고 서 있었다. 틀림없이 건물이었다. 아니라면 그들이 어떻게 볼 수 있단 말인가? 어쩌면 희박지대에 휩쓸린 건물일지도…….

어쩌면 청정구역에 서 있는 건지도 몰라. 수재나가 '구름 속의 숨구멍'이라고 부르는 구간 말이야. 아니면 우리가 저기 도착하기 전에 희박지대가 끝날 수도 있어. 그것도 아니면 단순히 헛것이든가. 뭐든 간에, 지금은 그냥 잊어버려. 턴파이킹이 끝나려면 아직 멀었잖아.

그럼에도, 에디는 그 건물 생각을 떨칠 수가 없었다. 그것은 『아라비안나이트』에 나오는 청색과 금색으로 꾸민 높은 성처럼 보였지만…… 에디 생각에 청색은 맑은 하늘로부터, 또 금색은 막 떠오른 아침 해로부터 훔쳐온 것만 같았다.

"롤랜드, 잠깐 이리 좀 와봐!"

에디는 총잡이가 순순히 오지 않으리라고 생각했다. 그러나 그는 수재나의 가방에 달린 가죽끈을 꽉 조인 다음, 일어서서 등을 짚고 허리를 한 번 쭉 편 후에 일행 쪽으로 걸어왔다.

"맙소사, 누가 보면 우리 중에 집안일을 할 줄 아는 사람은 나뿐인 줄 알겠구나."

"우리도 할게. 항상 거들잖아, 안 그래? 어쨌든 저것 좀 봐."

롤랜드는 에디 말대로 했다. 그러나 한 번 흘끔 보고 눈을 돌리는 정도였다. 아예 인정하고 싶은 마음조차 없는 사람 같았다.

"유리로 돼 있어. 맞지?"

롤랜드는 다시 한 번 흘끔 쳐다보았다.

"안다."

그 짧은 한마디는 일행의 귀에 이렇게 들렸다. *내 생각도 마찬가지야, 친구.*

"내가 살던 곳에도 유리 건물은 많이 있었어. 보통은 사무용 건물이었지. 근데 저 앞에 있는 저건 어디 디즈니월드에서 날아온 것처럼 생겼어. 저게 뭔지 알아?"

"모른다."

"그럼 한 번 자세히 보지 그래요?"

수재나가 묻자 롤랜드는 멀리서 햇빛에 반짝이는 유리를 다시 한 번 보았다. 이번에도 한 번 흘끔 쳐다볼 뿐이었다. 곁눈질이라고 하기도 힘들 정도였다.

"골칫거리라서 그런 거요. 우리 길 앞에 놓인 골칫거리. 어차피 나중에 닿게 될 거요. 부딪히기도 전에 미리부터 골치를 앓을 필요는 없소."

"아저씨, 오늘 중에 저기 도착할 수 있을까요?"

제이크의 물음에 롤랜드는 굳은 표정으로 어깨만 으쓱했다.

"하늘이 허락한다면 저기서 물을 구할 수 있을 게다."

"어련하시겠어. 행운의 과자를 만들어서 중국집에다 납품하면 아주 떼돈 벌 양반이라니까."

에디는 일행 중 한 명이라도 웃어주지 않을까 하고 기대했지만 아무도 웃지 않았다. 롤랜드는 다시 도로를 건너가서 한쪽 무릎을 꿇고 앉아 걸낭과 짐을 챙기며 일행이 오기를 기다렸다. 준비를 다 마친 순례자들은 다시금 70번 고속도로를 따라 동쪽으로 향했다. 앞장서서 가는 동안 총잡이의 눈길은 자기 발끝을 떠나지 않았다.

12

롤랜드는 하루 종일 말이 없었다. 그리고 길 저 앞의 건물이(골칫거리요, 우리 길 앞에 놓인. 롤랜드는 그렇게 말했다.) 점점 가까워지는 동안 수재나는 깨달았다. 롤랜드는 일행을 퉁명스럽게 대하는 것도, 또 다음날 그들 앞에 어떤 일이 벌어질지 걱정하는 것도 아니었다. 롤랜드의 머릿속에는 이날 밤 그들에게 들려주기로 한 이야기 생각뿐이었다. 그리고 그의 고민은 단순히 걱정하는 정도가 아니었다.

점심을 먹을 겸 잠시 멈췄을 때, 길 저편의 건물이 또렷이 눈에 들어왔다. 그것은 조그만 탑이 여러 개 달린 궁전이었고, 온통 반사유리로 만들어진 듯했다. 희박지대가 바로 근처에 있었지만 그 궁전은 하늘을 찌르는 탑들을 머리에 인 채 조금도 흔들리지 않았다. 물론 캔자스 주 동부의 시골 들판에서는 어이가 없을 만큼 기이한 존재였다. 그럼에도 수재나는 그 궁전이 평생 보았던 어떤 건물보다도 아름답다고 느꼈다. 뉴욕의 크라이슬러 빌딩보다도 훨씬 더 아름다웠다.

궁전에 가까이 다가갈수록 눈길을 다른 곳으로 돌리기가 점점 더 힘들어졌다. 유리 궁전의 하늘색 벽면 위로 흘러가는 뭉게구름을 보고 있노라면 황홀한 신기루를 보는 듯했으나…… 그 신기루에는 실체가 있었다. 명백했다. 그중 일부는 실체가 드리운 그림자일 수도 있었지만, 모두 그런 것은 아니었다. 또 수재나가 아는 한 신기루는 그림자를 드리우지 않는 법이었다. 그 궁전은 실제로 *존재*했다. 그녀는 스터키니 하디스니 하는(보잉보잉 버거는 말할 것도 없고) 듣도 보도 못한 패스트푸드 체인들이 성업 중인 땅에서 그토록 멋진 것이 도대체 뭘 하고 있는지 알 수가 없었지만, 그럼에도 그것은 존재했다. 나머지는 시간이 지나면 밝혀질 것이었다.

13

일행은 말없이 야영할 준비를 했고, 말없이 불 피울 준비를 하는 롤랜드를 지켜보았으며, 말없이 불가에 둘러앉아 저녁놀이 거대한 유리 궁전을 불타는 성으로 바꾸어놓는 장관을 바라보았다. 궁전의 탑과 벽은 처음에는 선명한 붉은색이었다가 이내 주황색으로 엷어졌고, 마침내 금빛으로 바뀌는가 싶더니, 창공에 노인성이 떠오르자 빠르게 황토색으로……

'아니야.' 수재나는 데타의 목소리로 생각했다. '노인성이 아니라고, 이 아가씨야. 그럴 리가 없잖아. 저건 북극성이야. 네가 고향에서 아버지 무릎에 앉아 올려다봤던 바로 그 별.'

그러나 수재나가 보고 싶었던 별은 노인성이었다. 노인성과 노모성이었다. 롤랜드의 세계를 그리워하다니, 그녀는 소스라치게 놀랐다. 뒤이어 자신이 왜 놀라는지가 궁금했다. 어쨌거나 그곳은 그녀를 검둥이 계집년이라고 부르는 사람이 (적어도 아직까지는) 아무도 없는 세계이자, 그녀가 사랑하는 사람을 만난 세계이며…… 또한 태어나서 처음으로 좋은 친구들을 사귄 세계이기도 했다. 마지막으로 떠오른 생각 때문에 살짝 울음이 터질 것 같았던 그녀는 곁에 있던 제이크를 끌어안았다. 아이는 기꺼이 안기며 눈을 반쯤 감은 채 빙긋 웃었다. 그리 멀지 않은 곳에서 희박지대의 신음 같은 허밍 소리가 들려왔다. 불쾌하지만 총알로 귀를 막지 않고도 버틸 만했다.

　길 앞쪽의 유리 궁전에서 마지막 황토색 광채가 사라질 무렵, 롤랜드는 도로에 앉아 있는 일행을 뒤로 하고 모닥불로 돌아왔다. 그는 나뭇잎에 싼 사슴고기를 불에 익혀 동료들에게 나누어주었다. 다들 말없이 먹기만 했다(수재나가 가만히 지켜보니 롤랜드는 거의 먹지 않았다.). 저녁을 다 먹었을 무렵, 길 저편에 서 있는 유리 궁전의 벽에 은하수가 흩뿌려져 있었다. 별들이 마치 고요한 물속에서 타오르는 불처럼 맹렬하게 반짝였다.

　침묵을 맨 먼저 깨뜨린 사람은 에디였다.

　"억지로 얘기할 필요 없어, 롤랜드. 우린 다 이해해. 아니면 뭐, 이야기할 의무를 면제해 준다고 할까? 뭐든 해 줄 테니까 제발 얼굴에서 그 표정 좀 지워."

　롤랜드는 에디를 무시했다. 그는 가죽 물통을 팔에 걸고 물을 마셨다. 몰래 빚은 독주를 통째 들이켜는 시골뜨기처럼 고개를 뒤로 젖히고, 하늘의 별을 올려다보았다. 마지막 한 모금은 삼키지 않고 길가에 뱉었다.

　"그대의 작물에게 생명을." 에디가 웃음기 없이 중얼거렸다.

롤랜드는 아무 말도 하지 않았다. 그러나 하얗게 질린 얼굴은 마치 유령을 본 듯했다. 또는 유령의 목소리를 들었거나.

14

총잡이는 제이크에게로 눈을 돌렸다. 아이도 진지한 표정으로 그를 마주보았다.

"나는 열네 살 때 성인식을 통과했다. 내 *카텟*, 즉 동기들 가운데 가장 이른 나이였지. 아마도 역사상 가장 어린 나이였을 게다. 너한테는 이미 얘기한 적이 있다, 제이크. 기억하느냐?"

그 얘긴 우리 모두 조금씩 들었어요. 수재나는 속으로만 생각할 뿐 소리 내어 말하지는 않았고, 에디에게도 가만히 있으라는 눈짓을 보냈다. 롤랜드는 그 이야기를 할 때 제정신이 아니었다. 죽은 제이크와 살아 있는 제이크를 머릿속에 동시에 담고서, 그는 미치지 않으려고 안간힘을 썼다.

"월터를 쫓아갈 때 말씀이시죠? 간이역을 지나서 제가…… 추락하기 전에요."

"그래."

"조금은 기억나요. 그치만 전부는 아니에요. 꿈에서 본 걸 다시 떠올릴 때처럼요."

롤랜드는 이해한다는 표정으로 고개를 끄덕였다.

"그럼 잘 들어라. 이번엔 더 자세히 얘기해 줄 거다, 제이크. 네가 그때보다 더 자랐기 때문이다. 아마 우리 모두 더 자랐을 거다."

두 번째로 듣는 이야기였으나 수재나는 처음 들었을 때와 똑같이 빠져들었다. 시작은 어린 롤랜드가 어머니의 처소에서 아버지의 고문관(아버지의 *마법사*)이었던 마튼과 우연히 마주친 사연이었다. 그 마주침은 당연히 우연이 아니었다. 마튼이 문을 열고 부르지 않았더라면 소년은 별 생각 없이 어머니의 처소 앞을 지나갔을 터였다. 마튼은 소년에게 어머니가 그를 부른다고 했으나, 등받이가 야트막한 의자에 앉아 눈을 내리깔고 있는 어머니의 애처로운 미소를 보고 소년은 깨달았다. 가브리엘 디셰인이 그때 그곳에서 가장 보고 싶어 하지 않았던 사람이 있다면 바로 그녀의 아들 롤랜드였다.

어머니의 붉게 달아오른 뺨과 격정을 못 이겨 깨문 자국이 남은 목덜미는 소년에게 모든 사정을 말해 주었다.

소년은 그렇게 마튼에게 자극을 받아 때 이른 성인식에 도전할 수밖에 없었고, 아무도 생각지 못한 무기(그의 매, 데이비드)를 골라 스승인 코트를 쓰러뜨리고 그에게서 몽둥이를 빼앗았으며…… 그리하여 마법사 마튼 브로드클로크는 그의 평생의 원수가 되었다.

지독하게 두들겨맞아 얼굴이 괴물 가면처럼 부어올랐는데도, 그 때문에 혼수상태에 빠지는 와중에도, 코트는 의식을 잃기 직전 가까스로 힘을 내어 이제 막 수습 총잡이가 된 제자에게 충고를 건넸다. '마튼에게 가까이 가지 마라. 아직은, 안 된다.'

"스승은 내게 우리 결투가 전설이 되어 퍼지도록 놔두라고 했다. 내 그림자의 얼굴에 수염이 자랄 때까지. 그리하여 그 얼굴이 마튼의 꿈속에 나타나 그를 괴롭힐 때까지."

"그래서 그 충고대로 했나요?"

"아니오, 수재나. 내게는 그럴 기회가 없었소."

롤랜드의 입가에 미소가 번졌다. 회한이 서린, 아픈 미소였다.

"그럴 생각이 있기는 했소. 진지하게. 허나 내가 그럴 마음을 먹기도 전에 상황이…… 변하고 말았소."

"하여튼 세상에 내 뜻대로 되는 게 하나도 없다니까. 안 그래? 젠장."

"그렇다, 에디. 결투가 끝나고 나서 나는 내 매 데이비드를 묻어주었다. 내가 휘두른 첫 무기이자 가장 훌륭한 무기였지. 그런 다음…… 제이크, 여기서부터는 분명히 너한테 얘기한 적이 없을 거다. 그런 다음, 나는 번화가로 내려갔다. 여름의 열기가 부른 태풍이 천둥과 우박을 쏟아붓던 밤, 코트가 늘 삐기며 드나들던 매춘굴에 찾아가 처음으로 여자와 동침했던 거다."

롤랜드는 생각에 잠겨 막대기로 모닥불을 쑤시다가, 문득 자신의 손짓이 어떤 의미로 비칠지 깨달은 듯했다. 그는 한쪽 입가를 비틀며 씩 웃고는 막대기를 멀리 던져버렸다. 불이 붙은 막대기는 버려진 닻지 아스펜의 타이어 옆에 떨어져 연기를 피우다가 꺼졌다.

"좋았다. 섹스 말이다. 물론 친구들과 함께 상상하고 소곤거리고 갈망하던 만큼은 아니었지만……."

"돈 주고 사는 게 다 그렇죠. 어릴 땐 광고에 속기 쉽잖아요."

"당신 말이 맞소, 수제나. 나는 아래층에서 피아노 반주와 함께 들려온 주정뱅이들의 노랫소리와 창문을 두드리는 우박 소리를 들으며 잠들었소. 이튿날 아침에 깨어났을 때…… 그때는…… 이렇게만 말해두리다. 그런 곳에서 그런 식으로 깨어나게 될 줄은 상상도 못했다고 말이오."

제이크가 모닥불에 새 땔감을 얹었다. 불길이 커지자 롤랜드의 뺨이 환한 빛으로 물들었고, 눈썹 아래와 입술 아래에는 초승달 같은 그림자가 드리워졌다. 그의 이야기를 듣는 동안 수재나는 눈으로 직접 보는 것만 같았다. 축축한 자갈길과 물기를 머금은 여름 공기가 달콤한 향기를 풍기던 오래전 그날 아침을. 중간 세계 서부에 자리 잡은 조그만 자치령 뉴 가나안의 수도 길르앗에서, 그곳 번화가 술집 위층의 매춘굴에서 벌어진 그 일을.

소년. 전날의 결투가 남긴 상처에 여전히 신음하는, 동시에 이제 막 깨달은 성의 신비에 들뜬 소년이 있었다. 보기 드물게 새파란 눈을 눈꺼풀 뒤에 감추고 긴 속눈썹을 볼 위로 내리깐 그 소년은 이제 본래 나이인 열네 살이 아니라 열두 살로 보였다. 한 손으로 매춘부의 가슴을 살짝 쥔 채 매의 발톱에 찍힌 손목을 침대보 위에 늘어뜨린 소년. 인생의 마지막 단잠에 빠진 소년은 머잖아 추락을 시작할 터였다. 가파른 산비탈의 돌무더기에서 빠져나온 조약돌처럼. 그 조약돌은 비탈을 구르며 다른 돌과 부딪히고, 또 부딪히고, 다시 부딪힐 터였다. 그리하여 마침내 부딪힌 돌들이 또 다른 돌과 부딪혀 온 비탈을 무너뜨리고 산사태 소리와 함께 지축을 뒤흔들 터였다.

소년. 비탈 위에서 굴러 떨어지려 하는 조약돌 한 개.

모닥불 속에서 나무옹이가 터졌다. 어쩌면 꿈인지도 모를 캔자스 주 들판 멀리서, 짐승 우는 소리가 들렸다. 수재나는 피어오른 불꽃 너머로 몹시도 늙어버린 롤랜드의 얼굴을 보았고, 그 얼굴 속에서 어느 여름날 아침 매춘부의 침대에 누워 잠든 소년을 보았다. 그리고 부서져 열리는 문도 보았다. 길르앗의 마지막 악몽이 끝나는 장면이었다.

15

롤랜드가 미처 눈을 뜨기도 전에(그리고 곁에 누운 여인은 문이 부서지는 소리를 듣기도 전에) 성큼성큼 들어온 남자는 홀쭉한 키에 물 빠진 청바지와 때 묻은 청색 섐브레이 셔츠 차림이었다. 머리에는 뱀가죽 띠가 둘러진 암회색 모자를 쓰고 있었다. 허리에 낮게 걸친 총띠에는 낡은 가죽 총집 두 개가 달려 있었다. 그 총집에서 비죽 튀어나온 백단향 손잡이가 달린 총은 언젠가 소년의 것이 되어 이 이글거리는 파란 눈의 남자가 꿈에서도 상상 못한 세계를 누빌 운명이었다.

롤랜드는 눈을 뜨기도 전에 이미 움직이기 시작했다. 그는 몸을 왼쪽으로 굴려 침대 밑을 더듬으며 그 자리에 있어야 할 것을 찾았다. 그의 몸놀림은 보는 이가 겁에 질릴 만큼 빨랐지만(수재나는 이 광경을 똑똑히 보았다.), 물 빠진 청바지를 입은 남자는 더욱 빨랐다. 남자는 소년의 어깨를 붙잡고 침대에서 끌어내어 벌거벗은 그대로 바닥에 내동댕이쳤다. 소년은 바닥을 기며 또다시 손을 뻗어 재빨리 침대 밑을 더듬었다. 소년이 목적을 이루기도 전에 남자의 발이 그 손을 짓밟았다.

"개자식! 이 개자식이……!"

소년이 헐떡거렸다. 그러다가 눈을 뜨고 위를 올려다보았고, 깨달았다. 방에 쳐들어온 개자식은 소년의 아버지였다.

이제 매춘부도 잠에서 깨 일어나 앉았다. 그녀는 부은 눈을 뜨고 토라진 목소리로 외쳤다.

"어머나, 이게 무슨 짓이에요! 이렇게 막 들어오면 안 돼요! 나가요, 안 나가면 소리 지를 거예요!"

남자는 매춘부의 말을 무시한 채 침대 밑으로 몸을 숙여 총띠 두 개를 꺼냈다. 가죽 띠 끄트머리에 각각 총이 꽂힌 총집이 달려 있었다. 총이 드문 이 세계에서는 매우 커다란 총이었지만 남자가 찬 총보다는 작았고, 총 손잡이 역시 나무가 아니라 녹슨 철판이었다. 매춘부는 침입자의 허리에 걸린 총을, 또 그의 손에 들린 총들을 알아보았다. 전날 밤에 찾아온 어린 손님이 매고 있던 총, 그녀가 손님을 위층으로 데려가 자신에게 가장 익숙한 무기 하나만 남기고 모조리 벗겼을 때 본 바로 그 총이었다. 그녀의 얼굴에서 졸음기와 토라진 표정이 순식간에 사라졌다. 그 자리를 대신한 것은 여우처럼 교활한 생존 본능이었다. 침대에서 일어난 그녀는 벗은 엉덩이에 아침 햇살이 비칠 틈도 없이 재빨리 방을 빠져나갔다.

침대 곁에 서 있던 아버지도, 알몸으로 바닥에 널브러진 아들도 그 여인을 거들떠보지 않았다. 롤랜드의 아버지가 총띠를 내밀었다. 롤랜드가 전날 오후에 코트의 열쇠로 수습 총잡이 막사 아래의 무기고를 열고 꺼내온 총띠였다. 아버지는 아들의 코앞에서 총띠를 흔들었다. 천진난만한 강아지의 코앞에 그 녀석이 방금 물어뜯어 누더기가 된 옷을 대고 흔드는 개 주인 같았다. 어찌나 거칠게 흔들었던지, 총 한 자루가 빠져나와 아래로 떨어졌다. 넋이 나가 멍해진 와중에도 롤랜드는 떨어지는 총을 허공에서 붙잡았다.

"서쪽에 계신 줄 알았어요. 크레시아에요. 파슨 패거리를 추적하신다고……."

아버지가 아들의 뺨을 갈겼다. 아들은 입가에 피를 흘리며 데굴데굴 굴러 방 한구석에 처박혔다. 롤랜드의 몸속에서 맨 먼저 깨어난 서늘한 본능은 손에 쥔 총을 들라고 명령했다.

스티븐 디셰인은 아들을 응시하며 허리에 손을 짚었다. 아들의 머릿속에 아직 자리 잡지도 못한 생각을 그는 이미 읽고 있었다. 당겨져 올라간 그의 입술은 이와 잇몸을 훤히 내보이면서 웃고 있었지만, 그 웃음은 묘하게도 침울해 보였다.

"쏘고 싶거든 쏴라. 뭘 망설이느냐? 네 실수를 완성할 기회다. 와라, 기꺼이 맞아주마!"

롤랜드는 총을 바닥에 내려놓고 손바닥으로 밀었다. 방아쇠 가까이에 손가락을 두고 싶지 않다는 생각이 불쑥 치솟았기 때문이었다. 그의 손가락은 이제 주인의 명령을 철저히 따르는 존재가 아니었다. 그가 전날 결투에서 깨달은 사실이었다. 스승 코트의 코뼈를 부러뜨렸을 때.

"아버지, 전 어제 시험을 통과했어요. 코트의 무기를 빼앗았단 말이에요. 제가 이겼어요. 전 이제 어엿한 남자예요."

"어리석은 놈."

롤랜드의 아버지는 이제 웃지 않았다. 그래서 늙고 수척해 보였다. 그는 매춘부의 침대에 털썩 주저앉아 손에 쥐고 있던 총띠를 내려다보다가 발 사이에 떨어뜨렸다.

"넌 열네 살 먹은 바보일 뿐이다. 말하자면 바보 중에서도 가장 어리석고 절망적인 바보란 뜻이지."

고개를 든 아버지의 얼굴에 분노가 서려 있었지만 롤랜드는 아랑곳하지 않았다. 아까처럼 지친 얼굴보다는 차라리 분노한 얼굴이 더 나았다. 아까처럼 늙어버린 얼굴보다는.

"네가 천재가 아닌 줄은 걸음마를 시작할 무렵에 이미 알아봤다만, 천치인 줄은 어제 저녁에야 알았다. 놈에게 속아 급류에 휩쓸린 젖소처럼 허둥대다니! 맙소사! 넌 네 아버지의 얼굴을 잊었다! 자, 네 입으로 말해라, 어서!"

그 말이 아들의 분노에 불을 댕겼다. 전날 그 모든 일을 행하는 동안 내내, 롤랜드는 아버지의 얼굴을 머릿속에 굳게 새기고 있었던 것이다.

"아니에요!"

롤랜드는 매춘부 방의 거친 판자 바닥에 맨 엉덩이를 깔고 벽에 등을 기댄 채 소리쳤다. 이제 창문으로 비쳐든 햇살이 그의 곱실거리는 머리칼과 말간 볼을 환하게 물들였다.

"사실이다, 이 꼬맹아! 이 멍청한 꼬맹이 같으니! 네 입으로 참회해라, 아니면 네놈의 가죽을 벗겨버릴……"

"둘이 같이 있었단 말이에요! 아버지의 부인과 아버지의 심복…… 아버지의 마법사가요! 목에 나 있는 잇자국도 봤어요! *내 어머니의 목에!*"

롤랜드는 손을 뻗어 총을 쥐었다. 수치와 분노에 휩쓸린 상태에서도 그는 방아쇠에 손가락이 닿지 않도록 조심했다. 그의 손이 수습 총잡이용 리볼버의 아무 장식도 없는 수수한 총신을 붙잡았다.

"오늘 이 총으로 그 배은망덕한 호색한의 목숨을 끊어버릴 거예요. 절 도와주실 용기가 없다면 그냥 잠자코 계세요, 적어도 방해는 하지 마……"

스티븐 디셰인의 허리에 있던 리볼버 중 한 자루가 그의 손으로 자리를 옮기는 동안, 롤랜드는 어떤 움직임도 보지 못했다. 총성이 한 번 울렸다. 좁은 방에 천둥 같은 소리가 퍼지자 고막이 터질 것만 같았다. 무슨 일인지 물으며 웅성대는 아래층의 소리를 롤랜드가 알아들을 때까지는 꼬박 1분이 걸렸다. 한편 수습 총잡이용 리볼버는 이미 한참 전에 사라지고 그의 손에 남은 것이라고는 얼얼한 통증뿐이었다. 총은 창문 바깥으로 날아가 영영 돌아오지 못할 신세가 되었다. 손잡이는 박살난 쇳조각으로 바뀌었고, 총잡이가 자신의 긴 이야기에서 그 총과 함께했던 짧은 시절도 막을 내렸다.

롤랜드는 놀라서 넋이 나간 얼굴로 아버지를 바라보았다. 스티븐은 아들을 마주볼 뿐 한참 동안 말이 없었다. 그러나 그의 얼굴에는 롤랜드가 아기였을 적부터 기억하는 바로 그 표정이 떠올라 있었다. 침착하고 확신에 찬 표정이었다. 피로감과 반쯤은 광란에 가까웠던 분노는 전날 밤의 뇌우처럼 깨끗이 사라진 후였다.

마침내 롤랜드의 아버지가 입을 열었다.

"내 말이 틀렸구나. 사과하마. 롤랜드, 너는 내 얼굴을 잊지 않았다. 허나 그래도 어리석었다. 너는 네가 평생 따라잡지 못할 만큼 교활한 자에게 휘둘리기를 자청했다. 네가 서쪽으로 추방당하지 않은 것은 신들의 은혜와 카의 기적 덕분이었다. 만약 그리되었다면 또 한 명의 진정한 총잡이가 제거되었을 것이다. 마튼의 앞길에서…… 존 파슨의 앞길에서…… 그리고 놈들을 부리는 괴물의 앞길에서."

스티븐은 침대에서 일어나 아들을 향해 팔을 벌렸다.

"롤랜드, 만에 하나라도 너를 잃었다면 나는 죽어버렸을 거다."

롤랜드는 일어서서 벌거벗은 채로 아버지에게 다가갔고, 아버지는 그를 힘껏 끌어안았다. 아버지 스티븐이 양쪽 뺨에 입을 맞추는 동안 롤랜드는 흐느끼기 시작했다. 이윽고 스티븐 디셰인은 아들 롤랜드의 귓가에 대고 뭐라고 속삭였다.

"뭔데요? 아버지가 뭐라고 하셨어요, 롤랜드?"

"'나는 2년 전부터 알고 있었다.' 아버지는 그렇게 말씀하셨소."

"저런, 염병할."

"아버지는 내게 궁으로 돌아가면 안 된다고 하셨다. 갔다가는 날이 저물기도 죽을 거라며 이렇게 말씀하셨지. '마튼의 흉계를 무너뜨리고 살아남은 것은 네 운명이다. 허나 놈은 네가 자라서 위협이 되기 전에 죽이겠다고 이미 맹세했다. 그러니 성인식을 통과했든 못 했든, 너는 길르앗을 떠나야 한다. 허나 잠시 몸을 피하는 것뿐이고 목적지 또한 서쪽이 아니라 동쪽이다. 또한 아무 목적도 없이 너 혼자 보내는 일도 없을 게다.' 그러고는 뒤늦게 떠올랐는지 한마디 덧붙이셨다. '물론 수습용 리볼버를 채워서 보내지도 않을 테고.'"

"그 목적이 뭐였는데요? 그리고 친구는 또 누구예요?"

제이크가 물었다. 아이는 롤랜드의 이야기에 홀린 기색이 역력했다. 눈이 거의 오이의 눈만큼이나 반짝거렸다.

"지금부터 그 얘기를 해 주마. 얘기를 다 들으면 나를 어떻게 판단해야 할지도 알게 될 게다."

롤랜드는 한숨을 내쉬었다. 고된 일을 앞두고 상념에 빠진 사람의 깊은 한숨이었다. 이윽고 그는 모닥불에 새 나무를 던져넣었다. 그러고는 불길이 치솟아 사방의 그림자들이 살짝 물러서는 사이에 이야기를 시작했다. 기이할 정도로 길었던 그날 밤 내내 그는 일행에게 수전 델가도의 이야기를 들려주었다. 동쪽에서 떠오른 해가 새 아침의 밝은 빛으로 유리 궁전을 온통 물들일 때까지, 그리고 유리 궁전의 본래 색깔인 기묘한 초록빛이 드러날 때까지도 롤랜드의 이야기는 끝나지 않았다.

제2부

수전

제1장

입맞춤을 부르는 달 아래에서

1

완벽한 동그라미를 이룬 은색 원반이 가파른 언덕 위에 떠 있었다. 사람들은 만짓날에 떠오른 그 보름달을 가리켜 '입맞춤을 부르는 달'이라고 했다. 햄브리 동쪽으로 10킬로미터, 아이볼트 골짜기 남쪽으로 15킬로미터에 위치한 이 쿠스 언덕 아래는 일몰 후 두 시간이 지나도 여전히 숨이 턱턱 막힐 정도로 늦여름의 열기가 감돌았지만, 언덕 꼭대기는 거센 바람과 서릿발을 머금은 공기 탓에 수확제가 이미 찾아온 듯했다. 이곳에서 뱀 한 마리와 돌연변이 고양이 한 마리를 데리고 홀로 살아가는 여인에게 이날 밤은 길고 긴 밤이 될 터였다.

그래도 상관없었다. 여인은 조금도 괘념치 않았다. 손이 바쁜 사람은 행복한 사람이므로. 진정 그러하므로.

여인은 오두막의 거실에 앉아(다른 방이라고는 옷장보다 조금 넓은 침실 하나뿐이었다.) 방문자들이 타고 왔던 말의 발굽소리가 사라질 때까지 기다렸다. 다리가 여섯 개 달린 고양이 머스티는 여인의 어깨에 앉아 있었다. 여인의 무릎에는 달빛만이 가득했다.

말 세 마리가 사내 셋을 태우고 멀어져갔다. 사내들은 스스로를 '위대한 관 사냥꾼들'이라고 불렀다.

여인은 코웃음을 쳤다. 사내란 그토록 우스운 존재였다. 자기가 우스운 줄을 좀처럼 알지 못하는 것이 가장 우스웠다. 사내들, 그럴 싸한 이름을 스스로에게 붙이고 뻐기는 것들. 사내들, 근육과 주량과 밥통 크기를 자랑하고 싶어 안달하는 것들. 덤으로 달고 태어난 물건을 죽을 때까지 자랑하는 것들. 그 자랑질은 지금 같은 시대에도 기세가 꺾이지 않았다. 사내들 태반이 기이하게 일그러진 정자만을 뿜어내는, 그리하여 가까운 우물에 던져넣어야 마땅할 아기만을 잉태시키는 지금 같은 시대에도. 아, 그러나 그들의 잘못은 아니었다. 그렇지 않은가? 그런 아기가 태어난다 해도 잘못은 늘 여자 몫이었다. 여자의 자궁이, 여자가 잘못한 탓이었다. 사내들은 그 정도로 겁쟁이였다. 이를 악 물고 부인하는 겁쟁이들. 방금 왔던 세 사내도 여느 겁쟁이들과 다를 바 없었다. 다만 그 셋 중에 다리를 절룩거리던 늙은 사내는 눈여겨볼 필요가 있었다. 여인을 노려보던 그의 형형한 두 눈이 몹시도 예민해 보였기 때문이었다. 그럼에도 그들은 여인이 감당치 못할 만큼 버거운 상대는 결코 아니었다.

사내들! 여인은 사내를 두려워하는 여성이 왜 그토록 많은지 알 수가 없었다. 신들은 사내를 창조할 때 가장 연약한 기관이 몸 바깥에 튀어나오도록 빚지 않았던가? 마치 자리를 잘못 잡은 내장처럼? 그곳을 걷어차면 사내들은 달팽이처럼 몸을 옹송그렸다. 그곳을 쓰다듬어주면 뇌가 녹아내렸다. 혹시라도 이 두 번째 지혜를 의심하는 사람이 있다면, 여인이 앞둔 이날 밤의 두 번째 임무를 지켜보면 될 일이었다. 소린! 햄브리의 행정 장관! 자치령 경비대장! 그러나 누구보다도 어리석은 늙다리 바보!

하지만 지금 당장은 이러한 생각이 그녀를 완전히 사로잡지 않았고, 사내들에게도 별 악의로 작용하지 않았다. 위대한 관 사냥꾼을 자처하는 세 사내는 여인에게 보물을 가져다주었다. 그리고 여인은 그 보물을 들여다볼 작정이었다. 그 보물로 자신의 두 눈을 가득 채울 작정이었다.

이름이 조너스인 늙다리 절름발이는 여인에게 그 보물을 숨겨두라고 했다. 그는 여인에게 보물을 숨겨둘 비밀스러운 장소가 있다는 말을 이미 들어서 알고 있었으나, 직접 보려 하지는 않았다. 그 여인의 비밀스러운 곳은 전혀 보고 싶지 않다고 했다(곁에 있던 디페이프와 레이놀즈는 이 추잡한 말을 듣고 괴물처럼 낄낄거렸다.). 여인은 그의 말을 따랐다. 그러나 사내들이 탄 말의 발굽 소리를 바람이 삼켜버린 지금, 여인은 자신의 마음이 시키는 대로 할 생각이었다. 하트 소린의 얼마 안 남은 정신을 젖가슴으로 홀려버린 소녀가 이곳에 도착하려면 적어도 한 시간은 너끈히 남은 참이었고(이 늙은 여인은 소녀에게 마을에서부터 걸어와야 한다고 당부했다. 환한 달빛을 받으며 걷다 보면 몸 또한 정화된다고 둘러댔으나 진짜 이유는 약속 두 건 사이에 시간을 버는 것뿐이었다.), 그 시간 동안 여인은 하고 싶은 일을 끝마칠 작정이었다.

"오오, 아름답구나. 내 눈에는 다 보여."

이렇게 속삭이는 사이에 여인은 느끼지 않았던가? 늙어서 앙상해진 그녀의 안짱다리가 서로 만나는 곳에서, 어떤 열기가 피어오르지 않았던가? 그리하여 그곳에 감춰진 메마른 골짜기에 물기가 돌지 않았던가? 설마!

"암, 놈들은 상자에 넣어 감췄지만 나는 그 광채를 다 느낄 수 있지. 정말로 아름다워. 머스티, 꼭 너처럼 아름답구나."

여인은 어깨에 앉은 고양이를 붙잡아 눈앞에 대고 마주보았다. 늙은 수고양이는 그르렁거리며 몸을 뻗어 여인에게 들창코를 내밀었다. 여인이 그 코에 입을 맞추었다. 황홀경에 빠진 고양이가 희뿌연 녹색 눈을 감았다.

"정말로 아름답구나, 꼭 너처럼. 아무렴, 꼭 너처럼! 히히히!"

여인이 고양이를 내려놓았다. 고양이는 벽난로 쪽으로 느릿느릿 걸어갔다. 난로 안에서는 꺼져가는 불이 마지막 남은 통나무 한 개를 물고 야금야금 먹어치우듯 깜박거렸다. 옛 그림 속 악마의 꼬리처럼 끝이 둘로 갈라진 머스티의 꼬리가 거실 안의 주황색 공기를 가르며 꺼떡거렸다. 옆구리에 튀어나온 여분의 다리도 어렴풋이 움찔거렸다. 바닥을 가로질러 벽까지 자란 그림자의 모양은 끔찍했다. 그것은 고양이와 거미를 접붙여 만든 괴물이었다.

늙은 여인은 자리에서 일어나 침실로 향했다. 조너스에게 물건을 받아 감춰둔 곳이었다.

"이것을 잃어버리면 네 머리도 함께 잃을 것이다."

"이 몸의 안부는 걱정할 필요 없소, 내 좋은 벗이여."

조너스의 으름장에 여인은 이렇게 대답했고, 얼굴에는 알랑거리듯 비굴한 미소를 지으면서도 속으로는 이렇게 생각했다. 사내들! 우쭐거리는 것밖에 모르는 천치들!

이제 침대 발치에 도착한 여인이 무릎을 꿇고 한 손으로 흙바닥을 쓸었다. 시큼한 흙먼지가 여인의 손을 따라 쓸려나가고, 선들이 나타났다. 선 네 가닥이 네모꼴을 이루었다. 여인이 선 한 가닥에 손가락을 가져다댔다. 선은 손가락이 닿기도 전에 벌어졌다. 여인이 (손으로 만져보지 않는 한 아무도 알 수 없게 만들어진) 비밀 널빤지를 들어올리자 빈 공간이 나타났다. 폭은 약 30센티미터, 깊이는 60센티미터쯤 되는 공간이었다. 안에는 단단한 나무로 짠 상자가 들어 있었다. 상자 위에 똬리를 튼 것은 가느다란 초록색 뱀이었다. 여인이 등을 건드리자 뱀이 대가리를 벌떡 들었다. 희미하게 쉭쉭거리며 벌어진 주둥이 안에 독니 네 쌍이 보였다. 두 쌍은 위턱에, 두 쌍은 아래턱에 붙어 있었다.

여인은 뱀을 들고 주문을 외웠다. 여인이 뱀의 납작한 얼굴을 자기 코앞으로 당기는 동안 뱀의 주둥이는 더욱 벌어졌고, 쉭쉭거리는 소리도 귀에 들릴 만큼 커졌다. 여인도 자기 입을 벌렸다. 여인의 쪼글쪼글한 잿빛 입술 사이로 구린내를 풍기는 누리끼리한 혀가 나왔다. 독 두 방울이 혀 위로 떨어졌다. 파티장의 술 단지에 떨어뜨렸다가는 모인 손님들을 모조리 죽이고도 남을 양이었다. 여인은 독한 술인 양 그 독을 삼키고 입과 목과 가슴이 타오르는 느낌을 음미했다. 잠깐 동안 방 안의 풍경이 초점을 잃고 흐릿해졌고, 오두막의 군내 나는 공기 속에서 중얼거리는 목소리들이 들렸다. 여인이 '얼굴 없는 친구들'이라고 부르는 이들의 목소리였다. 세월이 여인의 볼에 파놓은 고랑을 타고 끈적한 눈물이 흘러내렸다. 이윽고 여인이 숨을 내쉬자 방 안의 공기도 가라앉았다. 중얼거리던 목소리들도 사라졌다.

여인은 초록색 뱀 에르모트의 눈꺼풀 없는 눈 사이에 입을 맞추고(그래, 때마침 입맞춤을 부르는 달이 떴구나.) 바닥 한편에 내려놓았다. 에르모트는 침대 밑으로 들어가 다시 똬리를 틀고 여인이 나무 상자의 뚜껑을 쓰다듬는 모습을 가만히 지켜보았다. 여인은 팔 근육을 따라 퍼지는 떨림을, 사타구니에서 더욱 뜨겁게 피어오른 열기를 느꼈다. 오랜 세월 동안 느낀 적 없는 욕정이 지금 여인의 몸속에 퍼지고 있었다. 그것은 입맞춤을 부르는 달의 작용 때문이 아니었다. 조금은 그랬을지도 모르지만.

상자는 잠긴 채였고 조너스는 열쇠를 남기지 않았지만, 여인에게 그런 것은 전혀 문제가 되지 않았다. 긴 세월을 살아오며 많은 것을 연구하는 한편으로 입만 살아서 잘난 척하는 사내들이라면 멀리서 보기만 해도 부리나케 달아날 법한 생물들과 교류해온 덕분이었다. 여인은 상자의 자물쇠에 손을 뻗다가 금세 움츠러들었다. 자물쇠에는 눈 모양 그림과 귀족어로 된 문구(나를 여는 자 내가 지켜보노라)가 새겨져 있었다. 평소에는 알아차리지 못했던 냄새가 느닷없이 여인의 코를 찔렀다. 곰팡이와 먼지와 더러운 매트리스, 그리고 침대에 누워 야금거린 음식의 부스러기가 풍기는 냄새. 난로의 재 냄새와 오래된 향의 냄새가 뒤섞인 악취. 그리고 젖은 눈과 (거의 항상) 메마른 음부를 지닌 노파의 체취까지. 여인은 이런 곳에서 상자를 열고 그 안에 잠든 신비를 보고 싶지 않았다. 바깥으로, 샐비어와 메스키트 향기만이 맴도는 깨끗한 공기 속으로 나가고 싶었다.

입맞춤하는 달의 환한 빛에 의지하여 상자를 열고 싶었다.

쿠스 언덕의 레아는 구시렁대며 상자를 들어올린 다음, 한 번 더 구시렁대며(이 소리는 그녀의 입이 아니라 다른 곳에서 튀어나왔다.) 허리를 펴고 일어섰다. 그러고는 상자를 팔 아래 끼고 침실을 나섰다.

2

오두막은 수확제부터 광짓날 무렵까지 이 고지대에 쉬지 않고 부는 거센 삭풍을 피하기에 충분할 만큼 언덕 꼭대기에서 아래쪽에 위치해 있었다. 언덕마루까지 이어진 길은 환한 보름달 아래 은이 흐르는 개울처럼 보였다. 노파는 헐떡거리며 그 길을 올랐다. 머리 주위로 뻗친 백발은 더러운 덤불 같았고, 검은 드레스 아래에서는 쭈글쭈글한 젖퉁이가 좌우로 흔들거렸다. 고양이는 노파의 그림자 속에 숨어 납작한 코를 쑥 내민 채 뒤를 따랐다.

언덕마루 꼭대기에 오르자 백발이 바람에 휘날려 노파의 황량한 얼굴이 드러났다. 바람은 아이볼트 골짜기 동쪽 끝까지 뻗은 희박지대의 신음 같은 속삭임도 함께 전해 주었다. 그 소리를 좋아하는 사람은 거의 없었지만, 노파의 귀에는 사랑스러운 소리로 들렸다. 쿠스의 레아에게 그 소리는 자장가나 같았다. 머리 위에 떠오른 달의 새하얀 피부에는 입맞춤하는 연인들의 얼굴 윤곽이 그려져 있었으나…… 그런 전설은 저 아래 마을에 사는 무지렁이들이나 믿는 것이었다. 저 아래 마을에 사는 무지렁이들은 보름달이 뜰 때마다 거기서 다른 얼굴을, 또는 다른 여러 개의 얼굴을 보았지만, 레아는 달에 그려진 얼굴이 하나뿐임을 알고 있었다. 그것은 악마의 얼굴이었다. 죽음의 얼굴이었다.

그러나 레아는 지금처럼 살아 있음을 느낀 적이 없었다.

"아아, 내 보물."

레아는 나직이 속삭이며 굽은 손가락으로 상자의 자물쇠를 쓰다듬었다. 옹송그린 손 안에서 붉은 빛이 희미하게 비치다가 찰칵 소리가 났다. 막 달리기 시합을 끝마친 사람처럼 헐떡거리며, 레아는 상자를 내려놓고 뚜껑을 열었다.

장미처럼 붉은 빛이, 입맞춤하는 달이 흩뿌린 빛보다는 어둡지만 비교할 수 없을 정도로 아름다운 빛이 쏟아져 나왔다. 상자 위쪽의 송장 같은 얼굴에 그 빛이 닿자 레아는 한순간 젊은 처녀의 얼굴로 되돌아갔다.

쿵쿵거리던 머스티가 귀를 쫑긋 세우고 머리를 앞으로 쭉 뻗었다. 고양이의 늙은 두 눈이 장밋빛으로 물들었다. 레아의 마음속에 질투심이 치솟았다.

"썩 꺼져, 멍청한 것아! 네까짓 것이 탐낼 물건이 아니야!"

레아가 고양이를 찰싹 때렸다. 머스티는 냉큼 물러나 불 위의 주전자처럼 쉭쉭거리다가, 분을 삭이며 쿠스 언덕 꼭대기에 불룩 솟은 자리로 걸어갔다. 그러고는 그곳에 웅크리고 앉아 레아 쪽으로는 눈길도 주지 않고 앞발만 핥았다. 그러는 동안에도 바람은 쉬지 않고 머스티의 털을 빗겨주었다.

상자 안에는 끈으로 주둥이를 여미는 벨벳 주머니가 들어 있었고, 그 주머니 안에서 수정구슬이 빼꼼히 나와 있었다. 구슬은 아까 그 장밋빛 광채로 가득했다. 그 빛은 흡족한 심장의 박동 소리처럼 부드러운 파동이 되어 흘러나왔다.

"아아, 사랑스러운 것."

레아가 중얼거리며 수정 구슬을 꺼냈다. 그러고는 그것을 눈앞으로 들어올렸다. 맥동하듯 깜박이는 빛이 자신의 주름진 얼굴에 빗물처럼 쏟아지도록.

"아아, 살아 있구나, 정녕 살아 있구나!"

구슬 안의 색채가 갑자기 핏빛에 가깝게 어두워졌다. 레아는 손에 쥔 구슬이 강력한 모터처럼 요동치는 기색을 느꼈고, 다시금 사타구니가 축축해지는 기분을 느꼈다. 이미 오래전에 사라졌다고 믿었던 뻐근함이 파도처럼 밀려왔다.

요동치는 기운은 이내 잦아들었고, 구슬 안의 빛도 꽃봉오리처럼 접혀 사그라지는 듯했다. 빛이 있던 자리가 이제 어두운 분홍색으로 물드는가 싶더니…… 거기에 말 탄 사람 세 명의 모습이 나타났다. 레아는 그 모습을 보고 처음에는 자신에게 수정 구슬을 가져다준 조너스 패거리일 거라고 생각했다. 그러나 아니었다. 더 젊었다. 심지어 조너스 패거리에서 가장 어린, 스물다섯 가량 돼 보이는 디페이프보다도 더 어렸다. 삼인조의 왼쪽에 있는 청년은 안장 앞머리에 새의 해골 같은 것을 걸고 있었다. 기이하지만 사실이었다.

이윽고 이 청년과 오른쪽에 있던 청년은 구슬의 알 수 없는 힘에 의해 사라지고, 가운데에서 달리는 청년만 남았다. 레아는 청년이 입은 청바지와 장화를, 그의 얼굴 위쪽 절반을 가린 챙이 평평한 모자를, 그리고 말을 자유자재로 모는 그의 솜씨를 대번에 알아보고 깜짝 놀랐다. *총잡이로구나! 내륙 자치령에서 오는 길이야. 맞아, 어쩌면 길르앗에서 오는지도!* 그러나 얼굴 위쪽 절반을 볼 것도 없이 그 청년은 아직 어린애 티를 다 벗지 못한 소년이었고, 허리에 총도 차고 있지 않았다. 그럼에도 레아는 소년이 무기 없이 오리라고 생각지 않았다. *조금만 더 가까이서 볼 수 있으면 좋으련만……*

레아는 수정 구슬을 코앞까지 당기고 속삭였다.

"가까이 오렴, 귀염둥아! 더 가까이!"

무엇을 보게 될지는 알 수 없었다. 십중팔구는 아무것도 안 보일 터였다. 그러나 어두운 구슬 속의 그 형상은 실제로 더 가까워졌다. 거의 흐느적거리며 가까워졌다. 말과 기수 모두 물속을 달리는 듯했다. 이윽고 그 소년이 등에 맨 화살집이 보였다. 안장 앞머리에 걸어둔 것은 새의 해골이 아니라 짧은 활이었다. 안장 오른쪽, 총잡이라면 긴 총집에 라이플을 꽂아 묶어두는 그곳에는 깃털 달린 창의 손잡이가 보였다. 소년은 옛사람들의 일족이 아니었다. 그의 얼굴이 아니라고 말해 주었다. 또한 레아가 보기에는 메지스 같은 변방 출신 역시 아니었다.

"그럼 넌 대체 누구냐? 또 난 어떻게 너를 알고 있지? 모자를 눌러써서 눈도 알아볼 수 없는데! 어쩌면 네 말 때문에……? 아니면 네…… 저리 가, 머스티! 왜 이리 귀찮게 굴어? 에이!"

보초를 서던 곳에서 돌아온 고양이가 레아의 주름지고 퉁퉁한 발목 사이로 들락거렸다. 주인을 올려다보며 야옹거리는 소리가 평소보다 더욱 날카로웠다. 레아가 걷어찼지만 머스티는 그 발길을 잽싸게 피한 다음, 다시 달빛에 물든 눈으로 주인을 올려다보며 부드럽게 야옹거리기 시작했다.

레아는 다시 한 번 고양이를 걷어찼지만 먼젓번과 마찬가지로 별 소득을 거두지 못한 채 다시 수정 구슬로 눈을 돌렸다. 말과 그 위에 탄 흥미로운 어린 기수는 사라지고 없었다. 장밋빛 광채도 보이지 않았다. 이제 손 안의 수정 구슬은 숨을 거둔 채 달에서 빌려온 빛만을 되비추고 있었다.

바람이 불어와 황량한 레아의 몸 위에 드레스가 착 달라붙었다. 주인의 힘없는 발길질을 두려워하지 않는 머스티는 냉큼 치마 아래로 뛰어들어 발목을 휘감고 돌면서 그르렁거렸다.

"봐라, 네가 무슨 짓을 했는지 보란 말이다, 이 벼룩덩어리야! 빛이 사라졌어, 막 얼굴을 보려던 참에 빛이……!"

그때, 오두막으로 올라오는 수렛길 쪽에서 무슨 소리가 들렸다. 레아는 머스티가 왜 그리 소란을 부렸는지 이제야 이해가 갔다. 노랫소리가 들렸다. 레아가 기다리던 소녀의 노랫소리였다. 소녀는 약속보다 일찍 도착했다.

레아의 표정이 끔찍하게 일그러졌다. 불시에 허를 찔리는 것을 지독히도 혐오하기 때문이었다. 이제 저 소녀는 대가를 치러야 했다. 레아는 몸을 숙이고 수정 구슬을 상자에 집어넣었다. 상자 안은 솜을 넣은 비단으로 덧대어져 있었고, 수정 구슬은 임금님의 아침 식탁에 놓인 컵 속의 삶은 달걀처럼 그 안에 딱 맞게 들어갔다. 언덕 아래에서(저주받을 바람만 아니었더라면 훨씬 전에 알아차렸을 테지만) 소녀의 노랫소리가 전에 없이 가깝게 들려왔다.

"사랑, 아, 사랑, 아, 경솔한 사랑이여
당신에겐 안 보이나요, 경솔한 사랑의 끝이?"

"경솔한 사랑이 뭔지 내가 가르쳐주마, 이 숫처녀 계집아."

레아가 으르렁거렸다. 겨드랑이에서는 시큼한 땀내가 피어올랐지만, 다른 곳의 물기는 이미 말라버린 후였다.

"이 늙은 레아와 한 약속을 어기고 일찍 기어오다니, 대가를 치르게 될 게다! 암!"

레아는 상자 앞의 자물쇠를 손으로 쓸었다. 그러나 자물쇠는 잠기지 않았다. 앞서 상자를 열 때 너무 열중한 나머지 자물쇠 안의 부품을 망가뜨렸는지도 몰랐다. 눈 모양 그림과 문구가 그녀를 비웃는 듯했다. 나를 여는 자 내가 지켜보노라. 제대로 잠글 수도 있었다. 그것도 순식간에. 그러나 당장은 순식간조차도 긴 시간이었다.

"성가신 계집년 같으니!"

레아는 투덜대며 고개를 쳐들고 점점 가까워지는 목소리에 잠시 귀를 기울였다(이제 코앞까지 와 있었다. 약속 시간보다 45분이나 일찍!). 뒤이어 상자를 닫는 동안 그녀의 가슴은 찢어질 듯 아팠다. 수정 구슬이 다시 장밋빛 광채로 차오르며 되살아나려 했기 때문이었다. 그러나 이제는 구슬을 들여다볼 시간도 꿈꿀 시간도 없었다. 어쩌면 나중에, 저 소녀가 떠난 후에 다시 꺼내야 했다. 꼴사납게도 다 늙어서 정욕에 눈이 먼 소린의 먹잇감이 될 저 소녀가 떠난 후에.

그리고 명심해, 저 아이한테 너무 지독한 짓을 하면 안 돼. 레아는 스스로에게 당부했다. 저 아이는 소린 때문에 여기 왔다는 걸 명심해. 뱃속에 씨를 품었는데 결혼에 미적지근한 남자친구 때문에 애가 탄 무지렁이 처녀가 아니란 말이야. 이건 소린이 부탁한 일이야. 늙은 까마귀 같은 마누라가 잠든 후에 소린이 제 손으로 제 물건을 쥐고 우유를 짤 때 상상하는, 바로 그 아이란 말이야. 소린에게는 힘이 있어, 법관들도 그의 편이지. 게다가 저 상자에 든 것 또한 소린의 부하들이 맡긴 거잖아. 혹시라도 상자를 들여다본 걸 조너스에게 들켰다가는…… 그 물건을 사용했다는 걸 들키기라도 했다가는…….

허나 그런 걱정은 할 필요가 없었다. 게다가 법에 따르면 물건의 9할은 소유자의 것이 아니던가?

　레아는 상자를 한 팔 아래 끼고 치맛단을 쥔 채 오두막으로 서둘러 뛰어갔다. 그녀는 지금도 뛰어야 할 때가 되면 뛸 수 있었다. 이 사실을 믿을 사람은 거의 없었지만.

　머스티도 주인의 발치에 붙어 구부러진 꼬리를 높이 쳐든 채 뛰어갔다. 옆구리에 붙은 여분의 다리 두 개가 달빛 속에 대롱거렸다.

제2장
순결의 증명

1

    오두막으로 뛰어든 레아는 꺼져가는 난롯불을 지나 조그만 침실 문턱에 서서 허둥지둥 머리를 쓸어넘겼다. 그 계집은 오두막 바깥에 있던 레아를 보지 못했다. 만약 보았더라면 앵앵거리던 노랫소리가 멈췄거나 아니면 적어도 목소리가 흔들렸을 것이다. 그것 한 가지는 다행이었지만, 침실 바닥의 비밀 공간으로 통하는 구멍이 저절로 입을 다물어버린 것은 불행이었다. 당장은 그 구멍을 다시 열 시간이 없었다. 레아는 서둘러 침대 옆으로 가서 무릎을 꿇고 상자를 그늘 속 깊숙이 밀어넣었다.

    됐다. 이제 문제는 해결됐다. 이 정도면 촌뜨기 계집애가 갈 때까지는 버틸 수 있다. 오른쪽 입가에만 웃음을 머금은 채로(얼굴 왼쪽은 완전히 굳은 채로), 레아는 일어서서 드레스를 털고 이날 밤의 두 번째 약속 상대를 만나러 갔다.

2

레아의 등 뒤에서, 잠기지 않은 상자 뚜껑이 찰칵 열렸다. 벌어진 틈새는 손가락 한 마디도 안 될 만큼 좁았지만 깜박거리는 장밋빛 광선이 새어나오기에는 충분했다.

3

수전 델가도는 마녀의 오두막으로부터 40미터쯤 떨어진 곳에서 걸음을 멈췄다. 팔과 목덜미에 배어난 땀이 서늘하게 식어갔다. 방금 무언가 보이지 않았던가? 이제 언덕마루까지 얼마 남지 않은 짧은 길을 황급히 내려오는 노파(분명히 오늘 만나기로 한 상대)가 아니었던가? 수전은 그럴 거라고 생각했다.

노래를 멈추면 안 돼. 나이 든 여자가 저렇게 달릴 이유는 남의 눈을 피하는 것뿐이야. 내가 노래를 멈추면 자기가 들킨 걸 알아차릴 거야.

수전은 어차피 노래를 멈추는 수밖에 없다고 생각했다. 아주 어렸을 적부터 불러온 노래의 다음 가사가 떠오르지 않았기 때문이었다. 마치 뜨거운 것을 만지고 흠칫 오그라든 손처럼, 기억이 딱 오그라들어 닫혀버린 것만 같았다. 그러나 이내 가사가 머릿속에 떠오르자 수전은 노래를 계속했다(물론 걸음도 쉬지 않았다.).

한때는 나도 불안을 모르고 살았네

아, 그때는 불안 같은 건 모르고 살았네
하지만 이제 사랑은 내 곁을 떠나고
내 마음엔 오직 쓸쓸함만 남았네

어쩌면 이런 밤에 부르기에는 불길한 노래인지도 몰랐지만, 늘 그렇듯이 수전의 마음은 머리가 생각하거나 바라는 바에 별 관심을 갖지 않고 제 갈 길을 갔다. 그녀는 늑대인간이 돌아다닌다는 이런 밤에 바깥에 나오기가 두려웠다. 이날 밤의 심부름도, 또 그 심부름에 깃든 의미도 두렵기는 마찬가지였다. 그럼에도 햄브리 외곽의 '위대한 길'에 접어들었을 무렵, 이제 달리라는 마음의 소리가 들려왔을 때, 그녀는 마음이 시키는 대로 했다. 입맞춤을 부르는 달의 환한 빛 아래 치맛단을 무릎까지 걷어쥐고 조랑말처럼 달리는 그녀 뒤로 그림자가 바짝 붙어 함께 달렸다. 2킬로미터쯤 달리고 보니 온몸의 근육이 욱신거렸고, 목으로 넘어가는 공기는 따뜻한 꿀물 같았다. 그러다 마침내 이 불길한 장소로 이어지는 오르막길에 도착했을 때, 그녀는 노래를 부르기 시작했다. 마음이 노래하라고 시켰기 때문이었다. 머리 또한 그리 나쁜 생각은 아니라고 조언했다. 적어도 우울한 기분은 떨칠 수 있기 때문이었다. 어쨌거나 노래에는 그러한 힘이 있었다.

수전은 오르막길 끝자락에 올라서면서 「경솔한 사랑」의 후렴구를 노래했다. 이윽고 오두막의 열린 문에서 새어나와 현관 계단을 비추는 희미한 빛 속에 들어섰을 무렵, 어둠 속으로부터 까마귀 울음처럼 카랑카랑한 목소리가 들려왔다.

"그만 좀 으르렁대, 아가씨. 이건 노래가 아니라 머릿속에 낚싯바늘을 걸고 잡아당기는 것 같잖아!"

수전은 즉시 입을 다물었다. 지금껏 늘 노래하는 목소리가 아름답다고, 틀림없이 할머니의 미성을 물려받았다고 사람들의 칭찬을 받은 수전이었기에 볼이 붉게 물들었다. 그녀는 현관 계단 앞에 서서 앞치마 앞에 두 손을 다소곳이 맞잡았다. 앞치마 아래는 그녀의 (두 벌밖에 없는 드레스 가운데) 두 번째로 좋은 드레스였다. 드레스 아래서는 심장이 사납게 방망이질했다.

문에서 맨 먼저 튀어나온 것은 고양이였다. 양 옆구리에 토스트를 구울 때 쓰는 기다란 포크처럼 생긴 다리가 한 개씩 더 달린 흉측한 생물이었다. 고양이는 수전을 뜯어보듯이 빤히 올려다보다가, 섬뜩할 만큼 인간과 비슷하게 얼굴을 찌푸렸다. 경멸하는 표정이었다. 고양이는 그녀를 향해 쉭쉭거리다가 이내 밤의 어둠 속으로 사라졌다.

그래, 나도 반가워. 수전은 속으로 중얼거렸다.

만나기로 한 노파가 문간으로 걸어나왔다. 노파는 고양이와 마찬가지로 경멸하듯 눈을 가늘게 뜨고 수전을 위아래로 훑어보다가 뒤로 물러섰다.

"들어와. 그리고 그 문은 꽉 닫아둬, 이렇게 바람이 불 땐 툭하면 열리니까!"

수전은 오두막 안으로 들어섰다. 이토록 고약한 냄새가 나는 공간에 노파와 단 둘이 머물면서 문을 잠그고 싶지는 않았다. 그러나 선택의 여지가 없을 때 망설임은 금물이었다. 아버지가 남긴 그 말은 돈 계산을 할 때에도, 또 무도회에서 파트너가 된 사내아이의 손길이 지나치게 대담해졌을 때에도 모두 적용되는 진리였다. 그래서 그녀는 자물쇠 걸리는 소리가 들릴 때까지 문을 힘껏 밀어 닫았다.

"그래, 잘 왔어."

노파는 일그러진 미소와 함께 환영 인사를 건넸다. 아무리 당찬 소녀라 해도 어린 시절 들었던 동화를 떠올리게 할 법한 미소였다. 겨울밤에 듣곤 하던, 두꺼비 기름이 펄펄 끓는 솥과 삐죽삐죽한 이를 지닌 노파가 나오는 동화였다. 이 오두막의 난로에는 솥 같은 것이 걸려 있지 않았지만(또한 수전이 보기에는 난롯불 자체도 다 꺼져가는 중이었지만), 이곳에도 때로는 그런 솥이 걸려 있었을 테고 그 안에 든 것은 차라리 상상하지 않는 편이 더 나을 듯싶었다. 오두막으로 뛰어들던 레아와 그 뒤를 따르던 돌연변이 고양이를 본 순간 수전은 확신했다. 이 노파는 단지 마녀인 척하는 늙은 여자가 아니라 진짜 마녀였다. 수전은 그 사실을 노파의 살갗에서 피어오르는 역한 냄새와 마찬가지로 생생히 느낄 수 있었다.

"예. 안녕하세요."

수전은 싱긋 웃으며 답인사를 건넸다. 겁먹은 기색을 감추고 밝은 웃음을 짓기란 무척이나 힘든 일이었다.

"그런데 꽤 일찍 왔어, 아가씨. 너무 일찍! 흐흥!"

"오다가 좀 달렸거든요. 달빛이 제 피 속에 스며들었나봐요. 제 아버지 말씀에 따르면요."

노파의 섬뜩한 미소가 점점 커지는 것을 보고 수전은 뱀장어가 떠올랐다. 막 숨이 끊어진 뱀장어는 냄비 속에 들어가기 전에 그런 식으로 웃는 표정을 짓곤 했다.

"그래. 헌데 그이는 죽었잖아, 그것도 벌써 5년 전에. 붉은 머리에 붉은 수염의 패트릭 델가도, 자기가 키우던 말에 밟혀 그만 숨을 거

뒀지. 인생길 끝에 있는 공터로 향하면서 들은 음악 소리가 글쎄 자기 뼈 부러지는 소리였다지?"

수전의 얼굴에 떠올랐던 불안한 미소가 마치 따귀라도 맞은 양한순간에 지워졌다. 아버지의 이름을 들은 것만으로도 눈물이 치솟아 눈 뒤편이 뜨거워졌다. 그러나 눈물이 흐르게 놔둘 수는 없었다. 이 늙고 무정한 까마귀 같은 여자의 면전에서 눈물을 보일 수는 없었다.

"용건이나 빨리 끝내는 게 좋겠네요."

수전의 목소리는 평소와 달리 딱딱했다. 보통 때의 그녀는 기운차고 명랑하고 뭔가 재미있는 것을 찾을 준비가 된 목소리로 말했다. 그러나 그녀는 드롭 평원 서부에서 제일가는 말 사육업자 패트릭 델가도의 딸이자, 아버지의 얼굴을 잘 기억하는 딸이었다. 또한 뱃심을 보여야 할 때에는 보일 줄 아는 소녀이기도 했다. 바로 지금처럼. 노파는 그녀의 마음을 내키는 대로 후벼 팔 작정이었고, 자신의 시도가 성공하면 할수록 더 모질게 굴 터였다.

그러는 동안 노파는 꽉 쥔 주먹을 허리에 짚고 서서 수전의 얼굴을 날카롭게 뜯어보았다. 돌연변이 고양이는 노파의 발치에 엎드려 발목을 감싸고 있었다. 노파의 두 눈은 희끄무레했으나 수전은 알아볼 수 있었다. 노파의 회녹색 눈동자는 고양이의 눈과 똑같았다. 어떤 고약한 마법을 썼기에 그럴 수 있는지 신기하기만 했다. 눈을 내리깔고 싶은 충동이 강하게 치솟았으나 수전은 마음을 다잡았다. 공포를 느끼는 것은 괜찮지만 공포를 드러내는 것은 때로 큰 실수가 되기도 했다.

"꽤나 당돌한 아가씨로군."

레아가 마침내 입을 열었다. 입가의 웃음이 서서히 찡그린 표정으로 바뀌어갔다.

"별 말씀을요." 수전의 목소리는 담담했다. "전 그저 할 일을 끝마치고 돌아가고 싶을 뿐이에요. 제가 여기 온 이유는 메지스의 행정 장관님과 제 아버지의 동생인 코딜리어 고모가 원했기 때문이에요. 그러니 제 아버지의 험담을 들어야 할 이유는 없죠."

"나는 하고 싶은 말이 있으면 하는 성격이야."

딱 부러지는 말이었지만, 노파의 목소리에서는 알랑거리는 듯 비굴한 기색이 희미하게 느껴졌다. 수전은 그 느낌을 대수롭지 않게 넘겼다. 이런 노파라면 평생을 그런 식의 화법으로 살아왔을 테고, 따라서 숨소리처럼 자동으로 나오는 말투일 터였다.

"오랫동안 하녀도 없이 혼자서 살았거든. 그러다 보니 한번 입을 열면 혀가 제멋대로 움직이는 게지."

"그럼 가끔은 아예 침묵을 지키시는 편이 좋겠네요."

노파의 두 눈이 추하게 번득였다.

"자기 혀나 잘 단속해, 이 풋내기 아가씨야. 혀가 입 속에서 썩어가는 꼴을 보고 싶지 않거든. 그랬다간 장관님이 네 입술을 탐하려다 그 썩은 내에 고개를 돌리고 말 게야, 이런 달이 뜬 날이라고 해도 말이지!"

수전의 가슴은 슬픔과 놀라움으로 차올랐다. 그녀가 이 언덕에 올라온 까닭은 단 하나, 오늘의 용건을 되도록 빨리 해치우는 것이었다. 설명도 제대로 듣지 못한 그 용건이란 틀림없이 수치스럽고 어쩌면 고통스러울지도 모르는 의식이었다. 그런데 이제 이 노파가 공공연히 반감을 드러내며 그녀를 노려보고 있었다. 어쩌다 삽시간에 일이 이렇게 됐을까? 아니면 마녀를 상대할 때에는 늘 이런 식인 걸까?

"아주머니, 어쩌다 그만 우리 만남의 시작이 일그러지고 말았네요. 다시 시작할 수 있을까요?"

수전은 느닷없이 이렇게 물으며 손을 내밀었다. 노파는 흠칫 놀란 눈치이긴 했으나 그래도 손을 뻗어 수전의 손을 살짝 쥐었다. 쭈글쭈글한 노파의 손이 손톱을 짧게 자른 처녀의 손을 스쳤다. 뽀얀 얼굴은 환하게 빛나고 머리카락은 길게 땋아 등까지 늘어뜨린 열여섯 처녀의 손이었다. 손이 닿은 순간은 그야말로 찰나였으나 수전은 얼굴을 찡그리지 않으려고 무진 애를 썼다. 노파의 손은 시체처럼 차가웠지만 그 정도로 찬 손은 전에도 만져본 적이 있었다('손이 찬 사람은 가슴이 따뜻한 법이야.' 코딜리어 고모는 이따금 그렇게 말했다.). 불쾌감의 진짜 근원은 손의 촉감에 있었다. 뼈를 뒤덮은 차가운 살이 스펀지처럼 힘없이 푸석거렸다. 연못에 빠져 며칠째 누워 있는 익사체의 살처럼.

"아니, 아니야. 다시 시작한다는 건 말이 안 되지. 허나 쭈그러진 첫인상을 차차 펴나가는 건 가능할지도 몰라. 아가씨한테는 행정 장관이라는 권세 높은 친구가 있잖아. 나는 그이를 적으로 돌리긴 싫거든."

그래도 솔직하긴 하네. 수전은 속으로 중얼거리다가 자신을 비웃고 말았다. 이 노파는 피치 못할 상황에서만 솔직한 부류였다. 제 뜻대로 나댈 수 있을 때에는 오로지 거짓만을 주워섬겼다. 날씨, 작황, 또는 철새 떼가 수확제에 날아온다는 식의 거짓말을.

"아가씨가 약속 시간보다 일찍 오는 바람에 내가 그만 화를 내버렸군. 그건 그렇고, 나한테 주려고 가져온 게 있을 텐데? 자, 어서 꺼내봐!"

노파의 눈이 또 번들거렸다. 이번에는 분노 때문이 아니었다.

수전은 앞치마 아래의 호주머니에 손을 넣었다(이런 외딴 곳에 심부름을 오면서 앞치마를 두르다니 웃기는 짓이었지만 그래도 관습을 거스를 수는 없었다.). 주머니 속에 (어린 처녀가 혹시라도 달빛에 취해 정신없이 뛰다가) 잃어버리지 않도록 끈으로 묶어둔 것은, 조그마한 천 주머니였다. 수전은 끈을 풀고 주머니를 꺼냈다. 노파가 주머니를 받으려고 내민 손바닥은 반들반들하다 못해 손금이 아예 유령처럼 희미했다. 수전은 레아의 손을 다시 건드리지 않으려고 조심했으나…… 어차피 그 기분 나쁜 손은 그녀의 몸에 닿을 예정이었다. 그것도 이제 곧.

"바람소리 때문에 그리 떠는 겐가?"

레아가 물었지만 수전은 훤히 알 수 있었다. 노파의 정신은 온통 조그만 주머니에 쏠려 있었다. 쭈글쭈글한 손이 주머니 입구를 여민 끈을 푸느라 바빴다.

"예, 바람 때문에."

"그럴 테지. 저 바람 속에는 죽은 이들의 목소리가 섞여 있거든. 저토록 비명을 지르는 건 후회하느라 몸부림치기 때문이고. 옳지!"

주머니의 끈이 풀렸다. 레아의 손바닥에 금화 두 닢이 떨어졌다. 몇 세대 전의 물건인 양 거칠고 조악한 금화였으나 무게만은 묵직했고, 표면에 새겨진 독수리 또한 위압감을 지니고 있었다. 레아는 몇 개 안 남은 징그러운 이를 드러내며 입을 벌리고 금화 한 닢을 깨물었다. 그런 다음 금화에 남은 희미한 잇자국을 찬찬히 살펴보았다. 노파는 그렇게 몇 초 동안 넋이 나간 듯 살펴보다가 금화를 꽉 움켜잡았다.

레아가 금화에 정신이 팔려 있는 동안 수전은 왼편으로 고개를 돌렸다가 마침 열려 있던 문을 발견했다. 노파의 침실로 통하는 문 같았다. 그리고 그 안쪽의 불길한 것이 눈에 들어왔다. 침대 아래에서 새어나오는 빛이었다. 깜박이는 분홍색 광선. 상자처럼 보이는 물건에서 나오는 듯싶었으나 자세히는……

그러다 마녀가 고개를 들자 수전은 황급히 오두막 한구석으로 시선을 돌렸다. 갈고리에 걸린 그물 안에 묘하게 생긴 흰색 과일 서너 개가 들어 있었다. 이윽고 노파가 걸음을 옮기자 벽을 차지하고 서 있던 거대한 그림자도 느릿느릿 따라 움직였고, 덕분에 과일의 정체가 밝혀졌다. 하얀 해골이었다. 수전은 속이 메슥거렸다.

"아가씨, 난롯불에 땔감을 좀 더 넣어야겠어. 집 옆에 장작이 쌓여 있을 게야, 가서 한 아름 들고 와. 굵직한 놈으로 골라서 넉넉히 챙겨. 힘들단 소리는 꺼내지도 마. 그렇게 실팍한 몸을 하고 우는소릴 하면 안 되지, 암!"

수전은 말이 없었다. 잔심부름이 싫어서 우는소리를 하는 버릇은 기저귀를 뗄 무렵에 함께 뗐기 때문이었다. 물론 금화를 갖다준 사람에게 원래 이렇게 일을 시키느냐고 묻고 싶은 마음은 있었지만…… 실은 심부름이 오히려 반가웠다. 오두막 안의 악취에 시달리다 보니 바깥 공기가 와인처럼 달콤할 것 같았다.

문을 막 나서려던 수전의 발에 뜨뜻하고 물컹한 것이 밟혔다. 고양이가 야옹거렸다. 수전은 휘청거리다 하마터면 넘어질 뻔했다. 등 뒤에 있던 노파가 숨이 막힌 듯 헐떡거리는 소리를 연방 내뱉었다.

그것이 웃음소리임을 깨닫기까지는 시간이 필요했다.

"조심해, 고놈은 우리 귀여운 머스티야! 짓궂은 놈이지, 가끔은 정신이 나가 있을 때도 있고 말이야! 흐흥!"

노파는 이 말을 남기고 침실로 모습을 감췄다. 고양이는 귀를 뒤로 젖힌 채 수전을 빤히 올려다보았다. 회녹색 눈동자가 점점 커졌다. 고양이가 수전을 향해 쉭쉭거렸다. 그리고 수전 또한 자신이 무슨 짓을 하는지도 모른 채 고양이를 향해 쉭쉭거렸다. 머스티의 놀란 표정은 앞서 보여준 경멸하는 표정과 마찬가지로 소름 끼치도록 인간과 비슷했고, 또한 우스웠다. 고양이는 냉큼 돌아서서 갈라진 꼬리를 흔들며 레아의 침실로 달아났다. 수전은 오두막 문을 열고 장작을 가지러 갔다. 이곳에 머문 지가 벌써 1000년은 된 듯 피곤했다. 그리고 집에 가려면 아직도 1000년을 더 기다려야 할 것만 같았다.

4

바깥 공기는 수전이 바랐던 만큼 달콤했다. 어쩌면 더 달콤한 것도 같았다. 그녀는 허파를 깨끗이 씻으려고 현관 계단에 서서 그 달콤한 공기를 들이마셨다. 할 수만 있다면 정신도 씻고 싶었다.

수전은 깊은 숨을 다섯 번 들이마신 후에 다시 걸음을 옮겼다. 그리하여 집 옆벽에 도착했으나…… 장작더미가 보이지 않았다. 아무래도 반대쪽으로 온 듯싶었다. 그런데 벽을 타고 덥수룩하게 자란 덩굴 사이로 반쯤 가려진 창문이 보였다. 오두막 안에서 보면 뒤쪽으로 난 창문이므로 분명 노파의 침실이 보일 터였다.

*들여다보면 안 돼. 침대 밑에 있는 게 뭐든 네 알 바 아니잖아. 만
약 들키기라도 했다가는…….*

수전은 머릿속에서 들리는 경고를 무시하고 창문으로 가서 안을
들여다보았다.

레아가 이쪽을 본다고 해도 빽빽이 자란 돼지 담쟁이 덕분에 들
키지 않을 듯싶었다. 그리고 레아의 시선이 향한 곳은 창문 쪽이 아
니었다. 노파는 금화가 든 천 주머니를 입에 문 채 무릎을 꿇고 침
대 밑을 뒤지는 중이었다.

노파는 상자 하나를 꺼내어 이미 살짝 열려 있던 뚜껑을 활짝 열
었다. 노파의 얼굴이 분홍빛 광채로 물드는 광경을 보며 수전은 저
도 모르게 헉 소리를 내뱉었다. 노파의 얼굴이 한순간 소녀의 얼굴
로 바뀌었다. 그러나 그 얼굴에는 젊음뿐만 아니라 잔혹함도 가득했
다. 온갖 그릇된 이유 때문에 온갖 그릇된 것들을 배워버린 오만방
자한 아이의 얼굴이었다. 어쩌면 이 노파의 어릴 적 얼굴인지도 몰
랐다. 빛은 유리구슬처럼 생긴 물체에서 흘러나오는 것처럼 보였다.

노파는 황홀한 표정으로 눈을 크게 뜨고 한동안 그 구슬을 들여
다보았다. 구슬을 상대로 말을 하는지 아니면 노래를 읊조리는지,
입술이 달싹거렸다. 수전이 마을에서 가져온 천 주머니는 여전히 노
파의 입가에 걸린 채 입술이 움직일 때마다 함께 대롱거렸다. 이윽
고 노파는 내키지 않지만 몹시도 힘들게 의지를 발휘한 사람처럼
상자 뚜껑을 덮었고, 장밋빛 광채도 함께 사라졌다. 수전은 문득 안
도감을 느꼈다. 그 상자는 왠지 께름칙한 구석이 있었다.

노파는 한 손을 오므려 상자 뚜껑 한복판에 달린 은 자물쇠를 덮

었다. 그러자 노파의 손가락 사이로 한순간 핏빛 광선이 새어나왔다. 그러는 동안에도 천 주머니는 노파의 입가에 매달려 대롱거렸다. 뒤이어 노파는 상자를 침대에 올려놓고 침대 가장자리의 흙바닥을 손으로 쓸기 시작했다. 손바닥으로 건드렸을 뿐인데도 마치 붓으로 그린 듯 흙바닥에 선들이 나타났다. 선은 점점 짙어져서 홈이 되었다.

수전, 장작! 네가 얼마나 오래 자리를 비웠는지 눈치 채기 전에 장작을 가져와! 아버지의 명예를 위해, 어서!

수전은 치맛자락을 허리까지 걷고 몸을 숙인 채 유리창 아래로 지나갔다. 오두막 안으로 들어갔을 때 옷에 붙은 흙이나 낙엽을 노파에게 보여주고 싶지 않아서였다. 어쩌다가 옷이 더러워졌는지 설명하고 싶은 마음은 더더욱 없었다. 달빛 아래 그녀의 면 속바지가 하얗게 빛났다. 무릎으로 기어서 창문 아래를 통과한 그녀는 다시 일어나 서둘러 오두막 반대편으로 향했다. 곰팡내가 풍기는 오래된 가죽 덮개 아래 장작이 쌓여 있었다. 그녀는 굵다란 장작을 대여섯 개 골라 팔에 안고 오두막 현관 쪽으로 돌아왔다.

오두막에 들어선 수전이 장작을 떨어뜨리지 않으려고 좁은 복도를 옆걸음으로 걷는 사이에, 노파는 거실로 돌아와 재만 남은 벽난로를 시무룩하게 들여다보고 있었다. 금화가 든 천 주머니는 이제 보이지 않았다.

"참 오래도 걸리는군그래."

레아는 수전 따위 안중에도 없다는 듯 벽난로만 들여다보았으나…… 지저분한 드레스 자락 아래에서는 한쪽 발로 바닥을 탁탁 치고 있었고, 찡그린 눈썹 또한 미간 한가운데로 몰려 있었다.

수전은 거실을 가로질러 걸으며 품에 안은 장작들 너머로 레아를 가만히 훔쳐보았다. 근처에서 어슬렁거리며 발을 걸어 넘어뜨릴 기회만 노리는 고양이의 기척이 느껴졌지만, 조금도 놀랍지 않았다.

"거미를 봤거든요. 앞치마를 흔들어서 쫓아버렸어요. 전 거미가 너무 싫어요. 징그럽게 생겼으니까요."

"그보다 훨씬 징그러운 것도 보게 될 텐데, 뭘." 레아는 또다시 한쪽 입가만 일그러뜨리며 기분 나쁘게 웃었다. "소린의 잠옷 틈새에서 튀어나올 게야, 막대기처럼 딱딱하고 순무처럼 벌건 것이! 히히! 아, 잠깐만. 세상에, 많이도 가져왔구먼. 이 정도면 축제일 화톳불에 쓰고도 남겠어."

레아는 수전이 가져온 장작 가운데 굵은 놈을 두 개 골라 숯 더미에 아무렇게나 던져넣었다. 나지막한 굴뚝으로 재가 솟아올랐다. *바보 같은 늙은이. 남은 불도 다 꺼졌겠네. 불씨부터 다시 피워야 하잖아.* 수전이 이렇게 생각하는 사이에 레아는 벽난로를 향해 한 손을 쭉 펴고 나지막이 뭔가 중얼거렸다. 그러자 마치 기름을 붓기라도 한 듯 장작에서 불길이 치솟았다.

"나머지는 저기다 둬. 바닥에 나무껍질 안 흘리게 조심하고."

레아가 장작 보관함을 가리키며 말했다.

왜, 이렇게 깨끗한 집을 더럽히기라도 할까봐? 수전은 속으로 중얼거렸다. 그러면서 입가에 떠오르는 웃음을 참으려고 볼 안쪽을 깨물었다.

그러나 레아는 그 웃음을 놓치지 않았다. 수전이 장작을 내려놓고 몸을 폈을 때, 노파는 다 안다는 듯 부루퉁한 표정으로 그녀를 노려보았다.

"좋아, 아가씨. 이제 슬슬 본론으로 들어가 보자고. 자네가 여기 뭐 하러 왔는지는 이미 알고 있겠지?"

"소린 행정 장관님이 원하셔서 왔어요."

수전은 앞서 했던 말을 되풀이했다. 진짜 답이 아닌 줄은 자신도 잘 알았다. 이제 두려움이 그녀를 사로잡았다. 노파가 수정 구슬을 들여다보는 광경을 창문으로 훔쳐볼 때보다 더욱 겁이 났다.

"장관님은 아들을 원하시는데, 부인께서 이미 폐경을 맞으셨대요. 그래서 장관님 본인마저 너무 늦기 전에 후사를……."

"흐흥, 그런 번지르르한 헛소리 내 앞에선 집어치워. 그 양반이 원하는 건 손으로 쥐어도 안 찌그러질 만큼 탱탱한 젖퉁이랑, 제 물건을 박아대도 야무지게 감싸줄 자궁뿐이야. 박아넬 기운이 아직 남아 있다면 말이지만. 그나마 그 자궁에서 아들이 나오면 다행이야. 그럼 아가씨한테 넘겨서 학교에 들어갈 나이까지 키우게 할 테니까. 물론 그다음엔 영영 못 볼 테지만. 허나 혹시라도 딸이 나오면, 냉큼 뺏어가서 얼마 전에 얻은 부하한테 넘길 게야, 계집처럼 기다란 머리에 다리를 저는 놈한테 말이야. 그럼 그놈은 아기를 가까운 연못에 들고 가서 빠뜨려 죽이겠지."

수전은 물끄러미 노파를 바라보았다. 너무 놀라 아무 생각도 할수가 없었다. 노파는 수전의 표정을 보고 낄낄 웃었다.

"진실을 듣기가 불편한가 보지? 그래, 원래 진실을 좋아하는 사람은 드문 법이지. 허나 그런 건 아무래도 상관없어. 아가씨 고모는 워낙 딱 부러지는 사람이라 소린한테서 한몫 단단히 뜯어낼 게야. 뭐, 아가씨 눈앞에서 얼마가 오가든 내 몫은 한 푼도 없겠지만…… 정신 단단히 차리지 않으면 아가씨한테도 땡전 한 닢 안 돌아갈 게야! 히히! 자, 이제 드레스 벗어!"

입술 바로 뒤까지 솟아오른 말은 싫어요였지만, 그다음은? 이 오
두막에서 쫓겨나(그나마 운이 좋으면 도마뱀이나 두꺼비로 변하지
않고 왔던 모습 그대로 쫓겨나) 이대로 서쪽으로 향할까? 아까는
금화 두 닢이라도 있었지만 이제는 그마저도 없는 빈털터리인데?
게다가 그 문제는 사실 사소한 것에 지나지 않았다. 큰 문제는 바로
그녀가 약속을 해버렸다는 것이었다. 처음에는 완강하게 버텼지만
코딜리어 고모가 아버지의 이름을 꺼냈을 때 그녀는 단념할 수밖에
없었다. 늘 그랬듯이 그녀에게는 선택의 여지가 없었다. 그리고 선
택의 여지가 없을 때, 망설이는 것은 금물이었다.

수전은 먼저 앞치마에 붙은 나무껍질을 털어내고 허리끈을 풀어
앞치마를 벗었다. 벗은 앞치마는 곱게 접어 난롯가의 조그만 방석
위에 올려놓았다. 방석은 기름때가 끼어 번들거렸다. 뒤이어 드레스
의 단추를 허리까지 끄르고 소매에서 팔을 뽑은 다음, 바닥에 떨어
진 드레스에서 벗어났다. 그녀는 드레스도 곱게 접어 앞치마 위에
올려놓았다. 그러는 동안 난로 불빛에 의지하여 몸을 살살이 훑는
레아의 눈빛을 무시하려고 애썼다. 거실을 가로질러 미끄러지듯 걸
어온 고양이가 옆구리에 달린 기괴한 다리를 흔들며 레아의 발치에
웅크리고 앉았다. 바깥에서는 거센 바람이 휘몰아쳤다. 난롯가는 따
뜻했지만 수전에게는 그 온기가 전해지지 않았다. 어째선지 바깥의
바람이 몸속까지 몰아치는 듯했다.

"서둘러, 아가씨. 아버지의 명예를 생각해!"

수전은 슈미즈를 머리 위로 끌어올려 벗은 다음, 접어서 드레스
위에 올려놓고 속바지 차림으로 섰다. 가슴은 두 팔로 가린 채였다.

허벅지가 난롯불의 주황색 빛으로 물들었다. 무릎 뒤의 보드라운 홈은 동그란 그늘로 뒤덮였다.

"저런, 아직도 다 안 벗었구먼!" 늙은 까마귀가 웃음을 터뜨렸다. "품위가 아주 질질 흘러넘치는 아가씨로군! 좋아, 아주 훌륭해! 그래도 그 속바지는 얼른 벗어, 벗고 엄마 뱃속에서 나올 때 모습 그대로 서! 뭐, 그때야 물론 하트 소린 같은 호색한들을 홀릴 만한 무기가 안 달려 있었겠지만. 안 그래? 히히!"

깨어날 수도 없는 악몽에 갇힌 기분으로, 수전은 노파의 말을 따랐다. 둔덕과 조그만 덤불이 다 드러난 상태에서 가슴을 가리려니 왠지 우스울 듯싶었다. 그녀는 팔짱을 풀었다.

"흠, 소린이 그토록 환장한 것도 무리가 아니구먼! 실로 아름다운 몸이야! 그렇지, 머스티?"

고양이는 야옹 소리로 동의를 표했다.

"이런, 무릎에 흙이 묻었잖아. 어쩌다 그런 게야?"

수전은 한순간 머릿속이 얼어붙었다. 드레스에 흙이 묻지 않게 치맛자락을 걷고 노파의 침실 창문 아래를 기었건만…… 그것이 오히려 실수가 되어 목을 죄는 형국이었다.

그러다가 문득 자신도 모르게 대답이 튀어나왔다. 목소리 또한 지극히 차분했다.

"처음 이 오두막을 봤을 때 겁이 더럭 났어요. 그래서 땅에 무릎을 꿇고 기도를 올렸는데, 그때 묻었을 거예요. 드레스가 더러워지지 않게 치마를 걷었거든요."

"이거 참 감동적이구먼, 나 같이 비천한 것한테 깨끗한 옷을 보여주려고 그리 조심하다니! 마음씨는 또 어찌나 고운지! 너도 그렇게 생각하지, 머스티?"

고양이는 이번에도 야옹 소리로 대답하고 앞발을 핥기 시작했다.

"시작하세요. 아주머니는 품삯을 받으셨고, 전 아주머니가 시키시는 대로 따를 거니까요. 하지만 놀리는 건 그만두세요."

"내가 지금부터 하려는 일이 뭔지는 알고 있겠지, 아가씨."

"아뇨."

또다시 눈물이 넘칠 것처럼 눈 뒤편이 뜨거워졌지만, 수전은 울지 않을 작정이었다. 절대로.

"짚이는 데가 있긴 했어요. 하지만 코딜리어 고모한테 제 짐작이 맞는지 여쭤봤을 때, 고모는 이렇게만 대답했어요. '아주머니께서 대신 가르쳐주실 거다.'라고요."

"흥, 자기 입을 더럽히기 싫어서 그런 게지. 뭐, 그것도 괜찮아. 이 레아 아주머님께서는 품위 같은 걸 모르시다 보니 코딜리어 고모님이 차마 못하는 얘기도 얼마든지 할 수 있거든. 난 아가씨의 몸과 마음이 모두 온전한지 확인할 거야. 옛 선조들께서는 '순결의 증명'이라고 부르셨던 의식이지. 멋진 이름이야, 암. 자, 이리 가까이 와."

수전은 마지못해 두 걸음 앞으로 나섰다. 맨발은 노파의 슬리퍼에, 벗은 가슴은 노파의 드레스에 거의 닿을 듯 가까웠다.

"만약 악마나 악령이 아가씨의 영혼을 더럽혔다면 아가씨의 몸 안에 자리 잡을 아기 또한 그것에 물들 게야. 헌데 그런 것들은 흔적을 남기는 법이지. 보통은 입으로 빨아서 생긴 멍이나 잇자국이지만…… 때로는 색다른 자국이 남기도 해. 자, 입을 벌려!"

수전은 시키는 대로 따랐다. 노파가 몸을 숙이자 속이 뒤집힐 것만 같은 악취가 확 끼쳐왔다. 수전은 숨을 참고 이 의식이 빨리 끝나기만을 기도했다.

"혀 내밀어."

수전은 혀를 길게 내밀었다.

"이제 나한테 숨을 내뿜어봐."

수전은 참았던 숨을 토했다. 레아는 그 숨을 들이마시더니 고맙게도 악취 나는 머리를 뒤로 조금 물렸다. 머리를 얼마나 가까이 디밀고 있었던지, 폴짝폴짝 뛰어다니는 머릿니가 다 보였다.

"흠, 숨결이 향긋하군. 군침 도는 냄새야. 자, 이제 뒤로 돌아."

수전은 시키는 대로 돌아섰다. 등과 허리를 훑어 내려가는 노파의 손가락이 진흙처럼 차가웠다.

"허리를 숙이고 엉덩이를 벌려. 부끄러워할 것 없어, 아가씨. 레아 아주머니는 평생 셀 수도 없을 만큼 많은 아가씨들의 엉덩이를 들여다봤거든. 히히!"

수전은 벌게진 얼굴로 레아의 지시를 따랐다. 이마와 관자놀이에서까지 심장의 박동이 느껴졌다. 이윽고 시체처럼 차가운 손가락이 항문을 향해 다가오는 느낌이 들었다. 그녀는 비명을 참으려고 입술을 깨물었다.

손가락의 침입은 짤막하게 끝났지만…… 수전은 두려웠다. 그것으로 끝날 리가 없기 때문이었다.

"돌아서."

수전은 뒤로 돌아섰다. 노파는 수전의 가슴을 손으로 쓸다가 엄지손가락으로 유두를 살짝 튕겨보더니, 뒤이어 유방 아래의 그늘을 세심히 살펴보았다. 그런 다음 손가락으로 배꼽까지 살펴본 후에 치

맛단을 걷고 힘에 부치는 듯 신음 소리를 토하며 쭈그려 앉았다. 그
러고는 쭈그려 앉은 자세 그대로 수전의 다리 앞쪽과 뒤쪽을 손으
로 쓸며 점검했다. 종아리 바로 아래의 힘줄을 살펴볼 때에는 무릎
에 체중이 실려서인지 유독 힘겨워하는 듯했다.

"오른발을 올려봐."

수전은 시키는 대로 했다가 저도 모르게 날카로운 웃음을 터뜨렸
다. 레아가 엄지손톱으로 발바닥을 긁었기 때문이었다. 노파는 발가
락을 차례로 벌려가며 그 틈새까지 하나하나 점검했다.

노파는 똑같은 방식으로 왼발까지 검사한 후에 쭈그려 앉은 자세
그대로 말했다.

"다음은 어딘지 알지?"

"예."

조금은 떨리는 목소리가 수전의 입에서 서둘러 튀어나왔다.

"움직이지 말고 가만히 있어, 아가씨. 다른 데는 모두 훌륭해. 껍
질을 벗긴 버들가지처럼 아주 깨끗해. 허나 소린이 원하는 건 단 하
나, 우리가 지금부터 살펴볼 이 아늑한 둔덕이야. 진정한 순결을 입
증해야 하는 곳이 바로 여기거든. 그러니 가만히 있어!"

수전은 눈을 감고 드롭 평원을 질주하는 말 떼를 떠올렸다. 그 말
들은 대부분 자치령 정부의 재산으로서 소린의 비서이자 자치령 재
무 집행관인 라이머의 감독 하에 있었지만, 정작 자신들은 그런 사
실을 까맣게 몰랐다. 말들은 스스로 자유의 몸이라고 생각했다. 그
리고 자신이 자유롭다고 믿는 존재는 거칠 것이 없는 법이었다.

*제 마음에도 자유를 주세요, 드롭 평원을 달리는 말들처럼. 그리
고 이 여자가 저를 해치지 못하게 해 주세요. 제발, 저를 해치게 놔*

두지 마세요. 혹시라도 상처를 입는다면 부디 명예롭게 침묵을 지키며 참아내게 해 주세요.

차가운 손가락이 배꼽 아래의 보드라운 털을 둘로 갈랐다. 잠깐 동안 아무 기척이 없었다. 그러다가 차디찬 손가락 두 개가 수전의 몸속으로 들어왔다. 통증이 느껴졌지만 한순간이었다. 그리 심하지도 않았다. 한밤중에 일어나 변소에 가다가 발가락을 찧거나 정강이가 까졌을 때 느꼈던 통증에 비하면 아무것도 아니었다. 진짜 아픔은 바로 치욕이었다. 그리고 레아의 쭈글쭈글한 손가락이 주는 불쾌감이었다.

"짱짱하군. 아주 훌륭해! 허나 훌륭한지 어떤지는 소린이 알아서 감상할 문제지, 암! 아가씨, 내 아가씨를 위해 한 가지 비밀을 알려주겠어. 매부리코에 젖통에는 닭살이 오돌토돌 돋은 자린고비 코딜리어 고모는 까맣게 모르는 비밀이야. 뭐고 하니, 순결한 처녀도 가끔은 찌릿찌릿한 맛을 즐긴다는 게지. 방법만 안다면!"

몸속에서 빠져나간 노파의 손가락이 음부 끄트머리의 도톰한 살을 부드럽게 감쌌다. 수전은 더럭 겁이 났다. 노파의 손가락이 그 예민한 곳을 꼬집을 것만 같았다. 말을 타다가 가끔 안장 앞머리에 쓸릴 때면 자신도 모르게 숨을 들이마시게 되는 그곳을. 그러나 노파의 손가락은 꼬집는 대신 부드럽게 어루만졌고…… 살짝 눌렀으며…… 수전은 전혀 불쾌하지 않은 뜨거운 기운을 느끼고 공포에 휩싸였다.

"조그마한 것이 아주 비단 꽃봉오리 같구먼."

노파는 이렇게 중얼거리며 손가락을 더욱 빠르게 놀렸다. 수전은 엉덩이가 저절로 앞을 향해 슥 움직이는 느낌이 들었다. 마치 저만의 정신과 생명을 갖기라도 한 듯이. 그래서 아까 보았던, 열린 상자 위로 보이던 노파의 얼굴을 떠올렸다. 가스등 불빛에 물든 매춘부의 얼굴처럼 분홍빛을 띤, 탐욕스럽고 오만방자하던 그 얼굴을. 노파의 쭈글쭈글한 입가에 매달려 씹다 뱉은 고깃덩이처럼 대롱거리던 금화 주머니도 떠올렸다. 그러자 아랫도리를 물들이던 뜨거운 기운도 사라졌다. 수전은 몸을 뒤로 빼고 부르르 떨었다. 팔과 배와 가슴에 소름이 스르륵 돋았다.

"품삯 값은 다 하신 것 같네요."

수전이 냉랭한 목소리로 말했다. 레아의 표정이 일그러졌다.

"나한테 이래라 저래라 주절거릴 생각 마, 이 건방진 풋내기야! 끝날 때가 언젠지는 내가 정해, 이 쿠스의 레아님이! 그러니……"

"입 다물고 일어서기나 해, 이 괴물 할망구야. 걷어차서 불구덩이에 처넣기 전에."

노파는 입술을 벌려 몇 개 안 남은 이를 드러내며 개처럼 으르렁거렸고, 수전은 그 표정을 보며 깨달았다. 이제 그녀와 마녀는 처음으로 돌아가 있었다. 서로의 눈알을 뽑으려고 으르렁대던 그때로.

"어디 나한테 손가락 하나만 대 봐라, 건방진 계집아. 그랬다가는 손도 발도 눈도 없이 이 집을 나서게 될 게다."

"아주머니라면 거뜬히 그러시고도 남겠죠. 하지만 그랬다간 소린 장관님께서 꽤나 화를 내실걸요."

수전은 평생 처음으로 외간 남자의 이름 뒤에 몸을 숨겼다. 그 생각 때문에 부끄러워졌고…… 스스로가 초라하다고 느꼈다. 그 남자와 한 침대에 누워 그 남자의 아기를 갖기로 합의한 마당에 왜 이런 기분이 드는지는 알 수 없었지만, 그래도 사실이었다.

노파는 수전을 물끄러미 바라보았다. 그러는 동안 주름이 자글자글한 얼굴은 으르렁대던 표정보다 더 징그러운 웃음으로 서서히 물들어갔다. 마침내 노파가 의자 팔걸이를 붙들고 숨을 헐떡거리며 일어섰다. 수전은 그 틈에 얼른 옷을 걸쳤다.

"그래, 화가 나서 길길이 날뛰겠지. 어쩌면 아가씨 말이 옳은지도 몰라. 내가 오늘 저녁에 좀 묘한 일을 겪었어. 그래서 잠들어 있는 게 더 나은 내 안의 일부가 그만 깨어나고 만 게야. 여기서 일어났을지도 모르는 일들은 모두 칭찬으로 받아들여. 아가씨의 젊음과 청순함과…… 아름다움에 대한 칭찬으로 말이야. 그래, 아가씨는 아름다워. 두말할 것도 없이 아름답지. 이 머리카락도…… 소린을 위해 풀어헤치겠지. 그와 함께 침대에 누우면…… 부드러운 머릿결이 태양처럼 빛날 게야. 안 그래?"

수전은 늙은 마녀의 흥을 깨고 싶지는 않았지만, 그렇다고 알랑거리는 칭찬을 계속 듣고 싶지도 않았다. 레아의 희끄무레한 눈에 깃든 적의를 여전히 마주하면서, 그 징그러운 손길이 살갗 위를 딱정벌레처럼 기어다니는 느낌을 여전히 느끼면서 그러고 싶지는 않았다. 수전은 말없이 드레스에 발을 넣고 어깨까지 끌어올린 다음 앞섶의 단추를 채우기 시작했다.

레아 역시 수전의 생각을 읽었는지 입가의 웃음을 지우고 사무적인 태도로 돌아갔다. 수전에게는 커다란 위안이었다.

"뭐, 그거야 아무려면 어때. 아가씨의 순결은 증명됐어. 그러니 옷을 챙겨입고 돌아가도록 해. 허나 명심해, 우리가 나눈 얘기가 소린의 귀에 들어가선 안 돼! 여자들끼리 한 말이 남자 귀에 들어가면 탈이 나는 법이거든. 특히 소린처럼 잘난 남자라면 더더욱. 어때, 내 말 알아들었어?"

이렇게 중얼거리는 동안에도 레아의 얼굴은 발작하듯 갑자기 일그러져 비웃는 표정으로 바뀌었다. 수전은 노파가 그 사실을 아는지 의심스러웠다.

뭐든 할게요. 여기서 나갈 수만 있다면 뭐든지.

"증명이 다 끝났다는 말씀이죠?"

"그래, 수전. 패트릭의 딸이여. 그대의 순결은 내가 보증하지. 허나 입으로 한 말은 중요한 게 아니야. 그러니…… 잠깐만…… 여기 어디 있을 텐데……."

레아는 벽난로 위를 샅샅이 뒤졌다. 이 빠진 접시에 들러붙은 양초 토막을 이쪽저쪽으로 옮기기도 했고, 남포등과 플래시를 차례로 들추고 아래를 뒤지기도 했다. 그러다가 웬 어린 소년의 초상화를 가만히 들여다보다가 한쪽으로 치우기도 했다.

"어디…… 어디 있는 게야…… 에이…… 옳지, 찾았다!"

레아는 때 묻은 표지가 붙은 공책(표지에는 오래된 금박 글씨로 *시트고*라고 찍혀 있었다.)과 몽당연필을 꺼냈다. 공책을 거의 끝까지 넘긴 후에야 아무것도 안 적힌 종이가 나왔다. 레아는 텅 빈 종이에 뭔가 끄적거린 다음, 공책 맨 위에 달린 용수철 모양 철사에서 종이를 찢어냈다. 수전은 레아가 건넨 종이를 받아 들여다보았다. 거기 적힌 글씨는 언뜻 봐서는 읽기조차 힘들었다.

순 껀 항

글씨 아래는 그림이었다.

"이게 뭐예요?" 수전이 조그만 그림을 가리키며 물었다.

"레아의 수결(手決)이야. 인근 자치령 여섯 곳에 두루 알려졌을 뿐 아니라 위조하는 것도 불가능하지. 자, 이 종이를 가져가서 고모한테 보여주도록 해. 그런 다음 소린한테도 보여줘. 고모가 직접 들고 가서 소린한테 보여주겠다고 할지도 몰라. 잘난 척 뻐기는 그 여편네 성격은 나도 잘 알거든. 그래도 안 된다고 해, 이 레아 님께서 절대 금하셨다고 말해."

"소린 장관님이 원하시면요?"

레아는 알 바 아니라는 듯이 어깨를 으쓱했다.

"소중히 보관하든, 태워버리든, 아니면 뒤를 닦든 맘대로 하라고 해. 어차피 아가씨한테는 별것도 아니잖아. 자기 몸이 깨끗하단 것쯤은 속속들이 알 테니까. 안 그래?"

수전은 고개를 끄덕였다. 언젠가 무도회에서 돌아오던 길에 함께 걷던 소년에게 가슴에 손을 넣어도 좋다고 허락한 적이 딱 한 번 있기는 했지만, 그게 어쨌다는 건가? 그녀는 순결했다. 이 징그러운 마녀의 증명서에 담긴 의미보다 훨씬 더 순결했다.

"허나 이 종이를 잃어버리면 절대 안 돼. 그랬다간 나를 다시 보게 될 게야. 아까 했던 일도 처음부터 다시 해야 될 테고."

생각만으로도 끔찍하네요. 수전은 떨리는 기색을 드러내지 않으려고 기를 썼다. 그러고는 종이를 접어 드레스의 호주머니에 넣었다. 앞서 금화 주머니를 넣었던 호주머니였다.

"자, 이제 그만 가자고."

레아는 수전의 팔을 잡아끌 것처럼 쳐다보다가 생각을 바꿨다. 두 사람은 나란히 서서 오두막 현관으로 걸어갔다. 서로 몸이 닿지 않으려고 조심하느라 꽤나 어색한 모습이었다. 현관에 도착하자 레아가 수전의 팔을 붙잡았다. 반대편 손으로는 쿠스 언덕 상공에서 환하게 빛나는 은색 원반을 가리켰다.

"입맞춤을 부르는 달이야. 아직 여름이 한창이라는 뜻이지."

"예."

"소린에게 악마의 달이 중천에 뜰 때까지는 아가씨를 침대에 들이면 안 된다고 전해. 딱히 침대만이 아니라 낟가리 위에서든 부엌 뒷방에서든, 어디서든 마찬가지야. 그때까지는 동침을 해서는 안 돼."

"수확기까지 안 된다는 말씀이세요?"

수확제는 석 달 후였다. 일생처럼 긴 시간 같았다. 수전은 이 집행유예 통보 같은 말을 듣고 기쁨을 감추려고 애썼다. 이튿날 달이 뜨기도 전에 소린에게 순결을 빼앗기리라고 걱정했기 때문이었다. 그녀는 자신을 탐하는 소린의 눈길을 이미 오래전에 간파했다.

한편 레아는 달을 바라보며 뭔가 계산하는 눈치였다. 그러는 동안에도 한 손으로는 길게 땋은 수전의 머리카락을 쓰다듬었다. 수전은 그 징그러운 손길을 꾹 참았다. 그러다 더는 못 참겠다 싶은 순간이 왔을 때, 때마침 레아가 머리에서 손을 떼고 고개를 끄덕였다.

"그래, 그것도 그냥 수확기까지가 아니야. 정확히 *핀 데 아뇨*, 수확제 축일 밤까지야. 소린에게 전해, 축일 밤의 불놀이가 끝나면 동침해도 좋다고. 알았지?"

"예. *핀 데 아뇨* 당일 밤. 알았어요." 수전은 목소리에 묻어나는 기쁨을 감출 수가 없었다.

"그린하트 광장의 불이 잠잠해지고 마지막 허수아비가 재로 변할 때. 바로 그때야, 그 전엔 절대 안 돼. 반드시 그렇게 전해."

"예. 전할게요."

노파의 손이 또다시 수전의 머리 타래를 쓰다듬기 시작했다. 수전은 꾹 참았다. 그토록 반가운 소식을 전해준 노파의 손길을 뿌리치는 것은 비열한 짓 같아서였다.

"지금부터 수확제까지 남은 시간은 명상을 하든가, 장관에게 아들을 낳아줄 힘을 모으는 데 쓰도록 해. 아니면 뭐…… 말을 타고 드롭 평원을 달리며 마지막 처녀 시절을 만끽해도 좋고. 알았지?"

"예. 고맙습니다."

수전은 무릎을 굽혀 인사했다. 레아는 아첨 떨지 말라는 뜻으로 손을 내저었다.

"우리 사이에 오간 말은 입 밖에 내지 마. 그건 우리 둘만의 사정이니까."

"말 안 할게요. 이제 가도 되나요?"

"그게…… 실은 사소한 문제가 하나 남았는데 말이지……."

레아는 정말로 사소한 문제라고 강조하듯 씩 웃고는 수전의 눈앞에 왼손을 들었다. 세 손가락은 하나로 붙어 있었고 한 손가락은 외따로 떨어져 있었다. 붙어 있는 세 손가락 사이에서 난데없이 나타난 은색 메달이 환하게 반짝였다. 수전의 눈길은 곧장 그 메달에 집중되었다. 레아가 나지막이 한마디를 속삭일 때까지는.

레아가 속삭인 순간, 수전은 두 눈을 굳게 감았다.

5

레아는 오두막 현관 계단에 선 채로 달빛을 받으며 잠든 소녀를 가만히 쳐다보았다. 소매에서 꺼냈던 메달을 제자리에 집어넣은 후 (마녀의 손은 쭈글쭈글하고 마디가 툭툭 튀어나왔지만 필요할 때에는 잽싸게 움직였다.), 사무적이었던 표정은 사라지고 또다시 악의와 분노가 레아의 얼굴을 물들였다. *이 몸을 걷어차서 불구덩이에 처넣겠다고? 이 창녀야? 소린에게 고자질한다고 했겠다?* 그러나 소녀의 위협과 무례는 아무것도 아니었다. 진짜 모욕은 소녀가 레아의 손길을 뿌리치고 물러섰을 때 그 얼굴에 보였던 혐오감이었다.

레아가 갖기에는 과분한 소녀였다. 정말로 과분했다! 또한 소녀는 자신이 소린에게 과분한 존재라고 생각하는 것이 틀림없었다. 아름다운 금발을 길게 기른 열여섯 살 처녀. 말할 것도 없이 소린은 그 아름다운 머릿결에 손을 집어넣고 싶어 안달할 터였다. 아랫도리를 들썩들썩 움직이는 동안에도.

레아는 눈앞의 소녀를 해칠 수 없었다. 마음은 간절했지만, 그리고 소녀 또한 레아에게 벌을 받아 마땅했지만 그럴 수는 없었다. 그랬다가는 소린이 당장 수정 구슬을 빼앗아갈 텐데 레아는 그 고통을 견딜 수가 없었다. 아직은, 안 될 일이었다. 이러한 까닭에 소녀를 해칠 수는 없었지만, 소린의 즐거움을 빼앗기 위해 작은 술수를 부릴 수는 있었다. 적어도 얼마 동안이나마.

레아는 소녀에게 가까이 다가섰다. 손으로는 소녀의 등 뒤에 늘어진 기다란 머리 타래를 쥐고 천천히 쓰다듬으며 그 부드러운 감촉을 음미했다.

"수전." 레아가 속삭였다. "패트릭의 딸 수전, 내 말이 들리나?"

"예." 감은 두 눈은 열리지 않았다.

"그럼 들어봐." 입맞춤을 부르는 달의 환한 빛이 레아의 얼굴을 물들여 은색 해골로 바꾸어놓았다. "잘 듣고 기억하도록 해. 정신이 깨어 있을 때에는 결코 들여다보지 못할 깊은 동굴 속에, 그 말을 잘 새겨둬."

레아는 머리 타래를 쓰다듬고 또 쓰다듬었다. 비단처럼 부드러웠다. 소녀의 가랑이에 맺힌 조그만 꽃봉오리처럼.

"새겨둘게요." 문간에 선 소녀가 중얼거렸다.

"좋아. 소린에게 순결을 빼앗긴 후에 네가 할 일이 있어. 곧장 해야 해, 생각할 것도 없이 즉시. 이제 잘 들어라, 패트릭의 딸 수전. 잘 들어야 해."

손으로는 여전히 머리칼을 쓰다듬으면서, 레아는 수전의 보드라운 귓불에 쭈글쭈글한 입술을 대고 달빛 아래 소곤거리기 시작했다.

제3장

도로에서 만난 두 사람

1

    수전은 태어나서 지금껏 그토록 기묘한 밤을 경험해본 적이 없었다. 그러다 보니 저 뒤쪽에서 걸어오던 말 탄 나그네가 등 뒤에 다가올 때까지 눈치 채지 못한 것도 그리 놀랄 일은 아니었다.

    마을로 돌아가는 동안 내내 수전의 마음이 심란했던 까닭은 무엇보다도 자신이 맺은 계약의 의미를 새롭게 깨달았기 때문이었다. 유예 기간을 얻은 것은 다행이었다. 약속한 의무를 지켜야 할 날은 이제 몇 달 후로 미뤄졌다. 그러나 유예 기간이 생겼다고 해서 약속의 본질이 바뀌는 것은 아니었다. 악마의 달이 가득 차오르면 그녀는 행정 장관 소린에게 순결을 잃게 될 처지였다. 깡마르고 방정맞은, 거기다 동그랗게 벗겨진 정수리 주위로 흰머리가 구름처럼 돋은 그 사내에게. 소린의 부인은 옆에서 보기에도 안쓰러울 만큼 비탄에 젖은 눈빛으로 남편을 바라보곤 했다. 하트 소린은 희극 배우들끼리 서로 머리를 쥐어박거나 주먹다짐을 하거나 썩은 과일을 던지는 식의 익살극을 볼 때에는 지붕이 떠나가라 웃어대는 반면에, 감상적이거나 비극적인 이야기 앞에서는 도무지 알 수가 없다는 표정만을 짓는 남자였다. 그는 손가락 관절을 꺾어 딱딱 소리를 내는 버릇이 있었고, 사람의 등을 스스럼없이 철썩 때리기도 했으며, 만찬회 자리에서는 트림을 꺽꺽 해댈 만큼 예의가 없었다. 그러면서도 정작 무슨 말을 할 때면 혹시 자기 비서관인 라이머의 심기를 거스르지는 않았나 하는 걱정에 그의 눈치를 힐끔힐끔 살피는 위인이기도 했다.

수전은 소린의 그러한 모습을 이따금씩 목격했다. 그녀의 아버지는 오랫동안 자치령 소유의 말들을 맡아 기르며 가끔 시프론트에 출장을 나갔다. 그때마다 그는 애지중지하는 딸을 함께 데려가곤 했다. 그때마다 그녀는 소린을 만날 수 있었고 소린 역시 마찬가지였다. 어쩌면 너무 자주 만났는지도! 지금 가장 중요한 문제는 앞으로 그의 아들을 잉태할지도 모르는 수전보다 그가 거의 쉰 살이 더 많다는 점이었다.

수전은 그 거래를 기꺼이 받아들였다…….

아니, '기꺼이'라는 표현은 수전에게 실례가 되겠지만…… 그래도 그 거래 때문에 밤잠을 못 이룬 적이 거의 없는 것만은 사실이었다. 코딜리어 고모의 의견을 듣고 나서 그녀는 생각했다. *뭐, 별 거 아냐. 토지 계약서를 얻을 수만 있다면. 마침내 드롭 평원에 우리 땅이 생긴다면…… 오래전에 맺은 구두 계약 말고 진짜 계약서를 받을 수만 있다면. 우리 땅을 인정하는 계약서가 우리 집에 한 통, 라이머의 공식 장부에도 한 통 생기는 거야. 그래, 게다가 말도 다시*

기를 수 있어. 고작 세 마리뿐이지만 지금 기르는 말에 세 마리가
더 생기는 거야. 대가? 그 사람이랑 두세 번 동침하고 아기를 낳는
거지. 나 말고도 수많은 여자들이 그랬듯이. 돌연변이나 문둥병자를
상대하는 것도 아니야. 그저 좀 예의 없는 노인일 뿐이야. 죽을 때
까지 같이 사는 것도 아니고. 고모 말마따나 나중에 다시 결혼할 수
있을지도 몰라, 시간과 카가 허락만 한다면. 아기를 낳고 재혼하는
여자가 아예 없는 것도 아니니까. 만약 그렇게 되면…… 그렇다면
나는 매춘부일까? 아니, 법에는 그렇지 않다고 규정돼 있어. 하지만
법 같은 건 중요하지 않아. 중요한 건 내 마음의 법이야. 그런데 내
마음은 이렇게 말해. 만약 우리 아버지의 땅과 그 땅에서 키울 말
세 마리를 대가로 받으면 난 매춘부가 된다고.

수전을 괴롭히는 생각은 또 있었다. 코딜리어 고모는 아직 어린
아이인 수전의 순진한 마음을 이용했다. 그녀는 고모가 얼마나 무자
비했는지를 이제야 깨달았다. 고모는 줄곧 아기 이야기만 늘어놓았
다. 그녀가 장차 낳게 될 귀여운 아기. 고모는 알았던 것이다. 인형
을 가지고 놀 나이가 지난 지 얼마 안 된 그녀가 자신의 아기를, 옷
을 갈아입히고 젖을 먹이고 따뜻한 오후에는 함께 누워 낮잠도 잘
아기를 가진다는 생각에 얼마나 마음이 들뜰지를.

코딜리어 고모가 빼놓고 얘기하지 않았던 것을(너무 순진해서 그
생각은 미처 하지도 못했겠지. 수전은 언뜻 생각했지만 그 생각을 믿지는
않았다.), 이날 밤 마녀는 수전에게 무자비할 정도로 분명하게 가르
쳐주었다. 소린이 원한 것은 아기뿐만이 아니었다.

그 양반이 원하는 건 손으로 쥐어도 안 찌그러질 만큼 탱탱한 젖
통이랑 제 물건을 박아대도 야무지게 감싸줄 자궁뿐이야.

달도 안 보이는 어둠 속을 걸어 마을로 향하는 동안(이번에는 뛰지도 않았고 노래도 부르지 않았다.) 수전은 마녀의 그 말을 떠올리는 것만으로도 얼굴이 화끈거렸다. 거래에 동의했을 때, 그녀는 가축들이 짝짓기 하는 방식을 어렴풋이 떠올렸을 뿐이었다. 가축들은 '씨가 자리를 잡을 때까지'만 붙어 있도록 허락받았고, 행위가 끝나면 다시 격리되었다. 그러나 이제 그녀는 확실히 깨달았다. 소린은 그녀를 원하고 또 원할지도 몰랐다. 아마도 그럴 터였다. 그리고 수천 년 동안 지켜져 내려온 관습에 따르면 그에게는 원하는 대로 할 자격이 있었다. 깨끗함을 증명한 수전이 자기가 낳은 아기의 깨끗함 또한 증명할 때까지…… 말하자면, 돌연변이가 아니라고 명확히 밝혀질 때까지. 그녀가 몰래 조사해 본 결과 아기의 정상 여부는 임신 4개월이 되어야 비로소 뚜렷해진다고 했다. 배가 불러올 무렵, 옷을 입고도 임신한 태가 날 무렵이었다. 정상 여부를 판가름할 사람 또한 레아였는데…… 레아는 그녀를 싫어했다.

이제는 모두 때늦은 후회였다. 수전은 재무 집행관이 공적으로 제안한 계약에 이미 동의했고, 소름 끼치는 마녀에게 순결함을 증명하는 확인서까지 받은 후였다. 이미 맺은 약속을 없던 것으로 돌릴 수는 없었다. 그녀의 가장 큰 궁금증은 바지를 벗은 소린이 어떤 몰골일까 하는 것이었다. 새하얀 다리는 황새처럼 앙상할 것이 뻔했다. 침대에 누우면 무릎과 등, 팔꿈치, 목까지 온몸의 뼈가 뚜두둑 소리로 노래를 부를지도 몰랐다.

그리고 손가락도. 손가락을 잊으면 안 되지.

그랬다. 털이 숭숭 돋은 노인의 손가락 관절이 떠올랐다. 수전은 그 우스꽝스러운 손가락을 떠올리고 킥킥 웃었지만, 동시에 한쪽 눈가에서는 따뜻한 눈물이 넘쳐 볼을 타고 흘러내렸다. 그녀는 눈물이 흐르는 것을 깨닫지도 못한 채 아무 생각 없이 훔쳐냈고, 도로의 부드러운 흙을 밟으며 다가오는 말의 발굽 소리 또한 자신의 눈물과 마찬가지로 눈치 채지 못했다. 그녀의 정신은 여전히 먼 곳에, 노파의 오두막 침실 창문으로 훔쳐보았던 그 기이한 물건에 사로잡혀 있었다. 분홍색 구슬에서 퍼져나오던 부드럽지만 왠지 불쾌한 빛, 그 구슬을 들여다보던 노파의 홀린 듯한 표정…….

그러다 마침내 뒤에서 다가오는 말발굽 소리를 들었을 때, 화들짝 놀란 수전의 머릿속에는 때마침 길옆에 보이는 덤불 속으로 숨어야 한다는 생각이 맨 먼저 떠올랐다. 그녀가 보기에 이 늦은 시각에 나다니는 사람이 착실한 인간일 확률은 극히 낮았다. 중간 세계가 엄혹한 시절에 접어든 요즈음은 더더욱 그러했다. 그러나 몸을 숨길 기회는 이미 날아간 후였다.

그렇다면 도랑으로 뛰어들어 납작 엎드려야 했다. 달이 기울었으니 뒤따라오던 사람이 못 보고 지나칠 수도…….

그러나 수전이 우울한 생각에 사로잡혀 걷는 동안 소리 없이 등 뒤에 다가온 말 탄 사내는 그녀가 도랑 쪽으로 몸을 틀기도 전에 큰 소리로 인사를 건넸다.

"안녕하십니까, 아가씨. 땅 위에서 그대의 날들이 오래도록 이어지기를."

수전은 돌아서면서 생각했다. *장관 저택이나 나그네 주점에서 노닥거리는 그 낯선 삼인조 중 한 명이면 어떡하지? 제일 나이 많은 사람은 아니야, 그 사람 목소리는 바들바들 떨리니까. 그치만 나머지 둘 중 한 명이라면…… 그 디페이프라는 남자일 수도…….*

"안녕하세요." 수전은 키 큰 말에 탄 남자의 시커먼 형상을 향해 인사를 건네는 자신의 목소리가 마치 남의 것처럼 느껴졌다. "아무쪼록 당신의 날들도 그러하기를."

다행히 목소리를 떨지는 않았다. 적어도 수전이 듣기에는 그랬다. 말 위에 앉은 사내는 삼인조 가운데 젊은 축인 디페이프도, 레이놀즈라는 남자도 아닌 듯했다. 확실히 알아볼 수 있는 것이라고는 평평한 챙이 달린 모자뿐이었다. 그녀가 기억하기로는 내륙 자치령의 남자들이 즐겨 쓰는 모자였다. 동부와 서부가 지금보다 더 빈번하게 왕래하던 시절의 기억이었다. 그때는 아직 '의인(義人)'으로 불리는 존 파슨이 등장하기 전, 그리고 전쟁의 막이 오르기 전이었다.

낯선 남자가 곁에 다가서는 동안 수전은 그의 기척을 듣지 못한 자신의 실수를 용서하기로 했다. 그가 지닌 장비에는 소리를 낼 만한 버클이나 종이 전혀 달려 있지 않았고, 짐도 말 등에 부딪혀 철썩거리지 않도록 단단히 묶여 있었다. 행색으로 보아 그 남자는 십중팔구 무법자이거나 도적이었다(수전이 보기에는 떨리는 목소리를 지닌 그 조너스라는 남자와 그의 동료 두 명 또한 언젠가 어느 곳에서는 무법자이자 도적으로 살았을 것 같았다.). 그렇지 않으면 총잡이이거나. 그러나 몰래 숨기고 있다면 또 모를까, 남자는 총을 차고 있지 않았다. 무기라고는 안장 앞머리에 걸친 활과 총집에 꽂힌 창처럼 보이는 물건뿐이었다. 게다가 그녀가 아는 한 그처럼 어린 총잡이는 세상에 한 명도 없었다.

남자는 입으로 쯧쯧 소리를 내서 말에게 신호를 보냈다. 수전의 아버지가 늘 하던 방식이었다(그리고 물론 수전도 그 버릇을 물려받았다). 그러자 말이 대번에 걸음을 멈췄다. 남자가 한쪽 다리를 높이 쳐들더니 안장 반대쪽으로 넘겼다. 일부러 빼기지 않아도 우아함이 배어나는 그의 몸놀림을 보며 수전은 급히 내뱉었다.

"아뇨, 아니에요. 굳이 내리실 필요 없어요. 그냥 가세요!"

남자는 수전의 목소리에서 경계하는 빛을 느꼈는지 어땠는지 전혀 내색하지 않았다. 그는 등자를 건드리지도 않고 사뿐히 땅에 내려섰다. 네모난 장화 앞코에서 흙먼지가 피어올랐다. 수전은 달빛에 비친 남자의 얼굴을 보고 그가 정말로 어리다는 것을 알 수 있었다. 수전보다 위든 아래이든 간에 얼마 차이 나지 않는 또래였다. 남자가 입은 옷은 새것이기는 해도 땀 흘려 일하는 카우보이의 복장이었다.

"윌 디어본, 아가씨께 인사드립니다."

남자는 이렇게 말하더니 모자를 벗고 한쪽 발을 내민 다음, 내륙 자치령 사람들이 하는 방식으로 고개 숙여 인사했다.

마을 변두리 유전 지대의 석유 냄새가 코를 찌르는 이 외딴 길에서 난데없이 그토록 정중한 인사라니, 수전은 너무 놀란 나머지 두려움을 잊고 그만 쿡쿡 웃어버렸다. 웃음 때문에 남자의 비위가 상하지 않을까 걱정됐지만 남자는 불쾌해하는 대신 빙긋이 미소를 지었다. 솔직하고 꾸밈없는, 기분 좋은 미소였다. 씩 웃는 입술 사이로 고르게 늘어선 이가 보였다.

수전도 드레스 자락 한쪽을 들고 남자에게 가볍게 예를 표했다.

"수전 델가도, 인사드릴게요."

남자는 오른손으로 자신의 목을 두 번 두드렸다.

"반갑습니다, 수전 델가도. 우리 만남이 복되기를 바랍니다. 혹시 저 때문에 놀라셨다면⋯⋯."

"놀랐어요. 조금요."

"예, 그러셨겠지요. 죄송합니다."

말투로 보건대 내륙 자치령에서 온 청년이었다. 수전은 남자에게 새삼 흥미가 생겼다.

"아뇨, 사과하실 것까진 없어요. 전 다른 데 정신이 팔려 있었거든요. 누굴 좀 만나러…… 아니, 친구를 만나고 오는 길이에요. 시간 가는 줄 모르고 있다가 정신을 차려보니 벌써 달이 기울었더군요. 혹시 제가 걱정돼서 가던 길을 멈추셨다면, 정말 감사하지만 그냥 가셔도 돼요. 저 혼자 가도 괜찮으니까요. 햄브리 마을 어귀까지만 가면 되는데, 이제 금방이거든요."

그 말을 들은 남자의 입가에 웃음이 번졌다.

"말씀도 마음 씀씀이도 한결같이 고우시군요. 하지만 밤은 깊었고 아가씨는 혼자이시니 더불어 걷는 편이 좋을 듯합니다만. 혹시 말을 탈 줄 아십니까?"

"예, 하지만 전 정말……."

"그럼 이리 가까이 오셔서 제 친구 러셔와 인사하시지요. 남은 길은 이 친구가 모셔다드릴 겁니다. 거세를 해서 얌전하니까 걱정 안 하셔도 됩니다."

수전은 즐거움과 짜증이 뒤섞인 기분으로 윌 디어본을 바라보았다. 머릿속에 언뜻 이런 생각이 스쳐 지나갔다. '뭐야, 날 무슨 늙은 숙모나 학교 선생님처럼 대하잖아. 어디 한 번만 더 그래봐, 앞치마를 풀어서 후려쳐 버리겠어.'

"안장을 얹을 만큼 순한 말이 성질을 부려봐야 얼마나 부리겠어요? 제 아버지께선 돌아가실 때까지 행정 장관님의 말을 돌보는 책임자셨어요. 이곳의 행정 장관님은 자치령 경비대장도 겸하시는 분이에요. 그 말은 곧, 제가 사나운 말 위에서 평생을 보낸 거나 다름없다는 뜻이죠."

수전은 남자가 사과하리라고, 아마도 기가 죽어 말까지 더듬으리라고 짐작했다. 그러나 남자는 생각에 잠긴 듯 말없이 고개만 끄덕였다. 수전은 그런 남자의 태도가 왠지 마음에 들었다.

"그럼 말에 오르시지요. 대화를 나누기가 께름칙하시다면 저는 곁에서 걷기만 하겠습니다. '달이 저문 후에 나누는 대화는 김이 빠지게 마련'이라는 말도 있으니까요."

수전은 거절의 한기를 미소로 누그러뜨리며 고개를 저었다.

"아니에요. 호의는 감사히 받아들일게요, 하지만 밤 11시에 낯선 청년의 말에 타고 있다가 남들 눈에 띄면 안 될 것 같아요. 블라우스에 생긴 얼룩은 레몬주스로 빼면 되지만, 숙녀의 이름에 생긴 얼룩은 그럴 수 없는 법이니까요."

"볼 사람은 아무도 없잖습니까." 청년의 목소리는 화가 벌컥 치밀 정도로 또랑또랑했다. "게다가 피곤하시기도 하고요. 말씀 안 하셔도 다 압니다. 그러니 아가씨, 부디……."

"아가씨라고 하지 마세요. 듣고 있자니까 내가 무슨……."

수전은 입을 다물고 잠시 망설였다. 머릿속에 퍼뜩 떠오른 단어

(마녀)

가 있기는 했지만 입 밖에 낼 수는 없었다.

"……무슨 옛날 사람이 된 것 같잖아요."

"그럼 델가도 양이라고 하지요. 정말로 안 타시겠습니까?"

"예. 전 드레스 차림으로 안장에 걸터앉는 짓은 절대 안 해요. 설

령 디어본 씨가 제 형제라고 해도 마찬가지예요. 올바른 몸가짐이
아니니까요."

남자는 등자를 딛고 올라서서 안장 반대편으로 몸을 숙이더니(그
러는 동안 러셔는 얌전히 서서 귀만 쫑긋거렸다. 두 귀가 어쩌나 귀여웠던
지, 수전은 자신이 러셔라도 흐뭇한 마음으로 쫑긋거리겠다는 생각이 들었
다.), 둘둘 말린 천 뭉치를 들고 다시 내려섰다. 가죽끈으로 묶인 옷
이었다. 수전이 보기에는 판초 같았다.

"이걸 다리에 덮으시면 됩니다. 천이 널찍하니까 품위를 유지하
시기에 충분할 겁니다. 제 아버지가 쓰시던 건데, 저보다 키가 크시
거든요."

남자는 고개를 돌려 서쪽의 언덕을 지그시 바라보았고, 그러는
동안 수전은 남자가 꽤 미남인 것을 알아차렸다. 준수한 얼굴이 어
린 나이에 어울리지 않게 다부졌다. 수전은 몸속 한구석이 자그맣게
떨리는 기분을 느끼고 거듭 또 거듭 안타까워했다. 그 사악한 노파
가 제 할 일만, 그러니까 불쾌하기 이를 데 없었던 이날 밤의 용건
만 끝내고 몸에서 손을 뗐더라면 얼마나 좋았을까. 이 잘생긴 이방
인을 보고 노파의 손길을 떠올리고 싶지는 않았건만.

"아니에요." 거절하는 수전의 목소리는 부드러웠다. "호의만 감
사히 받을게요. 친절한 분이신 줄은 알겠지만, 그래도 받아들일 수
가 없네요."

"그럼 저도 곁에서 걷겠습니다. 러셔를 우리 보호자로 삼아서 말
이죠." 남자의 목소리는 즐거워하는 것처럼 들렸다. "적어도 마을
어귀까지 가는 동안은 어엿한 숙녀와 그에 못지않게 어엿한 청년을
보고 오해할 사람은 없을 겁니다. 그리고 마을에 도착하면 전 인사

를 남기고 물러가겠습니다."

"이러지 않으셨으면 좋겠어요. 진심이에요." 수전은 한 손으로 이마를 쓸며 말했다. "아무도 안 볼 거라는 말을 참 쉽게 하시는데, 때로는 없어야 할 곳에 있는 게 바로 보는 눈이랍니다. 게다가 지금은 제 처지가…… 미묘해요. 조금."

"그래도 저는 곁에서 걸을 겁니다."

남자는 똑같은 말을 되뇌었다. 표정이 이번에는 사뭇 진중했다.

"델가도 양, 지금은 위험한 시절입니다. 이곳 메지스에 살다 보면 최악의 위험을 염려할 일이 없겠지만, 위험이란 놈은 가끔은 누가 심지 않아도 스스로 자라나기도 하는 법이니까요."

수전은 대꾸하려고 입을 열었다. 다시금 반박하려고, 패트릭 델가도의 딸은 제 한 몸쯤은 스스로 지킬 수 있다고 쏘아붙일 작정이었다. 그러다가 문득 행정 장관의 새 부하들이 떠올랐고, 장관이 다른 일에 정신을 쏟는 동안 자신의 몸을 훑던 그 사내들의 눈길도 떠올랐다. 이날 밤 마녀의 오두막을 찾아가던 길에 목격한 무리가 바로 그들이었다. 그들이 다가오는 소리를 듣고 수전은 마침 눈에 띈 잣나무 뒤에 한참 동안 몸을 숨겼다(그러면서도 딱히 숨는다고 인정하고 싶지는 않았다.). 그들은 이내 마을 쪽으로 돌아갔고, 지금쯤은 주점에서 술잔을 기울이고 있을 터였다. 아마도 가게 주인 스탠리 루이즈가 주점 문을 닫을 때까지 퍼마실 터였다. 그러나 확신할 수는 없었다. 어쩌면 다시 돌아올 수도 있었다.

수전은 본심과 달리 짜증 섞인 체념을 담아 한숨을 토했다.

"끝내 마음을 안 돌리시겠다면, 좋아요. 하지만 첫 번째 우편함이 보일 때까지만이에요. 비치 부인 댁 우편함인데, 거기가 마을 어귀라는 표시예요."

남자는 다시금 오른손으로 목을 탁탁 치더니 예의 그 이상하면서
도 매력적인 인사를 또 한 번 보여주었다. 한 발을 쑥 내밀고 흙길
에 뒤꿈치를 굳게 디딘 모습이 마치 지나가는 이의 다리를 걸어 넘
어뜨리는 동작 같았다.

"고맙습니다, 델가도 양."

'그래도 아가씨라고 부르진 않았어.' 수전은 속으로 중얼거렸다.
'시작은 괜찮네.'

2

남자는 조용히 하겠노라고 약속했지만, 수전은 그가 까치처럼 시
끄럽게 종알대리라고 생각했다. 주위에 몰려드는 사내아이들이 하
나같이 시끄러웠기 때문이었다. 자기 미모에 도취될 정도는 아니었
지만 그래도 수전은 자신이 예쁘다고 생각했다. 함께 있을 때 사내
아이들이 입을 다물지 못하고 나불나불 떠들거나 다리를 달달 떠는
것만 보아도 알 수 있었다. 그리고 지금 곁에 있는 이 남자는 마을
남자애들이라면 굳이 물을 필요도 없는 질문을 머릿속 한가득 품고
있을 터였다. 나이는 몇 살인지, 쭉 햄브리에 살았는지, 부모님은 살
아 계신지 등등 따분한 질문이 쉰 개도 넘게 이어지겠지만, 어차피
모두 한 가지 질문으로 귀결될 것이 뻔했다. '혹시 정해놓고 만나는
상대가 있는지?'

그러나 내륙 자치령에서 온 월 디어본은 학교생활에 관해서도 가

족에 관해서도, 또 (수전이 깨달은 바에 따르면 혹시 모를 연적의 존재를 알아내는 가장 흔한 수법으로서) 친구에 관해서도 묻지 않았다. 윌 디어본은 그저 러셔의 고삐를 쥔 채 잔잔한 바다가 있는 동쪽을 바라보며 곁에서 걷기만 했다. 바람은 남쪽에서 불어왔지만, 바다와 가까운 이곳에서는 걸쭉한 기름 냄새에 섞여 시큼한 짠물 냄새가 풍겨왔다.

어느새 시트고 유전 앞을 지날 무렵이 되자 수전은 윌 디어본이 곁에 있어서 기뻤다. 그의 침묵이 살짝 마음에 걸리기는 했지만, 그래도 상관없었다. 유전과 그곳에 해골처럼 늘어선 쇳덩이들을 볼 때마다 기분이 오싹했기 때문이었다. 철탑처럼 높다란 기계 팔들은 대부분 오래전에 작동을 멈췄고, 수리에 필요한 부품은 말할 것도 없고 굳이 고쳐야 할 필요도, 고칠 줄 아는 사람도 이제는 존재하지 않았다. 그리고 펌프 200개 가운데 아직 작동하는 19개는 멈출 방법이 없었다. 그 펌프들은 마치 땅속에 마르지 않는 기름 샘이라도 있는 양 석유를 퍼내고 또 퍼냈다. 사람들은 그렇게 퍼낸 석유를 조금이나마 사용하기는 했지만 그 양은 미미한 수준이었다. 퍼낸 석유는 대부분 멈춰선 펌프 아래의 저장고에 고스란히 쌓여갔다. 세상은 이미 변질해버렸고, 이 유전 앞을 지날 때마다 수전은 기괴한 기계들의 묘지를 보는 듯했다. 그리고 그 묘지의 주검들 중에는 아직 완전히 잠들지 못한 것도……

그때, 뭔가 차갑고 부드러운 것이 허리를 슥 스치고 지나갔다. 수전은 참지 못하고 짧은 비명을 내질렀다. 앞서 가던 윌 디어본이 휙 돌아섰다. 그의 두 손은 이미 허리띠에 가 있었다. 이내 그가 긴장을 풀고 빙긋 웃었다.

"러셔 짓이군요. 자길 무시하지 말라고 항의하는 겁니다. 죄송합니다, 델가도 양."

수전은 말의 얼굴을 물끄러미 바라보았다. 러셔 역시 얌전히 그녀를 마주보다가 고개를 숙였다. 역시 놀라게 해서 미안하다고 사과하는 것만 같았다.

바보 같이 굴지 마라, 수전. 수전의 머릿속에 아버지의 목소리가 들렸다. 따뜻하고 진지한 목소리였다. *러셔도 궁금해하는 거다, 네가 왜 그렇게 무뚝뚝하게 구는지 말이다. 그건 나도 마찬가지야. 이러는 건 너답지 않아. 전혀.*

"……디어본 씨, 저 마음이 바뀌었어요. 러셔를 타고 갈게요."

3

수전이 말안장에(시커먼 카우보이용 안장에는 자치령 이름은 고사하고 목장 이름조차 찍혀 있지 않았다.) 판초를 깐 다음 등자를 딛고 올라서는 동안, 남자는 돌아서서 주머니에 손을 꽂은 채 시트고 유전을 바라보고 있었다. 수전은 치맛자락을 걷으면서 남자가 틀림없이 훔쳐볼 거라 생각하고 그쪽을 날카롭게 노려보았다. 그러나 남자는 여전히 이쪽을 등진 채였다. 그는 유전의 녹슨 펌프에 완전히 홀린 눈치였다.

'이봐요, 저게 뭐가 신기하다고 그렇게 쳐다보는 거예요?' 수전은 살짝 심통이 났다. 어쩌면 밤이 늦었기 때문에, 또 앞서 심란해진 마음이 아직 덜 가라앉았기 때문인 듯싶었다. '저 지저분한 펌프들은

600년 전부터 저기 서 있었어요. 난 태어나서 이때껏 코를 찌르는 기름 냄새를 맡으며 살았다고요.'

"자, 러셔. 이제 가만히 있어."

수전은 등자에 한 발을 단단히 걸치고 말했다. 그런 다음 한 손은 안장 앞머리를, 다른 손으로는 고삐를 잡았다. 그러는 동안 러셔는 그녀가 원한다면 밤이 새도록 가만히 있겠다는 양 귀를 쫑긋거렸다.

수전은 몸을 날려 안장에 걸터앉았다. 훤히 드러난 허벅지가 별빛을 받아 새하얗게 빛났고, 말에 오를 때면 늘 느끼곤 하던 쾌감이 그녀를 엄습했는데…… 이날 밤에는 그 쾌감이 좀 더 강렬했다. 조금 더 달콤했고, 조금 더 짜릿했다. 어쩌면 말이 잘생겨서 그런지도 몰랐다. 어쩌면 낯선 말이어서 그랬을지도. 또 어쩌면……

'말 주인이 낯선 사람이라서 그럴지도.' 수전은 저도 모르게 속으로 중얼거렸다. '게다가 잘생긴 남자라서?'

물론 당치않은 소리였다. 게다가 위험한 말이기도 했다. 그러나 거짓은 아니었다. 그는 잘생긴 남자였다.

수전이 판초를 펼쳐 무릎을 덮는 동안 윌 디어본은 휘파람을 불기 시작했다. 그가 휘파람으로 부르는 노래가 무엇인지 깨달았을 때, 수전은 놀라움과 미신적인 두려움을 동시에 느꼈다. 「경솔한 사랑」. 레아의 오두막을 찾아가던 길에 그녀가 불렀던 바로 그 노래였다.

애야, 어쩌면 카인지도 모르겠구나. 아버지의 목소리가 속삭였다.

'그런 거 아니에요.' 수전은 속으로 아버지에게 대꾸했다. '난 스치는 바람이나 그림자에서까지 일일이 카를 찾진 않을 거예요. 그런 걸 믿는 사람은 여름날 저녁에 그린하트 광장에 모이는 할머니들뿐이라고요. 「경솔한 사랑」은 오래된 노래예요, 누구나 다 아는 노래.'

그래, 부디 네 말이 옳아야 할 텐데. 패트릭 델가도의 목소리가 대꾸했다. *혹시라도 이게 카라면 너의 계획은 폭풍 앞에 섰던 내 아버지의 헛간과 같은 신세가 될 테니까 말이지.*

카일 리가 없었다. 혹시라도 어둠과 그림자와 석유 펌프의 기괴한 형상에 홀렸다면 지금 이 상황이 *카*라는 생각에 빠져들었을 만도 했지만, 수전의 굳은 마음은 흔들리지 않았다. *카*가 아니라 그저 혼자서 마을로 돌아가던 길에 우연히 잘생긴 청년을 만난 것뿐이었다.

"다 됐어요. 이제 돌아서셔도 돼요, 디어본 씨."

수전은 일부러 평소와 다르게 딱딱한 목소리로 말했다.

남자는 돌아서서 수전을 지그시 올려다보았다. 남자는 한동안 말이 없었지만 수전은 그의 눈빛을 보고 알 수 있었다. 그 역시 수전이 아름답다고 생각하고 있었다. 수전은 그 생각에 기분이 살짝 언짢았지만(어쩌면 남자가 휘파람으로 부른 노래 탓인지도 몰랐다.), 한편으로는 기쁘기도 했다. 그러다가 남자가 마침내 입을 열었다.

"앉아 계신 모습이 보기 좋군요. 능숙하십니다."

"얼마 안 있으면 저도 말이 여러 마리 생길 거예요."

수전은 이렇게 말하고서 가만히 생각했다. '이제 질문이 쏟아질 차례로군.'

그러나 남자는 이미 알고 있었다는 듯이 고개만 끄덕거릴 뿐, 마을 쪽을 향해 다시 걸음을 옮겼다. 수전은 딱히 이유는 알 수 없었지만 살짝 아쉬움을 느끼며 고삐를 당기고 러셔의 옆구리에 무릎을 착 붙였다. 말은 앞서 가던 주인을 따라잡았고, 주인은 말의 주둥이를 다정하게 쓰다듬어 주었다.

"이 지방 사람들은 저곳을 뭐라고 부릅니까?"

남자는 석유 펌프가 늘어선 곳을 가리키며 물었다.

"유전이오? 시트고라고 해요."

"혹시 아직 작동하는 펌프가 있습니까?"

"그럼요, 아예 멈출 수가 없어요. 방법을 아는 사람도 없고요."

"아아."

남자의 말은 그것으로 끝이었다. 그저 '아아'가 다였다. 그러나 시트고 안으로 이어지는 잡초 길에 접어들었을 때, 남자는 러셔 앞을 가로질러 걸어가서 낡고 텅 빈 경비 오두막을 살펴보았다. 수전이 어렸을 적에는 그 오두막에 관계자 외 출입금지라고 적힌 팻말이 붙어 있었지만, 폭풍우에 날려갔는지 어쨌는지 지금은 사라지고 없었다. 윌 디어본은 그곳을 느긋하게 살펴보다가 천천히 걸어서 다시 말 곁으로 돌아왔다. 여름 볕에 마른 흙먼지가 장화에 날려 그의 새 바지에 들러붙었다.

챙이 평평한 모자를 쓴 청년과 말에 올라 판초로 무릎과 다리를 가린 처녀는 그렇게 마을로 향했다. 별빛은 시간의 문이 처음 열렸을 때부터 지금껏 수많은 청년과 처녀에게 그러했듯이 두 사람 위로 쏟아져내렸고, 하늘을 올려다본 처녀의 눈에 반짝이는 별똥별이 들어왔다. 기다란 주황색 선이 천공을 가로질러 쏜살같이 사라졌다. 수전은 소원을 빌어야겠다고 생각하다가 이내 당황하고 말았다. 빌고 싶은 소원이 아무것도 떠오르지 않았다. 아무것도.

4

　수전은 내내 침묵을 지키다가 마을에서 1킬로미터쯤 떨어진 곳
에 도착해서야 비로소 머릿속에 맴돌던 질문을 꺼냈다. 원래는 남자
가 먼저 질문을 시작한 후에 물어볼 작정이었고 따라서 먼저 침묵
을 깨야 한다는 생각에 짜증이 나기도 했지만, 치솟는 호기심을 억
누르기에는 역부족이었다.

　"디어본 씨는 어디서 오셨어요? 또 무슨 볼일로 이 시골까지 오
셨는지…… 여쭤봐도 될까요?"

　"그럼요." 남자는 빙긋 웃으며 수전을 올려다보았다. "얘기를 나
눌 수 있어서 다행입니다. 실은 어떻게 말을 꺼낼까 생각하고 있었
거든요. 화술 쪽은 영 재주가 없다 보니."

　'그럼 어느 쪽에 재주가 있으신가요, 윌 디어본 씨?' 수전은 궁
금했다. 그야말로 궁금해서 견딜 수가 없었다. 안장에 앉아 자세를
고쳐 잡으려고 뒤쪽에 둘둘 말린 담요를 손으로 짚었다가…… 그
담요 속에 감춰진 물건을 느꼈기 때문이었다. 총 같은 물건을. 물론
총이라고 확신할 수는 없었지만 수전은 또렷이 기억했다. 앞서 그녀
가 짤막한 비명을 질렀을 때, 남자의 두 손은 본능적으로 허리띠로
향했다.

　"저는 내륙 세계에서 왔습니다. 그쯤이야 이미 알고 계시겠죠. 내
륙 사람들은 특유의 억양이 있으니까요."

　"알다마다요. 어느 자치령인지 여쭤봐도 될까요?"

　"뉴 가나안 출신입니다."

　그 말에 수전은 본격적으로 흥미가 동했다. 뉴 가나안! 동맹의 심

장부! 물론 지금은 예전 같지 않다지만, 그렇다고 하더라도……

"혹시 길르앗은 아닌가요?"

수전은 소녀처럼 들뜬 기색이 살포시 드러난 자신의 목소리가 끔찍이도 미웠다. 어쩌면 살포시 드러난 정도가 아닐 수도 있었다.

그 말을 들은 남자가 빙긋 웃었다.

"아뇨. 길르앗처럼 으리으리한 곳 출신은 아닙니다. 헴프힐이라고, 길르앗에서 서쪽으로 40휠쯤 떨어진 데서 왔습니다. 아마 햄브리보다 더 작을걸요."

'휠이라니.' 수전은 남자의 고풍스러운 말투가 신기했다. '휠이라는 말을 실제로 쓰는 사람이 있구나.'

"그런데 무슨 일로 햄브리까지 오셨는지 물어도 될까요?"

"안 될 게 뭐 있겠습니까. 전 친구 둘과 함께 왔습니다. 한 명은 뉴 가나안의 페닐턴 출신인 리처드 스톡워스, 다른 한 명은 길르앗 출신인 유쾌한 재담꾼 아서 히스입니다. 저희는 동맹의 명을 받아 계산원으로서 이곳에 왔습니다."

"뭘 계산하실 건데요?"

"장차 동맹에 도움이 될 것이라면 뭐든지요." 이제 남자의 목소리에서 가벼움이라고는 조금도 찾아볼 수 없었다. "의인(義人) 존 파슨의 동태가 심상치 않거든요."

"그래요? 이곳 사람들은 중심부에서 남동쪽으로 멀리 떨어져 있다 보니 소식을 거의 못 들었어요."

남자는 그럴 만도 하다는 듯이 고개를 끄덕였다.

"이곳이 중심부에서 너무 멀기 때문에 저희가 이렇게 찾아온 겁니다. 메지스 자치령은 늘 동맹의 충실한 구성원이었으니, 만약 물자를 징발해야 할 상황이 오면 이 외곽 지역부터 시작할 겁니다. 문제는 동맹이 얼마만큼 의지할 수 있느냐 하는 겁니다."

"뭘 얼마나 의지할 건데요?"

"그러게 말입니다. 뭘 얼마나 의지하려는지."

남자가 맞장구를 쳤다. 마치 수전에게서 질문이 아니라 진술을 들었다는 듯이.

"디어본 씨는 의인이 진짜 위험한 존재인 것처럼 말씀하시네요. 입으로만 '민주주의'니 '평등'이니 떠들 뿐이지, 그저 도둑질을 하고 살인을 일삼는 무법자 아닌가요?"

그 말에 디어본은 어깨를 으쓱했고, 수전은 언뜻 그가 이 문제에 대해 입을 다물 거라고 생각했다. 그러나 그는 내키지 않는 표정으로 입을 열었다.

"한때는 그랬을지도 모르지요. 하지만 시절이 바뀌었습니다. 그 무법자가 어느새 장군이 되더니 지금은 민중의 이름으로 지배자가 되려 하는 중입니다." 남자는 잠시 입을 다물었다가 어두운 표정으로 말을 이었다. "북부와 서부의 자치령들은 지금 전쟁의 불길에 휩싸여 있습니다."

"하지만 여기서 거기까진 수천 킬로미터나 되잖아요!"

디어본의 이야기는 불안하면서도 한편으로는 묘하게 흥미진진했다. 이국적이라는 것이 가장 큰 이유였다. 햄브리에서는 하루하루가 감옥 안의 일상처럼 똑같기 때문이었다. 누구네 집 우물이 말랐다는 화제만으로도 사흘에 걸쳐 다채로운 대화가 벌어질 정도였다.

"옳으신 말씀입니다."

'그렇습니다'도 아니고 '옳으신 말씀입니다'라니. 수전의 귀에는 그 말이 낯설면서도 달콤하게 들렸다.

"하지만 바람은 이쪽을 향해 불고 있습니다."

남자는 수전을 돌아보며 싱긋 웃었다. 그 웃음 덕분에 잘생긴 얼굴을 뒤덮었던 굳은 표정이 다시금 스르르 녹아내렸다. 이제 남자의 얼굴은 잘 시간을 한참 넘겨 깨어 있는 아이처럼 앳돼 보였다.

"그래도 존 파슨이 오늘 밤 당장 들이닥치진 않을 겁니다. 안 그렇습니까?"

남자의 미소에 수전도 미소로 화답했다.

"혹시라도 들이닥치면요? 디어본 씨가 절 지켜주실 건가요?"

"여부가 있겠습니까." 남자는 여전히 미소 띤 표정으로 대답했다. "그런데 왠지 이런 생각이 드는군요. 제가 델가도 양을 성이 아닌 이름으로 부르도록 허락하신다면 더욱 힘을 내서 싸울 수 있겠다, 하는 생각이요."

"저런, 그렇다면 제 안전을 위해서라도 허락 안 할 수가 없겠는걸요. 대신 저도 디어본 씨를 윌이라고 부를게요. 공평하게."

"현명하고도 달콤한 말씀이군요." 남자의 미소가 점점 커져 매력적인 함박웃음으로 바뀌었다. "그럼 이제…… 헉!"

고개를 틀어 내내 말 위를 올려다보며 걷던 수전의 새 친구는 말을 채 끝맺지 못하고 그만 길바닥에 튀어나온 돌에 발이 걸려 고꾸라질 뻔했다. 곁에서 걷던 러셔가 콧바람을 뿜으며 슬쩍 주인을 돌아보았다. 수전도 깔깔 웃음을 터뜨렸다. 판초가 스르륵 움직여 새하얀 무릎이 드러났지만 수전은 맨살을 가리기 전에 잠시 뜸을 들여 생각했다. 이 남자가 마음에 들었다. 진심이었다. 좋아하면 안 될 이유도 없지 않은가? 어차피 어린아이일 뿐인데. 남자가 씩 웃을 때면 한두 해 전까지만 해도 낟가리에 올라가 방방 뛰며 놀았을 소년의 얼굴이 드러났다(수전 역시 낟가리에서 뛰어놀던 시절을 갓 벗어난 참이었지만 어째서인지 그 기억은 홀연히 자취를 감추었다.).

"평소에는 이렇게 꼴사나운 모습을 안 보이는데 말입니다. 혹시 저 때문에 놀라지나 않으셨으면 좋겠군요."

'괜찮아, 윌. 남자애들은 내 옆에만 오면 발이 걸려 넘어지거든. 내 가슴이 봉긋해지기 시작했을 때부터 쭉.'

"별말씀을요."

수전은 앞서 얘기하던 화제로 말을 돌렸다. 그 일이 영 신경 쓰였기 때문이었다.

"그러니까 친구 분들이랑 같이 동맹의 명을 받아 이 고장의 물자를 조사하러 오셨다, 이 말씀이군요."

"예. 제가 아까 유전을 눈여겨봤던 것도 그 이유 때문이었습니다. 저희 중 한 명이 이곳에 와서 아직 작동하는 펌프가 몇 개인지 세어 봐야 하기 때문에……"

"제가 수고를 덜어드릴게요. 작동하는 펌프는 열아홉 개예요."

그 말에 남자가 고개를 끄덕였다.

"고맙습니다. 하지만 저희는 그 펌프들이 뽑아올리는 기름의 양도 조사해야 합니다. 할 수만 있다면요."

"그런 걸 다 조사하다니…… 뉴 가나안에는 기름으로 움직이는 기계가 그렇게 많은가요? 게다가 원유를 기계에 들어가는 기름으로 바꾸려면 연금술이 필요한데, 가나안 사람들은 연금술도 쓸 줄 알아요?"

"제가 알기로는, 이 경우에는 연금술이 아니라 정유시설이라는 게 필요한데요. 아직 작동하는 곳이 한 군데 있을 겁니다. 하지만 기계가 그리 많진 않습니다. 길르앗 궁전의 전등은 여전히 켜진다고 하지만요."

"세상에!"

감탄하는 수전의 목소리에서 기쁨이 묻어났다. 그녀는 필라멘트 등과 전기 촛불을 그림으로만 보았을 뿐 진짜 전등을 본 적이 한 번도 없었다. 햄브리에 남아 있던 마지막 전등은(이 고장에서는 '깜박이 등'으로 불렸으나 수전은 같은 전등이라고 확신했다.) 이미 두 세대 전에 꺼지고 말았다.

"아까 부친께서 돌아가실 때까지 행정 장관의 말을 관리했다고 하셨는데…… 성함이 혹시 패트릭 델가도 씨 아닙니까? 맞지요?"

수전의 두 눈이 남자에게로 향했다. 화들짝 놀란 나머지 순식간에 현실로 돌아온 사람의 눈빛이었다.

"어떻게 알았어요?"

"계산원 교육을 받을 때 들었습니다. 소, 양, 돼지…… 그리고 말의 숫자를 세는 게 저희 임무니까요. 가축 중에 가장 중요한 건 역시 말이지요. 그래서 패트릭 델가도 씨를 만날 예정이었습니다. 돌아가셨다니 정말 유감입니다. 삼가 조의를 표합니다."

"고마워요."

"사고였나요?"

"예."

수전은 목소리에 담긴 자신의 기분을 남자가 알아차렸으면 하고 바랐다. '그 얘긴 그냥 넘어가. 더 묻지 말고.'

"저기, 수전. 나 지금부턴 솔직히 얘기할게."

이렇게 말하는 남자의 목소리에서 수전은 처음으로 거짓의 기운을 느꼈다. 어쩌면 그냥 상상일 수도 있었다. 수전이 세상 물정을 잘 모르는 것은 사실이었다(코딜리어 고모는 입버릇처럼 그녀에게 상기시켰다.). 하지만 그녀가 아는 것이 한 가지 있었다. '솔직히 얘기할게'라는 말을 꺼내는 사람은 십중팔구 태연한 표정으로 이렇게 지껄이게 마련이었다. 비는 땅에서 하늘로 내린다, 돈은 나무에서 열린다, 아기는 황새가 물어다준다 등등.

"그렇게 해, 윌 디어본." 수전의 말투는 아주 조금이기는 했지만 딱딱했다. "세상엔 '정직이야말로 최선의 방책'이란 말도 있으니까."

남자는 슬쩍 의심하는 눈빛으로 수전을 올려다보다가 이내 다시 씩 웃었다. 위험한 웃음이었다. 바닥없는 모래구덩이 같은 미소가 있다면 바로 저런 웃음일 거라고 수전은 생각했다. 걸려들기는 쉽지만 빠져나오기는 쉽지 않을 웃음이었다.

"요즘은 동맹 안에도 동맹이라고 할 만한 관계가 별로 남아 있질 않아. 파슨이 그렇게 활개 칠 수 있었던 것도 어느 정도는 동맹 때문이었어. 놈이 야망을 키울 수 있게 놔둔 것도 동맹이었고. 파슨은 이제 갈란과 디소이 지방에서 역마차 강도나 하던 조무래기가 아니야. 동맹을 되살리지 못하면 훨씬 더 거대한 적이 될 거야. 나중에는 아마 메지스까지 위협하겠지."

수전은 의인 파슨이 청정해(淸淨海)에 면한 이 조그맣고 한가로운 마을에 무슨 볼일이 있을지 짐작도 가지 않았지만, 그 생각을 입 밖에 내지는 않았다.

"그건 그렇고, 우리가 여기 온 이유는 동맹의 명령 때문이 아니야. 소가 몇 마린지, 작동하는 석유 펌프가 몇 대인지, 경작지는 몇 헥타르나 되는지 세어보려고 이 먼 곳까지 찾아온 것도 아니고."

남자는 잠시 말을 멈추고 (발 앞에 또 돌멩이가 있는지 확인하기라도 하듯이) 흙길을 내려다보다가, 이내 멍한 표정으로 러셔의 코를 토닥였다. 수전이 보기에는 말문이 막힌 듯했다. 왠지 부끄러워하는 것도 같았다.

"우린 아버지한테 쫓겨났어."

"아버지한테……?"

수전은 퍼뜩 깨달았다. 그들은 악동이었다. 유배라고 하기는 힘든 심부름거리를 떠맡은 악동들. 그들이 햄브리에서 수행할 진짜 임무는 자신들의 평판을 되살리는 것일 터였다. '흥, 듣고 보니 모래구덩이 같은 웃음을 지은 것도 이해가 가네. 조심해, 수전. 이 남자는 다리를 불태우고 우편 마차를 뒤집어놓고도 뒤도 안 돌아보고 낄낄대며 사라질 사람이야. 못돼먹어서가 아니라 그저 남자애들 특유의 경솔함 때문에.'

이렇게 생각하다 보니 오래된 노랫가락이 다시금 떠올랐다. 수전 자신이 흥얼거리던 노래, 남자가 휘파람으로 부르던 바로 그 노래였다. '경솔한 사랑.'

"그래. 아버지한테."

수전 델가도 역시 사고 한두 번쯤(어쩌면 한 스무 번쯤)은 쳐본 적이 있었다. 그래서 그녀는 이 윌 디어본이라는 남자에게 경계심을 품은 한편으로 측은함을 느꼈다. 게다가 흥미롭기도 했다. 원래 악동들에게는 재미난 구석이 있었다. 어느 정도까지는. 문제는, 윌 패거리가 얼마나 못된 녀석들인가였다.

"말썽이라도 부린 거야?"

"부렸지."

남자가 동의했다. 목소리는 여전히 시무룩했지만 굳었던 눈가와 입가는 살짝 풀린 듯도 싶었다.

"하지 말라는 말은 들었어. 아주 귀에 못이 박이도록. 그랬는데…… 그놈의 술 때문에."

'그리고 여자도. 한 손은 술병을, 다른 손으로는 여자를 움켜쥐느라 바빴겠지?' 숙녀라면 결코 물을 수 없는 질문이 수전의 머릿속에 저절로 떠올랐다.

잠시 웃음을 머금었던 남자의 입가가 이내 딱딱하게 굳었다.

"너무 까부는 바람에 그만 장난이 지나쳤어. 바보들이 원래 그렇잖아. 친구들끼리 밤에 모여서 말 타기 경주를 벌였어. 달도 없는 한밤에, 그것도 다들 취한 채로. 그러다 말 한 마리가 쥐구멍에 발이 빠져 넘어지는 바람에 앞다리가 부러져버린 거야. 어쩔 수 없이 죽여야 했어."

수전은 눈살을 찡그렸다. 상상할 수 있는 최악의 말썽은 아니었지만 그래도 끔찍했다. 그리고 남자가 다시 입을 열자 이야기는 더욱 끔찍해졌다.

"그 말이 하필이면 혈통서가 붙은 순종이었지 뭐야. 내 친구 리처드의 아버지가 키우시던 세 마리 가운데 하나였는데, 걔네 집도 그렇게 잘사는 편은 아니야. 그 일 때문에 우리 집에선 아주 난리가…… 말도 마, 떠올리기만 해도 치가 떨릴 정도니까. 간단히 말하면, 우리한테 무슨 벌을 줄지 오랫동안 토론한 끝에 여기로 쫓아낸 거야. 아서 아버지가 그렇게 하자고 제안하셨어. 내 생각에 그 아저

썬 자기 아들 때문에 항상 불안했던 것 같아. 하긴, 천방지축으로 까부는 아서를 보면 아버지를 안 닮은 게 확실하긴 하지만."

수전은 혼자서 빙긋이 웃었다. 코딜리어 고모가 했던 말이 문득 떠올랐기 때문이었다. '그 애는 친탁을 안 해서 그 모양인 게 분명해요.' 그러고는 계산된 침묵에 뒤이어 이런 말이 따라왔다. '걔 외가 쪽에 미친 할망구가 있었잖아요, 왜…… 몰라요? 맞아요, 자기 몸에 불을 지르고 절벽에서 몸을 던진 그 할망구! 혜성이 나타났던 그해에.'

"어쨌든, 아서 아버지는 우릴 쫓아내면서 자기 아버지한테서 들었던 말을 우리한테 들려줬어. '명상이 필요한 자는 연옥에 보내야 한다.' 그래서 우리가 여기 온 거야."

"햄브리는 연옥하곤 거리가 먼 곳인데."

"물론이지. 만약 그랬다면 이렇게 아리따운 주민들을 만나려고 다들 죄를 짓고 몰려올 테니까."

남자는 안장에 걸린 기묘한 모양의 소형 활을 쓰다듬으며 말했다. 그 말에 수전은 전에 없이 냉랭한 목소리로 대꾸했다.

"그 활, 손질이 좀 필요한 것 같아. 아직 너무 거칠어. 내 생각엔 아마……."

퍼뜩 떠오른 절망적인 생각 때문에 수전은 입을 다물고 말았다. 자신은 이 남자가 비밀스러운 약속에 동참해 주기를 바라야 하는 처지였던 것이다. 그러지 않으면 난처한 상황에 몰릴 것이 뻔했다.

"수전, 왜 그래?"

"그냥, 생각 좀 하느라고. 뭘, 너 햄브리에 도착한 거 맞아? 그러니까, 공식적으로."

"아니."

남자는 수전의 말에 숨은 뜻을 대번에 알아차렸다. 이야기가 어떻게 흘러갈지도 이미 파악한 기색이었다. 나름 눈치가 빠른 사내인 듯했다.

"우린 오늘 오후에 막 햄브리 자치령에 들어왔어. 대화를 한 주민은 네가 처음이야. 뭐…… 리처드랑 아서가 다른 사람들을 아직 안 만났다면 말이지만. 난 잠이 안 와서 잠깐 생각도 정리할 겸 말이나 탈까 하고 나온 길이었어. 친구들이랑 저쪽에서 야영하는 중이거든. 저기, 바다 쪽으로 길게 경사진 들판."

"아, 드롭. 이곳 사람들은 그렇게 불러."

수전은 깨달았다. 윌 디어본과 친구들이 야영을 하는 곳은 이제 그리 머지않은 미래에 법적으로 자신의 소유가 될 땅이었다. 그렇게 생각하니 흐뭇하고 짜릿한 동시에 조금은 께름칙하기도 했다.

"내일 말을 타고 시내로 들어가서 행정 장관 하트 소린에게 도착 신고를 할 거야. 뉴 가나안에서 들은 소문으로는 좀 덜떨어진 양반이라던데."

"정말 그렇게 들었어?" 수전의 한쪽 눈썹이 쭝긋 올라갔다.

"응. 입이 싸고, 술을 좋아하고, 어린 여자는 더 좋아한다고. 진짜 그래?"

"보면 알 거야." 수전은 삐져나오려는 웃음을 꾹 참았다.

"어쨌든, 킴버 라이머한테도 도착했다고 보고해야 해. 소린의 비서라던데, 수완이 좋은 사람이라고 들었어. 빈틈없는 사람이라는 말도."

"소린이 관저에서 환영 만찬을 열어줄 거야. 내일 저녁은 아닐 테고, 아마 모레 저녁에."

"햄브리 행정 장관이 여는 만찬이라. 어휴, 벌써부터 군침이 도는데 어떻게 참지?"

남자는 빙긋 웃으며 러셔의 주둥이를 토닥였다.

"뭘 기대하든 네 자유야. 하지만 윌, 내 친구로 남고 싶다면 지금부턴 묻지 말고 듣기만 해. 중요한 얘기니까."

남자의 얼굴에서 웃음기가 싹 사라졌다. 그 얼굴에서 수전은 방금 전에 보았던 것을 다시금 목격했다. 그리 오래지 않은 과거에 바로 이 남자였을 소년의 얼굴이었다. 굳은 표정, 형형한 눈, 꾹 다문 입. 무서운 얼굴이었다. 또한 무서운 일이 벌어지리라는 예감을 주는 얼굴이었다. 그럼에도, 수전은 앞서 마녀가 건드렸던 곳이 점점 따뜻해지는 느낌이 들었다. 그래서 남자의 얼굴에서 눈을 뗄 수가 없었다. 문득 궁금해졌다. 저 웃기게 생긴 모자 아래의 머리는 어떤 모양을 하고 있을까?

"얘기해, 수전."

"친구들이랑 같이 만찬에 초대되면 아마 나도 그 자리에 있을 거야. 윌, 그때 나를 보면 처음 만난 것처럼 행동해 줘. 델가도 양과 디어본 씨로 만나자는 말이야. 무슨 말인지 알겠어?"

남자는 수전의 얼굴을 가만히 올려다보았다.

"정확히 알아들었어. 혹시 거기서 시중을 드는 거야? 설마. 선친께서 자치령의 말 관리인이셨다면 그런 일을 할 리가……."

"내가 무슨 일을 하는지는 신경 쓸 것 없어. 약속이나 해 줘, 시프론트 관저에서 만나면 처음 보는 사이인 척하겠다고."

"약속할게. 그래도……."

"더 묻지 말아줘. 이제 헤어질 때가 됐어. 마지막으로 충고 한마디만 할게. 이렇게 멋진 말을 태워줬는데 그 정도 보답은 당연히 해야지. 소린이랑 라이머가 여는 만찬에 참석하는 손님은 너희뿐만이 아니야. 세 명이 더 있을 거야. 소린이 고용한 개인 경호원들이야."

"보안관이랑은 다른 건가?"

"달라. 그 사람들은 소린의 명령에만 복종해. 아니…… 어쩌면 명령하는 사람은 라이머일 수도 있어. 세 명의 이름은 조너스, 디페이프, 레이놀즈야. 내가 보기엔 깡패들 같은데…… 조너스란 사람은 깡패 노릇을 하기엔 나이가 너무 많아."

"그럼 조너스가 두목?"

"맞아. 조너스는 다리를 절뚝거려. 머리카락은 여자애처럼 어깨까지 곱게 길렀고, 목소리는 뒷방 늙은이처럼 가늘고 덜덜 떨려. 하지만…… 그래도 내가 보기엔 셋 중에 제일 위험한 인물이야. 너랑 네 친구들이 앞으로 아무리 큰 말썽을 부린다고 해도 그 셋이 저지른 악행하고는 비교도 못 할 거야."

어째서 이런 얘기를 들려주는 걸까? 수전 자신도 정확히 알지는 못했다. 어쩌면 고마워서일지도. 남자는 이 늦은 밤의 만남을 비밀에 부치겠노라 약속했고, 그의 표정은 믿음직스러웠다. 아버지의 이름을 걸었든 안 걸었든 간에.

"조심할게. 충고해 줘서 고마워."

두 사람은 이제 길고 완만한 경사를 오르는 중이었다. 머리 위의 하늘에 노모성이 환하게 반짝였다.

"개인 경호원이라. 이 한적한 햄브리에서 경호원을 둔단 말이지. 수상한 시절이야. 정말 수상해."

"맞아."

수전도 조너스와 디페이프와 레이놀즈에 대해 생각해본 적이 있었지만 그들이 이곳에 있어야 할 그럴듯한 이유는 전혀 떠오르지 않았다. 경호원을 두다니, 라이머가 결정하고 실행한 일일까? 수전이 아는 소린은 경호원 따위 생각지도 못할 위인이었다. 보안관이 언제나 그에게 충성을 다했기 때문이었다. 그런데 어째서……?

두 사람은 언덕을 올라갔다. 저 아래쪽에 옹기종기 서 있는 집들이 보였다. 햄브리 마을이었다. 여태 켜져 있는 불빛은 몇 개 되지 않았다. 가장 환한 불빛들이 '트래블러스 레스트' 주점의 위치를 알려주었다. 따뜻한 미풍이 부는 이 언덕 위에 서 있으니 「헤이 주드」를 연주하는 피아노 소리와 흥겹게 따라 부르는 술 취한 사람들의 목소리가 들려왔다. 그러나 수전이 윌 디어본에게 경고한 삼인조의 목소리는 아니었다. 그들은 바에 기대어 서서 눈을 가늘게 뜨고 술집 안을 감시할 터였다. 그들 중 누구도 노래를 즐길 사람으로는 보이지 않았다. 그 삼인조는 저마다 오른손에 조그마한 파란색 관 문신을 새겼다. 엄지와 검지 사이에, 철조망에 휘감겨 불타는 파란색 관. 수전은 윌에게 문신 이야기도 해 줄까 하다가 머잖아 직접 보리라는 생각에 입을 다물었다. 대신 언덕에서 조금 내려간 곳을 손으로 가리켰다. 시커먼 덩어리 같은 형상이 사슬에 묶인 채 길 쪽으로 걸려 있었다.

"저거 보여?"

"응." 남자는 우스꽝스러운 소리를 내며 길게 한숨을 토했다. "내가 지금 세상에서 제일 무서워하는 바로 그거지? 비치 부인 댁의 무시무시한 우편함. 맞지?"

"맞아. 우린 저기서 헤어져야 해."

"네가 그러자고 하면 그래야지. 그래도 있잖아, 난⋯⋯."

바로 그때, 바람의 방향이 바뀌었다. 여름날 이따금 그렇듯이 여태 불던 바람이 멈추고 서쪽에서 거센 바람이 불어왔다. 바닷물의 짠 냄새도, 술 취한 사람들의 노랫소리도 순식간에 간데없이 사라졌다. 그 자리를 대신한 것은 밑도 끝도 없이 불길한 소리였다. 수전은 그 소리를 들을 때마다 등에 소름이 오소소 돋았다. 나지막하고 단조로운 소음. 죽음을 눈앞에 둔 노인이 돌리는 사이렌 소리 같은.

윌 디어본은 눈을 부릅뜨고 뒤로 주춤 물러섰다. 허리띠로 향하는 윌의 두 손을 수전은 또 한 번 목격했다. 마치 그 자리에 없는 어떤 물건을 쥐려는 듯한 몸짓이었다.

"세상에, 저 소린 도대체 뭐야?"

"희박지대야. 아이볼트 골짜기에 있어. 넌 들어본 적 없어?"

수전의 목소리는 차분했다.

"얘기야 들어봤지. 하지만 직접 들은 건 처음이야. 맙소사, 넌 저런 걸 듣고도 어떻게 아무렇지도 않아? 소리가 꼭 *살아 있는 것 같잖아!*"

수전은 그런 식으로 생각한 적이 한 번도 없었다. 그러나 이제 자기 귀가 아니라 윌의 귀로 듣고 보니 그 말이 옳은 듯싶었다. 그것은 마치 밤의 사악한 일부가 목소리를 얻어 노래를 부르려고 기를 쓰는 것 같은 소리였다.

수전은 저도 모르게 부르르 몸을 떨었다. 위에 탄 사람의 무릎이 살짝 오므라드는 기척을 느낀 러셔가 푸르르 소리를 내더니 고개를 돌려 수전을 힐끔거렸다.

"1년 중 이맘때는 그렇게 또렷하게 들리진 않아. 가을에 남자들이 불을 질러서 조용히 시키니까."

"무슨 말인지 모르겠는데."

누군들 알까? 수전보다 더 잘 아는 사람이 누가 있을까? 맙소사, 아직 작동하는 시트고의 석유 펌프 몇 개조차 멈추질 못 하는 세상인데. 그중 절반은 도살장의 돼지 떼처럼 시끄럽게 끽끽거리는데도. 지금은 작동하는 물건을 보는 것만으로도 감사해야 하는 시대인 것을.

"여름에 짬이 나면 목장 일꾼이랑 목동들이 덤불을 잔뜩 모아다가 아이볼트 골짜기 어귀에 쌓아놓곤 해. 시든 덤불도 괜찮지만 살아 있는 덤불이 더 나아. 연기를 피워야 하니까. 물론 크기가 클수록 더 좋고. 아이볼트는 낭떠러지 사이로 깊숙이 나 있는 골짜기야. 길이가 아주 짧고 위쪽 절벽이 가팔라서 꼭 옆으로 누운 굴뚝 같아. 상상이 가?"

"응."

"수확제 날 아침에 덤불을 태우는 게 이곳 전통이야. 장터, 축제, 전야제 불놀이를 마친 다음날."

"겨울의 첫날이구나."

"맞아, 이쪽 지방의 겨울은 그렇게 일찍 찾아오는 것 같지 않지만. 어쨌거나, 전통이라고 해봤자 반드시 지켜야 하는 건 아니야. 바람이 어지럽게 불거나 소리가 유난히 시끄러울 땐 일찌감치 덤불에 불을 놓기도 하니까. 가축들이 불안해하거든. 희박지대의 소리가 강해지면 소젖이 잘 안 나와. 사람들도 잠을 잘 못 자고."

"그럴 테지."

윌은 우두커니 북쪽을 바라보았다. 문득 거센 바람이 불어와 그의 모자가 벗겨졌다. 뒤로 떨어진 모자가 그의 등에 내려앉자 가죽으로 만든 턱끈이 목을 가로질러 팽팽하게 당겨졌다. 그리하여 드러난 살짝 긴 머리카락은 까마귀 날개처럼 새카맸다. 수전의 마음속에 문득 그 머리카락을 만져보고 싶다는 충동이 거세게 치솟았다. 머리칼의 질감을 손가락으로 맛보고 싶었다. 거칠거칠한 느낌일까? 아니면 부드러울까? 비단처럼? 냄새는 어떨까? 그 생각과 함께 아랫배 깊숙한 곳이 또다시 뜨거워지더니 부르르 떨렸다. 윌은 그런 수전의 마음을 읽기라도 한 듯이 그녀를 돌아보았고, 수전은 얼굴이 빨갛게 물들었다. 붉게 물든 뺨을 가려주는 어둠이 고마울 따름이었다.

"저 소리는 언제부터 들린 거야?"

"내가 태어나기도 전부터. 하지만 우리 아버지가 태어나기 전은 아니었어. 아버지한테 듣기론 예전에 지진이 일어나서 땅이 온통 흔들린 적이 있는데, 그 일이 있고 나서 곧바로 들리기 시작했대. 지진이 불러온 소리라고 하는 사람도 있고, 그런 건 말도 안 되는 미신이라고 하는 사람도 있어. 난 그저 그 소리가 항상 들렸다는 것만 알 뿐이야. 골짜기에 연기를 피우면 벌집에 불을 붙여 태울 때처럼 조용해지지만, 그것도 한때뿐이야. 소리는 어김없이 다시 돌아오니까. 골짜기 어귀에 쌓아놓은 덤불은 길을 잃은 가축이 들어가지 않게 막아주기도 해. 가끔 그쪽으로 흘러드는 애들이 있거든, 왜 그러는지는 모르지만. 만약에 덤불을 다 태우고 이듬해 다시 쌓기 전까지 소나 양이 골짜기에 들어가기라도 하면…… 다시는 못 나와. 그 안에 있는 게 뭐든 간에, 지독하게 굶주린 것만은 분명해."

수전은 윌의 판초를 옆으로 치운 다음, 오른쪽 다리를 안장 앞머리에 닿지도 않을 만큼 높이 들어 반대편으로 옮기고 러셔의 등 위에서 미끄러지듯 내려왔다. 이 모든 동작이 물 흐르듯이 한 번에 이어졌다. 드레스가 아니라 바지를 입었을 때 부려야 할 묘기였고, 휘둥그레진 윌의 눈은 곧 치마 속이 훤히 들여다보였다는 뜻이었으나…… 그래서 어쨌다는 건가? 욕실 문을 잠그고 씻어야 할 그곳이 보인 것도 아닌데. 게다가 재빨리 안장에서 내리는 기술은 수전이 우쭐대고 싶을 때 가장 잘 써먹는 묘기이기도 했다.

　"멋진데!"

　"아빠한테 배운 거야."

　수전은 윌의 칭찬을 순수하게 받아들여 이렇게 대답했다. 그러나 고삐를 건네줄 때 그녀의 입가에 번진 미소는 그 칭찬이 무슨 뜻이든 상관하지 않는 듯했다.

　"수전, 너 희박지대를 본 적 있어?"

　"응. 한두 번, 골짜기 위에서."

　"어떻게 생겼어?"

　"징그러워."

　수전은 생각할 것도 없이 대번에 대답했다. 이날 밤 그녀의 몸을 주물럭거릴 때 레아가 지었던 기분 나쁜 웃음을 보지 않았더라면 희박지대야말로 세상에서 가장 징그러운 것이라고 얘기했겠지만.

　"어떻게 보면 천천히 타들어가는 토탄 구덩이의 불 같기도 하고, 또다시 보면 거품이 부글거리는 초록색 늪 같기도 해. 안개도 끼어 있어. 가끔은 기다랗고 앙상한 팔처럼 보일 때도 있어. 끄트머리에 손이 달린 팔."

"점점 커지는 중이야?"

"사람들 말로는 그래. 희박지대는 원래 점점 커지는 거래. 천천히. 그치만 너나 내가 살아 있는 동안에 아이볼트 골짜기를 빠져나오는 일은 없을 거야."

수전은 하늘을 올려다보았다. 대화를 나누는 동안에도 별자리들은 쉬지 않고 자기 길을 따라 움직인 모양이었다. 윌과 함께라면 밤새 이야기할 수도 있을 것만 같았다. 희박지대에 관해서, 아니면 시트고 이야기라도, 그도 아니면 짜증나는 코딜리어 고모 이야기라도. 뭐든지. 그렇게 생각하니 울적해졌다. 왜 하필 지금 이 남자를 만난 걸까? 지난 3년 동안 햄브리의 소년들이 내미는 손을 모두 뿌리쳤는데, 왜 이제 와서 이토록 기묘하게 마음이 끌리는 남자가 나타난 걸까? 삶이란 건 도대체 왜 이렇게 비겁할까?

앞서 떠올랐던 생각, 그러니까 아버지의 목소리로 들었던 그 생각이 다시금 수전의 머릿속에 떠올랐다. '카는 바람처럼 불어닥치는 법이다. 계획 같은 걸 세워봤자 태풍 앞의 헛간에 지나지 않아.'

그러나 안 될 말이었다. 그럴 수는 없었다. 절대로. 수전은 자기 안의 결의를 있는 대로 끌어모아 그 생각에 저항했다. 지금 이것은 헛간 따위가 아니었다. 수전의 삶이었다.

수전은 손을 뻗어 비치 부인 댁의 녹슨 양철 우편함을 쓰다듬었다. 마치 자신을 현실 세계에 붙잡아두려는 몸짓 같았다. 수전이 품은 자그마한 바람과 헛된 공상은 어쩌면 별것 아닐 수도 있었다. 그러나 수전의 아버지는 일찍이 사람의 가치는 자신이 내뱉은 말을 어떻게 지키느냐에 따라 결정된다고 가르쳤고, 그녀는 아버지의 가르침을 저버리고 싶지 않았다. 고작 몸도 마음도 혼란스러운 시기에 만난 잘생긴 남자 한 명 때문에 그럴 수는 없었다.

"우린 여기서 헤어져야 해. 넌 친구들한테 돌아가든 말을 더 타든 좋을 대로 해."

수전은 자신의 목소리에 깃든 무게감 때문에 조금 울적해졌다. 소녀가 아니라 숙녀의 침착함이 드러났기 때문이었다.

"하지만 월, 약속을 잊으면 안 돼. 시프론트 저택에서, 그러니까 장관 관저에서 나를 보면, 나랑 친구로 남고 싶다면, 처음 만난 사이처럼 행동해 줘. 나도 그럴 거니까."

월은 고개를 끄덕였다. 수전은 자신의 낯빛을 거울처럼 되비치는 그의 얼굴을 보고 비로소 자신의 표정이 얼마나 진지했는지 깨달았다. 그리고 얼마나 슬펐는지도.

"난 지금까지 한 번도 여자애한테 말을 타러 가자고 청한 적이 없어. 집에 찾아가도 되냐고 물은 적도 없고. 하지만 수전, 패트릭의 딸인 너에게는 청하고 싶어. 승낙을 받는 데 도움이 된다면 꽃이라도 갖다줄 거야. 하지만 그래봤자 소용없을 것 같아."

수전은 고개를 끄덕였다.

"맞아. 소용없어."

"혹시 장래를 약속한 사람이라도 있는 거야? 알아, 너무 성급한 질문이란 거. 네 기분을 상하게 할 생각은 없어."

"네 마음은 나도 알지만, 지금은 대답 안 할래. 아까도 말했듯이 당장은 내 처지가 좀 복잡하거든. 게다가 지금은 시간도 늦었고. 월, 우리 여기서 헤어지자. 그래도…… 잠깐만……."

수전은 앞치마 주머니를 뒤적이다가 초록색 나뭇잎으로 싼 케이크 반 조각을 꺼냈다. 사라진 반 조각은 아까 쿠스 언덕을 오르면서 먹어치웠는데…… 지금은 없어진 그 케이크 반 조각이 삶의 절반인 것만 같았다. 수전은 남은 저녁 식사를 러셔에게 내밀었고, 러셔는 킁킁거리다가 케이크를 날름 삼키고 빈손을 핥았다. 수전은 벨벳처럼 부드러운 혀가 손바닥을 핥는 느낌에 빙긋 웃었다.

"그래, 넌 참 착한 말이구나. 정말 착해."

수전은 윌 디어본을 바라보았다. 길 위에 서서 먼지투성이 장화를 질질 끌며 시무룩한 표정으로 자신을 마주보는 그 남자를. 굳은 표정은 이미 사라지고 없었다. 그는 다시 수전 또래로, 또는 더 어린 소년으로 보였다.

"복된 만남이었어. 그렇지?"

윌이 물었다. 수전은 앞으로 한 걸음을 내디디고는 자신이 무엇을 생각하는지 미처 깨닫기도 전에 남자의 어깨에 손을 올리고 발꿈치를 들었다. 그러고는 남자의 입술에 입을 맞추었다. 짧은 입맞춤이었지만 친구 사이에 할 수 있는 것은 아니었다.

"그래. 복된 만남이었어, 윌."

그러나 남자가 (마치 해를 향해 저절로 얼굴을 돌리는 꽃처럼) 몸을 내밀고 또 한 번의 입맞춤을 위해 다가왔을 때, 수전은 부드러우면서도 단호한 손길로 그를 한 걸음 뒤로 밀어냈다.

"안 돼. 방금 그건 고맙다는 뜻이었어. 신사라면 한 번으로 만족할 줄 알아야 해. 그럼 잘 가, 윌."

남자는 꿈꾸는 사람처럼 멍한 표정으로 말고삐를 받아들었다. 그러고는 도대체 어디에 쓰는 물건인지 모르겠다는 듯이 가만히 고삐를 내려다보다가, 이내 고개를 들어 수전을 보았다. 방금 전의 입맞춤이 가져다준 충격에서 깨어나려고 마음을 가다듬는 기색이 뚜렷했다. 수전은 남자의 그런 행동이 마음에 들었다. 그리고 남자를 그렇게 만들 수 있어서 기뻤다.

"그래, 너도 잘 가." 남자는 인사를 남기며 안장에 훌쩍 올라앉았다. "처음으로 만나기를 기대하고 있을게."

씩 웃는 남자의 표정에서 수전은 갈망과 소망을 함께 보았다. 남자는 이내 고삐를 당겨 말을 돌려세우고 이제껏 왔던 길로 돌아갔다. 어쩌면 유전을 한 번 더 살펴볼 생각인지도 몰랐다. 수전은 비치 부인 댁 우편함 앞에 그대로 선 채 남자가 몸을 돌려 손을 흔들어주기를, 그래서 그의 얼굴을 한 번 더 볼 수 있기를 바랐다. 틀림없이 돌아볼 거라 생각했지만…… 그는 돌아보지 않았다. 그러다가, 수전이 막 돌아서서 마을로 난 언덕길을 내려가려 했을 때, 남자가 이쪽을 보며 손을 들었다. 어둠 속에 흔들리는 손이 꼭 날갯짓하는 나방 같았다.

수전은 손을 들어 화답하고는 길을 내려갔다. 기분이 흐뭇하면서 동시에 우울했다. 하지만 더럽혀진 기분은 이제 느껴지지 않았다. 가장 중요한 것은 아마도 그것인 듯싶었다. 남자의 입술에 닿은 순간, 살갗에 머물던 레아의 손길이 떠난 것만 같았다. 아마도 사소한 마술이었으리라. 그러나 수전은 그 마술을 기쁜 마음으로 받아들였다.

수전은 빙긋 웃으며 걸음을 옮겼다. 여느 때의 밤 외출과 달리 자꾸만 하늘의 별을 올려다보면서.

제4장
달이 지고 한참 후에

1

남자는 거의 두 시간 동안 쉬지도 않고 수전이 '드롭'이라고 불렀던 평원을 거닐었다. 마음 같아서는 끓어오른 피가 식을 때까지 러셔를 타고 별빛 아래 질주하고 싶었지만, 실제로는 이 덩치 큰 거세마를 결코 몰아붙이지 않고 사뿐사뿐 뛰게 했다.

'너 자신을 곰곰이 생각해봐, 그럼 피는 금세 식을 거야.' 남자는 생각했다. '사실 일부러 피를 식힐 필요도 없어. 입만 벌리고 있어도 제 몫이 돌아올 거라고 철석같이 믿는 건 바보들뿐이니까.' 이 오래된 격언을 떠올리자 의족을 단 흉터투성이 사내가 생각났다. 남자가 인생 최고의 스승으로 여기는 사내였다. 그 생각에 남자는 빙그레 미소 지었다.

마침내 남자는 말을 돌려 경사진 평원 아래쪽에 흐르는 개울로 내려갔고, 그 개울을 따라 상류 쪽으로 2킬로미터쯤 올라가서(중간에 말 떼가 모인 곳을 몇 번 지나쳤다. 놀란 말들은 졸음에 겨운 눈으로 러셔를 물끄러미 바라보았다.) 버드나무가 우거진 곳에 도착했다. 수풀속 공터에서 말 한 마리가 나지막이 울었다. 러셔도 화답하듯 울면서 발굽으로 땅을 치고 고개를 위아래로 끄덕였다.

러셔의 주인이 버들가지 아래를 지나가려고 고개를 숙였을 때, 문득 사람의 것이 아닌 허옇고 기다란 얼굴이 눈앞에 나타났다. 얼굴의 위쪽 절반은 시커멓게 뻥 뚫린 두 눈구멍이 온통 차지하고 있었다.

남자는 총으로 손을 뻗었다. 이날 밤 그가 이 행동을 한 것은 이번이 세 번째였고, 허리에 아무것도 없음을 깨달은 것도 세 번째였다. 그러나 총이 있든 없든 상관없었다. 남자는 자기 눈앞에 끈으로 매달린 물건이 무엇인지 이미 알고 있었다. 바보 같이 생긴 까마귀 해골이었다.

그 까마귀 해골은 얼마 전부터 아서 히스라는 가명을 사용하는 소년이 자기 안장에 걸고 다니다가, 장난삼아 환영의 의미로 이 나무에 묶어둔 것이었다(소년은 그 해골을 안장 앞머리에 묶어놓고 '파수꾼'이라고 부르며 시시덕거렸다. "할망구처럼 징그럽게 생기긴 했지만 밥값이 안 들어서 좋잖아."). 그 싱거운 농담이라니! 러셔의 주인은 해골을 힘껏 후려쳤다. 어찌나 세게 쳤던지 끈은 끊어지고 해골은 시커면 어둠 속으로 날아가 버렸다.

"이런 염병할. 뭐 하는 짓이야, 롤랜드."

어둠 속에서 목소리가 들려왔다. 꾸짖는 목소리였지만······ 늘 그렇듯이 한 꺼풀 아래에는 터져나오려는 웃음이 감추어져 있었다. 아서 히스라는 가명을 사용하는 커스버트 올굿은 롤랜드의 가장 오랜 친구였다. 둘의 잇자국이 함께 새겨진 장난감만 해도 한둘이 아니었다. 그러나 커스버트에게는 롤랜드가 도저히 이해하지 못할 구석이 있었다. 단지 실없는 웃음 때문만은 아니었다. 오래전 궁정 요리사 핵스가 반역죄로 교수대 언덕에서 목이 매달렸을 때, 함께 구경하러 간 커스버트는 두려움과 후회에 사로잡혀 어쩔 줄을 몰랐다. 그래서 롤랜드에게 자신은 도저히 이곳에 못 있겠다고, 도저히 못 보겠다고 하소연했지만…… 결국에는 두 가지 일 모두 끝까지 해냈다. 어리석은 농담도 겉으로 드러나는 가벼운 감정도 커스버트 올굿의 본성이 아니기 때문이었다.

롤랜드가 버드나무 수풀 한복판의 공터로 들어서는 사이, 나무 뒤에 숨어 있던 검은 형상이 걸어나왔다. 공터 맞은편 절반 지점에서 드러난 그 검은 형상의 정체는 호리호리하고 엉덩이가 날씬한 소년이었다. 청바지 아래는 맨발이었고 웃통은 벗은 채였다. 한쪽 손에 쥔 것은 어마어마하게 커다란 구식 리볼버였다. 탄창 크기 때문에 맥주통이라는 별명으로 불리기도 하는 총이었다.

"염병할."

커스버트는 그 말의 울림이 마음에 들었는지 또 한 번 중얼거렸다. 이곳 메지스처럼 한가로운 벽촌에서는 그런 욕도 유행이 지난 옛날 말이 아니라는 듯이.

"경계병한테 참 잘하는 짓이다. 가뜩이나 얼굴도 홀쭉해서 불쌍한 친군데 산골짜기로 날려버리고 말이야!"

"총이 있었으면 기꺼이 박살을 내버렸을 거다, 이 일대 주민들 절반을 깨우는 한이 있어도."

"후후, 네가 총을 안 차고 갈 줄 알았지. 근데 너 안색이 영 안 좋다, 스티븐의 아들 롤랜드? 뭐, 열다섯 살 먹은 애치고는 되게 야무져 보이지만."

"여행 중에는 가명을 부르기로 약속했을 텐데. 우리끼리만 있을 때에도."

커스버트는 풀밭에 맨발을 짚은 채 한쪽 다리를 쑥 내밀더니 양팔을 펼치고 양 손목을 한껏 굽혀 손바닥을 보였다. 전문 외교관의 인사법을 흉내 낸 몸짓이었다. 늪에 서 있는 왜가리 같은 그 모습을 보고 롤랜드는 자신도 모르게 웃음을 터뜨렸다. 그러고는 왼쪽 손목 안쪽을 이마에 대고 열이 있는지 재보았다. 머릿속은 변함없이 뜨거웠지만 이마의 살갗은 서늘했다.

"용서를 비나이다, 총잡이여."

눈을 내리깔고 손을 늘어뜨린 공손한 자세 그대로 커스버트가 중얼거렸다.

롤랜드의 표정에서 웃음기가 사라졌다.

"커스버트, 다시는 그렇게 부르지 마. 여기서도 다른 어디에서도 그러면 안 돼. 제발, 날 위하는 마음이 눈곱만큼이라도 있다면."

커스버트는 즉시 자세를 바로잡고 롤랜드가 말을 묶는 곳으로 성큼성큼 다가왔다. 이제는 정말로 공손한 표정이었다.

"롤랜…… 아니, 윌. 미안해."

롤랜드는 친구의 어깨를 다독여주었다.

"괜찮아. 대신 이거 하나는 명심해 둬. 어쩌면 메지스가 세상 끄트머리의 변두리일 수도 있지만…… 그래도 엄연히 우리가 사는 세상이야. 알레인은 어딨어?"

"리처드 말이지? 어디 있을 것 같아?"

커스버트는 공터 건너편을 손짓으로 가리켰다. 그곳에는 코를 고는 중인지 아니면 컥컥거리며 천천히 질식해 죽어가는 중인지 모를 시커먼 덩어리가 누워 있었다.

"저 자식은 진짜, 지진이 일어나도 세상모르고 쿨쿨 잘 거야."

"하지만 넌 내가 오는 기척을 듣고 일어났다, 이거지."

"그렇지."

커스버트가 롤랜드의 얼굴을 가만히 뜯어보았다. 그 눈빛이 어찌나 집요했던지 롤랜드는 살짝 언짢아졌다.

"야, 너 무슨 일 있어? 안색이 영 이상한데."

"그래?"

"응, 들뜬 것 같아. 어쩐지 분위기가 좀 변했어."

커스버트에게 수전 이야기를 털어놓으려면 바로 지금이 기회였다. 롤랜드는 별로 생각하지도 않고 말하지 않기로 결심했다(그가 내린 결정 가운데 최선의 것들은 대부분 그런 식으로 나오곤 했다.). 지금 입을 다물면 나중에 행정 장관 관저에서 수전을 만났을 때 커스버트와 알레인 역시 그들이 처음 만난다고 생각할 터였다. 입을 다문다고 해가 될 것도 없지 않은가?

롤랜드는 말에서 내린 다음 몸을 숙이고 안장을 풀었다.

"산책을 해서 그런가 보지. 재미난 것도 좀 봤고."

"어? 뭔데. 말해봐, 이 친애하는 불알친구야."

"내일 얘기하자, 저기 저 곰이 겨울잠에서 깨어날 때까지 기다렸다가. 그럼 두 번 말할 필요 없잖아. 게다가 지금은 피곤해. 그래도 하나는 가르쳐줄게. 원래부터 말로 유명한 고장이긴 하지만, 이곳엔 말이 너무 많이 있어. 이때껏 확인한 것만 해도 지나치게 많아."

롤랜드는 커스버트에게 더 물을 틈도 주지 않고 러셔의 등에서 안장을 벗겨 조그마한 버들고리짝 옆에 내려놓았다. 고리짝 세 개는 한꺼번에 말 등에 실을 수 있도록 가죽끈으로 서로 묶여 있었다. 그 안에서 목에 하얀 고리를 단 비둘기 세 마리가 졸린 듯 구구거렸다. 한 마리가 날개 밑에 파묻었던 머리를 들어 롤랜드를 힐끗 보고는 다시 고개를 처박았다.

"이 녀석들 상태는 좀 어때?"

"팔자가 늘어졌지, 뭐. 집에 처박혀서 먹고 싸는 게 일인데. 얘들 처지에서 보면 그냥 방학이지, 방학. 근데 있잖아, 너 아까……"

"내일 얘기하자."

롤랜드의 표정을 보고 더 할 말이 없음을 눈치챈 커스버트는 그저 고개만 끄덕이고는 빼빼 마른 해골 경계병을 찾으러 갔다.

20분 후. 짐을 벗고 솔질도 받은 러셔는 벅스킨과 글루 보이(말한테 '근성 있는 놈'이라니…… 커스버트는 말 이름조차 평범하게 짓는 법이 없었다.) 곁에서 여물을 먹었고, 롤랜드는 침낭을 깔고 드러누워 한밤의 별들을 올려다보았다. 커스버트는 러셔의 발소리에 벌떡 일어났을 때와 마찬가지로 다시 금세 잠들었지만, 롤랜드는 여느 때와 달리 잠을 이루지 못하고 뒤척였다.

그의 정신은 한 달 전으로, 그때 그 매춘부의 방으로, 그 방 침대에 걸터앉아 주섬주섬 옷을 걸치는 자신을 바라보던 아버지의 기억으로 되돌아갔다. 아버지의 그 말이 자꾸만 징소리처럼 머릿속에 울려퍼졌다. '나는 2년 전부터 알고 있었다.' 어쩌면 남은 평생 동안 그렇게 울릴 것만 같았다.

그러나 아버지는 그것 말고도 아들에게 들려줄 이야기가 많았다.

마튼에 관하여. 롤랜드의 어머니, 필시 죄를 저지르기보다는 죄에 휘말렸을 그 여인에 관하여. 스스로 애국자라 칭하는 도적떼에 관하여. 그리고 존 파슨, 실제로 크레시아에 머물다가 강풍에 휘말린 연기처럼 사라져버린 그 남자에 관해서도. 파슨과 그의 패거리는 크레시아를 떠나기에 앞서 자치령 수도인 인드리를 거의 남김없이 불태웠다. 도륙당한 사람은 수백 명에 이르렀고, 따라서 크레시아가 동맹을 탈퇴하여 의인 편에 붙은 것도 놀랄 일이 아니었다. 자치령 수장과 인드리 행정 장관, 그리고 수석 보안관마저도, 파슨이 찾아왔던 그 초여름 날 도시 입구의 성벽에 목이 내걸렸다. 스티븐 디셰인의 표현에 따르면 '꽤 설득력 있는 정치'였다.

이 전쟁은 양 진영의 대군이 숨어 있던 언덕 뒤편에서 물밀듯이 쏟아져 나와 마지막 공세에 나선 '성(城) 빼앗기 게임'이라고, 롤랜드의 아버지는 말했다. 또한 민중 혁명이 대개 그러하듯이 그 대결은 중간 세계의 여러 자치령 사람들이 존 파슨을 심각한 위협으로 인식하기 전에 이미 끝날 터였다. 반대로 파슨이 내건 민주주의의 이상을 믿는 사람들이라면, 또 '예속적인 계급주의와 케케묵은 아이들 동화'를 끝장내겠노라고 부르짖는 그의 선언에 공감하는 이들이라면…… 파슨을 세상을 뒤집어엎을 충실한 대리인으로 여길 터였다.

롤랜드의 아버지와 그의 몇 안 되는 총잡이 카텟에게 파슨은 그 두 가지 의미 가운데 어느 쪽으로도 대수롭지 않은 존재였다. 롤랜드는 이 사실을 알고 충격에 빠졌다. 그들이 보기에 파슨은 잔챙이였다. 사실 총잡이들이 보기에는 동맹 자체가 잔챙이에 지나지 않았다.

'나는 너를 멀리 보낼 생각이다.' 스티븐 디셰인은 그렇게 말했다. 매춘부의 침대에 앉아, 성인식을 치르고 살아남은 자신의 아들을 바라보며. '이제 중간 세계에 진정으로 안전한 땅은 한 곳도 없다. 허나 청정해에 면한 메지스 자치령이라면…… 그곳만큼은 요즘 같은 시대에도 안전할 게다. 그러니 그리로 가거라. 친구를 적어도 둘은 데리고 가야 한다. 알레인이라는 아이가 좋겠다. 허나 낄낄대기 좋아하는 그 녀석만은 안 된다. 그 아이와 함께 가느니 차라리 멍멍 짖는 개를 끌고 가는 편이 나을 게야.'

다른 때 같았으면 넓은 세상을 구경한다는 생각에 한껏 들떴을 롤랜드였지만, 그날은 불같이 화를 내며 아버지에게 대들었다. 의인을 상대로 한 마지막 결전이 임박했다면 그도 아버지 곁에서 함께 싸우고 싶었다. 어쨌거나 그도 이제 총잡이였던 것이다. 비록 수습이라 할지언정, 그도 이제는…….

아버지는 고개를 가로저었다. 천천히, 단호하게. '아서라, 롤랜드. 너는 아직 모른다. 허나 알게 될 게다. 똑똑히 알게 될 게다.'

나중에 그들 부자는 중간 세계의 마지막 보루가 된 길르앗의 성벽을 함께 거닐었다. 아침 햇살 속에 초록빛 도시가 자태를 드러냈다. 창대에 묶여 펄럭이는 깃발, 구시가지의 거리를 오가는 상인들, 도시 한복판에 서 있는 궁전으로부터 바퀴살처럼 뻗어나온 좁은 길을 따라 사뿐사뿐 걷는 말들이 한눈에 내려다보였다. 아버지는 더 많은 이야기를 들려주었고(그러나 전부 들려주지는 않았고), 아들은 더 많은 깨달음을 얻었다(그러나 모든 것을 깨우치지는 못했다. 아버지 역시 다 알지는 못했으므로.). 둘 중 누구도 암흑의 탑을 입에 올리지 않았으나 탑은 이미 롤랜드의 머릿속 한 구석을 차지하고 있었다.

지평선 멀리 넘실거리는 먹구름처럼.

이 모든 것의 근원이 정말로 그 탑일까? 중간 세계를 집어삼키겠다는 꿈을 안고 혜성처럼 등장한 도적이 아니라, 롤랜드의 어머니를 유혹한 마법사가 아니라, 스티븐 디셰인과 그의 동료들이 크레시아에서 찾고자 했던 수정 구슬이 아니라…… 암흑의 탑 때문일까?

롤랜드는 묻지 않았다.

물을 엄두가 나지 않았다.

롤랜드는 침낭에 누워 뒤척이다가 눈을 감았다. 눈을 감기가 무섭게 그 소녀의 얼굴이 떠올랐다. 입술을 꾹 누르던 소녀의 입술이 또다시 느껴졌고, 소녀의 살갗에서 풍기던 향기가 또다시 코를 간질였다. 삽시간에 정수리부터 꼬리뼈까지 뜨겁게 달아오르는가 싶더니 꼬리뼈부터 발끝까지는 차갑게 식어갔다. 뒤이어 러셔의 등에서 내려올 때 얼핏 드러난 소녀의 다리가(그리고 살짝 올라간 치맛단 아래 보일락 말락 하던 하얀 속옷도) 떠올랐고, 그러자 몸의 뜨거운 절반과 차가운 절반이 자리를 바꾸었다.

길르앗의 매춘부는 롤랜드의 동정을 가져갔으면서도 입맞춤은 해 주지 않았다. 그가 입을 맞추려 하자 고개를 홱 돌렸던 것이다. 다른 것은 뭐든 허락하면서도 입술만은 허락하지 않았다. 그때 롤랜드는 몹시도 실망했다. 그러나 이제는 오히려 다행이라고 여겼다.

사춘기 소년의 마음속 눈은 잠을 이루지 못하고 말똥말똥 빛나며 음미하고 있었다. 소녀의 등을 지나 허리까지 내려온 머리카락을, 빙그레 웃을 때마다 입가에 패는 보조개를, 노랫소리처럼 싱그러운 목소리를, 고풍스러운 말씨를. 까치발을 하고 입을 맞출 때 어깨를 지그시 누르던 소녀의 손길이 떠올랐다. 더없이 부드러우면서 한없이 굳센 그 손길을 한 번만 더 느낄 수 있다면 자신의 모든 것을 바칠 수 있을 것만 같았다. 그리고 그 입술. 생각해 보면 아직 입맞춤에 대해 잘 모르는 입술 같았지만, 경험이 없기로 따지면 롤랜드 역시 마찬가지였다.

'조심해, 롤랜드. 그 여자애 때문에 마음이 흔들려서 일을 그르칠 순 없어. 어차피 그 애는 자유로운 처지가 아니야. 아까 들은 얘기만으로도 그 정도는 알 수 있잖아. 결혼은 안 했다지만 은연중에 그 비슷한 분위기를 풍겼어.'

롤랜드가 마침내 냉혹한 총잡이로 거듭나는 것은 이로부터 먼 훗날의 일이지만, 냉혹함의 씨앗은 이미 그 안에 자리를 잡고 있었다. 그 작고 단단한 씨앗들은 세월이 흐르면서 깊숙이 뿌리를 내리고 커다란 나무가 되어…… 쓰디쓴 열매를 맺을 터였다. 이제 그 씨앗들 가운데 한 개가 벌어져 날카로운 떡잎을 내미는 중이었다.

'은연중에 풍긴 분위기는 그냥 분위기일 수도 있어. 사실이라고 해도 취소할 수도 있고. 알아, 확실한 건 아무것도 없어. 그래도…… 그래도 난 그 애를 원해.'

그랬다. 롤랜드가 아는 것은 오로지 그것뿐이었다. 그것만은 아버지의 얼굴만큼이나 확실히 알 수 있었다. 롤랜드는 그 소녀를 원했다. 벌거벗은 채 침대에 누워 다리를 벌리고 게슴츠레한 눈으로 그를 올려다보던 창녀를 원할 때와는 달랐다. 배고플 때 음식을 원하듯, 목마를 때 물을 원하듯 그녀를 원했다. 그녀를 원하는 마음은 어찌 보면 흙투성이가 된 마튼의 시체를 말 뒤에 묶고 길르앗의 큰길을 누빔으로써 그 마법사가 어머니에게 저지른 죄를 되갚아주고 싶다는 갈망과도 비슷했다.

롤랜드는 그녀를 원했다. 수전이라는 이름의 소녀를.

롤랜드는 반대쪽으로 돌아누워 눈을 감고 잠들었다. 얕은 잠에 빠져든 그를 괴롭힌 것은 사춘기 소년 특유의 거칠고 낭만적인 꿈이었다. 질펀한 유혹과 달콤한 사랑이 평생 다시없을 만큼 강력하게 어우러져 공명하는 꿈. 그 뜨거운 환상 속에서 수전 델가도는 거듭 또 거듭 롤랜드의 어깨에 손을 올리고 입을 맞추며 속삭였다. 우리 첫 만남을 위해 찾아와달라고, 와서 자신과 함께 머물러달라고, 만나면 반갑게 인사해달라고.

2

잠에 취한 롤랜드가 꿈속을 헤매는 공터로부터 10킬로미터쯤 떨어진 곳에서, 수전 델가도는 침대에 누워 창밖을 바라보는 중이었다. 점점 밝아오는 새벽에 밀려 노모성의 빛이 희미해졌다. 침대에 몸을 눕힐 때와 마찬가지로 잠들 기미는 보이지 않았고, 노파가 건드린 다리 사이의 그곳은 여전히 욱신거렸다. 그 느낌 때문에 미칠 것 같았지만 그래도 불쾌하지는 않았다. 이제 그 욱신거리는 느낌과 함께 소년의 모습이 떠올랐기 때문이었다. 길에서 만난, 별빛에 홀려 입을 맞추고 만 그 소년의 모습이. 욱신거림은 수전이 다리를 움직일 때마다 짧고 달콤한 통증이 되어 불길처럼 번져나갔다.

집에 도착해 보니 난롯가의 흔들의자에 (여느 때 같으면 벌써 한 시간 전에 잠자리에 들었을) 코딜리어 고모가 앉아 있었다. 이맘때면 으레 그렇듯이 벽난로에는 불기가 없었고, 재도 말끔히 치워진 상태였다. 고모의 무릎 위에 한가득 놓인 레이스 뭉치는 맵시 없는 먹빛 드레스 앞에서 꼭 파도 거품처럼 보였다. 고모는 수전이 보기에 거의 신들린 사람 같은 속도로 레이스를 뜨는 중이었고, 문이 열리고 조카딸이 바람과 함께 들어오는데도 고개를 들지 않았다.

"한 시간 전에는 도착할 줄 알았는데."

코딜리어 고모가 말했다. 아무래도 진심 같지 않은 한마디가 그 뒤를 이었다.

"걱정했다."

"그러셨어요?"

수전은 이렇게만 말하고 입을 다물었다. 여느 때 같으면 자기가 듣기에도 거짓말 같은 변명을 주섬주섬 늘어놓았을 테지만(수전이 자기가 한 말을 의심하게 된 것은 평생에 걸친 코딜리어 고모의 영향이었다.), 이날 밤은 여느 밤과 달랐다. 수전의 삶에서 이런 밤은 이때껏 한 번도 없었다. 아무리 애를 써도 윌 디어본의 얼굴을 머릿속에서 지울 수가 없었다.

이윽고 코딜리어 고모가 고개를 들었다. 가느다란 콧날 위로 바짝 몰린 두 눈이 캐묻듯이 반짝였다. 어떤 것들은 수전이 쿠스 언덕을 향해 출발한 후에도 변하지 않고 그대로였다. 뻣뻣한 털이 달린 빗자루처럼 얼굴과 몸을 훑어내리는 고모의 두 눈 또한 그러했다.

"왜 이리 늦었어? 무슨 말썽이라도 생긴 거냐?"

"말썽은요."

수전은 이렇게 대답했지만 얼핏 떠오르는 광경이 있었다. 문간에 서 있던 마녀의 모습, 그리고 그녀의 머리 타래를 슬쩍 움켜쥐고 잡 아당기던 마녀의 구부러진 손. 그곳을 떠나고 싶어 안달하던 기억도 떠올랐다. 볼일이 다 끝났느냐고 물었던 기억도.

'실은 사소한 문제가 하나 남았는데 말이지.' 노파는 그렇게 말했다. 아니…… 어쩌면 수전이 그렇게 생각할 뿐인지도 몰랐다. 그런데 그 사소한 문제가 뭐였을까? 기억이 나지 않았다. 그게 뭐 중요한가? 어차피 소린의 아이를 배서 배가 부를 때까지는 레아를 다시볼 일이 없거니와…… 수확제 축일 밤까지 동침할 수 없다면 쿠스 언덕을 다시 찾을 날은 아무리 일러도 늦겨울이 될 터였다. 그야말로 한 세월이 아닌가! 게다가 아기를 늦게 가질 수만 있다면, 그렇다면 더 나중이 될 수도…….

"그냥 천천히 걸어왔을 뿐이에요. 그게 다예요."

"그런데 표정이 왜 그래?"

코딜리어 고모가 물었다. 듬성듬성 돋은 눈썹이 미간에 세로로 팬 주름을 향해 한 덩어리로 뭉쳤다.

"제 표정이 어때서요?"

수전은 앞치마를 벗은 다음 허리끈을 묶어 부엌 문 바로 안쪽에 달린 고리에 걸치며 물었다.

"발갛게 달았잖아. 천박하게. 방금 우유를 짠 소젖처럼."

수전은 하마터면 웃음을 터뜨릴 뻔했다. 수전이 별에 대해 아무것도 모르듯이 남자에 대해 아무것도 모르는 코딜리어 고모가 정확히 맥을 짚었던 것이다. 발갛게 달아오른 천박함, 그것이야말로 수전이 느끼는 기분이었다.

"밤공기를 쐐서 그런가 보죠. 고모, 저 아까 별똥별을 봤어요. 희박지대에서 나는 소리도 들었고요. 오늘 밤엔 소리가 아주 크던걸요."

"그래?"

고모는 심드렁하게 묻고는 진짜로 알고 싶었던 화제를 꺼냈다.

"아프더냐?"

"조금요."

"그래서 울었어?"

수전은 고개를 저었다.

"잘했다. 울음은 삼키는 게 나아. 무슨 일이 있어도. 그 할망구는 여자들이 울면 더 좋아한다더라. 어디, 그…… 너 뭐 받은 거 없냐? 그 할망구가 뭘 줬을 텐데?"

"예, 받았어요."

수전이 드레스 주머니에서 꺼낸 쪽지에는

순 껀 항

이라고 적혀 있었다. 조카가 내민 쪽지를 낚아채는 고모의 표정은 그야말로 탐욕스러웠다. 최근 한 달 남짓 동안 코딜리어 고모는 꽤나 사근사근했다. 그러나 이제는 원하던 것을 손에 넣었고(수전 또한 마음을 되돌리기에는 이미 너무 많은 것을 약속한 후였다.), 그래서 예전의 코딜리어로 되돌아갔다. 수전이 자라면서 지켜본, 심술궂고 거만하고 툭하면 남을 의심하는 여인으로. 그 여인은 인정머리 없이 제멋대로 살다 세상을 떠난 오빠 때문에 거의 일주일에 한 번꼴로 미친 듯이 화를 내곤 했다. 어찌 보면 차라리 잘된 일이었다. 코딜리어 고모가 매일 같이 착한 요정 시빌라 흉내를 내는 꼴을 보고 있자니 수전은 정말이지 고문당하는 기분이었다.

"옳지, 그래, 그 할망구의 문장이 맞구나." 고모는 쪽지 아래쪽을 손가락으로 훑으며 중얼거렸다. "누구 말로는 악마의 발굽 모양이라지만 알 게 뭐야. 안 그러냐, 수전? 징그럽기 짝이 없는 할망구이긴 하지. 그래도 그 덕분에 우리 두 목숨이 이 풍진세상을 좀 더 버티게 됐잖냐. 이제 한 번만 더 보면 돼. 아마 올해 말쯤이겠지, 네 뱃속에 애가 들어서야 하니까."

"그보단 나중일걸요. 악마의 달이 중천에 뜰 때까지는 동침하지 말랬어요. 수확제 축일 밤, 불놀이가 다 끝나야 동침할 수 있대요."

코딜리어는 조카를 멍하니 바라보았다. 눈은 휘둥그레졌고 입도 헤 벌어졌다.

"그 할망구가 그랬어?"

'고모, 지금 절 거짓말쟁이로 모시는 거예요?' 수전답지 않게 가시 돋친 생각이었다. 평소의 그녀는 아버지를 닮아 성정이 온화했다.

"예."

"왜? 대관절 왜 그리 오래 걸린대?"

코딜리어 고모의 표정에는 당황하고 실망한 빛이 역력했다. 이 거래를 통해 지금까지 은화 여덟 개와 금화 네 개가 굴러들어왔다. 모두 코딜리어 고모가 돈을 감춰놓는 비밀 장소에 잠들어 있었다(고모는 틈만 나면 가난한 살림을 한탄했지만 수전이 보기에는 숨겨둔 돈이 적잖을 것 같았다.). 그리고 그 두 배나 되는 미수금이 또 들어올 예정이었는데…… 미수금이 들어오려면 먼저 피 묻은 침대보가 장관 관저의 세탁실에 배달되어야 했다. 나중에 쿠스 언덕의 레아가 수전의 수태를 확인하면, 또 그 아기가 소린의 핏줄로 판명되면 같은 금액이 한 번 더 들어올 예정이었다. 다 합치면 꽤 큰돈이었다.

이 좁은 집에 사는 그들 같은 서민에게는 어마어마한 돈이었다. 그런데 그 큰돈을 받을 날이 이제 성큼 뒤로 미뤄졌으니…….

이날 밤 잠들기 전에 저지를 수 있기를 바라고 또 바랐던(실은 그리 열렬히 바라지는 않았지만) 그 죄악을, 수전은 마침내 저지르는 중이었다. 계략에 빠져 좌절한 코딜리어 고모의 표정을 보며 즐거워했던 것이다. 일확천금의 꿈이 물거품으로 돌아간 수전노의 표정을.

"그렇게 오래 걸릴 게 뭐람?" 고모가 또다시 중얼거렸다.

"쿠스 언덕에 찾아가서 직접 물어보시든가요."

조카의 비아냥을 들은 코딜리어 델가도는 입을 앙다물었다. 원래부터 가늘었던 입술이 거의 안 보일 정도였다.

"너 지금 까부는 거냐? 까불 생각이야, 내 앞에서?"

"아뇨. 피곤해서 까불고 자시고 할 기운도 없네요. 그만 가서 씻을래요. 그 할망구 손길이 아직도 몸에 들러붙어 있는 것 같거든요. 씻고 바로 잘게요."

"그래, 이 일은 내일 아침에 다시 얘기하자. 그땐 너나 나나 숙녀답게 얘기할 수 있을 테니까. 얘기가 끝나면 당연히 하트부터 만나러 가야지."

코딜리어는 레아가 수전에게 준 쪽지를 접었다. 그러고는 하트 소린을 찾아간다는 생각에 흐뭇해진 표정으로 그 쪽지를 드레스 주머니에 집어넣으려 했다.

"안 돼요."

수전이 말했다. 평소와 달리 날카로운 목소리였다. 쪽지를 쥔 고모의 손이 허공에 우뚝 멈출 정도였다. 조카를 쳐다보는 고모의 표정에는 놀란 빛이 뚜렷했다. 수전은 그 표정을 보고 살짝 당황했으면서도 눈을 내리깔지는 않았다. 그리고 쪽지를 향해 내민 손 또한 흔들리지 않았다.

"이리 주세요, 고모. 그 쪽지는 제가 갖고 있어야 해요."

"누가 그딴 식으로 말하라고 시키던?"

이렇게 묻는 고모의 목소리는 분을 못 이긴 나머지 거의 흐느끼는 듯했다. 신성 모독이나 다름없는 생각이었지만, 수전은 코딜리어 고모의 목소리를 듣고 희박지대에서 나는 소리를 언뜻 떠올렸다.

"어미 없는 어린 것을 거둬다 길러준 사람한테, 그 어린 것을 남기고 죽은 아비의 누이한테 그딴 식으로 입을 놀리라고 시킨 게 누구야!"

"아시잖아요, 누군지." 수전은 내민 손을 거두지 않고 대꾸했다. "그건 제가 갖고 있다가 소린 장관님한테 드려야 해요. 그다음엔 자기 알 바 아니랬어요. 장관님이 이걸로 뒤를 닦든 뭘 하든. (수전은 새빨개진 고모의 얼굴을 보고 몹시도 즐거워졌다.) 하지만 그때까진 제 거예요."

"이런 경우는 금시초문이구나. 이렇게 중요한 문서를 너 같이 어린 계집애한테 맡기다니."

코딜리어 고모는 발끈했지만…… 그러면서도 손때 묻은 쪽지를 조카에게 돌려주었다.

'하지만 그 늙은이의 노리개가 되기엔 손색없는 나이죠, 안 그래요? 그러니까 그 노인네 밑에 깔려서 뼈가 삐걱거리는 소리를 듣다가 내친 김에 씨를 받아 애까지 낳으라고 시키는 거잖아요!'

수전은 눈을 내리깔고 쪽지를 주머니에 도로 집어넣었다. 두 눈에 가득한 분노를 코딜리어 고모에게 들키고 싶지 않아서였다.

코딜리어 고모는 무릎에 놓인 레이스 뭉치를 그러모아 바구니에 집어넣었다.

"그만 올라가봐. 그리고 씻을 거면 네 입을 특히 깨끗이 닦도록 해. 암, 제 주인에게 애정을 쏟느라 많은 것을 포기한 사람한테 뻔뻔하고 불경스런 말을 퍼부은 주둥이는 깨끗이 닦아야지!"

수전은 말없이 자리를 떴다. 퍼부어주고 싶은 말이 수없이 많았지만 입술을 깨물고 참으면서, 지금껏 여러 차례 그러했듯이 수치심과 분노로 방망이질하는 가슴을 안고 계단을 올라갔다.

그리고 지금, 새벽빛이 하늘을 물들이고 별들이 희미해질 때까지 수전은 침대에 누워 잠을 이루지 못했다. 간밤의 일들은 빠르게 섞이는 트럼프 카드처럼 일렁이는 환상이 되어 그녀의 머릿속에서 빠져나갔고…… 맨 마지막까지 남은 유일한 환상은 월 디어본의 얼굴이었다. 수전은 딱딱하게 굳어 있다가 한순간에 나긋나긋해진 월의 표정을 곰곰이 생각했다. 꽤 잘생긴 얼굴 아닌가? 수전은 그렇다고 생각했다. 사실 그 생각은 수전의 머릿속에 이미 사실로 박혀 있었다.

난 지금까지 한 번도 여자애한테 말을 타러 가자고 청한 적이 없어. 집에 찾아가도 되냐고 물은 적도 없고. 하지만 수전, 패트릭의 딸인 너에게는 청하고 싶어.

'왜 지금이지? 왜 하필 지금 만난 거야? 만나봤자 좋은 일은 아무것도 안 생길 이런 시기에?'

카는 바람처럼 불어닥치는 법이다. 태풍처럼.

수전은 침대 오른쪽 끝에서 왼쪽 끝까지 구르고 또 구르다가 마침내 똑바로 누웠다. 이날 밤은 도저히 잠을 못 이룰 것 같았다. 차라리 드롭 평원에 나가 떠오르는 아침 해를 바라보는 편이 낫지 싶었다.

　그럼에도 수전은 침대에 그대로 누운 채, 까닭 모를 활기와 무력감을 동시에 느끼며, 그림자를 바라보기도 하고 아침을 알리는 새소리에 귀를 기울이기도 했다. 그러면서 생각했다. 월과 입술을 포갰을 때의 느낌. 입술의 부드러운 감촉과 그 아래 숨은 치아의 단단함을. 그의 몸에서 풍기던 체취를. 손바닥에 닿은 셔츠의 거칠거칠한 감촉을.

　수전은 손바닥을 잠옷 위에 대고 손가락으로 가슴을 감싸쥐었다. 젖꼭지가 조약돌처럼 단단해졌다. 젖꼭지를 건드리자 다리 사이에 감돌던 열기가 순식간에 폭죽처럼 퍼져나갔다.

　잠을 이룰 수도 있을 것 같았다. 그 열기를 다스리기만 하면, 잠이 올 것 같았다. 다스리는 방법을 안다면.

　수전은 방법을 알았다. 앞서 노파가 가르쳐주었던 것이다. *순결한 처녀도 가끔은 찌릿찌릿한 맛을 즐긴단다…… 조그마한 것이 아주 비단 꽃봉오리 같구먼.*

　수전은 침대에 누워 뒤척거리다가 홑이불 아래 깊숙한 곳으로 손을 뻗었다. 노파의 형형한 눈과 홀쭉한 뺨은 머릿속에서 억지로 몰아냈다. 알고 보니 마음만 먹으면 그리 어려운 일도 아니었다. 그러고는 커다란 거세마를 타고 챙이 좁은 우스꽝스러운 모자를 쓴 소년의 얼굴로 머릿속의 빈자리를 채웠다. 몹시도 생생하고 달콤한 그 환상은 잠깐 동안 현실이 되었고, 그 환상을 제외한 삶의 모든 것은 지루한 꿈에 지나지 않았다. 환상 속에서 소년은 수전의 입술을 탐하고 또 탐했다. 입술이 벌어지고 혀가 얽히면서 소년이 내뿜은 숨이 수전의 가슴을 채웠다.

수전은 타올랐다. 침대에 누워 횃불처럼 타올랐다. 그리고 잠시 후, 해가 지평선 위로 모습을 드러냈을 때, 깊이 잠든 그녀의 입가에는 희미한 미소가 감돌았고, 풀어헤친 머리는 흩뿌려진 사금처럼 볼과 베개를 뒤덮고 있었다.

3

동트기 전 마지막 한 시간, 트래블러스 레스트 주점의 라운지는 쥐 죽은 듯 고요했다. 보통은 새벽 두 시까지 보석처럼 환히 빛나던 샹들리에 불빛도 이제는 조그마한 푸른 점에 지나지 않았고, 덕분에 천장이 높고 가로로 기다란 라운지는 귀신이 나올 것처럼 컴컴했다.

한쪽 구석에는 불쏘시개가 어지럽게 널려 있었다. 워치 미 카드 게임이 난투극으로 번지는 와중에 박살난 의자들의 잔해였다(싸움꾼들은 보안관 사무소의 취객용 감방에 갇혀 있었다.). 다른 쪽 구석에서는 널찍하게 퍼진 토사물이 굳어가는 중이었다. 라운지 동쪽 끝의 무대는 낡은 피아노 차지였다. 피아노 의자에 기대어 선 흑단 몽둥이는 이 술집의 경비원이자 만능 일꾼인 바키의 연장이었다. 몽둥이 주인인 바키는 흉터가 죽죽 그어진 불룩한 배를 훤히 내놓고 코듀로이 바지만 걸친 채 피아노 의자 아래에 누워 코를 골고 있었다. 한 손에는 카드를 쥐고 있었다. 다이아몬드 2였다.

라운지 서쪽 끝에는 카드 테이블이 여러 개 놓여 있었다. 그중 한 곳에 고주망태가 된 남자 둘이 고개를 처박고 앉아 초록색 펠트 테이블보에 침을 흘리며 코를 골았다. 쭉 내민 두 남자의 손은 서로 맞닿아 있었다. 그들 위의 벽에는 백마를 탄 고대의 왕 아서 엘드의 초상과 함께 다음과 같은 (귀족어와 평민어를 묘하게 뒤섞은) 격언이 걸려 있었다. 인생에서나 도박판에서나 손에 쥔 패를 놓고 구시렁대지 말지어다.

라운지 한쪽 끝에서 반대쪽 끝까지 길게 이어진 바 뒤에는 거대한 전리품이 놓여 있었다. 수풀처럼 가지가 무성한 뿔이 달린 쌍두 엘크의 대가리가 눈 네 개를 부라리고 있었던 것이다. 트래블러스 레스트의 단골들은 이 엘크 박제를 '개구쟁이'라고 불렀다. 그렇게 부르는 이유는 아무도 몰랐다. 어느 익살꾼의 장난인지 엘크 뿔의 잔가지 두 개에 암퇘지 유두로 만든 콘돔이 씌워져 있었다. 왠지 못마땅해 보이는 엘크의 눈길이 바로 내리꽂히는 바 위에는 '날쌘 발' 페티가 누워 있었다. 페티는 트래블러스 레스트의 무용수이자 접대부였으나…… 꽃다운 시절은 이미 오래전에 지나가고 이제 머지않아 라운지 위층의 비좁은 매춘 클럽 대신 바 뒤편에서 바닥이나 닦을 신세였다. 페티의 통통한 다리는 쩍 벌어진 채 바 안과 바깥에 한 짝씩 늘어져 있었고, 가랑이는 지저분한 속치마가 맥주 거품처럼 수북이 뒤덮고 있었다. 페티는 길게 코를 골면서 이따금씩 발과 통통한 손가락을 움찔거렸다. 코 고는 소리를 빼면 들리는 것이라고는 술집 바깥의 후텁지근한 여름 바람 소리, 그리고 카드를 한 장 한 장 규칙적으로 뒤집는 나지막한 소리뿐이었다.

햄브리 대로 쪽으로 나 있는 박쥐 날개 모양 용수철 문 옆에 조그마한 테이블 한 개가 외따로 놓여 있었다. 트래블러스 레스트의 소유주(이자 행정 장관의 여동생)인 코럴 소린이 '지역민과 교류하기 위해' 행차하는 날에 항상 앉는 자리였다. 그런 날이면 코럴은 저녁 일찍, 즉 낡고 여기저기 흠이 난 바에 위스키 잔보다 스테이크 접시가 더 많이 놓인 시각에 찾아왔다가, 피아노 연주자인 셰브가 악기 앞에 앉아 자신의 끔찍한 연주 실력을 뽐내기 시작할 무렵에 돌아갔다. 행정 장관 본인은 결코 트래블러스 레스트를 찾지 않았지만, 가게 지분 가운데 적어도 절반이 그의 것임은 널리 알려진 바였다. 소린 일족은 이곳에서 버는 돈으로 호사를 누렸다. 그저 한밤의 주점에 펼쳐지는 광경이 마음에 들지 않을 뿐이었다. 쏟아진 맥주와 흩뿌려진 피가 주점 바닥에 깔아놓은 톱밥에 스며드는 광경이. 그러나 코릴은 20년 전에는 '야생마'로 불릴 만큼 강단 있는 여인이었다. 코릴은 오빠와 달리 몸매가 앙상하지 않았고 갸름한 얼굴에 눈도 커다래서 용모 또한 수려했다. 술집의 영업시간 동안 그녀의 테이블에 동석하는 사람은 아무도 없었다. 앉으려는 사람이 있다 해도 바키가 나서서 대번에 내쫓을 터였다. 그러나 지금은 영업시간이 아니었고, 술꾼들은 집에 돌아가거나 위층에서 곯아떨어진 후였으며, 셰브 역시 피아노 뒤쪽 구석에 웅크린 채 잠들어 있었다. 머리가 조금 부족한 청소부 소년은 새벽 2시에 퇴근하고 없었다(여느 때와 마찬가지로 조롱과 욕설과 빈 맥주잔 몇 개가 아이의 뒤를 쫓았다. 특히 로이 디페이프가 이 아이를 유난히 미워했다.). 아이는 아침 9시에 돌아와 또 한 번의 신나는 밤을 위해 이 유흥의 장을 정리하기 시작할 테지만, 그때까지 트래블러스 레스트는 소린 여사 전용 테이블에 앉은 한 남자의 것이었다.

남자 앞에는 페이션스 카드판이 펼쳐져 있었다. 빨강 위에 검정, 검정 위에 빨강, 맨 위에는 일부만 완성된 네모난 궁전이 사람의 인생사 그대로였다. 남은 카드는 남자의 왼손에 쥐어져 있었다. 카드를 한 장 한 장 뒤집을 때마다 남자의 오른손에 새겨진 문신이 꿈틀거렸다. 파란 관 문신이 숨을 쉬듯 움직이는 모습이 왠지 불길해 보였다. 혼자서 카드판을 벌인 이 남자는 늙수그레한 나이에 행정 장관과 그 여동생만큼은 아니었지만 마른 체형이었다. 남자의 기다란 백발은 등까지 구불구불 내려왔다. 피부는 볕에 그을려 거뭇거뭇했지만 화상 자국이 있는 목만은 예외였다. 목의 살은 수탉의 아랫볏처럼 늘어져 있었다. 콧수염은 어찌나 길게 길렀던지 거칠거칠한 끄트머리가 거의 턱에 닿을 지경이었다. 총잡이 흉내를 낸 수염이라고 의심하는 사람은 많았지만 이 남자, 즉 엘드레드 조너스 앞에서 감히 '흉내'라는 말을 입에 올리는 이는 한 명도 없었다. 하얀 실크 셔츠를 입은 조너스의 허벅지에 매달린 것은 검은 손잡이가 달린 리볼버였다. 그의 커다란 두 눈은 가장자리가 붉어서인지 얼핏 보면 울적해 보였다. 그러나 다시 찬찬히 보면 단지 피곤해서 눈물이 어렸을 뿐이었다. 감정으로 말할 것 같으면, 바 뒤에 걸린 개구쟁이의 눈과 다름없이 이미 죽은 눈이었다.

조너스가 카드를 뒤집었다. 클럽 에이스. 맞는 짝이 없었다.

"허, 젠장."

피리 소리처럼 묘한 목소리였다. 한편으로는 금방이라도 울음을 터뜨릴 듯 떨리는 목소리이기도 했다. 그 목소리는 축축하고 충혈된 눈과 절묘하게 어울렸다. 조너스는 카드판을 한데 쓸어모았다.

쓸어모은 카드를 다시 섞기 전, 위층에서 문이 열렸다가 조용히 닫혔다. 조너스는 카드를 한쪽으로 치우고 총 손잡이를 향해 손을 뻗었다. 그러다가 복도를 걷는 발소리로 클레이 레이놀즈임을 알아차리고 총을 놓았고, 대신 허리띠에 묶은 담배쌈지를 끌렀다. 레이놀즈가 항상 걸치고 다니는 망토의 끝단이 보이는가 싶더니 이내 계단을 내려오는 그의 모습이 보였다. 얼굴은 막 씻은 듯 말끔했고, 구불구불한 붉은색 머리칼은 귀 근처까지 늘어져 있었다. 외모에 대한 자부심이야말로 레이놀즈의 정체성이었다. 그도 그럴 것이, 레이놀즈가 이때껏 탐험한 축축하고 아늑한 동굴의 수는 나이가 갑절인 조너스가 평생 경험한 것보다 훨씬 많았다.

계단을 다 내려온 레이놀즈는 바를 따라 걷다가 잠시 멈춰 페티의 통통한 허벅지를 주물럭거렸다. 그러고는 이내 라운지를 가로질러 조너스가 카드를 쌓아둔 테이블로 다가왔다.

"좋은 저녁이군요, 엘드레드."

"좋은 아침일세, 클레이."

조너스는 쌈지에서 꺼낸 종이에 담뱃잎을 뿌렸다. 목소리는 떨렸지만 손놀림은 빈틈이 없었다.

"한 대 줄까?"

"좋죠."

레이놀즈는 의자를 거꾸로 돌려놓고 자리에 앉아 등받이 위로 팔짱을 꼈다. 그는 조너스가 건넨 담배를 받아서 손가락 관절 위로 이리저리 굴렸다. 총잡이가 잘 부리는 재주였다. 관 사냥꾼 삼인조는 총잡이 흉내를 내는 데 전문가였다.

"로이는? 콩알이랑 같이 있나?"

그들 삼인조가 햄브리에 머문 지난 한 달 남짓 동안, 로이 디페이프는 데버러라는 열다섯 살짜리 창녀한테 푹 빠져 지냈다. 데버러는 안짱다리로 쿵쿵 구르듯 걷는 걸음걸이나 곁눈질로 힐끔거리는 모양새 때문에 조너스에게서 목장 출신 촌뜨기 아닌가 하는 의심을 샀지만, 나름대로 꾸밀 줄 아는 구석도 있었다. 데버러에게 '콩알'이라는 별명을 붙인 장본인은 레이놀즈였다. 가끔은 '여왕 폐하'라고 부르기도 했고 이따금(주로 술에 취했을 때) '로이의 몸보신용 약병아리'라고 부를 때도 있었다.

레이놀즈가 고개를 끄덕였다.

"아주 폭 빠진 것 같던데요."

"별일 없을 거야. 여드름이 송송 난 어린애 때문에 우릴 버릴 놈은 아니니까. 뭐, 고양이의 철자도 제대로 모를 만큼 무식한 계집애더군. 내가 벌써 물어봤어."

조너스는 담배를 한 대 더 만 다음, 쌈지에서 꺼낸 유황성냥을 엄지손톱에 그어 불을 붙였다. 그러고는 먼저 레이놀즈의 담배에, 뒤이어 자신의 담배에 불을 댕겼다.

술집의 용수철 문 아래로 조그마한 노란색 잡종견이 들어왔다. 두 남자는 말없이 담배만 뻐끔거리며 그 개를 지켜보았다. 라운지를 가로질러 걸어간 개는 먼저 한쪽 구석에 말라붙은 토사물을 킁킁거리더니, 뒤이어 그것을 먹기 시작했다. 그렇게 진수성찬을 즐기는 동안 짤따란 꼬리가 앞뒤로 흔들거렸다.

레이놀즈는 손에 쥔 패를 놓고 구시렁대지 말라는 라운지 벽의 격언을 고갯짓으로 가리켰다.

"저 개도 격언을 이해했나 보군요."

"무슨 소리, 그럴 리가 있나. 저건 그냥 개야. 토사물을 주워먹는 개. 그나저나 20분 전에 말발굽 소리가 들렸어. 처음에는 오는 소리, 나중에는 가는 소리. 우리가 고용한 야경꾼인가?"

"역시, 바늘 떨어지는 소리도 놓치시는 법이 없군요."

"알랑방귀는 집어치워. 야경꾼이 맞나?"

"예. 드롭 평원 동쪽 끝의 자영농 밑에서 일하는 마름이 왔다갔습니다. 놈들이 들어오는 걸 봤답니다. 젊은 놈 셋. 애송이들입니다. 걱정하실 것 없습니다."

레이놀즈는 북쪽 자치령의 억양으로 발음했다. '애숭이들.'

"글쎄, 그거야 모를 일이지. 젊은이는 눈이 밝아 멀리까지 본다는 말도 있으니."

조너스의 말은 떨리는 목소리 때문에 노회한 영감의 중얼거림으로 들렸다.

"젊은이는 눈에 비친 것밖에 못 본다는 말도 있죠."

레이놀즈가 대꾸했다. 식사를 마친 잡종견이 입가를 핥으며 그의 앞을 총총히 지나갔다. 레이놀즈는 개가 피할 겨를도 없이 꽁무니를 걷어차 가는 길을 서두르도록 도와주었다. 개는 허둥지둥 용수철 문 아래로 빠져나갔고, 녀석이 낑낑대는 소리에 잠을 설쳤는지 피아노 의자 밑에 누워 있던 바키가 우렁차게 코를 골았다. 바키가 펼친 손에서 트럼프 카드가 떨어졌다.

"그럴 수도 있고, 아닐 수도 있고. 어쨌거나 동맹의 꼬맹이들이야, 다들 초록이 무성한 대지에서 행세깨나 하는 대지주의 아들이지. 라이머하고 녀석의 멍청이 두목이 제대로 조사를 했다면 말이지만. 그 말은 곧 우리가 아주, 아주 조심해야 한다는 뜻이야. 달걀 위를 걷듯이 조심 또 조심해야 해. 암, 여기서 석 달은 더 버텨야 하니까! 그 애송이들도 석 달 내내 여기 눌러앉아 이것저것 계산해서 고스란히 기록하겠지. 지금은 계산원이 어슬렁거리게 놔두기에는 시기가 영 안 좋아. 우리처럼 보급 임무에 종사하는 처지에서는."

"무슨 그런 말씀을! 녀석들 임무야 그냥 임시로 맡은 심부름 아닙니까. 사고를 쳐놓고 벌 받는 시늉만 하는 거죠. 아마 그 아비들이……."

"그 아비들은 파슨이 서남부 변경을 모조리 평정했다는 걸 훤히 꿰고 있어. 아마 애송이들도 감을 잡았을 거야. 동맹에 구역질나는 충성을 바치면서 노닥거릴 시간은 이미 끝난다는 걸 말이야. 클레이, 방심하면 안 돼. 이런 애송이들은 어디로 튈지 모르는 법이거든. 녀석들은 부모의 마음을 돌리고 싶어서라도 그럴싸한 결과를 내놓으려고 기를 쓸 거야. 낯짝을 확인하면 어떤 놈들인지 확실히 알 수 있겠지만, 그래도 이거 하난 기억해둬. 만에 하나 놈들이 엉뚱한 곳에서 냄새를 맡았다고 해도 다리가 부러진 말처럼 뒤통수에 총구멍을 내서 처리할 수는 없어. 살아 있을 때 아무리 속을 썩이던 자식이라고 해도 일단 그 주검을 보면 아비는 미쳐버리는 법이니까. 아버지란 원래 그런 거야. 깔끔하게 처리해야 해, 클레이. 되도록 깔끔하게."

"그럼 디페이프한테는 빠지라고 해둬야겠군요."

"로이 녀석은 괜찮을 거야."

조너스의 목소리는 여전히 금방이라도 울 것처럼 떨렸다. 그는 담배꽁초를 바닥에 버리고 장화 뒤꿈치로 짓이겨 껐다. 그러고는 머릿속으로 무언가 계산하는 듯 눈을 가늘게 뜨고 개구쟁이의 번들거리는 눈을 올려다보았다.

"자네 친구가 오늘밤이라고 했나? 애송이들이 도착한 게?"

"예."

"그럼 내일 에이버리한테 가서 전입신고를 하겠군."

허크 에이버리는 메지스 자치령의 보안관이자 햄브리의 치안 책임자로서, 덩치만 컸지 영 미덥지 못한 위인이었다.

　"그러겠죠. 증빙 서류 같은 것도 제출할 테고."

　"암, 그래야지. 그렇고말고. 처음 뵙겠습니다, 반갑네, 잘 부탁드립니다, 뭐 이런 인사도 주고받을 테고."

　레이놀즈는 묵묵히 듣기만 했다. 그는 조너스의 말을 알아듣지 못할 때가 적지 않았다. 그러나 열다섯 살 때부터 두목을 따라다닌 덕분에 뜻 모를 말을 들어도 설명을 요구하지 않는 편이 낫다는 것쯤은 잘 알고 있었다. 안 그랬다가는 십중팔구 그 노회한 악당이 이른바 '특별한 문'을 통해 다른 세상을 방문한 적이 있다느니 어쩌니 하는, 마니교 광신도나 할 법한 설교를 들어야 했다. 레이놀즈로서는 이 세상의 평범한 문들을 여닫는 것만으로도 충분히 바빴다.

　"라이머한테 애송이들이 머물 숙소를 귀띔해줘야겠어. 그럼 라이머가 다시 보안관한테 놈들을 그리로 보내라고 일러두겠지. 바케이 목장의 일꾼용 오두막이 좋겠군. 어딘지 알지?"

　레이놀즈도 아는 곳이었다. 메지스 자치령 같은 곳에서는 표지로 삼을 만한 지명을 일찌감치 외워놓아야 하는 법이었다. 바케이 목장은 마을 서북쪽의 외딴 평지에 위치한 탓에 괴이한 흐느낌이 들려오는 골짜기에서 그리 멀지 않았다. 이곳 사람들은 해마다 가을이 오면 그 골짜기 입구에 불을 놓았다. 그런데 육칠 년 전 가을에는 바람이 그만 엉뚱한 쪽으로 방향을 틀었고, 그 결과 바케이 목장이 거의 송두리째 잿더미가 되고 말았다. 창고, 축사, 살림집까지 다 타버렸지만 일꾼용 오두막만은 무사했다. 그곳이라면 내륙에서 온 풋내기 셋을 가둬놓기에 안성맞춤이었다. 드롭 평원에서 멀찍이 떨어졌을 뿐 아니라 유전으로부터도 한참 떨어진 곳이었다.

"어때, 괜찮지?"

조너스는 일부러 햄브리 억양을 흉내 내며 물었다.

"그래, 마음에 쏙 들겠지. 표정만 봐도 알아, 이 친구야. 크레시아
에선 이럴 때 뭐라고 하는지 알아? '식당에서 은 식기를 훔치려면
먼저 그 집 개를 창고에 가둬라.'"

레이놀즈가 고개를 끄덕였다. 유익한 속담이었다.

"그럼 트럭은요? 뭐랬더라, 탱크로리인가 하는 그거요."

"지금 있는 데다 놔두면 돼. 어차피 오해를 안 사고 옮길 방법이
있는 것도 아니잖아, 안 그래? 자네가 로이랑 같이 가서 덤불로 덮
어놔. 빈틈없이, 두껍게. 실행일은 글피야."

"저희가 시트고에서 땀을 빼는 동안 어디 계실 건데요."

"언제, 낮에? 낮엔 관저에서 만찬을 준비해야지, 이 얼간아. 넓은
세상에서 이 꾀죄죄한 촌구석까지 친히 왕림하신 귀빈들을 소개하
려고 소린이 만찬을 열 거 아니야."

조너스는 담배를 한 대 더 말았다. 그러는 동안 자기 손 대신 바
뒤의 개구쟁이를 올려다보면서도 담뱃가루는 거의 흘리지 않았다.

"목욕하고, 면도하고, 봉두난발이 된 이 백발도 좀 빗어주고……
수염에 기름도 좀 발라줘야겠군. 클레이, 네 생각은 어때?"

"너무 긴장하지 마세요, 엘드레드."

조너스는 낄낄 웃었다. 웃음소리가 어찌나 날카로웠던지 잠들었
던 바키가 깨서 뭐라고 중얼거리는가 싶더니, 바를 간이침대 삼아
곯아떨어졌던 페티도 불안한 듯이 뒤척였다.

"그럼 로이하고 저는 그 멋진 잔치에 초대받기 힘들겠군요."

"초대야 받겠지. 아무렴, 아주 진심 어린 초대장이 올 거야."

조너스는 이렇게 말하며 새로 만 담배를 레이놀즈에게 건넸다. 그런 다음 자기 몫으로 한 개비를 더 말기 시작했다.

"못 와서 미안하다는 사과는 내가 대신 해 주마. 너희 체면은 내가 확실히 세워줄 테니 걱정 마. 잘하면 장관 나리가 감동해서 질질 짤지도 몰라."

"덕분에 저흰 종일 한데서 트럭을 위장하느라 흙먼지를 뒤집어쓰고 땀내를 풀풀 풍기겠군요. 우리 조너스님은 정말 너무 친절하시다니까."

"그건 그렇고, 조사를 좀 해봐야겠어."

조너스가 멍한 표정으로 중얼거렸다.

"여기저기 돌아다니면서…… 꽃나무 구경도 하고, 산딸기 향기도 좀 맡고…… 이것저것 물어보기도 하고. 이쪽 일을 하는 녀석들은 정보를 수집할 때 보통 뚱뚱하고 넉살 좋은 사내놈을 찾아가곤 하지. 술집 주인이나 바텐더, 아니면 마차 대여업자, 그도 아니면 조끼 주머니에 엄지를 꽂고는 하고한 날 구치소나 법원 근처에서 어슬렁대는 뚱보들 말이야. 하지만 클레이, 내 경험에 따르면 최고의 정보원은 여자야. 게다가 깡마를수록 더 좋아. 가슴보다 코가 더 튀어나온 그런 여자 말이야. 내가 찾는 건 머리를 뒤로 질끈 동여매고 입술에는 연지도 안 바르는 그런 여자야."

"누구 점찍어둔 사람이라도?"

"음. 이름이 코딜리어 델가도라더군."

"델가도요?"

"너도 들어봤을 거야. 뭐, 요즘 이 마을에선 그 이름을 모르면 간

첩이지. 머잖아 우리 위대하신 장관님의 첩이 될 계집애가 바로 수전 델가도니까. 코딜리어는 수전의 고모고. 난 말이지, 인간의 본성에 관한 진리를 하나 깨달았어. 사람들은 호기롭게 술 한잔 턱턱 사는 동네 뚱보 건달보다 오히려 살갑게 구는 여자 앞에서 이것저것 술술 털어놓는 법이다, 이 말이야. 그런데 코딜리어가 바로 그런 여자거든. 만찬이 열리면 그 여자 옆에 슬쩍 앉아서 일단 향수부터 칭찬해 줄 생각이야. 물론 향수 같은 걸 뿌릴 여자는 아니지만. 그렇게 기름칠을 한 다음에 술잔을 꽉꽉 채워주는 거지. 어때, 그럴듯한 계획이지?"

"계획의 목적은요? 전 그것부터 알고 싶은데요."

"장차 우리가 치러야 할지도 모를 성 빼앗기 게임을 위해."

조너스의 목소리에서 한가로운 기색이 씻은 듯이 사라졌다.

"우린 지금 그 애송이들이 번듯한 임무를 수행하는 대신 벌을 받으러 이곳에 왔다고 믿고 있어. 그것도 영 말이 안 되는 건 아니야. 나도 소싯적엔 말썽깨나 부렸으니 그러려니 할 수도 있지. 그래서 한 새벽 세 시까지는 그렇게 믿었는데, 그때부터 의심이 솔솔 피어오르더라, 이 말이야. 그런데 클레이, 혹시 그거 알아?"

레이놀즈는 영문을 모르겠다는 표정으로 고개를 저었다.

"내 의심은 *틀리는 법이 없어.* 라이머랑 같이 소린 영감태기한테 가서 파슨의 수정 구슬을 당분간 쿠스의 마녀한테 맡기자고 설득했을 때처럼 말이야. 그 마녀는 *총잡이*라고 해도 못 찾을 곳에 구슬을 감춰둘 거야. 그러니 아직 총도 못 받은 참견꾼 애송이는 말할 것도 없지. 지금은 뒤숭숭한 시절이야. 태풍이 몰려오고 있어. 이럴 땐 바람이 불 것 같다 싶으면 대비를 단단히 해두는 게 상책이야."

조너스는 방금 만 담배를 내려다보았다. 그러다가 손가락 관절 위에 올려놓고 이쪽저쪽으로 굴렸다. 앞서 레이놀즈가 했던 것과 똑같은 동작이었다. 이윽고 그는 치렁치렁한 백발을 머리 뒤로 넘기고 귀에 담배를 꽂았다.

"이 한 개비는 아껴둬야겠어."

조너스가 의자에서 일어나 기지개를 폈다. 허리에서 뚜두둑 소리가 나지막이 들려왔다.

"아침 이맘때면 담배가 피우고 싶어서 죽을 지경이지만, 그렇다고 너무 많이 피우면 나 같은 노인은 잠을 잘 못 이루거든."

조너스는 계단 쪽으로 걸어가다가 바에 누워 있는 페티의 허연 맨다리를 주물럭거렸다. 역시 앞서 레이놀즈가 했던 것과 똑같은 동작이었다. 계단참에 도착한 그가 뒤를 돌아보았다.

"그 애송이들을 죽이진 않을 거다. 안 그래도 상황이 충분히 복잡하니까. 보다 보면 필시 구린내가 솔솔 풍길 테지만, 냄새가 난다고 해도 털끝 하나 안 건드릴 거다. 아무렴, 내가 직접 손을 놀릴 순 없지. 하지만…… 애송이들한테 똑똑히 깨닫게 해 줄 필요는 있어. 이 거대한 계획에서 자신들의 자리가 어디인지."

"따끔한 맛을 보여줘라, 이 말씀이시군요."

레이놀즈의 말에 조너스의 표정이 밝아졌다.

"바로 그거야, 파트너. 따끔한 맛 정도면 충분해. 혹시 나중에 위대한 관 사냥꾼들하고 얽힐 일이 생기면 마음을 고쳐먹도록 만드는 거지. 길에서 만나면 멀찍이 돌아갈 생각을 품도록. 그래, 바로 그거야. 그런 자세."

조너스는 계단을 올라갔다. 나지막이 킬킬대며, 다리를 유난히 절룩거리며. 밤이 깊으면 그는 다리를 더욱 심하게 절었다. 롤랜드의 옛 스승 코트라면 그 절룩거리는 다리를 보고 그가 누군지 알아보았을 것이다. 왜냐하면, 조너스의 다리를 망가뜨린 일격을 목격했으므로. 길르앗 왕궁 뒤뜰에서 흑단 몽둥이로 엘드레드 조너스의 다리를 부러뜨리고 아직 소년이던 그의 무기마저 빼앗은 채 서쪽으로 총도 없이 추방해버린 사람은, 바로 코트의 아버지였다.

물론, 그 소년은 자라서 마침내 총을 구했다. 눈에 불을 켜고 찾기만 하면 추방된 자들도 누구나 총을 구할 수 있었다. 평생 그들의 눈앞에 어른거릴 백단향 손잡이가 달린 커다란 리볼버하고는 비교도 할 수 없을 만큼 조잡한 총일지언정, 원한다면 구할 길이 있었다. 이 모양 이 꼴이 되어버린 세상에서도 방법은 있었다.

레이놀즈는 조너스가 사라질 때까지 그의 뒷모습을 지켜보다가, 코럴 소린 여사 전용 테이블에 앉아 카드를 섞었다. 그러고는 조너스가 중도에 포기한 카드판을 다시 시작했다.

바깥에서는 해가 지평선 위로 머리를 내미는 중이었다.

제5장
마을에 오신 것을 환영합니다

1

메지스 자치령에 도착한 지 이틀째 되는 날. 롤랜드와 커스버트, 알레인은 말을 타고 햇볕에 말린 벽돌로 지은 아치문을 통과했다. 문 위에는 여기 들어오는 이들에게 평화를이라고 적혀 있었다. 문을 지나자 자갈을 깔아 포장한 안뜰이 나왔고, 군데군데 켜진 햇불이 이곳을 밝히고 있었다. 심지를 적신 송진에 무슨 처리를 했는지 햇불들이 저마다 다른 색으로 타올랐다. 초록, 주황, 지글거리는 분홍 불꽃을 보며 롤랜드는 폭죽을 떠올렸다. 기타 소리와 중얼거리는 목소리, 아낙들의 웃음소리가 들려왔다. 세월이 흐른 후에도 롤랜드는 메지스를 생각할 때마다 지금 이곳의 공기 중에 감도는 냄새들이 떠올랐다. 짠 바다 냄새, 기름 냄새, 소나무 냄새였다.

"나 솔직히 자신 없는데."

알레인이 중얼거렸다. 그는 목동이 쓸 법한 동그란 모자 아래로 덥수룩한 금발이 비죽 튀어나온 덩치 큰 소년이었다. 두 친구와 마찬가지로 말끔히 차려입기는 했지만, 자기 집 앞마당에서조차 사교성이라고는 눈곱만큼도 없었던 알레인은 금방이라도 쓰러져 죽을 사람처럼 겁을 먹은 기색이었다. 커스버트는 알레인보다는 멀쩡했다. 그러나 롤랜드가 보기에 그의 태연자약한 겉모습은 단지 한 꺼풀에 지나지 않았다. 이 순간 누군가 앞장을 서야 한다면, 나설 사람은 롤랜드뿐이었다.

"괜찮을 거야, 알레인. 그냥……."

"에이, 멀쩡해 보이는데 뭐."

안뜰을 지나는 동안 커스버트가 낄낄대며 말했다. 웃음소리에 긴장한 빛이 묻어났다. 안뜰 건너편에 보이는 행정 장관 관저는 말린 벽돌로 지은 목장 양식 저택이었다. 좌우로 기다랗고 별채가 여럿 딸린 저택의 수많은 창문에서 하나같이 불빛과 웃음소리가 쏟아지는 듯했다.

"안색도 침대보 같이 새하얗고 말이지. 눈 코 입이야 뭐 원래 못생겼으니 어쩔 수가……."

"입 다물어."

롤랜드가 퉁명스레 쏘아붙이자 커스버트의 입가에 맴돌던 짓궂은 미소가 대번에 사라졌다. 롤랜드는 그 표정을 확인하고 다시 알레인을 돌아보았다.

"알코올이 들어간 음료만 안 마시면 돼. 누가 권하면 뭐라고 핑계대야 하는지 알지? 미리 맞춰둔 나머지 이야기도 잊지 말고. 친근하게 굴어, 그동안 익힌 사교술을 있는 대로 발휘하는 거야. 이곳 보안관이 우릴 환영해 주려고 얼마나 애썼는지 생각해 봐."

알레인은 고개를 끄덕였다. 조금은 자신이 생긴 눈치였다.

"사교술 얘기가 나왔으니까 말인데, 이 동네 사람들이 그쪽으로 빠삭할 것 같진 않아. 그러니까 우리가 먼저 선수를 치자고."

커스버트의 말에 롤랜드가 고개를 끄덕였다. 그러다가 커스버트의 안장 앞머리에 다시 매달린 까마귀 해골이 그의 눈에 띄었다.

"그거 치우라고 했지!"

커스버트는 죄 지은 사람처럼 쭈뼛거리며 '경계병'을 황급히 안장주머니에 집어넣었다. 흰 재킷에 흰 바지, 샌들을 신은 사내 둘이 일행 앞으로 다가와 고개를 숙이고 빙긋이 웃었다.

롤랜드는 친구들에게 나지막이 소곤거렸다.

"정신 똑바로 차려. 너희 둘 다. 명심해, 우리가 왜 여기까지 왔는지를. 그리고 너희 아버지의 얼굴을."

그는 여전히 떨떠름한 표정을 지우지 못한 알레인의 어깨를 다독여주었다. 그런 다음 마중 나온 마부들 쪽으로 돌아서서 말했다.

"안녕하신가, 신사 여러분. 부디 그대들의 평안한 날이 대지 위에 오래도록 이어지기를."

두 마부는 롤랜드의 인사를 듣고 나란히 씩 웃었다. 횃불의 환한 빛에 비친 그들의 이가 새하얗게 빛났다. 둘 중 나이가 더 많은 마부가 고개 숙여 답례했다.

"같은 복을 기원하나이다, 젊은 귀빈 나리. 장관 관저에 오신 걸 환영합니다."

2

　만찬일 전날, 햄브리의 보안관은 나중에 만난 장관 관저의 마부들과 마찬가지로 롤랜드 일행을 흐뭇하게 맞아주었다.

　이때까지는 모든 사람이, 심지어 마을로 들어오는 길에 만난 짐마차꾼조차도 그들 일행을 환대했고, 덕분에 롤랜드는 께름칙한 기분에 휩싸여 신경을 곤두세웠다. 그러면서도 속으로는 어리석은 짓인지도 모른다고 중얼거렸다. 이곳 주민들이 친절을 보이는 것도 당연했다. 실은 그것이야말로 그들 일행이 이곳으로 보내진 이유였다. 메지스는 작금의 세력 다툼에서 비껴선 곳인 동시에 동맹의 충실한 우방이었던 것이다. 그러니 이곳 사람들의 환대에 의심을 품는 것은 십중팔구 어리석은 짓이었지만, 롤랜드는 그래도 경계를 늦추지 않는 것이 최선이라고 생각했다. 일부러라도 조금은 긴장하고 싶었다. 어쨌거나 그들 일행 셋은 아이나 다름없는 나이였고, 이곳에서 말썽에 휘말리기라도 한다면 이유는 필시 번드르르한 겉모습에 속은 결과일 듯싶었다.

　자치령 구치소를 겸한 보안관 사무소가 있는 힐 스트리트에서는 바닷가의 만이 내려다보였다. 확신할 수는 없었지만 그래도 롤랜드 생각에는 술이 덜 깬 주정뱅이와 아내를 구타하는 망나니들이 이토록 그림 같은 풍경을 보며 잠에서 깰 수 있는 곳이 중간 세계에 이곳 말고 또 있을 것 같지는 않았다. 남쪽에는 색색의 보트 창고가 줄지어 늘어서 있었고, 그 아래 바로 이어진 선착장에는 아낙들이 그물과 돛을 깁는 한편에서 사내아이들과 노인들이 줄낚시를 하고 있었다. 그들 뒤편, 만의 반짝이는 푸른 바닷물 위로 햄브리의 단출

한 어선 무리가 이리저리 오가는 중이었다. 아침에 그물을 던졌다가 오후가 되면 걷어들이는 고깃배들이었다.

햄브리의 중앙 도로인 하이 스트리트에는 말린 벽돌로 지은 건물 뿐이었지만, 상업 지역이 내려다보이는 이곳 힐 스트리트에는 길르앗의 구시가를 누비는 좁은 길과 마찬가지로 육중한 점토 벽돌 건물이 즐비했다. 건물 입구마다 연철 장식 문이 달려 있고 진입로에 나무 그늘까지 마련하는 등 관리 상태도 훌륭했다. 주황색 기와지붕 아래로 따가운 여름 햇살을 막으려고 닫아놓은 창가리개가 보였다. 깨끗이 쓸어놓은 포장도로를 내려가며 다각거리는 말발굽 소리를 듣고 있으려니, 엘드 왕조의 옛 땅이자 위대한 왕 아서의 왕국이었던 동맹의 서북부가 전쟁에 휩싸여 무너질지도 모르는 작금의 현실이 꿈같기만 했다.

구치소 건물은 크기만 더 클 뿐 우체국이나 등기소와 똑같았다. 크기를 줄인 마을 공회당 같기도 했다. 물론 아담한 항구를 내려다보는 창문마다 창살이 쳐진 점만은 예외였다.

법 집행관답게 카키색 바지와 셔츠를 입은 허크 에이버리 보안관은 배불뚝이였다. 그는 철판을 덧댄 구치소 정문의 작은 구멍을 통해 롤랜드 일행이 다가오는 모습을 지켜보았음이 틀림없었다. 롤랜드가 출입문 한복판에 달린 초인종을 건드리기도 전에 문이 열렸던 것이다. 에이버리 보안관이 현관에 나타났을 때, 그의 불룩한 배는 재판관에 앞서 입장하는 법정 경위처럼 주인보다 먼저 모습을 드러냈다. 한껏 벌린 두 팔은 더할 나위 없이 반가워한다는 증거였다.

보안관은 일행 앞에서 깊숙이 허리를 숙이며(나중에 커스버트는 보안관이 균형을 잃고 계단에서 구를까봐 겁이 났다고, 그랬으면 아마 항구까지 데굴데굴 굴러갔을 거라고 너스레를 떨었다.) 몇 번이고 인사를 건 넸고, 그러는 동안 예를 표하려고 왼손으로 미친 사람처럼 목 아래 쪽을 두드렸다. 함박웃음을 짓는 입은 또 어찌나 컸던지 얼굴이 반 쪽으로 갈라진 듯했다. 에이버리의 등 뒤를 보니 마찬가지로 카키색 제복을 입었지만 농사꾼의 풍모가 완연한 부보안관 세 명이 문간에 모여 멍청히 내다보는 중이었다. 정말이지 멍청히 내다본다는 표현 이 딱 어울리는 광경이었다. 호기심을 그토록 솔직히 드러낸 채 멍 하니 바라보는 눈빛을 달리 표현할 말은 아무것도 없었다.

에이버리는 세 소년과 차례로 악수를 했고, 그러는 동안에도 쉬 지 않고 허리를 숙였다. 롤랜드가 아무리 만류해도 그 인사를 중간 에 끝낼 수는 없었다. 마침내 인사를 마친 그가 일행을 안쪽으로 안 내했다. 한여름의 땡볕이 무섭게 내리쬐는 와중에도 사무실 안은 상 쾌할 정도로 시원했다. 물론 점토 벽돌로 지은 건물의 장점이었다. 또한 롤랜드가 이때껏 본 어느 보안관 사무실보다도 넓고 깨끗했는 데…… 지난 3년간 아버지를 따라 짧은 여행 몇 번과 긴 정찰 한 번 을 경험하는 동안 롤랜드가 방문한 보안관 사무소는 적어도 예닐곱 군데는 됐다.

방 한복판에는 뚜껑이 달린 책상이 있었고 문 오른편에는 알림판 이(전지 크기의 종이에는 글씨를 겹쳐쓴 흔적이 가득했다. 중간 세계에서 종이는 귀중한 물건이었다.), 반대쪽 구석에는 자물쇠가 달린 거치대 안에 소총 두 정이 걸려 있었다. 총구가 나팔처럼 넓은 소총이 어찌 나 오래되었던지 롤랜드는 그 총에 맞는 탄환이 있을지가 궁금했다. 실은 제대로 발사할 수 있을지조차 의심스러웠다. 소총 거치대 왼쪽 에 열려 있는 문은 구치소로 통했다. 짧은 복도 양쪽으로 감방이 세

칸씩 마주보고 있는 구치소에서 비누 향이 진하게 풍겨왔다.

'우리가 온다고 청소까지 했구나.' 롤랜드는 속으로 중얼거렸다. 흐뭇하고 뭉클한 동시에 거북하기도 한 기분이었다. '우리가 내륙 자치령 기병대인 줄 알고 청소를 한 거야. 벌을 받고 잡무를 수행하러 온 애송이 셋이 아니라, 이곳을 철저히 검열하러 온 직업 군인인 줄 알고서.'

그런데 주인 측이 부산을 떨며 손님을 맞이한다고 해서 그렇게 신기해할 필요가 있을까? 어쨌거나 그들은 뉴 가나안 출신이었다. 이 외진 벽지의 주민들 처지에서 보면 귀빈이나 다름없었던 것이다.

에이버리 보안관은 롤랜드 일행에게 자기 부하들을 소개했다. 롤랜드는 그들 모두와 악수를 나누면서도 이름을 외울 생각은 하지 않았다. 이름을 기억하는 일은 커스버트의 몫이었다. 커스버트가 사람 이름을 잊어버리는 것은 극히 드문 일이기 때문이었다. 머리가 벗어진 세 번째 남자는 목에 외알 안경을 걸고 있었는데 아예 일행 앞에 한쪽 무릎을 꿇다시피 했다.

"집어치워, 이 얼간아!"

에이버리 보안관이 그의 목덜미를 잡고 일으켜 세우며 외쳤다.

"손님들 앞에서 꼭 그렇게 촌놈 티를 내야겠냐? 봐, 너 때문에 다들 당황하셨잖아!"

"괜찮습니다."

롤랜드는 얼른 둘러댔다(하지만 실제로는 당황했다. 내색하지 않으려고 했지만 매우 당황스러웠다.).

"저희는 대단한 사람이 절대 아닙니다. 저흰 그냥……."

"대단한 사람이 아니기는!"

에이버리는 이렇게 외치고 껄껄 웃었다. 롤랜드는 보안관의 배가 예상과 달리 흔들리지 않는 것을 알아차렸다. 보기보다는 뚝심이 있는 배였다. 그 배의 주인 역시 마찬가지일 듯싶었다.

"이 친구 말하는 것 좀 봐, 대단할 게 없대! 내륙 세계에서 자그마치 1,000킬로미터나 되는 길을 와 놓고선 말이야. 4년 전에 총잡이 한 명이 위대한 길을 따라 지나간 후로 동맹에서 손님이 찾아오기는 처음이야, 그런데 대단치가 않다니! 좀 앉지, 응? 그라프가 있긴 한데 아직 낮이라 술은 별로 안 당길지도 모르겠구먼. 그러고 보니 아직 마실 나이가…… 대놓고 나이 얘길 했다고 기분 상한 건 아니겠지? 어리다고 창피해할 거 없어, 날 때부터 어른이었던 사람은 없으니까 말이야. 아, 화이트 아이스티도 있어. 나로서는 그걸 추천하고 싶군. 데이브 저 친구 안사람이 만들었는데, 솜씨가 여간 훌륭한 게 아니야."

롤랜드는 커스버트와 알레인을 돌아보았다. 두 친구는 고개를 끄덕이고 (어색해서 몸 둘 바를 모르는 표정을 숨기려고 기를 쓰며) 빙긋 웃기만 했다. 롤랜드는 다시 보안관을 돌아보고 말했다. '먼지 때문에 목이 칼칼한데 화이트 아이스티라니 정말 시원하겠군요.'라고.

부보안관 한 명이 차를 가지러 간 사이에 남은 둘은 보안관 책상 한쪽에 한 줄로 의자를 놓았고, 이로써 이날의 업무가 시작되었다.

"자네들은 자기가 누구고 어디 출신인지 잘 알 걸세. 그거야 물론 나도 알고 있지."

에이버리 보안관이 자기 의자에 앉으며 말했다(육중한 덩치에 깔린 의자가 자그맣게 삐거덕거리는 소리를 냈지만 부서지지는 않았다.).

"말씨에 내륙 억양이 드러나거든. 허나 그것보다 중요한 건 얼굴이지. 얼굴을 보면 다 알아. 그래도 여기 햄브리에서는 옛날 방식을 따른다네. 따분한 시골 방식이기는 하지만 말이야. 암, 우린 아버지의 얼굴을 기억하는 것처럼 우리 방식을 고집하지. 그래서 말인데, 자네들의 임무 수행을 오래 방해할 생각은 없네만 그래도 크게 실례가 안 된다면…… 마침 지니고 온 서류 같은 게 있거든 좀 보여주게."

일행은 세 명 모두 '마침' 자신들의 신분증명서를 지니고 있었다. 롤랜드는 에이버리 보안관이 이미 알 거라고 확신했다. 보안관은 임무 수행을 오래 방해할 생각이 없는 사람치고는 꽤나 느긋한 속도로 일행들 사이를 지나갔고, 그러는 동안 꼬깃꼬깃 접힌 서류(마 성분이 많이 섞인 서류는 종이보다 차라리 천에 더 가까웠다.)를 통통한 손가락으로 슬슬 훑으며 입술을 달싹거렸다. 이따금씩 방금 읽은 대목을 다시 읽을 때면 손가락이 반대쪽으로 움직이곤 했다. 부보안관 두 명은 그의 등 뒤에 서서 점잔빼는 표정을 하고 상관의 널찍한 어깨 너머로 서류를 내려다보았다. 롤랜드는 그 둘이 글을 읽을 줄은 아는지 궁금했다.

윌리엄 디어본. 가축 상인의 아들.

리처드 스톡워스. 목장주의 아들.

아서 히스. 축산업자의 아들.

그들의 신분증명서에는 발급 당시에 입회한 증인의 서명이 제각각 첨부되어 있었다. 디어본의 경우에는 (헴프힐 사람) 제임스 리드, 스톡워스의 경우에는 (페닐턴 사람) 피트 레이븐헤드, 히스의 경우에는 (길르앗 사람) 루카스 리버스였다. 모두 서식에 맞게 작성되었고 설명도 정확히 일치했다. 보안관은 진솔한 감사의 말과 함께 신분증명서를 돌려주었다. 뒤이어 롤랜드가 지갑에서 편지 한 통을 조심조심 꺼내어 에이버리에게 건넸다. 에이버리도 그에 못지않게 조심조심 편지를 펼치더니 편지 맨 아래의 서명을 보고 눈이 휘둥그레졌다.

"이런 맙소사! 이거 총잡이가 쓴 편지 아닌가!"

"어휴, 그러게 말입니다."

커스버트가 신기해하는 목소리로 맞장구를 쳤다. 롤랜드는 존경의 빛이 어린 눈길을 보안관의 얼굴에서 떼지 않은 채 친구의 발꿈치를 힘껏 걷어찼다.

서명 위쪽에 적힌 문장을 쓴 사람은 길르앗의 스티븐 디셰인이었다. 그는 총잡이이자(말하자면 기사, 토호, 조정자, 남작이었다. 그중 마지막 호칭은 혁명을 부르짖는 존 파슨이 뭐라고 성토하든 간에 오늘날에는 거의 무의미한 말이 되었지만.), 위대한 왕 아서 엘드의 방계 29대손이었다(다른 말로 하면 아서 왕이 거느린 수많은 후궁 가운데 한 명의 먼 후손이라는 뜻이었다.). 편지에는 행정 장관 하트웰 소린과 재무 집행관 킴버 라이머, 수석 보안관 허키머 에이버리에게 전하는 인사와 함께 이 편지를 지니고 가는 세 젊은이, 즉 디어본과 스톡워스, 히스를 잘 부탁한다고 적혀 있었다. 이들은 동맹으로부터 유사시에 도움이 될 가용 자원을 철저히 조사하라는 특별 임무를 하달받은 계산원들이었다(본문에 직접 드러나지는 않았지만 행간마다 *전쟁*이라는 단어가 불길한 빛을 뿜었다.). 스티븐 디셰인은 자치령 동맹을 대신하여 소린 씨와 라이머 씨, 에이버리 씨에게 아무쪼록 동맹에서 보낸 계산원이 임무를 잘 수행하도록 성심껏 도와 달라고 간청했으며, 특히 가축과 식량, 전체 운송 수단의 수량을 정확히 파악할 수 있도록 주의해 달라고 당부했다. 디셰인이 적은 바에 따르면 디어본과 스톡워스와 히스는 최소한 석 달, 길게는 1년까지 메지스에 머물 예정이었다. 편지는 앞서 언급한 공무원 전원에게 건네는 부탁으로 마무리되었다. '이 젊은이들의 품행에 대해 저희가 알아야 한다고 판단하실 경우에는 가능한 한 상세히 알려주시기 바랍니다.' 그 뒤에는 다음과 같은 당부가 이어졌다. '저희를 아끼신다면 이 문제에 관해서는 아무쪼록 지체 없이 통보해 주십시오.'

한마디로, 이 녀석들이 얌전히 지내는지 알려달라는 뜻이었다. 이 애송이들이 정신을 차렸는지 못 차렸는지 알려달라는 말이었다.

보안관이 편지를 꼼꼼히 읽는 사이에 외알 안경을 목에 건 부보안관이 돌아왔다. 그는 화이트 티를 담은 유리잔 네 개를 쟁반에 받쳐 들고 집사처럼 몸을 숙였다. 롤랜드는 고맙다는 인사를 중얼거리며 잔을 돌렸다. 그러고는 마지막으로 자기 잔을 들어 입에 대다가 자신을 바라보는 알레인의 눈과 마주쳤다. 퉁퉁한 얼굴에 파묻힌 알레인의 파란 눈이 반짝였다.

알레인은 손에 든 유리잔을 얼음이 짤랑거릴 정도로만 살짝 흔들었고, 롤랜드 역시 살짝 고개를 끄덕여 동의를 표했다. 기껏해야 근처 물가에 지어놓은 서늘한 고기 저장고의 주전자에서 미지근한 아이스티를 따라 오려니 했건만, 유리잔에는 진짜 얼음 덩어리가 들어 있었다. 한여름에 얼음이라니. 불쑥 흥미가 돋았다.

아이스티 역시 보안관이 장담한 대로 맛이 기가 막혔다.

에이버리 보안관은 편지를 다 읽은 다음 성스러운 유물을 전달하는 사람처럼 조심스럽게 롤랜드에게 건넸다.

"윌 디어본, 그 편지는 자네가 책임지고 잘 보관하게. 아주 단단히 챙겨야 해!"

"예, 보안관님."

윌 디어본은 편지와 신분증명서를 가방에 도로 집어넣었다. 그의 친구 '리처드'와 '아서'도 똑같이 했다.

"이 화이트 아이스티는 정말 훌륭하군요. 이렇게 맛있는 차는 처음입니다."

"암, 당연하지."

에이버리 보안관은 알레인의 말에 맞장구를 치고 자기 잔을 기울여 한 모금 홀짝였다.

"맛의 비결은 바로 꿀이야. 안 그런가, 데이브?"

외알 안경을 목에 건 부보안관이 알림판 옆의 자기 자리에서 빙긋 웃었다.

"제 생각에도 그런 것 같은데, 주디가 통 가르쳐주질 않네요. 장모님한테 배운 비결이라면서."

"그래, 어머니의 얼굴도 기억해야지. 암, 그래야지."

에이버리 보안관은 잠시 감상에 젖은 표정이었지만, 롤랜드가 생각하기에 그 순간 그 덩치 큰 사내의 머릿속에 어머니의 얼굴이 떠오른 것 같지는 않았다. 보안관이 알레인을 돌아보았을 때, 그의 표정에는 그리움 대신 섬뜩한 날카로움이 배어 있었다.

"얼음이 신기한가 보군, 스톡워스 도령."

"아니, 저는……."

"그래, 알아. 햄브리 같은 촌구석에서 이런 사치를 누릴 거라고는 생각도 못했겠지."

에이버리는 격의 없이 농을 거는 말투로 지껄였지만, 롤랜드가 듣기에 그 아래 깔린 감정은 전혀 딴판일 듯싶었다.

이 사람은 우릴 싫어해. 우리한테서 '도시 놈들 티'가 난다고 지레짐작하고 싫어하는 거야. 방금 만났으니 진짜 그런 티를 내는지 안 내는지 아직 알지도 못할 텐데, 벌써부터 우릴 흰 눈으로 보고 있어. 건방진 애송이 삼인조라고 생각하겠지. 우리가 자기뿐만 아니라 이곳 사람 모두를 촌뜨기 취급한다고 생각할 거야.

"어, 햄브리만 그런 건 아닙니다, 보안관님. 얼음은 내륙 자치령에서도 귀한 물건인걸요. 제가 어릴 적엔 생일잔치 때나 볼 수 있는 별미였습니다."

"태양절 축제 때는 항상 얼음이 나왔죠. 저희가 불꽃놀이 다음으로 좋아했던 게 바로 얼음이었어요."

알레인이 둘러대는 사이에 커스버트가 끼어들었다. 말투가 그답지 않게 차분했다.

"그래, 그랬구면."

에이버리 보안관은 세상에는 참 별일도 많다는 투로 중얼거렸다. 이런 식으로 말을 타고 쳐들어온 롤랜드 일행이 마음에 안 드는 눈치였다. '빌어먹을 아침나절을 반이나 날리게 된' 이 상황 또한 달갑지 않은 듯싶었다. 삼인조가 걸친 옷도, 번지르르한 신분증명서도, 그들의 억양도, 어쩌면 그들의 젊음도. 무엇보다도 그들의 젊음이 마음에 안 드는 모양이었다. 롤랜드는 이 모든 것을 꿰뚫어보면서도 이유가 단지 그것뿐인지 궁금했다. 만약 다른 이유가 또 있다면, 도대체 뭘까?

"마을 공회당에 가스로 작동하는 냉장고하고 난로가 있다네. 둘 다 잘 돌아가. 지층 가스야 시트고에서 얼마든지 퍼낼 수 있고. 아,

시트고는 마을 동쪽에 있는 유전이야. 자네들도 오는 길에 봤겠지만."

롤랜드 일행은 고개를 끄덕였다.

"난로야 뭐, 골동품이나 다름없지. 애들 역사책에나 나올 물건이니까. 그래도 냉장고는 아주 요긴해. 특히 여름에."

에이버리는 유리잔을 들고 좌중을 둘러보았다. 그러고는 차를 홀짝이고 입맛을 다시다가 알레인을 보며 씩 웃었다.

"이제 알겠지? 신기해할 것 없어."

"석유를 안 쓰신다니 놀랍군요. 마을에 발전기가 없습니까?"

롤랜드가 묻자 보안관이 그를 돌아보았다.

"웬걸, 한 너덧 대는 있어. 그중 프랜시스 렝길의 로킹비 목장에 있는 놈이 제일 크지. 그 발전기가 돌아가던 시절이 눈에 선하구먼. 혼다 물건이야. 자네들도 들어봤나? 혼다?"

"한두 번 본 적이 있습니다. 모터가 달린 오래된 자전거에 그 이름이 적혀 있었습니다."

"그래? 어쨌거나 시트고에서 뽑은 기름으로 돌릴 수 있는 발전기는 한 대도 없어. 너무 걸쭉하거든. 그냥 타르 범벅이야. 어차피 이곳엔 정유시설도 없고."

"그렇군요. 어쨌든 한여름의 얼음이라니, 대단한 호사입니다. 이 잔까지 어떻게 도착했는지는 접어두고 말이지요."

알레인이 얼음 한 조각을 입에 넣고 깨물었다. 에이버리 보안관은 얼음 이야기가 다 끝났는지 확인하려는 듯 알레인을 잠시 바라보다가, 다시 롤랜드에게로 눈을 돌렸다. 투실투실한 얼굴에 또다시 수상쩍은 함박웃음이 번져 갔다.

"소린 장관님께서 진심으로 환영한다는 말과 함께 오늘 이 자리에 못 나와서 미안하다고 전해달라시더군. 우리 장관님이 여간 바쁜 분이 아니라서 말이지. 암, 그렇고말고. 대신 내일 저녁 관저에서 만찬회가 열릴 예정이야. 다른 손님들은 7시 정각에 모이지만…… 자네들은 8시에 와야 해. 그래야 소개를 할 거 아닌가. 덩달아 극적인 효과도 좀 얻고. 자네들이야 뭐, 그런 파티는 밥 먹듯이 가봤을 테니 굳이 내가 이런 말까지 할 필요는 없겠지만, 그래도 시간을 잘 맞춰 도착하는 게 좋을 걸세."

"정장을 입어야 할까요? 거의 400휠이나 되는 먼 길을 오다보니 정장이니 어깨띠니 챙길 여유가 없었거든요."

이렇게 묻는 커스버트의 목소리에서 불안한 빛이 묻어났다. 에이버리 보안관은 킬킬대며 웃었다. 롤랜드가 듣기에 이번에는 한결 순수한 웃음 같았다. 아마도 '아서 히스'가 아이다운 천진난만함과 불안함을 드러냈기 때문인 듯싶었다.

"아니, 소린 장관님도 이해하실 거야. 자네들이 일을 하러 여기 왔다는 걸 말이야. 암, 말몰이꾼처럼 열심히 일할 신세지! 혹시라도 이곳 사람들한테 붙들려서 바다에 나가 그물 끄는 신세가 되지 않게 조심해야 할걸!"

사무실 구석에 앉아 있던 데이브, 즉 외알 안경을 낀 부보안관이 느닷없이 웃음을 터뜨렸다. 롤랜드가 생각하기에 아마도 이곳 사람들만 알아먹는 농담 같았다.

"가진 것 중에 제일 근사한 옷을 입으면 돼. 어차피 어깨띠까지 차려입고 올 사람은 아무도 없네. 그건 햄브리 방식이 아니거든."

롤랜드는 새삼 충격에 빠졌다. 웃는 낯으로 자기 고향을 폄하하는 보안관 때문에…… 그리고 그 웃음 아래 감춰진 이방인들에 대한 적개심 때문이었다.

"어쨌거나 내일 저녁이 돼보면 알 거야, 만찬을 즐기는 게 아니라 어느새 업무를 수행하는 신세가 됐다는 걸 말이야. 장관님께선 이곳 일대에서 행세깨나 하는 목장주와 가축 상인, 축산업자 등등을 모조리 초대하셨는데…… 뭐, 그래봐야 얼마 되지도 않아. 이미 봐서 알겠지만, 메지스 자치령은 드롭 평원 서쪽으로 나서면 바로 사막이니까. 하지만 자네들이 세어봐야 할 물자와 재산을 보유한 부자들은 죄다 거기 있을 걸세. 게다가 만나보면 알 테지만 다들 동맹의 충실한 벗들이라 기꺼이 발 벗고 도와줄 거야. 어디 보자, 로킹비 목장의 프랜시스 렝길하고…… 피아노 목장의 존 크로이든…… 자치령 지정 축산업자인 동시에 독자적으로 말 사육업도 하는 헨리 워트너…… 메지스에서 제일 큰 말 목장인 레이지 수전 목장의 해시 렌프루('물론 자네들 기준에서 보면 별 거 아니겠지.')…… 그 외에도 여럿 모이겠지. 라이머 씨가 자네들을 소개하고 곧바로 일을 시작하게 도와줄 걸세."

롤랜드는 고개를 끄덕이고 커스버트를 돌아보았다.

"내일 저녁엔 네가 좀 바쁘겠구나."

"걱정 마, 윌. 내가 다 외워둘게."

에이버리 보안관은 차를 몇 모금 더 홀짝였다. 유리잔 너머로 이쪽을 넘겨다보는 표정이 어찌나 가식적이었던지 롤랜드는 몸부림을 치고 싶을 지경이었다.

"그 양반들은 다들 혼기가 된 딸이 있는데, 아마 만찬장에 데리고 올 걸세. 자네들도 찬찬히 한번 보게."

롤랜드는 아이스티도 거짓 웃음도 이만 하면 아침을 시작하기에 충분하다고 결론지었다. 그는 고개를 끄덕이고 잔을 비운 다음 빙긋이 웃으며(또한 그 웃음이 부디 자신을 마주보는 에이버리의 웃음보다 더 진솔해 보이기를 바라며) 자리에서 일어섰다. 커스버트와 알레인도 분위기를 눈치 채고 그를 따라했다.

"시원한 차도, 따뜻한 환대도 감사했습니다. 부디 소린 장관님께도 친절에 감사드린다고 전해 주십시오. 내일 저녁 여덟 시 정각에 뵙겠다는 말씀도요."

"아, 그래. 전해드리지."

롤랜드는 뒤이어 데이브 부보안관 쪽으로 돌아섰다. 그 선량한 남자는 또다시 주목받았다는 사실에 너무 놀란 나머지 벌떡 일어서다가 알림판에 머리를 찧을 뻔했다.

"부인께 차 잘 마셨다고 전해 주십시오. 정말로 맛있었습니다."

"아, 예. 고맙습니다."

일행은 다시 바깥으로 나섰다. 에이버리 보안관을 따라 한 줄로 걸어가는 모습이 마치 뚱뚱한 양치기 개들 같았다.

"자네들이 묵을 숙소 말인데……."

현관 계단을 따라 내려가는 동안 보안관이 말문을 열었다. 그는 볕에 발을 내딛기가 무섭게 땀을 흘리기 시작했다.

"아, 그러고 보니 땅 얘기를 여쭤보는 걸 깜박했군요."

롤랜드가 손바닥으로 이마를 치며 말했다.

"저흰 저쪽의 기다란 경사면에서 야영을 했습니다. 풀밭을 따라 말들이 수없이 많이 있는 곳입니다. 아마 어딘지 아실 텐데……."

"드롭 말이구먼."

"……거기서 허락도 안 받고 야영을 했지 뭡니까. 어느 분께 여쭤야 할지 몰라서 그만."

"거긴 존 크로이든의 땅이야. 그 양반이 자네들한테 뭐라고 할 리는 없지만, 그래도 손님이 묵을 곳인데 더 버젓한 곳으로 준비해야지. 여기서 서북쪽으로 널찍한 풀밭이 있어. 바케이 목장이야. 원래는 가버 일족 소유였는데, 목장에 불이 나는 바람에 그만 땅을 버리고 떠나버렸어. 지금은 말 사육업자 조합이 소유하고 있지. 뭐, 그냥 농부들이랑 목장 일꾼들이 만든 동네 모임이야. 내가 프랜시스 렝길한테 자네들 얘길 해뒀네. 그 양반이 지금 조합장을 맡고 있는데, 내 얘길 듣더니 그러더군. '그냥 가버 씨네 옛집에 묵는 게 낫잖아, 안 될 거 뭐 있나?'라고 말이야."

"그럼요, 안 될 게 뭐 있나요."

커스버트가 짐짓 생각에 잠긴 듯 점잖은 목소리로 맞장구를 쳤다. 롤랜드가 날카롭게 쏘아보았지만 커스버트는 아랑곳하지 않고 부두 쪽을 내려다보았다. 만 앞의 바다에 조그마한 고깃배들이 물방개처럼 이리저리 오가는 중이었다.

"그래, 내 말이 그 말이야. 내가 그랬어. '하긴, 안 될 게 뭐야?' 집 자체는 다 타서 잿더미가 됐지만 일꾼용 오두막은 아직 멀쩡히 서 있다네. 마구간도, 그 옆에 붙은 부엌도 그대로야. 소린 장관님 지시로 먹을 것도 챙겨놓고, 오두막 청소도 좀 해놨네. 혹시 벌레가 나올지도 모르지만 무는 놈은 없을 테고…… 뱀도 없을 거야. 뭐, 마룻바닥 밑에 몇 마리 살지도 모르지만 그럼 또 어떤가. 조용히 살게 내버려두면 그만이지. 안 그런가, 친구들? 그냥 조용히 냅둬라, 이거야!"

"그럼요, 그냥 둬야죠. 마룻바닥 밑에서 오순도순 살게."

커스버트가 맞장구쳤다. 팔짱을 낀 채 부둣가를 바라보는 자세 그대로. 에이버리 보안관은 미심쩍어하는 눈으로 그를 슬쩍 쳐다보았다. 웃음이 걸린 입가가 살짝 일그러졌다. 그러다가 다시 롤랜드 쪽으로 고개를 돌렸을 때, 그의 얼굴은 또 한 번 환한 웃음으로 가득했다.

"지붕에 구멍 하나 없다네. 비가 와도 보송보송할 거야. 어떤가, 괜찮겠나?"

"저희한테는 과분한 곳입니다. 보안관님은 수완이 좋으신 분 같군요. 소린 장관님도 정말 친절하신 분이고요."

롤랜드는 진심으로 그렇게 생각했다. 문제는, 그러는 이유가 무엇이냐 하는 것이었다.

"과분하지만 받아들일 수밖에 없군요. 어때, 너희 생각은?"

커스버트와 알레인은 기운차게 고개를 끄덕여 동의했다.

"감사히 받아들이겠습니다."

롤랜드의 말에 에이버리도 고개를 끄덕였다.

"장관님께 인사 전하겠네. 그럼 조심해서들 가게."

일행은 이윽고 말고삐를 묶어둔 난간에 도착했다. 에이버리는 다시금 그들과 일일이 악수를 했고, 이번에는 날카로운 눈빛을 숨긴 채 일행이 타고 온 말을 유심히 살폈다.

"내일 저녁에 또 보겠군. 안 그런가, 젊은 신사 양반들?"

"예, 내일 저녁에 뵙지요."

"바케이 목장까지 알아서 찾아갈 수 있겠나?"

롤랜드는 멸시하는 분위기를 내비치는 동시에 은근히 생색을 내는 보안관의 말투에 또 한 번 충격을 받았다. 하지만 어찌 보면 오히려 다행인지도 몰랐다. 보안관이 그들을 얼간이로 생각한다면 그로 인해 어떤 일이 벌어질지 누가 알겠는가?

"한번 찾아보죠."

커스버트가 말에 오르면서 대꾸했다. 에이버리는 커스버트의 안장 앞머리에 달린 까마귀 해골을 수상쩍은 듯이 쳐다보는 중이었다. 커스버트도 그 기척을 눈치챘지만 이번만큼은 가까스로 입을 놀리지 않고 참았다. 롤랜드는 친구가 보여준 예상 밖의 자제심 앞에서 놀란 한편으로 흐뭇하기도 했다.

"안녕히 계십시오, 보안관님."

"자네들도 잘 가게."

보안관이 말뚝 옆에 서서 인사를 건넸다. 그의 거구를 뒤덮은 카키색 셔츠는 겨드랑이가 땀으로 짙게 물들어 있었고, 검은색 장화는 바삐 일하는 보안관의 것이라기에는 지나치게 반들거렸다. '저 덩치를 태우고 종일 순찰을 돌 수 있는 말이 과연 이 세상에 있을까?' 롤랜드는 문득 생각했다. '있다면 그 자태를 한번 보고 싶은데.'

에이버리는 롤랜드 일행이 멀어지는 동안 내내 손을 흔들었다. 데이브를 필두로 부보안관들이 현관 앞 보도로 내려왔다. 그들도 함께 손을 흔들며 배웅했다.

3

동맹에서 보낸 애송이들이 자기 아비가 사준 비싼 말을 타고 하이 스트리트로 내려가기 위해 모퉁이를 돈 순간, 보안관과 부하들은 기다렸다는 듯이 냉큼 손을 내렸다. 에이버리는 데이브 홀리스 부보안관을 향해 돌아섰다. 주눅이 들어 살짝 덜떨어진 사람처럼 보이던 데이브의 표정이 이제는 조금이나마 영리해 보였다.

"데이브, 자네가 보기엔 어때?"

데이브는 외알 안경을 들어 입에 대더니 놋쇠 테를 잘근잘근 씹기 시작했다. 에이버리 보안관이 그만두라고 잔소리하는 것조차 이미 오래전에 포기한 버릇이었다.

"물러 터졌네요. 닭 똥구멍에서 방금 빠져나온 달걀 같아요."

"음, 그럴지도."

에이버리는 허리띠에 양손 엄지를 걸친 채 몸을 앞뒤로 꺼떡거리며 말했다.

"헌데 애기를 도맡아 하던 놈은 좀 달라. 납작한 모자를 쓴 그놈. 제 딴에는 야무진 줄 알더군."

"그거야 그놈 머릿속에 든 생각이고요."

데이브는 안경테에서 입을 떼지 않은 채 우물우물 중얼댔다.

"이젠 햄브리에 들어왔잖아요. 머릿속까지 우리 방식으로 바꿔야할걸요."

뒤에 있던 부보안관 둘이 껄껄 웃었다. 에이버리의 입가에도 웃음이 번졌다. 부잣집 애송이들이 성가시게 굴지 않으면 내버려 둘 생각이었다. 행정 장관이 직접 그렇게 명령했으므로. 그러나 에이버리는 사소한 다툼까지 피할 생각은 전혀, 조금도 없었다. 특히 안장 앞머리에 바보 같은 새 해골을 매달아둔 그 애송이의 불알을 걷어차면 참으로 흐뭇할 것만 같았다. 녀석은 보안관 허크 에이버리를 시종 비웃었다. 너무 멍청한 촌놈이라 자기들이 무슨 일을 할지 알아차리지 못하리라고 생각하면서. 하지만 정말로 흐뭇한 기분은 납작한 목사용 모자를 쓴 그 애송이를 패줄 때 느낄 수 있을 듯싶었다. 녀석의 눈에서 태연한 기색이 싹 사라지도록 패준다면, 그래서 뉴 가나안은 이제 멀리 있는 고향이고 부자 아버지 또한 자신을 도와주지 못한다는 것을 깨달은 헴프힐 출신 윌 디어본 씨의 두 눈에 두려움이 불길처럼 화르르 번지는 꼴을 볼 수만 있다면. 에이버리는 데이브의 어깨를 다독였다.

"암, 그래야지. 머릿속까지 바꿔줘야지."

에이버리의 얼굴에 웃음이 번졌다. 앞서 동맹의 계산원들에게 보여주었던 미소하고는 아예 딴판이었다.

"그렇게 될 게야. 셋 다."

4

세 소년은 트래블러스 레스트 앞을 지날 때까지 한 줄로 나란히 말을 몰았다(척 봐도 지능이 낮아 보이는 데다 머리 모양까지 기묘한 사내아이 하나가 벽돌로 된 현관 계단을 쓸다가 일행을 보고 손을 흔들며 인사했다. 소년들도 손인사로 화답했다.). 그러다가 이내 대열을 바꾸어 롤랜드를 가운데 두고 옆으로 나란히 말을 몰았다.

"커스버트, 네가 보기엔 어때? 우리 새 친구 말이야. 보안관."

"글쎄, 견해고 뭐고 없는데. 전혀 없어. 견해는 곧 정치야, 그리고 정치는 아직 젊고 아리따운 수많은 사람들을 교수대로 보내는 해악이지.”

커스버트는 유쾌한 목소리로 나불거리다가 몸을 숙이고 안장 앞머리의 까마귀 해골을 주먹으로 톡톡 두드렸다.

“근데 이 경계병은 그 양반이 맘에 안 든대. 우리 충직한 경계병님 말씀에 따르면, 에이버리 보안관은 살만 뒤룩뒤룩 찐 무골호인이라 영 믿을 수가 없다지 뭐야.”

롤랜드는 알레인 쪽으로 고개를 돌렸다.

“스톡워스 도령, 네 생각은?”

길가에서 뽑은 풀을 우물우물 씹던 알레인은 늘 그렇듯이 잠시 골똘히 생각했다. 그러다 마침내 입을 열었다.

“내 생각엔 말이지. 우리가 불에 활활 타는 꼴을 봐도 오줌 한 방울 안 갈겨 주고 그냥 지나갈 사람 같아.”

커스버트는 알레인의 말에 배꼽을 쥐고 웃어댔다.

“네가 보기엔 어때, 월? 대장님 생각도 한번 들어보자고.”

“그리 신경 쓸 만한 인물은 아닌데…… 그 사람 말 중에 한 가지가 마음에 걸려. 이 사람들이 드롭이라고 부르는 초원은 길이가 최소한 30휠은 돼. 폭은 모래사막까지 5휠은 되고. 그런데 우리가 크로이든의 피아노 목장에 묵었다는 걸 보안관이 어떻게 콕 찍어 알아맞힐 수가 있지?”

두 소년은 롤랜드를 쳐다보았다. 처음에는 당황했던 표정이 차츰 생각에 잠긴 표정으로 바뀌어갔다. 잠시 후, 커스버트가 몸을 숙이더니 또다시 까마귀 해골을 톡톡 두드렸다.

“우린 감시당하고 있었어. 근데 넌 아무것도 보고를 안 했다, 이거지? 오늘 저녁은 없을 줄 알아. 다음에 또 이랬다간 영창행이야!”

하지만 일행이 그리 멀리 가기도 전에 롤랜드의 머릿속은 에이버리 보안관 대신 수전 델가도 생각으로 가득 찼다. 이튿날 저녁이 되면 수전을 볼 수 있었다. 그것만은 확실했다. 롤랜드는 수전이 머리를 풀어 아래로 내리고 나올지가 궁금했다.

궁금해서 참을 수가 없을 지경이었다.

5

그리고 지금, 그들이 있는 곳은 장관 관저였다. '게임을 시작해 볼까.' 롤랜드는 생각했다. 그 문장이 머릿속을 스치는 동안에도 자신이 정확히 무슨 생각을 하는지는 알 수 없었지만…… 어쨌거나 성 빼앗기 게임은 아니었다. 적어도 아직은.

마부들이 말과 함께 사라지고 나서 얼마 후, 세 손님은 궂은 날의 말 떼처럼 움츠러든 모습으로 현관 계단 발치에 서 있었다. 횃불의 환한 빛이 아직 수염도 돋지 않은 그들의 얼굴을 물들였다. 현관 안쪽에서 기타 소리가 들려오는가 싶더니 이내 와자한 웃음소리와 함께 한층 커진 사람들의 목소리도 들려왔다.

"노크라도 할까? 아니면 그냥 열어젖히고 쳐들어가?"

커스버트가 물었지만 롤랜드는 대답할 필요가 없었다. 관저 현관의 문이 열리고 여인 둘이 걸어나왔던 것이다. 똑같이 흰색 칼라가 달린 기다란 드레스를 입은 두 여인을 보고 소년들은 고향에서 본 목장 아낙들을 떠올렸다. 여인들은 둘 다 머리를 뒤로 빗어 머리그물로 고정했는데 망에 붙은 다이아몬드 비슷한 장식들이 횃불에 반짝였다.

둘 중에 더 통통한 여인이 미소를 머금고 앞으로 나서더니 몸을 숙여 극진한 예를 표했다. 네모꼴로 세공한 파이어덤으로 보이는 여인의 귀고리가 찰랑거리며 반짝였다.

"동맹에서 오신 젊은 손님들이시군요. 어서 오세요. 진심으로 환영합니다. 부디 그대들의 평안한 날이 대지 위에 오래도록 이어지기를."

소년들은 다 함께 한쪽 발을 앞으로 내밀고서 한 목소리로 감사를 표했고, 예상치 못한 합창을 들은 여인은 손뼉을 치며 깔깔 웃었다. 곁에 서 있던 키 큰 여인은 자신의 몸매만큼이나 말라비틀어진 미소로 화답했다.

".올리브 소린이라고 해요. 장관의 안사람이랍니다. 이쪽은 제 시누이 코럴이에요."

통통한 여인이 자신을 소개했다. 코럴 소린은 그때까지도 엷은 웃음을 머금고 있다가(입가만 살짝 올라갔을 뿐, 눈은 전혀 웃고 있지 않았다.) 소년들에게 시늉뿐인 인사를 건넸다. 롤랜드와 커스버트와 알레인은 다시 한 번 발을 내밀고 고개를 숙였다.

"시프론트에 잘 오셨어요. 이 집에서 즐거운 시간을 보내시길 바랄게요. 진심으로."

이렇게 말하는 올리브 소린은 꾸밈없는 미소 덕분에, 또 내륙 세계에서 찾아온 젊은 손님들에 대한 호기심을 솔직하게 드러낸 표정 덕분에 오히려 한층 더 품위 있게 보였다.

"여부가 있겠습니까. 부인의 환대만으로도 이미 즐겁습니다."

롤랜드는 올리브 소린의 손을 쥐었다. 그러고는 아무런 꿍꿍이도 없이 그 손등에 입을 맞추었다. 기쁨에서 우러나온 여인의 웃음소리를 들으며 롤랜드는 흐뭇해졌다. 그는 첫눈에 올리브 소린이 마음에 들었다. 어쩌면 그래서 다행인지도 몰랐다. 복잡한 심정으로 재회한 수전 델가도를 빼면 이날 밤 내내 그는 단 한 명도 만나지 못했기 때문이었다. 마음에 드는 사람도, 믿을 만한 사람도.

6

바닷바람이 불어오는 와중에도 기온이 높았기 때문에 현관에 위치한 코트 보관실의 일꾼은 한가해 보였다. 롤랜드는 그 일꾼이 데이브 부보안관임을 알아보고도 그리 놀라지 않았다. 데이브는 성긴 머리에 번들거리는 기름 같은 것을 발라 뒤로 넘기고 새하얀 하인용 재킷에 외알 안경 줄을 늘어뜨린 모양새였다. 롤랜드가 목례를 하자 뒷짐을 지고 서 있던 그도 고개를 끄덕여 화답했다.

남자 둘이 일행 쪽으로 다가왔다. 한 명은 에이버리 보안관, 다른 한 명은 만화에 나오는 늙은 악당처럼 생긴 나이 지긋한 신사였다. 그들 너머로 활짝 열린 문 안쪽에는 방 안 가득 크리스털 잔을 든 손님들이 서서 하인이 나르는 쟁반 위에 놓인 음식을 오물거리며 담소를 나누는 중이었다.

롤랜드는 두 사내가 다가오는 짧은 순간을 이용하여 커스버트를 흘겨보았다. *전부 다 외워. 이름, 얼굴…… 미묘한 감정까지. 감정이 특히 중요해.*

커스버트는 한쪽 눈썹을 쫑긋 올렸다. 알았다는 뜻을 나름 비밀스럽게 표현하는 몸짓이었다. 이로써 롤랜드는 떠밀리듯 밤의 무대에 첫 발을 내디뎠다. 정식 총잡이로서 임무를 시작하는 첫 밤이었다. 그리고 그가 자기 일에 이토록 열심인 적은 드물었다.

늙은 악당처럼 생긴 신사는 알고 보니 행정장관 소린의 비서이자 재무 집행관인 킴버 라이머였다(롤랜드가 듣기에 후자는 그들 일행의 방문을 맞아 급조한 직책 같았다.). 라이머는 길르앗에서 큰 축에 드는 롤랜드보다 키가 10센티미터는 더 컸고 낯빛은 양초처럼 희끄무레했다. 아픈 사람처럼 보이지는 않았다. 그저 창백할 뿐이었다. 머리 양쪽에서 뭉게뭉게 솟은 회색 머리칼은 거미줄처럼 성기게 얽혀 있었다. 정수리는 완전히 벗어져 반질거렸다. 뾰루지가 돋은 콧잔등에는 코안경이 걸려 있었다.

"젊은 손님들!"

통성명이 끝나자 라이머가 외쳤다. 진심에서 우러나온 것처럼 보이려고 안달하는 목소리가 꼭 정치꾼, 아니면 장의사 같았다.

"잘 왔네, 메지스에! 햄브리에! 그리고 이 누추한 장관 관저 시프론트에!"

"이곳이 누추하다면 여러분께서 지으신 궁전은 어떨지 궁금하군요."

롤랜드가 말했다. 재치보다는 흐뭇한 마음을 담은 부드러운 답례였지만(재치는 보통 커스버트의 몫이었다.) 라이머는 껄껄 웃었다. 에이버리 보안관 역시 마찬가지였다.

"자, 가세!"

라이머가 말했다. 이제 기뻐하는 척은 이만 하면 됐다고 생각하는 기색이 역력했다.

"장관님께서 자네들을 학수고대하고 계실 걸세."

"그래요, 하트가 아주 목이 빠지게 기다리고 있을 거예요."

일행의 등 뒤에서 조그마한 목소리가 들려왔다. 말라빠진 시누이 코럴은 사라지고 없었지만 올리브 소린은 여전히 그 자리에 서 있었다. 그녀는 한때 허리였을 신체 부위 앞에 다소곳이 손을 맞잡은 채 여태 손님들을 올려다보는 중이었다. 선망 어린 푸근한 미소 또한 그대로였다.

"킴버, 제가 손님들을 안내할까요? 아니면……."

"아뇨, 아닙니다. 다른 손님들이 저렇게 많은데 일부러 그러실 필요 없습니다."

"그래요, 그 말이 옳은 것 같네요."

올리브 소린은 롤랜드 일행에게 마지막 인사를 건넸다. 여전히 미소를 띤 표정은 한 치도 꾸밈이 없었지만 롤랜드는 그녀를 보며 문득 생각했다. *웃고는 있지만 뭔가 근심거리가 있어. 그것도 아주 절박한 것 같은데.*

"자, 신사 여러분? 이제 가실까요?"

라이머가 물었다. 벙글벙글 웃는 입술 아래 드러난 이가 어울리지 않게 커다랬다. 그는 씩 웃고 있는 보안관 앞을 지나 일행을 연회장으로 안내했다.

7

롤랜드는 눈앞의 광경에 압도되지 않았다. 뭐니 뭐니 해도 그는 길르앗의 '그레이트 홀'을 보며 자랐기 때문이었다. 경우에 따라 '선조들의 홀'로 불리기도 하는 그곳에서는 해마다 성대한 연회가 벌어졌고, 롤랜드는 그 연회를 훔쳐본 적도 있었다. 이른바 '이스터링 무도회'로 불리는 그 연회는 광짓날 축제 기간이 끝나고 찾아오는 파종일을 맞이하는 자리였다. 이곳 시프론트에는 한 개뿐인 샹들리에가 그레이트 홀에는 다섯 개나 있었고, 불빛 역시 기름등잔이 아니라 전구로 밝혔다. 연회 참석자들의 드레스 또한 이들보다 훨씬 화려했고 음악도 웅장했다(참석자들은 대부분 평생 잔일 한 번 안 해본 부유층 선남선녀들이었다. 그래서 존 파슨은 기회가 있을 때마다 그들을 규탄했다.). 이곳 사람들보다 더 유서 깊고 고귀한 그들의 혈통은 백마를 타고 통합의 검을 휘두른 아서 엘드 왕 대까지 거슬러 올라가다 보면 점점 더 가까워졌다.

그러나 이곳에는 활기가 있었다. 그것도 아주 가득했다. 비단 이스터링 무도회만이 아니라 길르앗 전역에서 자취를 감춘 생명력이 이곳에는 살아 있었다. 나중에 롤랜드는 장관 관저 연회장에 발을 들여놓으면서 느꼈던 기분을 이렇게 회상했다. 그것은 완전히 사라지기 전에는 그리워할 마음이 들지 않는 감정이었다. 소리도 고통도 없이 슬그머니 빠져나가기 때문이었다. 뜨거운 물을 가득 채운 욕조 안에서 손목을 그었을 때 빠져나가는 피처럼.

그럴듯하기는 해도 홀이라고 보기에는 소박한 그 연회장의 내부는 원형이었다. 나무 판으로 두른 벽은 선대 행정 장관들의 (영 못 그린) 초상화가 장식했다. 식당으로 이어지는 문 오른편에 높이 지은 무대에서는 깃이 넓은 재킷에 밀짚모자를 쓴 악사 넷이 기타를 들고 살짝 빠른 왈츠 비슷한 곡을 연주하고 있었다. 연회장 한복판의 테이블에는 펀치를 담은 유리그릇이 놓여 있었는데 하나는 크고 화려했고, 하나는 작고 소박했다. 국자로 펀치를 떠주는 흰 재킷 차림의 사내 역시 에이버리 보안관의 부하였다.

전날 보안관이 들려준 말과 달리 남자 손님들 몇몇은 다채로운 색깔의 어깨띠를 두르고 있었지만, 롤랜드는 흰 실크 셔츠에 검은 보타이, 주름 없는 정장 바지 차림을 하고도 그다지 격식에 벗어난 느낌을 받지는 않았다. 어깨띠를 두른 사내들 가운데 셋은 교회에 가는 목장 일꾼처럼 벙벙하고 뒤가 평평한 재킷 차림이었고, 아예 재킷을 안 입은 남자 손님도 여럿 있었기 때문이었다(대부분 젊은이들이었다.). 여성들 중에 끼니를 못 이을 만큼 궁핍해 보이는 이는 눈에 띄지 않았고 (소린 여사의 파이어딤 귀고리만큼 비싼 것은 아니라도) 보석 장신구를 걸친 이도 있었지만, 롤랜드는 그들의 복장 또한 한눈에 알아볼 수 있었다. 동그란 깃이 달린 기다란 드레스 자락 아래로 색색의 속치마가 레이스 밑단을 드러냈고, 구두는 굽이 낮았으며, 머리는 모두 빗어서 머리그물에 넣어 고정한 모양새였다(대개는 올리브 소린과 코럴 소린처럼 반짝거리는 가루가 뿌려져 있었다.).

그리고 이들과 전혀 딴판인 한 여성이 눈에 들어왔다.

물론 수전 델가도였다. 가슴 위쪽은 깊이 패고 허릿단은 날씬한 몸통 높이 잡힌 파란색 실크 드레스 차림의 수전은 눈이 부셔서 보기가 힘들 정도로 아름다웠다. 그녀의 목을 장식한 사파이어 목걸이에 비하면 올리브 소린의 귀고리는 납유리처럼 초라했다. 그녀 곁에는 불붙은 석탄 색깔의 어깨띠를 두른 남자가 서 있었다. 그 선명한 주황색은 메지스 자치령을 상징하는 색이었고, 따라서 그가 바로 이날 연회의 주최자일 터였지만 이 순간 롤랜드의 눈에 그 남자는 보이지도 않았다. 롤랜드의 두 눈은 오로지 수전에게 못 박혀 있었다. 파란 드레스, 볕에 탄 팔의 피부, 화장이라기에는 너무도 완벽하게 새하얀 볼. 무엇보다도 머리칼이 그의 눈을 사로잡았다. 이날 밤 허리까지 늘어뜨린 수전의 머리카락은 세상에서 가장 얇은 비단처럼 반짝였다. 느닷없이, 그리고 간절하게, 롤랜드는 그녀를 원했다. 그 느낌은 불쑥 치솟은 메스꺼움처럼 깊고 절박했다. 자신의 존재 자체도, 자신의 온 미래도, 그녀 앞에서는 두 번째에 지나지 않을 것만 같았다.

수전은 몸을 살짝 돌리고 롤랜드를 훔쳐보았다. 두 눈이(롤랜드는 보았다, 그녀의 눈은 회색이었다.) 아주 살짝 커졌다. 볼이 조금 붉어진 듯도 했다. 입술도 살짝 벌어졌다(롤랜드는 황홀한 기분에 젖어 생각했다. 그날 밤 어두운 길 위에서 그의 입에 닿았던 바로 그 입술이라고.). 뒤이어 하트 소린 곁에 서 있던 남자가 뭐라고 말을 건네자(검은 재킷 어깨 위로 백발을 늘어뜨린 그 남자 역시 키가 홀쭉했다.) 수전은 그쪽으로 몸을 돌렸다. 잠시 후, 수전을 포함하여 소린 장관을 둘러싼 무리가 다 함께 웃음을 터뜨렸다. 백발 사내는 그들만큼 크게 웃지는 않고 그저 엷은 미소만 지었다.

롤랜드는 가슴이 방망이질하는 기색을 들키지 않으려 긴장한 채 그들이 서 있는 펀치 테이블 쪽을 향해 똑바로 걸어갔다. 팔꿈치 위를 붙드는 라이머의 깡마른 손이 아득히 느껴졌다. 뒤죽박죽 섞인 향수 냄새와 벽의 등불에서 풍기는 기름 냄새, 시큼한 바닷바람 냄새는 그 손보다 더 또렷하게 느껴졌다. 그리고 이유는 알 수 없었지만 문득 이런 생각이 떠올랐다. *맙소사, 죽을 것 같아. 나 이러다가 죽겠어.*

정신 똑바로 차려, 길르앗의 롤랜드. 네 아버지의 명예를 위해 바보짓은 집어치워. 정신 차려!

롤랜드는 정신을 차리려고 기를 썼고…… 어느 정도는 성공했지만…… 수전이 또다시 이쪽을 바라보면 그때는 끝장이라는 깨달음을 얻었다. 눈 때문이었다. 그 전날 밤은 너무나 캄캄했던 탓에 그녀의 회색 눈동자를 알아볼 수 없었던 것이다. *덕분에 운 좋게 기절하지 않고 넘어갔던 거로군.* 롤랜드는 자기 자신에게 빈정거렸다.

"소린 장관님, 내륙 자치령에서 오신 손님들을 소개하겠습니다."

라이머가 말했다. 백발을 길게 기른 남자와 그 곁의 여인을 보고 있던 하트 소린이 환한 표정으로 돌아섰다. 자기 비서보다 키는 작지만 마찬가지로 비쩍 마른 소린은 특이한 체격의 소유자였다. 어깨가 좁고 짤따란 상체에 비현실적으로 길고 가느다란 다리가 붙어 있었던 것이다. 롤랜드가 보기에는 마치 새벽녘에 먹잇감을 찾아 늪지를 어슬렁거리는 새 같았다.

"아, 그래!" 소린이 크고 낭랑한 목소리로 외쳤다. "어서 소개하게, 우리 모두 이 순간을 애타게 기다렸으니까, 실로 애타게! 만나서 반갑소, 진심으로 반갑소! 어서들 오시오! 내가 잠시 주인으로 머무는 이 집에서 부디 즐거운 저녁을 보내시길, 또 그대들의 평안한 나날이 대지 위에 오래도록 이어지길 바라오!"

롤랜드는 소린이 내민 앙상한 손을 맞잡고 손가락 관절이 삐거덕거리는 소리를 들으며 장관의 낯빛을 살피다가 불편한 기색이 전혀 없음을 알고 마음을 놓았다. 그러고는 한쪽 발을 내밀고 허리를 깊숙이 숙여 예를 표했다.

"윌리엄 디어본, 소린 장관님께 인사 올립니다. 환대에 감사드리며 장관님께서도 만수무강하시기를 기원합니다."

"아서 히스라고 합니다."

"리처드 스톡워스입니다."

차례로 인사하는 소년들을 보며 소린의 함박웃음은 더욱 커졌다. 라이머 역시 웃으려고 기를 썼지만 웃는 표정에 익숙하지 않은 눈치였다. 그러는 동안 백발을 길게 기른 남자는 시종일관 엷은 웃음을 머금고서 펀치를 잔에 담아 같이 온 여성에게 건넸다. 롤랜드는 느낄 수 있었다. 모두 합쳐 쉰 명쯤 되는 손님들이 다 함께 자신들 일행을 바라보는 중이었다. 그러나 무엇보다 생생하게 느껴지는 것, 부드러운 새의 날개처럼 살갗을 건드리는 것은 바로 *그녀의* 눈길이었다. 시야 끄트머리에 그녀의 파란색 실크 드레스가 걸렸지만, 눈을 돌려 더 자세히 보려 해도 차마 엄두가 나지 않았다.

"여행이 힘들지는 않던가? 무슨 모험이나 위험한 일 같은 건 없었고? 이따가 만찬 자리에서 자세히 들려주게. 정말이지 요즘은 내륙에서 찾아오는 손님이 아주 드물거든."

소린은 살짝 얼간이 같던 함박웃음을 지우고 굵은 눈썹을 찡그리며 물었다.

"혹시 파슨 패거리하고 맞닥뜨리지는 않았나?"

"아닙니다, 각하. 저희는……."

"아닐세, 젊은이. 각하라니, 당치도 않아. 내가 섬기는 어부와 농민도 나를 그렇게 부르지는 않네. 그냥 소린 장관이라고 불러주면 돼."

"예, 소린 장관님. 오는 길에 신기한 것을 여럿 보기는 했지만 의인 패거리와 만난 적은 없습니다."

"의인이라! 의로운 인간이라니, 이름은 그럴듯하군!"

라이머가 코웃음을 치며 말했다. 윗니를 드러내며 씩 웃는 얼굴이 꼭 개 같았다.

"하나도 빼놓지 말고 모두 들려주게. 허나 아무리 조바심이 나도 예의를 잊을 수는 없는 법, 우선 가까이 계신 손님들부터 소개하겠네. 킴버 자네는 벌써 인사를 나눴을 테고. 여기 왼쪽에 있는 이 듬직한 친구는 엘드레드 조너스라고 하네. 새로 채용한 경비 인력을 책임지고 있지. 뭐…… 딱히 경비 인력이 더 필요하다고 생각한 건 아닐세. 에이버리 보안관이 거느린 인력만 갖고도 이 지역 치안은 충분히 유지할 수 있는데, 킴버 이 친구가 고집을 부려서 말이지. 킴버가 고집을 부릴 땐 장관은 따르는 것밖에 방법이 없다네."

"아주 현명하십니다, 장관님."

라이머가 맞장구를 치며 고개를 숙였다. 그의 말에 다들 껄껄 웃는 와중에도 조너스만은 여전히 엷은 웃음만 머금고 있었다.

"만나서 반갑습니다, 여러분."

조너스의 목소리는 피리 소리처럼 가늘고 덜덜 떨렸다. 그는 세 손님 모두에게 차례로 만수무강하라는 인사를 건네며 악수를 했다. 롤랜드 차례는 맨 마지막이었다. 조너스의 메마르고 단단한 손은 떨리는 목소리와 딴판으로 전혀 흔들림이 없었다. 이때 롤랜드는 남자의 오른쪽 손등에서 기묘한 문신을 발견했다. 파란색 그물 모양 문신이 엄지와 검지 사이에 새겨져 있었다. 그 속에 자리 잡은 물체는 관처럼 보였다.

"기나긴 낮과 즐거운 밤이 이어지기를 기원합니다."

롤랜드는 아무 생각 없이 중얼거렸다. 그가 어린 시절에 배운 인사말이었다. 그 말이 헴프힐 같은 시골이 아니라 길르앗에 어울린다는 사실을 깨달은 것은 이미 입 밖에 낸 후의 일이었다. 그저 사소한 실언에 지나지 않았으나, 롤랜드는 이때부터 슬슬 이곳의 분위기를 눈치 채기 시작했다. 그의 아버지는 마튼의 마수를 피해 아들을 이리로 보냈지만, 이곳 사람들은 아버지의 기대와 달리 그런 실언을 참아줄 아량이 턱없이 부족했다.

"당신께도 같은 축복이 있기를 바랍니다."

조너스는 맞잡은 손을 놓지 않은 채 거의 무례할 정도로 눈을 반짝이며 롤랜드를 찬찬히 뜯어보았다. 그러다가 손을 놓고 뒤로 물러섰다.

"이쪽은 코딜리어 델가도."

소린은 아까 조너스와 얘기하던 여인을 향해 고개를 숙이며 말했다. 그를 따라 여인에게 고개를 숙인 롤랜드는 여인과 수전이 친척처럼 닮았다고 생각했으나…… 싹싹하고 사랑스러웠던 수전의 얼굴과 달리 지금 눈앞에 서 있는 여인의 얼굴은 편협하고 야비해 보였다. 수전의 어머니는 아니었다. 롤랜드의 눈에 비친 코딜리어 델가도는 수전의 어머니라기에는 너무 젊어 보였다.

"그리고 이쪽은 우리의 특별한 친구이신 수전 델가도 양일세."

소개를 끝맺는 소린의 목소리가 한층 높아졌다(롤랜드는 수전이 어떤 남자에게도 똑같은 영향을 미칠 거라고 생각했다, 심지어 소린 같은 늙은이에게도.). 소린은 벙글벙글 웃는 낯으로 고개를 정신없이 끄덕이며 수전을 앞으로 이끌었다. 수전의 허리를 감싼 노인의 손을 보며 롤랜드는 한순간 지독한 질투를 느꼈다. 가소로웠다. 노인의 나이와 그의 통통하고 싹싹한 아내를 생각하면 우스꽝스러운 감정이었다. 그럼에도 질투가 치솟았다. 그것도 날카롭게. 스승 코트가 알았다면 벌의 침처럼 날카롭다고 했으리라.

이윽고 수전이 고개를 들었고, 롤랜드는 다시 한 번 그녀의 눈을 들여다보았다. 예전에 어느 시인가 이야기에서 여인의 눈에 빠져 허우적거린다는 표현을 보았을 때, 그는 헛소리라며 웃어넘겼다. 지금도 웃기는 표현이라고 생각했지만, 그럼에도 충분히 가능한 일이라는 것만은 이해할 수 있었다. 그리고 수전도 이런 그의 생각을 간파했다. 롤랜드는 그녀의 눈에 깃든 근심을 보았다. 어쩌면 두려움인지도 몰랐다.

약속해 줘. 만약 장관 관저에서 다시 만나면, 처음 만나는 사이인 척하겠다고.

그 말을 떠올리자 정신이 맑아졌고, 시야도 조금 넓어지는 듯했다. 그러자 조너스 곁에 서 있는 여인이 호기심과 경각심이 뒤섞인 눈길로 수전을 바라보는 중임을 알 수 있었다. 수전과 닮은 얼굴을 한 바로 그 여인이었다.

롤랜드는 몸을 깊숙이 숙여 인사하고 수전이 내민 반지 없는 손을 살짝 건드렸을 뿐, 그 이상 친밀한 행동은 하지 않았다. 그런데도 그 손가락 사이에서 무언가 전기 같은 것이 치솟는 느낌이 들었다. 살짝 커진 눈을 보면 그녀 역시 같은 느낌을 받은 듯싶었다.

"만나서 반갑습니다, 아가씨."

태연하게 말하려 했지만, 롤랜드 자신이 듣기에도 어색하고 거슬리는 목소리였다. 그러나 이미 엎질러진 물이었다. 온 세상이 자신을(그들 두 *사람을*) 지켜보는 느낌이 들었지만 끝까지 가는 수밖에 없었다. 그는 손으로 목젖을 세 번 두드렸다.

"부디 그대의 평안한 날이……"

"예, 같은 축복이 있기를 바랄게요, 디어본 씨. 고맙습니다."

수전은 무례하다 싶을 만큼 서둘러 알레인 쪽으로 돌아섰다. 뒤이어 커스버트가 고개를 숙이고 목을 두드려 예를 표한 다음 진지한 목소리로 말했다.

"잠시 발치에 누워도 되겠습니까, 아가씨? 당신의 미모 때문에 무릎이 후들거리지 뭡니까. 이 시원한 타일 바닥에 뒤통수를 대고 누워 아래쪽에서 잠시 당신의 얼굴을 올려다보고 있으면 기운을 차릴 것 같은데 말입니다."

이 말에 손님들 모두 박장대소했다. 조너스와 코딜리어 델가도 역시 예외가 아니었다. 수전은 살짝 붉어진 얼굴로 커스버트의 손등을 찰싹 때렸다. 롤랜드는 친구의 정신 나간 유머 감각에 처음으로 고마움을 느꼈다.

펀치 테이블 옆에 서 있던 무리에 한 남자가 합류했다. 새로 도착한 그 남자는 뒷단이 네모난 재킷 차림이었는데 키는 작았지만 다행히 말라빠진 편은 아니었다. 불그스름한 뺨은 술 탓이 아니라 바람을 많이 쐰 탓인 듯했고, 새파란 눈가에는 주름이 거미줄처럼 자글자글했다. 목장주라는 뜻이었다. 롤랜드는 아버지와 함께 말을 타고 오랫동안 여행한 덕분에 금세 알아볼 수 있었다. 그 남자는 친근한 미소를 머금고 롤랜드 일행에게 말을 걸었다.

"오늘 밤 자네들을 만나러 온 아가씨가 한둘이 아니라네. 정신 놓고 있다가는 향수 냄새에 단단히 취할지도 몰라. 그러니 그 전에 먼저 내 소개부터 함세. 난 프랜 렝길이라고 하네."

렝길은 롤랜드 일행과 짧고 힘찬 악수를 나누었다. 고개 숙여 절하는 따위의 인사치레는 없었다.

"로킹비 목장이 이 몸의 소유라네. 아니, 어쩌면 목장이 나를 소유하는 건지도 모르지. 편할 대로 생각하게. 나는 말 사육업자 조합의 조합장도 맡고 있네. 뭐, 조합원들이 쫓아낼 때까지 임시로 앉아 있는 거지만. 바케이 목장을 숙소로 제공한 건 내 생각이었네. 마음에 들었으면 좋겠구먼."

"완벽합니다. 깨끗하고, 습기도 없고, 널찍하더군요. 감사합니다. 정말이지 너무나 친절하십니다."

"천만의 말씀."

렝길은 시종일관 흐뭇한 표정으로 펀치 잔을 기울이며 커스버트의 너스레에 대꾸했다.

"우린 모두 같은 편이라네, 친구들. 헌데 요즘 들어 병든 작물로 가득한 들판에 존 파슨이라는 썩은 지푸라기가 한 가닥 떨어진 모양이야. 사람들 말로는 세상이 변질돼서 그렇다더군. 허허! 그래, 그 말이 맞아. 지옥으로 가는 길 쪽으로 조금 더 가까워진 거지. 우리 임무는 멀쩡한 짚더미가 화로에 처박히지 않도록 더 단단히, 더 오래 붙들고 버티는 거라네. 우리 자신이 아니라 우리 아이들을 위해서."

"그럼, 그렇고말고."

소린 장관은 목소리에 권위를 담아 우렁차게 외치려 했으나 실제로는 경박하게 우물거리는 소리로 끝을 맺었다. 롤랜드는 그 늙은이가 수전의 손을 쥐고 있음을 알아차렸다(수전은 장관의 손길을 느끼지도 못했는지 렝길을 뚫어지게 보고 있었다.). 그러자 문득 깨달음이 찾아왔다. 장관은 그녀의 백부도, 가까운 사촌도 아니었던 것이다. 렝길은 그들 모두를 무시한 채 신참 셋을 한 명 한 명 꼼꼼히 훑어보았다. 롤랜드 차례는 맨 마지막이었다.

"친구들, 메지스에서 우리 도움이 필요하면 뭐든 말만 하게. 나, 존 크로이든, 해시 렌프루, 제이크 화이트, 헨리 워트너, 누구든 괜찮네. 오늘 저녁에 다들 만날 수 있을 걸세. 그이들 안사람과 아들딸도 다 만날 게야. 뭐든 말만 하게. 비록 뉴 가나안과 소원한 사이기는 하지만 그래도 우린 동맹의 군건한 지지자라네. 암, 아주 철석같이 지지하고 있어."

"지당한 말씀."

라이머가 나지막이 말했다.

"자, 그럼 이제 자네들의 도착을 축하하며 정식으로 건배하세. 그러잖아도 펀치를 앞에 놓고 너무 오래들 기다렸잖나. 다들 아주 목이 타들어갈 게야."

렝길은 펀치 그릇 쪽으로 돌아서서 둘 중 더 크고 화려한 그릇에 담긴 국자로 손을 뻗었다. 주위의 손님들에게 손사래를 치는 모양으로 보아 분명 롤랜드 일행에게 직접 잔을 건네 대접하려는 듯했다.

"렝길 씨."

롤랜드가 나지막이 그를 불렀다. 조용하지만 힘 있는 그 목소리를 듣고 프랜시스 렝길이 몸을 돌렸다.

"술이 안 들어간 펀치는 작은 그릇 쪽일 텐데요. 아닙니까?"

렝길은 무슨 말인지 생각해 보았지만 처음에는 알아차리지 못했다. 그러다가 그의 눈이 휘둥그레졌다. 롤랜드 일행이 동맹과 내륙 자치령의 살아 있는 상징물이 아니라 피와 살로 된 인간임을 처음으로 깨달은 눈치였다. 젊은이들이었다. 콕 집어 말하면 아직 소년들이었다.

"그런데?"

"부디 저희 몫은 작은 그릇에서 떠 주시면 감사하겠습니다."

롤랜드는 사람들의 시선이 이쪽으로 향하는 기색을 느꼈다. 그중에서도 수전의 눈길이 또렷하게 느껴졌다. 롤랜드의 두 눈은 바로 앞의 목장주를 똑바로 향하고 있었지만 그의 주변 시력은 비상하게 뛰어났고, 덕분에 조너스의 얼굴에 다시금 번진 얇은 웃음을 똑똑히 볼 수 있었다. 조너스는 작금의 사정을 이미 꿰뚫고 있었다. 롤랜드는 소린과 라이머도 아는지가 궁금했다. 이 시골뜨기들의 정보력은 보통이 아니었다. 그들은 필요 이상으로 많은 것을 알았고, 이 점은 나중에 찬찬히 생각해 봐야 할 문제였다. 그러나 당장은 조금도 중요하지 않았다.

"저희가 햄브리에 파견된 이유는 아버지의 얼굴을 잊어버린 것과도 어느 정도 연관이 있습니다."

롤랜드는 본의 아니게 일장 연설을 하게 되었다는 생각에 기분이 언짢아졌다. 불행 중 다행으로 연회장의 모든 손님이 귀를 기울이지는 않았지만, 주위에는 어느새 아까보다 훨씬 더 많은 청중이 모여 있었다. 어쨌거나 한번 시작한 이상 끝내는 수밖에 없었다.

"어찌된 사정인지 주절주절 늘어놓을 필요는 없을 것 같습니다. 물론 여러분께서도 시시콜콜 묻지 않으시겠지요. 허나 저는 이곳에 머무는 동안 술을 입에 대지 않겠노라 약속했습니다. 속죄하는 뜻에서 말입니다."

그녀의 눈길. 그 눈길이 여전히 피부에 와 닿는 듯했다.

잠시 동안 숨 막히는 침묵이 펀치 그릇 주위에 모인 무리를 뒤덮었다. 이윽고 렝길이 정적을 깨뜨렸다.

"그토록 솔직하게 말하다니, 자네 부친께서 들으셨다면 자랑스러워하셨을 걸세, 윌 디어본. 암, 그렇고말고. 그리고 원래 유능한 젊은이들은 가끔씩 풍파를 일으키기도 하는 법이라네."

렝길이 롤랜드의 어깨를 다독여 주었다. 손길에 힘이 들어가 있었고 웃음도 진실해 보였지만, 그의 눈만큼은 좀처럼 읽기가 힘들었다. 자글자글한 주름 사이로 생각에 잠긴 눈빛이 새어나올 뿐이었다.

"자네 아버님을 대신해 내가 자랑스러워해도 되겠나?"

"예. 저야 감사할 뿐입니다."

롤랜드는 렝길의 말에 웃음으로 화답했다.

"저도요."

"저 역시 동감입니다."

커스버트에 이어 알레인이 나지막이 중얼거린 다음 펀치 잔을 받아들고 렝길에게 고개 숙여 예를 표했다.

렝길은 새 잔 여러 개에 펀치를 채워 잽싸게 주위에 돌렸다. 이미 잔을 들고 있던 사람들은 자기 잔이 비었는지 확인하고 술이 안 든 펀치로 다시 채웠다. 테이블 곁의 손님들이 저마다 한 잔씩 받아든 것을 확인한 렝길이 사람들 쪽으로 돌아섰다. 직접 건배를 제안하려는 기색이 역력했다. 라이머가 그의 어깨를 톡톡 치고 살짝 고개를 젓더니 눈짓으로 장관을 가리켰다. 장관 나리께서는 눈을 동그랗게 뜨고 입을 살짝 벌린 채 두 사람을 바라보는 중이었다. 롤랜드가 보기에는 마치 싸구려 좌석에 앉아 연극에 몰입해 있는 관객 같았다. 오렌지 껍질을 무릎 한가득 올려놓으면 정말이지 똑같을 듯싶었다.

렝길은 장관 비서의 눈길이 향한 곳을 쳐다보고 고개를 끄덕였다.

라이머가 이번에는 무대 한복판에 서 있던 기타 연주자와 눈을 맞추었다. 그가 손을 멈추자 동료 악사들도 함께 연주를 멈추었다. 손님들은 무대 쪽을 돌아보다가 소린이 입을 열자 다시 연회장 한복판으로 눈을 돌렸다. 다시 연설을 시작한 그의 목소리는 조금도 우스꽝스럽지 않았다. 이번에는 또렷하고 듣기 좋은 목소리가 흘러나왔다.

"신사 숙녀 여러분, 그리고 친구 여러분. 아무쪼록 저와 함께 우리 새로운 벗 세 분을 환영해 주시기 바랍니다. 내륙 자치령에서 찾아온 이 젊은 손님들은 동맹을 위하여, 또 질서와 평화를 지키기 위하여 머나먼 여정과 수많은 역경을 기꺼이 감수한 훌륭한 청년들입니다."

수전 델가도는 펀치 잔을 옆에 내려놓은 다음 큰아버지뻘 되는 노인의 손아귀에서 (어렵사리) 손을 빼내어 박수를 치기 시작했다. 다른 이들도 그녀의 모범을 따랐다. 연회장을 뒤덮은 박수소리는 짧지만 따뜻했다. 그 와중에도 잔을 쥔 채 박수에 동참하지 않은 엘드레드 조너스의 모습을 롤랜드는 놓치지 않았다.

소린이 빙그레 웃는 낯으로 롤랜드를 돌아보며 잔을 들었다.

"이쯤에서 자네들의 이름을 소개해도 되겠나, 윌 디어본?"

"아, 그럼요. 그저 황송할 뿐입니다."

롤랜드의 엉뚱한 대답에 웃음소리와 함께 또 한 차례 박수가 쏟아졌다. 소린은 손에 쥔 펀치 잔을 더 높이 치켜들었다. 연회장의 손님들 모두 그의 뒤를 따랐다. 샹들리에 불빛에 비친 크리스털 잔이 별처럼 반짝였다.

"신사 숙녀 여러분, 헴프힐에서 오신 윌리엄 디어본 씨와 페닐턴에서 오신 리처드 스톡워스 씨, 그리고 길르앗에서 오신 아서 히스씨를 여러분 앞에 소개합니다."

사람들은 마지막으로 소개된 사람의 출신지에 놀란 듯 헉 소리를 내고 뭐라 중얼거렸다. 마치 그들의 장관이 아서 히스를 천국에서 온 사람이라고 소개하기라도 한 것 같았다.

"따뜻하게 맞아 주시고, 후하게 대접해 주시고, 이분들이 메지스에서 달콤한 나날을 보내고 그보다 더 달콤한 기억을 갖도록 보살펴 주십시오. 또한 이분들이 임무를 수행하는 과정에 함께 힘을 보태어 우리가 그토록 아껴 마지않는 대의를 널리 알리도록 도와주십시오."

"알겠습니다!"

손님들은 우렁찬 목소리로 화답했다. 소린이 잔을 기울이자 다른 이들도 그의 뒤를 따랐다. 또다시 박수 소리가 터져 나왔다. 롤랜드는 도저히 참지 못하고 뒤로 돌아서서 다시 한 번 수전의 눈을 바라보았다. 수전은 한동안 그를 마주보았고, 롤랜드는 그 솔직한 눈길을 보고 깨달았다. 그녀의 존재 때문에 흔들리는 자신만큼이나 그녀역시 흔들리고 있었다. 이윽고 수전을 닮은 여인이 몸을 숙이더니 그녀의 귓가에 대고 뭐라고 중얼거렸다. 수전이 여인 쪽으로 고개를 틀었다. 이제 가면을 쓴 듯 꾸며낸 표정을 하고 있었으나…… 롤랜드는 그녀의 눈에 깃든 근심을 이미 확인했다. 그리고 다시금 생각했다. 이미 일어난 일을 없었던 것으로 돌릴 수 있을지를, 이미 뱉은 말을 다시 삼킬 수 있을지를.

8

　손님들이 이날 저녁을 위해 기다란 판자 테이블 네 개를 붙여 놓은 만찬장으로 이동하는 동안, 코딜리어 델가도는 조카의 손을 냉큼 붙잡고 장관과 조너스 뒤쪽으로 몸을 피했다. 두 남자는 프랜시스 렝길과 대화하느라 정신이 없었다.

　"이봐, 아가씨. 그 남자를 왜 그런 눈으로 보는 거야?"

　코딜리어가 노기등등한 목소리로 소곤거렸다. 이마에는 세로 주름이 이미 자리를 잡은 후였다. 이날 밤에는 그 주름이 참호처럼 깊어 보였다.

　"말해 봐, 아가씨. 그 예쁘장하고 멍청한 머리 안에 무슨 고민을 담고 있는 거지?"

　아가씨. 그 단어 하나만으로도 수전은 고모가 단단히 화난 상태임을 알 수 있었다.

　"보다뇨, 누굴요? 어떻게 봤는데요?"

　태연한 목소리가 나왔다. 수전 생각에는 그랬다. 하지만 맙소사, 방망이질하는 가슴은······.

　수전의 손을 쥔 고모의 손이 오므라들었다. 통증이 엄습했다.

　"날 속일 생각은 안 하는 게 좋아, 예쁜 아가씨! 저 멀끔하게 생긴 사내 녀석들을 전에 만난 적이 있는 거지? 사실대로 말해!"

　"아니에요, 어떻게 만났겠어요? 손 놓으세요, 고모. 아파요."

　코딜리어 고모는 불길하게 웃으며 손에 더욱 힘을 주었다.

　"나중에 크게 다치느니 지금 살짝 아픈 게 더 나을걸. 건방진 소리는 그만둬라, 수전. 눈길로 꼬리치는 짓도 당장 그만두고."

"고모, 지금 도대체 무슨……"

"무슨 말인지는 네가 더 잘 알 텐데."

코딜리어는 야멸치게 중얼거리고는 지나가는 손님들을 피해 나무판이 둘러진 벽 쪽으로 조카를 끌어당겼다. 이웃한 보트 창고의 주인인 목장주가 곁을 지나가며 인사를 건네자 코딜리어는 유쾌하게 웃는 낯으로 답례를 하고 수전 쪽으로 고개를 돌렸다.

"내 말 잘 들어, 아가씨. 똑똑히 들어두는 게 좋아. 네 동그란 눈에 뭐가 비쳤는지 난 봤어. 그 말은 곧 손님들 절반은 다 봤다는 뜻이야. 기왕 일어난 일은 어쩔 수 없겠지. 하지만 그것도 여기서 끝이야. 이제 소꿉장난이나 하고 놀 시절은 지났단 말이야. 무슨 말인지 알아?"

수전은 대답하지 않았다. 얼굴에는 코딜리어가 치 떨리게 싫어하는 부루퉁한 표정이 자리 잡고 있었다. 코딜리어는 그 표정을 볼 때마다 코에서 피가 흐르고 커다란 회색 눈에서 눈물이 터져 나올 때까지 고집쟁이 조카의 머리를 후려치고 싶은 충동을 느꼈다.

"넌 이미 혼인 서약을 마친 몸이야. 계약서에 서명도 했고, 마녀한테 검사도 받았고, 돈도 한참 전에 들어왔어. *무엇보다 넌 맹세를 했어.* 만약 그 맹세가 너 자신한테 휴지 조각처럼 느껴진다면, 그렇다면 한번 잘 생각해 봐. 네 아버지한텐 어떤 의미일지."

수전의 눈에 또다시 눈물이 차올랐다. 코딜리어는 그 눈물을 보며 흐뭇함을 느꼈다. 그녀의 오빠는 장래를 대비할 줄 모르는 짜증나는 인간이었고, 해놓은 일이라고는 고작 지나치게 어여쁜 이 계집아이를 낳은 것뿐이었지만…… 그래도 나름대로는 쓸모가 있었다. 심지어 죽어서까지도.

"앞으로는 눈길을 함부로 던지지 않겠다고 약속해. 그리고 그 남자애가 네 쪽으로 온다 싶으면 멀찍이 피하는 거야. 아주 멀찍이."

"약속할게요, 고모. 정말이에요."

속삭이는 수전의 목소리를 들으며 코딜리어는 빙그레 웃었다. 웃을 때만큼은 그녀의 얼굴도 꽤 예쁜 편이었다.

"됐다, 그만 가자. 사람들이 쳐다보는구나. 자, 내 팔 잡아!"

수전은 고모의 단단한 팔에 팔짱을 끼었다. 두 사람은 나란히 만찬장으로 들어섰다. 드레스 자락이 버석거렸고, 봉긋하게 부푼 수전의 가슴 위에서는 사파이어 목걸이가 환하게 반짝였고, 수많은 손님들은 두 사람이 정말이지 꼭 빼닮았다고 생각했으며, 또 가엾은 패트릭 델가도가 그들과 함께 이곳에 있었다면 얼마나 기뻐했을지 상상했다.

9

중앙 테이블의 상석 근처에 마련된 롤랜드의 자리 양 옆에는 (렝길보다 덩치가 더 크고 떡 벌어진 목장주) 해시 렌프루와 장관의 침울한 여동생 코럴 소린이 앉았다. 펀치를 진탕 퍼마시던 렌프루는 식탁에 수프가 올라오고 술잔이 돌기 시작하자 이제 맥주에도 일가견이 있음을 증명하기 시작했다.

렌프루는 어업에 관한 이야기('경기가 예전 같지는 않아. 그래도 돌연변이 물고기가 그물에 걸리는 경우는 눈에 띄게 줄었어. 그것만 해도 다행이지.')와 농업에 관한 이야기('이곳 농부들은 뭐든 다 키운다네, 그중에서도 옥수수하고 콩이 많이 나지.')를 주절주절 늘어놓다가 마침내 자신이 진정 사랑하는 일에 관한 이야기를 꺼냈다. 승마, 사냥, 목장 경영이었다. 바닷가 초원에 자리 잡은 이 자치령의 형편은 지난 40년 동안 쭉 힘들었지만, 그럼에도 그 사업들은 변함없이 이어져 왔다.

"그래도 혈통은 계속 나아지는 중이지 않습니까?" 롤랜드가 물었다. 그의 고향에서는 그러한 현상이 나타나는 중이기 때문이었다.

"아, 그럼." 렌프루는 감자 수프는 거들떠보지도 않고 소갈비 바비큐만 열심히 뜯어먹었다. 맨손으로 갈비를 쥐고 뜯어먹은 후에는 맥주를 들이켜 고기를 넘겼다. "자네 말이 맞아, 혈통은 실제로 아주 멋지게 바뀌고 있어. 순종이든 아니든 간에 망아지 다섯 마리 중에 세 마리는 멀쩡하게 태어난다네. 나머지 두 마리 중 하나는 종마는 못 되지만 그래도 잘 키우면 짐말은 될 수 있어. 요즘은 다리나 눈이 한 개 더 달린 놈, 아니면 내장을 바깥에 달고 나온 놈은 다섯 마리 중에 한 마리뿐이야. 그나마 다행이지 뭔가. 헌데 출생률이 너무 낮아서 문제라네. 종마들을 보면 물건에는 문제가 없는 것 같은데, 아무래도 불알에 든 씨가 영 시원찮은가 봐. 이런, 제가 숙녀 앞에서 별 소릴 다하는군요. 죄송합니다."

렌프루는 롤랜드 앞으로 몸을 숙이고 코럴 소린에게 말했다. 코럴은 엷은 미소를 머금은 채(롤랜드는 그 미소에서 조너스의 웃음을 떠올렸다.) 숟가락으로 수프를 저을 뿐, 아무 말도 하지 않았다. 렌프루는 맥주잔을 다 비우고 흡족한 듯 입술을 빨더니 하인을 향해 잔을 내밀었다. 잔에 맥주가 다 채워지자 그는 다시 롤랜드 쪽으로 몸을 틀었다.

예전과 비교하면 작금의 상황은 그리 좋지 않았다. 어쩌면 더 나빠질 수도 있었다. 그 빌어먹을 호모 새끼 파슨이 이대로 승승장구한다면 더 나빠질 것이 뻔했다(렌프루는 이번에는 코럴 소린에게 사과하지 않았다.). 그들은 다 함께 하나로 뭉쳐야만 했다. 그것만이 해결의 실마리였다. 힘을 합쳐 뭔가 할 수 있을 때 부자와 가난뱅이, 위인과 범부 모두가 하나로 뭉쳐야 했다. 뒤이어 렌프루는 앞서 렝길이 한 말을 재청하듯 롤랜드에게 원하는 것이나 필요한 것이 있으면 뭐든 말만 하라고 얘기했다.

"저희는 정보만 있으면 됩니다. 물자의 수량 말입니다."

"암, 숫자를 모르면 계산원이라고 할 수 없지."

렌프루는 롤랜드의 말에 맞장구를 치고 맥주 냄새를 풍기며 껄껄 웃었다. 롤랜드 왼편에 앉은 코럴 소린은 엷은 미소를 머금은 채 (소갈비는 건드리지도 않고) 초록색 채소를 오물거리며 계속 숟가락으로 수프를 저었다. 그러나 귀에 문제가 있는 것 같지는 않았고, 따라서 그녀의 오빠는 롤랜드가 나눈 대화를 고스란히 전해 들을 터였다. 보고를 받는 사람은 라이머일 수도 있었다. 롤랜드는 라이머가 이곳의 실세인지도 모른다고 생각했다. 어쩌면 조너스라는 남자 역시 한패일 수도 있었다.

"예컨대 승마용 말 같은 경우는 몇 필이나 있다고 보고해야 할까요?"

"세금 징수용 마필 말인가? 아니면 전체 말의 숫자?"

"전체 말입니다."

렌프루는 술잔을 내려놓고 생각을 더듬는 듯했다. 그러는 동안 롤랜드는 테이블 맞은편에 앉은 렝길과 자치령 직속 말 사육업자인 헨리 워트너가 재빨리 눈짓을 주고받는 것을 목격했다. 그들도 이쪽의 대화를 들었던 것이다. 그리고 옆 자리에 앉은 사람에게 다시 눈을 돌렸을 때, 롤랜드는 또 한 가지 사실을 눈치챘다. 해시 렌프루는 취해 있었다. 그러나 그의 의도와 달리 애송이 윌 디어본이 속아 넘어갈 정도로 취한 상태는 아닌 듯싶었다.

"다 합쳐 몇 마리냐, 이 말이지. 우리가 동맹에 빚진 숫자도 아니고, 위기 시에 보낼 수 있는 숫자도 아닌 전체 숫자."

"맞습니다."

"글쎄, 어디 한번 세어 볼까. 프랜시스가 키우는 말이 140필은 될 게야. 존 크로이든네도 100필 가까이 될 테고. 헨리 워트너는 자기 목장에서 직접 키우는 게 40필, 자치령에서 위탁을 받아 드롭 평원에서 키우는 게 60필이지. 그건 자치령 정부가 소유한 말이라네, 디어본 씨."

롤랜드는 그 말에 빙긋이 웃었다.

"저도 잘 압니다. 발굽은 갈라지고 목도 짤막하고, 잘 달리지도 못하는 주제에 여물은 한없이 처먹는 말들이죠."

렌프루는 그 말에 껄껄 웃으며 고개를 끄덕였지만…… 롤랜드는 그가 정말로 재미있어서 웃는지가 궁금했다. 햄브리에서는 눈에 보이는 그대로 믿으면 안 될 것 같다는 느낌이 들었다.

"나로 말할 것 같으면 근 10년, 아니 12년 동안 꽤 힘들었다네. 눈 먼 망아지, 뇌염 걸린 망아지 등등 별 꼴을 다 봤지. 한때는 '레이지 수전'이라는 불도장이 찍힌 채 드롭 평원을 질주하는 말이 적어도 200필은 됐는데, 이젠 80필도 안 될 지경이야."

롤랜드는 렌프루의 말에 고개를 끄덕였다.

"그럼 다 합쳐 420필이군요."

"아, 그보단 더 많아."

렌프루는 껄껄 웃으며 대답했다. 그는 고된 작업과 비바람에 시달려 벌게진 손으로 맥주잔을 집으려다 그만 잔을 쓰러뜨리고 말았고, 욕을 중얼거리며 잔을 세운 다음 맥주를 채우러 느릿느릿 걸어오는 하인에게 또다시 욕을 퍼부었다.

"더 많다고요?"

술잔이 채워지고 렌프루가 대답할 준비가 되자 롤랜드가 물었다.

"명심하게, 디어본 선생. 햄브리의 기간산업은 어업이 아니라 목축이야. 우리끼리야 어부들이랑 만나면 서로 잘났다고 농담도 하고 그러지만, 배 타는 친구들도 집 뒤뜰에 말 한 마리씩은 다 키운다, 이 말이지. 자기 집에 마구간 지붕을 얹을 형편이 안 되면 자치령 마구간에 맡겨서 기르기도 해. 죽은 저 아가씨 아버지가 바로 자치령 마구간 관리인이었다네."

렌프루가 고갯짓으로 가리킨 수전은 테이블 맞은편 상석 쪽으로 세 자리 더 가까운 곳에 앉아 있었다. 바로 옆의 맨 윗자리에 앉은 사람은 물론 행정 장관 소린이었다. 롤랜드는 얼핏 좌석 배치가 특이하다는 생각을 했다. 장관의 부인이 거의 테이블 반대편에 앉아 있는 점을 보면 더욱 그러했다. 부인의 한쪽 곁에는 커스버트가, 반대쪽에는 아직 소개받지 못한 목장주가 앉아 있었다.

소린 같은 노인이라면 사람들의 이목을 끌고 싶어서이든 아니면 그저 자기 눈을 즐겁게 하고 싶어서이든 젊고 어여쁜 여성을 곁에 앉히고 싶을 법도 했건만, 롤랜드는 여전히 의심이 가시지 않았다. 부인 처지에서 보면 모욕에 가까운 짓이기 때문이었다. 아내와 말을 섞기가 지겨워졌다면 아예 다른 테이블의 상석에 앉도록 하면 될 일 아닌가?

그냥 이쪽 사람들 나름의 풍습이겠지. 그런 건 내가 알 바 아니야. 지금 중요한 건 이 정신 나간 양반한테서 정확한 말 숫자를 알아내는 거야.

"그런 식으로 키우는 말이 몇 마리나 됩니까? 다 합쳐서요."

롤랜드를 바라보던 렌프루의 눈이 반짝였다.

"나중에 귀찮아지지 않으려면 솔직히 대답하는 게 좋을 것 같군. 안 그런가? 난 동맹 편이라네. 아무렴, 뼛속까지 동맹의 친구지. 내가 죽으면 사람들은 십중팔구 내 묘비에 엑스칼리버를 새겨 줄 걸세. 허나 그렇다고 해서 햄브리와 메지스의 재산이 탈탈 털리는 꼴을 볼 순 없어."

"그런 일은 없을 겁니다, 어르신. 저희가 어떻게 억지로 뺏을 수가 있겠습니까? 동맹의 병력은 의인 파슨을 막느라 모조리 북쪽과 서쪽에 가 있는데요."

렌프루는 그 말을 가만히 곱씹다가 고개를 끄덕였다.

"그리고 제 호칭 말인데요. 앞으로는 윌이라고 불러주시죠."

렌프루는 한층 밝아진 표정으로 고개를 끄덕이고 다시금 손을 내밀었다. 롤랜드가 두 손을 아래위로 포개어 악수를 하자 그의 미소는 함박웃음으로 바뀌었다. 가축 상인과 카우보이의 악수법이기 때문이었다.

"지금은 힘든 시절이라네, 윌. 그러다 보니 사람들도 영 예의를 차릴 줄 모르지. 어쨌거나, 개인이 키우는 말은 메지스 안팎을 통틀어 150필쯤 될 걸세. 물론 튼튼한 놈들 말일세."

"굉장하군요."

렌프루는 고개를 끄덕이며 롤랜드의 등을 토닥인 다음 맥주를 쭉 들이켰다.

"암, 굉장하고말고."

테이블 상석 쪽에서 와자한 웃음소리가 터져 나왔다. 조너스가 무언가 우스운 말을 했음이 틀림없었다. 수전은 고개를 젖히고 두 손을 사파이어 목걸이 앞에 모은 채 내숭 떠는 기색 없이 깔깔 웃는 중이었다. 수전의 왼쪽이자 조너스 오른쪽 자리에 앉은 코딜리어 역시 웃고 있었다. 소린은 의자가 앞뒤로 흔들릴 만큼 정신없이 웃다가 냅킨으로 눈물을 닦고 있었다.

"참 예쁜 아가씨야."

이렇게 중얼거리는 렌프루의 목소리는 경건하기까지 했다. 그 순간 반대편에서 나지막한 소리가 들려왔는지 어땠는지, 롤랜드는 확신할 수 없었다. 어쩌면 여성의 코웃음 소리 같기도 했다. 소리가 들려온 쪽을 돌아보니 여전히 숟가락으로 수프를 젓고 있는 코럴 소린이 보였다. 롤랜드는 다시 테이블 상석 쪽으로 고개를 돌렸다.

"장관님은 저 여성의 백부이신가 보죠? 아니면 사촌이거나."

롤랜드가 물었다. 뒤이어 일어난 일은 그의 기억 속에 또렷한 인상으로 남았다. 마치 누가 세상의 모든 색깔과 소리를 한층 더 선명하게 끌어올린 듯했다. 수전 등 뒤의 꽃 모양 벨벳 장식은 한순간 더욱 새빨개졌고, 코럴 소린의 카랑카랑한 웃음소리는 나뭇가지 부러지는 소리처럼 날카로워졌다. 주위의 모든 사람이 대화를 멈추고 이쪽을 돌아볼 만큼 커다란 웃음소리라고 롤랜드는 생각했으나…… 사실 테이블 앞에 앉은 손님들 가운데 실제로 돌아본 사람은 렌프루와 맞은편에 앉아 있던 목장주 두 명뿐이었다.

"백부라니! 참 기가 막히네요, 안 그래요, 레니?"

이날 밤 코럴 소린의 입에서 처음으로 나온 말이었다. 렌프루는 대꾸 없이 맥주잔을 앞으로 밀고 식사를 시작했다.

"정말 깜짝 놀랐어요, 젊은 손님. 내륙 세계에서 오셨다는 말은 들었지만, 세상에. 누군지는 모르지만 스승님께서 세상일을 전혀 안 가르쳐주셨나 보군요. 진짜 세상, 책 바깥에 있는 현실 말이에요. 저 여자는 말이죠, 장관님의······"

이어서 코럴 소린의 입에서 나온 말은 이쪽 지방 억양이 너무나 강했기 때문에 롤랜드로서는 무슨 뜻인지 짐작조차 할 수 없었다. *시핀* 비슷한 발음이었다. 어쩌면 *시빈*이었는지도.

"방금 뭐라고 하셨죠?"

롤랜드가 웃는 표정으로 물었다. 그러나 입가를 물들인 웃음은 거짓처럼 차갑게 느껴졌다. 뱃속은 앞서 마신 펀치와 수프와 예의상 뜯어먹은 갈비 한 대가 모조리 뒤섞인 듯 울렁거렸다. 혹시 *시중* 을 드는 *거야?* 롤랜드는 수전에게 그렇게 물었다. 손님들 시중을 드느냐는 뜻이었다. 어쩌면 실제로 시중을 드는지도 몰랐지만, 이 연회장보다 훨씬 작은 방에서 그럴 수도 있었다. 롤랜드는 문득 더 이상 어떤 이야기도 듣고 싶지 않아졌다. 장관의 여동생이 지껄인 말이 무슨 뜻인지 조금도 알고 싶지 않았다.

테이블 상석 쪽에서 또다시 웃음소리가 터져 나왔다. 수전이 고개를 젖히고 웃고 있었다. 볼이 발개진 채로, 두 눈을 반짝거리며. 드레스의 어깨끈 한쪽이 팔로 흘러내리는 바람에 보드라운 겨드랑이가 드러났다. 롤랜드가 두려움과 갈망으로 두근거리는 가슴을 안고 이 광경을 지켜보는 사이에 수전은 손바닥으로 어깨끈을 끌어올렸다.

"그러니까 말하자면, '조용한 아가씨'라는 뜻이네. 오래된 말이라 요즘은 잘 안 쓰는데……."

렌프루의 목소리에는 언짢은 기색이 역력했다.

"그만해요, 레니."

코럴 소린이 렌프루의 말을 막고 롤랜드 쪽을 돌아보았다.

"이 사람은 사랑하는 말들한테서 떨어져 있을 때에도 그저 말똥 같은 소리밖에 할 줄 몰라요. 늙은 카우보이라 그런 거죠. *시빈*은 소실이라는 뜻이에요. 우리 증조할머니 시절에는 창녀라는 뜻이었는데…… 어차피 그게 그거니까요."

코럴이 싸늘한 눈으로 바라보는 동안 수전은 맥주를 홀짝이고 있었다. 그러던 그녀가 이제 롤랜드 쪽을 돌아보았다. 즐거워하는 그 눈빛이 왠지 악의를 품은 듯싶어 롤랜드는 조금도 마음에 들지 않았다.

"화대를 금화로 지불해야 하는 창녀예요. 보통 사람이 감당하기에는 너무 비싼 부류죠."

"저 여성이 장관님의 첩이란 말입니까?"

롤랜드가 중얼거렸다. 입술이 얼어붙은 듯 차갑게 느껴졌다.

"맞아요. 그런데 아직 한 방에 들지는 않았어요. 수확제 축일까지는 안 된다고 해서. 우리 오빠로선 아주 열불이 터지겠죠. 그래도 옛날 관습대로 몸값은 이미 다 치렀어요. 깨끗이. 저 애 아버지가 살아서 이 꼴을 봤더라면…… 아마 부끄러워서 죽으려고 할걸요."

코럴의 목소리는 침울하면서도 왠지 흡족한 듯했다.

"장관님한테 너무 엄격한 잣대를 들이댈 필요는 없잖소."

렌프루가 당황했는지 점잔 빼는 목소리로 중얼거렸다. 코럴은 그 말을 무시했다. 대신 수전의 갸름한 턱 선을, 보드라운 드레스 위로 봉긋 솟은 가슴을, 길게 늘어뜨린 머리칼을 찬찬히 뜯어보았다. 코럴 소린의 입가에 머물던 엷은 웃음기는 사라지고 없었다. 이제 그 자리에는 싸늘한 경멸의 빛이 감돌았다.

롤랜드는 자신도 모르는 사이에 상상하고 있었다. 그 상상 속에서 소린 장관의 앙상한 손은 수전의 드레스 끈을 잡아당기고, 훤히 드러난 어깨를 쓰다듬고, 머리카락과 뒷목 사이를 회색빛 게처럼 들락거렸다. 롤랜드는 견디다 못해 테이블 반대편으로 눈을 돌렸지만 거기서 본 것 역시 끔찍하기는 마찬가지였다. 그의 눈길이 꽂힌 곳에 올리브 소린이 앉아 있었다. 테이블 끄트머리로 쫓겨난 올리브, 상석에 앉아 깔깔 웃는 사람들을 바라보는 올리브. 올리브는 남편을 바라보는 중이었다. 자기 자리에 아리따운 소녀를 대신 앉힌 남편을, 그 소녀에게 자신의 파이어딤 목걸이가 누추해 보일 만큼 화려한 목걸이를 선물한 남편을. 올리브의 표정에서는 코럴이 보여준 증오와 노기 서린 경멸을 전혀 찾아볼 수 없었다. 차라리 그랬더라면 얼굴을 쳐다보기가 더 쉬웠으리라. 남편을 바라보는 아내의 눈빛에는 오로지 겸허함과 간절함과 울적함만이 가득했다. 롤랜드는 올리브를 처음 만났을 때 슬퍼 보인다고 생각했던 이유를 그제야 알 수 있었다. 그녀에게는 슬퍼 보일 이유가 충분했다.

장관을 둘러싼 무리 쪽에서 또다시 왁자한 웃음소리가 들려왔다. 옆 테이블에 앉은 라이머가 이쪽을 향해 몸을 숙이고 농담을 건네는 중이었다. 퍽 재미난 농담인 듯싶었다. 이번에는 조너스마저 소리 내어 웃고 있었으므로. 수전은 가슴을 가리고 있던 손으로 냅킨을 들어서 웃느라 흘린 눈물을 찍어냈다. 반대쪽 손은 소린 장관이 쥐고 있었다. 수전은 롤랜드 쪽으로 눈을 돌렸고, 그와 눈이 마주친 후에도 여전히 웃음을 감추지 않았다. 롤랜드의 머릿속에 올리브 소린이 떠올랐다. 올리브는 테이블 끄트머리에 앉아서, 소금과 후추를 앞에 두고, 수프에는 손도 대지 않은 채 울적한 미소를 짓고 있었다. 그것도 수전이 있는 곳에서 훤히 보이는 자리에 앉아서. 롤랜드는 뒤이어 생각했다. 허리에 총만 있었더라면 당장 뽑아서 수전 델가도의 차갑고 음탕한 심장에 총알을 박아 버리고 싶다고.

그리고 또 생각했다. *감히 누굴 바보 취급하려고.*

어느새 급사 한 명이 나타나 롤랜드 앞에 생선이 담긴 접시를 내려놓았다. 롤랜드는 이토록 입맛이 없기는 평생 처음이라고 생각했지만…… 그럼에도 억지로 음식을 찍어 입에 넣었다. 레이지 수전 목장의 주인인 해시 렌프루와 대화를 나누다가 떠오른 의문에 억지로 정신을 집중하는 것과 마찬가지였다. 아버지의 얼굴을 기억하기 위해서였다.

그래, 난 아버지의 얼굴을 똑똑히 기억할 거다. 롤랜드는 생각했다. *그렇게 해서 저 사파이어 목걸이 위의 얼굴을 잊을 수만 있다면.*

10

만찬은 지루하게 이어졌고, 끝난 후에도 벗어날 수 없었다. 앞서 연회장 한복판에 있던 테이블은 어느새 사라져 보이지 않았다. 한껏 높아졌다가 바닷가로 돌아오는 파도처럼 연회장으로 쏟아져 들어온 손님들은 쾌활하게 떠드는 붉은 머리 사내 쪽을 보고 두 무리로 나뉘어 둥글게 섰다. 나중에 커스버트가 알려준 바에 따르면 그 자그마한 사내는 소린 장관의 오락부장이었다.

　젊은 남녀들이 큰소리로 웃고 떠들고 조금은 비틀거리면서(롤랜드가 보기에는 아마도 손님들 가운데 4분의 3이 만취했기 때문인 듯싶었다.) 남성과 여성이 교차하는 순서로 둥글게 서자 기타 연주자들이 '퀘사'를 연주하기 시작했다. 알고 보니 퀘사는 단순한 춤곡이었다. 손님들이 서로 손을 잡아서 만든 원 두 개가 각기 반대 방향으로 돌아가다가 음악이 끊기자 함께 멈추었다. 이윽고 두 원이 맞닿은 곳에 서 있던 남녀 한 쌍이 여성 쪽 원 한복판으로 들어와 춤을 추기 시작했고, 그러는 동안 나머지 손님들은 다 함께 손뼉을 치며 환호했다.

　악단 책임자는 사람들이 아껴 마지않는 이 오래된 전통 춤을 이끌어가면서 탁월한 유머 감각을 발휘했다. 악사들이 연주를 때맞춰 멈추도록 하여 가장 재미난 짝을 만들었던 것이다. 그 결과 키 큰 여자와 키 작은 남자, 뚱뚱한 여자와 빼빼 마른 남자, 늙은 여자와 어린 남자가 쌍쌍을 이루었다(커스버트는 증조할머니뻘 되는 노파와 짝이 되었다. 그의 춤 상대는 숨이 넘어갈 것처럼 깔깔 웃었고 손님들은 함성을 질러 찬성의 뜻을 밝혔다.).

　이윽고 롤랜드의 머릿속에 이 바보 같은 춤이 영영 안 끝날 것 같다는 생각이 떠올랐을 때, 음악이 멈추었다. 그리고 그의 눈앞에는 수전 델가도가 서 있었다.

　한순간 롤랜드는 꼼짝도 못한 채 수전을 응시했다. 두 눈은 터질 것만 같았고, 마비된 두 발은 어느 쪽도 움직일 수 없었다. 그러다가 수전이 두 팔을 들자 음악이 시작되었다. 그녀와 함께 원을 이루었던 사람들의 박수를 받으며(그중에는 소린 장관뿐 아니라 빙긋이 웃으며 이쪽을 지켜보는 엘드레드 조너스도 있었다.), 롤랜드는 수전을 이끌고 춤을 추기 시작했다.

맨 처음 수전의 손을 잡고 회전시킬 때, 롤랜드는 마치 유리 인간이 된 것처럼 아무것도 느낄 수가 없었다(마비됐든지 안 됐든지 간에 두 발은 평소처럼 우아하고 정확하게 움직였다.). 그러다 이내 깨달았다. 몸이 맞닿은 느낌을, 수전의 드레스 자락이 바스락거리는 소리를. 그는 다시 살아 숨 쉬는 인간으로 돌아왔다.

수전이 아주 잠깐 가까이 다가와 말을 건네자 향긋한 숨결이 롤랜드의 귀를 간지럽혔다. 롤랜드는 여자 때문에 사람이 미칠 수도 있겠구나 하고 생각했다. 문자 그대로 미칠 것만 같았다. 이날 밤까지는 누가 그런 말을 해도 결코 믿지 않았을 롤랜드였지만, 이날 밤 모든 것이 바뀌고 말았다.

"사려 깊고 예의 바르게 행동해 줘서 고마워."

롤랜드는 수전에게서 살짝 물러서는 동시에 그녀의 허리를 잡고 빙그르르 회전시켰다. 손바닥에는 서늘한 비단이, 손가락에는 따뜻한 피부가 느껴졌다. 수전의 발은 멈추지도 머뭇거리지도 않고 롤랜드의 발을 따라왔다. 얇디얇은 비단 구두를 신고도 롤랜드의 투박한 흙투성이 장화를 따라 거침없이 움직이는 수전의 발은 실로 완벽하게 우아했다.

"사려 깊은 행동은 어렵지 않습니다, 아가씨. 그런데 방금 예의라고 하셨나요? 아가씨가 그런 말을 다 알다니, 놀랍군요."

수전은 롤랜드의 싸늘한 표정을 바라보았다. 그녀의 얼굴에서 웃음이 사라졌다. 롤랜드는 분노가 그 자리를 대신 채우는 광경을 목격했다. 그러나 분노에 앞서 풀 죽은 표정이 스쳐 지나갔다. 마치 뺨이라도 맞은 사람 같았다. 롤랜드는 기쁨과 연민을 동시에 느꼈다.

"무슨 말을 그렇게 해?"

수전이 속삭였다. 그 말에 미처 대답하기도 전에 음악이 멈췄으나…… 사실 롤랜드는 뭐라고 대답해야 할지 당최 알 수가 없었다. 수전이 무릎을 굽히고 롤랜드가 허리를 숙여 인사를 나누는 동안 주위의 손님들은 박수를 치고 휘파람을 불었다. 이윽고 사람들이 제자리로 돌아가 끼리끼리 짝을 이루자 다시 기타 연주가 시작되었다. 롤랜드는 양 옆에 선 사람들에게 손을 붙잡힌 기분을 느끼며 또다시 커다란 원 속의 한 사람이 되어 돌기 시작했다.

웃음소리. 발 구르는 소리. 박자에 맞춰 손뼉 치는 소리. 롤랜드는 저 뒤 어디쯤에 자신과 똑같이 행동하는 수전이 있음을 느꼈다. 그러면서 속으로는 수전 역시 자신처럼 간절히 바라지 않을까 생각하고 또 생각했다. 이곳에서 벗어나기를, 어둠 속으로 사라지기를, 어둠 속으로 사라져 홀로 있기를. 속에 감춘 진짜 얼굴이 너무 뜨거워져서 활활 타오르기 전에 이 가면 같은 표정을 벗어던질 수 있는 어둠 속으로.

제6장
바보 시미

1

밤 10시경, 내륙 자치령에서 온 소년 삼인조는 주인 부부에게 인사를 고하고 향긋한 여름 밤공기 속으로 사라졌다. 코딜리어 델가도는 마침 곁에 서 있던 자치령 지정 축산업자 헨리 워트너에게 세 소년이 무척 피곤하겠다고 말했다. 워트너는 그 말을 듣고 껄껄 웃더니 우스꽝스러울 만큼 걸쭉한 사투리 억양으로 대꾸했다.

"원 벨 말씀을, 저 나이 때 머스마들은 홍수가 져도 나무를 파먹고 돌아댕기는 쥐새끼들맨치로 기운이 펄펄 나는 뱁이지요. 바케이 목장에 가서 잠들 때꺼정 아마 몇 시간은 더 놀 겁니더."

올리브 소린은 소년들이 떠나고 얼마 안 있어서 두통을 핑계로 라운지를 나섰다. 해쓱한 낯빛을 보면 충분히 믿을 만한 핑계였다.

11시경, 행정 장관과 그의 비서와 새로 취임한 경비대장은 장관 서재에서 마지막까지 남은 손님들과 얘기를 나누었다(손님들은 모두 목장주였고 따라서 말 사육업자 조합에 가입한 사람들이었다.). 그들의 대화는 짧지만 치열했다. 몇몇 목장주들은 동맹이 보낸 사절단이 그토록 어리다는 사실에 안심하는 기색이었다. 엘드레드 조너스는 그 말을 듣고도 아무 말도 하지 않고 그저 하얗고 손가락이 가느다란 자기 손을 내려다보며 엷게 웃을 뿐이었다.

자정 무렵, 이미 집에 도착한 수전은 잠자리에 들기 위해 옷을 벗는 중이었다. 사파이어 목걸이가 잘못될까 걱정할 필요는 없었다. 윌 디어본이 어떻게 생각하든 간에 목걸이는 자치령 정부의 재산이었고, 따라서 수전이 관저를 떠나기 전에 이미 회수되어 관저 금고 속에 보관되어 있었다. 목걸이는 소린 장관이 직접 나서서 벗겼다(장관이 부탁했는데도 불구하고 수전은 그를 하트라고 부르기가 힘들었다. 심지어 혼자 있을 때조차도.). 목걸이를 벗은 곳은 연회장 바로 앞 복도, 피라미드에 묻혀 있던 칼을 꺼내는 아서 엘드 왕의 모습이 그려진 태피스트리 앞이었다. 또한 그는(아서 엘드 왕이 아니라 소린은) 이 틈을 이용하여 수전의 입술에 입을 맞추고 잽싸게 가슴까지 더듬었다. 그러잖아도 지루했던 이 날 저녁 내내 너무 많이 드러낸 게 아닌가 하고 생각했던 부위였다. 소린은 수전의 귀에 대고 신파극에 나오는 배우처럼 소곤거렸다. 숨결에서 브랜디 냄새가 풍겼다.

"난 수확제가 오기만을 기다리는 중이야. 올 여름은 정말이지 하루하루가 100년 같아."

이제 자신의 방에서 사납게 머리를 빗질하면서, 창밖의 그믐달을 내다보면서, 수전은 오늘처럼 울화통이 터진 적은 태어나서 이때껏 한 번도 없었다는 생각을 하는 중이었다. 소린 때문에, 코딜리어 고모 때문에, 잘나 빠진 윌 디어본 때문에 분해 미칠 것만 같았다. 그러나 누구보다도 그녀 자신 때문에 분해서 견딜 수가 없었다.

'사람은 어떤 처지에 놓이든 간에 세 가지 일을 할 수 있단다.' 언젠가 수전의 아버지는 이렇게 말했다. '그건 바로 뭘 할지 결정하는 것, 뭘 하지 않을지 결정하는 것…… 그리고 아예 결정을 안 하기로 결정하는 거야.'

수전의 아버지가 (굳이 그럴 필요가 없었기 때문에) 힘주어 얘기하지 않았던 마지막 선택지는 약골 아니면 얼간이들이나 고르는 답이었다. 수전은 자기 손으로 그 답을 고르는 일은 결코 없으리라고 스스로에게 다짐했으나…… 결국에는 제 발로 이 추악한 상황에까지 흘러들고 말았다. 여기서부터는 어떤 결정을 내리든 지독한 오욕뿐이었고, 어느 길로 가든 바위투성이 아니면 진흙탕뿐이었다.

그 시각, 올리브 소린 역시 장관 관저에 있는 자기 방에서 장식 없는 흰색 면 잠옷을 걸치고 의자에 앉아 창밖의 그믐달을 내다보는 중이었다(하트 소린과 각방을 쓴 지는 이미 10년째, 부부 관계가 막을 내린 지는 5년째였다.). 이 안전하고 조용한 방에 스스로를 가두고 보니 이따금 눈물이 흐르기도 했지만…… 그런 날은 오래 이어지지 않았다. 이제 올리브는 눈물마저 말라붙었고, 시든 나무처럼 텅 빈 기분이었다.

가장 지독한 것은 무엇이었을까? 바로 하트 소린이 그녀가 얼마나 모욕감을 느끼는지 이해하지 못한다는 것이었다. 그리고 그 모욕감은 비단 그녀 자신만을 위한 것이 아니었다. 하트 소린은 거들먹거리고 으스대느라 (또 틈만 나면 델가도 양의 가슴골을 훔쳐보느라) 어찌나 바빴던지, 사람들이 등 뒤에서 비웃는 줄도 몰랐다. 비웃는 패거리 가운데 자기 비서가 끼어 있는데도 그랬다. 그 소녀가 불룩해진 배를 안고 고모네 집으로 돌아가는 날이 오면 비웃음도 그칠 테지만, 아직은 몇 달 후의 일이었다. 마녀가 그러라고 신신당부했기 때문이었다. 소녀의 수태가 늦어지면 지금 이 상황이 더 오래 지속될지도 몰랐다. 그리고 지금, 가장 어리석고 가장 창피한 일을 하나만 꼽으라면? 바로 그녀가, 존 하버티의 딸 올리브가, 여전히 남편을 사랑한다는 것이었다. 하트 소린은 교만하고 허영심이 강한 천방지축 얼간이였는데도 올리브는 그런 그를 사랑했다.

하트에게는 뭔가 다른 사정이 있었다. 중년이 다 지난 나이에 호색한으로 변신한 것하고는 전혀 무관한 어떤 일이. 올리브는 모종의 사건이, 뭔가 위험할뿐더러 십중팔구 수치스러운 일이 벌어지는 중이라고 느꼈다. 하트는 아무것도 몰랐지만 어차피 그가 아는 것이라고는 킴버 라이머와 그 징그러운 절름발이 남자가 알려줘도 상관없다고 생각하는 정보뿐이었다.

하트 소린도 한때는, 그것도 그리 오래지 않은 과거에, 라이머 같은 부류에게 휘둘리지 않던 시절이 있었다. 그 시절의 하트였다면 엘드레드 조너스 패거리 따위는 따뜻한 저녁 한 끼 대접하지 않고 서쪽으로 추방했으리라. 하지만 그것도 다 하트가 델가도 양의 회색 눈과 봉긋한 가슴과 잘록한 허리에 홀리기 전의 이야기였다.

올리브는 램프의 불을 끈 다음 침대에 누워 뜬눈으로 새벽을 맞았다.

1시경, 손님이 모두 돌아간 장관 관저의 라운지에서는 하녀 네 명만이 엘드레드 조너스에게 감시를 받으며 묵묵히(그러나 짜증 난 기색으로) 청소를 했다. 하녀 한 명이 허리를 펴고 창가 쪽 자리를 쳐다보고는 그곳에 앉아 담배를 피우던 엘드레드 조너스가 떠난 것을 알고 친구들에게 이를 귀띔해 주었고, 덕분에 네 명 모두 잠시 일손을 늦추었다. 그러나 노래를 흥얼거리거나 웃는 사람은 아무도 없었다. 일 스펙트로(유령), 손에 파란색 관 모양 문신을 새긴 그 남자는 잠시 그늘 속에 몸을 숨겼을 뿐인지도 몰랐다. 어쩌면 지금도 지켜보고 있는지도 몰랐다.

2시경, 이제는 청소부들도 물러가고 없었다. 길르앗에서라면 파티가 이제 막 절정에 이르러 여흥과 환담이 넘쳐날 시각이었지만, 길르앗은 이곳에서 머나먼 땅이었다. 그저 다른 자치령이 아니라 아예 다른 세상 같았다. 이곳은 동맹의 변경이었고, 변경에서는 상류층도 일찍 잠자리에 드는 법이었다.

그러나 트래블러스 레스트 주점은 상류층이 얼굴을 내미는 곳이 아니었다. 모든 것을 내려다보는 '개구쟁이'의 눈 아래, 트래블러스 레스트의 밤은 이제 막 시작된 참이었다.

2

술집 한쪽 구석에서는 어부들이 아래로 접은 장화를 그대로 신은 채 푼돈을 걸고 워치 미 게임을 벌이는 중이었다. 그들 오른쪽에는 포커 테이블이 놓여 있었고, 왼편에서는 카우보이들이 벨벳 테이블 위로 굴러가는 주사위를 뚫어지게 바라보며 '사탄의 골목길'에 열중하고 있었다. 반대편 구석에서는 셰브 맥커디가 귀에 거슬리는 부기우기 리듬의 곡을 연주했다. 피아노 건반 위로 오른손이 날아다니고 왼손이 펌프질하듯 오르락내리락하는 동안 셰브의 목과 창백한 뺨에는 땀이 줄줄 흘러내렸다. 그의 등 뒤에 높이 솟은 무대에서는 날쌘 발 페티가 거대한 엉덩이를 흔들며 피아노 반주에 맞춰 목청 껏 노래를 불렀다. '이리 와, 자기, 사랑이 불타는 외양간으로 와, 외양간이라니, 누구네 외양간이냐고, 우리 집 외양간 말이야! 이리 와, 자기야, 자기도 원하잖아…….'

시미는 한 손에 갈색 양동이를 든 채 피아노 곁에 멈춰 서서 웃는 낯으로 페티를 올려다보며 노래를 따라 부르려고 했다. 페티는 그런 시미를 철썩 때려서 쫓아 버렸고, 그러는 동안에도 노래와 허리 흔들기를 멈추지 않았다. 시미는 특유의 꺽꺽거리는 웃음소리와 함께 자리를 떴다. 시끄러운데도 왠지 거슬리지 않는 웃음소리였다.

술집 한구석에서는 다트 게임이 한창이었다. 뒤쪽의 조그마한 방에서는 킬리언 자치령 북부 출신 질리언 백작부인(머나먼 갈란 왕국에서 망명 온 잘나 빠진 귀족 마님)처럼 차려입은 매춘부가 파이프 담배를 입에 문 채 두 남자의 물건을 양손에 하나씩 쥐고 동시에 용두질을 해 주는 중이었다. 한편 바 앞에는 깡패와 떠돌이, 소몰이꾼과 가축상인, 마부와 짐마차꾼, 바퀴 장인과 역마차꾼, 목수와 사기꾼, 거간꾼과 어부와 총을 찬 경비원 등이 '개구쟁이'의 쌍두 아래 길게 늘어서 있었다.

그들 가운데 총이 어울리는 '진짜' 경비원은 단 둘뿐이었다. 그들은 바 끄트머리에서 자기들끼리 술을 마시고 있었다. 이 둘과 어울리려는 사람은 아무도 없었는데 이는 단지 그들이 총잡이처럼 허벅지 아래 축 늘어지게 찬 총집에 총을 꽂고 있기 때문만은 아니었다. 이 무렵 메지스에서 총은 흔치는 않아도 아예 안 알려진 물건은 아니었고 딱히 두려워할 대상도 아니었지만, 이 두 사내는 하기 싫은 일을 하루 종일 하고 온 사람처럼 부루퉁한 표정이었다. 둘 다 아무 이유 없이 싸움을 걸 사람, 그리하여 기꺼이 상대의 숨을 끊어놓고 이제 막 과부가 된 여인에게 남편의 시체를 보내주기 위해 마차를 부를 사람 같았다.

바텐더인 스탠리는 두 사내의 잔에 쉬지 않고 위스키를 채워 줄 뿐, 말을 걸기는커녕 '오늘 참 더웠죠, 안 그래요?' 같은 인사 한마디 하지 않았다. 땀내가 풀풀 풍기는 그들의 손에는 송진이 덕지덕지 묻어 있었다. 하지만 스탠리가 그들 손등의 파란색 관 문신을 못 알아볼 정도는 아니었다. 그나마 그들과 한 패인 늙다리, 즉 계집애처럼 긴 머리를 하고 다리를 절룩거리는 악당은 보이지 않았다. 스탠리가 보기에 '위대한 관 사냥꾼' 패거리에서 가장 악독한 인간은 분명 조너스였지만 눈앞의 두 사내 역시 못되기는 마찬가지였고, 따라서 그들의 비위를 건드리는 짓은 되도록 하고 싶지 않았다. 운이 좋으면 모두 무사할 듯싶었다. 둘 다 너무 피곤해서 일찍 자리를 파할 것처럼 보였기 때문이었다.

그랬다. 레이놀즈와 디페이프는 완전히 녹초가 되어 있었다. 그들은 시트고 유전에서 종일 일했다. 줄지어 늘어선 텅 빈 강철 탱크 (옆면에는 텍사코, 시트고, 수노코, 엑슨 같은 알 수 없는 말이 적혀 있었다.)를 위장하느라 소나무 가지를 수도 없이 날라다 쌓아야 했던 것이다. 그럼에도 이날 밤의 술자리를 일찍 파할 생각은 없었다. 디페이프로서는 '콩알'을 만날 수 있다면 그렇게 할 수도 있었지만, (본명이 거트 모긴스인) 그 젊은 창부는 목장 일 때문에 이틀 후에나 돌아올 참이었다.

"보수가 두둑하면 일주일 동안 눌러앉을지도 모른다더군."

디페이프가 시무룩하게 중얼거리며 콧잔등에 흘러내린 안경을 위로 올렸다.

"허허, 저런 씹할 것이 있나."

"내가 하고 싶은 게 바로 그거야, 레이놀즈. 할 수만 있다면."

"난 가서 저 공짜 안주를 좀 챙겨와야겠어. 자네도 좀 줄까?"

레이놀즈가 손가락으로 바 반대쪽 끄트머리를 가리켰다. 주방에서 방금 내놓은 찜통에 백합조개가 가득 담겨 있었다.

"보아하니 콧물 덩어리 같이 생긴 게 맛도 콧물 맛이겠군. 난 육포나 몇 개 갖다 줘."

"알았어, 파트너."

이제 디페이프는 피아노 목장에 출장 나간 '콩알'이 비쩍 마른 카우보이의 물건을 게걸스럽게 핥는 광경을 상상하며 전에 없이 시무룩한 기분으로 술잔을 비웠다. 그러다 손에 묻은 송진 냄새에 코를 찡그리고는 스탠리 쪽을 향해 빈 잔을 내밀며 외쳤다.

"잔이 비었잖아, 개자식아!"

바에 등과 배와 팔꿈치를 기대고 있던 카우보이가 그 소리에 놀라 앞으로 움찔했다. 그리고 모든 문제는 그 사소한 몸짓 때문에 시작되었다.

이때 시미는 갈색 양동이를 두 손으로 든 채 찜통이 있는 주방 쪽 통로를 향해 바삐 달려가는 중이었다. 나중에 손님들이 모두 돌아가면 술집을 청소하는 것이 시미의 일이었다. 그러나 당장은 갈색 양동이를 들고 이리저리 돌아다니다가 손님들이 남긴 술을 보면 양동이에 담는 것이 그의 일이었다. 이렇게 한데 섞인 술은 바 뒤편의 항아리로 들어갔다. '낙타 오줌'이라는 그럴듯한 이름이 붙은 그 항아리의 술은 단돈 3페니면 한 잔 가득 마실 수 있었다. 앞뒤 모르는 천둥벌거숭이 아니면 가난뱅이들이나 마시는 술이었지만, 그 두 부류 모두 밤이면 밤마다 적잖은 수가 몰려와 '개구쟁이'의 서슬 퍼런 네 눈 아래를 지나 낙타 오줌을 찾곤 했다. 바텐더인 스탠리는 굳이 항아리를 비우는 수고를 할 필요가 없었다. 새벽에 영업을 마칠 때까지 낙타 오줌을 다 못 팔아도 언제나 다음날 밤이 있기 때문이었다. 날마다 찾아오는 목마른 멍청이들은 말할 것도 없었다.

하지만 이날 밤 시미는 바 끄트머리에 있는 낙타 오줌 항아리까지 도착하지 못했다. 앞으로 움찔한 카우보이의 발에 걸려 그만 '왁' 소리를 지르며 무릎을 꿇고 말았던 것이다. 양동이의 내용물이 시미 앞으로 쏟아지더니 사탄의 제1법칙(일어날 참사는 결국 일어난다)을 충실히 따랐다. 맥주와 그라프, 싸구려 위스키의 혼합물이 알싸한 냄새를 풍기며 로이 디페이프의 무릎 아래를 흠뻑 적셨던 것이다.

바에서 오가던 대화 소리가 뚝 끊어졌고, 뒤이어 주사위판을 둘러싼 사내들도 입을 다물었다. 피아노를 치던 셰브는 고개를 돌렸다가 조너스의 부하 앞에 무릎 꿇은 시미를 보고 손을 멈추었다. 눈을 질끈 감은 채 혼신을 다해 열창하던 페티는 반주 없이 서너 소절을 더 부르다가, 이내 물결처럼 퍼져 나가는 침묵을 눈치챘다. 그녀는 노래를 멈추고 눈을 떴다. 이런 식의 침묵은 보통 누가 곧 죽는다는 의미였기 때문이었다. 그런 구경거리라면 놓치고 싶지 않았다.

디페이프는 스멀스멀 올라와 코를 찌르는 알코올 냄새를 가만히 들이마실 뿐, 꼼짝도 하지 않고 서 있었다. 냄새는 아무렇지도 않았다. 어차피 손에 묻은 송진 냄새가 훨씬 더 지독했기 때문이었다. 젖은 바지가 종아리에 들러붙은 느낌 역시 아무렇지도 않았다. 낙타 오줌이 신발 속에 흘러들었다면 짜증이 났겠지만, 발은 조금도 젖지 않았다.

디페이프의 손이 권총 손잡이로 향했다. 하늘이 보살피사 이제 끈적거리는 두 손과 부재중인 매춘부를 머릿속에서 지워줄 어떤 일이 벌어질 참이었다. 여흥을 위해서라면 술에 조금 젖는 것쯤은 아무것도 아니었다.

이제 침묵이 술집을 뒤덮었다. 스탠리는 바 뒤에 군인처럼 꼿꼿이 서서 한쪽 팔의 소매 고정용 밴드를 정신없이 끌어올렸다. 바의 반대편 끝에서는 레이놀즈가 고개를 돌리고 눈을 반짝이며 파트너를 바라보고 있었다. 그는 김이 모락모락 나는 찜통에서 조개를 한 개 집어 삶은 달걀처럼 바에 대고 두드렸다. 디페이프의 발치에 엎드린 시미는 헝클어진 검은 머리 아래 겁에 질려 둥그레진 눈으로 위를 올려다보고 있었다. 그러면서 웃는 표정을 지으려고 안간힘을 썼다.

"이런, 너 때문에 내가 그만 흠뻑 젖었구나."

"죄송합니다, 나리. 제가 발이 걸려서 그만."

시미가 한 손을 어깨 너머로 휙 흔들었다. 손가락 끝에서 낙타 오줌 몇 방울이 흩날렸다. 어딘지 모를 곳에서 누군지 모를 사람이 언짢은 듯 헛기침하는 소리가 들려왔다. 어흠, 흠! 실내에는 수많은 눈만 반짝였을 뿐 어찌나 고요했던지, 처마를 스치는 바람소리와 3킬로미터 넘게 떨어진 햄브리 곳의 바위에 파도가 부딪히는 소리까지 들을 수 있었다.

"웃기고 있네! 네가 잘못해 놓고 나한테 뒤집어씌울 생각 마, 이 바보 자식아!"

움찔했던 카우보이가 내뱉었다. 스무 살쯤으로 보이는 그 청년은 엄마 얼굴을 다시는 못 볼 수도 있다는 생각에 더럭 겁이 난 표정이었다.

"어쩌다 그랬는지는 내 알 바 아니야."

디페이프가 말했다. 그는 자신이 관객들 앞에서 연기하는 중임을 알고 있었다. 그리고 관객들은 즐거움을 원한다는 것도. 로이 B. 디페이프는 숙련된 배우였고, 이제 관객들의 요구에 부응할 작정이었다.

디페이프는 신발이 드러나도록 코듀로이 바지의 무릎 위쪽을 손가락으로 집어 당겼다. 젖은 구두코가 반질거렸다.

"봐라. 네가 내 신발에 무슨 짓을 했는지 잘 봐."

시미는 겁먹은 얼굴로 애써 웃으며 디페이프를 올려다보았다.

바텐더인 스탠리 루이즈는 그래도 한 번은 막아 봐야겠다고 결심했다. 시미의 어머니인 돌로레스 시머와 아는 사이였기 때문이었다. 실은 스탠리 자신이 바로 시미의 아버지일 가능성도 있었다. 어쨌거나 그는 시미가 마음에 들었다. 머리가 좀 모자라기는 해도 마음씨는 착한 아이였고, 술도 안 마실뿐더러 맡은 일을 거르는 법도 없었다. 게다가 춥고 안개가 자욱한 겨울날 아침에도 변함없이 웃는 낯으로 인사하곤 했다. 그것은 보통의 지능을 가진 수많은 사람들이 갖지 못한 재능이었다. 스탠리는 앞으로 한 걸음 다가서서 나지막한 목소리에 존경의 빛을 담아 말을 건넸다.

"디페이프 나리, 정말로 죄송합니다. 오늘은 영업이 끝날 때까지 제가 술을 사겠습니다. 아무쪼록 이 불미스러운 일은 잊으시……"

디페이프의 손놀림은 거의 알아보기조차 힘들 정도로 빨랐지만, 이날 밤 트래블러스 레스트에 모인 사람들이 경악한 이유는 따로 있었다. 엘드레드 조너스와 한패라면 손이 빠른 것도 당연했다. 사람들이 놀란 까닭은 디페이프가 *표적을 아예 보지도 않았기 때문이었다.* 그는 목소리만 듣고 스탠리가 있는 곳을 정확히 간파했다.

디페이프는 리볼버를 뽑아 들고 오른쪽 위를 향해 호를 그리듯 휘둘렀다. 총은 스탠리 루이즈의 입을 정확히 강타하여 입술을 터뜨리고 이 세 개를 박살냈다. 바 뒤편의 거울에 피가 튀었다. 높이 튄 몇 방울은 '개구쟁이'의 왼쪽 대가리에 붙은 코를 붉게 장식했다. 스탠리는 비명을 지르고는 두 손으로 얼굴을 감싼 채 등 뒤의 선반 쪽으로 뒷걸음질 쳤다. 고요한 실내에 술병 부딪히는 소리가 요란하게 퍼져 나갔다.

바 저편에 서 있던 레이놀즈는 홀린 듯한 표정으로 이쪽을 지켜보며 조개를 또 한 개 꺼내어 바에 대고 두드렸다. 동료의 훌륭한 연기에 빠져든 모양새였다.

디페이프는 무릎을 꿇은 소년에게로 눈을 돌렸다.

"신발을 닦아라."

시미의 표정이 얼떨떨한 안도감으로 물들었다. 신발을 닦으라니! 좋았어! 당장 닦아주지! 시미는 바지 뒷주머니에 항시 넣고 다니던 천 쪼가리를 꺼냈다. 천 쪼가리 역시 아직은 더럽지 않았다. 적어도 못 봐 줄 정도는 아니었다.

"아서, 그 더러운 걸레는 원래 있던 곳에 넣어둬. 꼴도 보기 싫으니까."

디페이프의 목소리는 화를 꾹 억누르는 듯했다. 그 말에 시미는 입을 벌린 채 영문을 모르겠다는 표정으로 그를 올려다보았다.

"핥아."

디페이프는 앞서 그랬듯이 화를 억누르는 목소리로 말했다.

"내가 원하는 건 그거다. 신발이 깨끗해질 때까지 핥아라. 네 멍청한 낯짝이 비쳐 보일 만큼 반들반들해질 때까지."

시미는 자기에게 떨어진 명령을 아직 못 알아들은 사람처럼 꾸물거렸다. 아니면 그저 입력된 정보를 머릿속에서 처리하는 중일 수도 있었다.

부디 자기가 있는 곳까지 불똥이 튀지 않기를 바라며 셰브의 피아노 뒤에 앉아 있던 바키 캘러핸이 중얼거렸다.

"나 같으면 당장 할걸. 아침 해를 볼 수만 있다면 하고말고."

디페이프는 눈앞의 모자란 녀석이 적어도 이승에서는 두 번 다시 아침 해를 못 보게 해 주리라고 이미 마음먹은 터였지만, 그 생각을 입 밖에 내지는 않았다. 그는 남에게 신발을 핥으라고 시켜본 적이 한 번도 없었다. 그렇게 하면 기분이 어떨지 궁금했다. 혹시 괜찮다면, 성적 흥분 같은 것을 느낄 수 있다면…… 나중에 '콩알'에게도 시켜볼 생각이었다.

"꼭…… 그래야 되나요? 그냥 사과하고 깨끗이 닦아 드리면 안 될까요?"

시미의 눈에 눈물이 차올랐다.

"*핥으란 말이다, 이 멍청한 당나귀 같은 놈아.*"

시미의 이마 위로 머리카락이 흘러내렸다. 아이는 마지못해 혀를 내밀고 디페이프의 신발을 향해 고개를 숙였고, 그러는 동안 맺혔던 눈물 한 방울이 뚝 떨어졌다.

"안 돼, 잠깐만, 그만둬."

목소리가 들려왔다. 침묵 속에서 들려온 그 소리는 충격적이었다. 갑작스레 터져 나왔기 때문이 아니었다. 화난 목소리였기 때문은 더욱 아니었다. 충격적이었던 까닭은 그 목소리에 즐거움이 배어 있었기 때문이었다.

"난 그런 짓은 용납 못해. 절대로. 용납할 수만 있으면 하고 싶은데 도저히 그럴 수가 없어. 봐, 더럽잖아. 그런 짓을 했다가 무슨 병에 걸릴지 누가 알아? 어휴, 끔찍해! 아주 그냥 끔찍해 *주욱게에써어!*"

바보 같지만 가시 돋친 이 장광설을 늘어놓은 장본인은 술집 입구의 용수철 문 바로 안쪽에 서 있었다. 중키의 젊은 사내였다. 평평한 챙이 달린 모자를 뒤로 젖혀 쓴 탓에 곱실거리는 갈색 머리칼이 쉼표 모양으로 이마에 내려와 있었다. 다만 '젊은 사내'라는 말은 정확한 표현이 아니라고 디페이프는 생각했다. 청년조차도 과분했다. 그저 소년에 지나지 않았다. 소년은 무슨 까닭에선지 목에 새의 해골을 걸고 있었는데, 꼭 커다랗고 우스꽝스러운 목걸이 같았다. 새 해골은 두 눈구멍을 지나는 가느다란 사슬에 매달려 있었다. 그리고 소년이 손에 든 것은 권총이 아니라 (디페이프는 속으로 중얼거렸다. '하긴, 턱에 수염도 안 난 꼬맹이가 총을 어디서 구하겠어.') 고무줄이 달린 새총이었다. 그 모습에 디페이프는 그만 껄껄 웃고 말았다.

소년도 깔깔 웃으며 고개를 끄덕였다. 마치 이 상황 전체가 얼마나 우스워 보이는지, *실제로* 얼마나 우스운지 자신도 아는 듯했다. 그 웃음소리에는 전염성이 있었다. 무대에서 구경하던 페티가 킥킥대다가 두 손으로 입을 가렸던 것이다.

"여긴 너 같은 꼬맹이가 올 곳이 아니야."

디페이프는 구식 5연발 리볼버를 손에 쥔 채로 중얼거렸다. 리볼버를 쥔 손은 바 위에 얹혀 있었고, 총구 위의 가늠쇠에서는 스탠리 루이즈의 피가 똑똑 떨어졌다. 디페이프는 총을 바에서 떼지 않고 살짝 흔들었다.

"이런 데 들락거리면 버릇 나빠진다, 꼬마야. 재수가 없으면 아예 죽기도 해. 그러니 딱 한 번만 기회를 주마. 당장 꺼져라."

"고맙습니다요, 나리. 기회를 주셔서 정말 감사합니다."

소년은 진심에서 우러난 목소리로 공손히 대꾸했으나…… 말과는 달리 꼼짝도 하지 않았다. 새총의 굵다란 고무줄을 뒤로 당긴 채, 용수철 문 안쪽에 가만히 서 있기만 했다. 디페이프는 고무줄 한가운데의 총알 받침에 감싸인 물체가 무엇인지 정확히 알아볼 수 없었다. 다만 가스등의 불빛을 받아 반짝이는 것으로 보아 일종의 금속 구슬 같았다.

"그래서, 어쩌겠다는 거냐?"

디페이프가 소리쳤다. 벌컥 짜증이 솟구친 목소리였다.

"제가 짜증나는 놈이란 건 저도 압니다요, 나리. 말해 뭐 하겠습니까. 아주 그냥 치질 같은 놈, 임질 걸린 좆 대가리에서 찔끔찔끔 흐르는 고름 같은 놈이죠. 그럼에도 불구하고 말이죠, 친애하는 나리, 나리만 괜찮으시다면 나리 앞에 무릎 꿇은 저 어린 친구한테 제 기회를 양보하고 싶습니다요. 그냥 저 친구의 사과를 받으시고, 나리가 완전히 만족하실 때까지 걸레로 신발을 싹싹 닦게 하세요. 다 끝나면 무사히 보내 주시고요."

구경하는 노름꾼들 사이에서 이 제안에 동의하는 목소리가 두런두런 들려왔다. 디페이프는 그 소리가 영 마음에 들지 않았고, 그래서 문득 마음을 정했다. 저 꼬맹이도 죽여 버려야겠다고. 무례를 범한 죄로 처형해야겠다고. 찌꺼기 술이 든 양동이를 엎었던 녀석은 세상이 다 아는 바보였다. 저 꼬맹이에게는 그런 핑곗거리조차도 없었다. 놈은 그저 자기가 재치 있다고 착각할 뿐이었다.

디페이프의 시야 끄트머리에 레이놀즈가 보였다. 그는 기름 먹인 비단처럼 스르륵 움직여 소년의 옆을 가로막았다. 디페이프는 그의 배려에 고마움을 느꼈지만, 이 새총 전문가를 상대하는 데 딱히 도움이 필요할 것 같지는 않았다.

"꼬마야, 너 지금 실수하는 거다." 디페이프는 친절한 목소리로 말했다. "네가 이러는 건 정말이지 하나도……"

그 순간, 새총의 총알 받침이 살짝 움직였다. 아니…… 디페이프의 상상일 수도 있었다. 어쨌거나 그는 반격에 나섰다.

3

그 사건은 이후 오랫동안 햄브리 사람들의 입에 오르내렸다. 길르앗이 함락되고 동맹이 뿔뿔이 흩어지고 나서 30년이 지난 후에도 사람들은 그날의 사건을 잊지 않았다. 이 무렵에는 그날 밤 트래블러스 레스트에서 맥주를 마시며 그 사건을 지켜보았노라고 주장하는 영감태기가 무려 500명이 넘었다(그중에는 할망구도 몇몇 끼어 있었다.).

젊은 디페이프는 뱀처럼 날랬다. 그럼에도 커스버트 올굿에게 총알을 날릴 기회는 얻지 못했다. 새총의 고무줄이 팅! 소리와 함께 움직이는가 싶더니 은색 빛줄기가 담배 연기 자욱한 술집 공기를 직선으로 꿰뚫었고, 뒤이어 디페이프의 비명이 울려 퍼졌다. 리볼버가 바닥에 떨어지자 누군가 발로 차서 톱밥이 깔린 바닥 저편으로 밀어 버렸다('위대한 관 사냥꾼'들이 햄브리에 머무는 동안에는 아무도 자기가 한 짓이라고 밝히지 않았다. 그러다 그들이 떠나자 수많은 사람이 자기가 그랬노라고 떠들어댔다.). 고통을 참지 못하고 울부짖으며, 디페이프는 피가 흐르는 손을 쳐들고 도저히 못 믿겠다는 표정으로 노려보았다. 사실 그는 운이 좋았다. 커스버트가 쏜 쇠구슬이 검지 끄트머리를 스치며 손톱을 날려 버렸던 것이다. 조금만 아래쪽에 맞았어도 디페이프는 자기 손바닥에 뚫린 구멍을 통해 담배 연기로 만든 바퀴를 통과시키는 재주를 얻을 뻔했다.

한편 커스버트는 이미 새총의 재장전을 마친 상태였다.

"어떻습니까요, 나리. 이제 제 말에 관심을 좀……"

"저 친구는 어떤지 몰라도 내 관심은 확실히 끄는구나."

레이놀즈가 말했다. 그는 어느새 커스버트 뒤에 서 있었다.

"네가 그 장난감의 명수인지 아니면 그저 운이 좋았던 건지 모르겠다만, 어쨌거나 다 끝났다, 꼬맹아. 손에서 힘 빼고 내려놔. 네 앞에 있는 테이블에, 내가 볼 수 있게 놔두는 거다."

"이런, 제가 방심했군요. 아직 어려서 그런가 자꾸 이런 실수를 한단 말이죠, 참."

"그거야 네 사정이지만, 어쨌든 방심한 건 사실이지."

레이놀즈는 커스버트 뒤편에 왼쪽으로 살짝 비스듬히 서 있었다. 그가 총을 앞으로 밀자 커스버트는 뒤통수에 총구가 닿은 느낌을 받았다. 레이놀즈가 공이치기를 뒤로 당겼다. 그 소리는 늪 같은 침묵에 빠져 있던 트래블러스 레스트의 실내에 몹시도 크게 울려 퍼졌다.

"자, 이제 그 고무줄 장난감을 내려놔라."

"참으로 유감이지만 거절해야겠습니다요, 나리."

"뭐?"

"보시다시피 전 지금 이 새총으로 나리 친구 분의 대가리를 정확히 겨누고 있잖습니까? 그런데……."

커스버트가 주절거리는 사이에 디페이프는 비틀거리며 바에 몸을 기댔다. 그 순간 커스버트는 채찍처럼 날카로운 목소리로 외쳤다. 그 외침은 소년의 목소리가 아니었다.

"*움직이지 마! 한 번만 더 꿈지럭거리면 넌 죽은 목숨이야!*"

디페이프는 피투성이가 된 손을 송진으로 끈적거리는 셔츠에 딱붙이고 커스버트의 명령을 따랐다. 이제 처음으로 그의 얼굴에 겁먹은 표정이 떠올랐다. 그리고 이날 밤 처음으로, 아니, 실은 조너스와 한패가 되고 나서 처음으로, 레이놀즈는 눈앞의 상황을 통제할 수 없을지도 모른다는 느낌을 받기 시작했는데…… 잠깐, 어떻게 그럴 수가 있단 말인가? 그는 이미 잘난 척 떠들어대는 이 꼬맹이의 등 뒤를 가로막고 뒤통수에 총을 겨누고 있지 않은가? 녀석의 장난은 여기서 끝나야만 했다.

앞서와 마찬가지로 대화하는 말투로, 그러나 장난스럽지는 않은 목소리로, 커스버트가 말했다.

"저를 쏘시면 이 쇠구슬이 날아갈 테고, 그럼 나리 친구 분은 저세상 사람이에요."

"허튼소리. 그런 걸 할 수 있는 인간은 아무도 없어."

말은 이렇게 했지만 레이놀즈는 자신의 목소리가 마음에 들지 않았다. 목소리에서 의심하는 기색이 묻어났다.

"판단은 친구 분께 맡기는 게 어떨까요?" 커스버트가 살가운 목소리로 외쳤다. "어이, 거기, 안경 쓴 양반! 친구 분이 제 대가리를 날려 버렸으면 좋겠어요?"

"안 돼!" 디페이프는 당황한 나머지 날카롭게 악을 질렀다. "안 돼, 클레이! 쏘지 마!"

"빼도 박도 못한다, 이거지."

레이놀즈가 흥미롭다는 듯이 중얼거렸다. 그러다가 큼직한 칼이 목에 닿는 느낌이 났을 때, 그 흥미는 공포로 바뀌었다. 칼날이 울대뼈 바로 위의 부드러운 살갗을 지그시 눌렀다.

"아니, 틀렸어." 알레인이 나지막이 말했다. "총 내려놔. 허튼짓하면 모가지를 따 버린다."

4

순전히 운이 좋아서 때맞춰 도착한 조너스는 술집의 용수철 문 바깥에 서서 놀라움과 경멸과 조금은 두려움에 가까운 기분을 느끼며 이 활극을 구경했다. 먼저 동맹이 보낸 애송이들 가운데 한 놈이 디페이프를 겨누었고, 레이놀즈가 그놈을 제압하는가 싶더니, 뒤이어 농사꾼처럼 떡 벌어진 어깨에 동그란 얼굴을 한 애송이가 레이놀즈의 목에 칼을 들이댔다. 둘 다 열다섯 살을 못 넘긴 애송이들이었다. 심지어 총도 안 차고 있었다. 기가 막힐 지경이었다. 떠돌이 서커스단보다 훨씬 볼만하다고 감탄할 수도 있었다. 그러나 조너스는 이 상황을 바로잡지 않고 내버려뒀을 때 벌어질 문제를 생각해야만 했다. 귀신이 아이를 무서워한다는 소문이 퍼지기라도 하면 그들이 햄브리에서 무슨 일을 할 수 있겠는가? 그 반대가 되어야 마땅하지 않은가?

아직은 누가 죽기 전에 끝낼 수 있어. 그럴 마음만 있다면. 어때?

조너스는 그렇게 하기로 마음먹었다. 처신만 제대로 하면 승자가 되어 이 상황을 마무리 지을 수 있을 것 같았기 때문이었다. 그리고 또 결심했다. 동맹의 애송이들이 살아서 메지스 자치령을 떠나도록 놔두지는 않겠노라고. 놈들의 운이 억세게 좋다면 또 모르지만.

나머지 한 놈은 어딨지? 디어본이라는 놈.

좋은 질문이었다. 중요한 질문이기도 했다. 자신마저 부하들과 똑같은 처지에 놓인다면 당황하는 정도가 아니라 아예 창피해서 죽고 싶어질 테니까.

술집 안에 윌 디어본의 모습이 안 보이는 것만은 확실했다. 조너스는 빙글 돌아서서 사우스 하이 스트리트를 위아래로 훑어보았다. 보름날이 고작 이틀 전이었기 때문에 거리는 입맞춤을 부르는 달 아래 대낮처럼 환했다. 아무도 없었다. 큰길 위에도, 잡화점이 자리 잡은 길 건너편에도 사람은 보이지 않았다. 잡화점 앞의 베란다에는 토템이 줄줄이 늘어서 있을 뿐이었다. 토템에 새겨진 동물들은 밤의 지킴이, 즉 곰과 거북이, 물고기, 독수리, 사자, 박쥐, 늑대였다. 열두 지킴이들 가운데 일곱이 달빛을 받아 대리석처럼 빛나고 있었다. 말할 것도 없이 아이들이 가장 좋아하는 동물들이었다. 그러나 사람은 한 명도 없었다. 다행이었다. 그것도 무척이나.

조너스의 날카로운 눈길이 잡화점과 푸줏간 사이의 골목길에 꽂했다. 상자 더미 뒤편에 웅크린 그림자가 얼핏 눈에 띄었던 것이다. 얼음장 같던 조너스의 눈이 고양이의 반짝거리는 초록색 눈과 마주 치자 스르륵 풀어졌다. 조너스는 그럴 줄 알았다는 듯 고개를 끄덕인 다음, 당장 급한 일을 처리하러 용수철 문 왼쪽을 밀고 트래블러스 레스트로 들어섰다. 알레인은 용수철이 삐걱거리는 소리를 들었지만, 미처 고개를 돌리기도 전에 조너스의 리볼버 총구가 그의 관자놀이를 눌렀다.

"그 친구한테 면도를 해 줄 생각이 아니라면 칼을 내려놓는 게 좋을 거다, 꼬맹아. 경고는 한 번뿐이다."

"싫어."

조너스에게는 청천벽력 같은 대답이었다. 꼬맹이가 얌전히 말을 들으리라고 철석같이 믿은 나머지 뜻밖의 상황에 전혀 대비하지 않았던 것이다.

"뭐가 어째?"

"방금 들었잖아. 싫다고."

5

작별 인사를 남기고 시프론트 관저를 떠난 이후, 롤랜드는 두 친구가 놀러가도록 내버려두었다. 아마도 트래블러스 레스트로 갈 듯싶었지만 어차피 판돈이 없으니 카드놀이에 끼어들 수도 없었고, 마실 것을 청해 봐야 아이스티밖에 못 얻을 것이 뻔하기 때문이었다. 롤랜드는 다른 길로 마을에 들어와 광장 두 곳 가운데 아래쪽의 공용 가로대에 말을 묶어 둔 다음(러셔는 주인이 무슨 짓을 하는지 궁금한 듯 딱 한 번 힝힝거리고는 입을 다물었다.), 모자를 눈 바로 위까지 눌러쓰고 욱신거리는 허리를 두 손으로 주무르며 인적 없는 고즈넉한 거리를 계속 걸었다.

롤랜드의 머릿속은 의문으로 가득했다. 이곳은 뭔가 잘못되어 있었다. 그것도 심각하게. 처음에는 그저 넘겨짚은 것뿐이라고 생각했다. 이곳 물정에 어두운 자신 안의 어린애 같은 부분이 억지로 문제를 꾸며내어 동화에나 나올 법한 말썽거리를 상상하는 것만 같았다. 그러나 '레니' 렌프루와 대화를 나누고 보니 비로소 눈에 썬 깍지를 벗은 듯했다. 이곳에는 수상한 구석이, 분명한 모순이 존재했다. 그리고 무엇보다 끔찍한 점은 자신이 그 의문의 실체에 다가서기는커녕 똑바로 생각할 수조차 없다는 것이었다. 정신을 집중하려고 할 때마다 수전 델가도의 얼굴이 앞을 가로막았다. 수전의 얼굴, 수전의 찰랑거리는 머리칼…… 심지어 춤을 추는 동안 망설임도 꾸물거림도 없이 그의 장화를 따라 대담하게 움직이던 실크 구두 안의 발까지 떠올랐다. 그는 자신이 수전에게 마지막으로 속삭였던 말을 몇 번이고 몇 번이고 곱씹었다. 풋내기 목사처럼 짐짓 고상한 목소리로 속삭였던 그 말을. 그 말과 말투를 없었던 것으로 돌릴 수만 있다면 무슨 짓이든 하고 싶었다. 수전은 다가오는 수확제에 소린과 동침할 예정이었고, 첫눈이 내리기 전에 아기를 가질 터였다. 어쩌면 대를 이을 아들일지도. 그런데 그게 무슨 상관이란 말인가? 태곳적부터 부자와 명망가와 귀족은 첩을 두었다. 전설에 따르면 아서 엘드 왕의 후궁은 마흔 명이 넘었다. 그런데 그 일이 롤랜드 자신과 도대체 무슨 상관이란 말인가?

나 아무래도 수전한테 반해 버린 것 같아. 문제는 그거야.

절망적인 생각이었다. 그러나 떨쳐 버릴 수 없는 생각이기도 했다. 롤랜드는 자기 마음을 속속들이 들여다보았다. 자신이 수전을 사랑하는 것은 분명했다. 그러나 마음 한편으로는 그녀를 증오했고, 만찬에서 떠올렸던 충격적인 생각 또한 지울 수 없었다. 총만 차고 있었어도 수전 델가도의 심장을 쏴 버렸으리라는 생각이었다. 질투심도 느끼기는 했지만 꼭 그래서만은 아니었다. 질투가 차지하는 비중은 그리 크지 않았다. 그는 테이블 말석에 앉은(슬픈 와중에도 꿋꿋이 미소 짓던) 올리브 소린과 자신의 어머니 사이에 뭐라 설명할 수는 없지만 강력한 상관관계를 느꼈다. 어머니가 아버지의 심복과 함께 있는 모습을 우연히 목격했던 그날, 그때 어머니의 눈에도 똑같이 애처로운 회한의 빛이 떠오르지 않았던가? 그날 마튼은 목을 풀어헤친 셔츠 차림이었고, 가브리엘 디셰인은 어깨 한쪽이 흘러내린 드레스 차림이었고, 방에서는 무더웠던 오전 내내 두 사람이 흘린 땀 냄새가 진동을 하지 않았던가?

그 광경을 떠올리자 시종 굳건했던 롤랜드의 마음이 잔뜩 쪼그라들었다. 두려웠다. 그는 그 기억 대신 수전 델가도 생각으로 되돌아왔다. 수전의 회색 눈과 반짝이는 머리칼을 떠올렸다. 수전의 웃는 얼굴이 보였다. 수전은 고개를 젖히고 소린이 준 사파이어 목걸이 앞에 두 손을 모은 채 웃고 있었다.

롤랜드는 수전이 첩이 된 것은 용납할 수 있었다. 그가 용납할 수 없었던 것, 수전에게 반했는데도 불구하고 용서할 수 없었던 것은, 올리브 소린의 얼굴에 떠오른 비참한 미소였다. 올리브는 자기가 앉아야 할 자리에 대신 앉은 수전을 바라보고 있었다. 자기 자리를 차지하고 앉아 깔깔 웃는 수전을.

달빛에 물든 길을 터벅터벅 걷는 동안 롤랜드의 머릿속에서는 이런 생각들이 꼬리를 물고 이어졌다. 실은 그런 생각을 할 때가 아니었다. 수전 델가도는 롤랜드가 이곳을 찾은 목적과 아무런 상관도 없었다. 손가락을 꺾어 뚝뚝 소리를 내는 우스꽝스러운 행정 장관이나 그의 가엾은 소박데기 아내 역시 상관없기는 마찬가지였지만…… 그래도 롤랜드는 그들 생각을 떨쳐 버릴 수 없었다. *진짜* 일에 정신을 집중할 수가 없었다. 그는 아버지의 얼굴을 잊어버렸다. 그래서 달빛 속을 거닐며 다시 떠올리고 싶었다.

그런 까닭에 롤랜드는 은빛으로 물든 고즈넉한 하이 스트리트를 따라 남쪽으로 걸어갔고, 걷는 동안 커스버트와 알레인에게 합류하여 목을 좀 축이고 사탄의 골목길 게임이 벌어지는 테이블에 끼어 한두 판 주사위를 굴린 다음, 러셔를 묶어 둔 곳으로 돌아가서 이날 밤을 정리할까 하고 어렴풋이 생각했다. 그러던 차에 마침 트래블러스 레스트의 용수철 문 앞에 서서 안을 들여다보는 조너스의 모습을 목격했던 것이다(홀쭉한 체격과 기다란 백발이 틀림없는 증거였다.). 총에 손을 올린 채 바짝 긴장한 조너스를 본 순간 롤랜드는 정신이 번쩍 들었다. 뭔가 사건이 벌어지는 중이었다. 만약 커스버트와 알레인이 저 안에 있다면 함께 휘말렸을 수도 있었다. 뭐니 뭐니 해도 그 둘은 이방인이었고, 햄브리에는 이날 밤 만찬에서 본 손님들과 달리 동맹을 열광적으로 지지하지 않는 주민도 있을 터였다. 충분히 그럴 법했다. 어쩌면 조너스 패거리가 말썽에 휘말렸을 수도 있었다. 어쨌거나 술집 안에서 무슨 일이 벌어지는 중이었다.

자신이 왜 이러는지 스스로도 명확히 알지 못한 채로, 롤랜드는 잡화점 베란다로 이어진 계단을 살금살금 올라갔다. 그곳에는 동물 조각상이 줄줄이 놓여 있었다(그리고 십중팔구 바닥 판자에 못으로 단단히 박혀 있을 터였다. 건너편 술집에서 진탕 퍼마신 주정뱅이들이 어린 시절 들었던 동요를 흥얼거리며 떠메고 가지 못하도록.). 롤랜드는 줄 맨 끝의 조각상(곰 조각상) 뒤로 걸어가 모자가 보이지 않도록 무릎을 꿇었다. 그러고는 조각상처럼 조용히 앉아 있었다. 뒤로 돌아서서 거리를 둘러보는 조너스의 모습이 한눈에 보였다. 그는 이내 롤랜드 왼쪽으로 눈을 돌렸고, 그곳에 있는 어떤 것을 날카롭게 노려보았는데……

아주 희미하게, 소리가 들려왔다. *야옹! 야아옹!*

고양이구나. 골목길 안에 있어.

조너스는 잠시 그쪽을 보다가 술집으로 들어갔다. 롤랜드는 곰 조각상 뒤에서 걸어 나와 계단을 내려간 다음, 한달음에 큰길을 건너갔다. 알레인 같은 육감을 타고나지는 못했지만 롤랜드도 가끔은 강력한 직감을 발휘할 때가 있었다. 그 직감이 그에게 서두르라고 명령했다.

하늘에서는 입맞춤을 부르는 달이 구름 뒤편으로 흘러갔다.

6

'날쌘 발' 페티는 여전히 무대 위에 서 있었지만 술기운은 이미 씻은 듯이 사라진 후였고, 노래하고 싶은 마음 역시 눈곱만큼도 남아 있지 않았다. 페티는 눈앞에 펼쳐진 광경을 직접 보면서도 믿을

수가 없었다. 조너스가 웬 소년의 뒤통수를 겨누고 있었는데 그 소
년은 레이놀즈의 목에 칼을 대고 있었고, 레이놀즈는 또 웬 (새의 해
골에 사슬을 꿰어 목걸이처럼 건) 소년을 겨누고 있었는데 그 소년은
다시 로이 디페이프를 겨누고 있었다. 실제로 디페이프는 이미 피를
흘리는 중이었다. 그리고 조너스가 통통한 소년에게 레이놀즈의 목
에 들이댄 칼을 내려놓으라고 말했을 때, *그 통통한 소년은 거부했다.*

이젠 누가 와서 날 죽인대도 여한이 없겠어. 정말이야. 페티는 속
으로 가만히 생각했다. *왜냐면 난 다 봤거든. 전부 다.* 무대에서 내
려가야 한다는 생각이 들었다. 금방이라도 총격전이, 그것도 난전이
벌어질 것만 같았기 때문이었다. 그러나 가끔은 모험을 해야 할 때
도 있는 법이었다.

세상에는 죽어도 놓칠 수 없는 구경거리가 있기 때문이었다.

7

"우린 동맹의 명을 받고 이곳에 왔어."

땀에 젖은 레이놀즈의 머리칼을 한 손으로 움켜쥔 채 알레인이
말했다. 다른 손은 레이놀즈의 목에 닿은 칼을 변함없이 누르고 있
었다. 다만 살갗을 벨 정도로 힘을 주지는 않았다.

"우릴 건드리면 동맹이 가만있지 않을 거야. 우리 아버지들도 마
찬가지고. 너흰 개처럼 쫓기다가 붙잡힐 거다. 그럼 십중팔구 거꾸
로 매달려 죽게 되겠지."

"이 근방 200휠 안에 동맹의 순찰대는 코빼기도 안 보인단다, 꼬

맹아. 아니, 한 300휠은 될 게다. 만에 하나 저 언덕 위에 순찰대원
이 보인다고 해도 난 눈썹 하나 까딱 안 한다. 네 아비가 누군지도
내 알 바 아니야. 그러니 그 칼 내려놔, 안 그럼 대가리를 날려버릴
테니까."

"싫어."

"이거 이거 일이 아주 재미있게 돼 가는군요."

커스버트가 말했다. 명랑한 목소리였으나…… 이제 수다스러운
말투 아래로 불끈거리는 흥분이 느껴졌다. 두려움도, 심지어 긴장도
아니었다. 그저 흥분이었다. 조너스는 그 흥분의 정체가 실은 즐거
움이라는 생각에 속이 뒤틀렸다. 그는 만찬장에서 이 애송이들을 과
소평가했다. 그것만은 부인할 수 없는 진실이었다.

"나리께서 리처드를 쏘시면 리처드는 이 망토 입은 나리가 저를
쏘는 사이에 그분의 목을 따 버릴 겁니다요. 그럼 저는 숨이 끊어지
면서 새총 고무줄을 놓을 테고, 쇠구슬이 날아가서 저 안경 쓴 나리
의 머리에 든 뇌인지 젤리인지 모를 덩어리를 터뜨려 버리겠죠. 뭐,
그렇게 돼도 *나리* 혼자는 살아남으실 텐데 그럼 친구 분들이 저 세
상에서 참 흐뭇하시겠습니다."

"비긴 걸로 하자고. 다 함께 무기를 거두고 떠나는 거야."

알레인이 자기 머리에 총을 겨눈 남자에게 말했다.

"웃기지 마라, 꼬맹아."

조너스는 인내심을 발휘하여 대꾸했다. 화난 기색을 보이지 않으
려 했지만 얼굴이 붉어지는 것까지 막을 수는 없었다. 맙소사, 잠깐
뿐일지언정 이런 치욕을 당할 줄이야!

"위대한 관 사냥꾼들한테 그딴 수작을 부리고 무사할 놈은 아무

도 없다. 자, 이번이 마지막 기회……"

무언가 단단하고 차갑고 몹시 뾰족한 것이 조너스의 셔츠 등판을 눌렀다. 양 어깨뼈 한가운데 지점이었다. 그 물건이 무엇인지, 또 누가 들이대고 있는지는 대번에 알 수 있었다. 자신이 진 것도 깨달았다. 그러나 상황이 어쩌다 이렇게 황당하고 분통 터지는 쪽으로 바뀌었는지는 도무지 이해가 가지 않았다.

"총을 총집에 꽂아."

뾰족한 칼끝 뒤쪽에서 목소리가 들려왔다. 왠지 공허한 목소리였다. 그저 침착하기만 한 것이 아니라 아예 감정이 담기지 않은 목소리였다.

"어서. 안 그러면 이 칼이 심장을 뚫어 버릴 거다. 경고는 여기까지다. 입씨름은 끝났어. 총을 내리든가, 아니면 죽든가."

조너스는 그 목소리에서 두 가지를 눈치챘다. 상대는 어렸고, 진심이었다. 그는 리볼버를 총집에 꽂았다.

"거기, 검은 머리. 내 친구 뒤통수에 겨눈 총을 총집에 집어넣어. 당장."

클레이 레이놀즈에게 두 번째 경고는 필요치 않았다. 알레인이 목에 대고 있던 칼을 내리고 뒤로 물러서자 레이놀즈의 입에서 떨리는 한숨이 길게 터져 나왔다. 커스버트는 팔꿈치를 단단히 펴고 새총 고무줄을 당긴 자세 그대로 서 있기만 할 뿐, 뒤도 돌아보지 않았다.

"거기, 바에 있는 너. 총 집어넣어."

디페이프는 롤랜드의 지시를 따르다가 그만 다친 손가락이 총집에 부딪히는 바람에 얼굴을 찌푸렸다. 커스버트는 디페이프가 총을

거두고 나서야 고무줄을 느슨하게 풀고 총알 받침의 쇠구슬을 손바
닥에 내려놓았다.

상황이 모두 정리될 때까지 이 모든 말썽의 원인은 누구의 주목
도 받지 못했다. 그랬던 시미가, 이제 바닥에서 일어나 실내를 가로
질러 달려갔다. 두 볼에 눈물이 홍건했다. 시미는 커스버트의 한쪽
손을 잡고 (다른 상황에서였다면 우스꽝스럽게 들릴 만큼 커다랗게 쪽쪽
소리를 내며) 몇 번이나 입을 맞추고는 그 손을 뺨에 대고 한참이나
서 있었다. 그러다가 레이놀즈 옆을 지나 부리나케 달려가 오른쪽
용수철 문을 밀어 젖히더니, 술이 덜 깨서 졸린 눈을 하고 서 있던
에이버리 보안관의 품에 뛰어들었다. 에이버리를 불러온 사람은 피
아노 연주자 셰브였다. 그때까지 에이버리는 만찬장에서 진탕 퍼마
신 술 때문에 유치장 감방에 누워 곯아떨어져 있었다.

8

"거하게 한 판 벌였구먼, 응?"

에이버리 보안관이 말했다. 대꾸하는 사람은 없었다. 보안관 역
시 대답을 기대하지 않았다. 제 한 몸 챙길 줄 아는 인간이라면 이
런 상황에서 입을 다물게 마련이었다.

유치장 사무실은 장정 셋과 건장한 소년 셋, 거기에 뒤룩뒤룩 살
찐 보안관 자신까지 끼어 앉기에는 너무 좁았기 때문에 에이버리는
그들을 데리고 근처의 공회당으로 향했다. 서까래 위에서는 비둘기
날갯짓 소리가 희미하게 들려오고 무대 뒤에서는 괘종시계가 쉬지

않고 똑딱거리는 곳이었다.

공회당 안은 소박했지만 그 소박함 역시 의도한 바였다. 이곳은 지난 수백 년 동안 마을 주민들과 자치령 지주들이 모여 안건을 의결하고 법령을 제정하고 때로는 못 말리는 말썽꾼을 서쪽으로 추방시킨 장소이기 때문이었다. 달빛에 으스레하게 빛나는 공회당은 진중한 분위기로 가득했고, 롤랜드가 보기에 늙은 조너스 역시 조금은 그 분위기에 압도당한 듯했다. 허크 에이버리 보안관이 여느 때와 달리 권위 있는 인물로 보이는 것은 틀림없이 이 공회당의 분위기 덕분이었다.

공회당에는 이른바 '벌거숭이 의자'가 빼곡히 놓여 있었다. 앉는 자리에도 등받이에도 쿠션이 안 달린 기다란 참나무 벤치였다. 널따란 중앙 통로를 사이에 두고 양쪽에 서른 개씩, 모두 합쳐 예순 개였다. 조너스와 디페이프와 레이놀즈는 통로 왼쪽 맨 앞의 의자에 앉아 있었다. 롤랜드와 커스버트, 알레인은 그들 건너편 오른쪽에 앉았다. 레이놀즈와 디페이프는 겸연쩍은 듯 부루퉁한 표정이었다. 조너스는 싸늘해 보일 정도로 침착했다. 윌 디어본 패거리 역시 차분했다. 앞서 롤랜드는 커스버트가 알아차리기를 바라며 눈빛으로 당부했다. *한 번만 더 헛소리하면 혀를 뽑아 버린다.* 커스버트는 그 눈빛에 담긴 뜻을 알아차린 듯했다. 바보 같은 '경계병' 목걸이를 안 보이게 감추어 놓았던 것이다. 그것만 해도 좋은 징조였다.

"거하게 한 판 하셨어."

에이버리 보안관은 앞서 했던 말을 되뇌고는 술 냄새가 진동하는 한숨을 길게 내쉬었다. 그는 단상 끝의 모서리에 걸터앉아 짧은 다리를 쭉 편 채 경멸과 호기심이 뒤섞인 표정으로 용의자들을 죽 훑어보았다.

옆문이 열리더니 부보안관 데이브가 들어왔다. 근무복인 하얀 재킷을 겨드랑이에 끼고 평상복에 가까운 카키색 셔츠의 주머니에 외알 안경을 꽂은 차림새였다. 한 손에는 머그잔을, 다른 손에는 잘 접은 봉지를 들고 있었다. 롤랜드가 보기에는 자작나무 껍질로 만든 봉지 같았다.

"절반 넣고 끓인 거 맞나, 데이브?"

에이버리가 물었다. 이제는 지칠 대로 지친 표정이었다.

"예."

"두 번 끓였어?"

"예, 두 번."

"왜냐면 두 번 끓이라고 그랬거든."

"예."

데이브는 체념한 사람처럼 힘없이 대답하고 에이버리에게 머그잔을 건넸다. 그러고는 보안관이 다른 쪽 손을 향해 잔을 내밀자 나무껍질 봉지 안의 내용물을 모조리 털어넣었다.

에이버리는 머그잔을 휘휘 돌리며 안에 든 액체를 미심쩍은 표정으로 가만히 들여다보다가 쭉 들이켰다. 그의 표정이 종잇장처럼 구겨졌다.

"어이구, 젠장! 세상에 뭐 이딴 맛이 다 있어?"

"그게 뭡니까?"

"두통에 좋은 가루약이야, 조너스. 숙취 해소제라고도 할 수 있지. 마녀한테서 구했네. 그 왜, 쿠스 언덕에 사는 노파 있잖나. 어딘지 알지?"

에이버리는 의미심장한 눈으로 조너스를 건너다보았다. 늙은 해결사는 모르는 척 시치미를 뗐지만, 롤랜드는 그가 보안관의 눈빛을 읽었으리라고 생각했다. 무슨 뜻을 담은 눈빛이었을까? 그것 또한 수수께끼였다.

디페이프는 '쿠스'라는 말을 듣고 문득 고개를 들었다가 다시 숙이고 다친 손가락을 빨기 시작했다. 디페이프 옆에 앉은 레이놀즈는 망토로 몸을 휘감고 앉아 무릎만 내려다보았다.

"효과가 있습니까?"

"물론이네, 디어본 군. 헌데 마녀의 약을 먹을 땐 대가를 치러야 한다네. 명심하게, 세상에 공짜는 없어. 관저에서 펀치를 양껏 퍼마시고 머리가 쪼개질 것 같을 때 이 약을 먹으면 두통이 싹 사라지지만, 대신 창자가 빙빙 꼬이는 것처럼 배가 아파. 게다가 방귀는 또 얼마나 구린지, 휘유!"

에이버리는 손을 저어 냄새를 쫓는 시늉을 하고 한 모금을 더 마신 다음, 잔을 옆에 내려놓았다. 그의 표정은 다시 아까처럼 근엄해졌지만, 공회당 안의 분위기는 이미 조금이나마 가벼워진 후였다. 그곳에 있는 모두가 느낄 수 있었다.

"자, 이제 이 일을 어쩐다?"

허크 에이버리는 그의 시점에서 오른쪽 끄트머리에 앉은 레이놀즈부터 왼쪽 끄트머리에 앉은 알레인('리처드 스톡워스')까지 말썽꾼 일동을 찬찬히 훑어보았다.

"어떻게 할까, 응? 이쪽에는 장관님 휘하의 신사 분들이 앉아 계시고, 저쪽에는 동맹의…… 그…… 신사 분들이 앉아 계신데 말이지. 이 여섯 명이 서로 죽이기 직전까지 갔는데 그 이유라는 게 글쎄, 뭐라더라? 그래, 칠푼이 한 놈이랑 엎질러진 술 때문이라고."

에이버리는 손가락을 펴서 먼저 위대한 관 사냥꾼 패거리를, 다음으로 동맹의 소년들을 가리켰다.

"이 뚱보 보안관을 사이에 놓고 화약통 두 개가 마주보는 꼴이구먼. 그래, 자네들 생각은 어떤가? 얘기해 봐, 수줍어하지 말고. 코럴의 갈보집에서는 다들 부끄러운 줄도 모르고 날뛰었잖나, 그러니 여기서도 빼지 말고 얘기를 해!"

아무도 아무 말도 하지 않았다. 에이버리 보안관은 기분 나쁜 물약을 조금 더 홀짝이고 머그잔을 내려놓은 다음, 단호한 표정으로 용의자 일동을 노려보았다. 이윽고 그의 입에서 나온 말을 듣고 롤랜드는 그리 놀라지 않았다. 에이버리 같은 인간에게 딱 어울리는 말이기 때문이었다. 이래봬도 필요할 때에는 힘든 결정을 내릴 줄 아는 사람이라고 은연중에 자부하는 듯한 말투 역시 그러했다.

"어떻게 하면 좋을지 내가 가르쳐 주겠네. 잊어버리는 걸세."

이제 보안관은 우레 같은 박수소리를 기대하며 좌중을 진정시키려고 준비하는 사람처럼 보였다. 그러다가 아무도 입을 열지 않고 심지어 손가락 하나 까딱하지 않자 당황한 듯했다. 하지만 그에게는 해야 할 일이 있었고, 때는 이미 깊은 밤이었다. 보안관은 어깨를 쫙 펴고 말을 이어갔다.

"난 자네들 중에 누가 누굴 죽이는지 보려고 앞으로 석 달, 넉 달을 가슴 졸이며 기다릴 생각은 눈곱만큼도 없네. 암, 어림도 없지! 하지만 그 칠푼이 시미를 놓고 다퉜다는 이유로 자네들을 벌하고 싶은 생각도 없긴 마찬가지야. 이보게, 젊은 친구들. 자네들이 여기 머무는 동안 난 자네들의 친구가 될 수도 있고, 적이 될 수도 있어.

그 말은 곧 자네들의 현실 감각을 믿는다는 뜻일세. 뭐…… 꼭 현실 감각만이 아니라 더 고귀한 본성에 호소하는 것도 잊으면 안 되겠지. 자네들은 그런 본성이 틀림없이 풍부하고 예민할 테니까."

이제 에이버리 보안관은 고상한 표현까지 섞어 쓰려고 시도했지만 롤랜드가 보기에 딱히 성공한 듯싶지는 않았다. 뒤이어 보안관이 조너스 쪽으로 관심을 돌렸다.

"이보게, 난 자네가 동맹에서 파견한 젊은이 셋하고 말썽을 일으키길 원한다고는 도저히 상상도 못하겠네. 동맹은 자네 50대 할아버지 때부터 어머니의 젖이자 아버지의 든든한 품이었잖은가. 그런 동맹에 무례를 저지를 생각은 아니지, 그렇지?"

조너스는 특유의 엷은 미소를 머금은 채 고개를 주억거렸다.

에이버리도 고개를 끄덕였다. 일이 잘 풀린다는 의미였다.

"다들 공사가 다망한 사람들이니 이런 일에 발목이 잡히고 싶지는 않을 게야. 그렇지?"

이번에는 여섯 명 모두 고개를 끄덕였다.

"자, 이제 그만 일어나서 서로 마주보고 악수하고, 한 사람씩 사과를 하게. 싫으면 해 뜨기 전에 다 같이 말을 타고 서쪽으로 떠나는 방법도 있어. 내가 해 줄 수 있는 일은 여기까질세."

보안관이 머그잔을 들더니 이번에는 한 입 가득 머금었다. 그 손이 아주 살짝 떨리는 모습을 롤랜드는 놓치지 않았고, 놀라지도 않았다. 보안관의 엄포는 말할 것도 없이 모조리 허세였다. 그는 조너스와 레이놀즈와 디페이프의 손등에 새겨진 파란색 관 문신을 보자마자 자신의 권위로 어찌할 수 없는 상대임을 깨달았던 것이다. 그리고 이날 밤이 지나면 디어본과 스톡워스와 히스에게도 같은 감정을 느낄 터였다. 그는 다만 이들이 스스로에게 이로운 행동이 무엇인지 알기를 바랄 수밖에 없는 처지였다. 롤랜드는 답을 알고 있었다. 롤랜드가 일어서자 따라 일어선 것으로 보아 조너스도 틀림없이 아는 듯했다.

에이버리가 몸을 흠칫했다. 마치 조너스는 총을, 롤랜드는 그가 헐레벌떡 술집에 뛰어왔을 때 조너스의 등에 들이대고 있던 칼을 뽑으리라고 예상한 눈치였다.

그러나 총도 칼도 등장하지 않았다. 조너스는 롤랜드 쪽으로 돌아서서 손을 내밀었다.

"저 분 말씀이 맞네, 젊은이."

조너스가 특유의 가늘게 떨리는 목소리로 말했다.

"예."

"이 늙은이와 악수하고 다시 시작하기로 약속해 주겠나?"

"예."

롤랜드가 손을 내밀었다. 조너스가 그 손을 잡았다.

"미안하네."

"죄송했습니다, 조너스 씨."

롤랜드는 왼손으로 목을 톡톡 두드렸다. 이런 상황에서 연장자를 대할 때 적절한 예의였다.

두 사람이 자리에 앉자 알레인과 레이놀즈가 일어섰다. 미리 연습이라도 한 사람들처럼 움직임이 자연스러웠다. 마지막으로 커스버트와 디페이프가 일어섰다. 롤랜드는 커스버트의 푼수 기질이 깜짝 상자의 광대 인형처럼 불쑥 튀어나오리라고 확신했다. 그 푼수는 자기 앞가림도 제대로 못할 놈이었다. 이날 밤의 디페이프는 장난을 걸 상대가 아님을 마땅히 깨달아야 하건만.

"죄송합니다."

커스버트가 말했다. 웃음기가 상당히 빠진 목소리였다.

"미안하네."

디페이프가 중얼거리며 피로 물든 손을 내밀었다. 롤랜드의 머릿속에 악몽 같은 상상이, 커스버트가 그 손을 잡고 힘껏 조이자 빨간머리 디페이프가 화로에 내려앉은 올빼미처럼 신음하는 장면이 떠올랐지만, 커스버트의 손길은 앞서 나온 목소리처럼 점잖았다.

에이버리 보안관은 무대 모서리에 걸터앉아 통통한 다리를 뻗은 자세 그대로, 마치 자상한 큰아버지처럼 싱글벙글하며 이 광경을 끝까지 지켜보았다. 부보안관 데이브마저도 빙긋이 웃는 표정이었다.

"자, 이제 한 명씩 나랑 악수하세. 악수가 끝나면 모두 돌아가도 좋아. 밤이 이렇게 깊었으니 나도 가서 단잠을 자야지."

말을 마치고 킬킬 웃던 보안관은 따라 웃는 사람이 아무도 없자 다시금 뻘쭘한 표정으로 돌아갔다. 그럼에도 그는 무대에서 내려와 사람들과 악수하기 시작했다. 손을 흔드는 모양새가 마치 오랫동안 험난한 연애를 해 온 고집쟁이 남녀에게 마침내 성혼을 선포하는 목사처럼 정열적이었다.

9

그들이 공회당을 나섰을 때 달은 이미 지고 없었고, 청정해와 맞닿은 하늘 끝에는 희미하게 동이 터 오고 있었다.

"다시 만날 것 같은 예감이 드는군."

"아마 그럴 겁니다."

롤랜드는 조너스에게 대꾸하고 안장에 올랐다.

10

위대한 관 사냥꾼들의 숙소는 시프론트 관저에서 1킬로미터 조금 넘게 떨어진 경비 초소였다. 마을에서는 8킬로미터쯤 떨어진 곳이었다.

그곳까지 반쯤 이르렀을 때, 조너스가 도로 옆의 공터에 말을 세웠다. 땅이 가파른 자갈밭으로 바뀌어 점점 밝아오는 바다를 향해 급경사를 이루는 곳이었다.

"내려라."

조너스가 말했다. 그의 눈은 디페이프를 향해 있었다.

"조너스…… 조너스, 저는…….

"내려."

긴장한 탓에 입술을 꾹 깨물며, 디페이프가 말에서 내렸다.

"안경 벗어."

"조너스, 왜 이래요? 지금 도대체……"

"박살 나도 괜찮으면 끼고 있든가. 난 아무래도 상관없어."

입술을 더욱 세게 깨물며, 디페이프는 쓰고 있던 금테 안경을 벗었다. 안경을 손에 쥐기가 무섭게 조너스의 주먹이 벼락같이 옆통수에 꽂혔다. 디페이프는 비명을 지르며 절벽 쪽으로 굴러 내려갔다.

조너스는 주먹을 날릴 때와 마찬가지로 쏜살같이 달려가 절벽에서 막 떨어지려 하는 디페이프의 셔츠를 틀어잡았다. 그러고는 셔츠를 쥔 손을 비틀어 디페이프를 코앞으로 끌어당겼다. 숨을 깊이 들이마시자 송진 냄새와 디페이프의 땀 냄새가 코를 찔렀다.

"아무래도 저 너머로 던져 버리는 게 나을 것 같구나. 네가 우리한테 얼마나 큰 피해를 끼쳤는지 알기는 하는 거냐?"

"조, 조너스…… 전 정말…… 그냥 장난으로 그랬는데…… 우리가 무슨 수로 알았겠습니까, 그놈들이……."

천천히, 조너스의 손에서 힘이 빠져나갔다. 마지막 한마디가 정답이었다. 그들이 어떻게 알았겠는가? 이날 밤의 사건이 아니었더라면 영영 몰랐을 수도 있었다. 그렇게 생각하면 디페이프는 사실 공을 세운 셈이었다. 늘 그렇듯이 모르는 위험보다는 아는 위험이 더 나은 법이므로. 그럼에도 소문은 퍼져 나갈 테고, 사람들은 비웃을 것이 뻔했다. 그것 역시 별일 아닐 수도 있었다. 때가 되면 조롱도 그치는 법이니까.

"죄송합니다, 조너스."

"닥쳐."

조너스가 내뱉었다. 동쪽에서는 이제 곧 태양이 수평선 위로 떠올라 고난과 슬픔으로 가득한 세상에 새 하루의 첫 빛줄기를 던질 참이었다.

"널 절벽 아래로 던지진 않을 거다. 그랬다간 클레이도 던지고 나도 따라 뛰어내려야 해. 결국엔 우리 셋 모두 놈들한테 졌으니까. 안 그러냐?"

디페이프는 동의하고 싶었지만 차마 엄두가 나지 않았다. 그래서 신중하게 침묵을 지켰다.

"클레이, 이리 내려와."

클레이 레이놀즈가 말에서 내렸다.

"와서 앉아라."

세 사내는 발꿈치를 들고 쭈그려 앉았다. 조너스가 풀잎을 뽑아 입술 사이에 물었다.

"우린 동맹이 꼬맹이들을 보낼 거라고 들었다. 그 말을 의심할 이유는 아무것도 없었어. 행실이 나쁜 꼬맹이들이 하나 마나 한 임무를 띠고 청정해에 면한 한적한 자치령 메지스에 온다. 임무의 4할은 속죄, 3할은 징벌. 그게 우리가 받은 정보였지?"

두 사내가 고개를 끄덕였다.

"너흰 오늘밤 이후로도 그 정보를 믿을 거냐?"

디페이프가 고개를 저었다. 레이놀즈도 마찬가지였다.

"부잣집 아들놈들이 맞을지도 모르지만, 그게 다가 아니에요. 오늘 밤 그놈들은…… 솜씨가 꼭……."

디페이프는 생각을 다 밝히고 싶지 않은지 말꼬리를 흐렸다. 너무나 터무니없는 생각이기 때문이었다.

그러나 조너스는 달랐다.

"솜씨가 꼭 총잡이 같더구나."

이 말에 디페이프도 레이놀즈도 대꾸하지 않았다. 그러다가 마침내 레이놀즈가 입을 열었다.

"너무 어립니다, 엘드레드. 아무리 봐도 *한참* 어려요."

"수습 총잡이치고는 그리 어린 것도 아니야. 어쨌거나 좀 있으면 알게 되겠지. 로이, 말에 타라. 네가 할 일이 있다."

"어휴, 조너스……!"

"할 말이 없기는 우리 셋 모두 마찬가지다만, 애초에 일을 벌인 건 너야."

조너스는 디페이프를 가만히 바라보았다. 디페이프는 고개를 수 그리고 그저 땅바닥만 쳐다볼 뿐이었다.

"로이, 말을 타고 놈들의 뒤를 밟는 거다. 놈들이 온 길을 되짚으면서 내 마음에 드는 답을 구했다는 생각이 들 때까지 탐문하는 거다. 클레이하고 나는 기다리마. 기다리면서 지켜볼 거다. 필요하면 이놈저놈이랑 카드놀이라도 하면서 이것저것 물어봐. 때가 무르익었다 싶으면 우리도 나서서 암암리에 정보를 모을 테니까."

조너스는 입에 물고 있던 풀잎을 잘근잘근 씹었다. 기다란 풀잎 쪼가리가 그의 신발 사이로 툭 떨어졌다.

"내가 왜 그 꼬맹이랑 악수를 했을 것 같으냐? 그 디어본이란 놈의 망할 손모가지를 왜 잡았겠냐는 말이다. 아직은 배를 뒤집어엎을 수가 없어서 그런 거다. 이제 막 항구로 들어가는 중이니까. 우리가 기다리는 라티고 패거리는 이제 곧 도착할 거다. 그들이 올 때까진 이곳의 평화를 유지하는 게 우리한테도 득이 될 게야. 하지만 이거 하나는 똑똑히 명심해라. 엘드레드 조너스의 등에 칼을 겨누고 살아남을 놈은 아무도 없다. 자, 로이. 같은 말 두 번 하게 하지 마라."

조너스는 이야기를 하는 동안 서서히 몸을 숙여 디페이프 앞에 얼굴을 들이밀었다. 이윽고 디페이프가 고개를 끄덕였다. 실은 그 역시 잠깐 산책을 하고 싶었다. 트래블러스 레스트에서 벌어진 촌극을 생각하면 바람을 쐬는 것만큼 좋은 약도 없었다.

11

커스버트가 입을 열어 침묵을 깨뜨렸을 때, 해는 이미 수평선 위에 고개를 내밀고 있었고 소년들은 바케이 목장에 거의 도착한 참이었다.

"어휴! 진짜 흥미진진하고 유익한 밤이었어. 그렇지?"

롤랜드도 알레인도 대꾸하지 않았고, 그래서 커스버트는 원래 자리인 안장 앞머리에 걸어둔 까마귀 해골을 향해 몸을 숙였다.

"어이, 친구, 네 생각은 어때? 오늘 재미있었어? 만찬도 참석했고, 춤도 췄고, 하마터면 머리가 날아갈 뻔한 위기도 무사히 넘겼고. 재밌었지?"

경계병은 그저 시커먼 눈구멍으로 말 머리 너머의 도로만 쳐다볼 뿐이었다.

"얘가 너무 피곤해서 얘기하기 싫대. 실은 나도 그래."

커스버트는 하품을 하고 롤랜드를 돌아보았다.

"월, 아까 그 조너스란 양반 말이야. 너랑 악수할 때 그 양반 눈을 가만히 봤는데, 널 죽이고 싶어서 안달이 났더라."

롤랜드가 고개를 끄덕였다.

"우리 셋 다 죽이고 싶을걸."

알레인의 말에 롤랜드는 또 한 번 고개를 끄덕였다.

"우리도 가만히 앉아서 당하진 않겠지만, 놈들은 이제 우리에 대해 아는 게 많아. 만찬 때랑은 다르다는 얘기지. 아까 같은 기습은 두 번 다신 못할 거야."

롤랜드가 말을 멈춰 세웠다. 이들이 있는 곳으로부터 5킬로미터도 안 떨어진 지점에서 조너스 역시 똑같이 말을 세웠다. 다만 롤랜드와 친구들은 청정해를 똑바로 바라보는 대신, 바다를 향해 길게 뻗은 드롭 평원을 내려다보았다. 말들이 무리를 지어 서쪽에서 동쪽으로 이동하는 중이었다. 이맘때의 약한 빛 속에서 말 떼의 모습은 거의 그림자나 다름없었다.

"롤랜드, 뭘 보고 있는 거야?"

알레인이 물었다. 들릴락 말락 하는 목소리였다.

"위험을 보고 있어. 우리 앞길에 놓인 위험을."

롤랜드는 내뱉듯이 말하고는 고삐를 당겨 다시 말을 몰았다. 바케이 목장의 숙소에 도착하기 전까지 그는 다시 수전 생각을 하고 있었다. 납작한 마대 베개에 머리를 뉜 지 5분쯤 됐을 무렵, 그는 수전의 꿈을 꾸는 중이었다.

제7장

드롭 평원에서

1

장관 관저의 환영 만찬과 트래블러스 레스트의 사건이 있었던 날로부터 3주가 흘렀다. 롤랜드 *카텟*과 조너스 패거리 사이에 더 이상의 말썽은 일어나지 않았다. 밤하늘에서는 입맞춤을 부르는 달이 가느다란 첫 자태를 드러냈다. 날씨는 맑고 따뜻했다. 나이 지긋한 노인들조차 자신들이 기억하는 한 가장 쾌적한 여름으로 꼽을 정도였다.

여느 때와 마찬가지로 쾌청했던 어느 아침나절, 수전 델가도는 두 살짜리 밤색 말 파일런을 타고 드롭 평원 북쪽 기슭을 질주했다. 바람을 뚫고 달리는 동안 뺨에 흐른 눈물은 말라 사라지고, 풀어헤친 머리는 등 뒤로 휘날렸다. 수전은 파일런이 더욱 빨리 달리도록 박차가 안 달린 장화로 옆구리를 가볍게 찼다. 파일런은 즉시 귀를 바짝 눕히고 꼬리를 흩날리며 속도를 높였다. 빛이 바래고 헐렁한 카키색 셔츠에 청바지를 받쳐 입은 수전은 가벼운 연습용 안장 위로 몸을 숙이고 한 손으로는 안장 앞머리를 꽉 틀어쥐었고, 다른 손으로 파일런의 단단하고 보드라운 목을 쓰다듬었다. (아버지의 유품인) 그 셔츠야말로 이날 일어난 모든 문제의 근원이었다.

"더!" 수전은 파일런의 귀에 대고 속삭였다. "더 빨리 달려, 파일런! 더 빨리!"

파일런은 속도를 한 단계 위로 높였다. 파일런에게 아직도 힘이 남아 있음을 수전은 잘 알았다. 어쩌면 생각보다 훨씬 더 빨리 달릴 수도 있었다.

드롭 평원에서 가장 높은 언덕마루를 따라 질주하는 동안 수전은 초록빛과 금빛으로 물든 드넓은 경사면도, 그 경사면이 안개 낀 청정해의 새파란 수면과 만나는 장대한 풍경도 눈에 들어오지 않았다. 여느 때 같았으면 아름다운 경치와 소금기를 머금은 서늘한 바람에 가슴이 부풀었을 터였다. 이날 수전은 그저 묵직하게 울리는 발굽 소리를 들으며 요동치는 근육을 느끼고 싶었다. 이날은 모든 생각을 떨쳐 버리고 싶었다.

모든 것은 이날 아침 수전이 아버지의 낡은 셔츠를 걸치고 말을 타러 아래층으로 내려왔을 때 시작되었다.

2

코딜리어 고모는 기다란 잠옷 바람에 머리그물을 쓴 차림새로 스토브 앞에 서 있었다. 그러던 그녀가 이윽고 오트밀 대접을 들고 식탁으로 향했다. 수전은 대접을 들고 자신 쪽으로 돌아선 고모를 보자마자 문제가 생겼음을 알아차렸다. 고모가 뾰루퉁하게 뒤틀린 입매를 하고서 수전이 껍질을 벗기고 있는 오렌지를 못마땅한 눈으로 바라보았기 때문이다. 이맘때쯤이면 이미 수중에 들어왔으리라 기대했던 돈, 수전이 가을까지 처녀로 남아야 한다고 선언한 짓궂은 마녀 때문에 한참을 더 기다려야 들어올 그 돈 때문에 한이 맺혔던 것이다.

하지만 오로지 돈 때문만은 아니라는 것을 수전은 잘 알았다. 간단히 말하면, 두 사람은 이미 서로에게 지겨운 존재였다. 코딜리어 고모에게 돈은 단지 이루어지지 않은 기대에 지나지 않았다. 사실 그녀는 올 여름 드롭 평원 끝자락에 위치한 이 집을 혼자 차지할 희망에 부풀어 있었다. 그리고 어쩌면, 가끔은, 그녀가 홀딱 반한 것처럼 보이는 엘드레드 조너스 씨가 찾아올지도 몰랐다. 그런데 지금 두 여성은 여전히 한 집에 살고 있었다. 한쪽은 이제 인생의 만년에 이르러 홀쭉하고 쭈글쭈글한 얼굴에 홀쭉하고 쭈글쭈글한 입술을 하고서, 밋밋한 가슴을 가린 드레스의 높다란 목깃을 단단히 여민 채(고모는 툭하면 수전에게 말했다. '남자들이 맨 먼저 달려드는 곳이 바로 목이야.'), 한때는 윤기가 흐르던 밤색 머리칼마저 희끗희끗하게 변해가는 중이었다. 다른 한쪽은 젊고 똑똑하고 날렵하고 무엇보다 육체적으로 가장 아름다운 시절을 누리는 중이었다. 둘은 사사건건 서로의 신경을 긁었다. 말 한마디 한마디에 불꽃이 튀는 것만 같았는데 실은 놀랄 일도 아니었다. 그 둘을 똑같이 사랑해 주었던, 그리하여 그 둘이 서로를 사랑하게 해 주었던 한 남자가 죽고 없기 때문이었다.

"말 타러 나갈 거냐?"

코딜리어 고모는 식탁에 대접을 내려놓고 아침 햇살이 비치는 자리에 앉으며 물었다. 좋지 않은 위치였다. 조너스 씨가 있었더라면 죽어도 앉지 않을 자리였다. 환한 햇빛 때문에 얼굴이 마치 나무 가면처럼 보였던 것이다. 고모의 한쪽 입가에 뾰루지가 보였다. 잠을 설쳤을 때 어김없이 나타나는 증세였다.

"예."

"그럼 좀 든든하게 먹지 그러냐. 고작 그걸론 9시도 안 돼서 배가 꺼질 텐데."

"전 이거면 돼요."

썰어놓은 오렌지를 입에 넣는 수전의 손길이 급해졌다. 이 대화가 어디로 흘러갈지, 또 고모가 얼마나 못마땅한 눈으로 자신을 바라보는지 수전은 다 알 수 있었다. 그래서 싸움이 시작되기 전에 얼른 식탁을 떠나고 싶었다.

"너도 이거 한 그릇 하지 그러냐?"

코딜리어 고모는 이렇게 물으며 자기 앞의 오트밀 대접에 숟가락을 철떡 담갔다. 그 소리가 꼭 진흙탕을(혹은 똥 더미를) 밟는 말발굽 소리 같아서 수전은 뱃속이 뒤틀리는 기분이었다.

"이거면 점심때까진 든든할 거야, 그때까지 말을 탈 생각이라면 말이지만. 하긴 너처럼 예쁜 아가씨가 잡다한 집안일 따위……"

"다 했어요."

아시잖아요, 벌써 다 해 놓은 거. 수전은 굳이 덧붙이지 않고 속으로 말했다. *고모가 거울 앞에 앉아 뾰루지를 조몰락거리는 동안 전 일을 했다고요.*

코딜리어 고모는 큼지막한 버터 덩어리를 오트밀에 넣고 녹는 모습을 가만히 지켜보았다. 그런 고모가 어떻게 이토록 야윈 몸매를 유지하는지 수전은 도무지 알 수가 없었다. 어쨌거나 그 짧은 시간 동안 이날의 아침 식사는 상당히 교양 있게 마무리될 것처럼 보였다.

그러다가 셔츠 이야기가 튀어나왔다.

"수전, 나가기 전에 지금 걸친 그 누더기 벗어라. 벗고 소린 장관님이 지난주에 보내 주신 승마용 블라우스를 입어. 그렇게라도 해야 감사하는 마음을 보여줄 수……"

"이 누더기는 우리 아빠 거예요!"

설령 여기서 고모의 말을 끊지 않았다고 한들, 이후에 들은 말은 어차피 분노 때문에 기억하지 못했을 것이다. 수전은 셔츠 소매를 손으로 쓸어내리며 감촉을 음미했다. 하도 많이 빨아서 천이 벨벳처럼 보드라웠다. 수전의 말에 고모는 코웃음을 쳤다.

"그래, 패트릭 옷이지. 너한테는 너무 커. 어차피 어울리지도 않고. 어렸을 땐 단추 달린 남자 셔츠를 입어도 괜찮았을지 모르지만, 이젠 너도 가슴이 봉긋해졌으니……"

승마용 블라우스는 한쪽 구석의 옷걸이에 줄지어 걸려 있었다. 나흘 전에 도착한 그 옷들을, 수전은 차마 방으로 들고 갈 수조차 없었다. 총 세 벌인 블라우스는 색이 각각 빨강, 초록, 파랑이었고, 재질은 모두 비단이었으며, 의심할 것도 없이 모두 값진 옷이었다. 수전은 재력을 뽐내는 것 같은 그 옷들이 싫었다. 지나치게 야한 주름 장식 또한 끔찍했다. 바람을 받아 펄럭이도록 일부러 부풀린 소매에, 바보처럼 한껏 늘어진 목깃에…… 게다가 당연하다는 듯 깊숙이 팬 앞섶까지. 수전이 그 옷을 입고 나타나면 소린은 십중팔구 가슴만 쳐다볼 것이 뻔했다. 그래서 그 블라우스만큼은 가능한 한 입고 싶지 않았다.

"내 가슴이 봉긋해지든 말든 내 알 바 아니에요. 어차피 말을 타고 있을 땐 보는 사람도 없어요."

"아니, 꼭 그렇지도 않아. 자치령 직속 가축 상인이 볼지도 몰라. 혹시 레니가 볼 수도 있지, 너도 알겠지만 그 사람은 늘 이맘때 이 근처를 지나가니까. 혹시라도 그 사람이 보고 소린 장관님께 그분이 선물하신 블라우스를 네가 입고 있더라고 말씀드리면 좋잖아. 안 그러냐? 도대체 왜 그렇게 고집을 부리는 거냐? 왜 만날 그렇게 심술을 부리고 반항하는 거야?"

"그게 고모랑 무슨 상관이에요? 어차피 돈은 벌써 받았잖아요, 안 그래요? 조금 있으면 또 들어올 테고요. 소린이 날 따먹으면."

코딜리어 고모는 충격과 분노로 얼굴이 하얗게 질린 채 식탁 위로 몸을 뻗어 조카의 뺨을 갈겼다.

"내 집에서 감히 그런 말을 입에 담다니, 이 상스러운 것! 어디서 배워먹은 버르장머리야!"

수전이 눈물을 터뜨린 것은 바로 그때였다. 고모의 입에서 튀어나온 '내 집'이라는 말 때문이었다.

"여긴 우리 아빠 집이에요! 아빠랑 나랑 살던 집이라고요! 고모는 집도 절도 없는 외톨이였잖아요, 갈 데라곤 여인숙뿐이었는데 아빠가 이리 데려왔잖아요! *아빠가 여기 살게 해 줬잖아요!*"

수전의 손에는 마지막 오렌지 조각 두 개가 남아 있었다. 수전은 그것을 고모의 얼굴에 내던지고 벌떡 일어서려 했지만, 너무 거칠게 몸을 뒤로 뺀 탓에 그만 의자와 함께 비틀거리다 바닥에 나동그라지고 말았다. 고모의 그림자가 수전을 덮었다. 수전은 그 그림자를 벗어나려고 필사적으로 바닥을 기었다. 머리카락은 흐트러졌고 얻어맞은 뺨은 욱신거렸고 두 눈에서는 뜨거운 눈물이 솟았고, 목은 꽉 막힌 것처럼 숨조차 쉬기 힘들었다. 마침내 수전이 바닥에서 일어섰다.

"배은망덕한 것 같으니."

고모의 목소리는 독기로 가득했지만 동시에 귀를 어루만지듯이 부드러웠다.

"내가 너한테 얼마나 잘해 줬는데, 소린 장관님은 또 얼마나 잘해 주셨는데. 네가 지금 타러 가는 말도 장관님이 주신 선물⋯⋯"

"파일런은 우리 말이었어요!"

수전이 비명을 지르듯이 외쳤다. 진실을 교묘하게 왜곡하는 고모의 말에 화가 나 미칠 것만 같았다.

"다 우리 거였단 말이에요! 말들도, 땅도, 전부 다!"

"목소리 낮춰라."

수전은 숨을 깊이 들이쉬고 평정심을 찾으려 애썼다. 얼굴을 가린 머리칼을 쓸어넘기자 볼에 찍힌 새빨간 손자국이 드러났다. 코딜리어는 자기가 남긴 그 손자국을 보고 살짝 움찔했다.

"아빠가 살아 계셨다면 절대 허락 안 하셨을 거예요. 내가 하트 소린의 첩이 되도록 절대 내버려두지 않으셨을 거라고요. 소린을 장관으로서⋯⋯ 아니면 후원자로서 어떻게 생각하셨든지⋯⋯ 절대 용납 안 하셨을 거예요. 그건 고모도 알잖아요. 다 알고 있잖아요."

코딜리어는 눈을 동그랗게 뜨고서 손가락을 귀 옆에 대고 빙빙 돌렸다. 수전이 미쳤다고 말하고 싶은 듯했다.

"너도 동의했잖아, 이 깜찍한 아가씨야. 네 입으로 똑똑히 말했어, 그렇게 하겠다고. 이미 정해진 일을 지금 와서 못하겠다고 징징거리는 이유가 계집애 같은 변덕 때문이라면……"

"맞아요, 나도 그 거래에 동의했어요. 고모한테 밤낮으로 시달리다 못 견뎌서요. 고모가 엉엉 울면서 나를 붙들고……"

"내가 언제!"

"고모, 벌써 다 잊어버린 거예요? 하긴, 잊었겠죠. 아침상 앞에서 나를 때린 것도 저녁때쯤이면 까맣게 잊어버릴 테니까요. 하지만 난 똑똑히 기억해요. 당신은 울었어요, 울면서 나한테 하소연했어요. 땅을 다 뺏길까 봐 무섭다고, 우리한텐 이제 법적인 권리가 하나도 안 남았다고, 길바닥으로 나앉게 생겼다고, 당신이 울면서 그렇게……"

"날 그딴 식으로 부르지 마!"

코딜리어가 악을 썼다. 조카한테서 당신이라는 말을 듣는 것만큼 그녀를 미치게 하는 일은 세상에 아무것도 없었다.

"말도 안 되는 불평을 꿍얼거리는 것도 모자라서 당신이라니, 어디서 감히! 나가! 썩 나가버려!"

그러나 수전은 아랑곳하지 않고 계속 쏘아붙였다. 터져 나오는 분노를 억누를 수가 없었기 때문이었다.

"당신은 울면서 말했어요. 우린 쫓겨날 거라고, 서쪽으로 쫓겨나서 다시는 아빠 집도 햄브리도 못 보게 될 거라고…… 그러다가 내가 잔뜩 겁을 먹으니까 이렇게 소곤거렸죠. 나한테 귀여운 아기가 생길 거라고. 처음부터 우리 거였던 땅을 돌려받을 거라고. 우리 거였던 말들도 되찾을 거라고. 장관님이 약속의 증표로 말을 한 마리

줄 텐데 그 말은 *내가 새끼를 받았던 바로 그 말이라고.* 그런데요, 차용증 한 장만 아니었어도 어차피 내 거였을 그 재산들을 돌려받 으려고 내가 무슨 짓을 했는지 알아요? 고모가 돈을 벌게 해 주려고 내가 무슨 짓을 했는지 아냐고요. 난요, 그 사람한테 다리를 벌려주 기로 약속했어요. 그 사람이랑 40년이나 같이 산 부인이 한집에서 잠들어 있는 동안!"

"그래서, 원하는 게 뭐냐, 돈?" 코딜리어는 잡아먹을 듯이 씩 웃 으며 물었다. "그런 거냐? 돈이 탐났던 거야? 그럼 가지든가. 자, 받 아서 꽁꽁 싸매 놓든 펑펑 써 버리든 돼지한테 던져 주든 네 맘대로 해!"

코딜리어는 스토브 옆의 옷걸이에 걸려 있던 손가방을 향해 돌 아섰다. 그러고는 가방에 손을 넣고 거칠게 뒤적거렸지만, 단호하던 기세는 눈 깜짝할 사이에 사라지고 이내 뭉그적거리기 시작했다. 부 엌 문간에 걸린 타원형 거울을 통해 수전은 고모의 얼굴을 볼 수 있 었다. 그곳에 비친 고모의 얼굴을, 증오와 실망과 탐욕이 뒤섞인 그 표정을 보고 수전은 가슴이 철렁 내려앉는 느낌이었다.

"됐어요, 고모. 돈을 포기하는 게 고모한테 얼마나 끔찍한 일인지 알겠어요. 그딴 돈 어차피 갖고 싶지도 않아요. 몸을 팔아서 번 화대 따위."

코딜리어가 수전을 향해 돌아섰다. 놀란 표정으로 보아 손가방은 까맣게 잊은 듯했다.

"매춘이 아니야, 이 멍청한 것아! 그 왜, 역사에 남은 위대한 여인 네들도 몇 명은 첩이었잖아. 위인들 중에도 첩의 소생이 한둘이 아 니고. *네가 하는 일은 매춘이 아니야!*"

수전은 옷걸이에 걸려 있던 빨간 비단 블라우스를 낚아채서 높이 쳐들었다. 블라우스 아랫단이 마치 오랫동안 이 순간을 기다려 왔다는 듯이 수전의 가슴에 착 달라붙었다.

"그럼 왜 창녀들이나 입을 이딴 옷을 나한테 보낸 거죠?"

"아아, 수전!"

코딜리어 고모의 눈에 눈물이 차올랐다.

수전은 앞서 오렌지 조각을 던졌던 것처럼 이번에는 고모를 향해 블라우스를 내던졌다. 블라우스는 펄럭거리며 날아가다 고모의 발치에 떨어졌다.

"블라우스가 그렇게 좋으면 주워서 고모나 입으세요. 소린이 그렇게 좋으면 다리를 벌려도 고모가 가서 벌리세요."

수전은 돌아서서 그대로 문을 뛰쳐나갔다. 반쯤 미쳐 버린 것 같은 고모의 목소리가 등 뒤를 따라왔다.

"수전, 엉뚱한 생각은 꿈에도 하지 마라! 엉뚱한 생각은 엉뚱한 짓으로 이어지는 법이다, 지금은 그럴 때가 아니야! 너도 동의했잖아!"

수전도 알고 있었다. 파일런을 타고 드롭 평원을 아무리 내달려도 그 생각만은 떨칠 수가 없었다. 수전은 동의를 했다. 그리고 패트릭 델가도라면 딸이 맺은 거래에 아무리 기겁했다 한들 한 가지 사실만큼은 똑똑히 기억했을 터였다. 수전은 약속을 했고, 약속은 반드시 지켜야 한다는 것이었다. 약속을 어기는 자의 앞길에는 지옥이 입을 벌리고 기다리는 법이므로.

3

파일런에게는 아직 달릴 힘이 충분히 남아 있었지만 수전은 고삐를 당겼다. 뒤를 돌아보니 이미 1킬로미터가 훌쩍 넘게 달려온 참이었다. 그래서 수전은 고삐를 쥔 손에 더욱 힘을 주었고, 파일런은 점점 속도를 늦춰 사뿐사뿐 걷기 시작했다. 수전은 숨을 깊이 들이마셨다가 천천히 내쉬었다. 아름다운 아침 풍경이 처음으로 눈에 들어왔다. 안개 낀 서쪽 하늘에는 갈매기 떼가 원을 그리며 날고 있었고, 주위는 온통 높이 자란 풀밭이었으며, 그늘진 골짜기마다 꽃들이 활짝 피어 있었다. 수레국화와 층층이부채꽃, 유도화, 그리고 수전이 제일 좋아하는 파랗고 가녀린 비단꽃도. 사방에서 마치 최면을 걸듯 어지러운 벌 소리가 들려왔다. 그 소리에 수전은 뛰던 가슴이 조금 가라앉았다. 그 덕분에 자신의 고민거리를 스스로에게 인정할 수 있었고…… 그것을 소리 내어 말할 수 있었다.

"윌 디어본."

주위에 듣는 귀라고는 파일런과 벌 떼뿐이었건만, 수전은 자기 입에서 나온 이름을 듣고 흠칫 놀랐다. 그래서 그 이름을 다시 한 번 불렀을 때에는 자신도 모르게 손목을 입술에 대고 맥박이 뛰는 자리에 입을 맞추었다. 수전은 자신도 모르게 그런 짓을 했다는 데에 놀랐고, 뒤이어 손목의 감촉과 짭짤한 땀 맛 때문에 몸이 후끈 달아올랐다는 데에 더더욱 놀랐다. 수전은 윌을 만난 날 혼자 침대에서 그랬던 것처럼 자신을 진정시키고 싶었다. 기분 같아서는 금세 끝날 것만 같았다.

그러나 그렇게 하는 대신 아버지가 살아생전 입버릇처럼 뇌까리던 욕설('어휴, 젠장')을 중얼거리고 신발 옆의 땅에 침을 뱉었다. 지난 3주 동안 수전의 삶을 물들인 모든 짜증의 근원은 바로 윌 디어본이었다. 마음을 흔들리게 하는 파란 눈도, 곱실거리는 검은 머리도, 사람을 판단하는 거만한 태도까지 모두 짜증스럽기만 했다. *사려 깊은 행동은 어렵지 않습니다, 아가씨. 그런데 방금 예의라고 하셨나요? 아가씨가 그런 말을 다 알다니, 놀랍군요.*

그 말을 떠올릴 때마다 수전은 분노와 수치심 때문에 피가 끓는 기분이었다. 대부분은 분노 때문이었다. 어떻게 감히 도덕이라는 잣대로 판단할 생각을 했을까? 온갖 부귀영화를 누리며 자란 도련님 주제에. 그는 보나마나 쓸 데도 없는 재산을 잔뜩 쌓아놓고 살면서 말 한마디로 하인들을 부릴 팔자였다. 원하는 것이 있으면 주위의 아첨꾼들이 공짜로 안겨줄 것이 뻔했다. 그런 어린애가(사실이었다, 그는 정말이지 어린애일 뿐이었다.) 수전이 힘들게 내린 결정에 대해 뭘 안단 말인가? 그 결정에 관해 얘기하자면, 사실상 수전에게는 선택의 여지가 없었다는 걸 헴프힐의 윌 디어본 도령 같은 어린애가 과연 이해할 수나 있을까? 어미 고양이에게 붙잡혀 집으로 끌려가는 천방지축 새끼 고양이처럼 목덜미를 물린 채 질질 끌려갈 수밖에 없는 처지였다는 걸?

그럼에도 윌은 수전의 머릿속을 떠나지 않았다. 또한 코딜리어 고모는 몰랐다고 해도 수전은 알고 있었다. 이날 아침 두 사람이 싸우던 현장에는 보이지 않는 제3자가 있었다는 것을.

수전이 아는 것은 또 있었다. 혹시라도 고모가 알았다가는 놀라서 기절할 만한 사실이었다.

바로 윌 디어본 역시 수전을 잊지 않았다는 것이었다.

4

수전이 환영 만찬회에서 윌 디어본에게 비참하고 가슴 아픈 말을 들은 날로부터 약 1주일 후, 수전과 고모가 함께 사는 집 앞에 트래 블러스 레스트에서 일하는 살짝 덜떨어진 사내아이가 나타났다(사 람들은 그를 '시미'라고 불렀다.). 시미는 커다란 꽃다발을 양손으로 들 고 있었는데 대개는 드롭 평원에 자라는 들꽃이었고, 암적색 들장 미도 군데군데 섞여 있었다. 그 모습이 마치 문장 속에 찍힌 붉은색 구두점 같았다. 허락도 안 받은 채 대문을 여는 시미의 얼굴은 환한 함박웃음으로 물들어 있었다.

수전은 때마침 현관 앞을 쓸고 있었다. 코딜리어 고모는 뒤뜰에 있었다. 수전에게는 행운이었지만 그리 놀랄 일은 아니었다. 이즈음 두 사람은 서로 떨어져 있으려고 안간힘을 썼기 때문이었다.

수전은 앞뜰로 걸어 올라오는 시미의 모습을 가만히 지켜보았다. 들고 있는 꽃다발 너머로 헤벌쭉 웃는 시미의 얼굴은 환희와 불안 이 뒤섞인 표정이었다.

"안녕하세요, 패트릭 델가도 어르신의 따님 수전 아가씨. 오늘은 제가 심부름 때문에 왔는데, 혹시 폐가 됐다면 죄송해요. 저기, 그 게, 제가 원래 사람들한테 폐를 많이 끼치거든요. 저도 알아요. 이 거, 아가씨 거예요. 받으세요."

시미는 기운찬 목소리로 인사하고 꽃다발을 불쑥 내밀었다. 그리 고 수전은 그 꽃다발 속에서 반으로 접힌 봉투를 발견했다.

"수전?"

코딜리어 고모의 목소리가 집 옆을 돌아 앞뜰까지 들리는가 싶더니…… 점점 가까워졌다.

"수전, 방금 그 소리 대문 소리냐?"

"예, 고모!"

수전은 큰소리로 대답했다. *무슨 귀가 저렇게 밝담!* 그러고는 유도화와 데이지 사이에 꽂힌 봉투를 냉큼 집었다. 봉투는 드레스 주머니 속으로 사라졌다.

"이거요, 저랑 3등으로 친한 친구가 보낸 거예요, 아가씨. 저한테 친구가 세 명이 새로 생겼거든요. 어, 그러니까, 이만큼요."

시미는 손가락 두 개를 폈다가 미간을 찡그리더니 두 개를 더 펴고는 환하게 웃었다.

"1등으로 친한 친구는 아서 히스고요, 2등으로 친한 친구는 리처드 스톡워스예요. 3등으로 친한 친구는……"

"쉿!"

나직하지만 단호한 수전의 목소리에 시미의 웃음이 사라졌다.

"3등으로 친한 친구 이름은 말하면 안 돼."

이렇게 말해 놓고서 수전은 마치 열이 오른 사람처럼 얼굴이 빨개졌다. 볼에서 시작된 홍조가 목을 타고 내려가 발까지 번진 느낌이었다. 지난 한 주 동안 햄브리에서는 시미의 새 친구들에 관한 소문이 들불처럼 퍼져 나갔다. 소문에는 그 소년들 말고 다른 사람들도 잠깐 등장하는 모양이었다. 수전이 들은 소문은 모두 터무니없는 것들이었지만, 만약 사실이 아니라면 어떻게 그 많은 목격자들이 하나같이 똑같은 얘기를 할 수 있단 말인가?

코딜리어 고모가 집 모퉁이를 돌아 나타날 때까지도 수전의 마음은 가라앉지 않았다. 시미는 새로 나타난 여인을 보고 흠칫 물러섰다. 어리둥절하던 시미의 표정에 이제 실망한 기색이 역력했다. 코딜리어는 벌침 알레르기 때문에 거즈 같은 천으로 밀짚모자의 챙부터 물 빠진 작업복 드레스의 밑단까지 꽁꽁 싸매고 있었는데, 이는 밝은 곳에서 보면 특이하고 어두운 곳에서 보면 가슴이 철렁할 만큼 으스스한 차림새였다. 이 의상을 완성하는 마지막 한 수는 그녀가 장갑 낀 손에 들고 있던 흙 묻은 전지가위였다.

코딜리어가 꽃다발을 보더니 성큼성큼 그쪽으로 걸어갔다. 전지가위는 여전히 손에 든 채였다. 조카 옆에 도착한 그녀는 작업용 허리띠의 구멍에 가위를 꽂고(조카인 수전이 보기에도 마지못해 가위를 거두는 듯했다.) 얼굴 앞의 베일을 걷었다.

"누가 보낸 거지?"

"저도 몰라요, 고모."

수전이 대답했다. 생각보다 차분한 목소리가 나왔다.

"여기 이 사람은 주점에서 일하는 청년인데……"

"흥, 주점 좋아하네!"

"이 사람도 누가 보낸 건지 모르는 것 같아요."

수전은 계속 둘러댔다. 제발, 이 사람을 보낼 수만 있다면!

"이 사람은요, 그게, 뭐라고 하면 좋을까, 조금……"

"바보지. 그래, 그건 나도 안다."

코딜리어는 짜증난다는 듯이 수전을 힐끗 쳐다보고 나서 시미에게로 주의를 돌렸다. 장갑 낀 두 손으로 양 무릎을 짚은 채로, 그녀는 시미의 얼굴에 대고 고함을 지르며 물었다.

"이 꽃…… 누가…… 보낸…… 거야?"

그 기세에 옆으로 젖혀 놓았던 베일이 제자리로 돌아와 코딜리어

의 얼굴을 가렸다. 시미는 다시 한 걸음 물러섰다. 잔뜩 겁먹은 표정
이었다.

"혹시…… 시프론트…… 관저에서…… 보낸 거냐……? 소린…… 장관
님이……? 말을 해…… 그럼 내가…… 1페니를…… 줄게."

수전은 가슴이 철렁 내려앉았다. 시미가 술술 털어놓을 것이 뻔
했기 때문이었다. 수전의 처지가 곤란해질지도 모른다고 짐작할 만
한 지능이 그에게는 없었다. 어쩌면 윌 디어본까지 곤경에 처할 수
도 있었다.

그러나 시미는 시종 고개만 저었다.

"기억 안 나요. 제가요, 머리가 깡통이거든요. 진짜예요. 스탠리
가 그러는데 제 머리는요, 벌레 수준이래요."

시미가 또다시 함박웃음을 짓자 눈부시게 하얗고 가지런한 치열
이 드러났다. 코딜리어는 그 함박웃음에 우거지상으로 답했다.

"어휴, 바보 같으니! 썩 꺼져. 당장 마을로 돌아가, 어서. 이 주위
에서 얼쩡거려 봤자 국물도 없다. 사람 이름 하나 제대로 기억 못하
는 놈한테 돈은 무슨! 그리고 너, 이 처녀한테 누가 또 꽃을 보내도
다시는 오지 마라! 내 말 알아들었냐?"

시미는 방아깨비처럼 고개를 끄덕이다가 물었다.

"저기, 그런데요, 부인……?"

코딜리어 고모가 시미를 향해 눈을 부라렸다. 이마에 수직으로
팬 주름이 이날따라 유난히 굵게 보였다.

"저, 왜 온몸에 거미줄을 뒤집어쓰고 계세요?"

"이런 건방진 녀석, 당장 꺼져!"

코딜리어가 꽥 소리쳤다. 마음만 먹으면 기차 화통 같은 소리를

낼 수 있는 코딜리어의 목청 탓에 시미는 놀라서 뒤로 펄쩍 물러섰다. 잠시 후, 코딜리어는 하이 스트리트를 따라 마을로 돌아가는 시미의 모습을 보고 아이가 다시 돌아와 심부름 값을 받으려고 어슬렁거릴 생각이 없음을 확인했다. 그제서야 그녀는 다시 조카에게 주의를 돌렸다.

"이봐, 예쁜 아가씨. 그 꽃 시들기 전에 꽃병에 꽂아 놔. 꽃을 보낸 이름 모를 숭배자가 누군지 상상하면서 게으름 피울 생각은 안 하는 게 좋을 거야."

그러고는 빙긋이 웃었다. *진심*이 담긴 미소였다. 그것이야말로 수전을 가장 괴롭히는 것, 가장 혼란스럽게 하는 것이었다. 코딜리어 고모는 동화에 나오는 털북숭이 괴물도, 쿠스 언덕의 레아 같은 마녀도 아니었다. 수전의 눈앞에 있는 것은 괴물이 아니라 그저 늙은 처녀에 지나지 않았다. 조금은 허영에 들뜬, 돈을 사랑하는, 빈털터리로 길가에 나앉을까 두려워하는, 늙은 처녀.

"수전, 우리 같은 사람들은 말이지……." 고모의 목소리는 끔찍이도 다정했다. "꿈 같은 건 여유 있는 사람들이나 꾸게 내버려두고 그저 집안일이나 열심히 하는 게 최고란다."

5

수전이 생각하기에 꽃다발을 보낸 사람은 틀림없이 윌 디어본이었고, 그 생각은 옳았다. 그가 보낸 쪽지의 글씨체는 반듯하고 가지런했다.

수전 델가도 귀하

그날 밤에는 제가 실례되는 말을 했습니다. 부디 용서해 주시기 바랍니다. 만나서 얘기할 수 있을까요? 남의 눈을 피해서 뵙고 싶습니다. *중요한 일입니다.* 만나 주시겠다면 이 쪽지를 들고 간 소년에게 답을 전해 주십시오. 그 친구는 안심하셔도 됩니다.

월 디어본 올림

중요한 일. 힘주어 강조한 글씨였다. 월 디어본에게 그토록 중요한 일이 무엇인지 알고 싶은 마음이 더럭 치솟았다. 수전은 어리석은 짓 하지 말라고 스스로에게 당부했다. 어쩌면 월은 수전의 아름다운 용모에 반했을지도 모른다. 만약 그렇다면…… 누구의 잘못일까? 그와 이야기를 나누고, 그의 말에 타고, 그 말에서 내리다가 그만 맨다리를 보여 준 사람은 누구였을까? 그의 어깨에 손을 올리고 입을 맞춘 사람은?

그 생각에 수전은 양 볼과 이마가 발개졌다. 또다시 뜨거운 고리가 몸을 조이며 아래로 내려가는 것 같았다. 그 입맞춤을 후회하는지 어떤지는 수전 자신도 알 수 없었지만, 후회를 하든 안 하든 간에 실수는 실수였다. 이제 와서 월을 다시 만나는 것은 더 지독한 실수가 될 터였다.

그럼에도, 수전은 그를 만나고 싶었다. 또한 마음 깊은 곳에서는 그에 대한 분노를 접어둘 준비가 되었음을 알고 있었다. 하지만 수전은 이미 계약을 한 몸이었다.

그 끔찍한 계약을.

이날 밤 수전은 뜬눈으로 누워 뒤척거리다가 그냥 조용히 있는 편이 더 낫겠다고, 그러는 편이 더 점잖아 보이겠다고 생각했다. 그러나 잠시 후에는 머릿속으로 쪽지를 적기 시작했다. 그중에는 거만하게 쓴 것도 있었고 냉정하게 쓴 것도 있었고, 유혹하듯 달콤하게 쓴 것도 있었다.

헌 날을 보내고 새 날을 맞이하는 자정의 종이 울렸을 때, 수전은 이제 할 만큼 했다는 생각이 들었다. 그래서 침대를 박차고 일어나 방문을 열고 복도로 머리를 쑥 내밀었다. 코딜리어 고모의 피리 소리 같은 코 고는 소리를 확인한 수전은 문을 도로 닫고 창가의 책상으로 가서 램프를 켰다. 그러고는 맨 위 서랍에서 뒤가 비칠 정도로 얇은 황산지를 한 장 꺼내어 반으로 자른 다음(햄브리에서 종이를 낭비하는 것은 우량종 가축을 죽이는 것보다 더 큰 범죄였다.), 재빨리 글을 써내려갔다. 꾸물거렸다가는 또다시 몇 시간 동안 고민하게 되리라는 예감 때문이었다. 인사도 서명도 없는 답신은 그렇게 단숨에 완성되었다.

만나지 않겠어요. 합당한 이유가 없으니까요.

수전은 쪽지를 조그맣게 접고 램프를 불어 끈 다음, 침대로 돌아와 베개 아래 깊숙이 쪽지를 숨겼다. 잠들기까지 채 2분도 걸리지 않았다. 이튿날, 수전은 장을 보러 마을에 가는 길에 트래블러스 레스트에 들렀다. 오전 11시에 본 트래블러스 레스트는 길바닥에서 비명횡사한 짐승의 스산한 자태를 고스란히 간직한 모습이었다.

술집 문간 앞마당에는 말을 묶어 놓는 기다란 통나무가 흙바닥을 반으로 가르듯이 걸려 있었고, 통나무 아래에는 물을 담은 구유가 놓여 있었다. 시미는 그 통나무를 따라 외바퀴 손수레를 밀면서 간밤에 쌓인 말똥을 삽으로 퍼 담는 중이었다. 우스꽝스럽게 생긴 분홍색 맥고모자를 쓴 시미가 흥얼거리는 노래의 제목은 「황금 구두」였다. 수전은 문득 궁금해졌다. 트래블러스 레스트의 단골들 가운데 이날 아침 시미처럼 일찍 일어난 사람이 과연 몇 명이나 될까……? 그렇게 생각하면, 진짜 얼간이는 과연 어느 쪽일까?

수전은 주위를 둘러보고 지켜보는 사람이 없는지 확인한 다음, 시미에게 걸어가 어깨를 톡톡 두드렸다. 시미는 더럭 겁을 먹은 듯했는데 수전 생각에는 충분히 그럴 만했다. 들리는 소문에 따르면 이 불쌍한 아이는 하마터면 조너스의 친구 디페이프에게 목숨을 잃을 뻔했다. 고작 신발에 술을 쏟았다는 이유로.

수전을 알아본 시미가 다정하게 말을 건넸다.

"안녕하세요, 마을 변두리에 사는 수전 델가도 아가씨. 오늘 하루도 즐겁게 보내세요."

시미는 인사를 마치고 수전에게 절을 했다. 새 친구 세 명이 선보인 내륙 자치령의 인사법을 흉내 낸 재미난 몸짓이었다. 수전도 빙긋이 웃으며 예를 갖추어 답했다(청바지를 입은 탓에 치마를 살짝 올리는 손짓은 시늉에 그쳐야 했지만, 메지스 여성들은 그런 식의 인사법에 익숙했다.).

"제가 드린 꽃다발, 보셨어요?"

시미는 이렇게 물으며 벽돌이 그대로 드러난 벽 쪽을 가리켰다. 수전은 그가 가리킨 곳을 보고 아련한 감동을 느꼈다. 건물 벽 밑단을 따라 파랗고 하얀 비단꽃이 줄지어 자라고 있었던 것이다. 낡아 빠진 술집 건물을 등지고 오물이 널린 황량한 흙바닥을 내다보며 아침 산들바람에 하늘하늘 흔들리는 꽃들은, 씩씩하면서도 애처로워 보였다.

"시미, 저거 네가 키운 꽃들이니?"

"예, 제가 키웠어요. 길르앗에서 온 아서 히스 씨가요, 노란 꽃도 갖다 주기로 약속하셨어요."

"노란 비단꽃은 한 번도 못 봤는데."

"그럼요, 당연하죠. 저도 못 봤으니까요. 그치만 아서 히스 씨가요, 길르앗에는 노란 비단꽃이 있댔어요."

시미는 진지한 표정으로 수전을 바라보았다. 삽을 쥔 모양새가 마치 소총이나 창을 세워 든 군인 같았다.

"아서 히스 씨는요, 제 목숨을 구해 주셨어요. 그분을 위해서라면 전 뭐든지 할 수 있어요."

"정말이야, 시미?" 수전은 가슴이 뭉클했다.

"그럼요. 그분한테는요, 경계병도 있어요! 새 해골이에요! 가끔 그 해골에 말을 걸 때도 있는데요, 그래도 저는 절대 안 웃어요. 절대로!"

수전은 주위를 둘러보고 보는 눈이 없는지 다시 한 번 확인한 다음(길 건너편의 나무 토템을 빼면 아무도 없었다.), 조그맣게 접은 쪽지를 청바지 주머니에서 꺼냈다.

"이 쪽지를 디어본 씨한테 전해 줄래? 그 사람도 네 친구잖아, 그렇지?"

"월이요? 그럼요, 친구 맞아요!"

시미는 쪽지를 받아 자기 주머니에 깊숙이 찔러넣었다.

"아무한테도 얘기하면 안 돼."

"쉬이이잇! 아가씨께 꽃을 갖다 드렸을 때처럼, 아무도 모르게!"

시미는 손가락 한 개를 펴서 입술에 갖다 댔다. 여자들이나 쓰는 분홍색 모자 아래 반짝이는 두 눈이 너무나 동그래서 수전은 웃음이 터질 것만 같았다.

"그래, 아무도 모르게. 잘 있어, 시미."

"아가씨도 안녕히 가세요, 수전 델가도 아가씨."

시미는 다시 말똥 치우는 일로 돌아갔다. 수전은 그런 시미를 가만히 바라보고 서 있다가 왠지 마음이 불안하고 심란해졌다. 막상 쪽지를 무사히 건네고 보니 시미에게 도로 내놓으라고 말하고 싶어졌다. 거기 적힌 글자를 다 긁어내고 만나겠다고 약속하는 글을 적고 싶어졌다. 그의 고요한 파란 눈을 다시 볼 수만 있다면. 그 얼굴을 마주볼 수만 있다면.

잠시 후, 조너스의 부하들 가운데 망토를 걸치고 다니는 남자가 잡화점에서 걸어 나왔다. 고개를 숙이고 담배를 마는 중이었으므로 이쪽을 볼 리는 없었지만, 그래도 수전은 모험을 하고 싶지 않았다. 레이놀즈라는 이름의 저 사내가 조너스에게 말을 전하면 조너스가 다시 코딜리어 고모에게 (시시콜콜!) 고자질을 할 터였다. 만약 수전이 꽃을 배달하러 왔던 소년과 노닥거렸다는 말을 고모가 들으면 질문을 퍼부을 것이 뻔했다. 수전이 답하고 싶지 않은 질문들을.

6

이제 다 지나간 일이야, 수전. 다리 밑의 강물처럼. 지난 일은 잊

어버리는 게 좋아.

수전은 파일런을 멈춰 세우고 드롭 평원과 그곳을 거닐며 풀을 뜯는 말 떼를 내려다보았다. 이날 아침에는 말들이 꽤 많이 보였다.

그래도 소용이 없었다. 수전의 마음은 자꾸만 윌 디어본에게로 돌아갔다.

그를 만나다니, 세상에 무슨 그런 불운이 다 있을까! 쿠스 언덕에서 돌아오던 길에 우연히 마주치지만 않았더라면 지금쯤 수전은 자신의 처지를 속 편하게 받아들였으리라. 어쨌거나 수전은 현실적인 소녀였고, 약속은 약속이기 때문이었다. 순결을 잃는다는 생각에 입이 비죽 튀어나오는 일은 결코 없었을 테고, 오히려 아이를 가진다는 기대에 들떴을지도 모를 일이었다.

그러나 윌 디어본 때문에 모든 것이 바뀌었다. 윌은 수전의 머릿속에 쑥 들어오더니 이제는 아예 퇴거 명령을 거부하는 세입자처럼 자리를 잡고 눌러앉아 있었다. 만찬회에서 춤을 출 때 그가 속삭였던 말 역시 사라지지 않고 수전의 머릿속에 머물렀다. 마치 싫어하는데도 계속 흥얼거리게 되는 노래처럼. 잔인하고 건방진, 바보 같은 말이었지만…… 하지만 그 속에도 일말의 진실은 담겨 있지 않았던가? 쿠스 언덕의 마녀 레아는 하트 소린을 정확히 꿰뚫어보았고, 거기에 대해서만큼은 수전도 더 이상 의심하지 않았다. 마녀들은 다른 것은 다 틀려도 남자의 욕망에 대해서만큼은 정확하다는 생각이 들었다. 흐뭇한 생각은 아니었지만 아마도 진실이지 싶었다.

수전으로 하여금 마땅히 받아들여야 하는 것을 받아들이기 힘들게 한 장본인은 바로 '저주받을 윌 디어본'이었다. 수전으로 하여금 자신의 날카로운 고함과 절박한 비명조차 알아들을 수 없을 만큼

지독한 악다구니를 벌이도록 유도한 사람도, 수전의 꿈속에 나타나 허리를 끌어안고 입을 맞추고 입을 맞추고 또 입을 맞춘 사람도.

말에서 내린 수전은 고삐를 주먹에 감아쥐고 비탈 아래로 몇 걸음 내려갔다. 파일런은 기꺼이 주인을 따라갔고, 걸음을 멈춘 주인이 먼 서남쪽의 파란 물안개를 바라보고 서 있자 다시 풀을 뜯기 시작했다.

수전은 윌 디어본을 한 번 더 만나야겠다고 생각했다. 자신의 타고난 현실감각에 다시 한 번 실력을 입증할 기회를 주기 위해서라도, 그래야 할 것만 같았다. 화끈 달아오른 생각과 그보다 더 뜨거운 꿈 속에서 마음이 멋대로 지어낸 모습이 아니라, 있는 그대로의 모습으로 윌 디어본을 볼 필요가 있었다. 일단 그 일을 끝마치면 다시 삶과 타협하여 해야 할 일을 할 수 있으리라는 생각이 들었다. 어쩌면 수전은 그 생각 때문에 이 길을 택했는지도 몰랐다. 어제도, 그제도, 그끄제도 수전은 바로 이 길에서 말을 달렸다. 시장에서 들은 소문에 따르면 윌 디어본이 말을 타는 곳 또한 이 부근이었다.

수전은 드롭 평원을 뒤로 하고 돌아섰다. 문득 윌이 그곳에 있다는 것을 알았기 때문이었다. 그녀의 생각이 그를 부르기라도 한 것처럼. 아니면 그녀의 *카*가.

보이는 것은 오로지 파란 하늘, 그리고 여성의 허벅지에서 엉덩이를 지나 허리로 이어지는 선처럼 야트막한 언덕들뿐이었다. 마치 침대에 모로 누운 자신의 모습을 보는 듯했다. 쓰디쓴 실망감이 가슴에 차올랐다. 그 쓸쓸한 맛이 입속에까지 퍼져서 꼭 젖은 찻잎을 씹는 것만 같았다.

수전은 집에 돌아가서 고모에게 사과해야겠다고 생각하며 파일런이 있는 쪽으로 걷기 시작했다. 사과는 서두르면 서두를수록 더 깔끔하게 끝나는 법이므로. 수전은 살짝 비틀어진 왼쪽 등자에 발을 걸쳤다. 그 순간, 지평선 위로 말을 탄 남자가 나타났다. 남자는 수전 쪽에서 볼 때 여인의 엉덩이처럼 생긴 언덕 위에 하늘을 등지고 서 있었다. 그저 말 위에 앉아 있는 검은 형체에 지나지 않았지만, 수전은 그가 누군지 대번에 알아볼 수 있었다.

달아나! 수전은 더럭 겁이 나서 스스로에게 타일렀다. 말을 타고 달려! 여길 떠나야 해! 빨리! 끔찍한 일이 일어나기 전에…… 진짜 카가 되기 전에, 바람처럼 불어닥쳐서 너랑 너의 모든 계획을 하늘 저 멀리 날려 버리기 전에!

수전은 달아나지 않았다. 대신 한 손에 파일런의 고삐를 쥔 채 가만히 서 있었다. 그러다가 언덕을 내려오는 덩치 큰 적갈색 거세마를 본 파일런이 인사하듯 힝힝거리자 가만히 있으라고 속삭였다.

그리고 그곳에 월이 있었다. 처음에는 위쪽에서 수전을 내려다보다가, 이내 말에서 사뿐히 내려섰다. 오랜 승마 경력을 자랑하는 수전조차 따라할 엄두가 안 날 만큼 유연한 몸놀림이었다. 이번에는 발을 뒤로 빼고 하는 절도, 짐짓 엄숙한 척하는 우스꽝스러운 인사도 없었다. 지금 수전을 바라보는 월의 눈빛은 차분했고, 진지했고, 불안한 정도로 어른스러웠다.

두 사람, 길르앗의 롤랜드와 메지스의 수전은 드롭 평원의 드넓은 적막 속에서 서로를 마주보았다. 그리고 수전은 가슴 속에 불기 시작한 바람을 느꼈다. 두려움과 반가움을 절반씩 품은 바람이었다.

7

"안녕, 수전. 다시 만나서 반가워."

수전은 아무 말 없이 기다리며 지켜보기만 했다. 시끄럽게 쿵쾅 거리는 이 심장 소리가 월의 귀에도 들렸을까? 물론 그럴 리 없었 다. 그런 것은 그저 낭만적인 헛소리일 뿐이었다. 하지만 수전 생각 에는 50미터 안의 모든 생물이 그 소리를 들었을 것만 같았다.

월이 앞으로 한 걸음 다가섰다. 수전은 미심쩍은 눈빛으로 바라 보며 뒤로 한 걸음 물러섰다. 월은 잠시 고개를 숙이고 있다가 다시 들고 입을 뗐다.

"미안해."

"뭐가요?"

수전의 목소리는 차가웠다.

"그날 밤에 내가 한 말, 실언이었어."

그 한마디가 수전의 진정한 분노에 불을 붙였다.

"실언인지 아닌지는 관심 없어요. 중요한 건 당신이 비겁했다는 거죠. 날 비참하게 한 건 바로 그거예요."

수전의 왼쪽 눈에서 흘러넘친 눈물 한 방울이 볼을 타고 흘러내 렸다. 어쨌거나 눈물이 다 마른 것은 아닌 듯했다.

수전은 자신이 한 말 때문에 월이 부끄러워하리라 짐작했다. 그 러나 월은 뺨이 살짝 붉어지기는 했어도 여전히 수전의 얼굴을 똑 바로 응시했다.

"난 네가 좋아. 그래서 그런 말을 했던 거야. 내 생각엔, 네가 나 한테 입을 맞추기 전에 이미 반했던 것 같아."

그 말에 수전은 웃음이 터졌지만…… 그 웃음소리는 윌의 담담한 말투 때문에 수전 자신에게조차 꾸며낸 것처럼 들렸다. 마치 빈 깡통을 두드리는 소리처럼.

　"이봐요, 디어본 씨……"

　"윌이라고 불러줘. 부탁이야."

　"디어본 씨."

　수전은 멍청한 학생을 가르치는 교사처럼 화를 참으며 말했다.

　"그건 바보 같은 생각이에요. 고작 한 번 만났을 뿐인데 반했다고요? 입맞춤 한 번에? 그것도 *누나*가 *동생*한테 해 주는 입맞춤으로?"

　이번에는 수전의 얼굴이 발개질 차례였다. 그러나 수전은 아랑곳하지 않고 서둘러 말을 이었다.

　"동화에선 그런 일이 일어나기도 하죠. 하지만 현실에서도 그럴까요? 내 생각엔 아니에요."

　그러나 상대의 눈은 결코 수전의 눈을 피하지 않았고, 수전은 그 두 눈에서 롤랜드의 진심을 보았다. 그것은 그의 본성 깊숙한 곳에 숨은 낭만, 바위처럼 단단한 실용주의 속에서 찬란하게 빛나는 알 수 없는 금속의 광맥 한 줄기였다. 그는 사랑을 꽃이 아니라 사실로 받아들이는 사람이었다. 그래서 수전의 미적지근한 모욕이 두 사람 모두에게 아무 힘도 발휘하지 못했던 것이다.

　"미안해."

　윌이 다시 한 번 사과했다. 어떤 맹목적인 고집 같은 것이 담긴 태도였다. 수전은 그 고집에 화가 나면서도 흐뭇했고, 동시에 겁이 나기도 했다.

"내 마음을 받아달라는 건 아니야. 그런 뜻으로 한 말은 아니었어. 그때 네가 그랬지. 지금은 처지가 좀 복잡하다고……."

이제 월은 수전에게서 눈을 돌려 멀리 드롭 평원을 바라보며 말했다. 그러다 중간에 살짝 웃기도 했다.

"그러고 보니 내가 소린을 좀 덜떨어진 양반이라고 했지. 그것도 네 앞에서. 과연 누가 진짜로 덜떨어진 놈일까?"

수전은 그만 피식 웃고 말았다. 웃음을 참을 수가 없었다.

"그뿐인가요. 독한 술하고 어린 여자를 좋아한다고도 했죠."

그 말에 월은 손바닥으로 이마를 쳤다. 친구인 아서 히스가 했더라면 의도적인 익살로 보일 법한 행동이었다. 그러나 롤랜드는 아니었다. 롤랜드에게는 익살이 어울리지 않는다고, 수전은 얼핏 생각했다.

두 사람 사이에 다시금 침묵이 내려앉았지만, 이번에는 그리 어색하지 않았다. 그 와중에도 말들은, 즉 러셔와 파일런은 사이좋게 나란히 풀을 뜯었다. *우리가 말이라면 이 모든 일이 훨씬 쉽게 풀릴 텐데.* 수전은 문득 떠오른 생각 때문에 하마터면 킥킥 웃을 뻔했다.

"디어본 씨, 제가 모종의 계약에 합의했다는 걸 아세요?"

"응, 알아."

월은 놀라서 눈이 동그래진 수전을 보며 빙긋 웃었다.

"아, 이건 비웃음이 아니라 습관이야. 그냥…… 나도 모르게 튀어나오는 습관."

"내 얘길 누구한테 들었죠?"

"장관님의 동생한테서."

"코럴이었군요."

수전은 콧살을 찡그렸을 뿐 놀라지는 않았다. 그러고 보니 자신의 상황을 더 짓궂게 설명할 사람이 여럿 있었다. 우선은 엘드레드 조너스. 그리고 쿠스 언덕의 레아. 그 정도만 해도 충분했다.

"내 처지가 어떤지 이해한다면, 또 나한테 당신 마음을…… 그게 뭔지 모르겠지만, 당신이 느끼는 감정을 받아달라고 부탁하는 게 아니라면…… 그럼 우리가 지금 왜 이런 얘길 하고 있는 거죠? 날 왜 찾아온 거예요? 당신 마음도 편할 것 같진 않은데."

"네 말이 맞아."

월의 말투는 단순한 사실을 늘어놓는 사람처럼 담담했다.

"그래, 내 마음도 편하진 않아. 고개를 들고 널 똑바로 보기도 힘들 정도야."

"그럼 안 보면 되겠네요. 말도 안 하고, 생각도 하지 말고!"

수전의 목소리는 날카로웠지만 동시에 조금 떨리기도 했다. 이 남자는 도대체 무슨 배짱으로 저런 말을 지껄이는 걸까? 그것도 태연한 말투로, 물끄러미 바라보면서?

"꽃다발하고 쪽지는 왜 보낸 거죠? 내가 얼마나 난처할지 생각이나 해 봤어요? 우리 고모가 어떤 사람인 줄 알고……! 고모는 벌써 나한테 당신 얘기를 했어요, 그런데 고모가 그 쪽지를 본다면…… 혹시라도 우리가 같이 있는 걸 들키면……."

수전은 주위를 둘러보고 여전히 보는 눈이 없는지 확인했다. 적어도 당장은, 눈길이 닿는 범위 안에는 아무도 없었다. 월이 손을 뻗어 수전의 어깨를 건드렸다. 그러다가 수전이 돌아보자 무슨 뜨거운 물건이라도 만진 사람처럼 화들짝 손을 거두었다.

"있는 그대로 얘기하면 네가 이해해 줄 거라고 생각했어. 그게 다야. 내 마음은 내 몫일 뿐이야. 네가 책임질 필요는 없어."

아니, 있어. 수전은 속으로 말했다. 먼저 입을 맞춘 사람은 나잖아. 우리 둘이 이런 감정에 빠진 건 내 책임인 것 같아, 윌.

"우리가 함께 춤출 때 내가 했던 말, 진심으로 후회하고 있어. 용서해 주면 안 될까?"

"알았어요, 용서할게요."

그 순간 윌이 끌어안았더라면 수전은 기꺼이 안겼으리라. 뒷일 따위 어떻게 되든 상관하지 않고서. 그러나 윌은 모자를 벗고 살짝 고개를 숙여 멋들어지게 인사할 뿐이었다. 수전에게 불어닥쳤던 바람은 그렇게 잦아들었다.

"고맙습니다, 아가씨."

"아가씨라고 하지 마요, 질색이니까. 내 이름은 수전이에요."

"그럼 나도 윌이라고 불러 줄래?"

수전이 고개를 끄덕였다.

"좋아. 수전, 너한테 물어볼 게 있어. 질투심 때문에 너를 모욕하고 상처 입힌 얼간이로서 물어보는 게 아니야. 그거랑은 전혀 다른 문제야. 물어봐도 될까?"

"그래, 얘기해."

수전의 목소리는 마지못해 응하는 듯 조심스러웠다.

"넌 동맹을 지지하니?"

수전이 어리둥절한 표정으로 윌을 바라보았다. 그 질문이 나오리라고는 꿈에도 생각지 못했기 때문이었는데…… 그런데 윌의 표정이 몹시도 진지했다.

"난 당신이랑 당신 친구들이 소나 대포, 창, 배, 그런 게 얼마나

있는지 알아보러 온 줄만 알았는데. 햄브리에 동맹 지지자가 몇 명
이나 있는지 세러 온 줄은 꿈에도 몰랐는걸."

그 말에 윌이 깜짝 놀란 표정을 지었다. 입가에는 희미한 미소가
걸려 있었다. 이번에는 그 미소 때문에 오히려 실제보다 훨씬 더 나
이 들어 보였다. 수전은 자신이 방금 무슨 말을 했는지 곱씹어 보았
다. 그러다가 그가 놀란 이유를 깨닫고는 당황한 나머지 쿡쿡 웃고
말았다.

"우리 고모가 툭하면 당신, 당신 하거든. 우리 아빠도 그러셨고.
자칭 '동지단'이라는 옛사람들 분파의 관습이야."

"나도 알아. 내 고향 길르앗에도 동지단이 있어."

"그래?"

"음. 난 그 사람들 말투가 마음에 들어. 왠지 친근해서."

"우리 고모 목소리로 들으면 아마 생각이 바뀔걸."

수전은 셔츠 때문에 벌어졌던 싸움을 떠올리며 말했다.

"그건 그렇고, 네가 아까 물어봤던 거 말인데…… 맞아. 난 동맹
을 지지해. 왜냐면 우리 아빠도 살아 계실 때 지지하셨으니까. 그런
데 요즘은 동맹 소식이 영 뜸해. 들리는 거라곤 떠돌이 아니면 행상
이 전해 주는 소문이 전부야. 이젠 철도도 끊겼고……."

"서민들하고 얘기를 나눠 보면 다들 너랑 같은 생각인 것 같았어.
게다가 너희 행정 장관 소린은……"

"소린은 내가 섬기는 장관이 아니야."

수전의 목소리는 의도했던 것보다 더 날카로웠다.

"그래, 게다가 메지스 자치령의 행정 장관 소린은 말이지, 우리
부탁이라면 뭐든 다 들어줘. 가끔은 부탁 안 한 것도 알아서 도와주

고. 내가 손가락만 까딱하면 킴버 라이머가 제꺽 나타나는 식으로."

"그럼 손가락을 가만히 두면 되겠네."

수전은 자신도 모르게 주위를 둘러보며 중얼거렸다. 그러고는 방금 한 말이 농담이었다는 뜻으로 웃으려고 했지만 뜻대로 잘 되지 않았다.

"마을 사람들, 어부, 농부, 카우보이들…… 모두 동맹에 대해 우호적으로 얘기하지만, 거리감이 느껴져. 그런데 행정 장관하고 비서, 말 사육업자 조합의 렝길이나 가버 같은 사람들은……"

"나도 아는 사람들이야."

"그 사람들은 아예 발 벗고 나서서 도와주려고 해. 에이버리 보안관은 동맹의 동 자만 들어도 아예 신나서 춤을 추려고 하고. 목장을 방문할 때면 어디든 아서 엘드 왕을 기념하는 컵에 마실 것을 담아서 내놓을 정도야."

"마실 거라니, 맥주? 아니면 그라프?"

수전은 살짝 웃으며 짓궂게 물었다. 윌은 그 웃음에 화답하지 않고 담담하게 대꾸했다.

"와인이나 위스키가 나올 때도 있어. 꼭 나랑 내 친구들이 금주 약속을 깨게 하려고 그러는 것 같아. 네가 보기에도 이상하지 않아?"

"응, 좀 그러네. 어쩌면 그냥 호의를 베푸는 걸 수도 있어. 이곳 사람들은 누가 술을 끊었다고 하면 진심이 아니라 얌전한 척하는 거라고 생각하거든. 젊은 사람들한텐 특히 더."

"그럼 행세깨나 하는 유력자 어르신들이 신이 나서 동맹의 일을 돕는 건? 네 생각에 그건 어떤 것 같아?"

"이상한데."

정말로 이상했다. 일찍이 패트릭 델가도는 직업상 지주와 말 사육업자들을 거의 매일 같이 만나러 다녔고, 수전 역시 아버지가 허락할 때면 언제든 그 자리에 따라가곤 했다. 그런 경험이 있는 수전으로서는 존 크로이든이나 제이크 화이트 같은 사람들이 아서 엘드 왕이 새겨진 술잔을 들고 그리움에 젖어 건배하는 모습을 상상조차 하기 힘들었다. 특히 말을 돌보아야 할 대낮에는 더더욱 그러했다.

월은 그런 수전의 생각을 훤히 읽기라도 하듯 그녀를 지그시 바라보았다.

"하지만 너도 그 사람들을 전처럼 자주 만나진 않을 거 아냐. 그러니까, 너희 아버지가 돌아가시기 전처럼 말이야."

"그렇긴 하지만…… 개가 똥을 끊을 수는 없는 법이잖아?"

이번에는 조심스러운 미소가 아니었다. 수전의 말에 월은 함박웃음을 지었다. 얼굴 전체가 환해지는 웃음이었다. 맙소사, 저렇게 잘생긴 얼굴이었다니!

"물론이지. 고양이가 자기 털 무늬를 못 바꾸는 것처럼. 그런데 소린 장관이랑 둘이 있을 때, 그 양반이 우리 얘기 안 했어? 나랑 내 친구들 말이야. 아니, 이런 거 물어보면 실례인가? 좀 불안한데."

"아냐, 괜찮아."

수전은 기다란 머리채가 흔들릴 정도로 세게 고개를 저었다.

"난 예의 같은 거 잘 모르거든. 어떤 친절한 분께서 지적해 주셨던 것처럼."

말은 그렇게 했지만, 수전은 월의 풀죽은 표정과 예상했던 대로 붉게 물든 두 뺨이 썩 마음에 들지 않았다. 어떤 여자애들은 남자에게 농을 거는 것만큼이나 골탕 먹이기를 좋아했지만(개중에는 꽤 심하게 약을 올리는 아이들도 있었다.), 수전 자신은 그런 쪽으로는 영 흥미가 없는 듯싶었다. 수전은 월에게 모질게 굴고 싶은 마음이 털끝만큼도 없었다. 다시 입을 열었을 때 수전의 목소리는 부드러웠다.

"어차피 그 사람이랑 단 둘이 있었던 적도 없는걸, 뭐."

아, 이 거짓말쟁이 같으니. 수전은 울적한 기분으로 그날의 기억을 떠올렸다. 만찬이 열렸던 날 밤, 시프론트 관저 복도에서 소린은 수전을 끌어안고 가슴을 더듬었다. 사탕 단지에 손을 넣고 더듬는 아이처럼. 수전 때문에 애가 타서 죽겠노라고 속삭이면서. *아, 난 타고난 거짓말쟁인가 봐.*

"어차피 넌 하트가 너랑 네 친구들을 어떻게 생각하든 신경 안 쓰잖아. 안 그래, 월? 너한텐 할 일이 있고, 그게 다니까. 그 사람이 도와주면 감사하게 생각하고 그냥 받아들이면 되는 거 아냐?"

"이곳이 좀 이상해서 그래."

진지하다 못해 선뜩한 월의 목소리에 수전은 살짝 겁이 났다.

"이상하다니? 장관님이? 아니면 말 사육업자 조합? 뭐가 이상하다는 거야?"

월은 수전을 지그시 바라보다가 뭔가 결심을 내린 듯했다.

"수전, 난 널 믿어볼 작정이야."

"글쎄, 신뢰는 둘째 치고 네 마음을 받아들여야 할지 어떨지도 모르겠는걸."

"하지만 임무를 완수하려면 난 누군가 믿을 만한 사람이 필요해. 무슨 말인지 알겠어?"

수전은 월의 눈을 가만히 바라보다가 고개를 끄덕였다. 월이 수전 옆으로 다가섰다. 어찌나 가까웠던지 살갗의 온기마저 느껴질 것만 같았다.

"저 아래를 봐. 저기 뭐가 보이는지 나한테 말해줘."

수전은 아래를 내려다보고는 어깨를 으쓱했다.

"드롭 평원이네. 매일 보던 풍경이랑 똑같은데. 그리고 언제나처럼 아름다워. 내가 세상에서 제일 좋아하는 곳이야."

"그래, 아름다운 곳이지. 또 뭐가 보여?"

"말이지. 뭐가 보이냐면 말이지."

수전은 농담이라는 뜻으로 싱긋 웃었지만(실은 돌아가신 아버지가 즐겨 하던 농담이었다.), 윌은 따라 웃지 않았다. 잘생기고 용감한, 또 마을에 도는 소문이 사실이라면 머리 회전도 총 솜씨도 번개 같은 남자였다. 하지만 유머 감각은 영 부족했다. 하긴, 그보다 더 나쁜 결점을 가진 남자들도 많았다. 뜬금없이 여자의 가슴을 더듬는 인간도 그중 하나였다.

"그래, 말이지. 그런데 마릿수가 좀 이상하지 않아? 넌 태어나서 지금까지 드롭 평원의 말들을 쭉 지켜봤어. 그러니까 말 사육업자 조합에 가입하지 않은 사람 중에 너만큼 정확히 아는 사람은 없어."

"조합 사람들을 못 믿겠단 말이구나?"

"그 사람들은 우리가 부탁하는 건 다 들어줬어, 애완견처럼 아양을 떨면서. 그래도…… 그래도 난 못 믿겠어."

"그런데 나는 믿어 보겠다, 이 말이구나."

매혹적이면서도 선뜩한 파란색 눈동자 한 쌍이 수전을 가만히 응시했다. 그 두 눈은 훗날 오랜 세월 동안 땡볕에 시달리며 유랑한 끝에 색이 바랠 테지만, 아직은 진한 파란색이었다.

"난 누군가 믿을 만한 사람이 필요해."

월이 다시 한 번 말했다. 수전은 핀잔이라도 들은 기분으로 평원을 내려다보았다. 월이 손을 뻗더니 수전의 턱을 부드럽게 감싸고 살짝 들어올렸다.

"말 숫자가 맞는 것 같아? 잘 생각해 봐!"

그러나 월이 재촉한 덕분에 정신을 집중한 이상 잘 생각해 볼 것까지도 없었다. 이미 한참 전부터 변하기 시작했다는 생각이 들었다. 다만 변화의 속도가 쉽게 알아채기 힘들 정도로 느릴 뿐이었다.

"그러네. 말 숫자가 이상해."

"너무 적은 거야, 아니면 너무 많은 거야? 어느 쪽이야?"

수전은 잠시 입을 다물었다. 그러다가 숨을 깊이 들이마셨다. 긴 한숨이 뒤를 이었다.

"많아. 많아도 너무 많아."

월 디어본은 꽉 쥔 두 주먹을 어깨 높이로 쳐들고 딱 한 번 힘껏 흔들었다. 그의 두 눈은 수전이 오래전 할아버지한테서 들었던 이야기 속의 번갯불처럼 시퍼렇게 이글거렸다.

"그럴 줄 알았어. 난 다 알고 있었어."

8

"말이 몇 필이나 되는 거야?"

"저 아래? 아니면 드롭 평원 전체에?"

"저 아래에 있는 것들만."

수전은 수를 셀 생각은 하지 않고 가만히 내려다보았다. 그런 식으로는 소용이 없었다. 오히려 혼란스럽기만 할 뿐이었다. 스무 마리는 너끈히 될 법한 무리 넷이 초록색 들판 위를 거닐고 있었다. 파란 하늘에는 말 떼와 정확히 같은 방향으로 움직이는 새들이 보였다. 네 마리에서 열 마리 사이로 보이는 무리는 아홉이 있었고…… 단 둘이 붙어 다니는 녀석들도 몇 쌍(수전이 보기에는 꼭 연인들 같았다. 사실 이날은 무엇을 봐도 그랬다.)…… 혼자서 뛰어다니는 놈들은 대개 어린 종마였는데…….

"160필?"

월 디어본은 거의 망설이듯 나지막한 목소리로 물었다. 수전은 그런 그를 놀란 표정으로 돌아보았다.

"맞아. 내가 방금 생각한 숫자가 그거야. 정확히 똑같아."

"지금 우리가 보는 면적이 드롭 평원 전체의 몇 분의 1이야? 4분의 1? 3분의 1?"

"그보다 훨씬 작아."

수전은 월을 쳐다보며 빙긋 웃었다.

"내 생각엔 너도 다 아는 것 같은데. 개방된 목초지만 따져도 전체의 6분의 1 정도밖에 안 될걸."

"6분의 1 면적에서 160필을 방목한다면, 다 합쳐서……."

수전은 월의 입에서 960필이라는 답이 나오기를 기다렸다. 그러다가 월이 옳은 답을 내놓자 고개를 끄덕였다. 월은 잠시 아래를 보고 있다가 러셔가 코로 허리를 쿡 찌르자 움찔하면서 끙 소리를 냈다. 수전은 웃음을 참느라 손으로 입을 막아야 했다. 그러나 말의 주둥이를 귀찮은 듯 밀어내는 모습으로 보아 월은 조금도 우스워하지 않는 눈치였다.

"마구간에 묶여 있거나 훈련을 받거나 일하는 중인 말은? 네 생각엔 몇 마리나 될 것 같아?"

"세 마리 중에 한 마리 꼴이야. 내 생각엔 그래."

"그럼 다 합쳐서 1,200필이구나. 돌연변이는 빼고 순종만."

그 말에 수전은 살짝 놀란 표정으로 윌을 돌아보았다.

"맞아. 그치만 메지스에는 돌연변이 가축이 거의 없는데…… 그 문제에 관해선 변경 자치령은 어디든 마찬가지야."

"다섯 마리당 세 마리 이상은 순종이란 말이겠지?"

"다 순종이야! 물론 가끔 가다 안락사시킬 정도로 심한 돌연변이가 나오기도 하지만, 그래도……"

"새끼 다섯 마리 중에 한 마리 꼴로 태어나진 않는단 말이지? 다섯 마리 중에 한 마리는, 그러니까……." *해시 렌프루가 뭐라고 했더라?* "다리가 한 개 더 달려 있거나, 내장이 바깥에 나와 있거나 하는 거 아냐?"

수전의 놀란 표정이 곧 대답이었다.

"누가 그런 말을 해?"

"렌프루가 그러던데. 메지스에 있는 순종 말을 다 합치면 570필이라는 말도 했고."

"세상에, 그건 정말…… 정말이지 말도 안 돼! 만약 우리 아빠가 여기 계셨다면……."

수전은 넋이 나간 표정으로 웃고 말았다.

"하지만 안 계시잖아. 돌아가셨으니까."

윌의 말투는 나뭇가지 부러지는 소리처럼 삭막했다. 잠시 동안 수전은 월의 목소리에 나타난 변화를 알아차리지 못했다. 그러다 문득, 마치 머릿속 어디쯤에서 일식이 시작된 것처럼, 수전의 표정 전체가 어두워졌다.

"우리 아빠 사고로 돌아가셨어. 그게 무슨 뜻인지 알아, 월? 사고였단 말이야. 끔찍하게 슬프지만 가끔은 일어나는 사고. 말이 아빠를 덮쳤어. 오션 폼이라는 말이. 프랜 얘기로는 오션 폼이 풀 속에 있던 뱀을 보고 놀라서 그랬대."

"프랜이라면, 프랜시스 렝길?"

"맞아."

수전의 얼굴은 양쪽 광대뼈 위에서 빛나는 들장미 두 송이를 빼면 온통 창백했다. 들장미 두 송이는 월이 시미를 통해 보내 주었던 꽃다발 속의 장미처럼 분홍빛이었다.

"프랜이랑 우리 아빠는 오랫동안 같이 말을 탔어. 출신이 다르다 보니 그렇게 절친한 친구는 아니었지만, 그래도 같이 말을 타는 사이였어. 그 사람 부인이 내 세례식 때 쓰라고 만들어 준 모자가 지금도 우리 집 어디에 있을 거야. 프랜이랑 우리 아빠는 같은 길을 걷는 사람들이었어. 그런 프랜시스 렝길이 우리 아빠의 죽음을 두고 나한테 거짓말을 할 리가 없어. 물론 그 사람이…… 아빠의 죽음과 무슨 관련이 있을 리도 없고."

그럼에도, 들판을 달리는 말들을 바라보는 수전의 눈에는 의심이 깃들어 있었다. 너무 많았다. 턱없이 많았다. 수전의 아버지도 눈치챘으리라. 또한 아버지는 딸이 지금 품은 것과 같은 의문을 품었으리라. 늘어난 말들의 볼기에는 누구의 불도장이 찍혀 있을까?

"내 친구 스톡워스가 프랜시스 렝길하고 말 이야기를 나눴을 때에도 그런 일이 벌어졌어."

월의 목소리는 태연했지만 표정은 결코 그렇지 않았다.

"맹물을 앞에 놓고 이야기를 나눴지. 처음에는 맥주가 나왔지만 우리가 거절했거든. 그 사람은 환영 만찬에서 내가 해시 렌프루한테 들었던 숫자를 그대로 읊었어. 그러다 스톡워스가 승마용 말이 대략 몇 필이나 있냐고 물으니까 렝길이 한 400필쯤 된다더군."

"말도 안 돼."

"내가 봐도 그런 것 같았어."

"여기다 말을 풀어놓으면 너랑 네 친구들도 다 볼 텐데, 설마 그 생각을 못한 걸까?"

"그 사람들도 알아, 우리가 이제 막 조사하기 시작했다는 걸. 또 어부들부터 먼저 조사하는 것도 알고. 보나 마나 우리가 여기 있는 말들을 눈여겨볼 때까지 한 달은 걸릴 거라고 생각했겠지. 게다가 그 사람들은 우리를 대하는 태도가 꼭…… 뭐라고 해야 좋을까. 뭐, 내 표현을 너무 귀담아 듣진 마. 난 말로 표현하는 일에는 영 서투니까. 어쨌든 내 친구 아서는 그 사람들의 태도를 '공손한 경멸'이라고 불러. 그 사람들이 말을 우리 코앞에 풀어놓은 건 우리가 봐도 아무것도 모를 거라고 생각했기 때문일 거야. 아니면 우리가 눈앞에 보이는 걸 안 믿을 거라고 생각했든가. 여기서 널 만나다니 천만다행이야."

내가 말 숫자를 정확히 가르쳐 줘서? 이유는 그게 다야?

"그래도 말 숫자를 세게 될 거 아냐. 언젠가는. 그러니까, 그게 동맹에서 너희한테 맡긴 임무잖아."

월은 알 수 없다는 표정으로 수전을 바라보았다. 마치 수전이 명백한 사실을 못 보고 있다는 듯이. 수전은 그 표정을 보고 자신이 뭔가 놓치고 있음을 깨달았다.

"뭐야? 왜 그러는데?"

"어쩌면 그 사람들은 우리가 이쪽에 신경을 쓰기 전에 여분의 말들을 다른 곳으로 보낼 작정이었는지도 몰라."

"보내다니, *어디로*?"

"그건 나도 모르지. 하지만 별로 마음에 들진 않아. 수전, 이 얘기는 우리 둘만 아는 비밀로 해 줘, 알았지?"

수전은 고개를 끄덕였다. 어차피 미치지 않고서야 윌 디어본과 함께 있었다는 말을, 그것도 보호자라고는 러셔와 파일런뿐인 드롭 평원에 있었다는 말을 남에게 할 이유가 없었다.

"별일 아닌 걸로 밝혀질 수도 있지만, 그렇지 않을 경우에는 이런 사정을 아는 것만으로도 위험해질 수 있어."

그 말에 수전은 또다시 아버지를 떠올렸다. 렝길은 수전과 코딜리어 고모에게 패트릭이 안장에서 떨어졌고 그 위로 오션폼이 쓰러졌다고 말했다. 두 사람 모두 그 말을 의심할 이유가 조금도 없었다. 그러나 프랜시스 렝길은 윌의 친구에게 메지스에 승마용 말이 고작 400필밖에 없다고 말한 사람이기도 했다. 그 말은 새빨간 거짓말이었다.

윌이 자기 말 쪽으로 돌아서자 수전은 안도했다.

마음 한구석에서는 윌이 머물러 주기를 바랐다. 초원 위에 구름이 기다란 그림자를 끌고 지나가는 동안 내내 그가 곁에 있었으면 했다. 그러나 두 사람은 이미 너무 오래 함께 있었다. 생각해 보면 누가 이곳까지 일부러 찾아와 그들을 볼 이유는 아무것도 없었지만,

수전은 그 생각 때문에 안심하기는커녕 더욱 불안해졌다.

월은 창집 옆에 늘어진 등자를 똑바로 바로잡고는(목 깊숙이 힝힝거리는 러서는 마치 이렇게 말하는 듯했다. *이제 그만 갈 시간이야.*), 다시 수전을 돌아보았다. 수전은 자신에게 박힌 월의 시선 때문에 기절할 것만 같았다. *카*라는 생각이 너무나 강력해서 도저히 거부할 수가 없었다. 그저 어지럼증일 뿐이라고, 기시감 비슷한 것일 뿐이라고 스스로를 다잡으려 했지만, 어지럼증이 아니었다. 그것은 차라리 평생 동안 찾아 헤맨 길을 마침내 찾은 느낌이었다.

"너한테 하고 싶은 말이 또 있어. 처음으로 돌아가긴 싫지만, 그래도 꼭 해야겠어."

"안 돼." 수전이 나지막이 말했다. "이제 다 끝난 일이야."

"내가 말했지. 난 널 좋아한다고. 그래서 질투가 났다고."

월의 목소리에 처음으로 감정이 드러났다. 목 깊숙한 곳에서 울려 나오는, 떨리는 목소리였다. 수전은 월의 눈에 그렁그렁한 눈물을 보고 가슴이 철렁했다.

"그게 다가 아니야. 또 있어."

"월, 난 그런 얘기 듣기 싫어."

수전은 아무 생각 없이 파일런 쪽으로 돌아섰다. 월이 수전의 어깨를 잡고 돌려세웠다. 거칠게 붙잡지는 않았지만 그 손에는 거부할 수 없는 선뜩함이 배어 있었다. 수전은 꼼짝도 못한 채 월의 얼굴만 올려다보았고, 그곳에서 고향으로부터 멀리 떠나온 소년의 슬픈 표정을 보았다. 그리고 문득 깨달았다. 더는 이 소년을 밀쳐낼 수 없다는 것을. 수전은 가슴이 저미도록 그를 원했다. 그의 뺨을 두 손으로 감싸고 살갗을 느낄 수만 있다면 남은 수명 가운데 1년쯤은 뚝 잘라 내놓을 수도 있었다.

"수전, 넌 아버지가 그리워?"

"응. 마음속 깊이."

"나도 그래. 나도 어머니가 그리워."

월은 이제 두 손으로 수전의 양 어깨를 잡았다. 한쪽 눈에 눈물이 차올랐다. 이윽고 눈물 한 방울이 은빛 선을 그리며 뺨으로 흘러내렸다.

"어머니가 돌아가셨어?"

"아니, 일이 좀 생겼어. 어머니 신변에. 어머니한테. *젠장!* 어떻게 얘기해야 좋을지 모르겠어, 애초에 그 일을 어떻게 받아들여야 할지도 모르겠고! 어떻게 보면 우리 어머니는 이미 죽었어. 내 마음속에서는."

"월, 그렇게 말하면 너무 슬프잖아."

그 말에 월은 고개를 끄덕였다.

"마지막으로 만났을 때 나를 보던 어머니의 표정을, 난 무덤에 들어갈 때까지 못 잊을 거야. 그 표정에는 수치심과 애정과 희망이 하나로 뒤섞여 있었어. 수치심은 내가 본 것과 내가 어머니에 대해 알아낸 사실 때문이었어. 그리고 희망은, 그건 어쩌면, 내가 당신을 이해하고 용서해 줄 거라고 믿었기 때문이겠지······." 월은 숨을 깊이 들이마시고 말을 이었다. "환영 만찬이 열렸던 날 밤, 식사가 끝날 때쯤 라이머가 농담을 했어. 그래서 다 함께 왁자지껄 웃었는데······."

"혹시 나도 같이 웃었다면, 그건 그냥 다들 웃는데 가만히 있으면 이상해 보일까 봐 그런 것뿐이야. 난 라이머가 마음에 안 들어. 뒷짐

지고 구경만 하는 모사꾼 같아서."

"어쨌거나 다 함께 웃는 와중에 테이블 끄트머리 쪽이 내 눈에 들어왔어. 거기엔 올리브 소린이 앉아 있었지. 그리고 잠깐 동안…… 아주 잠시 동안, 나한텐 그 여자가 우리 어머니처럼 느껴졌어. 왜냐면, 표정이 똑같았거든. 어느 날 아침 내가 엉뚱한 곳에서 엉뚱한 때에 엉뚱한 문을 여는 바람에 보고 말았던 바로 그 표정, 우리 어머니와 어머니의……"

"그만!"

수전은 월의 손에서 벗어나며 악을 썼다. 마음속에서 온갖 감정들이 날뛰기 시작했다. 스스로를 다잡으려고 친친 묶어놓은 밧줄과 쬠쇠들이 순식간에 모조리 녹아내리는 것만 같았다.

"그만, 제발 그만해, 네 어머니 얘긴 듣기 싫어!"

수전은 파일런에게 다가가려고 손을 뻗었지만, 눈앞의 세상은 이미 온통 물에 젖은 채 흔들리고 있었다. 울음이 터져 나왔다. 어깨를 잡고 몸을 돌려세우는 손이 느껴졌다. 수전은 그 손길을 뿌리치지 않았다.

"너무 부끄러워. 부끄럽고 무섭고 죄송해서 견딜 수가 없어. 난 아빠 얼굴을 잊어버렸어…… 그래서…… 그래서……"

다시는 그 얼굴이 기억나지 않을 것 같아. 수전은 이렇게 말하고 싶었지만, 실은 아무 말도 할 필요가 없었다. 월이 입술을 포개어 입을 막았기 때문이었다. 처음에는 월에게 입술을 맡긴 채 가만히 있었지만…… 이윽고 수전도 입맞춤을 돌려주었다. 거칠게 월의 입술을 탐했다. 엄지손가락으로 월의 눈물 자국을 부드럽게 지워 주면서, 손바닥으로는 마치 애타게 원했다는 듯이 월의 뺨을 어루만지면

서. 그 느낌은 격렬했다. 아직 짧고 보드라운 수염 자국조차도 강렬하게 느껴졌다. 수전은 월의 목에 팔을 감고 벌린 입으로 월의 입을 덮은 채 그를 껴안고 숨이 막히도록 입을 맞추었다. 두 사람이 뜨거운 입맞춤을 나누는 동안, 그들을 둘러싸고 서 있던 두 마리 말은 그저 물끄러미 서로 바라보다가 다시 고개를 숙이고 풀을 뜯었다.

9

두 사람에게는 평생 잊지 못할 최고의 입맞춤이었다. 수전의 부드러운 입술과 그 아래 감춰진 단단한 치열은 조금도 부끄러워하지 않고 성급하게 월의 입술을 탐했다. 내뿜는 숨결은 향긋하게 코끝을 간질였고, 미끄러지듯 낭창낭창한 몸은 월의 몸에 꼭 달라붙었다. 월은 수전의 왼쪽 가슴에 손을 얹어 살포시 그러쥐고 그 아래 두근거리는 심장을 느꼈다. 다른 손은 옆머리를 쓰다듬으며 비단결 같은 감촉을 음미했다. 그는 수전의 이마에 늘어진 앞머리의 감촉을 죽을 때까지 잊지 못할 것만 같았다.

이윽고 수전이 월의 품을 벗어나 뒤로 물러섰다. 얼굴은 부끄러움과 격정 때문에 새빨갰고, 손으로 가린 입술은 월의 입맞춤 때문에 부어올라 있었다. 아랫입술 가장자리에서 가느다랗게 피가 흘렀다. 휘둥그레진 두 눈이 월의 눈을 마주보았다. 가슴은 방금 막 달리기 경주를 한 사람처럼 바쁘게 오르락내리락했다. 그리고 두 사람 사이에는 월이 그때껏 한 번도 느껴보지 못한 감정이 흐르고 있었다. 격류처럼 휘몰아치며 열병처럼 두근거리는 감정이었다.

"그만." 수전의 목소리는 떨리고 있었다. "이제 그만해, 제발. 날 진심으로 사랑한다면 내가 스스로를 욕보이게 하지 말아줘. 난 이미 약속을 한 몸이야. 나중에, 내가 그 약속을 지킨 후에는 아마 뭐든지 할 수 있을 거야…… 혹시 그때도 네가 날 원한다면……."

"난 영원히 기다릴 수도 있어." 윌은 차분한 목소리로 대답했다. "또 널 위해서라면 뭐든지 할 수 있어. 가만히 서서 네가 다른 남자랑 함께 떠나는 걸 구경하는 것만 빼면."

"날 사랑한다면 그냥 가줘, 윌. 제발, 제발!"

"한 번 더 키스해 주면 갈게."

수전은 즉시 앞으로 다가서서 얼굴을 들었다. 신뢰가 가득한 그 표정을 보며 윌은 이 여자를 자기 뜻대로 할 수 있다는 것을 깨달았다. 수전은, 적어도 그 순간만큼은, 자기 몸의 주인이 아니었다. 따라서 그의 것이 될 수도 있었다. 그는 마튼이 어머니에게 한 짓을 수전에게 할 수도 있었다. 그것이 그가 원하는 바라면.

그 생각이 윌의 눈먼 격정을 산산이 부서뜨렸다. 부서진 격정의 파편들은 소나기 속에 흩어진 석탄 덩어리처럼 하나씩 하나씩 열기를 잃고 시커먼 낭패감으로 바뀌어 갔다. 현실을 받아들이던 아버지의 모습

(나는 2년 전부터 알고 있었다)

을 본 것은 여러 가지 의미에서 그해 롤랜드에게 일어난 가장 끔찍한 일이었다. 그토록 부정한 마음이 필연적으로 존재하는 세상에서, 어쩌면 그 마음과 또다시 마주칠지도 모르는 세상에서 어떻게 이 소녀와(다른 어떤 소녀하고든) 사랑에 빠질 수 있단 말인가?

그럼에도 그는 수전을 사랑했다.

간절히 원하던 뜨거운 입맞춤을 하는 대신, 윌은 가느다랗게 피가 흐르는 수전의 입가에 살짝 입술을 댔다. 입에 흘러든 자신의 눈물에서 짠맛이 났다. 목덜미에 난 잔털을 수전의 손이 쓰다듬었을 때, 그는 눈을 감고 부르르 떨었다.

"난 죽어도 올리브 소린 마님한테 상처를 주진 않을 거야." 수전이 윌의 귀에 대고 속삭였다. "상처를 주기 싫은 건 너도 마찬가지야, 윌. 네 마음이 그런 줄은 까맣게 몰랐어. 이제 와서 돌이키기엔 너무 늦었지만, 그래도…… 그래도 고마워. 마음만 먹으면 날 어떻게든 할 수 있었을 텐데 꾹 참아 줘서. 널 절대 잊지 않을게. 네가 해 줬던 키스의 느낌도. 있잖아, 내 생각에 그건 이때까지 나한테 일어났던 일 중에 가장 멋진 일이었어. 꼭 하늘이랑 땅이 하나가 된 것 같은 기분이었어."

"나도 널 잊지 않을 거야."

윌은 안장에 올라타는 수전의 모습을 지켜보았다. 처음 만난 날 어둠 속에서 하얗게 빛나던 수전의 맨다리가 떠올랐다. 그러자 문득 수전을 그대로 보낼 수 없다는 생각이 들었다. 그는 팔을 뻗어 수전의 장화를 붙잡았다.

"수전……."

"안 돼. 제발."

윌은 뒤로 물러섰다. 간신히.

"이건 우리끼리만 아는 비밀이야. 알았지?"

"응."

그 대답에 수전은 싱긋 웃었지만…… 슬픈 웃음이었다.

"윌, 이젠 나한테 가까이 오지 말아줘. 부탁이야. 나도 너한테 가까이 가지 않을 거야."

윌은 그 말을 곰곰이 곱씹었다.

"그렇게. 그럴 수만 있다면."

"그렇게 해야 해, 윌. 반드시."

수전은 급히 말을 몰고 떠났다. 롤랜드는 러셔의 등자 뒤에 우두 커니 서서 멀어지는 수전의 뒷모습을 지켜보았다. 그리고 수전의 뒷 모습이 지평선 너머로 사라진 후에도 그는 여전히 보고 있었다.

10

에이버리 보안관이 부보안관인 데이브 홀리스와 조지 리긴스를 대동하고 보안관 사무실 겸 유치장 앞의 베란다에 앉아 있을 무렵, 리처드 스톡워스와 (여전히 안장 앞머리에 우스꽝스러운 새 해골을 매 단) 아서 히스가 말을 타고 느긋이 건물 앞을 지나갔다. 정오를 알리 는 종소리가 15분 전에 울렸기 때문에 에이버리 보안관은 그 둘이 점심을 먹으러 가는 길이겠거니 하고 생각했다. 목적지는 아마도 밀 뱅크, 아니면 트래블러스 레스트였다. 둘 다 먹을 만한 점심을, 팝킨 이나 뭐 그런 것들을 내놓는 곳이었다. 다만 에이버리 보안관은 통 닭 반 마리나 소 등심 구이처럼 더 든든한 식사를 좋아했다.

아서 히스가 웃으며 보안관 일행에게 손을 흔들었다.

"안녕하세요! 만수무강하십시오! 캬, 바람도 살랑살랑 불고! 낮 잠 자기 딱 좋은 날씨네요!"

보안관 일행도 웃음으로 화답했다. 두 사람이 시야 바깥으로 바라지자 데이브가 먼저 말을 꺼냈다.

"저 녀석들 말이죠, 글쎄 오전 내내 부두에서 그물 숫자를 셌다지 뭡니까. 고기 잡는 그물을요! 그게 말이나 됩니까?"

"암, 되고말고. 난 그랬을 거라고 믿네."

보안관은 거대한 궁둥짝 한 쪽을 흔들의자 바깥으로 살짝 빼고 식전의 빈속에서 나온 방귀를 소리도 요란하게 내뿜었다. 곁에 있던 조지도 한마디 거들었다.

"저번에 조너스 패거리한테 한 방 먹이지만 않았어도 그냥 멍청이들이구나 했을 텐데 말이죠."

"저 친구들은 멍청이 취급을 받아도 별 신경 안 쓸걸."

에이버리가 데이브를 힐끗 보며 대꾸했다. 데이브는 외알 안경 줄을 잡고 빙빙 돌리며 두 소년이 사라진 방향을 멍하니 바라보는 중이었다. 마을 주민들 몇몇은 벌써부터 동맹의 꼬맹이들을 '어린 관 사냥꾼들'이라고 불렀다. 이를 어떻게 받아들여야 할지, 에이버리는 확신이 서지 않았다. 그는 꼬맹이들과 소린의 깡패들을 화해시켰고, 두 패거리 모두에게서 얌전히 지내겠다는 약속을 받아냈으며, 장관 비서 라이머에게서는 수고했다는 이유로 금화까지 받아 챙겼지만…… 그래도 저 꼬맹이들을 어떻게 받아들여야 할지는 도무지 알 수가 없었다.

"데이브, 녀석들이 처음 마을에 도착했던 날 자네가 그랬지, 물러터진 놈들이라고. 지금은 어때?"

"지금요?"

데이브는 외알 안경의 줄을 마지막으로 한 번 빙 돌린 다음 안경을 눈에 끼고 그 너머로 보안관을 바라보았다.

"뭐, 어쨌거나 지금은 생각보다 좀 야무진 것 같네요."

암, 당연하지. 보안관은 속으로 중얼거렸다. *하지만 하늘이 보살 피사 야무진 거하고 똑똑한 건 다르다네. 아무렴, 그거야말로 하늘 에 감사할 일이지.*

"어이구, 이거 아주 소처럼 시장하구먼그래."

보안관이 의자에서 일어섰다. 그러고는 무릎을 짚더니 또 한 번 요란한 소리와 함께 방귀를 뀌었다. 데이브와 조지는 서로를 마주 보았다. 조지가 손을 얼굴 앞으로 들고 휘휘 저었다. 그러거나 말거 나 자치령 보안 책임자인 허키머 에이버리 보안관은 일어서서 몸을 쭉 폈다. 그의 표정은 홀가분하면서도 기대에 차 보였다.

"뭐 먹은 것도 없는데 뿡뿡 잘도 나오는구먼. 어이, 자네들. 나랑 같이 배나 채우러 가세."

11

해가 저물어 서쪽 하늘이 붉게 물들었는데도 바케이 목장의 일 꾼 숙소 베란다에서 바라보는 풍경은 조금도 나아지지 않았다. 조리 실과 마구간을 빼면 저택 부지에 유일하게 남아 있는 이 건물은 'L' 자 모양이었는데, 베란다는 건물의 짧은 축을 따라 나 있었다. 그곳 에는 일행의 숫자에 딱 맞는 의자만이 남아 있었다. 칠이 벗겨져 너 덜거리는 흔들의자 두 개, 그리고 등받이 삼아 못질해 둔 판자가 덜 렁거리는 나무 상자 한 개였다.

이날 저녁 알레인은 흔들의자 중 한 개에, 커스버트는 나무 상자에 앉아 있었다. 무슨 까닭에선지 커스버트는 그 나무 상자가 마음에 드는 듯했다. 베란다 난간에는 흙이 단단하게 다져진 앞마당 너머로 가버 씨 저택의 잿더미 잔해를 바라보는 경계병이 매달려 있었다.

알레인은 녹초가 되어 있었다. 게다가 목장 부지 서쪽 끝자락에 흐르는 냇물에서 커스버트와 함께 멱을 감았는데도 불구하고 아직도 몸에서 생선과 해초의 비릿한 냄새가 풍기는 것만 같았다. 그물 개수를 세면서 하루를 다 보낸 탓이었다. 알레인은 힘든 일을 마다하지 않는 성격이었다. 심지어 힘들고 단조로운 일조차도 거부하지 않았지만, 무의미한 일만큼은 좀처럼 견디지 못했다. 바로 이날 한 일이 그러했다. 햄브리 자치령은 두 집단, 즉 어부와 말 사육업자로 나뉘었다. 알레인 일행은 자신들이 어부 집단에 아무 볼일도 없다는 것을 3주가 지난 지금에야 깨달았다. 그들이 찾는 답은 드롭 평원에 있었지만, 이때껏 그들이 한 일이라고는 그저 지켜보는 것뿐이었다. 롤랜드가 그렇게 지시했기 때문이었다.

바람이 거세게 불자 잠시 동안 희박지대의 소리가 두 사람의 귀에 들려왔다. 나지막하게 으르렁거리는, 덜덜 떨리는 소리였다.

"참 지겨운 소리라니까."

"응."

알레인이 중얼거리자 커스버트가 짧게 맞장구쳤다. 이날 밤 커스버트는 여느 때와 달리 얌전하게 입을 다물고 있었다. 이제 그들 일행 모두 그런 식이었다. '너도 그래?'라거나 '누가 아니래', '그러게 말이야'라고 말하는 법이 없었다. 알레인은 문득 햄브리를 떠난 후에도 오랫동안 친구들과 이곳 이야기를 나누게 되리라는 예감이 들었다.

그들 뒤편, 숙소 문 안쪽에서 조금이나마 덜 불쾌한 소리가 들려
왔다. 비둘기가 구구거리는 소리였다. 뒤이어 건물 모퉁이 뒤편에서
세 번째 소리가 들려왔다. 그 소리를 알레인과 커스버트는 의자에
앉아 저물어 가는 석양을 바라보며 멍하니 듣고 있었다. 말발굽 소
리. 러셔였다.

롤랜드가 느긋하게 말을 몰고 모퉁이를 돌아 나타났을 때, 알레
인은 불현듯 기묘한 예감을…… 일종의 전조 같은 것을 느꼈다. 새
가 날갯짓하듯 푸드덕거리는 소리가 들리더니, 하늘에 시커먼 형상
이 어른거렸던 것이다. 뒤이어 새 한 마리가 난데없이 나타나 롤랜
드의 어깨에 내려앉았다.

롤랜드는 놀라기는커녕 고개조차 돌리지 않았다. 그저 말을 묶어
두는 가로대까지 가만히 이동한 다음 그곳에서 한쪽 손을 내밀 뿐
이었다.

"하일."

롤랜드가 부드럽게 명령하자 비둘기가 그의 손바닥에 내려앉았
다. 한쪽 다리에 조그마한 대롱이 묶여 있었다. 롤랜드는 대롱을 떼
어낸 다음 뚜껑을 열고 그 속에서 둘둘 말린 조그마한 종이쪽지를
꺼냈다.

"하일."

알레인이 손을 내밀며 말했다. 비둘기가 그쪽을 향해 날아갔다.
롤랜드가 말에서 내리는 동안 알레인은 비둘기를 숙소 안으로 데려
갔다. 열린 창문 아래 새장이 줄줄이 놓여 있었다. 알레인이 한가운
데 있는 새장의 문을 열고 손을 내밀었다. 방금 도착한 비둘기가 펄

쩍 뛰어 새장 안으로 들어가는가 싶더니, 안에 있던 비둘기가 교대
하듯 뛰어나와 알레인의 손바닥에 앉았다. 알레인은 새장 문을 닫고
걸어잠근 다음 방을 가로질러 커스버트의 침대로 가서 베개를 뒤집
었다. 베개 밑에서 모습을 드러낸 베자루 안에는 아무것도 적히지
않은 기다란 종이와 휴대용 펜이 들어 있었다. 알레인은 종이 한 장
과 펜을 꺼냈다. 조그마한 잉크 저장 용기가 붙어 있어서 잉크병을
따로 갖고 다닐 필요가 없는 펜이었다. 알레인이 베란다로 돌아왔
다. 롤랜드와 커스버트는 비둘기가 길르앗에서 이곳까지 배달해 준
쪽지를 풀어서 찬찬히 읽는 중이었다. 쪽지에 한 줄로 조그맣게 적
힌 기호의 모양은 다음과 같았다.

◻◧◐◖◖◉◗◨ ◗◖◠▽ ◯◨◨◿

"뭐라고 적혀 있어?"
알레인이 물었다. 그는 간단한 암호조차도 한눈에 이해하거나 술
술 읽지 못했다. 반면에 롤랜드와 커스버트는 거의 즉석에서 해독할
수 있었다. 알레인의 재능은 다른 곳, 즉 표적의 흔적을 찾아내는 능
력이나 날카로운 육감에 있었다.
"파슨이 동쪽으로 이동. 병력 양분, 대부대와 소부대. 이상 징후
발견 시 통보 요망."
쪽지의 내용을 다 읽은 커스버트가 롤랜드를 돌아보았다. 표정이
왠지 언짢아 보였다.
"이상 징후라니, 이게 무슨 소리야?"
롤랜드가 고개를 저었다. 짐작이 안 가기는 그도 마찬가지였다.

전언을 보낸 사람(분명 그의 아버지일 터였지만)조차 확신을 갖고 썼을지 의심스러웠다.

알레인이 커스버트에게 펜과 백지를 건넸다. 커스버트는 조그맣게 구구거리는 비둘기의 머리를 손가락으로 톡 건드렸다. 비둘기는 벌써부터 서쪽으로 날아가고 싶어 안달이 난 듯 날개를 파닥거렸다.

"뭐라고 쓸까? 저번이랑 똑같이?"

커스버트가 묻자 롤랜드가 고개를 끄덕였다.

"그치만 봤잖아, 이상 징후!" 알레인이 따지듯 말했다. "너도 알잖아, 여긴 뭔가 이상해! 말도 그렇고…… 남쪽에 있는 그 목장도…… 근데 거기 이름이 뭐더라……?"

"로킹에이치."

"그래, 커스버트 네 말이 맞아. 로킹에이치 목장. 거긴 황소 떼가 있었어. 황소 *떼*가! 맙소사, 그림책에서밖에 못 본 황소들이 떼로 있었단 말이야!"

그 말에 롤랜드가 문득 긴장한 표정을 지었다.

"너희, 거길 둘러보다가 혹시 누구 눈에 띈 적 있어?"

알레인은 조바심이 난 듯 어깨를 으쓱했다.

"들킨 것 같진 않아. 소 치는 일꾼이 있긴 있었어…… 세 명. 아니, 네 명이었나?"

"네 명이었어."

"커스버트 말이 맞아. 하지만 그 사람들은 우릴 거들떠보지도 않았어. 우리가 소 떼를 다 보고 있는데도 그쪽은 우리가 보고 있단 생각을 못 한 거야."

"그래, 앞으로도 그렇게 해야 해."

롤랜드는 이렇게 당부하며 친구들의 얼굴을 슥 훑어보았지만, 멍한 표정으로 보아 어디 딴 곳에 정신이 팔린 듯했다. 그가 지는 해 쪽으로 고개를 돌리자 셔츠 목깃에 붙은 것이 알레인의 눈에 들어왔다. 알레인은 그것을 살짝 떼어냈다. 손놀림이 어찌나 빠르고 가벼웠던지 롤랜드조차도 알아채지 못했다. *커스버트는 흉내도 못 낼 솜씨지.* 알레인은 이렇게 생각하며 우쭐한 기분을 맛보았다.

"알았어. 근데 전문에는 뭐라고……"

"저번이랑 똑같이 적어."

롤랜드는 커스버트에게 이렇게 말하고는 현관 계단참에 앉아 붉게 물든 석양을 바라보았다.

"리처드 스톡워스, 그리고 아서 히스, 인내심을 갖도록 해. 우린 이미 몇 가지 사실을 알고 있고 몇 가지는 확신하고 있어. 존 파슨이 단순히 말을 재보급하려고 이 먼 곳까지 올 것 같아? 내 생각에 그럴 것 같진 않아. 글쎄, 말이 중요한 자원이기는 하지. 그건 맞아. 하지만…… 아직은 잘 모르겠어. 그러니까 기다려야 해."

"알았어, 알았다고. 똑같이 쓸게."

커스버트는 기다란 종이를 현관 난간에 대고 문질러 편 다음, 조그마한 기호를 한 줄로 쭉 적어 내려갔다. 그 암호는 알레인도 알아볼 수 있었다. 햄브리에 도착한 후로 똑같은 내용을 몇 번이나 보았기 때문이었다. '전문 수령. 전원 이상 무. 현 시점 보고 내용 무.'

커스버트는 전문을 조그마한 대롱에 넣어 비둘기 다리에 묶었다. 비둘기를 손에 얹은 알레인이 현관 계단을 내려가 (군소리 한마디 없이 누가 안장을 풀어주기만을 기다리는) 러셔 곁에 서더니, 저물어 가는 석양 속으로 손을 높이 쳐들었다.

"하일!"

비둘기는 날개를 파닥이며 솟아올라 이내 멀리 사라졌다. 잠시 동안 일행은 어두워져 가는 하늘을 배경으로 거무스름한 점에 지나지 않는 새의 뒷모습을 바라보았다.

롤랜드는 멍하니 앉아 하늘만 바라보았다. 표정이 여전히 꿈을 꾸듯 몽롱했다. 알레인은 문득 롤랜드가 올바른 결정을 내렸는지 모르겠다는 생각이 들었다. 이때껏 한 번도 품어 본 적이 없는 의심이었다. 이런 날이 오리라는 상상조차 해 본 적이 없었다.

"저기, 롤랜드."

"흐음?"

깊은 잠에서 반쯤 깨어난 사람의 목소리였다.

"너만 괜찮다면 러셔 안장은 내가 풀게. 털도 솔질해 주고."

한참 동안 대답이 없었다. 그러다가 알레인이 재차 물으려고 했을 때, 롤랜드가 입을 열었다.

"아냐. 내가 할게. 조금만 있다가."

그러고는 다시 석양만 바라보았다.

알레인은 계단을 올라와 흔들의자에 앉았다. 커스버트도 원래 자리였던 상자에 걸터앉았다. 두 사람은 이제 롤랜드 뒤편에 있었다. 커스버트가 눈을 동그랗게 뜨고 알레인을 쳐다보았다. 그러더니 손가락으로 롤랜드를 가리키고는 다시 알레인에게로 눈을 돌렸다.

알레인은 아까 롤랜드의 셔츠 목깃에서 떼어낸 것을 커스버트에게 건넸다. 어두운 저녁 햇빛 속에서는 알아보기 힘들 만큼 가느다란 물체였지만 커스버트의 눈은 총잡이의 눈이었고, 따라서 무엇인지 금세 알아볼 수 있었다.

기다란 머리카락이었다. 금실처럼 반짝이는 금발. 커스버트의 표정을 보아 하니 이 금발의 주인공이 누구인지 아는 듯싶었다. 햄브리에 도착한 후로 그들이 만난 사람들 가운데 기다란 금발을 지닌 소녀는 딱 한 명뿐이었다. 두 소년의 눈이 허공에서 마주쳤다. 알레인이 본 커스버트의 눈에는 당황한 빛과 터지려 하는 웃음기가 정확히 반반씩 섞여 있었다.

커스버트 올굿이 집게손가락을 들어 자기 관자놀이에 대더니 방아쇠 당기는 시늉을 했다.

알레인이 고개를 끄덕였다.

현관 계단참에 앉아 두 사람에게 등을 돌린 채로, 롤랜드는 저물어 가는 석양을 몽롱한 눈으로 바라볼 뿐이었다.

제8장
밀수꾼의 달 아래에서

1

메지스에서 서쪽으로 600킬로미터쯤 떨어진 리치 마을은 마을이라고 부르기조차 민망한 곳이었다. 로이 디페이프는 밀수꾼의 달(늦여름에 뜨는 달을 이렇게 부르는 이들이 있었다.)이 보름달이 되기 사흘 전에 이곳에 도착했다가, 보름 이튿날에 떠났다.

사실 리치 마을은 비카스티스 산맥 동쪽 비탈면에 자리 잡은 광산촌이었는데 이곳에서 80킬로미터쯤 더 가면 산을 가로지르는 비카스티스 횡단로가 나왔다. 마을에는 거리가 단 하나뿐이었다. 당장은 단단히 굳은 바퀴자국으로 뒤덮여 있지만 사흘 후에 가을 폭풍이 시작되면 온통 진흙탕으로 바뀔 거리였다. 이곳에 있는 베어 앤드 터틀 잡화점은 비카스티스 광업 회사의 명령에 따라 광부들에게 물건을 팔지 않았다. 대신 회사가 운영하는 직영 상점이 있었는데 이곳은 오로지 가난뱅이들만 찾는 가게였다. 유치장과 공회당을 겸

한 건물 앞에는 교수대가 달린 풍차가 우뚝 서 있었다. 여섯 군데나 되는 술집은 한 집에서 다음 집으로 옮길 때마다 점점 더 지저분해 지고 시끄러워지고 위험해졌다.

리치 마을의 형상은 마치 움츠린 거대한 양 어깨 사이에 수그리 고 있는 못생긴 머리 같았다. 산기슭에 자리 잡은 탓이었다. 마을 위 쪽부터 남쪽 방향으로 늘어선 오두막집들은 회사가 광부들을 위해 지은 사택이었다. 실바람이 불어올 때면 소독용 석회 한 번 뿌린 적 없는 공용 변소의 악취가 어김없이 풍겨오곤 했다. 마을 북쪽은 그 자체가 광산이었다. 버팀목도 제대로 세우지 않아 위험하기 짝이 없 는 가설 갱도가 땅 밑으로 15미터 넘게 내려간 다음, 그곳에서 다시 갈래갈래 뻗어나갔다. 그 모양새가 마치 금과 은, 구리, 또 가끔 발 견되는 파이어딤 광맥을 움켜쥐려고 펼친 손가락 같았다. 바깥에서 보면 그저 바위투성이 민둥산에 뚫어 놓은 구멍에 지나지 않았다. 응시하는 눈처럼 생긴 구멍의 입구 옆에는 하나같이 갱도에서 파낸 흙과 돌이 수북이 쌓여 있었다.

한때는 자영 광산도 몇 군데 있었지만, 이들은 비카스티스 광업 회사의 탄압에 시달리다 모조리 사라지고 말았다. 디페이프는 이러 한 사정을 속속들이 알고 있었다. 위대한 관 사냥꾼들 역시 자영 광 산 파괴 공작에서 한몫을 맡았기 때문이었다. 디페이프가 조너스와 레이놀즈를 만나 한 패가 되고 나서 곧바로 뛰어든 일이었다. 그들 일당이 손등에 새긴 관 문신은 이곳에서 80킬로미터도 떨어지지 않 은 윈드 마을에서 새긴 것이었다. 리치보다 더 보잘것없는 한촌이었 다. 그때가 언제였을까? 정확히 떠오르지가 않았다. 마땅히 기억해 야 할 일 같았는데도 그러했다. 지난간 세월에 대해 생각할 때면 디페이프는 가끔 갈피를 잃어버리곤 했다. 자기가 몇 살인지조차 기억하기가 힘들었다. 세계가 변질했기 때문이었고, 시간의 흐름도 달라졌기 때문이었다. 이제 시간은 전보다 더 느긋하게 흘렀다.

딱 하나만큼은 전혀 어렵지 않게 떠올릴 수 있었다. 다친 손가락이 부딪힐 때마다 통증이 불처럼 치솟아 비참한 기억을 새로이 되살려 주었다. 여자애들이 갖고 노는 종이 인형처럼 손에 손을 잡고 한 줄로 죽어 자빠진 디어본과 스톡워스와 히스의 시체를 보고 말겠노라고 스스로에게 다짐한 기억이었다. 디페이프는 지난 3주 동안 '콩알'을 만나지 못해 안달이 난 자신의 물건을 꺼내어 시체가 된 그놈들의 얼굴에 오줌을 갈겨 줄 작정이었다. 오줌의 상당량을 뒤집어 쓸 주인공은 뉴 가나안 출신인 길르앗의 아서 히스였다. 그 빌어먹을 촉새 같은 놈은 시시덕거리는 주둥이로 오줌을 잔뜩 퍼마실 운명이었다.

디페이프는 말을 타고 리치 마을에 하나뿐인 거리의 동쪽 입구로 나와 첫 번째 언덕을 천천히 올라간 다음, 언덕마루에 멈춰 서서 마을을 힐끗 돌아보았다. 지난 밤, 그가 해티건스 술집 뒷골목에서 주정뱅이 영감태기와 이야기를 나누는 동안, 리치 마을은 와자지껄한 소리로 가득했다. 그랬던 마을이 이날 아침 7시에는 민둥산 끝자락 위의 하늘에 여태 걸려 있는 밀수꾼의 달처럼 휑해 보였다. 그럼에도, 멀리 떨어진 광산에서는 돌을 쪼는 소리가 철컹철컹 들려왔다. 그 애처로운 소리는 일주일에 단 하루도 끊어지는 날이 없었다. 악한 자들에게는 휴식이 허락되지 않는 법…… 디페이프 생각에는 그 자신 역시 예외가 아니었다. 그는 늘 그러듯이 우악스럽게 고삐를 당겨 말의 머리를 틀고 옆구리에 박차를 가했다. 그리하여 동쪽으로 향하는 동안 머릿속으로는 간밤에 만난 주정뱅이 노인을 생각했다. 그 노인에게는 섭섭지 않게 대접해 주었다는 생각이 들었다. 그는 보상을 약속했고, 정보를 건네받은 후에 그 약속을 지켰다.

"아무렴."

디페이프가 중얼거렸다. 안경이 아침 햇살을 받아 반짝거렸다(숙취 없이 눈을 뜨는 날이 드물다 보니 이날 아침 그는 기분이 썩 좋았다.).

"늙은 비렁뱅이 자식, 이젠 찍소리도 못 할걸."

디페이프에게 애송이들의 뒷조사는 식은 죽 먹기나 다름없었다. 놈들은 뉴 가나안에서부터 줄곧 위대한 길을 따라 동쪽으로 이동했으며, 도중에 들른 마을에서는 언제나 사람들의 이목을 끌었다. 대개는 그저 지나가기만 했을 뿐인데도 깊은 인상을 남겼다. 왜 아니겠는가? 멋진 말을 타고, 얼굴에는 상처 하나 없고, 손에 불한당 같은 문신도 없을뿐더러 말쑥한 옷을 입고 값비싼 모자를 쓴 젊은이들이 아니던가? 놈들을 기억하는 사람은 술집과 여관에 특히 많았는데 이는 쉬어 가려고 들른 술집에서 알코올이 없는 음료만을 마셨기 때문이었다. 녀석들은 맥주도 그라프도 입에 대지 않았다. 당연히 기억에 남을 수밖에 없었다. 여행을 나선 소년들, 그들은 눈이 부시도록 빛나 보였다. 마치 오래전의 좋았던 시절에서 건너온 존재들처럼.

그 잘난 낯짝에 오줌을 갈겨주마. 디페이프는 말을 타고 가며 생각했다. *한 놈씩, 차례로. 아서 '싱글벙글' 히스, 네놈 차례는 마지막이다. 오줌을 아껴 놨다가 익사할 때까지 처갈겨주마. 그때까지 숨이 붙어 있다면 말이지만.*

녀석들은 다행히도 사람들의 이목을 끌었지만, 그것만으로는 부족했다. 고작 그 정도만 알아낸 채로 햄브리에 돌아갔다가는 조너스의 총에 코가 날아갈지도 몰랐다. 게다가 디페이프는 그렇게 돼도 싼 처지였다. *부잣집 아들놈들이 맞을지도 모르지만, 그게 다가 아니에요.* 그가 자기 입으로 내뱉은 말이었다. 문제는, 그게 다가 아니라면 놈들이 도대체 누구냐 하는 것이었다. 그리고 똥냄새와 유황냄새가 진동하는 리치 마을에서 그는 마침내 답을 찾았다. 완벽해 보이지는 않았지만 그래도 빌어먹을 뉴 가나안까지 거슬러 올라갈 것 없이 말을 돌리기에는 충분한 답이었다.

전날 해티건스 술집에 들어서기 전, 디페이프는 이미 다른 술집 두 군데에 들러 물 탄 맥주로 목을 축인 참이었다. 이곳에서도 그는 또다시 물 탄 맥주를 주문하고 바텐더에게 말을 걸 준비를 했다. 그런데 그가 눈독을 들였던 사과는 정작 나무를 흔들기도 전에 저절로 떨어져 그의 손 안에 냉큼 들어왔다.

노인의 목소리였다(아니, 늙은 *주정뱅이*의 목소리였다.). 웬 노인이 만취한 주정뱅이 늙은이 특유의 걸걸한 목소리로 머리가 지끈거릴 만큼 시끄럽게 악을 쓰는 중이었다. 늙은 주정뱅이들이 으레 그러듯이 그 역시 지나간 세월에 관해 이야기했다. 또 세계가 어떻게 변질됐는지, 그가 어릴 적에는 지금과 달리 얼마나 살기 좋았는지에 관해서도 주절주절 떠들었다. 그러다가 그의 입에서 나온 한마디가 디페이프의 귀를 낚싯바늘처럼 잡아챘다. 좋았던 옛 시절이 다시 돌아올지도 모른다는 말이었다. 왜냐하면 두 달 전에, 어쩌면 그보다 더 가까운 과거에 그가 젊은 나리 세 명을 만났는데 그중 한 명에게 비록 소다수일지언정 마실 것을 대접했기 때문이었다.

"젊은 나리하고 젊은 날라리도 구별 못하면서 무슨."

얼굴은 귀엽지만 이가 달랑 네 개밖에 안 남은 아가씨가 핀잔하듯 중얼거렸다. 그 말에 사람들이 다 함께 웃음을 터뜨렸다. 주정뱅이 노인은 언짢은 표정으로 주위를 둘러보았다.

"웃지 마, 내 말이 맞아. 너희가 앞으로 살면서 배울 것보다 내가 잊어버린 게 더 많을 거다, 이놈들아. 그 젊은 나리들 중에 한 명은 엘드의 혈통이야. 난 봤다. 그 젊은 나리의 얼굴에서 그분 부친의 얼굴을 봤어…… 축 처진 네 젖퉁이처럼 똑똑히 봤단 말이다, 졸린."

이렇게 말한 주정뱅이 노인이 뒤이어 저지른 짓을 보고 디페이프는 조금 감동하고 말았다. 술집 작부 졸린의 블라우스 앞섶을 휙 잡아당기더니, 남은 맥주를 그 안에 부어 버렸던 것이다. 이에 사람들은 왁자하게 웃으며 우레 같은 박수를 쳐댔지만, 그조차도 성난 작부의 악쓰는 소리와 그 여자에게 머리와 어깨를 얻어맞은 노인의 비명을 가리기에는 역부족이었다. 노인의 비명은 처음에는 분을 못 이긴 고함에 지나지 않았다. 그러나 작부가 휘두른 맥주잔이 머리에 맞아 산산조각 나자 그 소리는 고통에 일그러진 비명으로 바뀌었다. 물 탄 맥주와 섞인 피가 늙은 주정뱅이의 얼굴을 타고 주르륵 흘러내렸다.

"나가, 나가!"

졸린이 악을 쓰며 노인을 문 쪽으로 떠밀었다. 주위에 있던 광부들도 (바람이 방향을 바꾸듯이 금세 그녀 편으로 갈아타고) 그를 힘껏 걷어차며 배웅해 주었다.

"다시는 오지 마! 빌어 처먹을 영감태기 같으니, 숨 쉴 때마다 마귀풀 냄새가 진동을 해서 아주 코가 비뚤어지겠어! 시시껄렁한 옛날 얘기랑 젊은 나리들 얘긴 집에 가서 혼자 실컷 해!"

주정뱅이 노인은 그렇게 발길질을 당하며 실내를 가로질러 해티건스 술집의 여흥을 담당한 트럼펫 연주자들 앞을 지나갔고(중산모자를 쓴 젊은이 한 명은 노인의 지저분한 바지 엉덩이를 걷어차는 와중에도 「놀아요, 아가씨, 놀아요」를 연주하며 음표 하나 놓치지 않았다.), 용수철 문을 통과하기가 무섭게 고꾸라져 길바닥에 얼굴을 처박았다.

디페이프는 노인의 뒤를 어슬렁어슬렁 따라가서 그를 일으켜 세웠다. 그러는 동안 노인의 숨에서 시큼한 악취가 풍겼다. 맥주 냄새가 아니었다. 회녹색으로 변한 입가를 보니 어찌된 사정인지 짐작이 갔다. 틀림없는 마귀풀 중독이었다. 이 주정뱅이 노인의 경우에는 시작한 지 얼마 안 된 듯했지만(이유는 보나마나 뻔했다. 읍내에서 파는 맥주나 위스키와 달리 산에서 자라는 마귀풀은 공짜였으므로.), 한번 시작하면 끝은 금세 다가오게 마련이었다.

"하여튼 예의 없는 놈들이야. 게다가 대가리까지 나빠, 젠장."

"예, 노인장 말씀이 맞습니다."

디페이프는 아직 바닷가 억양이 지워지지 않은 말투로 맞장구를 쳤다. 주정뱅이 노인이 비틀거리며 그를 올려다보았다. 찢어진 머리에서 솟구친 피가 주름투성이 뺨으로 흘러내렸다. 노인이 닦아내려 했지만 손놀림이 굼뜬 탓에 잘되지 않았다.

"이봐, 젊은이, 자네 혹시 술 한 잔 사 줄 돈 있나? 자네가 아버지의 얼굴을 기억하는 사람이라면 이 늙은이한테 자비를 좀 베풀게나!"

"자선 사업은 제 전문이 아닙니다, 어르신. 하지만 말만 잘하면 술값 정도는 버실 수 있을 겁니다. 이쪽으로 오시지요. 제 사무실에서 이야기를 좀 하셔야겠습니다."

디페이프는 주정뱅이 노인과 함께 큰길을 벗어나 널빤지가 깔린 보도 안쪽으로 되돌아갔다. 샛노란 불빛이 위아래로 뻗어 나오는 술집 용수철 문에서 보면 왼쪽 모서리에 해당하는 곳이었다. 그는 광부 세 명이 목청껏 노래를 부르며('내가 사랑하는 그녀는…… 큰 키에 날씬한 몸매…… 허리를 돌릴 때에는…… 대포알처럼 힘이 넘치지……') 지나갈 때까지 기다린 다음, 노인의 팔꿈치를 붙든 채 술집과 바로 옆의 장의사 건물 사이에 난 골목 안으로 데려갔다. 그러면서 곰곰이 생각했다. 누군가에게는 리치를 방문하는 것이야말로 인생을 한방에 해결하는 지름길인지도 모른다는 생각이었다. 술집에서 술을 퍼마시고, 총알을 퍼먹고, 바로 옆 건물에 있는 장의사에서 관에 눕는 방식으로.

"자네 사무실로 가잔 말이지."

주정뱅이 노인은 디페이프에게 팔을 붙들린 채 쓰레기가 쌓인 골목 끄트머리의 판자 울타리 쪽으로 걸어가며 킬킬거렸다. 바람이 불어오자 광산의 유황 냄새와 콜타르 냄새가 디페이프의 코를 찔렀다. 그들 오른편에서는 술 취한 광부들의 고함 소리가 해티건스 술집 벽을 뚫고 들려왔다.

"여기가 자네 사무실이로군. 멋진데."

"예, 제 사무실입니다."

골목 위의 좁다란 하늘에 달이 떠 있었다. 노인은 달빛에 드러난 디페이프의 얼굴을 가만히 바라보았다.

"자네 메지스 출신인가? 아니면 테파치?"

"메지스일 수도 있고, 테파치일 수도 있지요. 또는 둘 다 아닐 수도 있고."

"우리 혹시 구면인가?"

주정뱅이 노인은 입이라도 맞출 것처럼 까치발을 하고 서서 디페이프의 얼굴을 더욱 가까이서 올려다보았다. *맙소사.* 디페이프가 노인을 밀어냈다.

"좀 떨어져서 말씀하시지요, 어르신."

이렇게 말하면서도 디페이프는 조금이나마 자신감이 생겼다. 그는 실제로 조너스 및 레이놀즈와 함께 이곳에서 활동한 적이 있었다. 따라서 노인이 그의 얼굴을 기억하고 있다면 최근에 본 젊은 친구들에 관해 허풍을 떨지는 않을 듯싶었다.

"그 젊은 나리들 세 명의 이야기를 듣고 싶은데요. 저 친구들은 관심이 없을지 몰라도 저는 좀 다르거든요."

디페이프가 해티건스 술집 벽을 톡톡 두드리며 말했다. 주정뱅이 노인은 계산속이 담긴 흐릿한 눈으로 그를 쳐다보았다.

"설마 공짜로 들을 생각은 아니겠지?"

"그럼요. 원하는 정보를 들려주신다면 사례하겠습니다."

"혹시 금?"

"일단 듣고 나서 생각해 보지요."

"어허, 이야기를 듣고 싶으면 돈부터 내야지."

디페이프는 노인의 팔을 붙들고 돌려세운 다음, 나뭇가지처럼 앙상한 손목을 잡아 비죽 나온 어깨뼈 사이까지 끌어당겼다.

"개수작 하지 마, 영감태기. 까불면 팔 한 짝 부러뜨리고 시작하는 수가 있어."

"이, 이거 놔!"

주정뱅이 노인은 숨도 제대로 못 쉬고 악을 썼다.

"제발 놔 주세요, 젊은 나리. 저기, 나리의 너그러운 인품을 믿고 얘기하겠습니다! 딱 봐도 너그럽게 생기셨네요, 뭐! 정말입니다! 정말이에요!"

디페이프는 잡고 있던 손목을 놓아주었다. 주정뱅이 노인은 풀이 죽은 표정으로 어깨를 주무르며 디페이프를 곁눈질했다. 뺨에 말라붙은 피가 달빛을 받아 검게 보였다.

"세 명이 있었다오, 그 술집에. 본때 있게 자란 친구들이더구먼."

"그냥 애들인가? 아니면 지체 높은 귀족? 말해, 어느 쪽이야?"

주정뱅이 노인은 그 질문의 답을 곰곰이 생각했다. 맥주잔에 얻어맞고 밤공기를 쐬고 팔까지 비틀린 덕분에 적어도 잠깐이나마 머릿속이 맑아진 듯했다. 그렇게 한참을 생각하던 노인이 마침내 입을 열었다.

"아무래도 둘 다인 것 같은데. 그중에 한 명은 확실히 귀족이었다오, 저 안에 있는 녀석들이야 믿든 안 믿든 간에. 왜냐면 그 젊은 나리의 부친을 내가 본 적이 있는데, 그분이 총을 차고 계셨거든. 댁이 차고 있는 싸구려 총 같은 게 아니라 진짜 총 말이오. 어이쿠, 이렇게 말해서 미안하오. 하긴 이 정도면 요즘 구할 수 있는 총 중에서는 최고지, 뭐. 그분의 총은 우리 아버지가 어렸을 적에나 봤을 법한 진짜배기였소. 백단향 손잡이가 달린 커다란 리볼버였지."

노인을 응시하던 디페이프는 몸 한가득 차오르는 흥분을 느꼈다. 그리고…… 왠지 께름칙한 두려움도 함께 차올랐다. *솜씨가 꼭 총잡이 같더구나.* 조너스는 그렇게 말했다. 총잡이치고는 너무 어리다고 레이놀즈가 반박하자 조너스는 수습 총잡이일지도 모른다고 했다. 이제 와 생각해 보니 두목의 말이 옳은 것 같았다.

"*백단향*이라고? 백단향 손잡이가 확실해?"

"아, 그렇대도."

노인은 디페이프가 흥분한 나머지 자기 말을 믿으려 하는 것을 눈치챘다. 덕분에 눈에 띄게 긴장이 풀린 표정이었다.

"그 어린놈의 아비가 큰 총을 차고 있었다, 이거지. 한마디로 총잡이란 말이군."

"그렇지, 총잡이였소. 최후의 군주들 가운데 한 명. 지금이야 군주들의 혈통이 거의 끊기다시피 했지만, 그 양반은 우리 아버지도 잘 아는 총잡이였다오. 길르앗의 스티븐 디셰인이라는 양반이었지. 헨리의 아들 스티븐."

"그리고 얼마 전에 당신이 본 그 꼬맹이는……"

"스티븐의 아들이자, 거인 헨리의 손자요. 나머지 둘도 좋은 가문 출신 같았소. 어쩌면 그들 역시 군주의 혈통인지도 모르지. 헌데 내가 눈여겨본 그 젊은이는 아서 엘드 왕의 후손이오, 방계이든 직계이든 간에. 그건 댁이 두 발로 걷는 것처럼 분명한 사실이외다. 어떻소, 이 정도면 사례금 받을 만하지 않소?"

디페이프는 그렇다고 대답하려다가 문득 깨달았다. 이 늙어빠진 주정뱅이가 말하는 총잡이의 아들이 세 꼬맹이 가운데 누구인지가 아직 확실치 않았던 것이다.

"꼬맹이 셋. 귀족 출신 꼬맹이가 셋이라. 거기다 셋 다 총을 차고 있었단 말이지?"

"보란 듯이 내놓고 다니진 않았다오. 그랬다간 이 마을의 날품팔이들이 눈독을 들였을 테니까, 흐흐흐. 하지만 분명히 갖고 있었소. 아마 둘둘 말린 침낭 밑에 숨겨 놨겠지. 틀림없어, 내 눈은 절대 못

속여."

"아, 그러시겠지. 정리하자면 꼬맹이가 셋, 그중에 군주의 아들이 하나. 노인장이 보기에는 *총잡이*의 아들이라, 이거지. 그 총잡이의 이름은 길르앗의 스티븐이고."

분명 디페이프도 들은 적이 있는 이름이었다.

"맞아, 길르앗의 스티븐 디셰인."

"그 젊은 나리가 자기 성을 밝혔나? 뭐라고 했지?"

주정뱅이 노인은 불안한 와중에도 미간까지 찌푸려 가며 기억을 떠올리려고 애썼다.

"글쎄, 디어필드? 디어스틴? 잘 기억이……."

"됐어, 그건 나도 알아. 자, 이제 사례금을 드리지."

"저, 정말이오?"

주정뱅이 노인이 또다시 얼굴을 불쑥 들이밀었다. 입에서 풍기는 들척지근한 마귀풀 냄새 때문에 숨이 막힐 것만 같았다.

"금? 아니면 은? 뭐요, 말해 보셔, 이 친구야."

"납이야."

디페이프는 대답하기가 무섭게 총을 뽑아 노인의 가슴에 총알 두 발을 발사했다. 바라던 것을 정확히 안겨 준 셈이었다.

이제 디페이프는 말을 타고 메지스로 돌아가는 중이었다. 허름한 마을마다 들러서 탐문할 필요가 없으니 올 때보다 훨씬 짧은 여행이 될 터였다.

머리 근처에서 새가 푸드덕거리는 소리가 났다. 비둘기였다. 몸통은 짙은 회색, 목둘레에는 하얀 깃털이 고리처럼 난 비둘기가 디페이프 바로 앞의 바위에 내려앉았다. 어찌 보면 비행을 멈추고 쉬는 듯도 했다. 재미나게 생긴 비둘기였다. 디페이프가 보기에 들비둘기 같지는 않았다. 새장에서 탈출했을까? 이 촌구석에 사는 무지렁이들이 키우는 것이라고는 집을 털려고 흘끔거리는 강도의 낯짝을 물어뜯을 들개가 고작이었지만(과연 털 만한 물건이 있는지는 차치하고), 그래도 또 모를 일이었다. 사정이 어찌됐든 간에 야영하기 전에 먹는 비둘기구이는 별미일 거라는 생각이 들었다.

디페이프가 권총을 뽑았다. 그러나 비둘기는 그가 공이치기를 젖히기도 전에 날아올라 동쪽으로 날아가 버렸다. 그러거나 말거나 그는 비둘기를 겨누고 방아쇠를 당겼다. 가끔은 운이 좋을 때도 있었지만, 이번에는 아니었다. 비둘기는 움찔하는가 싶더니 다시 똑바로 날아 그가 말을 모는 방향 쪽으로 사라졌다. 그는 말에 걸터앉은 채 잠시 가만히 서 있었다. 무안한 기분은 별로 들지 않았다. 자신이 알아낸 정보를 들으면 조너스가 무척 기뻐하리라는 생각만 들었다.

잠시 후, 디페이프는 말에 박차를 가하여 자치령 연안 도로를 따라 천천히 걷기 시작했다. 메지스로, 그를 골탕 먹인 꼬맹이들이 목을 내놓고 기다리는 그곳으로 돌아가는 길이었다. 어쩌면 귀족 출신에 총잡이의 아들인지도 모를 녀석들이었지만, 때는 바야흐로 그런 고귀한 인간들도 개죽음을 당하는 말세였다. 그 늙은 주정뱅이가 정확히 지적했듯이, 세계는 이미 변질했으므로.

2

로이 디페이프가 리치를 떠나 햄브리 방향으로 말머리를 돌린 때로부터 사흘째 되는 날 오후, 롤랜드와 커스버트와 알레인은 말을 타고 햄브리 서북쪽으로 향했다. 일행은 먼저 드롭 평원의 기다란 언덕을 내려간 다음, 햄브리 주민들이 '배드 그래스'라고 부르는 공유 목초지를 지나 사막 같은 황무지로 들어섰다. 탁 트인 곳으로 나오고 보니 침식 작용으로 만들어진 절벽이 눈앞에 펼쳐졌다. 절벽 한복판에는 음부처럼 갈라진 골짜기가 입을 벌리고 있었다. 골짜기 어귀의 모서리는 마치 심술궂은 신이 도끼로 찍어서 현실 세계로 집어던진 것처럼 들쭉날쭉했다.

드롭 평원 끝자락에서 절벽까지는 10킬로미터가 조금 안 되는 거리였다. 그 거리를 4분의 3쯤 지났을 무렵, 일행은 사방이 평탄한 땅에 유일하게 튀어나온 지형과 마주쳤다. 첫 번째 마디에서 구부린 손가락처럼 생긴 바위가 땅 위로 불쑥 솟아 있었다. 바위 아래에는 부메랑처럼 생긴 초록빛 풀밭이 자그맣게 자리 잡고 있었다. 커스버트가 메아리를 시험해 볼 작정으로 눈앞의 절벽을 향해 소리를 지르자 풀밭에서 개너구리 몇 마리가 찍찍거리며 튀어나오더니, 드롭 평원이 있는 동남쪽으로 줄행랑을 쳤다. 롤랜드가 바위를 가리키며 말했다.

"저게 교수대 바위야. 바위 아래쪽에 샘이 있을 거야. 사람들 말로는 이 근처에 하나뿐인 샘이래."

말을 타고 이동하는 동안 일행 간에 오간 대화는 이것뿐이었지만, 커스버트와 알레인은 롤랜드의 등 뒤에서 안도감이 역력한 눈길을 주고받았다. 여름이 곁을 맴돌다 물러간 지난 3주 동안 그들 일행이 한 것이라고는 제자리걸음뿐이었다. 롤랜드는 커스버트와 알레인에게 때를 기다려야 한다고, 지금은 전혀 중요하지 않은 것에 관심을 보이는 척하면서 곁눈질로 중요한 것들의 수를 세야 한다고 느긋하게 말했지만, 두 사람은 요즘 들어 정신이 딴 데 가 있는 사람처럼 멍해진 롤랜드를 좀처럼 믿을 수가 없었다. 롤랜드는 그 멍한 태도를 클레이 레이놀즈의 망토처럼 몸에 두르고 살다시피 했다. 두 사람은 그 문제에 대해 이야기를 나누지 않았다. 그럴 필요가 없어서였다. 만약 소린 장관이 첩으로 삼으려는 여자애(그 기다란 금발 미소녀를 차지할 사람이 소린 말고 또 누가 있겠는가?)한테 롤랜드가 연정을 느끼기 시작하면, 그들 일행은 지독한 곤경에 빠질 것이 뻔했다. 그러나 롤랜드는 사랑에 빠진 남자답지 않게 몸단장을 하지 않았고, 셔츠 목깃에 붙은 금발도 다시는 눈에 띄지 않았다. 그리고 이 날 저녁에는 바보로 변하는 망토를 벗어던지기라도 했는지 예전의 롤랜드에 더 가까워 보였다. 어쩌면 잠깐 동안의 변화인지도 몰랐다. 두 사람의 운이 좋으면 영영 이대로 갈 수도 있었다. 결국에는 *카*가 답을 가르쳐 줄 터였다. 늘 그렇듯이.

절벽 앞 2킬로미터쯤까지 다가가자 오는 동안 내내 거세게 등을 때리던 바닷바람이 순식간에 가라앉았다. 뒤이어 움푹 팬 골짜기에서 나직하고 단조로운 울음소리가 들려왔다. 바로 아이볼트 골짜기였다. 알레인이 총을 뽑아들었다. 표정이 마치 시디 신 과일을 베어 문 사람처럼 일그러져 있었다. 머릿속에 떠오르는 것은 오로지 커다란 손뿐이었다. 모서리가 날카로운 돌멩이를 한 움큼 쥐고 자그락거리는 억센 손. 나지막한 울음소리에 이끌리기라도 했는지, 말똥가리들이 날아와 골짜기 위를 빙빙 돌았다.

"월, 우리 경계병 나리께서 예감이 영 안 좋다고 하시는데." 커스버트가 목에 건 새 해골을 두드리며 중얼거렸다. "사실 예감이 안 좋기는 나도 마찬가지야. 여긴 도대체 뭐 하러 오자고 한 거야?”

“수를 세러. 우린 모든 걸 목격하고 모든 걸 세러 왔잖아. 이곳에
도 보고 세어야 할 게 있어.”

“암, 어련하시겠어.”

커스버트는 말을 달래느라 애를 먹었다. 희박지대에서 나직하게
들려오는 으르렁 소리에 말이 겁을 먹었기 때문이었다.

“하나도 빠짐없이 다 세야지. 어업용 그물 614채, 작은 배 710척,
큰 배 214척, 주인 모를 소 70두, 그리고 마을 북쪽에 희박지대 한
곳. 그게 뭔지는 모르겠지만, 아무튼.”

“그게 뭔지는 지금부터 알아볼 거야.”

일행은 울음소리 속으로 들어갔다. 그 소리가 마음에 드는 사람
은 아무도 없었지만, 돌아가자는 말 역시 아무도 꺼내지 않았다. 이
미 먼 길을 지나 이곳에 도착하기도 했거니와, 결국에는 롤랜드의
말이 옳기 때문이기도 했다. 이것은 그들의 임무였다. 게다가 그들
은 호기심이 왕성했다.

골짜기 어귀는 차곡차곡 쌓은 나무 덤불로 막혀 있었다. 앞서 수
전이 롤랜드에게 일러준 그대로였다. 머잖아 가을이 오면 죄다 말라
죽을 테지만 당장은 나뭇잎이 붙어 있어서 골짜기 안쪽이 잘 보이
지 않았다. 덤불 사이로 길이 나 있었으나 말이 지나기에는 너무 좁
았다(몰고 가 봐야 어차피 뒷걸음칠 것 같았다.). 그리고 해가 뉘엿뉘엿
기울어 가는 지금, 롤랜드는 골짜기 안의 상황을 짐작조차 할 수 없
었다.

“어쩔 거야, 롤랜드. 들어갈 거야? 우리 기록 담당 천사님께서 들
으시라고 분명히 말하는데, 난 반대야. 뭐 그렇다고 항명까지 하겠

다는 건 아니고."

롤랜드는 친구들을 데리고 덤불 더미를 지나 울음소리의 근원으로 향할 생각이 조금도 없었다. 희박지대의 정체를 그저 어렴풋이만 아는 상황에서는 말도 안 되는 짓이었다. 지난 몇 주 동안 희박지대에 관해 여기저기 수소문하기는 했지만, 쓸 만한 정보는 거의 얻지 못했다. '나 같으면 멀찍이 떨어져 있겠네.' 에이버리 보안관은 그렇게 충고할 뿐이었다. 롤랜드가 지금껏 얻은 최고의 정보는 처음 만났던 밤에 수전한테서 들은 이야기였다.

"진정해, 커스버트. 저 안에 들어가진 않을 거야."

"다행이네."

알레인이 조그맣게 중얼거리자 롤랜드가 빙긋 웃었다.

골짜기 서쪽에 위로 이어진 길이 보였다. 가파르고 좁은 길이었지만 조심만 하면 올라갈 수 있을 것 같았다. 세 사람은 한 줄로 말을 몰고 그 길을 올라갔다. 도중에 한 번은 돌 더미가 무너져 내리는 바람에 멈춰서야 했다. 자잘한 흙덩어리와 변성암 덩어리가 후드득 쏟아지더니 일행 오른편에 입을 벌리고 신음하는 골짜기 속으로 굴러 떨어졌다. 소동이 끝나고 일행이 다시 말에 오를 준비를 할 때, 뭔지 모를(아마도 뇌조인 듯한) 커다란 새 한 마리가 요란하게 날개를 퍼덕이며 골짜기 위로 날아올랐다. 롤랜드는 총을 뽑으려다 말고 문득 뒤를 돌아보았다. 커스버트와 알레인도 똑같이 허리께로 손을 뻗은 참이었다. 생각해 보면 꽤나 우스꽝스러운 광경이었다. 그들 모두 총을 기름 먹인 천으로 감싸 바케이 목장 일꾼 숙소의 바닥 널빤지 아래에 고이 숨겨 놓았기 때문이었다.

세 사람은 서로 바라보기만 할 뿐, 아무 말도 하지 않고(그러나 눈빛으로는 수많은 말을 주고받은 다음) 다시 걸음을 옮겼다. 롤랜드가 느끼기에 희박지대의 영향은 그곳에 가까워질수록 점점 더 누적되는 듯했다. 그곳에서 들려오는 소리는 사람이 익숙해질 수 있는 것이 아니었다. 실은 그 반대였다. 아이볼트 골짜기 근처에 머무는 시간이 길어질수록 그 소리는 사람의 두뇌 속을 더욱 깊숙이 할퀴어 놓았다. 소리는 단지 귀를 파고드는 것이 아니라 잇속까지 뚫고 들어왔다. 가슴뼈 아래의 신경 다발 속에서 윙윙거리면서, 동시에 눈알 뒤편의 축축하고 섬세한 세포 조직을 갉아먹었다. 무엇보다 머릿속으로 들어와 이렇게 중얼거렸다. 네가 평생 두려워하던 모든 것이 바로 저 길모퉁이 뒤에 있다고, 저 돌 무더기 너머에 있다고, 튀어나와서 너를 덮치려고 뱀처럼 도사리고 있다고.

일단 오르막길 끄트머리의 평평한 불모지에 도착하고 보니 다시 하늘이 보였고, 덕분에 기분도 조금 나아졌다. 그러나 해는 이미 저물어 사방이 어두웠다. 말에서 내린 세 사람이 금방이라도 무너질 것만 같은 절벽 모서리까지 걸어갔을 무렵, 보이는 것이라고는 오로지 거뭇한 그림자뿐이었다.

"영 안 좋은데. 좀 일찍 출발할걸 그랬어, 롤랜…… 아니, 윌. 젠장, 우린 왜 이렇게 멍청한 걸까!"

"여기선 롤랜드라고 불러도 돼, 커스버트. 어쨌든, 우린 볼 것만 보고 셀 것만 세면 그만이야. 네 말마따나 일단 희박지대가 한 곳 있다는 건 확인했어. 이젠 기다리기만 하면 돼."

그들이 기다리기 시작한 지 20분도 안 됐을 무렵, 밀수꾼의 달이 지평선 위로 모습을 드러냈다. 주황색으로 물든 커다란 달, 그야말로 완벽한 여름 달이었다. 달은 점점 어두워지는 보랏빛 하늘에서 마치 폭발하는 행성처럼 환하게 빛났다. 달 표면에 누가 봐도 알 수 있을 만큼 또렷이 밀수꾼의 모습이 새겨져 있었다. 보름을 여드레 앞둔 밤에 나타나는 그는 자루 속에 울부짖는 영혼들을 담고 다닌다고 전해졌다. 얼룩덜룩한 그늘 몇 개가 겹쳐져서 만들어진 달 표면의 곱사등이 형상은 실제로 구부정한 한쪽 어깨에 윤곽이 선명한 자루를 걸머지고 있는 듯했다. 그 뒤로 보이는 주황색 달빛은 활활 타오르는 지옥 불 같았다.

"어휴, 이건 뭐 저 밑에서 들려오는 소리랑 딱 어울리게 불길한 달이네."

커스버트가 너스레를 떨었지만 일행은 움직이지 않고 자리를 지켰다(말들도 함께했다, 주인에게 진작 이곳을 떠났어야 했다고 타이르듯이 이따금씩 고삐를 잡아당기기는 했지만.). 그러는 동안 달은 점점 높이 올라가며 조금씩 작아졌고, 색깔도 은빛으로 바뀌어 갔다. 마침내 달이 아이볼트 골짜기에 창백한 빛을 드리울 만큼 높이 떠올랐다. 세 소년은 우두커니 서서 아래를 내려다보았다. 아무도 입을 열지 않았다. 롤랜드는 두 친구의 속내까지 알 수는 없었지만, 그 자신은 설사 누가 말하라고 명령한다고 해도 도저히 입이 떨어질 것 같지 않았다.

낭떠러지 사이로 깊숙이 나 있는 골짜기야. 길이가 짧고 위쪽 절벽이 가팔라. 수전은 그렇게 말했다. 정확하게 들어맞는 설명이었다. 수전은 아이볼트 골짜기가 옆으로 누운 굴뚝 같다는 말도 했다. 롤랜드가 보기에는 이 또한 옳은 설명이었다. 굴뚝이 쓰러지다가 충격을 받아 조금 부서졌다면, 그래서 중간이 휘어진 채 누워 있다면 꼭 이런 모양새일 듯싶었다.

골짜기 바닥은 그 휘어진 곳에 이를 때까지는 별 특징 없이 평범해 보였다. 여기저기 흩어진 짐승 뼈가 달빛에 허옇게 빛나는 것 또한 여느 골짜기와 다를 바 없었다. 멋모르고 깊숙한 골짜기에 들어왔다가 나갈 길을 찾지 못하는 동물은 한둘이 아니었다. 게다가 아이볼트 골짜기는 어귀에 덤불 더미를 쌓아둔 탓에 벗어나기가 더욱 힘들었다. 양 옆을 가로막은 절벽은 너무나 가팔라서 기어오르기가 불가능했다. 딱 한 군데, 즉 살짝 휘어진 모퉁이 바로 앞에서라면 가능할 것도 같았다. 그곳에서 절벽 위쪽으로 기다랗게 팬 홈이 롤랜드의 눈에 띄었다. 홈 안쪽에 울룩불룩 튀어나온 돌들이 (잘만 하면!) 손잡이 구실을 해 줄 수도 있을 것 같았다. 딱히 그 홈을 눈여겨볼 이유 같은 것은 없었다. 롤랜드는 그냥 그렇게 했을 뿐이었다. 이후 평생토록 탈출로를 눈여겨보며 살아갈 운명에 걸맞게.

골짜기 바닥의 휘어진 부분 너머에는 그들이 그때껏 한 번도 보지 못한 것이 있었는데…… 그로부터 몇 시간 후, 숙소로 돌아온 세 사람은 자신이 도대체 뭘 봤는지 모르겠다고 한목소리로 말했다. 아이볼트 골짜기 안쪽은 수은처럼 일렁거리는 은색 덩어리로 뒤덮여 음산한 분위기를 풍겼다. 그곳에서 연기인지 안개인지 모를 허연 기둥들이 뱀처럼 꾸물꾸물 솟아올랐다. 그 수은 같은 덩어리는 꼭 자신을 가둔 양쪽 절벽을 핥으며 꾸물꾸물 움직이는 듯했다. 세 사람은 나중에야 그 덩어리가 초록색임을 알 수 있었다. 이날 저녁에는 순전히 달빛 때문에 은빛으로 보였을 뿐이었다.

세 사람이 지켜보는 가운데, 무언가 시커먼 것이 날아와 희박지대의 표면을 스치듯 활공했다. 어쩌면 아까 그들을 놀라게 한 새인지도 몰랐다. 새는 공중에서 뭔가 붙잡은 다음(벌레일까? 아니면 좀 더 작은 새?), 다시 위쪽으로 날아오르기 시작했다. 녀석이 골짜기를 벗어나기도 전에 골짜기 바닥에서 은색 팔이 불쑥 튀어나왔다. 그 순간, 중얼거리는 불평 소리 같던 희박지대의 소리가 갑자기 빨라지 더니 목소리 비슷하게 바뀌었다. 은색 팔은 공중에 날아가던 새를 홱 낚아채 아래로 끌고 들어갔다. 희박지대 위쪽의 표면 전체에 희 미한 초록색 불빛이 전깃불처럼 번쩍 켜졌다가 꺼졌다.

세 소년은 겁에 질린 눈으로 서로를 돌아보았다.

뛰어들어, 총잡이. 문득 이렇게 말하는 목소리가 들렸다. 희박지 대의 목소리였다. 아버지의 목소리였다. 동시에 마법사 마튼, 난봉 꾼 마튼의 목소리이기도 했다. 가장 끔찍한 것은, 그 목소리가 롤랜 드 자신의 것이라는 사실이었다.

뛰어들어, 그러면 모든 근심이 사라질 거야. 이곳에선 여자애의 사랑을 얻으려고 근심하지 않아도 돼. 어머니를 잃고 슬퍼하는 네 어린 마음도 이곳에선 짐을 벗을 수 있어. 이곳에 있는 거라곤 그저 우주 한복판의 구멍이 점점 커지면서 들려주는 콧노래 소리, 그리고 썩어가는 살덩이의 미치도록 달콤한 냄새뿐.

오너라, 총잡이여. 희박지대의 일부가 되는 거다.

얼빠진 표정에 초점 없는 눈을 하고서, 알레인이 절벽 가장자리 를 따라 걷기 시작했다. 끄트머리에 어찌나 바짝 붙어 걸었던지 오 른발 뒤꿈치에서 피어오른 흙먼지가 허공에 날렸다. 돌멩이들이 절 벽 아래로 우수수 굴러 떨어졌다. 그런 식으로 다섯 번째 걸음을 옮 기려는 찰나, 롤랜드가 알레인의 허리띠를 붙들고 홱 잡아당겼다.

"너 지금 어디 가는 거야?"

알레인은 몽유병 환자처럼 멍한 눈으로 롤랜드를 마주보았다. 눈빛이 차츰 맑아지기 시작했지만 시간이 한참 걸렸다.

"나도…… 몰라…… 롤랜드."

저 아래 골짜기에서는 희박지대가 나지막이 으르렁거리며 노래하고 있었다. 그와 동시에 다른 소리도 들려왔다. 웅얼거리는 소리였다. 졸졸 새는 물소리 같기도 하고 철벅거리는 진흙탕 소리 같기도 했다.

"난 알아. 알레인, 롤랜드, 난 우리가 가야 할 곳이 어딘지 알아. 바케이 목장으로 돌아가는 거야. 가자, 빨리 여기서 벗어나야 해. 롤랜드, 빨리. 나 무섭단 말이야."

커스버트는 애원하는 눈빛으로 롤랜드를 바라보았다.

"그래, 가자."

그러나 두 사람을 데리고 내리막길로 돌아가기 전, 롤랜드는 절벽 가장자리로 걸어가 골짜기 아래에서 몽글거리는 은빛 구름을 가만히 내려다보았다.

"목록에 추가한다. 희박지대 한 곳."

롤랜드는 선전포고하듯 당당한 목소리로 말했다. 그러고는 나지막이 덧붙였다.

"빌어먹을 것 같으니."

3

세 사람은 말을 타고 돌아오는 길에 냉정을 되찾았다. 골짜기와 희박지대에서 피어오르던 악취, 뭔지 모를 시체가 썩는 듯한 그 냄새에 시달린 참이다 보니 얼굴에 불어오는 바닷바람이 원기를 북돋아 주었다.

드롭 평원의 언덕을 (말이 조금이나마 쉴 수 있게 대각선으로) 올라가는 도중에 알레인이 입을 열었다.

"롤랜드, 다음은 뭘 할 거야? 무슨 좋은 생각 있어?"

"아니. 실은 아무 생각도 없어."

"일단 저녁부터 먹자."

커스버트가 해맑은 목소리로 말했다. 그러고는 자기 말을 강조하려는 듯이 경계병의 텅 빈 해골을 톡톡 두드렸다.

"커스버트, 무슨 뜻으로 한 말인지 알잖아."

"알아, 알레인. 저기, 롤랜드. 너한테 할 말이 있는데……"

"월이야. 여긴 드롭 평원이잖아. 월이라고 불러."

"참, 그렇지. 월, 나 너한테 할 말이 있어. 그물이랑 배, 베틀, 수레 개수나 세면서 허송세월하는 것도 이제 얼마 안 남았어. 그런 쓸데없는 것들은 다 셌잖아. 일단 햄브리의 말 사육 현황이 어떤지 들여다보기 시작하면 얼간이 시늉을 하기가 훨씬 어려워질 거야."

"그렇겠지."

롤랜드는 고삐를 당겨 러셔를 세우고 이제껏 지나온 길을 돌아보았다. 그러고는 드롭 평원의 말 떼를 홀린 듯이 바라보았다. 은빛 초원을 내달리며 뛰노는 말들은 달빛의 음기에 취했음이 틀림없었다.

"하지만 다시 한 번 말해 둘게. 너희 둘 다 잘 들어. *우린 단지 말 때문에 여기 온 게 아니야.* 파슨이 원하는 게 저 말들일까? 어쩌면 그럴 수도 있겠지. 말이 필요하기는 동맹도 마찬가지니까. 소도 그렇고. 하지만 말은 어디에나 있어. 물론 이곳만큼 훌륭하진 않겠지만, 지금은 어느 쪽이든 찬밥 더운 밥 가릴 상황이 아니야. 그러니 말이 아니라면 도대체 뭘까? 그걸 알아낼 때까지, 적어도 알아내는 게 불가능하다고 결론지을 때까지, 우린 지금까지 하던 대로 계속하면 돼."

세 사람이 찾는 답의 일부는 바케이 목장에서 그들이 돌아오기를 기다리는 중이었다. 말을 묶어 두는 가로대에 비둘기 한 마리가 앉아 꼬리 깃을 힘차게 퍼덕이고 있었던 것이다. 그 비둘기가 날아올라 손에 앉았을 때, 롤랜드는 비둘기의 한쪽 날개가 묘하게 헝클어진 것을 눈치챘다. 어쩌면 들고양이 같은 짐승이 몰래 다가와 덮쳤을지도 몰랐다.

비둘기 다리에 묶인 쪽지의 내용은 짤막했지만, 세 사람이 그때껏 깨닫지 못했던 것들이 대부분 적혀 있었다.

수전을 다시 만나야겠어. 롤랜드는 쪽지를 다 읽고 나서 이렇게 생각했다. 그러자 자신도 모르게 기쁨이 샘솟았고, 맥박도 점점 빨라졌다. 그렇게 밀수꾼의 달이 비춰 주는 차가운 은색 빛을 맞으며, 롤랜드는 빙긋이 웃었다.

제9장
시트고

1

밀수꾼의 달이 이지러지기 시작했다. 이제 여름의 가장 무덥고
화창한 나날이 그 달과 함께 사라질 때였다. 보름달이 지고 나흘째
되던 날 오후, 수전과 고모가 함께 사는 집에 행정 장관 관사의 늙
은 하인이 찾아왔다(이름이 미겔인 그 노인은 하트 소린이 취임하기 전
부터 오랫동안 관사에서 일했고, 소린이 퇴임하여 목장으로 돌아간 후에도
그곳에 머물 운명이었다.). 노인은 잘생긴 밤색 암말을 한 마리 끌고
왔다. 소린이 보내기로 약속한 말 세 마리 가운데 두 번째로 온 그
말을 수전은 금세 알아보았다. 수전이 어릴 적에 제일 아끼던 암말
펠리시아였다.

수전은 미겔을 끌어안고 수염이 부숭부숭한 뺨에 입맞춤을 퍼부
었다. 노인의 얼굴 한가득 웃음이 번졌다. 입이 어찌나 크게 벌어졌
던지 어금니까지 다 보일 것 같았지만, 그것도 이가 남아 있을 때의

이야기였다.

"고마워요, 고마워요, 아저씨. 정말 고마워요."

"원 별 말씀을. 장관님께서 진심을 담아 보내신 선물입니다."

고삐를 건네고 멀어지는 미겔의 뒷모습을 바라보는 동안, 빙긋이 웃던 수전의 입가는 서서히 굳어졌다. 펠리시아는 주인 곁에 얌전히 서 있었다. 말의 온몸을 휘감은 짙은 갈색 털 코트가 여름 햇살 아래 꿈결처럼 반짝였다. 그러나 이곳은 꿈속이 아니었다. 처음에는 꿈만 같았지만(수전은 뒤늦게 깨달았다, 그 비현실적인 느낌이 함정으로 이끄는 속삭임이었음을), 이곳은 결코 꿈속이 아니었다. 앞서 수전은 자신의 순결을 입증했다. 그리고 지금은 돈 많은 남자한테서 '진심이 담긴 선물'을 받는 처지였다. 물론 상투적으로 쓰는 인사말이었지만…… 상황과 관점에 따라서는 신랄한 조롱이 될 수도 있었다. 펠리시아는 먼저 받았던 파일런이 그러했듯이 그저 선물일 뿐이었다. 수전의 계약이 한 단계씩 이행된다는 증거였던 것이다. 코딜리어 고모는 놀란 표정을 지었으나 수전은 진실을 알고 있었다. 눈앞에 기다리고 있는 것은 더도 덜도 아닌 매춘이었다.

수전이 선물을(그녀의 관점에서는 사실상 돌려받은 재산을) 끌고 마구간으로 향하는 동안, 코딜리어 고모는 부엌 창가에 서 있었다. 그곳에 서서 신이 난 목소리로 말이 참 예쁘게 생겼다느니, 그 말을 돌보다 보면 우울한 기분도 좀 가실 거라느니 하는 소리를 지껄여 댔다. 가시 돋친 대꾸가 목까지 치밀었지만 수전은 꾹 참았다. 두 사람은 셔츠 때문에 악을 쓰며 다툰 날로부터 살얼음 같은 휴전 상태를 유지하는 중이었고, 수전은 먼저 휴전 협정을 깨는 사람이 되고 싶지 않았다. 가뜩이나 머릿속도 마음속도 근심투성이였다. 고모와 한 번만 더 다뤘다가는 장화에 밟힌 마른 가지처럼 뚝 부러져 버릴 것만 같았다. *때로는 침묵이 최선의 방책이거든.* 아버지가 들려준 말이었다. 수전이 열 살이었을 무렵, 아버지는 왜 그렇게 늘 말수가 적으냐고 물었을 때. 그때는 알쏭달쏭했지만 이제는 그 답의 뜻을 이해할 수 있었다.

수전은 펠리시아를 파일런 곁에 묶고 살살 쓰다듬으며 사료를 먹였다. 그런 다음 말이 귀리를 쩝쩝거리는 동안 발굽을 살펴보았다. 발굽에 박힌 편자가 시프론트에서 보내는 선물 같아 기분이 영 껄끄러웠다. 그래서 마구간 문 옆의 못에 걸려 있던 아버지의 편자 가방으로 손을 뻗었다. 가방끈을 머리 위로 치켜들어 어깨에 비껴 메고 보니 불룩한 가방이 엉덩이에 걸쳐졌다. 수전은 그 상태 그대로 '후키 대장간'까지 3킬로미터를 걸어갔다. 가죽 가방이 엉덩이에 부딪힐 때마다 아버지 생각이 어찌나 생생하게 사무치던지, 가슴이 저미다 못해 금방이라도 울음이 터질 것만 같았다. 딸이 지금 어떤 처지인지 안다면 아버지는 혼비백산할지도 몰랐다. 어쩌면 역겨워할지도. 그러나 윌 디어본이라면 아버지 마음에 들었으리라. 수전은 그것만큼은 확신할 수 있었다. 마음에 들어할 뿐 아니라 딸의 짝으로 인정했으리라. 무엇보다도 그 생각에 가슴이 미어졌다.

2

수전은 어릴 적에 일찌감치 말편자 박는 법을 배웠고, 기분이 좋을 때에는 그 일을 즐기기까지 했다. 지저분하고 단순한 일이었지만 언제 말한테 갈비뼈를 걷어차일지 모르다 보니 한편으로는 긴장감과 현실 감각을 얻는 기회이기도 했다. 그러나 편자를 만드는 일에 관해서는 아무것도 몰랐고, 알고 싶은 마음도 없었다. 반면에 브라이언 후키는 자기 여관과 마구간 뒤편에 있는 대장간에서 직접 편자를 만들었다. 그곳에서 수전은 말 냄새와 신선한 건초 냄새를 만끽하며 펠리시아에게 꼭 맞는 편자 네 개를 한눈에 골라 들었다. 새로 칠한 페인트의 냄새도 느껴졌다. 실제로 후키의 마구간 겸 대장간은 꽤 멋져 보였다. 마구간 천장을 올려다보아도 구멍 하나 눈에 띄지 않을 정도였다. 장사가 꽤 잘되는 모양이었다.

브라이언 후키는 대장장이용 앞치마를 걸친 모습 그대로 작업장 대들보에 '새 말편자' 품목과 가격을 적은 다음, 자신이 끼적인 그 숫자들을 한쪽 눈으로 선뜩하게 흘겨보았다. 그래놓고는 정작 수전이 쭈뼛쭈뼛 물건 값 얘기를 꺼내자 됐다, 형편 풀리면 제일 먼저 외상값부터 정리할 생각이라는 거 다 안다, 몸 건강히 잘 지내라 같은 소리를 지껄여댔다. 뭐 어차피 우리가 어디 딴 데로 이사 갈 것도 아니고, 안 그러냐? 암, 그렇고말고. 이렇게 너스레를 떨면서 수전의 등을 밀고 건초와 말의 향긋한 냄새로 가득한 실내를 지나 문간으로 향했다. 1년 전이었다면 말편자 네 개 같은 자잘한 외상이라 해도 결코 이렇게 나긋나긋하게 굴 후키가 아니었지만, 수전이 소린 장관의 '절친한 친구'가 된 지금은 사정이 영 딴판이었다.

어두침침한 대장간 안에 있다가 나와 보니 오후 햇살이 어지러울 정도로 환했다. 수전은 잠깐 동안 시력이 마비된 채 큰길 쪽으로 비틀비틀 걸어갔다. 엉덩이에 부딪히는 가방 속에서 새 편자가 찰캉거리는 소리가 나직이 들려왔다. 한순간 찬란한 빛 속에 사람 형상이 나타나는가 싶더니, 뒤이어 그 형상이 수전의 몸에 정면으로 부딪혔다. 얼마나 세게 부딪혔던지 이가 덜덜 흔들리고 가방 속의 편자가 철그렁거렸다. 하마터면 땅에 나동그라질 뻔했지만 억센 두 손이 쏜살같이 튀어나와 어깨를 붙들어 주었다. 이때쯤에는 캄캄하던 눈도 슬슬 빛에 적응하는 중이었고, 덕분에 수전은 자신을 흙바닥에 쓰러뜨릴 뻔한 젊은 남자의 정체를 알아보고 실망감과 즐거움을 동시에 느꼈다. 남자는 바로 리처드 스톡워스였다.

"이런, 죄송합니다, 아가씨! 괜찮으세요? 혹시 다치셨나요?"

스톡워스는 수전을 정말로 쓰러뜨리기라도 한 듯이 드레스 소매를 툭툭 털어 주었다.

"전 아무렇지도 않아요. 그러니까 사과는 거두어 주세요."

수전은 빙긋이 웃으며 말했다. 그러다 문득 까치발로 서서 스톡워스에게 입을 맞추고 소리치고 싶은 충동이 불같이 치솟았다. *윌한테 이 키스를 전해주세요, 전에 제가 했던 말은 잊어버리라는 말도 함께! 수천 번의 입맞춤이 기다리고 있다고 전해주세요! 와서 모두 가져가라고 전해주세요!*

그 충동을 따르는 대신, 수전은 우스꽝스러운 상상에 집중했다. 눈앞의 리처드 스톡워스가 윌에게 입술이 찌부러질 정도로 세게 키스를 한 다음 수전 델가도의 선물이라고 중얼거리는 상상이었다. 쿡쿡 웃음이 터져 나왔다. 두 손으로 입을 가려봐도 소용이 없었다. 스톡워스도 빙긋이 따라 웃었지만…… 망설이는, 조심스러운 미소였다. *내가 미쳤다고 생각하겠지…… 그래! 난 미쳤어!*

"안녕히 가세요, 스톡워스 씨."

수전은 인사를 남기고 스톡워스의 곁을 지나쳤다. 더 이상 당황하고 싶지 않았다.

"안녕히 가십시오, 수전 델가도 양."

스톡워스도 답인사를 건넸다.

수전은 길을 따라 50미터쯤 걸어간 후에 힐끗 뒤를 돌아보았으나 스톡워스는 이미 사라지고 없었다. 후키네 대장간으로 향하지는 않은 듯했다. 그것만은 확실했다. 애초에 스톡워스가 이런 변두리에서 뭘 하고 있었는지부터가 수수께끼였다.

30분 후, 아버지의 편자 가방에서 새 편자를 꺼내다가, 수전은 수수께끼의 답을 찾았다. 편자 두 개 사이에 꼬깃꼬깃 접은 쪽지가 끼워져 있었다. 그 쪽지를 펼치기도 전에 수전은 깨달았다. 스톡워스와 부딪혔던 것은 우연이 아니었다.

금세 알아볼 수 있었다. 꽃다발에 숨어 있던 쪽지와 마찬가지로 윌이 쓴 글씨였다.

수전

오늘 저녁이나 내일 저녁, 시트고에서 만날 수 있을까? 아주 중요한 일이야. 우리가 전에 나눴던 얘기랑 관련이 있어. 제발.

W.

추신. 이 쪽지는 태워 버려.

수전은 즉시 쪽지를 불태웠다. 확 일어났다가 사그라지는 불길을 바라보며, 수전은 쪽지에 적힌 말 중에 가장 가슴에 사무쳤던 한 단어를 몇 번이고 몇 번이고 중얼거렸다. *제발.*

3

수전과 코딜리어 고모는 빵과 수프로 간소한 저녁을 먹으며 말 한마디 나누지 않았다. 그렇게 식사를 마치고 나서 수전은 펠리시아 를 타고 드롭 평원으로 나가 저무는 해를 바라보았다. 이날 저녁에 는 윌을 만나지 않을 생각이었다. 안 될 일이었다. 충동에 따라 생각 없이 저지른 일 때문에 이미 너무 큰 슬픔을 떠안아야 했기 때문이 었다. 하지만 다음날은?

'왜 시트고에서 보자는 걸까?'

우리가 전에 나눴던 얘기랑 관련이 있어.

그럴 것이다. 아마도. 그간 있었던 일을 돌아보면 윌과 그 친구들 이 가짜 신분을 사칭하는 것은 아닌가 하는 생각도 들었지만, 그래 도 수전은 윌의 도덕성을 의심하지 않았다. 아마도 임무와 관련된 이유로 만나자는 듯싶었다(드롭 평원에 너무 많이 뛰어다니는 말들과 시트고 유전 사이에 어떤 관련이 있는지는 알 수 없었지만.). 그러나 이제 두 사람 사이에는 사연이 있었다. 달콤하면서도 위험한 사연이. 처 음에는 대화로 시작하겠지만 결국에는 입을 맞출 테고…… 입맞춤 은 다시 새로운 시작이 될 터였다. 그러나 머리로 안다고 해서 마음 까지 바뀌는 것은 아니었다. 수전은 그를 만나고 싶었다. *만나야만 했다.*

그래서 수전은 새 말(하트 소린이 순결의 대가로 치른 선금 가운데 일 부)에 올라탄 채 태양이 서쪽 하늘을 가득 채우고 벌겋게 변해 가는 광경을 바라보았다. 희박지대의 울음소리가 희미하게 들려왔다. 그 소리 때문에 수전은 열여섯 해를 살아오면서 처음으로 우유부단한 자신 때문에 괴로워 가슴이 찢어질 것만 같았다. 자신의 욕망이 자신이 믿던 명예를 철저히 거스르는 상황에서, 수전의 정신은 갈등에 휩싸여 비명을 지르고 있었다. 그 모든 것을 둘러싸고, 마치 흔들리는 집을 둘러싸고 거세지는 바람처럼, 카라는 생각이 자라나기 시작했다. 하지만 그런 이유로 명예를 내던지다니, 너무 헤픈 짓이 아닌가? 전지전능한 카를 핑계로 삼아 순결을 버리다니. 안일한 생각이었다.

수전은 브라이언 후키의 대장간에서 환한 거리로 나섰을 때처럼 눈앞이 아득해지는 기분이었다. 그러다가 절망한 나머지 자신도 모르게 나지막이 흐느끼기 시작했다. 수전이 똑바르고 이성적으로 생각하려고 안간힘을 쓰는 까닭은 오로지 다시 한 번 윌과 입을 맞추고 싶어서였다. 가슴을 감싼 그의 손을 느끼고 싶어서였다.

신앙심이 깊은 소녀였던 적은 한 번도 없었다. 중간 세계의 케케묵은 신들에게는 별 믿음을 품지 않았다. 그래서 해가 지고 머리 위의 하늘이 붉은색에서 보라색으로 바뀌어가는 이날 저녁, 수전은 아버지한테라도 기도를 드려보기로 했다. 그러자 기도의 응답이 도착했다. 아버지에게서 왔는지 아니면 그녀의 마음속에서 왔는지는 알 수 없었지만.

카가 알아서 하게 놔두렴. 마음속의 목소리가 말했다. 어차피 알아서 할 거다. 원래 그런 법이니까. 만약 카가 너의 명예를 더럽히려 한다면, 그렇게 될 거다. 하지만 수전, 그렇게 되지 않도록 막을 사람은 오직 너뿐이란다. 카는 알아서 하게 놔두고 너는 네 약속을 지키렴. 힘들기는 하겠지만.

"알았어요."

수전이 중얼거렸다. 상황이 이렇게 되고 보니 어떤 결정도(설령 월을 다시 만날 기회를 앗아가는 것이라 해도) 구원처럼 느껴졌다.

"전 약속을 지킬게요. *카*는 *카*가 알아서 하겠죠."

점점 짙어지는 어둠 속에서 수전은 혀를 차는 소리로 펠리시아에게 신호를 보내고 집으로 향했다.

4

이튿날은 일요일, 카우보이들이 전통에 따라 일을 파하고 쉬는 날이었다. 몇 안 되는 롤랜드 패거리도 이날은 휴식을 취하는 중이었다. 커스버트는 이렇게 말했다.

"우리가 쉬는 건 당연한 거야. 어차피 무슨 일을 하고 있는지 자체를 모르니까."

이 특별한 일요일, 그러니까 그들 일행이 햄브리에서 맞은 여섯 번째 일요일에 커스버트는 상급 시장에 갔다가(가격은 하급 시장의 것들이 더 쌌지만 비린내가 너무 심해서 그의 비위에 맞지 않았다.), 그곳에서 알록달록한 어깨 담요를 보고 울음을 삼키려 애썼다. 그의 어머니에게도 무척이나 아끼는 어깨 담요가 있었기 때문이었다. 이따금씩 그 담요를 걸치고 말을 타러 나가던 어머니의 모습을 떠올리자 고향 생각이 간절하다 못해 잔혹할 정도로 가슴에 사무쳤다. '아서 히스'는, 즉 롤랜드의 *카마이*는, 어머니가 너무나 그리웠던 나머지 눈시울이 젖을 지경이었던 것이다! 농담치고는 정말이지 너무나…… 커스버트 올굿에게 어울리는 농담이었다.

그렇게 미술관의 관람객처럼 뒷짐을 지고 서서(동시에 눈물을 삼키려고 내내 애쓰면서) 어깨 담요와 옷걸이에 걸린 모포를 구경하는 사이에 누군가 다가와 어깨를 가만히 두드렸다. 돌아보니 눈앞에 그때 그 금발 소녀가 서 있었다.

커스버트는 롤랜드가 그 소녀에게 홀딱 반한 것을 알고도 놀라지 않았다. 일꾼용 셔츠에 청바지 차림으로도 그야말로 숨이 막힐 만큼 아름다운 소녀였기 때문이었다. 긴 금빛 머리카락은 뒤로 넘겨 생가죽 끈 몇 개로 묶었고, 두 눈은 커스버트가 이때껏 본 것 중에 가장 환하게 반짝이는 회색이었다. 커스버트는 롤랜드가 도대체 어떻게 제정신으로 일상생활을 꾸려갈 수 있는지가 궁금할 지경이었다. 심지어 양치질도 제대로 못해야 당연한 일이 아닌가! 그 소녀가 커스버트를 치유해 준 것은 분명한 사실이었다. 엄마를 그리워하던 애틋한 마음이 한순간에 사라져 버렸으므로.

"아가씨."

커스버트가 목구멍에서 쥐어짜낸 말은 그것뿐이었다. 일단은.

수전은 고개를 끄덕이고는 메지스 사람들이 '코르벳'이라고 부르는 물건을 내밀었다. 문자 그대로 풀이하면 작은 주머니라는 뜻이었지만 실생활에서는 작은 지갑을 의미했다. 동전 몇 개만 넣어도 꽉 차는 이 조그만 가죽 장신구는 보통 남성보다 여성이 애용하는 편이었으나, 딱히 여성만 소지해야 한다고 못 박아 둔 복식 규정 같은 것은 없었다.

"이거 떨어뜨리셨어요."

"아뇨, 잘못 보신 것 같은데요."

그 코르벳은 새카만 가죽인 데다 장식용 자수도 없는 것으로 보아 십중팔구 남성용이었다. 그러나 커스버트는 본 적이 없는 물건이었다. 코르벳 따위는 아예 지니고 다니지도 않았다.

"당신 거예요."

수전이 말했다. 이제 눈빛이 어찌나 강렬했던지 살갗이 타는 기분이었다. 진작 눈치챘어야 했건만, 커스버트는 불쑥 나타난 수전을 보고 넋이 나가고 말았던 것이다. 한편으로는 수전의 재치 때문에 넋이 나갔다고 인정할 수밖에 없었다. 사람들은 이 정도로 예쁜 소녀에게 재치 같은 것을 기대하지 않았다. 예쁜 소녀들은 대개 똑똑할 필요가 없었다. 커스버트가 아는 한 예쁜 소녀들은 아침에 일찍 일어나기만 하면 할 일을 다 하는 셈이었다.

"당신 거 맞아요."

"아, 그럼요."

커스버트는 그 조그만 지갑을 거의 빼앗듯이 받아들며 말했다. 얼굴에 번지는 어리숙한 웃음을 스스로도 느낄 수 있었다.

"말씀을 듣고 보니 생각나네요. 아가씨는, 저기……"

"수전이에요."

웃고 있는 입술 위로 진지하고 조심스러운 두 눈이 보였다.

"수전이라고 불러 주세요."

"기꺼이 그러겠습니다. 미안해요, 수전. 오늘이 일요일인 걸 알고 제 정신과 기억이 손에 손을 잡고 휴일을 즐기러 나가 버렸나봐요. 눈이 맞아서 달아났다고나 할까요, 그래서 그만 제 머릿속이 텅텅 비어버렸던 거죠."

커스버트라면 그런 식으로 한 시간은 더 너스레를 떨 수 있었지만(전에도 그런 적이 있었음을 롤랜드와 알레인은 기꺼이 증명할 터였다.), 수전은 큰누나처럼 쌀쌀맞은 목소리로 단번에 그의 입을 틀어막았다.

"히스 씨, 당신이 자기 정신을 전혀 통제 못하는 사람이란 건 척 봐도 알겠어요. 아니면 혀를 제어하는 부분이 고장 난 걸 수도 있겠네요. 어쨌거나 앞으로는 지갑을 더 꼼꼼히 챙기는 게 좋겠어요. 안녕히 가세요."

그러고는 커스버트가 다시 입을 열기도 전에 사라졌다.

5

커스버트가 롤랜드를 발견한 곳은 요즘 들어 롤랜드가 걸핏하면 찾아가는 장소였다. 그 장소란 현지 주민들이 '마을 초소'로 부르는 드롭 평원의 한쪽 구석이었다. 그곳에 서면 푸르스름한 아지랑이 속에서 꿈결 같은 일요일 오후를 보내는 햄브리 풍경이 한눈에 들어왔지만, 커스버트는 오랜 친구가 자꾸만 그곳으로 향하는 이유가 과연 햄브리의 풍경을 감상하는 것인지 의심스러웠다. 아무래도 그곳에서 보이는 델가도 씨 댁이 진짜 이유 같았다.

이날 롤랜드는 알레인과 함께 있었다. 두 사람 다 입을 꾹 다물고 있었다. 커스버트는 오랫동안 대화를 하지 않아도 아무렇지 않은 사람들이 있다는 사실은 어렵지 않게 *받아들일* 수 있었지만, 자신이 그런 사람들을 *이해할* 수 있는 날은 죽을 때까지 오지 않을 것만 같았다.

커스버트는 전속력으로 말을 몰아 친구들이 있는 곳까지 도착한 다음, 셔츠 안에 손을 넣어 코르벳을 꺼냈다.

"수전 델가도가 보내는 거야. 상급 시장에서 나한테 주더라고. 예쁘기만 한 게 아니었어, 아주 뱀처럼 영악해. 물론 최고의 칭찬을 담아서 하는 말이야."

롤랜드는 얼굴 가득 환하게 생기가 돌았다. 커스버트가 코르벳을 던지자 그는 한 손으로 낚아채듯 받아들고 이로 지갑 끈을 풀었다. 여행자가 얼마 안 되는 노자를 넣어 둘 법한 지갑 속에 곱게 접은 쪽지 한 장이 보였다. 허겁지겁 쪽지를 읽는 사이에 롤랜드의 두 눈은 빛을 잃었고, 입가의 웃음기도 사그라졌다.

"뭐라고 적혀 있어?"

알레인이 물었다. 롤랜드는 그에게 쪽지를 건네고는 다시 드롭 평원 쪽으로 눈을 돌렸다. 쓸쓸함이 절절하게 묻어나는 친구의 눈빛을 보고 커스버트는 비로소 실감할 수 있었다. 수전 델가도가 그의 삶에, 그리하여 그들의 삶에 얼마나 깊숙이 들어와 있는지를.

알레인이 커스버트에게 쪽지를 넘겼다. 적힌 것이라고는 단 한 줄, 딱 두 문장이었다.

우린 안 만나는 게 좋겠어. 미안해.

커스버트는 그 문장들을 두 번 읽었다. 다시 읽으면 내용이 바뀌기라도 할 것처럼. 그러고는 다시 롤랜드에게 쪽지를 건넸다. 롤랜드는 쪽지를 코르벳에 넣고 끈을 여민 다음 셔츠 안에 깊숙이 집어넣었다.

위험보다 침묵을 더 싫어하는 커스버트였건만(그가 생각하기에는 침묵이야말로 위험한 것이었다.), 친구의 표정을 보고 있으려니 대화를 시작하려고 머릿속에 떠올린 말머리들이 하나같이 서툴고 무정하게만 느껴졌다. 롤랜드는 꼭 독에 중독된 사람 같았다. 커스버트는 그 예쁜 소녀가 햄브리의 깡마른 행정 장관을 올라타고 엉덩이를 흔드는 광경을 상상하고 구역질이 치밀었다. 그러나 지금 롤랜드의 얼굴을 물들인 것은 그보다 더욱 강력한 감정이었다. 친구의 표정 때문에 커스버트는 그 소녀가 미워졌다.

마침내 알레인이 입을 열었다. 거의 풀이 죽은 목소리였다.

"이제 어떡하지, 롤랜드? 그 애가 안 오면 우리끼리 유전을 정찰하러 가는 거야?"

커스버트는 알레인이 대단하다고 생각했다. 알레인을 처음 보는 사람들은 그를 좀 덜떨어진 소년으로 여기고 무시하기 일쑤였다. 실상은 영 딴판이었다. 지금 알레인은 커스버트가 흉내도 낼 수 없는 외교적 수완을 발휘하여 롤랜드의 불행한 첫사랑과 그들의 임무 사이에는 아무 상관도 없다고 지적하는 중이었다.

롤랜드는 안장 앞머리에 기대어 있던 몸을 꼿꼿이 세웠다. 그것이 곧 알레인의 질문에 대한 답이었다. 여름 오후의 강렬한 금빛 햇살이 그의 얼굴에 깊은 명암의 대비를 만들었다. 한순간 그 얼굴에 유령이, 먼 훗날 그가 될 남자의 유령이 떠올랐다. 커스버트는 그 유령의 얼굴을 보고 오금이 저릴 지경이었다. 자신이 무엇을 봤는지는 알 수 없었다. 그저 끔찍하다는 것만 알 뿐이었다.

"위대한 관 사냥꾼들은? 커스버트, 마을에서 그놈들 봤어?"

"조너스하고 레이놀즈만. 디페이프는 아직도 안 보여. 내 생각엔 그날 밤 술집에서 창피당한 일 때문에 조너스가 화를 못 이기고 목을 졸라 바다에 던져버린 것 같아."

롤랜드는 고개를 저었다.

"그렇게 쉽게 처치하진 않을 거야. 조너스한테는 믿을 만한 부하가 한 명이라도 더 필요해. 녀석도 우리처럼 살얼음 위를 걷는 처지니까. 디페이프는 심부름 때문에 잠시 안 보이는 걸 거야."

"어디로 갔을까?"

"똥은 덤불에 숨어서 싸고 궂은 날엔 비를 맞으며 자는 곳."

롤랜드는 알레인의 질문에 이렇게 답하고는 쿡쿡 웃었다. 즐거워하는 기색이 거의 없는 웃음이었다.

"아마 조너스는 디페이프한테 우리가 여기까지 오는 길에 남긴 흔적을 찾으라고 명령했을 거야."

알레인은 놀란 사람처럼 나지막이 끙 소리를 냈지만 실은 그리 놀란 것도 아니었다. 롤랜드는 러셔 위에 느긋하게 앉아 꿈처럼 아련한 평원 너머에서 풀을 뜯는 말 떼를 바라보는 중이었다. 한 손으로는 자신도 모르게 셔츠 품 안의 코르벳을 만지작거렸다. 그렇게 한참 있다가 다시 친구들 쪽으로 고개를 돌렸다.

"좀 더 기다려 보자. 혹시 수전이 마음을 바꿀지도 몰라."

"롤랜드……."

알레인이 입을 열었다. 부드러워서 오히려 더 날카롭게 들리는 목소리였다. 롤랜드는 알레인이 뭐라고 더 얘기하기 전에 두 손을 들어 그의 말을 막았다.

"날 의심하지 마, 알레인. 이건 내가 우리 아버지의 아들로서 하는 말이야."

"알았어."

알레인은 손을 뻗어 롤랜드의 어깨를 살짝 쥐었다. 커스버트는 어땠는가 하면, 그는 판단을 미루어 두기로 했다. 롤랜드가 자기 아버지의 아들답게 행동할지 어떨지 아직은 알 수 없는 일이었다. 커스버트가 생각하기에 지금 당장은 롤랜드 본인조차도 자신의 마음을 거의 알지 못하는 듯싶었다.

"코트가 가끔 하던 말, 기억나? 우리 같은 굼벵이들의 가장 큰 약점 말이야."

롤랜드는 입가에 희미한 미소를 머금고 친구들에게 물었다.

"'아무 생각 없이 냅다 뛰다가 구멍에 처박히는 거다.'"

알레인이 코트의 걸걸한 목소리를 흉내 내어 중얼거리자 커스버트가 껄껄 웃었다. 롤랜드의 미소가 살짝 커졌다.

"맞아. 내가 기억하고 싶은 게 바로 그거야. 난 수레 안에 뭐가 들어 있는지 보려고 수레를 엎어버리는 짓은 하고 싶지 않아…… 피치 못할 상황이 아니라면. 어쩌면 수전이 마음을 바꿀지도 몰라. 그러니까 생각할 시간을 주자. 실은 이미 한참 전에 만났을 거야, 만약…… 우리 사이에 다른 문제가 없었다면."

롤랜드가 입을 다물자 세 사람 사이에 잠시 침묵이 감돌았다.

"아버지들이 우리를 안 보내셨으면 좋았을 텐데. 우린 이런 일을 맡기엔 너무 어려. 아직 몇 년은 이르다고."

이윽고 알레인이 침묵을 깼으나…… 그들을 이곳에 보낸 사람은 롤랜드의 아버지였고, 이는 세 사람 모두 아는 바였다.

"그날 밤 트래블러스 레스트에선 끝내 줬잖아."

"커스버트, 그건 그냥 훈련 같은 거였어. 실전에서 쓸 수 있는 전술이 아니야. 그놈들도 우릴 진지하게 상대하지 않았고. 그건 순전히 요행이었어."

"알레인, 커스버트. 여기서 뭘 발견할지 아셨다면 아마 우릴 안 보내셨을 거야. 우리 아버지도, 너희 아버지들도. 하지만 우린 이미 찾았잖아. 그러니까 이젠 우리가 책임져야 해. 알았어?"

롤랜드의 말에 알레인과 커스버트가 고개를 끄덕였다. 그랬다. 이제는 그들이 책임져야 했다. 그 점에 관해서는 한 점의 의심도 없었다.

"어쨌거나 걱정할 때는 이미 한참 전에 지났어. 햄브리 지리를 잘 아는 주민이 도와주지 않는다면 시트고 근처에도 안 가는 편이 낫겠지만…… 혹시라도 디페이프가 돌아온다면, 도박을 걸 수밖에 없어. 디페이프가 무슨 정보를 얻었는지, 조너스의 환심을 사려고 무슨 헛소리를 지어낼지, 또 조너스가 녀석의 얘기를 듣고 무슨 짓을 꾸밀지는 하늘만이 아실 거야. 어쩌면 총싸움이 벌어질지도 몰라."

"어휴, 몰래몰래 기어 다니는 것도 이제 지겨워. 난 총질이라면 아주 그냥 대환영이야."

커스버트가 너스레를 떨었다. 뒤이어 알레인이 물었다.

"어쩔 거야, 윌 디어본? 수전한테 또 쪽지를 보낼 거야?"

롤랜드는 곰곰이 생각했다. 커스버트는 롤랜드가 어느 쪽을 택할지에 관하여 마음속으로 도박을 걸었다. 그리고 졌다.

"아니. 너희도 힘들겠지만, 지금은 수전한테 시간을 줘야 해. 수전이 호기심을 못 이기고 우릴 찾아오기만 바랄 수밖에."

그 말을 남기고 롤랜드는 러셔의 머리를 돌려 당분간 그들에게 집 노릇을 해 주는 버려진 인부 합숙소로 향했다. 커스버트와 알레인이 그 뒤를 따랐다.

6

남은 일요일 오후 내내 수전은 마구간을 청소하고 물을 긷고 계단을 한 단 한 단 닦으며 뼈가 빠지도록 일했다. 코딜리어 고모는 의심과 당혹감이 섞인 표정으로 말없이 내내 지켜보기만 했다. 수전은 그런 고모에게 눈길 한 번 주지 않았다. 그저 잠 못 이루는 밤을 또 맞지 않도록 몸을 혹사하고 싶을 따름이었다. 이미 다 끝난 일이었다. 지금쯤은 윌도 그렇게 생각할 터였고, 그거면 충분했다. 지나간 일은 지나간 일일 뿐이었다.

"너 정신이 나간 게냐?"

코딜리어 고모가 입 밖에 낸 말은 수전이 마지막 설거지 물 한 양동이를 부엌 뒤꼍에 뿌릴 때 내뱉은 이 한마디뿐이었다.

"하나도 안 나갔네요."

수전은 뒤도 안 돌아보고 짧게 대답했다.

그날 밤, 수전은 끊어질 것 같은 팔과 납덩이같은 다리와 욱신거리는 허리를 안고 침대에 누움으로써 목표의 절반을 달성했으나…… 그래도 잠은 오지 않았다. 그저 눈을 부릅뜬 채 우울한 기분으로 누워 있었다. 시간이 흘러 달이 저물어도 잠은 찾아오지 않았다. 수전은 어두운 천장을 올려다보며 생각했다. 누군가 아버지를 살해했을 가능성이 있는지, 아주 조금이라도. 아버지의 입을 틀어막으려고, 아버지의 눈을 영영 감기려고.

그러다가 마침내 롤랜드가 이미 도달한 결론에 수전 또한 도달했다. 만약 그의 두 눈이 그토록 애타게 원하지만 않았다면, 그의 손길과 입술을 느끼지만 않았다면, 그가 제안한 만남에 즉시 동의했으리라는 결론이었다. 이토록 혼란스러운 마음을 진정시킬 수만 있다면.

그렇게 깨달은 덕분에 수전은 안심하고 잠들 수 있었다.

7

이튿날 오후 느지막이 롤랜드 일행이 트래블러스 레스트에서 쉬고 있을 때(이날 저녁은 차가운 쇠고기 샌드위치와 화이트 아이스티였다. 데이브 부보안관의 아내가 만든 것처럼 훌륭하지는 않았지만.), 바깥에서 꽃에 물을 주던 시미가 안으로 들어왔다. 분홍색 맥고모자 아래 헤벌쭉 웃는 얼굴이 보였다. 한 손에는 조그만 봉투를 들고 있었다.

"어, 안녕하세요, '어린 관 사냥꾼' 나리들!"

시미는 기운찬 목소리로 이렇게 외치고서 우스꽝스러운 절을 선보였다. 롤랜드 일행의 인사법을 그럴듯하게 흉내 낸 절이었다. 정원용 샌들을 신고 그런 식으로 절하는 시미를 보며 제일 즐거워한 사람은 역시 커스버트였다.

"어떻게 지내셨어요? 잘 계셨죠? 저도 잘 있었어요!"

"그럼, 아주 그냥 똥밭의 돼지처럼 즐겁게 지냈지. 근데 어린 관 사냥꾼이라니, 우리 중에 그런 별명을 좋아하는 사람은 아무도 없어. 그냥 이름으로 살살 불러주면 안 될까, 응?"

"되죠! 아서 히스 나리는 제 생명의 은인이시니까요!"

시미는 여느 때처럼 기운차게 대답하고는 잠시 멍한 표정으로 서 있었다. 애초에 무엇 때문에 이들에게 다가왔는지 잊어버린 표정이었다. 그러다가 다시 눈빛에 생기가 도는가 싶더니, 활짝 웃으며 손에 든 봉투를 롤랜드에게 내밀었다.

"받으세요, 윌 디어본 나리! 나리한테 온 거예요!"

"그래? 뭔데?"

"어, 씨앗이오! 맞아요, 씨앗이에요!"

"시미 네가 주는 거야?"

"어, 아뇨."

롤랜드는 봉투를 받아 들었다. 반으로 접어서 봉인한 평범한 봉투였다. 글씨는 앞면에도 뒷면에도 적혀 있지 않았고, 안에 들어 있을 씨앗의 감촉도 느낄 수 없었다.

"그럼 누가 보낸 건데?"

"어, 기억이 안 나요."

시미는 이렇게 대답하고 한쪽으로 눈을 돌렸다. 롤랜드가 보기에 시미의 두뇌는 이미 충분히 혹사당한 상태였다. 그래서 당분간은 언짢은 일이 있어도 슬퍼할 수 없었고, 거짓말을 하고 싶어도 아예 할 수가 없었다. 그러던 시미가 다시금 기대감과 두려움이 담긴 눈으로 롤랜드를 돌아보았다.

"그치만 나리한테 전하라고 한 말은 기억나요."

"그래? 그럼 얘기해 봐."

마치 죽을힘을 다해 외운 문장을 암송하는 사람처럼, 시미는 의기양양하면서도 조금은 소심한 목소리로 이렇게 말했다.

"이건 당신이 드롭 평원에 뿌린 씨앗이에요."

순간 롤랜드의 두 눈이 어찌나 사납게 이글거렸던지, 시미는 그만 뒤로 흠칫 물러서고 말았다. 그러고는 모자를 꾹 눌러쓰고 뒤로 돌아서서 꽃들이 기다리는 안전한 꽃밭으로 허둥지둥 돌아갔다. 시미는 윌 디어본과 그의 친구들이 마음에 들었다(특히 아서 히스를 좋아했다. 이따금씩 뱃가죽이 당길 정도로 웃기는 얘기를 들려주었으므로.). 그러나 방금 전, 시미는 디어본 나리의 눈에서 소름 끼치도록 무서운 것을 보고 말았다. 그 순간 시미는 깨달았다. 디어본 나리 역시 살인자였다. 망토를 두른 그 살인자처럼, 시미에게 구두를 깨끗이 핥으라고 시킨 그 살인자처럼, 가느다랗게 떨리는 목소리를 지닌 흰머리 노인 조너스처럼.

그들만큼 악독한, 어쩌면 그들보다 더 악독한.

8

롤랜드는 친구들과 함께 바케이 목장의 숙소 베란다에 돌아온 후에야 품속에 넣어두었던 '씨앗 봉투'를 열어 보았다. 멀리서 들려오는 희박지대의 으르렁 소리에 말들이 불안한 듯 귀를 쫑긋거렸다.

"자, 그럼 이제?"

결국 커스버트가 말을 꺼냈다. 더는 참을 수가 없었다.

롤랜드는 셔츠 품에서 봉투를 꺼내어 봉인을 뜯었다. 그러는 동안 수전이 봉투를 전하려고 사용했던 암호가 실은 진심을 담은 말이었구나 하는 생각이 들었다. '당신이 드롭 평원에 뿌린 씨앗이에요.' 그야말로 정확한 표현이었다.

롤랜드가 봉투 안의 쪽지를 펼치는 사이에 알레인은 왼쪽에서, 커스버트는 오른쪽에서 몸을 숙이고 고개를 들이밀었다. 또다시 수전의 깔끔한 글씨가 보였다. 글자 수는 먼젓번 쪽지와 비슷했지만,

내용은 정반대였다.

　　마을 변두리 길에서 시트고 유전 쪽으로 1.5킬로미터쯤 가면 오렌
지 과수원이 있어. 달이 뜰 무렵 거기서 만나. 혼자서 와. S.

　　그 아래에는 꾹꾹 눌러쓴 조그마한 글씨로 이렇게 적혀 있었다.
쪽지는 태워 버려.
"우리가 경계를 설게."
알레인이 말했다. 롤랜드는 고개를 끄덕였다.
"좋아. 하지만 멀리 떨어져 있어."
그러고는 쪽지를 태워 버렸다.

9

　　잡초가 군데군데 웃자란 짐마차 길을 따라가다 보니 오렌지 나무
를 직사각형 모양으로 반듯하게 열두 줄 정도 심은 과수원이 나왔
다. 롤랜드는 해가 진 후에 이곳에 도착했지만, 빠르게 야위어 가는
밀수꾼의 달이 다시금 지평선 위로 모습을 드러내려면 30분은 족히
더 기다려야 했다.
　　줄지어 선 오렌지 나무를 따라 어슬렁거리며 북쪽 유전 지대에서
나는 뼈다귀들의 합창(피스톤 왕복하는 소리, 톱니 돌아가는 소리, 구동
축 삐걱대는 소리)에 귀를 기울이는 동안, 롤랜드는 고향이 지독히도
그리워졌다. 시커멓고 끈끈한 기름 냄새 위로 가늘게 흘러가는 오

렌지 꽃 향기 때문이었다. 장난감 정원 같은 이 과수원은 뉴 가나안의 드넓은 사과 과수원에 비하면 아무것도 아니었지만…… 어째서인지 고향을 떠올리게 했다. 이곳에서는 품격과 문명이, 꼭 필요하다고 하기 힘든 것에 오랜 시간을 바친 느낌이 풍겼기 때문이었다. 게다가 딱히 쓸모가 있는 것도 아니었다. 기후가 온난한 위도로부터 북쪽으로 이렇게 멀리 떨어진 곳에서 자란 오렌지는 레몬처럼 신맛이 나게 마련이었다. 그럼에도, 바람이 오렌지 나무를 흔들어 향기가 흩날릴 때마다 롤랜드는 길르앗이 그리워 가슴이 미어지는 듯했다. 그리고 처음으로, 어쩌면 다시는 고향에 못 돌아갈지도 모르겠다는 생각이 떠올랐다. 하늘에 떠 있는 달 속의 밀수꾼처럼 떠돌이가 된 기분이었다.

발소리가 들리는가 싶더니 어느새 수전이 바로 뒤까지 다가와 있었다. 만일 친구가 아니라 적이었다면 총을 뽑아 발사할 정도의 여유는 있었지만, 그렇다고 하더라도 아슬아슬한 거리였다. 롤랜드는 진심으로 탄복했다. 뒤이어 별빛이 비추는 수전의 얼굴을 보고 있노라니 가슴이 환희로 물들어 갔다.

롤랜드가 돌아서자 수전은 걸음을 멈추고 가만히 그를 응시했다. 허리 앞쪽으로 두 손을 맞잡은 모습이 왠지 아이처럼 귀여웠다. 롤랜드는 한 걸음 앞으로 다가섰다가, 흠칫 놀라는 수전을 보고 당황한 나머지 우뚝 멈춰섰다. 그러나 어스름한 별빛 때문에 잘못 본 것에 지나지 않았다. 수전은 그 자리에 머물 수도 있었지만, 그러지 않는 쪽을 선택했다. 승마용 치마바지에 검은 장화를 신은 늘씬한 아가씨가 롤랜드를 향해 천천히 걸어왔다. 끈에 걸려 등까지 늘어진 모자 아래로 밧줄처럼 땋아 내린 머리칼이 보였다.

"윌 디어본, 만나서 반가워. 그리고 괴로워."

수전이 떨리는 목소리로 말했다. 롤랜드는 그런 수전에게 입을 맞추었다. 두 사람이 하나로 포개져 불타오르는 동안 하늘에서는 이제 4분의 1만 남은 황량한 달 표면에 밀수꾼이 모습을 드러냈다.

10

쿠스 언덕 꼭대기에 외따로 서 있는 오두막 안. 마녀 레아가 식탁 앞에 앉아 한 달 보름 전에 위대한 관 사냥꾼 패거리가 맡기고 간 수정 구슬 위로 몸을 숙이고 있었다. 구슬에서 뿜어 나온 분홍색 빛이 레아의 얼굴을 온통 물들였다. 이제는 누가 봐도 소녀로 착각할 만한 얼굴이 아니었다. 비범한 생명력을 지닌 덕분에 오랜 세월 동안 젊음을 누린 레아였으나(햄브리에서 가장 나이가 많은 주민들만이 레아의 실제 나이를 알았지만 그마저도 어림짐작일 뿐이었다.), 마침내 수정 구슬이 그 힘을 앗아가는 중이었다. 수정 구슬은 피를 빼는 흡혈귀처럼 레아의 원기를 빨아들였다. 레아 뒤편, 오두막의 커다란 방은 여느 때보다 더 지저분하고 어수선했다. 요즘 들어 레아는 청소하는 시늉조차 못 낼 만큼 바빴다. 온종일 수정 구슬만 들여다보았기 때문이었다. 구슬을 보지 않을 때에는 구슬 생각을 했다. 그리고…… 아! 그 구슬 속에 비친 것들이란!

초록색 뱀 에르모트가 레아의 앙상한 다리 한 쪽을 친친 감고 시끄럽게 쉭쉭거렸지만, 레아는 알아차리지도 못 했다. 대신 탁한 분홍색 빛으로 물든 수정 구슬에 더욱 가까이 몸을 숙이고 그 속에 비친 광경을 홀린 듯 응시했다.

순결을 증명하려고 오두막에 찾아왔던 소녀, 그리고 수정 구슬을 처음 들여다봤을 때 목격했던 소년의 모습이 보였다. 처음에는 총잡이로 착각했지만 알고 보니 어린애였던 바로 그 소년이었다.

노래를 흥얼거리며 찾아왔다가 얌전히 입을 다문 채 돌아간 저 멍청한 계집애는 이미 순결을 입증했고, 어쩌면 아직 순결을 지키고 있는지도 몰랐지만(소년을 안고 입맞춤하는 계집애의 몸짓은 분명 애가 타면서도 소심한 숫처녀 특유의 행동이었다.), 지금 하는 짓을 계속하다가는 머잖아 흠 있는 몸이 될 판이었다. 그렇게 되면 자기 첩이 숫처녀인 줄 알고 첫날밤을 치른 하트 소린이 화들짝 놀라지 않겠는가? 그 일에 관하여 남자들을 속이는 방법은 여러 가지가 있었다(사내들은 사실상 자신을 속여 달라고 간청하는 거나 다름없었다.). 돼지 피를 넣은 골무 정도면 무난하게 넘어갈 일이었지만 저 계집애가 그런 꾀를 알 리는 없었다. 세상에, 이렇게 멋진 일이! 저 건방진 계집애가 바로 여기서, 이 놀라운 수정 구슬 안에서 무너져 내리는 꼴을 보게 되다니! 맙소사, 너무나 멋진 일이 아닌가! 실로 대단하지 아니한가!

레아는 구슬 위로 몸을 더 숙였고, 그러자 두 눈 깊숙한 곳까지 이글거리는 분홍색 빛으로 물들었다. 아양을 떨어 봤자 주인이 끄떡도 안 한다는 것을 알아차린 에르모트는 풀 죽은 모습으로 바닥을 기어 벌레를 잡으러 갔다. 고양이 머스티가 뱀을 피해 펄쩍 뛰면서 날카롭게 야옹댔다. 불에 그슬린 오두막 벽에 다리가 여섯 개 달린 고양이 그림자가 커다랗고 흉측하게 어른거렸다.

11

롤랜드는 두 사람 사이에 닥쳐오는 쾌감을 감지했다. 그리하여 가까스로 수전에게서 떨어져 한 걸음 물러섰고, 수전도 그로부터 한 걸음 물러섰다. 휘둥그런 두 눈 아래 빨개진 양 볼이 보였다. 막 떠오른 달의 희미한 빛 아래에서도 보일 만큼 빨갰다. 롤랜드의 아랫배 깊숙이 피가 몰렸다. 사타구니가 불에 녹인 납으로 가득 찬 듯 묵직하게 달아올랐다.

수전이 몸을 반쯤 틀자 등 한쪽에 비뚜름하게 처진 모자가 보였다. 롤랜드는 떨리는 손을 뻗어 모자를 바로잡아 주었다. 수전은 그의 손을 잠깐이나마 힘껏 잡아 주고는 몸을 굽혀 땅에 떨어진 승마용 장갑을 주웠다. 그를 맨손으로 만지고 싶은 마음에 벗어던진 것이었다. 다시 몸을 일으켰을 때, 얼굴을 물들였던 홍조가 썰물처럼 사라지는 바람에 수전은 비틀거리기 시작했다. 그러나 롤랜드가 어깨를 잡아 준 덕분에 쓰러지지는 않았다. 롤랜드를 돌아보는 수전의 눈에는 후회하는 빛이 가득했다.

"어떡하지? 윌, 우리 이제 어떡해?"

"최선을 다하면 돼. 우리가 늘 그랬던 것처럼. 아버지들께서 우리에게 가르쳐 주신 것처럼."

"이건 미친 짓이야."

롤랜드는 평생 지금처럼 제정신이었던 적이 없었지만(심지어 불끈거리는 사타구니마저도 건전하게 느껴졌지만), 그 말에 아무 대꾸도 하지 않았다.

"이게 얼마나 위험한 짓인지 몰라?"

수전은 롤랜드에게 대답할 틈도 주지 않고 내처 퍼부었다.

"알잖아, 너도 알고 있잖아. 내 눈엔 다 보여. 이렇게 함께 있는 걸 누가 보기라도 하면 큰일이야. 방금 그 장면을 누가 보기라도 했다면……."

그러고는 부르르 떨었다. 롤랜드가 손을 내밀었지만 수전은 피하듯이 물러섰다.

"가까이 오지 않는 게 좋아, 월. 다가오면 그다음은 서로 더듬는 것뿐이야. 네가 원하는 게 그거야?"

"아니란 거 너도 알잖아."

수전이 고개를 끄덕였다.

"친구들한테 지키고 서 있으라고 했어?"

"응. 멀리 떨어져 있으라고 해뒀어. 우릴 못 보게."

롤랜드의 얼굴에 생각지도 못한 웃음이 번져갔다. 수전이 사랑해 마지않는 미소였다.

"그나마 다행이네."

수전은 이렇게 말하고 웃음을 터뜨렸다. 하도 심란해서 터져 나온 웃음이었다. 이윽고 수전이 롤랜드에게 다가섰다. 어찌나 바짝 다가섰던지, 롤랜드는 다시금 그녀를 끌어안으려고 움찔거리는 자신의 두 팔을 억누르느라 애를 먹어야 했다. 그를 올려다보는 수전의 얼굴은 호기심으로 가득했다.

"넌 누구야, 월? 진짜 너 말이야."

"내가 했던 말은 거의 다 사실이야. 그게 바로 얄궂은 점이지. 수전, 나랑 내 친구들은 술에 취해 말썽을 부리고 이리로 쫓겨온 게 아니야. 그렇다고 무시무시한 계획이나 비밀스러운 음모를 밝히려

고 오지도 않았어. 우린 그저 위험한 시기에 방해가 안 되도록 한갓
진 곳에 보내진 아이들일 뿐이었어. 사정이 이렇게 된 건 다……."

롤랜드는 자신의 무력함을 표시하려는 듯 고개를 설레설레 저었
다. 수전의 머릿속에 *카*는 바람과 같다던 아버지의 말이 다시금 떠
올랐다. 그 바람이 불 때면 닭도, 집도, 마구간도 날아가 버리곤 했
다. 심지어 목숨까지도.

"그럼 윌 디어본이라는 이름은 진짜야?"

롤랜드는 뭐가 대수냐는 듯이 어깨를 으쓱했다.

"이름 같은 건 아무래도 상관없어. 그 이름에 대답하는 마음이 진
실하기만 하다면. 수전, 내 친구 리처드한테 들었는데, 너 오늘 장관
관저에……"

"그래, 드레스 시침질 때문에 갔어. 올해는 내가 '수확제 아가씨'
로 뽑혔거든. 내가 하겠다고 해서 된 게 절대 아니야, 소린이 자기
마음대로 정했어. 정말 바보 같은 짓이지 뭐야. 올리브 마님이 보시
면 언짢아하실 게 뻔한데."

"넌 역사상 가장 예쁜 수확제 아가씨일 거야."

롤랜드의 목소리에 절절히 드러난 진심 때문에 수전은 기뻐서 눈
물을 글썽였다. 두 볼이 또다시 발개졌다. 수확제 아가씨는 축제가
열리는 정오부터 거대한 모닥불을 피우는 해질녘 사이에 옷을 다
섯 번이나 갈아입어야 했는데, 그 옷들은 뒤로 갈수록 점점 더 화려
해졌다(길르앗의 관례에 따르면 아홉 번을 갈아입어야 했다. 그 점을 생각
하면 수전은 자기가 얼마나 운이 좋은지 까맣게 몰랐다.). 혹시라도 윌이
올해의 '수확제 총각'이었다면 수전은 그를 위해 기꺼이 드레스 다
섯 벌을 입을 수 있을 것 같았다(올해의 수확제 총각은 낯빛이 파리한

제이미 매칸이었다. 그는 총각 역을 맡기에는 40년이나 늙고 머리도 백발이 되어 버린 하트 소린의 대역이었다.). 그를 위해서라면 마지막 여섯 번째 드레스도 기꺼이 입을 수 있었다. 가느다란 어깨끈에 길이는 고작 허벅지에서 끝나는 짤따란 은색 슬립이었다. 그 옷을 볼 수 있는 사람은 시녀인 마리아, 재봉사인 콘체타, 그리고 하트 소린뿐이었다. 축제가 끝난 후, 수전이 첩으로서 소린의 침대에 들어갈 때 입을 옷이었으므로.

"관저에 갔을 때, 거기서 혹시 '위대한 관 사냥꾼'이라고 으스대는 패거리 못 봤어?"

"봤어. 조너스랑, 망토를 걸친 또 한 명. 정원에 서서 둘이 얘길 하고 있었어."

"디페이프는 없었고? 빨강 머리 말이야."

수전은 고개를 저었다.

"수전, 너 성 빼앗기 게임이 뭔지 알아?"

"알아. 내가 어렸을 때 아버지가 가르쳐 주셨어."

"그럼 네모판 한쪽 끝에 빨간 말이, 반대쪽 끝에는 하얀 말이 줄줄이 서 있는 것도 알겠구나. 말들이 언덕을 돌아 나와서 상대편을 향해 살금살금 전진하는 것도, 은폐를 위해 진을 짜는 것도. 지금 이곳 햄브리에서 그 게임이랑 아주 비슷한 일이 벌어지는 중이야. 그리고 게임에서처럼, 이제 관건은 누가 먼저 은폐를 깨느냐 하는 거야."

수전이 대번에 고개를 끄덕였다.

"게임에선 언덕을 먼저 돌아 나온 쪽이 더 위험하댔어."

"인생에서도 마찬가지야. 늘 그런 법이지. 하지만 가끔은 은폐 상태를 유지하는 것도 힘들 때가 있어. 난 내 친구들이랑 같이 셀 수 있는 건 거의 다 셌어. 남아 있는 것까지 다 세려면……"

"예를 들면, 드롭 평원의 말 같은 거?"

"맞아, 바로 그거야. 말 숫자를 파악하려면 은폐를 포기해야 할 거야. 보니까 황소도 몇 마리 있던데……."

그 말에 수전의 눈썹이 쫑긋 올라갔다.

"햄브리에는 황소가 없어. 그건 너희가 잘못 본 거야."

"아니, 착각이 아니야."

"어디서 봤는데?"

"로킹에이치 목장."

쫑긋 올라갔던 수전의 눈썹이 다시 내려오더니 이번에는 양미간으로 몰려 생각에 잠긴 표정을 만들어 냈다.

"거긴 러슬로 라이머의 목장인데."

"맞아. 킴버 라이머의 동생이지. 최근 햄브리에서 사라진 자치령 재산은 그것뿐만이 아니야. 말 사육업자 조합 회원들의 창고에 여분의 마차와 군량, 사료가 숨겨져 있어."

"월, 그건 말도 안 돼!"

"아니, 사실이야. 그것 말고도 더 있어. 하지만 그 수량을 다 파악하려다 들키기라도 하면 은폐는 끝장이야. 그땐 성을 빼앗길 각오를 해야 해. 지난 며칠은 우리한테 악몽 같은 시간이었어. 문제의 근원인 드롭 평원에는 가까이 가지도 못한 채로 남들 눈에 유익한 임무를 수행하는 것처럼 보여야 했으니까. 이제 그 짓도 점점 힘들어지는 중이지만. 그러다가 전언을 한 통 받았는데……"

"전언이라니? 어떻게? 누구한테서?"

"넌 모르는 게 낫겠어. 어쨌든, 그 전언을 받고 보니 우리가 찾는 답의 일부는 시트고에 있을 거란 생각이 들었어."

"윌, 네 생각엔 우리가 거기서 찾은 답이 우리 아버지한테 무슨 일이 일어났는지 밝히는 단서가 될 것 같아?"

"글쎄. 그럴 수도 있지만, 장담은 못하겠어. 확실한 건, 아무한테도 안 들키고 중요한 자원의 수량을 파악할 기회가 드디어 왔다는 것뿐이야."

이제 롤랜드는 수전에게 손을 내밀 만큼 냉정을 되찾은 상태였다. 수전도 이제 안심하고 그 손을 잡을 만큼 침착했다. 그러나 수전의 손에는 이미 장갑이 끼워져 있었다. 후회하느니 미리 조심하는 편이 더 낫기 때문이었다.

"따라와. 길은 내가 안내할게."

12

어스레한 달빛 속에서 수전은 롤랜드를 데리고 오렌지 과수원을 나선 다음, 삐걱대는 소리와 쿵쿵거리는 소리가 들려오는 유전 쪽으로 향했다. 롤랜드는 그 소리에 등골이 쭈뼛했다. 바케이 목장 합숙소의 바닥 널빤지 아래에 숨겨둔 총이 간절히 생각났다.

"나만 믿어, 윌. 그래봤자 내가 크게 도움이 될 거란 생각은 안 하는 게 좋겠지만."

수전이 속삭이는 소리보다 살짝 큰 목소리로 말했다.

"태어나서 이때껏 저 기계 소리가 들리는 범위 안에서 살긴 했지만, 내가 실제로 시트고 유전 안에 들어간 적은 두 손으로 꼽을 정도밖에 안 돼. 처음 두세 번은 담력 시험 같은 거였어. 친구들이 떠밀어서."

"그다음엔?"

"아버지랑 같이 갔어. 우리 아버진 일찍부터 '옛사람'들한테 관심이 많았거든. 코딜리어 고모는 그런 아버지한테 입버릇처럼 말했어. 고대의 유물을 건드리다간 비참한 최후를 맞을 거라고."

수전은 치밀어 오르는 울음을 삼키느라 잠시 입을 다물었다.

"옛사람들의 저주 때문은 아니겠지만, 어쨌든 아버지는 비참한 최후를 맞았어. 불쌍하게도."

두 사람은 철사 울타리 앞에 도착했다. 울타리 너머에는 옛날이야기에 나오는 거인 퍼스 경만큼이나 키가 큰 유정 시추탑 여러 개가 밤하늘을 등지고 경계병처럼 늘어서 있었다. 아직 작동하는 유정이 몇 군데라고 수전이 가르쳐 주지 않았던가? '열아홉.' 롤랜드의 머릿속에 숫자가 떠올랐다. 시추탑이 작동하면서 내는 소리는 무시무시했다. 그야말로 목이 졸려 죽어가는 괴물의 신음 소리였다. 그러다 보니 담력 시험을 하러 온 아이들이 서로 들어가라고 떠미는 것도 당연했다. 지붕이 없는 거대한 유령의 집 같은 곳이었으므로.

롤랜드는 수전이 넘어갈 수 있도록 철사 두 줄을 벌려 주었고, 안으로 들어간 수전도 롤랜드를 위해 철사를 잡아 주었다. 울타리를 넘어가는 동안 바로 옆의 말뚝에 줄줄이 붙어 있는 흰색 도자기 뚱딴지들이 눈에 띄었다. 뚱딴지 한 개 한 개마다 철선이 지나고 있었다.

"이게 뭔지 알아? 아니, 뭐였는지?"

롤랜드가 뚱딴지를 톡톡 두드리며 수전에게 물었다.

"응. 예전에 전기가 있던 시절에 전류를 흘려보내던 장치야."

수전은 잠시 입을 다물었다가 수줍은 목소리로 덧붙였다.

"나도 그 비슷한 걸 느껴…… 네 손이 내 몸에 닿을 때."

그 말을 들은 롤랜드는 수전의 귀 바로 아래 볼에 입을 맞추었다. 수전은 바르르 떨다가 롤랜드의 얼굴이 멀어지기 전에 그의 뺨을 손으로 살짝 감쌌다.

"네 친구들이 잘 지키고 있어야 할 텐데."

"잘할 거야."

"신호는 정해 놨어?"

"쏙독새 울음소리가 신호야. 그 소리가 안 들리길 바라야지."

"그래, 그럼 좋겠다."

수전은 롤랜드의 손을 잡고 유전 안쪽으로 이끌었다.

13

두 사람 앞에 처음으로 가스 불꽃이 솟아올랐을 때, 롤랜드는 욕을(그것도 수전이 아버지를 여의고 나서는 한 번도 못 들어본 걸쭉한 쌍욕을) 중얼거리며 수전의 손을 쥐지 않은 빈손을 총집이 있어야 할 허리께로 뻗었다.

"괜찮아! 저건 그냥 촛불이야, 가스관에서 나온 불!"

수전의 말에 롤랜드는 천천히 긴장을 풀었다.

"그 말은 곧 가스를 쓰는 사람이 있다는 뜻이군."

"맞아. 기계를 몇 개 돌리느라…… 그냥, 장난감이나 다름없는 간단한 것들이야. 주로 얼음을 만들 때 써."

"얼음은 나도 봤어. 보안관한테 인사하러 갔을 때."

중심부는 파랗고 바깥쪽은 주황색인 불꽃이 또다시 날름거렸을 때에는 롤랜드도 놀라지 않았다. 그저 햄브리 사람들이 '촛불'이라고 부르는 불꽃 너머의 가스 저장 탱크 세 개를 무심히 바라볼 뿐이었다. 탱크 주변에는 가스를 담아 운반했을 용기들이 벌겋게 녹슨 채 한 무더기 쌓여 있었다.

"저런 거 전에 본 적 있어?"

수전이 묻자 롤랜드가 고개를 끄덕였다.

"내륙 자치령은 참 신기하고 멋진 곳일 것 같아."

"난 주변부 자치령도 똑같이 신기하단 생각이 슬슬 드는데."

롤랜드는 천천히 돌아서서 손가락으로 한쪽을 가리켰다.

"저기 있는 저 건물은 뭐지? 옛사람들이 남긴 유적인가?"

"맞아."

시트고 동쪽의 땅은 경사가 가파른 언덕이었다. 나무가 빽빽이 자란 이 언덕 한가운데를 따라 길이 나 있었다. 그 길이 달빛을 받아 가르마처럼 선명하게 드러났다. 언덕 아래에서 그리 멀지 않은 곳에, 돌덩이에 둘러싸인 채 무너져 가는 건물이 보였다. 땅바닥에 널린 돌덩이들은 이미 쓰러진 굴뚝 여러 개의 잔해였다. 아직 서 있는 굴뚝들을 보면 그 정도는 유추할 수 있었다. 옛사람들이 여기서 무슨 일을 했는지는 모르지만 틀림없이 연기가 잔뜩 나는 작업일 듯싶었다.

"우리 아버지가 어렸을 적엔 저 안에 쓸 만한 물건이 많이 있었대. 종이나 뭐 그런 것들. 안에 잉크가 든 펜도 몇 개 찾았는데……

잠깐뿐이긴 했지만, 그렇게 오랜 시간이 지났는데도 쓸 수 있었대. 세게 흔들면 글씨가 써졌다는 거야."

수전은 이렇게 말하며 건물 왼편을 가리켰다. 부서진 벽돌로 뒤 덮인 널따란 공터에 옛사람들이 타고 다니던 수레 몇 개가 녹슨 채 서 있었다. 말이 끌지 않아도 달릴 수 있는 이동 수단이었다.

"전에는 저곳에도 가스 저장 탱크처럼 생긴 것들이 여러 개 있었 는데, 아까 본 탱크들보다 훨씬 더 컸어. 그래, 꼭 거대한 은색 깡통 같았어. 그 탱크들은 지금 남아 있는 것들하곤 다르게 녹도 안 슬었 어. 누가 물을 저장할 용도로 가져간 게 아니라면, 도대체 어디로 어 떻게 사라졌는지 난 상상도 못하겠어. 나 같으면 절대 안 가져갈 텐 데. 불길하잖아, 오염된 게 아니라고 해도."

수전은 얼굴을 들고 롤랜드를 올려다보았다. 롤랜드는 달빛에 드 러난 그녀의 입술에 입을 맞추었다.

"윌, 너한텐 유감이겠지만 이러면 안 돼. 정말이야."

"우리 둘 모두에게 유감이겠지."

롤랜드가 말했다. 두 사람은 애타게 갈구하는 표정으로 서로를 바라보았다. 오로지 십대 아이들만이 지을 수 있는 표정이었다. 그 러다 결국에는 눈길을 돌리고 다시 걷기 시작했다. 손은 여전히 맞 잡은 채로.

수전은 아직도 펌프질을 하는 시추탑과 작동을 멈추고 침묵하는 시추탑 가운데 어느 쪽이 더 무서운지 쉽사리 판단이 서지 않았다. 다만 확실한 것은 가까운 친구와 동행하지 않는 한 지상의 어떤 권 력이 명령한다 해도 이 유전의 울타리를 넘어오지는 않았으리라는 점이었다. 씩씩거리는 펌프 소리가 들려왔다. 실린더는 칼에 찔린 사람의 비명 같은 소리를 시시때때로 토했다. '촛불'은 일정한 간격을 두고 용의 날숨 같은 소리와 함께 치솟아 앞쪽 저 멀리에 두 사람의 그림자를 드리우곤 했다. 수전은 쪽독새 울음소리를 흉내 낸 날카로운 휘파람소리가 들리기를 바라며 귀를 쫑긋 세웠지만, 아무 소리도 들리지 않았다.

두 사람은 유전을 둘로 나누는 큰길에 도착했다. 틀림없이 한때는 정비용 도로로 이용되었을 길이었다. 길 한복판을 따라 강철관이 길게 이어져 있었는데 연결부마다 녹이 슬어 있었다. 관은 깊숙한 콘크리트 도랑 안에 반쯤 매설된 채 녹이 슨 위쪽 표면을 땅 위로 드러내고 있었다.

"이건 뭐야?"

"파낸 기름을 저 건물로 보내는 송유관일 거야. 지금은 아무 소용도 없어. 벌써 오래 전에 말라 버렸으니까."

롤랜드는 한쪽 무릎을 꿇고 앉아 콘크리트 도랑과 녹슨 관 사이의 비좁은 틈에 조심스레 손을 집어넣었다. 수전은 그런 롤랜드를 불안한 눈으로 지켜보며 입술을 깨물었다. 입을 열었다가는 계집애처럼 나약한 말이 튀어나올 것만 같아서였다. '저 컴컴한 도랑 바닥에 사람을 무는 거미가 있다면? 혹시라도 롤랜드의 손이 걸려서 안 빠진다면? 그럼 우린 어떡하지?'

나중에 떠오른 생각은 괜한 걱정이었다. 롤랜드가 쑥 빼낸 손이 보였기 때문이었다. 그 손은 시커멓고 끈적한 기름으로 범벅이 되어 있었다.

"오래 전에 말라 버렸다고?"

롤랜드가 빙긋 웃으며 물었다. 수전은 어리둥절한 표정으로 그저 고개만 저었다.

14

송유관을 따라가다 보니 도로를 가로막은 녹슨 철문이 나왔다. 송유관은 철문 아래로 이어졌다(이제 어스레한 달빛 속에서도 관에서 새어 나온 기름이 보였다.). 두 사람은 철문을 넘어갔다. 수전은 월의 손이 친구를 받쳐 주는 예의 바른 사람치고는 너무 친밀하게 파고드는 것이 아닌가 생각하면서도 그 손길 하나하나를 즐겼다. 이쯤에서 그만두지 않으면 내 머리가 '촛불'처럼 타오를 것 같은데. 수전은 속으로 이렇게 생각하며 킥킥 웃었다.

"수전, 괜찮아?"

"아, 아무것도 아냐. 그냥, 불안해서."

문 건너편에 도착한 두 사람은 다시금 서로를 그윽하게 바라보다가, 이윽고 아래쪽으로 내려가는 비탈을 함께 걷기 시작했다. 걷는 도중에 수전은 이상한 점을 눈치챘다. 소나무 여러 그루의 아래쪽 가지가 잘려 있었던 것이다. 달빛 속에 드러난 도끼 자국과 굳은 송진은 갓 생긴 것처럼 보였다. 수전이 그쪽을 가리키자 월은 말없이 고개만 끄덕였다.

비탈면 기슭에 이르자 지면 위로 드러난 송유관을 녹슨 강철 지지대가 줄줄이 떠받치고 있었다. 송유관은 버려진 건물들이 있는 쪽으로 60미터쯤 이어지다가 갑자기 야전 병원에서 절단한 사지처럼 거친 단면을 드러내며 끊어졌다. 끊어진 곳 아래에는 말라서 끈끈해진 원유가 야트막한 연못처럼 고여 있었다. 수전은 그곳에 널린 새들의 주검으로 미루어 기름 구덩이가 생긴 지 꽤 됐음을 알 수 있었다. 새들은 구덩이의 정체를 알아보려고 내려왔다가 기름에 젖어 틀림없이 고통스럽고 느리게 죽어갔으리라.

수전이 멍한 눈으로 이 광경을 보고 있으려니 문득 윌이 다리를 톡톡 건드렸다. 그는 무릎을 굽히고 쭈그려 앉아 있었다. 수전도 쭈그려 앉아 무릎을 맞댄 채 휘휘 돌아가듯 움직이는 그의 손가락을 지켜보았다. 그러는 동안 수전의 눈은 의혹과 혼란의 빛으로 물들어갔다. 이곳에는 발자국이 있었다. 그것도 커다란 발자국이. 그런 발자국을 남길 수 있는 동물은 단 하나.

"황소잖아."

"그래. 소들은 저쪽에서 왔어."

윌이 송유관이 끊어진 곳을 손가락으로 가리켰다.

"그리고 어느 쪽으로 갔냐면⋯⋯."

장화 뒤축을 땅에 댄 채로, 쭈그려 앉은 자세 그대로, 윌은 빙그르 몸을 돌려 숲이 시작되는 비탈 쪽을 가리켰다. 그의 손가락이 향한 곳을 보면서 수전은 그제야 말 사육업자의 딸인 자신이 진작 알아차려야 했던 것이 무엇인지 깨달았다. 무언가 무거운 물건을 질질 끌거나 굴리느라 지면에 어지러운 자국이 남았는데, 누가 그 흔적을 지우려고 대강 쓸어 놓았던 것이다. 시간이 흐르면서 난장판의 흔적은 조금 옅어졌지만 발굽 자국만은 여전히 선명했다. 수전은 황소가 끌고 간 물건의 정체까지도 짐작할 수 있었다. 표정을 보니 윌도 마찬가지인 듯싶었다.

발굽 자국은 송유관이 끝나는 곳에서 둘로 갈라져 저마다 호를 그러며 이어졌다. 수전과 '윌 디어본'은 오른쪽 호를 따라갔다. 바퀴 자국과 소 발굽 자국이 뒤섞여 있었는데도 수전은 별로 놀라지 않았다. 발굽 자국은 야트막하기는 해도 선명하게 남아 있었다. 올해 여름은 비가 적게 내린 탓에 지면이 콘크리트처럼 단단했는데도 그러했다. 남아 있는 발굽 자국이 여태 눈에 띈다는 것은 곧 몹시도 무거운 물건을 운반했다는 뜻이었다. 당연한 추론이었다. 아니라면 왜 황소를 끌고 왔겠는가?

"봐."

비탈 기슭에 있는 숲의 가장자리에 다가서면서 윌이 말했다. 수전은 그의 주의를 잡아끈 것이 무엇인지 마침내 알아차렸지만, 자세히 확인하려면 땅에 네 발을 짚고 웅크리는 수밖에 없었다. 윌은 시력이 도대체 얼마나 좋단 말인가! 거의 초자연적인 수준이었다. 그곳에는 장화 자국이 남아 있었다. 갓 생긴 자국은 아니었지만 소 발굽 자국이나 바퀴 자국보다는 훨씬 최근에 생긴 것이었다.

"망토를 두른 그 녀석의 발자국이야. 레이놀즈."

윌은 또렷이 이어지는 발자국 한 쌍을 가리키며 말했다.

"윌! 네가 그걸 어떻게 알아!"

윌은 놀라는 듯하다가 이내 웃음을 터뜨렸다.

"당연히 알지. 그 녀석은 걸어 다닐 때 한쪽 발이 살짝 안으로 틀어지거든. 왼쪽 발이. 자, 여길 봐."

윌은 발자국 위로 손가락을 빙빙 돌리다가 이내 자신을 바라보는 수전의 표정을 보고 다시금 껄껄 웃었다.

"이건 마법이 아니야, 패트릭의 딸 수전. 추적술일 뿐이야."

"넌 어떻게 그렇게 아는 게 많아? 이렇게 어린데? 윌, 너 도대체 정체가 뭐야?"

윌은 일어서서 수전의 눈을 내려다보았다. 고개를 숙일 필요는 없었다. 여자치고는 키가 컸으므로.

"내이름은 윌이 아니라 롤랜드야. 이로써 난 네 손에 목숨을 맡긴 처지가 됐어. 그건 아무래도 상관없지만, 이젠 네 목숨마저 위태로울지도 몰라. 내 이름은 철저히 비밀에 부쳐야 해."

"롤랜드구나."

수전은 황홀한 표정으로 중얼거렸다. 그 이름을 음미했다.

"그래. 넌 어느 쪽이 마음에 들어?"

"네 진짜 이름. 고귀한 이름이야. 정말로."

수전은 망설임 없이 대답했다. 롤랜드는 안심한 표정으로 빙긋이 웃었다. 그 웃음 덕분에 다시금 아이의 얼굴로 되돌아왔다.

수전은 발꿈치를 들고 롤랜드의 입술에 자기 입술을 포갰다. 처음에는 입을 다물고 하던 가벼운 입맞춤이 오래지 않아 꽃처럼 피어났다. 다물었던 입이 천천히 벌어지며 축축하게 젖어 갔다. 수전은 아랫입술을 건드리는 롤랜드의 혀를 느끼고 자신의 혀로, 처음에는 수줍게, 화답했다. 등을 안고 있던 롤랜드의 손이 미끄러지듯 가슴으로 향했다. 그는 수전의 가슴을, 역시 처음에는 수줍게, 어루만지다가 이내 손바닥으로 아래쪽부터 꼭대기를 향해 쓸어올렸다. 그러고는 수전의 입안에 애절한 한숨을 나지막이, 그러나 똑바로 불어넣었다. 그렇게 롤랜드가 수전을 더욱 힘껏 끌어안고 목을 따라 입을 맞추면서 내려가는 동안, 수전은 그의 허리띠 버클 아래쪽에서 돌처럼 딱딱한 어떤 것을 느꼈다. 기다랗고 따뜻한 그것은 수전이 자기 몸의 같은 곳에서 느낀 축축한 열기와 정확히 일치했다. 그 두 장소는 서로를 위해 만들어진 것이었다. 수전이 롤랜드를 위해, 롤랜드가 수전을 위해 만들어졌듯이. 결국에는 *카*였다. 카는 바람이었고, 수전은 그 바람을 기꺼이 따라가고 싶었다. 명예도 약속도 모두 버려둔 채로.

그렇게 말하려고 입을 벌렸을 때, 터무니없는 동시에 몹시도 명확한 느낌이 수전을 엄습했다. 누군가 두 사람을 감시하고 있다는 느낌이었다. 황당했지만 분명한 사실이었다. 심지어 감시하는 사람이 누군지도 알 것만 같았다. 수전은 롤랜드에게서 떨어졌다. 장화 뒤축이 반쯤 닳은 황소 발굽 자국에 걸려 흔들거렸다.

"썩 꺼져, 이 마귀할멈아!"

수전이 숨을 헐떡거리며 외쳤다.

"당신이 무슨 수작을 부렸는지는 나도 몰라, 하지만 우릴 훔쳐보고 있다면 당장 꺼져!"

15

쿠스 언덕에 있던 레아는 수정 구슬에서 화들짝 물러나며 욕을 씹어 뱉었다. 목소리가 어찌나 나직하고 거칠었던지, 에르모트가 쉭쉭대는 소리 같았다. 수정 구슬은 형상만 보여 줄 뿐 소리는 전해주지 않았기에 수전이 무슨 말을 했는지는 알 수 없었지만, 레아는 자신의 정체가 드러났음을 눈치챘다. 그 생각이 떠오른 순간 구슬 속에 보이던 형상이 깨끗이 지워졌다. 구슬이 눈부신 분홍빛을 내뿜고는 순식간에 캄캄해졌다. 그러더니 아무리 문질러봐도 밝아지지 않았다.

"오냐, 그래. 여기까지다 이거지."

레아는 결국 이렇게 중얼거리고 포기했다. 최면에 걸린 채로 이 집 문간에 서 있던 그 초라하고 드센 계집애의 모습이 떠올랐다(허 나 그 청년과 함께 있을 땐 별로 드세 보이지 않았다, 안 그런가?). 그때 그 계집애에게 순결을 잃은 후에 어떻게 하라고 지시했는지도 떠올 랐다. 그러자 다시 기분이 좋아졌다. 레아의 입가에 웃음이 번지기 시작했다. 그 계집애가 메지스의 행정 장관인 하트 소린이 아니라 저 떠돌이 소년한테 순결을 바친다면 더욱 성대한 희극이 벌어지지 않겠는가?

레아는 군내 나는 오두막집의 컴컴한 어둠 속에 앉아 키들키들 웃기 시작했다.

16

롤랜드는 휘둥그런 눈으로 수전을 바라보았다. 그러다가 수전에 게서 레아에 관하여 좀 더 자세한(그러나 '순결의 증명'에서 핵심이자 굴욕이었던 마지막 확인 부분은 생략한) 설명을 듣고 보니 욕구가 가라 앉았고, 덕분에 다시금 스스로를 통제할 수 있었다. 자신과 친구들 이 햄브리에서 위태로운 처지에 놓일지도 모른다는 불안하고는 전 혀 무관한 결정이었다(적어도 롤랜드는 스스로에게 그렇게 말했다.). 오 로지 수전의 처지를 생각해서 참기로 결심한 것이었다. 중요한 것은 수전의 처지였고, 그보다 더 중요한 것은 그녀의 명예였다.

"내 생각엔 그냥 네 상상인 것 같은데."

수전의 이야기가 끝났을 때 롤랜드는 이렇게 말했다.

"아냐, 그럴 리가 없어."

조금은 싸늘한 기운이 감도는 목소리로 수전이 대답했다.

"그럼 양심의 가책일까?"

그 말에 수전은 눈을 내리깔고 아무 대꾸도 하지 않았다.

"수전, 난 무슨 일이 있어도 널 해치고 싶진 않아."

"날 사랑하기 때문에?"

여전히 눈을 들지 못한 채로, 수전이 물었다.

"그래, 난 널 사랑해."

"그럼 다신 나한테 키스하지 마. 손도 대지 말고. 오늘 밤은 안 돼. 네가 그러면 난 도저히 못 참을 거야."

롤랜드는 말없이 고개를 끄덕이고 손을 내밀었다. 수전은 그 손을 잡았고, 두 사람은 잠시 달콤한 광기에 빠지기 전에 향하던 방향으로 다시 걸음을 옮겼다.

숲 가장자리까지 10미터쯤 남은 곳에 이르렀을 때, 두 사람은 빽빽한 나뭇잎 사이로 반짝이는 금속의 광택을 동시에 목격했다. '너무 빽빽한걸.' 수전은 가만히 생각했다. '잎이 이상할 정도로 무성해.'

당연한 얘기지만, 그 빽빽한 잎의 정체는 소나무 가지였다. 비탈에 자란 소나무에서 베어 온 가지들이었다. 차곡차곡 포개진 소나무 가지 아래 감춰진 것은 원래 벽돌이 깔린 공터에 있어야 할 커다란 은색 깡통들이었다. 은색 저장 용기를, 필시 황소의 힘을 빌려서, 이리로 실어 날랐으리라. 그런데 무엇 때문에?

롤랜드는 수북이 쌓인 소나무 가지를 쭉 살펴보다가 걸음을 멈추고 가지 몇 개를 한쪽으로 치웠다. 가지 틈으로 복도처럼 생긴 통로가 드러났고, 롤랜드는 수전에게 안으로 들어가라고 손짓했다.

　"잘 보면서 들어가. 놈들이 함정까지 설치했을 것 같진 않지만, 그래도 조심해서 나쁠 건 없으니까."

　위장용 소나무 가지 안쪽에는 기름 탱크들이 마치 하루 종일 갖고 놀다가 저녁이 되어 정리해 놓은 장난감 병정들처럼 가지런히 늘어서 있었다. 수전은 안에 들어서자마자 그들이 기름 탱크를 숨겨 놓은 이유를 알아차렸다. 탱크마다 새로 만든 바퀴가 달려 있었던 것이다. 참나무를 통으로 깎아 정성껏 만든 바퀴들은 높이가 수전의 가슴께에 이를 만큼 커다랬다. 바퀴마다 쇠로 만든 얇은 테가 둘러져 있었다. 바퀴뿐 아니라 테도 새것이었고, 바퀴통은 장인이 손으로 만든 것이었다. 수전이 아는 한 자치령 안에 이 정도로 훌륭한 바퀴를 만들 수 있는 대장장이는 단 한 명뿐이었다. 브라이언 후키. 펠리시아의 새 편자를 사러 갔다가 만난 그 사내. 수전이 아버지의 편자 가방을 걸쳐메고 찾아갔을 때 친구처럼 웃으며 어깨를 토닥여 준 후키. 패트릭 델가도의 가장 친한 친구 중 한 명이었던 후키.

　수전은 후키의 대장간을 둘러보며 장사가 잘되나보다 하고 생각했던 기억을 떠올렸다. 물론 수전 생각이 옳았다. 대장장이가 할 일이 이렇게 많았으므로. 후키가 수많은 바퀴를 만드는 동안 그에게 대가를 지불한 사람이 있을 터였다. 언뜻 떠오르는 인물은 엘드레드 조너스였다. 더 그럴 듯한 사람으로는 킴버 라이머가 있었다. 하트 소린은? 수전이 보기에는 말도 안 되는 억측이었다. 하트는 올 여름 내내 딴 데 정신이 팔린 상태였다. 그 사람한테도 정신이란 게 있다면 말이지만.

기름 탱크 더미 뒤편으로 울퉁불퉁한 길이 보였다. 롤랜드는 그 길을 따라 마치 점잖은 목사처럼 뒷짐을 진 채 천천히 걸어갔다. 걸으면서 탱크 뒤편에 적힌 알아보기 힘든 글씨들을 찬찬히 읽었다. 시트고. 수노코. 엑슨. 코노코. 그러다가 걸음을 멈추고 큰소리로 더듬더듬 외쳤다.

"'더 깨끗한 기름으로 내일을 엽니다!' 흥, 웃기고 있네! 그 내일이 바로 지금 이 모양 이 꼴이야."

"롤랜드…… 아니, 윌. 이 기름을 다 뭐에 쓰려는 걸까?"

롤랜드는 처음에는 입을 다물고 있다가 이내 돌아서서 줄줄이 서 있는 은색 탱크들을 지나 걸어왔다. 알 수 없는 이유로 다시 작동하는 송유관 이쪽 편에 기름 탱크 열네 개가 있었다. 그리고 수전 생각에는 반대편에도 같은 개수가 있을 듯싶었다. 롤랜드는 이쪽으로 걸어오면서 주먹으로 기름 탱크를 하나하나 두드려 보았다. 둔탁하게 울리는 소리가 들렸다. 시트고 유전에서 퍼낸 기름으로 가득 차 있다는 뜻이었다.

"기름을 채운 지 꽤 된 것 같아. 위대한 관 사냥꾼 녀석들이 직접 했을 리는 없지만, 작업을 일일이 감독하는 건 분명 녀석들 책임이었을 거야…… 먼저 낡아서 다 삭은 고무바퀴를 새 나무 바퀴로 갈아끼운 다음에 기름을 채웠겠지. 황소를 이용해서 이 언덕 아래까지 실어다 쌓아놨을 테고. 왜냐하면 그게 더 편리하니까. 여분의 말들을 드롭 평원에 자유롭게 풀어 놓은 것처럼 말이야. 그러다가 나랑 내 친구들이 도착하니까 이렇게 위장하는 게 안전하겠다고 생각했겠지. 우리가 아무리 멍청한 어린애라고 해도 새 바퀴를 단 기름 탱크 스물여덟 개를 보면 이상하게 여길 게 뻔하니까. 그래서 이렇게 나뭇가지로 위장해놓은 거야."

"조너스랑 레이놀즈, 디페이프가 한 짓이구나."

"맞아."

"도대체 왜?"

수전은 롤랜드의 팔을 붙들고 다시 물었다.

"뭘 위해서 이렇게까지 한단 말이야?"

"파슨을 위해서."

롤랜드는 자신도 모르는 사이에 가라앉은 목소리로 말했다.

"의인 파슨을 위해 준비한 거야. 동맹이 입수한 정보에 따르면 파슨은 전쟁 기계 몇 가지를 손에 넣었어. 그건 어쩌면 옛사람들의 유물이거나, 아니면 다른 세계의 물건일 수도 있어. 그런데도 동맹은 두려워하질 않아, 고대의 전쟁 기계가 작동할 리 없다는 이유로. 그것들이 지금은 침묵을 지키고 있으니까. 개중에는 고장 난 기계 따위를 믿다니 파슨이 미친 게 아닌가 하고 의심하는 사람도 있어. 하지만……"

"어쩌면 고장 난 게 아닐지도 몰라. 어쩌면 이 기름만 있으면 다시 작동할지도 모르고. 아마 파슨은 다 알 거야."

롤랜드는 수전의 말에 고개를 끄덕였다.

수전은 기름 탱크의 옆면을 만져 보았다. 손가락에 미끄러운 기름이 묻어났다. 수전은 손가락을 문지르다가 냄새를 맡아보고는 허리를 숙여 풀잎에 손을 닦았다.

"이 기름으론 기계를 못 돌려. 우리 햄브리에 있는 기계로 실험해 봤어. 기계 안이 막혀 버리던걸."

롤랜드는 또다시 고개를 끄덕였다.

"그건 우리 아버지…… 내륙 자치령의 어른들도 알아. 거기에 기대를 걸고 있는 거야. 하지만 파슨이 그 문제를 열심히 궁리했다면, 우리가 입수한 정보대로 이 기름 탱크를 가져가려고 따로 병력을 파견할 정도라면…… 기름을 사용 가능한 상태로 정제하는 기술을 이미 알고 있을 거야. 아니면 알아낼 수 있다고 생각하거나. 만에 하나라도 놈이 신속히 퇴각할 수 없는 좁은 지형으로 동맹의 군대를 유인한다면, 또 궤도가 달린 기계 무기를 실제로 사용한다면, 그저 한 차례 전투에서 이기는 걸로 끝나지 않을 거야. 기병 1만을 몰살하고 전쟁을 승리로 이끌 수도 있어."

"하지만 그런 건 너희 아버지들도 다 아시잖아?"

롤랜드는 의기소침한 표정으로 고개를 저었다. 한 가지 문제는 아버지들이 어디까지 아느냐였다. 또 한 가지 문제는 그들이 이미 아는 정보를 토대로 어떤 결정을 내리느냐였다. 그리고 세 번째 문제는, 그들을 움직이는 동기가 무엇이냐였다. 그 동기는 다급함, 두려움, 어쩌면 아서 엘드 왕의 혈통을 따라 아버지에게서 아들에게로 전해져 내려온 터무니없는 자존심인지도 몰랐다. 롤랜드는 수전에게 가장 그럴 듯한 예측을 들려줄 수밖에 없었다.

"내 생각에 길르앗 군대는 머지않아 파슨에게 총공세를 퍼부을 거야. 그러면 동맹은 안에서부터 무너지겠지. 그리고 결과적으로는 중간 세계의 여러 지역이 동맹과 함께 허물어질 테고."

"하지만……."

수전은 말을 잇지 못하고 입술을 깨문 채 고개를 흔들었다.

"그건 파슨도 알 거야…… 틀림없이 이해할 거야……."

두 눈을 둥그렇게 뜨고서, 수전은 롤랜드를 올려다보았다.

"옛사람들이 걸어간 길은 죽음의 길이란 걸 말이야. 그건 누구나 아는 거잖아. 누구나."

길르앗의 롤랜드는 자신도 모르는 사이에 문득 핵스라는 이름의 요리사를 떠올렸다. 밧줄에 목이 매달린 채 디룽거리던 그의 주검, 그리고 그 주검의 발아래 흩어진 빵부스러기를 쪼아대던 까마귀들. 핵스는 파슨을 위해 죽었다. 그러나 교수대에 매달리기 전, 그는 파슨을 위해 아이들에게 독을 먹였다.

롤랜드는 수전에게 말했다.

"죽음이야말로 존 파슨이 원하는 거야. 놈한테는 그게 다야."

17

다시 과수원.

두 연인에게는 몇 시간이 흐른 것처럼 느껴졌지만(이제 두 사람은 연인이었다, 육체의 마지막 선을 넘기 전이라는 것만 빼면), 실제로는 약 45분밖에 지나지 않은 참이었다. 기울기는 했어도 아직 환한 늦여름의 달이 그들 머리 위를 여전히 비추고 있었다.

수전은 롤랜드를 이끌고 말을 묶어둔 길로 내려갔다. 파일런이 롤랜드를 보고 고개를 끄덕이며 나직하게 히힝 소리를 냈다. 말을 가만히 보니 소리가 나지 않게 단단히 준비한 모양새였다. 버클은 모두 솜이 채워져 있었고, 등자도 펠트 천으로 감싸여 있었다.

이윽고 롤랜드가 수전을 향해 돌아섰다.

어린 시절 겪었던 비통함과 달콤함을 모두 기억하는 사람이 있을까? 진짜 첫사랑이란 우리가 고열에 시달리다 목격하는, 그래서 소리를 지르며 쫓아내는 헛것만큼이나 덧없이 잊히게 마련인 법. 그날 밤 그 어두워져 가는 달 아래, 롤랜드 디셰인과 수전 델가도는 서로를 향한 갈망 때문에 가슴이 찢어질 것만 같았다. 두 사람은 옳은 길을 찾아 몸부림치다가, 깊고 절박한 감정 때문에 고통스러워했다.

그러다 마침내 서로를 향해 다가섰다가, 물러섰다가, 도무지 주체할 수 없을 만큼 홀린 눈빛으로 서로의 눈을 바라보다가, 다시 다가서서, 그 자리에 멈췄다. 수전은 롤랜드가 일전에 했던 말을 떠올리고 두려움 비슷한 기분에 휩싸였다. 자신을 위해서라면 무슨 일이든 할 수 있다던, 그러나 다른 남자에게 양보하는 것만은 못하겠다던 그 말. 수전은 소린 장관과 맺은 약속을 깨고 싶지 않았다. 아니, 아마도 깨지 못할 처지였다. 롤랜드 역시 수전을 위하여 그 약속을 깰 것 같지는(또는 깰 수 있을 것 같지는) 않았다. 그리고 무엇보다 두려운 점은 바로 이것, 카의 바람이 강력하다고는 하지만 그들이 지키기로 맹세한 명예와 약속은 그보다 더 강해 보인다는 점이었다.

"이제 어쩔 거야?"

수전이 바싹 마른 입술을 떼고 롤랜드에게 물었다.

"글쎄. 생각해 봐야겠어. 친구들이랑 상의도 해야 하고. 넌 어때, 집에 가면 고모한테 야단맞지 않겠어? 혹시 어디 가서 뭐 했냐고 캐묻진 않을까?"

"월, 너 지금 내 걱정 하는 거야? 아니면 너랑 네 계획이 잘못될까 불안한 거야?"

롤랜드는 대꾸하지 않고 그저 바라보기만 했다. 잠시 후, 수전이 눈길을 떨구었다.

"미안해, 내가 너무했어. 괜찮아. 고모한테 혼나진 않을 거야. 가끔 밤에 말을 타러 나가거든. 집에서 멀리까지 간 적은 드물지만."

"네가 어디까지 갔다 왔는지 고모가 모를까?"

"모를 거야. 거기다 요즘은 서로 슬슬 피해 다니는 중이라. 한 집에 화약통 두 개를 넣어 둔 꼴이랄까."

수전이 두 손을 내밀었다. 장갑은 벗어서 허리띠에 꽂아 둔 채였다. 롤랜드의 손을 잡은 손가락은 차가웠다.

"우리한테 행복한 결말 같은 건 없겠지." 수전이 속삭였다.

"그렇게 말하지 마, 수전."

"아니, 말할 거야. 해야 돼. 하지만 롤랜드, 어떤 결말이 기다리든, 난 널 사랑해."

롤랜드는 수전을 끌어안고 입을 맞추었다. 굳게 맞물렸던 입술을 그가 풀어 주었을 때, 수전은 그의 귀에 대고 속삭였다.

"나를 정말로 사랑한다면, 나를 가져. 내가 약속을 깰 수 있게."

한참 동안, 수전의 심장이 고동을 멈춘 그 시간 동안, 롤랜드는 입도 달싹하지 않았고, 수전은 그 침묵에 희망을 걸었다. 그러다가 롤랜드가 고개를 저었다. 단 한 번, 그러나 단호하게.

"수전, 그건 나한테는 불가능한 일이야."

"날 사랑한다고 고백해 놓고 이제 와서 네 명예가 훨씬 더 중요하다는 거야? 그래? 그럼 됐어."

수전은 롤랜드의 팔을 뿌리치고 울음을 터뜨렸고, 안장에 올라탄 다음에는 장화를 붙잡는 그의 손을 무시했다. 기다리라고 나지막이 외치는 그의 목소리도. 그러고는 나무에 묶어두었던 고삐를 풀고 박

차가 없는 뒤축으로 파일런의 옆구리를 걷어차 방향을 틀었다. 롤
랜드가 기다리라고, 이제 더욱 큰 목소리로 외쳤지만, 수전은 파일
런을 재촉하여 쏜살같이 달렸다. 반짝 타오른 분노의 불꽃이 꺼지
기 전에 멀어져야 했기 때문이었다. 롤랜드는 수전의 간청을 받아들
이려 하지 않았다. 수전과 소린 사이의 약속은 롤랜드라는 사람이
이 세상에 있다는 것을 알기도 전에 맺은 것이었건만. 그런데도 명
예를 잃는 것도, 그 결과로 치욕을 뒤집어쓰는 것도 모두 수전의 몫
이라고 우기다니, 어떻게 그렇게 뻔뻔할 수가 있을까? 나중에, 수전
은 침대에 누워 뒤척이다가 깨달을 것이다. 롤랜드가 실은 아무것도
우기지 않았다는 것을. 그리고 지금, 심지어 오렌지 과수원을 벗어
나기도 전에, 수전은 축축하게 젖은 뺨을 왼손으로 만져보고 깨달았
다. 그 역시 울고 있었다는 것을.

18

　달이 지고도 한참이 흐르도록 말을 타고 마을 변두리 길을 거닐
면서, 롤랜드는 아우성치는 감정을 어떻게든 가라앉히려고 애썼다.
한동안은 시트고 유전에서 발견한 정보를 어떻게 처리할지 궁리하
기도 했지만 그도 잠시뿐, 생각은 자꾸만 수전에게로 되돌아갔다.
수전이 스스로를 허락했을 때 취하지 않은 것은 어리석은 짓이었을
까? 하나가 되고 싶다는 소망을 거절한 것은 바보짓이었을까? *나를
정말로 사랑한다면, 나를 가져.* 그 말이 가슴을 거의 찢어발기는 듯
했다. 그럼에도 마음 깊숙한 구석에서는, 누구보다 아버지의 목소리

가 가장 또렷이 들리는 그곳에서는, 옳은 일을 했다는 느낌이 들었다. 수전은 어떻게 생각하는지 모르지만 단순히 명예 때문만은 아니었다. 그러나 수전의 생각은 아무래도 상관없었다. 어쩌면 수전이 그를 조금 미워하는 편이 더 나을지도 몰랐다. 두 사람에게 닥칠 위험이 얼마나 심각한지 깨닫느니 차라리 그러는 편이 더 나을 듯도 싶었다.

새벽 세 시 무렵, 바케이 목장으로 돌아오던 롤랜드의 귀에 북소리처럼 요란한 말발굽 소리가 들려왔다. 말이 큰길을 따라 서쪽에서 질주해 오는 중이었다. 왜 그리도 중요한 일처럼 느껴지는지 곰곰이 생각할 겨를도 없이, 롤랜드는 러셔의 고삐를 틀고 키 큰 덤불들이 어지럽게 자란 능선에 도착한 다음 그곳에 서서 기다렸다. 고요한 새벽 공기가 소리를 멀리까지 전해 준 덕분에 말발굽 소리는 거의 10분에 걸쳐 점점 더 커졌다. 동이 트려면 아직 두 시간이나 남은 이 새벽에 햄브리를 향해 죽기 살기로 말을 달리는 사람이 누군지 롤랜드가 너끈히 짐작하고도 남을 시간이었다. 또한 그의 짐작은 틀리지 않았다. 달은 이미 지고 없었지만 그에게는 식은 죽 먹기였다. 빽빽하게 자란 덤불 틈새로도 충분히 알아볼 수 있었다. 로이 디페이프였다. 동틀 무렵이면 위대한 관 사냥꾼이 다시 세 명이 될 판이었다.

롤랜드는 러셔의 고삐를 틀어 앞서 가던 길로 향했다. 이제 친구들과 다시 뭉칠 시간이었다.

제10장
새와 곰과 산토끼와 물고기

1

수전 델가도의 인생에서 가장 중요한 날, 그러니까 삶이 모든 것을 갈아버리는 맷돌처럼 돌아가기 시작한 날은 롤랜드와 달빛 아래 유전을 거닐었던 밤으로부터 2주 후에 찾아왔다. 그 밤 이후로 수전은 롤랜드를 고작 대여섯 번, 그것도 멀리서밖에 보지 못했고, 두 사람은 심부름하러 나왔다가 잠시 눈에 띈 지인들처럼 손만 흔들고 제 갈 길을 갔다. 그때마다 수전은 누가 가슴에 칼을 꽂고 비트는 것처럼 고통스러웠고…… 잔인한 생각인 줄 알면서도, 그 칼이 롤랜드의 가슴에도 꽂혔기를 바랐다. 그 끔찍했던 2주 동안 좋은 일이 있었다면 단 하나, 극심한 두려움이 사라진 것뿐이었다. 자신과 윌 디어본이라고 자칭하는 남자를 둘러싼 소문이 퍼질지도 모른다는 두려움이 가라앉는 동안 수전은 저도 모르게 아쉬움을 느꼈다. 소문? 어차피 그들 사이에는 소문의 소재가 될 만한 일이 아무것도 없었다.

그러다가, 밀수꾼의 달이 사냥꾼 여신의 달에게 밤하늘을 양보할 무렵, 마침내 불어온 *카*가 수전을 날려 보내고 말았다. 집과 마구간과 모든 것과 함께. 사건의 시작은 현관문을 두드리는 소리였다.

2

문을 두드리는 소리가 났을 때 수전은 설거지를 마무리한 참이었다. 여자 둘만 사는 집이다 보니 가뿐히 끝낼 수 있는 일이었다.

"넝마장수가 온 거면 그냥 가라고 좀 해 주련!"

방에서 침대보를 갈던 코딜리어 고모가 외쳤다.

그러나 넝마장수가 아니었다. 시프론트 관저에서 수전의 수발을 드는 몸종 마리아가 초췌한 표정을 하고 서 있었다. 이야기를 들어보니 수확제 날 수전이 두 번째로 입을 드레스가 엉망이 되는 바람에 곤경에 처했다는 것이었다. 수전은 그 실크 드레스를 입고 장관 관저에서 열릴 오찬과 뒤이어 마련될 다과회에 참석할 예정이었다. 일이 잘못 풀리면 마리아는 오니스포드로 쫓겨날 판이었는데 부모님을 부양할 사람은 세상에 그녀뿐이었다. 아, 세상에, 어쩌다 이런 일이. 수전 아가씨가 좀 와주실 수 있을까요? 제발요.

수전은 기꺼이 가겠다고 했다. 최근 들어 집 밖에 나갈 일이 생기면 늘 기분이 좋아졌다. 고모의 떽떽거리는 잔소리를 피할 수 있었으므로. 수확제가 가까워질수록 고모와 수전은 점점 더 서로를 참아주기가 힘들어졌다.

두 사람은 파일런에 올라타고 집을 나섰다. 말이 서늘한 아침 공기 속에 아가씨 둘을 태우고 가는 임무를 즐겁게 수행하는 동안, 마리아는 자기 사정을 재잘재잘 설명했다. 수전은 자초지종을 듣자마자 깨달았다. 마리아가 처한 위험은 실제로는 그리 심각하지 않았다. 검은머리의 이 자그마한 몸종은 딱히 대단할 것도 없는 일을 가지고 대단한 사연을 지어내느라 타고난 재능을 발휘하는 중이었다(굳이 설명하자면 귀여운 재능이었다.).

수확제 날 입을 두 번째 드레스는 마무리가 덜 끝난 까닭에 다른 옷과 따로 보관했다(수전은 그 옷을 '비즈가 달린 파란 드레스'로 기억했다. 맨 먼저 입을 옷은 '퍼프소매가 달린 하얀 하이 웨이스트 드레스'였다.). 그런데 1층 재봉실에 뭐가 기어 들어와 물어뜯는 바람에 그만 누더기가 되었던 것이다. 만일 모닥불에 불을 붙일 때 입을 드레스였다면, 또는 불을 붙이고 나서 무도회에 참석할 때 입을 드레스였다면 정말 심각한 일일 수도 있었다. 그러나 비즈가 달린 파란 드레스는 그저 한껏 멋을 부린 일상복이었고, 따라서 수확제까지 남은 두 달 동안 거뜬히 새로 지을 수 있었다. 겨우 두 달이라니! 한때는 소린과 동침하는 신세가 될 때까지 아직 영겁이 남은 것처럼 느껴졌다. 그 늙은 마녀가 유예 선언을 내린 그날 밤에는. 그런데 이제 겨우 두 달 남았다니! 수전은 그 생각이 거북스러워 자신도 모르게 몸을 비틀었다.

"저, 아가씨?"

마리아가 물었다. 수전은 마리아에게 부인이라는 말을 절대로 못 쓰게 했고, 마리아는 모시는 분을 달랑 이름으로만 부르는 짓은 죽어도 할 수 없었다. 그래서 타협안으로 나온 호칭이 '아가씨'였다.

수전은 그 말을 들으면 기분이 좋아졌다. 자신은 고작 열여섯 살인데 마리아는 두어 살 위로 보였기 때문이었다.

"아가씨, 괜찮으세요?"

"괜찮아, 마리아. 잠깐 등이 결려서 그런 것뿐이야."

"예, 저도 그럴 때가 있어요. 아주 지독하게 아파요. 저는요, 결핵으로 돌아가신 숙모가 세 분이나 계셔서요, 등이 결리면 아주 무서워 죽겠어요. 혹시 저도……"

"어떤 짐승이 드레스를 물어뜯은 걸까? 넌 아니?"

마리아는 모시는 아가씨의 귀에 대고 몰래 소곤거리려고 몸을 앞으로 숙였다. 지금 있는 곳이 시프론트 관저로 가는 길이 아니라 붐비는 시장인 것처럼.

"하녀들이 더운 낮에 창문을 열어놨다가 닫는 걸 깜박 잊었는데, 너구리가 그리로 들어와서 물어뜯었대요. 그치만 전 그 방에 들어가서 냄새를 맡아 봤어요. 킴버 라이머도 조사하러 왔다가 그 냄새를 맡았어요. 아가씨를 모셔오라고 절 보내기 직전에요."

"무슨 냄새?"

마리아는 또다시 수전에게 몸을 바짝 붙였고, 이번에는 정말로 귀에 대고 속삭였다. 길에 지나가는 사람 한 명 없었는데도.

"개 방귀 냄새요."

한순간 경악으로 물든 침묵이 감도는가 싶더니, 수전이 웃음을 터뜨렸다. 어찌나 웃었던지 뱃가죽이 당기고 눈물이 줄줄 흘렀다.

"그러니까 지금 우, 우, 울프가…… 장관님이 키우는 *개가*…… 1층 재봉실에 들어가서 내 드, 드……."

수전은 말을 끝맺지 못했다. 웃다가 숨이 막힐 지경이었다.

"맞아요."

마리아는 단호하게 대답했다. 자지러지게 웃는 수전을 보고도 이상한 구석을 눈치 채지 못한 듯했는데…… 이 또한 수전이 마리아를 좋아하는 한 가지 이유였다.

"그래도 전 울프를 탓할 생각은 없어요. 개야 원래 본능대로 움직이는 짐승이잖아요, 할 수만 있으면요. 있잖아요, 아래층 하녀들은요…… 저기, 아가씨. 제가 하는 말, 장관님이나 라이머한테 얘기 안 하실 거죠?"

"충격이다, 마리아. 너 날 고자질쟁이로 아는구나."

"에이, 설마요. 그냥 불안해서 그러는 거죠. 아무튼 제 말은요, 날씨가 더우면 1층 하녀들이 재봉실에 들어가서 잠깐씩 쉰다, 이거죠. 감시탑 그늘이 방을 딱 가려주다 보니까 관저에서 제일 시원한 데가 거기예요. 중앙 응접실보다 훨씬 시원하다니까요."

"나도 기억해 둬야겠네."

수전은 수확제 날 주방 뒤편의 재봉실에서 오찬을 열고 담소하는 광경을 머릿속에 그려보고는 또다시 쿡쿡 웃었다.

"그래서? 마저 얘기해."

"그게 다예요, 아가씨."

나머지는 너무 빤해서 굳이 언급할 것도 없다는 말투였다.

"하녀들이 거기서 케이크를 먹고 꼭 부스러기를 흘려요. 울프가 그 냄새 맡았는데, 이번엔 창문이 열려 있었던 거예요. 고놈이 부스러기를 다 먹은 다음에 드레스까지 뜯어먹은 거죠. 코스 요리의 두 번째 접시처럼."

이번에는 두 사람 모두 깔깔 웃었다.

3

그러나 집에 돌아올 때의 수전은 웃지 않았다.

코딜리어 델가도, 그러니까 골칫거리 조카가 이 집을 떠나 말도 많고 탈도 많은 처녀 딱지를 떼는 날이야말로 자기 인생 최고의 날이 되리라고 기대하던 수전의 고모는, 집 쪽으로 빠르게 가까워지는 말발굽 소리를 듣고 부엌 창가로 허겁지겁 달려갔다. 수전이 작달막한 하녀와 함께 새 드레스를 맞추러 간 지 두 시간쯤 지났을 무렵이었다. 저 다급한 말발굽 소리는 보나마나 수전을 태운 말이 집에 돌아오는 소리였고, 보나마나 무슨 문제가 생겼다는 뜻이었다. 그렇지 않고서야 그 어리석은 계집애가 애지중지하는 자기 말을 땡볕 아래 저토록 혹사할 리 없기 때문이었다.

수전이 여느 때와 달리 거칠게 고삐를 당겨 파일런을 세우고 숙녀답지 않게 풀쩍 뛰어내리는 광경을, 코딜리어는 불안한 마음에 마른 손을 비비며 가만히 지켜보았다. 땋은 머리가 반쯤 풀린 탓에 수전이 자랑스러워하는(코딜리어는 미워하는) 금빛 머리칼이 사방으로 휘날렸다. 낯빛은 발그레한 양쪽 광대뼈만 빼고 백짓장 같았다. 코딜리어는 그 발그레한 광대뼈가 끔찍이도 싫었다. 죽은 오빠 패트릭도 겁을 먹거나 화가 났을 때 꼭 그 자리가 발개졌기 때문이었다.

개수대 앞에 서서 초조하게 손을 비비던 코딜리어는 이제 입술까지 깨물고 있었다. 아, 이 집을 떠나는 저 골칫덩이의 뒷모습을 보는 날이 오면 얼마나 행복할까.

"또 말썽을 일으킨 건 아니지, 그렇지?"

파일런의 안장을 내리고 마구간으로 몰고 가는 수전을 보며, 코딜리어는 나지막이 중얼거렸다.

"자중하는 게 좋을 거다, 이 귀여운 아가씨야. 이제 그날이 코앞이야. 그러니 자중하는 게 좋아."

4

그로부터 20분 후, 집에 들어온 수전은 고모의 표정에서 긴장과 분노를 조금도 찾아볼 수 없었다. 위험한 무기를(예컨대 총을) 장롱 위 선반 깊숙이 보관하는 사람처럼, 코딜리어는 자신의 감정을 마음속 깊숙이 숨겼다. 그러고는 다시 흔들의자에 앉아 뜨개질을 했고, 현관에 들어서는 수전을 겉으로는 평온한 표정으로 돌아보았다. 그러는 사이에 수전은 개수대로 가서 물통에 차가운 물을 받아 얼굴에 끼얹었다. 그러더니 수건으로 얼굴을 닦는 대신 가만히 서서 창밖을 바라보았고, 그런 수전의 표정을 보고 코딜리어는 심장이 조여드는 기분이었다. 수전은 그런 표정을 지으면 무섭고 비장해 보일 거라고 믿는 것이 틀림없었지만, 코딜리어가 보기에는 그저 어린애의 뾰루퉁한 표정에 지나지 않았다.

"그래, 수전."

코딜리어는 목소리를 가다듬고 차분하게 말했다. 이런 목소리를 내기가 얼마나 피곤한지, 그 목소리를 내내 유지하려면 감정을 얼마나 억눌러야 하는지 수전은 알 리가 없었다. 언젠가 저처럼 고집 센 십대 딸을 상대할 날이 오면 또 모르지만.

"무슨 고민이라도 있는 거냐?"

수전은 고모 쪽으로 돌아섰다. 흔들의자에 앉은 코딜리어 델가도는 돌처럼 차분해 보였다. 그 순간 수전은 고모에게 달려들어 그 여위고 독선적인 얼굴을 손톱으로 갈가리 찢어발기며 이렇게 외치고 싶었다. *당신이 잘못한 거야! 당신 탓이야! 전부 다!* 수전은 더럽혀진 느낌이 들었다. 아니, 그 정도로는 부족했다. 자신이 추잡해진 느낌이었다. 그러나 실제로는 아무 일도 없었다. 그래서 더 무서웠다. 아무 일도 일어나지 않았다, *아직은.*

"티 나요?"

"당연하지. 얘기해 봐, 그 양반이 덤비기라도 하데?"

"예…… 아니…… 아니요."

흔들의자에 앉은 코딜리어 고모는 뜨개질감을 무릎에 내려놓고 눈을 동그랗게 뜬 채로 다음 이야기를 기다렸다.

결국 수전은 시종 담담한 목소리로 고모에게 무슨 일이 일어났는지 털어놓았다. 이야기가 끝날 무렵에는 목소리가 살짝 떨렸지만, 그뿐이었다. 코딜리어는 완전히 마음을 놓지는 못했지만 그래도 일단은 안심했다. 멍청한 계집애가 이번에도 제풀에 놀라 호들갑을 떤 거로군, 에이!

대용품이 다 그렇듯이 수전이 대신 입을 드레스 역시 마무리가 안 끝난 상태였다. 그것 말고도 할 일이 너무 많았기 때문이었다. 그래서 마리아는 얼굴이 칼처럼 길쭉한 수석 재봉사 콘체타 모건스턴에게 수전을 데려갔고, 콘체타는 말 한마디 없이 수전을 데리고 1층 재봉실로 향했다. 수전은 이따금씩 생각했다. 만약 침묵이 금이라면 콘체타는 돈이 많기로 소문난 장관의 여동생 코럴 소린만큼이나 부자일 거라고.

비즈가 달린 파란 드레스는 야트막한 선반 아래의 재봉용 토르소 마네킹에 걸려 있었다. 밑단이 군데군데 찢어지고 등에 한 군데 구멍이 뚫리기는 했지만, 수전의 예상과 달리 누더기는 결코 아니었다.

"꿰매면 안 되나요?"

"안 돼요."

수전이 조심스레 던진 물음에 콘체타는 딱 잘라 대답했다.

"그 바지 벗어요. 셔츠도."

수전은 콘체타가 시키는 대로 했다. 그러고는 작고 서늘한 방 한복판에 맨발로 서서 팔짱을 끼어 가슴을 가렸지만…… 사실 콘체타는 지금껏 수전의 몸을 단 한 번도 거들떠보지 않았다. 앞도 뒤도, 위도 아래도.

보아 하니 비즈가 달린 파란 드레스 대신 '아플리케가 붙은 분홍 드레스'를 입을 판국이었다. 수전은 드레스에 다리를 넣고 어깨까지 끌어올린 다음, 가만히 서서 끈기 있게 기다렸다. 그러는 동안 콘체타는 허리를 숙여 치수를 재고 뭐라 뭐라 웅얼거렸고, 가끔은 백묵으로 흑판에 숫자를 적기도 했으며, 때로는 긴 천으로 수전의 엉덩이나 허리를 묶어 꽉 조이고는 건너편 벽의 기다란 거울에 그 모습을 확인하기도 했다. 시침질을 할 때면 늘 그랬듯이 이날도 수전의 정신은 재봉실을 벗어나 가고 싶은 곳을 마음껏 누볐다. 근래 들어 가장 자주 찾아가는 곳은 롤랜드와 함께 말을 타고 드롭 평원을 누비는 백일몽 속이었다. 그 꿈속에서 두 사람은 나란히 말을 달리다가 마침내 햄브리 계곡이 내려다보이는 버드나무 숲에 멈춰 섰다.

"움직이지 말고 가만히 계세요. 금방 올게요."

콘체타가 짤막하게 말했다. 수전은 그녀가 자리를 비운 것을 거의 알아차리지 못했다. 아예 자신이 장관 관저에 있다는 것조차 거의 느낄 수 없었다. 수전의 정신은 사실 그곳에 없었다. 롤랜드와 함께 버드나무 숲에 가 있었던 것이다. 달콤 쌉쌀한 버드나무 향기와 졸졸 흐르는 시냇물 소리가 감도는 그곳에서, 두 사람은 이마를 맞대고 누워 있었다. 롤랜드는 손바닥으로 수전의 얼굴을 어루만지다가 그녀를 품에 안고서…….

그 백일몽이 얼마나 진짜 같았던지, 수전은 등 뒤에서 허리를 감싸는 두 팔에 몸을 내맡겼다. 그 팔의 주인은 먼저 수전의 배를 어루만지다가 위로 올라와 가슴을 감싸 쥐었다. 뒤이어 귓가에서 씩씩대는 콧김과 담배 냄새가 느껴졌고, 수전은 그제야 무슨 일이 일어나는 중인지 깨달을 수 있었다. 가슴을 애무하는 것은 롤랜드의 손이 아니라 하트 소린의 기다랗고 앙상한 손가락이었다. 거울을 보니 왼쪽 어깨 위에 몽마(夢魔)처럼 도사린 소린의 얼굴이 보였다. 두 눈은 불룩 튀어나와 있었고, 서늘한 방이었는데도 이마에는 구슬 같은 땀방울이 맺혀 있었으며, 혀는 무더운 날의 개처럼 턱에 축 늘어져 있었다. 수전은 상한 음식을 먹었을 때처럼 목구멍에 혐오감이 치밀었다. 벗어나려고 버둥거렸지만 소린은 수전의 가슴을 더욱 힘껏 쥐고 몸을 붙였다. 손가락 관절이 뚜둑거리는 소리가 음란하게 들려왔다. 그리고 수전은 이제 소린의 몸 한복판에 불룩 솟은 단단한 덩어리를 느낄 수 있었다.

지난 몇 주 사이에 수전은 한 가지 소망을 품기에 이르렀다. 마침내 때가 됐을 때 소린이 남자 구실을 못했으면 좋겠다는, 도가니에 넣어서 녹일 쇳덩이를 아예 못 만들면 좋겠다는 바람이었다. 남자가 나이를 먹으면 그렇게 되기도 한다는 말을 들은 적이 있기 때문이었다. 그러나 지금, 수전의 엉덩이에 닿아 불끈거리는 단단한 몽둥이가 그 가녀린 소망을 한순간에 깨뜨려 버렸다.

"소린 장관님…… 아니, 하트…… 안 돼요…… 장소도 그렇고, 시간도 아직…… 레아가 말하길……"

"마녀들은 똥이나 처먹으라고 해!"

소린의 입에서 정치가의 세련된 말투 대신 오니스포드의 벽촌에 사는 농사꾼이나 쓸 법한 거친 억양이 튀어나왔다.

"난 한 판 해야겠어, 아주 질펀하게, 한 판 해야겠다, 이거야. 마녀 따위 똥이나 처먹으라고 해, 흐흐! 부엉이 똥!"

독한 담배 냄새가 밴 숨결이 수전의 얼굴을 뒤덮었다. 더 맡고 있다가는 토할 것만 같았다.

"가만있어, 아가씨. 그대로 가만히 서 있으면 돼. 내 말 들어, 이 불여우 같은 년아!"

수전은 가까스로 평정을 지켰다. 마음속 저 깊은 구석에서는, 제 몸을 지키려는 본능이 오롯이 차지한 그곳에서는, 혐오감 때문에 일어난 몸의 떨림을 소린이 숫처녀의 흥분으로 착각했으면 하고 바라기도 했다. 소린은 수전을 등 뒤에서 꼭 끌어안은 채 두 손으로 정신없이 가슴을 더듬었다. 증기 기관처럼 거칠고 역한 숨결이 수전의 귓속으로 파고들었다. 수전은 그에게 등을 기댄 채 눈을 감았다. 감은 눈 사이로 눈물이 차올라 기다란 속눈썹에 맺혔다.

소린의 볼일이 끝나기까지는 그리 오래 걸리지 않았다. 그는 위경련이 일어난 사람처럼 신음하며 수전의 몸에 아랫도리를 치댔다. 그러다가 한 번은 수전의 귀를 핥기도 했다. 수전은 그 감촉이 징그럽다 못해 아예 살갗이 벗겨지는 것만 같았다. 그러다 마침내, 고맙게도, 소린의 몸 아래쪽에서 움찔거리는 느낌이 퍼졌다.

"오오, 좋아, 한다, 나온다!"

짐승의 먹을 따는 것 같은 소리가 울려퍼졌다. 소린이 어찌나 세게 밀어붙였던지, 수전은 얼굴을 처박지 않으려고 벽에 두 손을 짚고 버텨야 했다. 소린이 그제야 뒤로 물러섰다.

재봉실의 차가운 돌 벽에 손을 짚은 채, 수전은 한동안 가만히 서 있었다. 거울 속에 소린의 얼굴이 보였다. 그 속에 자신을 향해 아무렇지 않은 얼굴로 달려드는 운명이 보였다. 운명은 이것이 그저 맛보기일 뿐이라고 말했다. 동시에 끝이라고 아무렇지 않은 얼굴로 말했다. 소녀 시절의 끝이자, 로맨스의 끝이며, 버드나무 숲에서 롤랜드와 이마를 맞대고 누워 있는 꿈의 끝이라고. 거울 속의 남자는 묘하게도 소년처럼 보였다. 방금 전까지 엄마에게 말할 수 없는 짓을 저지른 소년 같았다. 창백한 얼굴에 비쩍 마른, 이상하게도 머리가 희끗희끗하고 어깨가 좁은, 바지 앞이 동그랗게 젖은 소년. 하트 소린은 자신이 있는 곳이 어딘지도 모르는 듯했다. 욕정은 썰물처럼 그의 얼굴에서 빠져 나갔지만 그 자리에 남은 것 또한 역겹기는 마찬가지였다. 그것은 어찌할 바를 모르는 멍한 표정이었다. 마치 바닥에 구멍이 뚫린 양동이 같았다. 안에 무엇을 붓든, 얼마나 붓든, 오래지 않아 바닥을 드러내는 양동이.

또 하려고 덤비겠지. 문득 떠오른 생각이었다. 뒤이어 어마어마한 피로감이 스멀스멀 몰려들었다. 한 번 했으니까 기회만 생기면 하려고 들겠지. 앞으로 이곳에 올 때면 항상…… 그러니까 꼭…….

성 빼앗기 게임처럼. 꼭 성 빼앗기 게임을 하는 것처럼.

소린은 수전을 물끄러미 바라보았다. 그러다가 천천히, 꿈꾸는 사람처럼 멍하니, 널따란 셔츠 밑단을 바지에서 꺼내 치마처럼 펼쳐서 젖은 자국을 가렸다. 턱이 번들거렸다. 흥분을 못 이기고 침을 질질 흘린 탓이었다. 소린은 뒤늦게 침 흘린 것을 알아차렸는지 손바닥으로 턱을 닦았고, 그러는 동안 내내 멍한 눈으로 수전을 바라보았다. 그러다 마침내 그 눈에 감정의 빛이 떠올랐다. 소린은 말없이 돌아서서 재봉실을 떠났다.

복도로 나간 소린이 지나가던 사람과 부딪혔는지 자그맣게 쿵 소리가 났다. '미안! 미안하네!' 나지막이 중얼거리는 소리가 수전의 귀를 스쳤고(정작 사과를 받아야 할 사람은 수전이었다. 그것이 중얼거림이든 아니든), 뒤이어 콘체타가 방으로 들어섰다. 찾으러 갔던 옷감을 숄처럼 어깨에 두른 모습이었다. 콘체타는 수전의 하얗게 질린 얼굴과 눈물 자국을 보고 사정을 곧바로 알아차렸다. *하지만 아무 말도 안 하겠지.* 수전은 비참한 심정으로 생각했다. *아무도, 아무 말도 안 할 거야. 내가 넘어져서 말뚝에 몸이 꿰어도 손가락 하나 안 내밀 사람들이니까. 도와달라고 외치면 이렇게 말하겠지. '네가 깎은 말뚝이잖아.' 그걸 변명이라고 지껄이고는 내가 몸부림치는 걸 보면서 그냥 지나가겠지.*

그러나 콘체타는 뜻밖의 말로 수전을 놀라게 했다.

"인생은 원래 힘든 거예요, 아가씨. 마음 단단히 먹어요."

5

담담한, 감정이 거의 실리지 않은 수전의 목소리가 마침내 멈췄다. 코딜리어 고모는 뜨개질감을 치우고 흔들의자에서 일어나 주전자에 찻물을 담았다.

"과장이 너무 심하구나, 수전."

고모는 목소리에 친절함과 현명함을 담으려고 노력했지만 둘 다 실패했다.

"그건 네가 어머니한테서 물려받은 특징이란다. 네 외가 사람들은 절반은 시인, 절반은 화가를 자처하는 양반들이었어. 밤만 되면 하나같이 코가 비뚤어지게 취해서 탭댄스도 제대로 못 출 정도였지. 하트는 네 가슴을 만지고 엉덩이에 물건을 비빈 것뿐이야. 그게 다란 말이다. 그러니 화내고 말고 할 것도 없어. 밤잠을 못 이루고 고민할 문제가 아니야."

"고모가 그걸 어떻게 알아요?"

수전이 물었다. 불손한 질문이었지만 참을 수가 없었다. 수전은 이제 고모가 무슨 말을 해도 참아 넘길 수 있었으나 단 한 가지, 세상사를 다 꿰뚫어보는 사람처럼 행세하며 자신을 어린애 취급하는 그 말투만큼은 도저히 참을 수 없었다. 그 말이 상처 난 마음을 새삼 쑤셔대는 것만 같았다. 코딜리어는 눈을 동그랗게 뜨고 적의 없는 표정으로 태연하게 대꾸했다.

"그래, 날 그렇게 골려먹는 게 네 특기지! 늙어빠진 말라깽이 코딜리어 고모. 노처녀 코딜리어 고모, 흰머리 숫처녀 코딜리어 고모. 안 그래? 흥! 잘 들어, 어리고 예쁜 아가씨. 내가 숫처녀인지는 몰라도 나도 젊었을 적엔 애인 한둘은 있었어…… 넌 그게 세상이 변질되기 전이라고 할지도 모르지만 말이야. 그중에 한 명은 저 잘난 프랜 렝길일 수도 있어."

어쩌면 아닐 수도 있고요. 수전은 속으로 중얼거렸다. 프랜 렝길은 고모보다 적어도 열다섯 살, 많으면 스물다섯 살은 연상이었다.

"호색한한테 뒤를 희롱당하는 경험 따위 나도 한두 번은 해 봤다, 수전. 그래, 가끔은 앞을 더듬거린 인간도 있었지."

"그 애인들 중에 혹시 예순 살 먹은 노인도 있었어요? 입에선 구린내가 풍기고, 가슴을 만질 때면 손가락이 부러질 것처럼 뚜둑거리는 노인도 있었냐고요! 흥분을 못 이기고 혼자 폭발하면서, 고모를 벽에 밀어붙이고 짓이긴 사람이 있었어요?"

수전의 기대와 달리 고모는 분노를 터뜨리지 않았다. 그래서 오히려 더욱 끔찍했다. 텅 빈 것처럼 멍한 고모의 표정은 수전이 거울 속에서 보았던 소린의 표정과 똑같았다.

"다 끝난 일이야, 수전. 그래, 이제 다 끝났어."

고모의 기다란 얼굴에 미소가, 끔찍하게 징그러운 미소가 떠올랐다가 눈 깜짝할 사이에 사라졌다. 수전은 두려움 비슷한 기분에 휩싸여 울부짖었다.

"아버지라면 절대 용납 안 하셨을 거예요! *절대로!* 그리고 고모도 용서하지 않으셨을 거예요, 가만히 서서 구경만 했으니까! 옆에서 *거들었으니까!*"

"그랬겠지."

고모의 얼굴에 그 미소가 또다시 떠올랐다가 사라졌다.

"네 아버지라면 아마 그랬을 거야. 그런데 그 양반이 그보다 더 용납 못하는 게 뭔지 알아? 약속을 깨는 불명예란다. 자기 자식이 신의를 저버렸다는 수치 말이야. 수전, 네 아버지가 살아 있었다면 너한테 약속을 지키라고 했을 거야. 자기 얼굴을 기억한다면 약속을 지키라고 말이야."

수전은 고모를 바라보았다. 입은 벌어져서 덜덜 떨렸고, 두 눈에
는 다시 눈물이 차올랐다. *사랑하는 사람이 생겼단 말이에요! 그 말
이 하고 싶었다. 할 수만 있다면. 이제 모든 게 달라졌어요, 모르겠
어요? 사랑하는 사람이 생겼으니까!* 그러나 고모가 그런 말을 이해
하는 사람이었다면 수전은 애초부터 이 말뚝에 몸이 꿰일 필요가
없었으리라. 그래서 수전은 말없이 돌아섰고, 비틀비틀 걸으며 집을
나섰다. 흘러내린 눈물 때문에 눈앞이 뿌예지고 늦여름의 세상이 슬
픈 색으로 물들었다.

6

수전은 어디로 가겠다는 생각도 없이 말을 몰았지만 마음속 한
구석으로는 목적지를 정했음이 틀림없었다. 집을 나선 지 40분 후,
정신을 차려보니 어느새 버드나무 숲에 이르렀기 때문이었다. 소린
이 옛날이야기에 나오는 사악한 난쟁이처럼 등 뒤에서 덮쳐 오기
전, 백일몽 속에서 본 바로 그곳이었다.

버드나무 숲은 다행히도 서늘했다. 수전은 (안장도 없이 타고 나온)
펠리시아를 나뭇가지에 묶고 숲 중간의 공터로 천천히 걸어갔다. 시
냇물이 곁에 흐르는 그곳에서, 수전은 공터를 융단처럼 뒤덮은 폭
신한 이끼 위에 앉았다. 물론 전에도 와 본 적이 있는 곳이었다. 여
덟 살인가 아홉 살 때 이 공터를 발견한 후로 수전은 남모르는 슬픔
과 기쁨을 모두 이곳으로 가져왔다. 아버지가 돌아가신 후로 영원히

이어질 것만 같았던 슬픈 나날, 그러니까 온 세상이(적어도 그녀가 아는 세상이) 패트릭 델가도와 함께 끝장나 버린 것만 같았던 그 시절에는 몇 번이고 이곳을 찾았다. 그 깊고 고통스러웠던 탄식을 끝까지 들어준 유일한 상대가 바로 이 공터였다. 수전은 시냇물에 자신의 심정을 털어놓았고, 시냇물은 그 이야기를 싣고 멀리 흘러갔다.

이제 또다시 눈물의 홍수가 밀려왔다. 수전은 무릎에 얼굴을 묻고 흐느끼기 시작했다. 이윽고 동료와 싸움을 벌인 까마귀처럼, 숙녀답지 않게 커다란 소리로 목 놓아 울었다. 그 순간 무엇을 바친다고 해도, 모든 것을 바친다고 해도 상관없다는 생각이 들었다. 아버지를 단 1분만 다시 볼 수 있다면, 이 일을 계속해야 하냐고 아버지에게 물어볼 수만 있다면.

그렇게 시냇가에서 울고 있으려니 어느새 나뭇가지 밟는 소리가 들려왔다. 흠칫 놀라 어깨 너머를 돌아본 수전의 얼굴은 두려움과 원통함으로 얼룩져 있었다. 이 공터는 혼자만의 비밀 장소였고, 따라서 수전은 이곳에 있는 모습을 남에게 들키고 싶지 않았다. 넘어져서 머리를 찧은 아이처럼 엉엉 울고 있는 지금은 더더욱 그랬다. 나뭇가지 부러지는 소리가 또 들려왔다. 누군가 있었다. 혼자만의 비밀 장소를 침범하는 사람이. 그것도 가장 안 좋을 때.

"가!"

수전은 스스로도 알아듣기 힘든 울음 섞인 목소리로 외쳤다.

"가, 누군지 몰라도 당장 가! 방해하지 말고 가란 말이야!"

그러나 그 훼방꾼은(이제 사람 형체로 보였다.) 멈추지 않고 다가왔다. 그가 누구인지 알아보았을 때 수전이 맨 먼저 떠올린 생각은, 자신이 너무 괴로운 나머지 월 디어본('롤랜드. *진짜 이름은 롤랜드야.*')

의 모습을 상상 속에서 불러냈다는 것이었다. 현실이라는 확신이 든 것은 롤랜드가 무릎을 꿇고 두 팔로 끌어안은 후의 일이었다. 그제야 비로소 수전은 그를 다급하게 껴안았다.

"내가 여기 있는 줄 어떻게……?"

"말을 타고 드롭 평원을 달리는 걸 봤어. 나 혼자 생각할 일이 있을 때 가끔 가는 곳이 있는데, 마침 거기 있다가 널 본 거야. 네가 안장도 없이 말을 타지만 않았어도 따라오진 않았을 거야. 무슨 안 좋은 일이 생긴 것 같아서 와 봤어."

"다 엉망이야. 전부 다."

조심스럽게, 두 눈을 동그랗게 뜨고서 신중하게, 롤랜드는 수전의 볼에 입을 맞추기 시작했다. 그렇게 양 볼에 몇 번이나 입을 맞추고 나서야 수전은 그가 입술로 자신의 눈물을 닦아 준 것을 깨달았다. 뒤이어 그는 수전의 어깨를 잡고 자신의 몸에서 떼어냈다. 눈을 마주보기 위해서였다.

"수전, 그 말을 다시 들려줘. 그대로 따를게. 그 말이 약속인지, 경고인지, 아니면 둘 다인지…… 난 모르겠어. 하지만 다시 들려준다면, 그대로 따를게."

무슨 뜻인지 물어볼 필요는 없었다. 수전은 땅이 움직이는 느낌이 들었다. 나중에 수전은 이때가 자기 삶에서 처음이자 마지막으로 카를 실감한 순간이었다고 생각할 터였다. 그것은 땅이 아니라 하늘에서 불어오는 바람이었다. *결국 나를 찾아왔어.* 수전은 생각했다. *이게 나의 카야. 좋든 나쁘든.*

"롤랜드."

"응, 수전."

수전은 롤랜드의 허리띠 버클 아래로 손을 뻗어 그곳에 있는 것을 쥐었다. 그러면서도 굳게 얽힌 시선은 풀지 않았다.

"날 사랑한다면, 날 가져."

"예, 아가씨. 기꺼이."

롤랜드는 수전이 죽을 때까지 가보지 못할 곳에서 만들어진 셔츠의 단추를 풀고 그녀를 품에 안았다.

7

카:

둘은 서로의 옷을 벗겨 주었다. 벌거벗은 채 서로의 품에 안겨서, 고운 거위 깃털처럼 보드라운 여름 이끼 위에 누웠다. 그들은 수전의 백일몽 속에서처럼 이마를 맞댔고, 롤랜드가 문을 열고 들어섰을 때, 수전은 아픔이 녹아들어 달콤함으로 바뀌는 것을 느꼈다. 마치이번 생에서는 단 한 번만 맛볼 수 있는 진기한 야생초를 입에 무는 것 같은 느낌이었다. 그 맛을 오래도록 음미하다가 마침내 달콤함이 아픔을 뒤덮었을 때, 수전은 모든 것을 놓아버리고 깊은 신음을 토하며 롤랜드의 목에 이마를 비볐다. 그들은 버드나무 숲에서 사랑을 나누었다. 명예의 문제는 제쳐두고서, 깨져 버린 약속은 돌아보지도 않고서. 그렇게 막바지에 이르렀을 때 수전은 달콤함보다 더 큰 것이 있음을 깨달았다. 롤랜드 앞에서 꽃처럼 벌어진 그곳으로부터 온몸의 신경이 미쳐버릴 것처럼 조여드는 느낌이 시작되었다. 떨림은 그곳에서 시작되어 온 몸을 채워 갔다. 이 세상에 이토록 거대한 쾌감은 또 없을 거라는 생각과 함께 수전은 거듭 또 거듭 비명을 질렀다. 그 황홀함을 위해서라면 죽을 수도 있을 것만 같았다. 그 소리에 환희에 젖은 롤랜드의 신음소리가 더해졌지만 돌바닥을 핥으며 흘러가는 시냇물 소리가 모든 것을 덮어주었다. 롤랜드의 무릎 뒤를 발꿈치로 단단히 감고 더욱 가까이 끌어안으며, 수전은 정신없이 그의 얼굴에 입을 맞추었고, 롤랜드도 앞서 지나간 입술을 따라잡으려는 듯이 그녀에게 화답했다. 그렇게 두 연인은 한 몸이 되었다. 위대한 시대가 막을 내리기 직전의 메지스 자치령에서. 허벅지가 만나는 곳 아래에 깔린 초록색 이끼는 수전의 순결이 숨을 거두는 동안 수줍은 붉은색으로 물들었다. 그렇게 두 사람은 한 몸이 되었고, 그렇게 두 운명의 길이 하나로 정해졌다.

카.

8

부드러운 눈빛으로 내려다보는 펠리시아의 시선 속에 두 사람은 서로를 끌어안고 누워 있었다. 롤랜드는 잠에 빠져드는 느낌이 들었다. 실은 그럴 만도 했다. 여름 내내 긴장에 시달린 탓에 잠을 잘 이루지 못했기 때문이었다. 이때는 아직 알 수 없었지만, 그는 남은 평생을 불면에 시달릴 운명이었다.

"롤랜드?"

수전의 목소리가 들려왔다. 아득하게. 달콤하게.

"응?"

"넌 날 지켜 줄 거지?"

"그럼."

"그날이 온다고 해도 난 그 사람한테 안 갈 거야. 그 사람이 내 몸에 손을 대도, 여기저기 더듬는다고 해도 난 참을 수 있어. 너만 있으면. 하지만 수확제 날 밤에는 안 갈 거야. 아버지의 얼굴을 잊어버리는 한이 있어도 하트 소린의 침대에는 절대 안 들어갈 거야. 처녀인 척 속이는 방법도 있겠지만 그렇게 하긴 싫어. 그 사람하곤 아예 같이 안 잘 거야."

"그래. 그래야지."

롤랜드가 대답했다. 그러고는 깜짝 놀란 듯 동그래진 수전의 눈을 보고 주위를 두리번거렸다. 아무도 없었다. 롤랜드는 다시 수전을 돌아보았다. 이제 졸음이 다 달아난 후였다.

"왜 그래? 무슨 일이야, 수전?"

"어쩌면 나, 벌써 네 아기를 가졌는지도 몰라. 넌 그런 생각 안 들어?"

롤랜드는 거기까지는 생각하지 못했다. 이제 그 또한 그렇게 생각했다. 아기. 성검 엑스칼리버를 높이 치켜들고 모든 세계의 왕관을 머리에 쓴 아서 엘드 왕이 총잡이들을 전장으로 이끌던 시절, 그 아득한 과거로부터 이어져 내려온 피의 사슬에 새로운 고리가 또 하나 이어진다는 뜻이었다. 그런 것은 아무래도 상관없었다. 아버지는 어떻게 생각하실까? 또 가브리엘은 자신이 할머니가 된 것을 어떻게 받아들일까?

입가를 물들였던 엷은 미소는 어머니 생각을 떠올리기가 무섭게 쫓기듯 사라졌다. 롤랜드는 어머니의 목에 난 자국을 곰곰이 생각했다. 근래 들어 머릿속에 어머니가 떠오를 때면 어머니의 목에 나 있던 그 자국이 늘 생각났다. 어머니의 처소에 연락도 없이 들어섰을 때 보았던 그 자국이. 그리고 어머니의 얼굴에 희미하게 떠올랐던 슬픈 미소도.

"네가 내 아길 가졌다면 나한텐 더 없는 행운이야."

"나한테도. 하지만……."

이번에는 수전이 미소 지을 차례였다. 그러나 그 미소는 동시에 슬픔으로 가득했다.

"우린 너무 어려, 롤랜드. 아직 어린애 티도 다 못 벗었어."

롤랜드는 등을 대고 똑바로 누워 파란 하늘을 올려다보았다. 수전의 말이 옳을 수도 있었지만, 그래도 상관없었다. 때로는 진실과 현실이 일치하지 않는 법이었다. 이는 롤랜드의 확신 가운데 하나였다. 그의 분열된 본성 한복판에 있는 텅 빈 동굴 같은 장소에는 그런 확신들이 자라나 있었다. 진실과 현실을 모두 뛰어넘어 사랑이라는 광기를 기꺼이 끌어안고자 하는 기질은 그가 어머니에게서 물려받은 것이었다. 그 기질을 빼면 그의 본성은 익살을 조금도 이해하지 못했고…… 어쩌면 더 중요할 수도 있는 은유 또한 전혀 받아들이지 못했다. 부모가 되기에는 너무 어리다고? 그게 어쨌다는 말인가? 뿌린 씨앗이 자리를 잡았다면 자라게 하는 것이 도리였다.

"이 앞에 뭐가 기다리고 있든, 우린 그저 도리를 다하면 돼. 난 널 언제까지나 사랑할 거야. 무슨 일이 있어도."

수전은 빙긋이 웃었다. 롤랜드가 있는 그대로의 진실을 서술하는 사람처럼 담담하게 말했기 때문이었다. 하늘은 위에 있고, 땅은 아래에 있고, 물은 남쪽으로 흐른다는 식으로.

"롤랜드, 너 몇 살이야?"

수전은 이따금씩 그 생각이 마음에 걸렸다. 자신도 어리지만 롤랜드는 더 어릴지도 몰랐다. 무언가 골똘히 생각할 때의 롤랜드는 선뜩할 정도로 거칠어 보였다. 하지만 씩 웃을 때의 그는 연인이 아니라 어린 남동생 같기만 했다.

"처음 이곳에 도착했을 때보단 더 늙었지. 그것도 아주 많이. 조너스 패거리한테 감시당하면서 반년만 더 지나면 아마 다리에 힘이 빠져서 비틀거릴 거야. 말에 올라타려면 누가 엉덩이를 밀어줘야 할 걸."

수전은 빙긋이 웃으며 롤랜드의 코에 입을 맞추었다.

"그렇게 돼도 날 지켜줄 거지?"

"당연하지."

롤랜드도 마주보며 웃었다. 수전은 고개를 끄덕이고는 롤랜드와 마찬가지로 이끼에 등을 대고 누웠다. 둘은 그렇게 나란히 누워 하늘을 올려다보았다. 수전은 롤랜드의 손을 이끌어 자신의 가슴에 올려놓았다. 그가 엄지손가락으로 쓰다듬자 수전의 젖꼭지는 서서히 단단해지다가 바르르 떨기 시작했다. 가슴에서 시작된 떨림은 아직도 욱신거리는 다리 사이까지 빠르게 전해졌다. 수전은 허벅지를 오므리면서 환희와 절망을 동시에 느꼈다. 이런 식으로는 상황이 점점 더 암울해질 뿐이었다.

"날 지켜줘야 해, 꼭."

수전의 목소리는 나지막했다.

"난 너한테 모든 걸 걸었어. 이제 나한테는 너뿐이야."

"걱정 마, 무슨 일이 있어도 널 지킬 거니까. 하지만 수전, 당분간은 아무 일도 없는 것처럼 행동해야 해. 때가 오려면 아직 멀었어.
난 디페이프가 돌아오는 걸 봤어. 녀석은 자기가 알아낸 정보를 이
미 조너스한테 보고했을 거야. 그런데도 놈들은 여태 아무 움직임도
보이질 않았어. 뭘 알아냈든 간에 좀 더 기다리는 게 자기한테 유리
하다고 생각하는 거지. 놈이 일단 행동에 나서면 더 위험해지겠지
만, 당분간은 성 빼앗기 게임을 계속하는 수밖에 없어."

"하지만 수확제의 모닥불이 꺼지면…… 난 소린한테……."

"난 죽어도 널 소린한테 안 보낼 거야. 날 믿어. 맹세할게."

자신의 대담한 손짓에 스스로도 놀라면서, 수전은 롤랜드의 허리
아래로 손을 뻗었다.

"맹세를 하려거든 이걸로 해 줘. 할 마음이 있다면."

롤랜드는 그렇게 하고 싶었다. 할 수 있었다. 그래서 했다.

일이 끝나고 나서(어찌된 영문인지 롤랜드에게는 처음보다 훨씬 더
황홀했다.) 롤랜드가 수전에게 물었다.

"저기, 전에 시트고에서 얘기했던 그 느낌 말이야…… 누구한테
감시당하는 것 같은 느낌. 그거 이번에도 느꼈어?"

수전은 생각에 잠긴 눈으로 롤랜드를 물끄러미 바라보았다.

"잘 모르겠어. 딴 데 정신이 팔리는 바람에."

대답하는 와중에도 수전은 롤랜드를 천천히 쓰다듬었다. 그러다
가 움찔 놀라는 그를 보고 웃음을 터뜨렸다. 수전이 손바닥으로 쓰
다듬은 반쯤 딱딱하고 반쯤 말랑한 그곳은 아직도 살아 있는 것 같
았다.

이윽고 수전은 롤랜드의 몸에서 손을 떼고 수풀 위의 동그란 하
늘을 올려다보았다.

"여긴 정말 아름답다."

수전이 중얼거렸다. 어느새 눈이 스르륵 감겼다.

롤랜드도 슬슬 졸리기 시작했다. 문득 이상하다는 생각이 들었다. 수전은 이번에는 감시당하는 기분을 못 느꼈다고 했지만…… 롤랜드는 느낄 수 있었다. 이번에는 그의 차례였다. 그러나 버드나무 숲 주위에는 분명히 아무도 없었다.

아무래도 상관없었다. 공상이든 현실이든, 그 느낌은 이제 사라지고 없었다. 롤랜드는 수전의 손을 잡았다. 저절로 감겨들어 깍지를 끼는 그녀의 손가락을 느꼈다.

롤랜드는 눈을 감았다.

9

이 모든 광경을 레아는 수정 구슬을 통해 지켜보았다. 실로 흥미로운, 그야말로 흥미진진한 광경이었다. 남들의 정사는 전에도 본 적이 있었다. 때로는 셋이나 넷, 어떤 때는 그보다 더 많은 수가 뒤엉킨 광경을 보기도 했다(심지어는 상대가 살아 있는 사람이 아닐 때도 있었다.). 게다가 애송이들의 풋사랑 따위에 흥분을 느낄 나이도 아니었다. 레아가 흥미를 느끼는 부분은 그 놀이가 *끝난 후*에 벌어질 일이었다.

이제 다 끝났나요? 그날 밤, 그 계집애는 그렇게 물었다.

실은 사소한 문제가 하나 남았는데 말이지. 레아는 이렇게 대답하고 그 건방진 매춘부 계집애한테 할 일을 일러주었다.

그랬다. 그날 밤, 오두막집 문간에서 마주보고 서 있는 동안 레아는 그 계집애에게 해야 할 일을 아주 자세히 일러주었다. 입맞춤을 부르는 달이 머리 위에 교교한 빛을 흩뿌리는 동안, 이상한 잠에 빠진 수전 델가도의 머리를 쓰다듬으며 귀에 대고 지령을 속삭였던 것이다. 이제 막간의 여흥이 끝나면…… 2막이 시작될 참이었다. 레아가 보고 싶어하는 것은 바로 그 2막이었다. 자기들이 세상에서 처음으로 섹스를 발견한 인간인 양 서로를 탐하는 풋내기들이 아니라.

두 풋내기는 중간에 거의 얘기도 나누지 않고 연속으로 두 번이나 붙어먹었다(레아는 거금을 치르고서라도 그들이 나누는 얘기를 엿듣고 싶었건만.). 그리 놀랍지는 않았다. 사내 녀석은 나이로 보건대 아마도 불알주머니가 가득 차서 출렁거릴 지경일 테고, 매춘부 계집애 역시 반응하는 꼬락서니로 보건대 녀석의 물건이 꽤나 입맛에 맞는 듯했다. 일단 살맛을 보면 다른 것은 쳐다도 안 보는 연놈들이 있었다. 레아 생각에는 저 둘도 그런 부류였다.

어디 잠시 후에도 그렇게 들떠서 헉헉거릴 수 있는지 한번 보자꾸나, 이 건방진 것아. 레아는 이렇게 생각하며 분홍빛 광채가 뿜어나오는 수정 구슬 위로 더욱 몸을 숙였다. 이따금씩 그 빛 때문에 얼굴뼈가 욱신거릴 때도 있었지만…… 그것은 흐뭇한 통증이었다. 유쾌하기 그지없었다.

마침내 두 사람이 서로에게서 떨어졌다. 적어도 당분간은. 그들은 손을 맞잡은 채 잠에 빠져들었다.

"지금이야, 아가씨. 그래, 착하지. 들은 대로만 하면 돼."

레아가 속삭이는 소리를 듣기라도 했는지, 수전이 눈을 떴다. 그러나 그 눈에는 어떠한 감정도 보이지 않았다. 깨어 있는 동시에 잠들어 있는 눈이었다. 레아가 지켜보는 가운데, 수전이 소년의 손에서 자기 손을 빼냈다. 그러고는 일어나 앉더니 허벅지에 가슴을 댄채 주위를 두리번거렸다. 그러다가 일어서서……

그때, 다리가 여섯 개 달린 고양이 머스티가 폴짝 뛰어 레아의 무릎에 앉더니, 먹이를 달라는 뜻인지 만져 달라는 뜻인지 *야아아웅*거리기 시작했다. 늙은 마녀는 깜짝 놀라 비명을 질렀고, 이와 동시에 수정 구슬이 새까맣게 변했다. 바람에 꺼진 촛불처럼 빛이 꺼져 버린 것이었다.

레아가 또다시 비명을 질렀다. 이번에는 분노 때문이었다. 레아는 달아나려는 고양이를 냉큼 붙잡아 방 건너편의 벽난로에 집어던졌다. 벽난로는 여름철이면 늘 그렇듯이 시커먼 구멍에 지나지 않았다. 그러나 레아가 앙상하고 뒤틀린 손가락을 튕기기가 무섭게 벽난로에 하나뿐이던 반쯤 탄 장작에서 샛노란 불길이 치솟았다. 머스티는 날카롭게 울부짖으며 불구덩이를 탈출했다. 두 눈은 놀라서 동그랬고, 갈라진 꼬리는 아무렇게나 비벼 끈 담배처럼 연기가 피어올랐다.

"저리 가! 썩 꺼져, 이 요망한 것아!"

레아는 다시 자리로 돌아가 엄지손가락을 마주 대고 두 손으로 수정 구슬을 감쌌다. 그러나 아무리 정신을 집중해 봐도, 심장 박동이 불길할 정도로 거세질 때까지 의지력을 끌어모아 봐도, 수정 구슬은 그저 분홍빛을 발산하는 데 그쳤다. 형상은 아무것도 보이지 않았다. 지독히도 실망스러웠지만, 할 수 있는 것은 아무것도 없었다. 어차피 2막의 결과는 시간이 흐르면 두 눈으로 직접 볼 수 있을 터였다. 마을에 가서 알아보려고 마음만 먹으면.

누구나 다 보게 될 것이었다.

그 생각에 기분이 좋아진 레아는 수정 구슬을 원래 있던 곳에 다시 감추어두었다.

10

아무 소리도 들리지 않을 깊은 잠에 빠지기 직전, 롤랜드의 머릿속에 경고음이 울렸다. 어쩌면 맞잡고 있어야 할 수전의 손이 없어진 것을 희미하게 깨달았기 때문일 수도 있었다. 아니면 그저 단순한 직감인지도 몰랐다. 롤랜드는 그 나지막한 경고음을 무시할 수도 있었다. 실제로도 거의 무시할 뻔했지만, 그러기에는 그의 몸이 너무나 엄격하게 훈련되어 있었다. 그는 깊은 잠의 문턱을 박차고 일어서서 마치 수면을 향해 올라가는 잠수부처럼 현실 세계로 돌아오려고 몸부림쳤다. 그 일은 처음에는 힘들었지만 점차 수월해졌다. 그가 맨 정신에 가까워질수록 머릿속의 경고음은 점점 더 커졌다.

롤랜드는 눈을 뜨고 왼쪽을 돌아보았다. 수전의 모습이 보이지 않았다. 몸을 일으키고 오른쪽을 돌아보았다. 시냇물 쪽으로 이어진 길에는 아무것도 보이지 않았으나…… 그는 느낄 수 있었다. 수전은 그쪽에 있었다. 틀림없이.

"수전?"

대답이 없었다. 롤랜드는 일어서서 바지를 찾았다. 그 순간 이 사랑의 도피처에서 듣게 되리라고는 꿈에도 생각지 못했던 목소리가 머릿속에서 들려왔다. 스승 코트의 목소리였다. 코트가 퉁명스러운 목소리로 호통을 쳤다. *시간이 없다, 이 굼벵이 자식아.*

롤랜드는 벌거벗은 채 시냇가 둑으로 걸어가 아래를 내려다보았다. 있었다. 수전은 그곳에 있었다. 그와 마찬가지로 벌거벗은 채, 이쪽으로 등을 돌리고 앉아 있었다. 머리는 풀어헤친 채였다. 쏟아진 금가루 같은 머리카락이 동그란 엉덩이까지 치렁치렁 내려와 있었다. 냇물에서 올라온 서늘한 공기가 머리카락을 흔들고 안개처럼 퍼져 나갔다.

수전은 흐르는 냇물 가장자리에 한쪽 무릎을 꿇고 있었다. 한 팔은 물속에 팔꿈치까지 잠긴 채였다. 무언가 찾는 중인 듯했다.

"수전!"

대답이 없었다. 이제 싸늘한 생각이 롤랜드의 머릿속을 스쳤다. *악령에 씐 거야. 내가 바로 곁에서 무방비하게 잠든 사이에 악령에 씐 거야.* 하지만 정말로 그럴 것 같지는 않았다. 이 공터 가까이에 악령이 있었다면 그가 눈치를 챘을 터였다. 필시 두 사람 다, 곁에 있던 말들도 알아차렸을 터였다. 그럼에도 수전은 *어딘가* 이상해 보였다.

수전은 냇물 바닥에서 무언가 주워 들더니, 물이 뚝뚝 흐르는 손을 눈앞으로 들어올렸다. 돌멩이였다. 수전은 그 돌을 가만히 들여다보다가 휙 던져 버렸다. 퐁당. 그러고는 다시 손을 물속에 넣고 고개를 숙였다. 이제 머리카락 두 타래가 물에 잠겼다. 물이 흐르는 방향을 따라 시냇물이 그 머리카락을 희롱하듯이 잡아당겼다.

"*수전!*"

대답이 없었다. 수전은 또다시 물속에서 돌멩이를 꺼냈다. 이번 것은 세모난 흰색 석영이었다. 창날과 거의 비슷한 모양으로 날카롭게 쪼개진 돌멩이였다. 수전은 머리를 왼쪽으로 비스듬히 기울이고 머리카락을 한 움큼 잡았다. 그 모습이 꼭 뭉친 머리카락을 빗질하는 여인 같았다. 그러나 손에는 빗 대신 모서리가 날카로운 돌멩이뿐이었고, 강둑에 서 있던 롤랜드는 두려움에 사로잡혀 꼼짝도 못한채 생각했다. 수전은 목을 그으려는 것이 틀림없었다. 방금 둘이서 한 짓 때문에 수치심과 죄책감에 빠진 것이었다. 이후 몇 주 동안, 롤랜드는 자꾸만 떠오르는 분명한 사실 한 가지 때문에 괴로워했다. 만일 수전이 정말로 목을 그으려 했다면, 결코 제때 막지 못했으리라는 사실이었다.

이윽고 마비 상태에서 풀려난 롤랜드는 둑 아래로 훌쩍 뛰어내렸다. 날카로운 돌멩이가 발바닥을 찔렀지만 아랑곳하지 않았다. 손을 뻗어 붙잡기 전에 수전이 이미 석영 조각으로 머리카락 한 줌을 잘라냈기 때문이었다.

롤랜드는 수전의 손목을 붙들고 홱 잡아당겼다. 이제 수전의 얼굴이 제대로 보였다. 둑 위에서 봤을 때 평온하다고 착각했던 표정을 이제는 똑똑히 볼 수 있었다. 멍한 표정이었다. 텅 빈 표정이었다.

롤랜드에게 제압당한 순간, 그 멍하던 표정이 희미하게 웃는 표정으로 바뀌었다. 아련한 통증을 느낀 듯, 수전의 입이 바르르 떨렸다. 뒤이어 거의 알아듣기 힘든 부정의 말이 수전의 입에서 흘러나왔다. "아아아안돼애애애"

수전의 허벅지에는 앞서 잘라낸 머리카락 몇 가닥이 금실처럼 흐트러져 있었다. 대부분은 시냇물에 떨어져 흘러가 버린 후였다. 수전은 롤랜드의 손에서 벗어나려고 버둥거렸다. 그러면서 광기 어린 머리 손질을 계속할 작정으로 날카로운 석영 조각을 자꾸만 머리에 갖다 댔다. 두 사람은 술집에서 팔씨름을 벌인 사람들처럼 뒤엉킨 채 버둥거렸다. 승리는 수전의 몫이었다. 근력은 롤랜드가 더 셌지만, 수전을 사로잡은 주문의 힘은 그보다 더 강력했다. 천천히, 하얀 세모꼴 석영 조각이 치렁치렁한 수전의 머리카락으로 향했다. 입에서는 그 선뜩한 소리(아아안돼애애애)가 끊임없이 흘러나왔다.

"수전, 그만해! 정신 차려!"

"아아아안돼애애"

맨살이 드러난 수전의 팔이 햇빛 속에서 바르르 떨렸다. 볼록 솟은 근육이 조약돌 같았다. 그리고 석영 조각은 수전의 머리카락에, 볼에, 눈에 점점 더 가까이 다가갔다.

채 생각할 겨를도 없이(그렇게 행동할 때면 늘 최선의 결과를 얻을 수 있었기에), 롤랜드는 수전의 볼 옆으로 얼굴을 들이밀었다. 돌을 쥔 손으로부터 그나마 남아 있던 거리 10센티미터를 포기하면서까지 감행한 일이었다. 그러고는 수전의 귀에 입술을 붙인 채 입천장에 대고 혀를 찼다. 실은 볼 안쪽에 대고 혀를 찼다.

수전은 그 소리에 움찔하며 몸을 움츠렸다. 혀 차는 소리가 창날처럼 머릿속을 관통했음이 분명했다. 두 눈의 눈꺼풀이 파르르 떨렸고, 곧이어 롤랜드에게서 벗어나려고 버티던 힘이 살짝 약해졌다. 롤랜드는 그 틈을 놓치지 않고 수전의 손목을 비틀었다.

"아아! 아아악!"

석영 조각이 수전의 벌어진 손에서 떨어져 강물에 빠졌다. 이제 완전히 깨어난 수전이 롤랜드를 물끄러미 바라보았다. 눈물이 글썽거리는 두 눈에 당혹감이 가득했다. 수전은 손목을 문질렀고…… 롤랜드는 그 손목을 보며 통통 붓겠다고 생각했다.

"아프잖아, 롤랜드! 나한테 왜 이러는……?"

수전은 말끝을 흐렸다. 그리고 주위를 두리번거렸다. 이제 표정 뿐 아니라 온몸에 당황한 기색이 드러났다. 수전은 허둥지둥 두 손으로 몸을 가리려다가, 여전히 단 둘뿐인 것을 알고 손을 내렸다. 그러고는 어깨 너머로 둑에서 이곳까지 이어진 발자국을 돌아보았다. 모두 맨발로 찍은 발자국들이었다.

"어떻게 여기까지 온 거지? 네가 들고 온 거야? 내가 잠든 사이에? 근데 왜 내 손목을 비틀었어? 아, 롤랜드, 난 널 사랑하는데…… 그런데 왜 날?"

롤랜드는 수전의 허벅지에 아직 남아 있던 머리카락을 들어 눈앞에 갖다 댔다.

"넌 냇물 바닥에서 날카로운 돌 조각을 찾았어. 그걸로 머리를 자른 거야. 네 손으로, 계속. 그래서 내가 말렸어. 무서워서. 손목이 안 부러져서 다행이야…… 적어도 부러진 것 같진 않아."

롤랜드는 수전의 손목을 쥐고 살살 돌리면서 조그만 뼈들이 부딪히는 소리가 나지 않는지 가만히 들어 보았다.

아무 소리도 나지 않았고, 손목도 자유자재로 돌아갔다. 수전이 황망한 눈빛으로 지켜보는 가운데, 그는 그녀의 손목에 입을 맞추었다. 핏줄이 교차하는 손목 안쪽의 부드러운 곳에.

11

앞서 롤랜드는 버드나무 숲 안쪽 깊숙한 곳에 러셔를 묶어놓았다. 혹시 누가 드롭 평원을 지나가다가 이 덩치 큰 거세마를 볼까 싶어서였다.

"가만있어, 러셔. 착하지. 조금만 더 기다려."

러셔는 자기한테 다가오는 주인을 보며 발을 구르고 히힝 울었다. 원한다면 세상이 끝날 때까지도 얌전히 있겠다는 듯이.

롤랜드는 안장 옆의 가방을 열고 쇠로 된 조리 기구를 꺼냈다. 형편에 따라 냄비로도 프라이팬으로도 쓸 수 있는 물건이었다. 롤랜드는 그것을 들고 수전에게 가다가 문득 러셔 쪽으로 돌아섰다. 안장 뒤에 묶인 침낭이 생각나서였다. 드롭 평원에서 혼자 생각을 정리하다가 야영을 할 작정으로 가져온 것이었다. 그러잖아도 고민이 많던 그에게 이제 또 고민거리가 생긴 참이었다.

롤랜드는 침낭의 가죽 끈을 풀고 모포 안에 손을 넣어 작은 금속 상자를 꺼냈다. 그러고는 목에 걸고 있던 조그마한 열쇠로 그 상자를 열었다. 상자 안에는 가느다란 은사슬이 달린 네모난 목걸이와 여분의 총알 몇 개가 들어 있었다(목걸이 안에 든 것은 스케치로 그린 어머니의 초상화였다.). 롤랜드는 총알 한 개를 집어 굳게 쥐고 수전에게 돌아갔다. 그녀는 놀라서 동그래진 눈으로 멍하니 롤랜드를 바라보고 있었다.

"두 번째로 사랑을 나눈 다음부턴 아무것도 기억이 안 나. 그냥 하늘을 올려다보다가, 기분이 얼마나 좋은지 생각하다가…… 잠들었어. 아, 롤랜드, 내 머리 어때? 보기 흉해?"

"그렇게 흉하진 않지만…… 나보단 네가 더 잘 알겠지. 자."

롤랜드는 조리 기구에 물을 가득 떠서 둑에 올려놓았다. 수전은 조심스레 그 위로 몸을 숙이고 머리 왼쪽의 머리카락을 팔뚝 위에 늘어뜨린 다음, 천천히 팔을 뻗었다. 머리카락이 금빛으로 빛나는 띠처럼 스르륵 펼쳐지자 들쑥날쑥하게 잘린 흔적이 한눈에 보였다.. 수전은 물에 비친 머리카락을 가만히 살피다가 한숨을 내쉬며 손을 놓았다. 슬픔보다는 안도감이 밴 한숨이었다.

"이 정도는 감출 수 있어. 다시 땋으면 아무도 못 알아챌 거야. 그냥 머리카락인데, 뭐. 아무짝에도 쓸데없는 여자의 허영. 우리 고모가 입버릇처럼 말하는…… 하지만 롤랜드, 내가 *왜* 그랬을까? 도대체 왜?"

롤랜드에게는 짚이는 구석이 있었다. 만약 머리카락이 여자의 허영이라면 머리를 자르게 하는 것은 그 여자에게 부리는 심술인지도 몰랐다. 아무리 생각해도 남자가 궁리할 만한 짓은 아니었다. 장관의 아내, 그 부인이 한 짓일까? 그런 것 같지는 않았다. 이 지저분한 수작은 아마도 레아의 짓일 터였다. 배드 그래스와 교수대 바위와 아이볼트 골짜기가 내려다보이는 북쪽 언덕에 사는 마녀. 수확제 이튿날 숙취에 시달리며 눈을 뜬 소린 장관이 머리를 박박 민 자기 첩을 발견하도록, 그 마녀가 수전에게 최면을 건 것이 틀림없었다.

"수전, 너한테 뭐 하나만 실험해 봐도 될까?"

롤랜드의 말에 수전이 빙긋이 웃었다.

"아까 저기서 다 한 거 아니었어? 좋아, 난 괜찮아."

"아니, 그런 게 아니야."

롤랜드는 꾹 쥐고 있던 손을 펴서 총알을 보여 주었다.

"난 알고 싶어. 누가, 왜 너한테 이런 짓을 했는지."

그리고 다른 것도. 뭐가 나올지는 아직 알 수 없었지만.

수전은 롤랜드가 주먹 쥔 손가락 위에 올려놓은 총알을 지그시 응시했다. 롤랜드가 손가락 관절을 움직이기 시작하자 총알이 춤을 추듯이 이 손가락에서 저 손가락으로 너울너울 움직였다. 오르락내리락하는 손가락 관절이 꼭 베틀의 잉아 같았다. 그 광경을 수전은 어린아이처럼 신기해하며 들여다보았다.

"이런 건 어디서 배웠어?"

"고향에서. 별 대단한 건 아니야."

"나한테 최면을 걸려는 거야?"

"맞아…… 그런데 아마 너도 처음은 아닐 거야."

롤랜드는 손가락을 좀 더 빨리 움직였다. 물결치듯 움직이는 손가락을 따라 총알이 너울거렸다. 동쪽으로, 다시 서쪽으로.

"시작해도 될까?"

"응. 네가 할 수 있다면."

12

롤랜드는 할 수 있었다. 최면술이 작용하는 속도는 곧 수전이 전에도 최면에 걸린 적이 있다는, 그것도 최근에 그렇게 됐다는 증거였다. 그러나 원하는 정보를 얻어낼 수는 없었다. 수전은 더없이 고분고분하게 협조했지만(*잠에 못 빠져서 안달난 인간이로군.* 코트라면 그렇게 말했으리라.), 어느 지점에 이르자 더 이상은 나아가기를 거부했다. 부끄러움 때문도, 수줍음 때문도 아니었다. 시냇가에 앉아 눈을 뜨고 잠든 상태로, 멍하지만 차분한 목소리로, 수전은 레아에게 검사받은 이야기를 고스란히 털어놓았다. 그 늙은 마녀가 자신을 어떻게 '더듬었는지도' 들려주었다(이 부분에서 롤랜드는 손톱이 손바닥을 파고들 정도로 주먹을 세게 움켜쥐었다.). 그러나 어느 지점에 이르자 더 이상은 아무것도 기억하지 못했다.

수전의 얘기는 이러했다. 먼저 레아와 함께 오두막 문간으로 걸어가서, 입맞춤을 부르는 달의 빛을 얼굴에 받으며 그곳에 서 있었다. 늙은 마녀가 머리를 매만진 것까지는 기억이 났다. 그 손길이 역겨웠지만, 방금 전까지 몸을 더듬었던 손이라 더욱 그랬지만, 수전은 꼼짝도 할 수 없었다. 팔이 너무 무거워서 들어 올릴 수 없었고, 혀도 돌이 된 것처럼 움직이지 않았다. 마녀가 귀에 대고 소곤거리는 동안 내내 그렇게 서 있을 수밖에 없었다.

"그 마녀가 뭐라고 했는데?"

"모르겠어. 나머지는 다 분홍색이야."

"분홍색이라고? 그게 무슨 소리야?"

"다 분홍색이야."

수전은 웃음기가 밴 목소리로 되뇌었다. 롤랜드가 알면서 일부러 물어본다고 생각하는 듯했다.

"마녀가 말했어. '그래, 아가씨. 그렇게 하면 돼. 착한 아가씨니까 잘할 게야.' 그다음엔 다 분홍색이었어. 환한 분홍색."

"환했구나."

"응. 달처럼 환했어. 그리고 그다음엔…… 그다음엔, 그게 달이 됐어. 아마 입맞춤을 부르는 달이었을 거야. 입맞춤을 부르는, 환한 분홍색 달. 그레이프프루트처럼 동그란 보름달."

롤랜드는 갖가지 방법으로 수전의 기억에 접근했지만 모두 헛수고로 끝났다. 아무리 돌려 물어도 이야기의 끝은 언제나 환한 분홍빛으로 끝났다. 그 빛은 흐릿한 기억에서 시작하여 결국에는 점점 뭉쳐서 보름달이 되었다. 롤랜드에게는 아무 의미도 없는 이야기였다. 파란색 달이 나오는 관용 표현은 들어보았지만 분홍색 달이라니, 금시초문이었다. 확실한 것은 수전이 기억을 잃어버리도록 그 늙은 마녀가 강력한 최면을 걸어놓았다는 사실뿐이었다.

더 깊이 파고들까 생각해 보기도 했다. 수전도 협조할 것 같았다. 그러나 롤랜드는 차마 엄두가 나지 않았다. 그가 익힌 최면술은 친구들에게 연습해 본 것이 다였다. 총잡이 훈련 과정에서 시시덕거리며, 때로는 으스스한 분위기에서 한 연습이었다. 그때는 코트나 배네이가 늘 곁에서 참관하다가 최면이 잘못되면 바로잡아 주었다. 이제는 끼어들 스승이 없었다. 다행인지 불행인지 몰라도 이제 학교는 완전히 학생들 차지였다. 만일 수전의 의식 속으로 깊숙이 들어갔다가 그녀를 데리고 되돌아오지 못한다면? 게다가 의식의 밑바닥에 악마가 산다는 것은 롤랜드도 익히 아는 바였다. 그곳까지 내려가면 동굴에서 기어나온 악마들과 맞닥뜨릴 수도…….

어쨌거나, 이미 날이 저물기 시작한 참이었다. 이곳에 더 머무르는 것은 현명한 짓이 아니었다.

"수전, 내 목소리 들려?"

"응, 롤랜드. 아주 잘 들려."

"좋아. 지금부터 너한테 시를 들려줄게. 넌 그 시를 들으면서 눈을 뜨면 돼. 내 말이 끝나면 넌 완전히 깨어날 거야. 우리가 나눈 얘기도 다 기억할 거고. 내 말 알아들었지?"

"응."

"잘 들어. 새와 곰과 토끼와 물고기여, 내 연인에게 그녀가 가장 바라는 걸 안겨주렴."

수전이 깨어나면서 지은 미소는 롤랜드가 이제껏 보았던 그 무엇보다도 아름다웠다. 수전은 기지개를 켜려고 뻗은 팔을 롤랜드의 목에 감고 그의 얼굴에 입맞춤을 퍼부었다.

"너야, 너, 오직 너, 너뿐이야. 내가 제일 바라는 건 너야, 롤랜드. 난 *너만* 있으면 돼. 너랑 나, 이렇게 영원히."

두 사람은 둑 위에서 또다시 사랑을 나누었다. 졸졸 흘러가는 시냇물 옆에서, 서로를 있는 힘껏 끌어안고서, 서로의 입 속에 숨을 토하고 또 서로의 숨을 들이마시면서. *너야, 너, 오직 너, 너뿐이야.*

13

20분 후, 롤랜드는 수전이 펠리시아의 등에 오르도록 도와주었다. 말에 탄 수전은 허리를 숙여 롤랜드의 얼굴을 두 손으로 감싸고 소리가 나도록 입을 맞추었다.

"우리 언제 다시 만나는 거야?"

"곧. 하지만 조심해야 해."

"그래, 연인들이 늘 그랬던 것처럼. 네가 똑똑한 남자라서 천만다행이야."

"연락은 시미를 통해서 하면 돼. 너무 자주 하지만 않으면."

"알았어. 저기…… 그린하트 광장에 정자가 있는데, 알아? 날씨가 맑으면 차랑 케이크 같은 걸 파는 곳 옆에."

롤랜드도 아는 곳이었다. 구치소와 공회당이 있는 곳에서 힐 스트리트를 따라 50미터쯤 올라가면 나오는 그린하트 광장은 햄브리에서 가장 쾌적한 장소였다. 그곳에는 고풍스러운 산책로와 파라솔이 딸린 테이블, 초록색 풀밭 위의 정자, 심지어 조그마한 동물원까지 있었다.

"광장 뒤쪽에 돌 벽이 하나 있어. 정자하고 동물원 사이에. 혹시라도 날 만나고 싶어서 못 견디겠으면……"

"난 항상 널 만나고 싶어서 못 견디겠던데."

롤랜드의 진지한 목소리에 수전이 빙긋 웃었다.

"벽 아래쪽에 돌이 하나 튀어나와 있을 거야. 빨간색 돌. 보면 알아. 내가 어렸을 때 친구 에이미랑 쪽지를 써서 남겨 놓던 곳이야. 시간 날 때마다 들여다볼게. 너도 확인해 봐."

"알았어."

신중하게 연락을 주고받으면 당분간은 시미만으로도 충분할 듯싶었다. 마찬가지로 빨간 돌도 당분간은 쓸 만할 것 같았다. 두 사람이 신중하기만 하면. 그러나 아무리 신중에 신중을 기한다고 해도 결국에는 새어나갈 일이었다. 지금쯤이면 위대한 관 사냥꾼 패거리가 롤랜드 일행에 관하여 기분 나쁠 정도로 많이 알고 있을 것이기 때문이었다. 그러나 어떤 위험을 감수하더라도 롤랜드는 수전을 만나야만 했다. 만나지 못하면 죽을 것만 같았다. 수전 역시 같은 심정이라는 것은 그녀의 눈빛만으로도 알 수 있었다.

"조너스랑 그 부하 둘은 특히 조심해야 해."

"그럴게. 롤랜드, 한 번만 더 키스해 줄래?"

롤랜드는 기꺼이 수전에게 입을 맞추었다. 또한 기꺼이 그녀를 껴안고 말에서 내려준 다음 네 번째로 사랑을 나누고 싶었으나……

이제는 광란에 취할 때가 아니라 신중하게 행동해야 할 때였다.

"잘 가, 수전. 널 사랑……."

롤랜드는 말을 멈추고 빙긋 웃었다.

"그대를 사랑하오, 수전."

"나도 사랑해, 롤랜드. 내 마음엔 너뿐이야."

버드나무 가지 사이로 빠져나가는 수전을 보며 롤랜드는 그녀의 마음이 몹시도 넓다고 생각했다. 그 마음의 무게가 벌써부터 느껴졌다. 그는 수전이 멀리 갔다는 확신이 들 때까지 그 자리에서 기다렸다. 그런 다음 러셔에 올라 반대 방향으로 나아갔다. 이제 게임이 위험천만한 새 국면으로 접어들었다는 생각이 그의 머릿속을 차지하고 있었다.

14

수전과 롤랜드가 헤어진 지 얼마 안 되었을 때, 코딜리어 델가도는 식료품이 든 상자와 심란한 마음을 양팔로 안고 잡화점을 나서는 중이었다. 마음을 심란케 한 원인은 물론 수전이었다. 늘 그렇듯이 수전 때문에, 그리고 수확제가 오기 전에 수전이 또 멍청한 짓을 저지를 거라는 걱정 때문에 마음이 심란했다.

그런 걱정들은 누군가 손을 뻗어 식료품 상자를 낚아채면서 깨끗이 사라졌다. 억센 남자의 손이었다. 코딜리어는 놀라서 소리를 지르고는 손을 들어 눈에 쏟아지는 햇빛을 가렸다. 그러자 곰과 거북이 토템 사이에 서서 웃고 있는 엘드레드 조너스가 보였다. 기다랗고 새하얀(그리고 코딜리어의 눈에는 아름다워 보이는) 머리카락이 그의 어깨를 덮고 있었다. 코딜리어는 심장 박동이 조금 빨라지는 것을 느꼈다. 그녀는 늘 조너스 같은 남자에게 끌렸다. 얼굴에 웃음을 머금은 채 위험해 보이는 길을 걷는 남자…… 그러면서도 칼날처럼 예리하게 단련된 몸을 지닌 남자에게.

"나 때문에 놀랐나 보군요. 미안해요, 코딜리어."

"아니에요."

코딜리어는 자신이 듣기에도 조금 달뜬 목소리로 답했다.

"그냥, 햇빛 때문에…… 이맘때면 너무 눈이 부셔서."

"괜찮다면 좀 도와드릴까 해서. 난 저 모퉁이까지 가서 힐 스트리트로 올라갈 건데, 거기까지라도 들어드릴까요?"

"고마워요."

두 사람은 잡화점 계단을 내려가 널빤지가 깔린 보도를 따라 걸었다. 코딜리어는 혹시 보는 눈이 있을까 두려워서 주위를 흘끔거렸다. 그녀는 지금 잘생긴 조너스 씨와 나란히 걷는 중이었고, 그녀의 짐 또한 조너스 씨가 들고 있었다. 보는 눈은 한둘이 아니었다. 앤 양품점 창문 너머로 밀리센트 오르테가가 소처럼 둔하게 생긴 입을 동그랗게 벌리고 바라보는 중이었다.

"코딜리어라고 불러서 기분이 상한 건 아닌지 모르겠군요. 장관님의 만찬회에서 만났을 때부터 왠지 친근한 느낌이 들어서 그만."

조너스가 말했다. 그는 코딜리어가 두 손으로 들어야 했던 상자를 한쪽 겨드랑이에 끼고도 거뜬해 보였다.

"괜찮아요. 이름으로 부르셔도 돼요."

"나도 엘드레드라고 불러주면 안 될까요?"

"당분간은 '조너스 씨'가 적당할 것 같네요."

이렇게 답하고 나서 코딜리어는 요염하게 보이기를 바라며 조너스에게 미소를 지었다. 가슴이 더 빠르게 쿵쾅거렸다(어쩌면 델가도 집안에 얼빠진 계집애가 수전 말고 또 있을지도 모른다는 생각은 아직 떠오르지 않았다.).

"그러시다면야."

조너스가 티 나게 실망한 표정으로 대꾸하자 코딜리어는 웃음을 터뜨렸다.

"조카 분은 어떻게, 잘 지내나요?"

"덕분에 잘 있어요. 가끔은 속을 썩이기도 하지만⋯⋯."

"열여섯 살 나이에 안 그러는 소녀가 있을까요?"

"없겠죠."

"그러고 보니 올 가을엔 신경 쓸 일이 더 많겠군요. 조카 분도 아는지는 모르겠지만."

코딜리어는 대꾸하지 않았다. 맞장구를 쳤다가는 경망스러워 보일 수도 있었다. 그래서 의미심장한 눈길로 답을 대신했다.

"조카 분께 제가 안부를 묻더라고 전해주세요."

"그럴게요."

그러나 전하지 않을 생각이었다. 수전은 소린 장관의 법 집행관들을 몹시도 싫어했다(코딜리어가 보기에는 바보 같은 생각이었다.). 그 생각을 고쳐주려고 애써봤자 헛수고로 끝날 것이 뻔했다. 그 나이 때 소녀들은 자기가 뭐든 다 안다고 생각하게 마련이므로. 코딜리어는 조너스의 조끼 안쪽으로 빼꼼히 보이는 별 모양 배지를 가만히 바라보았다.

"볼 것도 없는 외진 마을에서 여러 가지 일을 하시느라 수고가 많으시네요, 조너스 씨."

"예, 실은 에이버리 보안관의 업무를 거들고 있어요."

조너스의 살짝 떨리는 목소리마저도 코딜리어에게는 왠지 사랑스럽게 들렸다.

"부보안관 한 명이 배에서 떨어져서 다리가 부러지는 바람에 그만. 이름이 클레이풀인가 하는⋯⋯."

"맞아요, 프랭크 클레이풀."

"⋯⋯배에서 떨어져서 다리가 부러지다니. 도대체 배에서 어떻게 떨어져야 다리가 부러질 수 있을까요, 코딜리어?"

그 말에 코딜리어는 깔깔 웃으며 도저히 모르겠다고 대답했다(햄브리 주민 전체가 자신들을 지켜본다는 생각은 분명 착각이었지만⋯⋯ 어쨌거나 코딜리어는 그렇게 느꼈고, 그 느낌이 그리 불쾌하지 않았다.).

조너스는 하이 스트리트와 카미노 베가가 만나는 모퉁이에서 걸음을 멈추고 아쉬워하는 표정으로 상자를 건넸다.

"여기서 헤어져야겠군요. 들고 갈 수 있겠어요? 댁까지 모셔다드리는 게 좋을 것 같은데⋯⋯."

"아뇨, 괜찮아요. 고마워요. 고마워요, *엘드레드*."

달아오른 목과 뺨이 불처럼 뜨거웠지만 코딜리어는 조너스의 미소를 보며 부끄러움을 무릅쓰고 이름을 부른 보람을 느꼈다. 그는 두 손가락으로 경례하듯 인사를 남기고 보안관 사무소로 이어진 언덕길을 터벅터벅 올라갔다.

코딜리어는 걸어서 집으로 돌아갔다. 가게를 나설 때만 해도 묵직했던 상자가 이제 깃털처럼 가벼웠다. 1킬로미터쯤 걷는 동안에는 계속 그렇게 가벼웠지만, 집이 보이는 곳에 이르자 다시 뺨에 땀이 흐르고 두 팔이 끊어질 듯이 욱신거렸다. 그나마 여름이 다 지나가서 다행인데…… 가만, 저기 암말을 끌고 대문을 들어서는 사람은 수전이 아닌가?

"수전!"

코딜리어가 외쳤다. 앞서 조카에게 느끼던 짜증이 목소리에 또렷이 드러난 것으로 보아 이제 달콤한 꿈에서 깬 듯했다.

"와서 이것 좀 들어라, 떨어뜨려서 달걀 깨지기 전에 어서!"

수전은 펠리시아가 앞마당의 풀을 뜯도록 내버려둔 채 고모 쪽으로 걸어왔다. 10분 전만 해도 코딜리어는 조카의 행색에서 아무것도 알아채지 못할 상태였다. 엘드레드 조너스 생각으로 머릿속이 꽉 찬 탓에 다른 것은 거들떠볼 여유도 없었기 때문이었다. 그러나 뜨거운 햇볕은 그녀의 머릿속에서 낭만을 앗아가고 다시 현실로 돌려보냈다. 그리고 수전이 상자를 받아든 지금(그것도 조너스처럼 전혀 힘든 기색 없이), 코딜리어는 조카의 행색이 왠지 마음에 들지 않았다. 우선 성질머리부터가 평소 같지 않았다. 집을 나설 때까지만 해도 반쯤 발광하던 수전이 지금은 얌전하다 못해 눈빛까지 온순해 보였다. 사실 작년까지만 해도 이러한 태도가 수전의 본모습이었으나…… 올해의 수전은 시종 우울한 낯으로 가슴을 치고 한탄하는 모습밖에 보여주지 않았다. 그렇다고 눈에 띄게 달라진 곳이 있는 것은 아니었다. 그저…….

아니, 실은 있었다. 딱 한 군데. 코딜리어는 손을 뻗어 수전의 머리 타래를 붙잡았다. 무더운 오후이다 보니 머리가 축축하게 젖었다고 해도 이상할 것은 없었다. 게다가 수전은 말을 타다 온 참이었으니 머리가 엉망이 될 만도 했다. 하지만 그 정도로는 머리가 이렇게 까지 젖은 까닭을 설명할 수 없었다. 수전의 금발은 마치 변색되기 시작한 황금처럼 짙게 물들어 있었다. 게다가 고모의 손이 머리에 닿았을 때 수전은 놀라다 못해 펄쩍 뛰었다. 무슨 죄라도 지은 사람처럼. 도대체 왜? 무엇 때문에?

"머리가 젖었구나, 수전. 어디서 수영이라도 하다 온 거냐?"

"아뇨! 후키 씨네 대장간 옆 펌프에서 물을 뿌렸어요, 후키 씨가 그래도 된다고 해서. 거긴 우물이 깊으니까요. 날이 너무 더워서, 그만. 이따 소나기가 내리려나봐요. 좀 퍼부으면 좋겠는데. 머릴 적시는 김에 펠리시아한테 물도 먹였어요."

수전의 눈빛은 언제나처럼 당당하고 솔직했지만 코딜리어는 왠지 이상하다는 느낌을 지울 수 없었다. 뭐라고 콕 집어 말할 수는 없었다. 수전이 뭔가 중대하고 심각한 비밀을 숨기고 있다는 생각이 대번에 떠오른 것은 아니었다. 코딜리어가 아는 한 그녀의 조카가 숨길 수 있는 비밀은 기껏해야 생일 선물이나 깜짝 파티 정도였고…… 그나마도 하루 이틀이 고작이었다. 그런데도 뭔가 수상쩍은 구석이 있었다. 코딜리어는 조카가 입은 승마용 셔츠의 목깃을 손가락으로 짚었다.

"그런데 옷은 안 젖었구나."

"조심했거든요."

수전은 영문을 모르겠다는 눈빛으로 고모를 마주보았다.

"젖은 옷은 때가 잘 타니까요. 고모가 가르쳐 주셨잖아요."

"너 아까 내가 머릴 건드리니까 깜짝 놀라더구나."

"맞아요, 놀랐어요. 전에 쿠스 언덕의 마녀도 꼭 그런 식으로 건드렸거든요. 그때부터 누구 손이 닿는 게 싫어졌어요. 이제 이 상자 안에다 들여놓고 가서 햇볕에 시달리는 제 말 좀 돌봐도 될까요?"

"건방 떨지 말라고 했지, 수전."

그러나 코딜리어는 조카의 가시 돋친 말투 덕분에 묘하게도 안심이 되었다. 수전이 어딘가 변했다는 느낌, 왠지 이상해진 것 같다는 그 느낌이 점점 사그라지기 시작했다.

"그럼 짜증나는 말을 하지 마시든가요."

"수전! 당장 사과하지 못해!"

수전은 숨을 깊이 들이마시고 잠시 참았다가 길게 토했다.

"예, 고모. 죄송해요. 너무 더워서 그랬어요."

"됐다. 상자를 식품 저장실에 갖다 놔라. 고맙다."

수전은 상자를 팔에 안고 집으로 들어갔다. 조카가 저만치 앞서 가서 나란히 걸을 필요가 없어지자 코딜리어도 뒤따라 집으로 들어섰다. 말할 것도 없이 바보 같은 짓이었다. 엘드레드와 시시덕거린 탓에 이상한 의심이 생긴 것뿐이었다. 그러나 수전은 위태로운 나이였고, 남은 7주 동안 다소곳이 행동하느냐 못하느냐에 따라 많은 것이 좌우될 판국이었다. 그 후에는 소린의 골칫거리가 될 테지만 그때까지는 여전히 코딜리어의 골칫거리였다. 결국 코딜리어는 이렇게 결론지었다. 수전이 약속을 어길 것 같지는 않지만, 그래도 수확제까지는 감시의 고삐를 늦출 수 없다고. 처녀의 순결처럼 중요한 보물은 밤낮으로 지키는 것이 최고이므로.

막간

캔자스-언젠가, 어디선가

에디가 몸을 뒤척였다. 일행 주위에서는 여전히 꼴 보기 싫은 장모가 구시렁대는 소리 같은 희박지대의 울음소리가 들려왔다. 머리 위에서 반짝이는 별들은 새로운 희망…… 또는 사악한 꿍꿍이 같았다. 에디는 잘린 두 다리를 포개고 앉은 수재나를 건너다보았다. 뒤이어 부리토를 먹고 있는 제이크를 바라보았다. 그리고 오이를, 제이크의 발목에 주둥이를 올려놓고 애정이 담긴 차분한 눈으로 아이의 얼굴을 올려다보는 개너구리를 바라보았다.

모닥불은 불길이 나지막이 줄었지만 그래도 타고 있었다. 서쪽 하늘 멀리 떠 있는 악마의 달도 마찬가지였다.

"롤랜드."

이렇게 부르는 에디의 목소리는 그 자신의 귀에도 늙고 탁하게 들렸다. 잠시 얘기를 멈추고 물을 마시던 총잡이가 눈을 동그랗게 뜨고 그쪽을 돌아보았다.

"도대체 어떻게 그렇게 사소한 것까지 다 기억하는 거야?"

그 말에 롤랜드는 재미있다는 표정을 지었다.

"네가 정말로 알고 싶은 건 그게 아닌 것 같구나, 에디."

롤랜드의 말이 옳았다. 이 늙은 껄다리 못난이는 입바른 소리를 하는 버릇이 있었다. 에디가 보기에는 그것이야말로 롤랜드의 가장 짜증스러운 특징이었다.

"맞았어. 당신 도대체 얼마나 오랫동안 얘기한 거야? 내가 *진짜* 궁금한 건 그거야."

"어디 불편한 거냐? 아니면 그만 가서 자고 싶은 거냐?"

이 인간이 날 놀리는구나. 에디는 그렇게 생각했고…… 동시에 그의 말이 사실이 아님을 알았다. 몸은 불편하지 않았다. 롤랜드가 레아와 수정 구슬 이야기를 시작했을 때부터 이미 책상다리를 하고 앉아 있었는데도 무릎이 쑤시지 않았다. 심지어 볼일을 보러 가고 싶은 생각도 들지 않았다. 배도 고프지 않았다. 제이크는 한 개 남은 부리토를 우물우물 씹는 중이었지만…… 허기 때문이 아니라 아마도 에베레스트 산을 오르는 사람들과 같은 이유 때문일 듯싶었다. 왜냐하면, 그것이 거기에 있으니까. 게다가, 배가 고프거나 졸리거나 무릎이 쑤실 이유가 뭐란 말인가? 모닥불은 아직 타고 있고 달도 아직 하늘에 걸려 있지 않은가?

에디는 즐거워하는 롤랜드의 눈을 보고 깨달았다. 총잡이는 그의 생각을 읽고 있었다.

"아니, 자러 가고 싶진 않아. 그건 당신도 알잖아. 그치만, 롤랜드…… 당신 정말 너무 오랫동안 얘기했어."

에디는 잠시 입을 다물고 손을 내려다보다가 고개를 들었다. 애써 미소를 머금고서.

"한 며칠은 지난 것 같아. 솔직히."

"허나 이곳은 시간이 흐르는 속도가 다르다. 전에도 얘기했을 텐데. 이제 너 스스로 생각해봐라. 근래 들어 우리가 보낸 밤은 길이가 제각각이었다. 낮도 그러했으나…… 시간이 흐르는 속도는 밤에 더 알아보기 쉽지 않더냐? 내 생각은 그렇다만."

"희박지대가 시간을 잡아 늘이는 걸까?"

그 이름을 입에 올린 순간 에디는 희박지대의 선뜩한 소리를 똑똑히 들을 수 있었다. 금속이 진동하는 것 같은, 또는 세상에서 가장 큰 모기가 윙윙대는 것 같은 그 소리를.

"그것 때문인지도 모르지. 허나 내가 살던 세계에서는 모든 게 원래 그 모양이었다."

몸을 뒤척이는 수재나의 모습이 마치 달콤한 모래 구덩이처럼 온몸을 감싼 꿈에서 깨어나는 여인 같았다. 그녀는 아련하면서도 조급한 눈빛으로 에디를 바라보았다.

"그냥 얘기하게 놔둬요, 에디."

"맞아요. 아저씨가 얘기하게 놔두세요."

수재나의 말에 제이크가 맞장구를 쳤다. 오이 또한 아이의 발목에 주둥이를 얹은 채 주인의 말을 따라했다.

"아게. 에요오."

"그래, 알았어. 알았다고."

롤랜드는 친구들의 얼굴을 가만히 훑어보았다.

"진심이냐? 남은 이야기는 전부……."

차마 말을 끝맺지 못하는 눈치였다. 그때, 에디는 문득 깨달았다. 롤랜드는 두려워하고 있었다.

"계속해."

에디가 조용히 말했다.

"남은 이야기도 다 들려줘. 어떻게 됐는지 전부 다."

그러고는 주위를 둘러보았다. 캔자스. 그들이 있는 곳은 캔자스 주였다. 어딘지 모를, 언제인지 모를 곳. 그러나 정작 한 번도 본 적 없는 메지스 자치령과 그곳 사람들은 이제 너무도 가깝게 느껴졌다. 코딜리어와 조너스와 브라이언 후키와 시미와 빠른 발 페티, 그리고 커스버트 올굿까지도. 롤랜드가 잃어버린 수전마저도 친근하게 느껴졌다. 이곳에서는 현실이 희미해지기 때문이었다. 이곳에서 현실은 낡은 청바지 뒤판처럼 얄따랗게 변했고, 어둠은 롤랜드가 원하는 한 언제까지라도 계속될 참이었다. 에디는 어느새 사방이 캄캄해진 것을 롤랜드가 알아차렸는지조차도 의심스러웠다. 하긴, 그럴 필요가 있을까? 에디가 보기에 어차피 롤랜드의 마음속은 이미 오래 전부터 밤이었고…… 새벽이 밝아올 기미는 전혀 없었다.

에디가 손을 내밀었다. 그리하여 단단하게 못이 박인 살인자의 두 손 가운데 하나를 만졌다. 가만히, 사랑을 담아서.

"계속해, 롤랜드. 이야기를 들려줘. 끝까지 다."

"끝까지 다 들려줘요. 하나도 남기지 말고."

몽롱한 목소리로 말하는 수재나의 눈에 달빛이 가득했다.

"끝까지 다요."

제이크가 말했다.

"아지. 다."

오이도 조그맣게 맞장구쳤다.

롤랜드는 잠시 에디의 손을 쥐고 있다가 놓았다. 그러고는 입을 다문 채 잠시 흔들리는 불꽃을 바라보았다. 에디는 그가 말머리를 찾으려고 애쓰는 중임을 눈치챘다. 그렇게 이 문을, 다시 저 문을, 한참을 두드리다 마침내 열리는 문을 찾은 듯했다. 롤랜드는 그 문 안에 있는 것을 보고 빙긋이 웃으며 에디를 향해 고개를 들었다.

"진실한 사랑은 지루한 법이지."

"*뭐라고?*"

"진실한 사랑은 지루한 법이다."

롤랜드가 되뇌었다.

"쉽사리 중독되는 독한 약처럼 지루하단다. 그리고 독한 약이 으레 그렇듯이……."

〈하권에서 계속〉

부록

『알쏭달쏭 수수께끼! 다 함께 도전하는 난공불락 퍼즐!』해답편

다크 타워 시리즈의 제4부 『마법사와 수정 구슬』에 등장하는 수수께끼는 대개 비슷한 발음을 이용한 말놀이입니다. 힘닿는 데까지 우리말로 옮기려 하였으나 미처 옮기지 못한 부분도 있고, 원래 뜻을 변형한 부분도 적지 않습니다. 아래에 원래 수수께끼와 답을 준비하였으니 아무쪼록 즐겁게 읽어주시기 바랍니다.

할머니와 곡창의 차이는?

▶ 할머니는 혈육(born kin, 본 킨)이지만 곡창은 곡물을 저장하는 곳(corn-bin, 콘빈).

(One is one's born kin, the other is one's corn-bin.)

고양이와 복문의 차이는?

▶ 고양이는 발(paws, 포즈) 끝에 발톱(claws, 클로즈)이 있고 복문은 절(clauses, 클로즈) 끝에 구두점(pause, 포즈)이 있다.

(What is the difference between a cat and a complex sentence? A cat has claws at the end of its paws, and a complex sentence has a pause at the end of its clause.)

네 바퀴로 가는데 날개가 달린 것은 무엇일까?

▶ 답은 파리 꼬인 쓰레기 차.

(What has four wheels and flies? A garbage truck, and that is the truth.)

내달릴 수는 있어도 걷지는 못하고, 드나드는 입이 있어도 말은 못하고, 바닥이 있어도 몸을 뉘지 못하고, 머리가 있어도 울지 못하는 것은?

▶ 답은 강.

(What can run but never walks, has a mouth but never talks, has a bed but never sleeps, has a head but never weeps? A river.)

아침에는 네 다리로, 낮에는 두 다리로, 저녁에는 세 다리로 걷는 것은?

▶ 답은 인간.

(What has four legs in the morning, two legs in the afternoon, and three legs at night? A human.)

말하자마자 깨져버리는 것은?

▶ 답은 침묵.

(No sooner spoken than broken. What is it? Silence.)

먹을 것을 주면 나는 산다. 마실 것을 주면 나는 죽는다. 내 이름은?

▶ 답은 불.

(Feed me and I live. Give me a drink and I die. What am I? Fire.)

나는 태양 앞으로 지나다닌다. 하지만 내 그림자는 어디에도 없다. 내 이름은?

▶ 답은 바람.

(I pass before the sun, yet make no shadow. What am I? Wind.)

깃털처럼 가볍지만 누구도 오랫동안 정지시킬 수 없다. 이것은 무엇인가?

▶ 답은 호흡.

(This is as light as a feather, yet no man can hold it for long. What is this? One's breath.)

무너져도 나는 계속 움직인다. 닿으면 나는 성공한다. 잃어버리면 곧장 반지를 들고 찾아 나서야 한다. 내 이름은 무엇인가?

▶ 답은 사람의 마음.

(If you break me, I'll not stop working. If you can touch me, my work is done. If you lose me, you must find me with a ring soon after. What am I? The human heart.)

비가 오면 기지개를 활짝 펴지만 해를 보면 어깨를 움츠리는 것은?

▶ 답은 우산.

(What may go up a chimney down but cannot go down a chimney up? A lady's parasol.)

'우리는 아주 작은 형제들. 저마다 다른 모습을 지녔네. 첫째는 늘 푸른 아름드리나무 앞에. 둘째는 실을 토하는 누에의 꼬리에. 셋째는 기다란 밭이랑 한가운데에. 넷째는 집오리의 집 뒤에. 막내인 다섯째는 둥우리 속에서 나갈 날을 기다린다네.' 여기서 말하는 우리란?

▶ 답은 영어의 모음들(A, E, I, O, U).

(We are very little creatures; all of us have different features. One of us in glass is set; one of us you'll find in jet. Another you may see in tin, and a fourth is boxed within. If the fifth you should pursue, it can never fly from you. What are we? The vowels.)

* 우리말로 옮기는 과정에서 원래 문제의 힌트를 조금씩 변형했습니다.

수레가 없는 길과 나무가 없는 숲과 집이 없는 도시를 찾을 수 있는 곳은?

▶ 답은 지도.

(Where may you find roads without carts, forests without trees, cities without houses? On a map.)

나는 다리가 수백 개나 달렸지만 설 수 없고, 기다란 목이 있지만 머리는 없다. 나는 하녀의 목숨을 갉아먹고 산다. 나는 누구일까?

▶ 답은 빗자루.

(I have a hundred legs but cannot stand, a long neck but no head; I eat the maid's life. What am I? A broom.)

보이지도 않고, 느껴지지도 않고, 들리지도 않으며, 냄새도 없다. 별 뒤에 숨고 언덕 아래에 눕는다. 생기를 앗아가고 웃음기를 지워버린다. 이것은 무엇일까?

▶ 답은 어둠.

(Cannot be seen, cannot be felt, cannot be heard, cannot be smelt. It lies behind the stars and beneath the hills. Ends life and kills laughter. What is it? The dark.)

달릴 줄은 알지만 걸을 줄은 모른다. 울기는 하지만 말은 못한다. 똑같은 곳을

하루에 두 번씩 들른다. 밥을 안 주면 제멋대로 쉰다. 이것은 무엇일까?

▶ 답은 시계.

(This thing runs but cannot walk, sometimes sings but never talks. Lacks arms, has hands; lacks a head but has a face. What is this? A Clock.)

성을 짓고, 산을 무너뜨리고, 멀쩡한 눈을 멀게 하고 침침한 눈은 잘 보이게 도 와주는 것은?

▶ 답은 모래.

(What builds up castles, tears down mountains, makes some blind, helps others to see? Sand.)

* 침침한 눈이 잘 보이게 도와주는 이유는 안경 렌즈를 만들고 가공할 때 모래가 들 어가기 때문입니다.

겨울에는 살고, 여름에는 죽으며, 뿌리부터 아래쪽을 향해 자라는 것은?

▶ 답은 고드름.

(What lives in winter, dies in summer, and grows with its roots upward? An icicle.)

사람들은 이것 위로 걷기도 하고 이것 아래로 걷기도 한다. 전쟁이 터지면 불 태워 없앤다. 이것은 무엇인가?

▶ 답은 다리.

(Man walks over; man walks under; in time of war he burns asunder. What is this? A bridge.)

눈이 있지만 볼 수 없는 것은?

▶ 답은 바늘, 태풍, 감자, 사랑에 빠진 연인.

(What has eyes yet cannot see? Needles, storms, potatoes, and a true lover.)

나는 1분 안에는 한 번 나타나고 한 순간 안에는 두 번 나타나지만, 10만 년 안에는 한 번도 나타나지 않는다. 내 이름은?

▶ 답은 영어 알파벳 엠(M).

(I occur once in a minute, twice in every moment, but not once in a hundred thousand years. What am I? The alphabet M.)

캄캄한 굴속에 쇠로 된 맹수가 잠들어 있다. 그 맹수는 뒤로 젖혀야 공격을 할 수 있다. 이것은 무엇일까?

▶ 답은 총알.

(In a tunnel of darkness lies a beast of iron. It can only attack when pulled back. What is it? A bullet.)

살아 있을 땐 입도 뻥긋 못하지만 죽은 후에는 자기들끼리 재잘거리기도 하고 투덜거리기도 하는 것은?

▶ 답은 낙엽.

(Walk on the living, they don't even mumble. Walk on the dead, they mutter and grumble. What are they? Fallen leaves.)

나는 달이 떨어뜨리고 간 보석. 태양은 나를 찾아내서 금세 주워간다. 나는 누굴까?

▶ 답은 이슬.

(I am emeralds and diamonds, lost by the moon. I am found by the sun and picked up soon. What am I? Dew.)

나는 날개가 없지만 날 수 있고, 눈이 없지만 볼 수 있고, 팔이 없지만 기어오를 수도 있고, 어떤 맹수보다도 무섭고, 어떤 적보다도 강하다. 나는 야비하고, 잔인하고, 거대하다. 결국에는 내가 온 세상을 지배한다. 나는 누굴까?

▶ 답은 인간의 상상.

(With no wings, I fly. With no eyes, I see. With no arms, I climb. More frightening than any beast, stronger than any foe. I am cunning, ruthless, and tall; in the end, I rule all. What am I? The imagination of man and woman.)

죽은 아기가 왜 길을 건넜을까?

▶ 답은 횡단보도를 건너가는 닭의 등에 스테이플러로 찍혀 있었기 때문에.

(Why did the dead baby cross the road? Because it was stapled to the chicken.)

* 에디가 낸 이 문제는 100년 전에 널리 유행한 농담인 '길 건너는 닭' 이야기를 변형한 수수께끼입니다. '닭이 왜 길을 건넜을까? 답은 길 건너편에 가려고.' 답이 너무나 단순명료하기 때문에 허탈한 웃음을 자아내는 수수께끼로서, 영어권에서는 이를 이용한 장난스러운 수수께끼가 많다고 합니다. 한편 책에 등장한 '죽은 아기 시리즈'는 대답이 너무나 엉뚱하고 잔혹하기 때문에 듣는 사람에 따라 반응이 엇갈리며, 심한 경우 사이코패스로 오인당하는 경우도 있다고 합니다. 한 가지 예를 들면 다음과 같습니다. '죽은 아기와 양파의 차이는? 죽은 아기를 썰 때에는 아무도 눈물을 안 흘린다.'

문이 문이 아닐 때는 언제일까?

▶ 답은 문이 아니라 무널 때.

(When is a door not a door? When it's a jar.)

* 원래 문제의 'jar'는 항아리를 가리키지만 'a jar'와 똑같이 발음하는 'ajar'는 '(문 등이) 살짝 열려 있다'라는 뜻을 지닌 형용사입니다. 원래 뜻대로 풀이하면 다음과 같습니다. '문이 문이 아닐 때는 언제일까? 답은 항아리일 때.'

전교 1등과 전교 꼴등이 같이 센드 강의 다리 위에 서 있었다. 1등은 강에 떨어졌지만 꼴등은 안 떨어졌다. 왜 그랬을까?

▶ 답은 꼴등이 덜떨어진 놈이기 때문에.

　(The big moron and the little moron were standing on the bridge over the River Send. The big moron fell off. How come the little moron didn't fell off, too? The little moron didn't fell off because he was a little more on.)

＊원래는 '얼간이(moron)'와 '더 꽉 붙어 있다(more on)'의 발음을 이용한 말장난입니다.

경위가 허리띠를 차는 이유는?

▶ 답은 바지가 내려가지 말라고.

　(Why do police lieutenants wear belts? To hold up their pants.)

＊지극히 당연한 대답으로 허탈한 웃음을 자아내는 농담입니다.

성 패트릭이 아일랜드 섬에서 뱀을 몰아낸 이유는?

▶ 답은 사실 자기가 떠나고 싶었지만 비행기 표 값이 없어서.

　(What's irish and stays out in back of the house, even in the rain? Paddy O'Furniture.)

＊원래 문제는 '아일랜드 출신이면서 비가 올 때에도 뒤뜰에 나가 있는 것은? 답은 패디 오퍼니처'로서, 아일랜드계 남성의 대명사처럼 쓰이는 이름 패디와 실외 가구 브랜드인 패디 오퍼니처를 이용한 말장난입니다.

사랑하는 사람과 함께 있다가 도저히 보낼 수 없을 때에는?

▶ 답은 가위나 바위를 내면 된다.

　(Why people go to bed? Because the bed won't come to them.)

* 원래 문제는 '사람들이 침대로 가는(잠자리에 드는) 이유는? 답은 침대가 사람들 한테 올 수 없기 때문에'입니다.

트럭 짐칸에 가득 실린 볼링공과 트럭 짐칸에 가득 실린 죽은 딱따구리의 차이점은?

▶ 답은 볼링공은 쇠스랑으로 찍어서 내릴 수 없다는 것.

(What's the difference between a truckload of bowling balls and a truckload of dead woodchucks? You can't unload a truckload of bowling balls with a pitchfork.)

세계에서 권투 선수가 가장 많은 나라는?

▶ 답은 칠레.

(What's the greatest riddle of the Orient? Many men smoke but Fu Manchu.)

* 원래 문제는 '동양의 가장 큰 수수께끼는? 담배를 피우는 사람은 많지만 씹는담배를 즐기는 사람은 거의 없다(few men chew).'로서, 만화나 영화에 자주 등장하는 중국인 악당 푸만추(Fu Manchu)의 이름을 이용한 말장난입니다. 아무리 궁리해도 우리말로 옮기기가 불가능하여 다른 문제로 대체하였습니다.

어떤 여자가 자기 애 이름을 '엑스라지'라고 지은 이유는?

▶ 답은 모자에 쪽지를 넣고 제비뽑기를 했기 때문에.

(Why'd the woman name her son Seven and a Half? Because she drew his name out of a hat.)

옮긴이 │ 장성주

고려대 동양사학과를 졸업하고 출판 편집자로 일했다. '스티븐킹교'의 평신도를 자처하며 묵묵히 신앙 생활에 정진해 왔으나, 앞으로는 '스티븐킹교' 포교 활동에도 힘쓸 생각이다. 번역서로는 『아돌프에게 고한다』, 『다크타워 시리즈』, 『언더 더 돔』, 『워킹데드 시리즈』 등이 있다.

다크타워 4 [상]

1판 1쇄 펴냄 2013년 12월 16일
1판 2쇄 펴냄 2017년 11월 20일

지은이 │ 스티븐 킹
옮긴이 │ 장성주
발행인 │ 박근섭
편집인 │ 김준혁
펴낸곳 │ 황금가지

출판등록 │ 2009. 10. 8 (제2009-000273호)
주소 │ 135-887 서울 강남구 신사동 506 강남출판문화센터 5층
전화 │ 영업부 515-2000 **편집부** 3446-8774 **팩시밀리** 515-2007
홈페이지 │ www.goldenbough.co.kr

ISBN 978-89-6017-765-9 04840
ISBN 978-89-6017-210-4 04840 (세트)

㈜민음인은 민음사 출판 그룹의 자회사입니다.
황금가지는 ㈜민음인의 픽션 전문 출간 브랜드입니다.